MOEWIG

ROMAN

Zum Buch

Johnny Fletcher, ein junger Priester, ist als Feldgeistlicher im Zweiten Weltkrieg eingesetzt. In Salzburg nimmt er sich fünf verwahrloster elternloser Kinder an, holt sie zu sich nach Amerika und adoptiert sie. Mit großer Geduld und vor allem durch seine fürsorgliche Liebe gelingt es ihm, die im Krieg verschütteten Seelen der Kinder wieder ans Licht zu holen. Aber in seiner neuen Gemeinde, der kleinen Industriestadt Barryfield, schafft er sich mit seinem Engagement für Menschenrechte und Freiheit gleich einen mächtigen Feind: den einflußreichen Zeitungsverleger der Stadt. Doch Johnnys unerschütterliches Vertrauen in Gott und die Kraft, die ihm sein Glaube gibt, helfen ihm auch hier.

Zur Autorin

Taylor Caldwell wurde 1900 als Tochter nach Amerika ausgewanderter Schotten geboren. Sie arbeitete als Stenografin, später als Journalistin. Mit ihrem Roman *Einst wird kommen der Tag* errang sie weltweiten Erfolg. Taylor Caldwell schrieb viele historische Romane, vor allem amerikanische Familiensagas, und zählt mittlerweile zu den bekanntesten und meistgelesenen Schriftstellerinnen unserer Zeit.

Taylor Caldwell

Das Größte aber ist die Liebe

MOEWIG

Moewig Band Nr. 2773
Verlagsunion Erich Pabel-Arthur Moewig KG, Rastatt

Dieses Buch erscheint bei Moewig mit freundlicher Genehmigung
der Paul Neff Verlages
Umschlagentwurf: Franz Wöllzenmüller, München
Umschlagillustration: Tubaro/Jaia
Auslieferung in Österreich:
Pressegroßvertrieb Salzburg Gesellschaft m.b.H.,
Niederalm 300, A-5081 Anif
Printed in Germany 1991
Druck und Bindung: Ebner Ulm
ISBN 3-8118-2773-1

1

Wenn Sachen, Ereignisse oder Menschen Dr. Francis Stevens langweilten, erschöpften oder belästigten, pflegte er sich im Geiste an einen freundlichen Ort zurückzuziehen und dort darüber nachzusinnen, daß er dem Kardinal Francis Spellman so verblüffend ähnlich sah, was zwischen ihm und seinem Freund schon zu einem beliebten vertrauten Scherz geworden war. Der Kardinal hatte ihn damit geneckt, und sie hatten so manches liebe Mal gemeinsam darüber geschmunzelt; nicht nur über ihre äußere Ähnlichkeit, sondern auch darüber, daß sie denselben Vornamen hatten. Erstaunlicherweise hatten sie auch viele Charakterzüge gemeinsam: beide waren sie gütig, realistisch, tüchtig und umsichtig, barmherzig und humorvoll, und beide waren mit Leib und Seele Geistliche.

Möchte wissen, dachte Dr. Stevens heute und setzte für seine Gäste in der Pfarrbibliothek ein freundliches, unbeirrbares Lächeln auf, ob Ehrwürden Francis sich auch so viel wie ich mit Narren herumschlagen muß und ihnen so ausgeliefert ist wie ich? Wahrscheinlich. Vielleicht hat er ein eigenes, kleines Privatgebet um die Entspannung schmerzender Gesichtsmuskeln und zuckender Mundwinkel. Ich muß ihn fragen. Und Dr. Stevens sagte laut: »Ja, wahrhaftig. Ich bin überzeugt davon.«

Es kam ganz selten vor, daß diese beiden Redewendungen nicht mit freudigem Nicken, dankbar geneigten Köpfen oder freundlichem Lächeln aufgenommen wurden. Er hatte diese Wendungen und dieses Lächeln so verfeinert und gepflegt, daß sie nun praktisch alles auszudrücken vermochten. Welcher Lage wären sie denn auch nicht mit Höflichkeit und gutem Willen gerecht geworden, besonders wenn er sie mit nachdenklicher oder leise besinnlicher Stimme äußerte?

Dr. Stevens, ein sehr feinfühliger und empfindsamer Herr, wurde plötzlich gewahr, daß seine liebenswürdigen Worte zum erstenmal entsetztes Schweigen hervorgerufen hatten. Er erwachte aus der warmen Lethargie, die die Langeweile und die Hitze des Augusttages erzeugt hatten, und blinzelte. Die Damen und Herren rings um ihn starrten ihn erschrocken und verwirrt an. Noch schläfrig und geistesabwesend studierte er ihre Gesichter und lächelte sanft und nichtssagend dazu, als wären seine Besucher bloße Traumgestalten. Dann schmerzen ihn die Gesichtsmuskeln plötzlich, als er im Lächeln ein wenig nachließ, und er führte die dicke, weiße Hand an das faltige Kinn.

An den Wänden schimmerten die Rücken so vieler ehrwürdiger und tiefsinniger Bücher, wodurch die Bibliothek in Dr. Stevens' Augen im allgemeinen einen deprimierenden Eindruck machte. Aber das kam wohl, dachte er zuweilen traurig, von ihrem Inhalt. Warum konnten religiöse Bücher nicht von Glück, Freude und Heiterkeit in der Liebe Gottes handeln, warum hatten sie nicht hellere, freundlichere Einbände, wo ab und zu auch ein etwas interessanteres Orange, Rosa oder Gold aufleuchtete? Die Religion war ja nichts Düsteres, Nüchternes, Langweiliges. Sie war ein lebendiges herrliches Erlebnis, ein Frohlocken, zuweilen auch helle Verzückung, ein Regenbogen voll Licht zwischen dem Menschen und Gott. Sie war Offenbarung und Mitgefühl. Sie war das höchste Entzücken des Menschen. Auch nur anzudeuten, daß Christus vielleicht gelacht, vielleicht fröhlich mitgefeiert, daß Er vielleicht von dem Wein genossen hatte, den Er auf der Hochzeit zu Kana beschafft hatte, das galt gewissen Leuten schier als Gotteslästerung. Das war sehr traurig. Die Bibel schilderte, wie Gott im Garten wandelte, sprach von Seiner Freude über Seine Schöpfung und Seiner majestätischen Genugtuung über Seine Werke. Zweifellos war Er glücklich gewesen über die blumigen Wiesen, die Er in der düsteren, vom Wasser befreiten, schlammigen Öde sprießen hatte lassen. Zweifellos hatte Er voll Freude gelacht über den Anblick der »Hügel, die wie junge Lämmlein hüpften«. Zweifellos hatte Er den Kindern zugelächelt, die sich um Ihn scharten. Kein Zweifel, als Er Menschengestalt angenommen hatte, da hatte Er die schlichten Freuden des Menschen genossen, hatte die selbstgezogene, frische saftige Frucht geliebt, hatte sich im Schlaf ausgeruht, hatte hingerissen einen schönen Sonnenaufgang oder einen besonders prachtvollen Sonnenuntergang bewundert und das alles gesegnet. Er schuf ununterbrochen ein Universum nach dem anderen, dem Auge des Menschen trotz all seiner starken Instrumente kaum sichtbar; aber als Er ein Mensch war, da galt Ihm ohne Zweifel eine blühende Rose als nicht minder bedeutsam und sinnvoll, und Er hatte sich hinabgebeugt, um ihren Duft zu atmen. Liebe und Bewunderung hatten in Seinen Worten von den »Lilien auf dem Felde« mitgeklungen.

Aus den Büchern, die man über Ihn geschrieben hat, dachte Dr. Stevens niedergeschlagen, konnte man dergleichen nie entnehmen.

Nun wurde er ganz plötzlich gewahr, daß seine nichtssagende Bemerkung arge Verwirrung gestiftet hatte. Er blinzelte rasch und konzentrierte seinen noch immer etwas getrübten Blick auf die Damen und Herren, die in der Bibliothek um ihn herumsaßen. Es tat ihm leid, daß er sie in Gedanken auch nur einen Augenblick als Narren bezeichnet hatte; das war nicht nur in der Heiligen Schrift verboten, sondern auch sehr unfreundlich. Es waren ja nette Menschen, meinten es gut, wenn sie auch etwas engstirnige Ideen hatten, steckten voll natürlichem, gutem Willen, wenn sie auch keine geistigen Leuchten waren, und was ihnen an Phantasie mangelte, ersetzten sie durch ihre Begeisterung für gute Werke. Übrigens waren mehrere anwesende Herren gewiegte Geschäftsleute, und Dr. Stevens bewunderte ihre Tüchtigkeit und ihre resolute öffentliche Tugendhaftigkeit.

Sie saßen rings um ihn in den dunkelroten und dunkelblauen Lederstühlen der Bibliothek, und zwischen ihm und ihnen hatte man den Teetisch aufgestellt. Schmale Streifen vom Schein der Augustsonne fielen durch die Jalousien auf das blankgeputzte Silbertablett, die Teekannen und das Porzellan. Das leise Klirren, das die wohlerzogenen, ruhigen Stimmen begleitet hatte, hatte jedoch dazu beigetragen, ihn in jene warme Lethargie einzulullen, in der er einen verhängnisvollen Fehler begangen hatte. Erschrocken versuchte er, sich der Bemerkung zu entsinnen, die seine freundlich gemurmelten Worte ausgelöst hatten. Während dieser Anstrengung ließ er den Blick umherschweifen. Er suchte Aufklärung bei dem großen Mahagonischreibtisch mit der goldverzierten, mit Leder belegten Platte, dem dunkelblauen Teppich, dem mit rotem Leder bezogenen Sofa, der diskreten (und sehr guten) Reproduktion einer gotischen englischen Kathedrale, die zwischen den Fenstern hing. Es war alles sehr schicklich, sehr steif, sehr schwer, und selbst während er sich bemühte, sich seiner Bemerkung zu erinnern, wurde er den unruhigen und unbequemen Gedanken nicht los: Johnny wird mir ja hier drinnen ersticken. Aber was habe ich nun eigentlich wirklich gesagt?

Die vorwurfsvollen Augen unter den prosaischen Hüten der Damen, die strengen Blicke der kahlköpfigen und dürren oder dikken Herren, das abwartende Entsetzen auf ihren Gesichtern machten sein eigenes, rotes Antlitz noch röter als gewöhnlich. Aber als Geistlicher hatte er gelernt, sich gesittet und nett zu betragen. Sein Cherubslächeln wurde ganz süß und entschuldigend, seine blauen Augen leuchteten sanft. Er zog sein feines Taschentüchlein heraus und fuhr sich damit über die blanke Glatze und die roten Bäckchen. Er lachte. »Es tut mir ja so leid«, meinte er. »Aber Sie müssen mich alten Herrn entschuldigen. Schließlich bin ich ja über siebzig, und manchmal eben ein bißchen geistesabwesend.« Er studierte die Damen. Die dort mit dem vorwurfsvollen Blick war zweifellos die gewesen, welche die verhängnisvolle Frage an ihn gerichtet hatte. Sie war eine kleine, dicke tüchtige Sechzigerin, und alle drei Kinne an ihr verkündeten Entschlossenheit; für ihr Alter war sie erstaunlich frisch, und Dr. Stevens respektierte ihre Klugheit und ihren nüchternen Menschenverstand. Obgleich sie eine Leidenschaft für Stoffe mit großen, aufgedruckten Blumenmustern hegte, wie das Kleid, das sie heute trug, sie aufwies, vergab er ihr diese Verirrung und deren bedauerliches Resultat. Er schaute ihr in die etwas harten grauen Augen und setzte hinzu: »Meine liebe Mrs. Grant, Sie verzeihen mir hoffentlich meine greisenhafte Vergeßlichkeit. Möchten Sie bitte wiederholen, was Sie vorhin sagten?«

Seine Gäste tauschten mitleidige Blicke, und Dr. Stevens lächelte innerlich und voll Liebe. Da sie alle späte Fünfziger oder frühe Sechziger waren, waren sie alle immer noch jünger als er. Er hatte richtig kalkuliert; sie dachten: Ach, der arme, alte Herr! Damit muß man bei seinem Alter eben rechnen. Und nun lächelten sie ihm voll echter Wärme zu. Mrs. Grant sagte: »Wir sprachen eben, wie Sie wissen, über unseren neuen jungen Pastor, den wir auf Ihre Empfehlung und Bestätigung hin anstellen wollen, obwohl er bloß eine einzige, kleine Pfarre hatte, ehe er zum Heer einrückte. Sie haben uns heute und schon bei früheren Anlässen erklärt, daß er am Stevens-Institut für Theologie Ihr Lieblingsschüler war.«

Sie hatte sehr präzis und etwas überlaut gesprochen, wie man mit einem »Ausländer« oder einem senilen Menschen redet. Die anderen nickten und lächelten ihm zu. Na, dachte er, das habe ich verdient. Ich hatte kein Recht, mich durch die Bücher ablenken zu lassen; aber nach den zehn endlosen Besprechungen in den letzten Wochen wird mir vielleicht vergeben, daß mich die Langeweile übermannte. Armer Johnny!

Mrs. Grant strich die weißen Handschuhe auf ihren dicken Knien glatt. »Wir alle wissen, wie dankbar wir unseren Streitkräften sein müssen und wie tapfer sie im Krieg in Europa ihre Pflicht erfüllt haben. Aber wir alle wissen auch, wie das Militärleben selbst auf die Besten wirkt. Es macht sie gewissermaßen brutal. Mein Enkel zum Beispiel, der eben erst zurückgekommen ist, ist nicht mehr derselbe Junge wie früher, ehe er einrückte. Er war so süß! So freundlich und rücksichtsvoll zu seiner Mutter. Ich weiß noch, wie er ein kleiner Junge war, da weinte er, wenn jemand eine Fliege totschlug. Und scheu war er! Er wurde richtig rot, wenn es jemand wagte, ihn zu küssen. Wahrhaftig!« Sie lachte ein gurgelndes, mädchenhaftes Lachen, was Dr. Stevens in Erstaunen setzte, weil er sie höher eingeschätzt hatte. Die andern gurgelten verständnisvoll mit. Dann seufzte sie. »Heute würden Sie ihn kaum wiedererkennen; der Junge bricht uns noch allen das Herz!«

Dem Jungen kann man nur gratulieren, und der Armee auch, dachte Dr. Stevens ein wenig lieblos. Aber mild warf er ein: »Sie dürfen nicht vergessen, der junge Johnny Fletcher war ja nicht eigentlich Soldat, sondern Feldgeistlicher.«

»Aber«, fiel ihm eine andere Dame streng ins Wort, »er kam notgedrungen in Berührung mit — mit dem Militär. Ich lese ja natürlich keine modernen Kriegsromane, aber meine Tochter, die wohl; und ich kann's ja kaum glauben, aber sie erzählt mir, die Sprache — und was die Soldaten da alles tun.« Hier schauten die Herren verwirrt drein und schmunzelten einander kurz zu, wobei sie an den ersten Weltkrieg dachten.

Meine liebe Mrs. Howard, dachte Dr. Stevens, Sie würden staunen, wie viele brutale Menschen es auf der Welt gibt, was für eine Sprache geführt wird und was täglich und stündlich rings um Ihr unschuldiges Selbst ungestört und eifrig vor sich geht! Er staunte bei sich selber, daß selbst Menschen wie Mrs. Howard sechzig Jahre alt wurden und noch immer nicht wußten, daß die Welt nicht vorwiegend aus »guten Menschen« bestand. Er betrachtete die schlanke, kleine Dame mit dem glatten Gesicht mit echtem Mitleid.

Mrs. Grant nahm wieder das Wort. »Ja, und da fragte ich Sie, Dr. Stevens, ob es nicht vielleicht möglich wäre, daß Mr. Fletcher durch sein Leben unter den Soldaten doch etwas angesteckt und roh und gefühllos geworden ist.« Sie lächelte, und ihr breites Gesicht wurde beinahe hübsch. »Und Sie antworten: ›Ja, wahrhaftig. Ich bin überzeugt davon.‹«

Dr. Stevens war entsetzt. Das kam davon, wenn man an Bücher dachte, während dumme Fragen gestellt wurden. Aber dann fühlte er sich ungeheuer erleichtert, denn nun lachten alle Damen und Herren und schüttelten die Köpfe; offenbar unterhielten sie sich über Dr. Stevens' Alter.

Er sagte: »Wie schrecklich von mir, und wie unverzeihlich. Aber offen gestanden, ich bin ein wenig müde, und als ich so hier unter Ihnen saß, meine lieben Freunde, da fühlte ich mich zum erstenmal seit langer Zeit so richtig entspannt.« Er breitete die kleinen, dicken Hände aus und strahlte sie an. »Es gibt Leute, die behaupten, sie können sich in New York nicht entspannen. Aber ich erhole mich nie so gut wie hier, und hier kann ich schlafen wie ein Baby, jederzeit, zu jeder Stunde.«

Wenn sie ihm vorhin noch nicht ganz verziehen hatten, so vergaben sie ihm nun von ganzem Herzen, denn sie waren alle alteingesessene New Yorker und liebten ihre Stadt. Sie schlossen den neuen Pastor, John Fletcher, in ihre umfassende Zuneigung zu Dr. Stevens mit ein. Mrs. Howard meinte froh: »In gewissem Sinne ist es so romantisch, daß unser neuer Pastor Feldgeistlicher war. So bunt und abwechslungsreich. Was er alles erlebt haben muß! Wirklich aufregend, nicht wahr?« Sie wandte sich an die anderen, und die pflichteten ihr eifrig bei.

»So viele von unseren Jungen waren eingerückt«, meinte Mrs. Grant. »Ich bin überzeugt, Mr. Fletcher wird einen günstigen Einfluß auf sie ausüben, weil er sie versteht. Außerdem ist er jung und wird mehr mit ihnen gemeinsam haben.«

Dr. Stevens war überzeugt, daß Bühnenrequisiten für einen Geistlichen ebenso nötig waren wie für einen Schauspieler. Die Menschen, mit denen Dr. Stevens täglich zu tun hatte, ob nun in New York oder in Illinois, wo er früher gewohnt hatte, waren solide, konservative Bürger, und darum kleidete er sich immer sehr nüchtern, selbst für einen Geistlichen, und benützte eine altmodische goldene Uhr, die seinem Vater gehört hatte. Er sagte sich zuweilen, daß die Uhr viele recht unangenehme Situationen in seinem Leben glücklich behoben hatte, besonders, wenn jemand Verdacht geschöpft hatte, Dr. Stevens könnte unter Umständen nicht so verläßlich und gesetzt sein, wie es den Anschein hatte. Diese Uhr wirkte auf furchtsame und konventionelle Gemüter stets beruhigend. Er holte sie auch jetzt hervor und ließ die Blicke der Damen und Herren die schwere Goldkette streifen, die quer über sein stattliches Bäuchlein lief, und dann verständnisvoll auf der großen »Repetieruhr« mit ihren massiven, gravierten Deckeln ruhen. Manche seufzten wehmütig in Gedenken an ihren toten Vater, und Dr. Stevens seufzte mit ihnen um seinen eigenen, der auch Geistlicher gewesen war und ein ernster, weltferner, mäßig heiliger Mann.

»Du meine Güte!« rief er nun und richtete sich im Stuhl auf. »Es ist beinahe vier Uhr! Mein Helfer, Mr. Montrose, müßte nun jeden Augenblick mit Mr. Fletcher hier sein. Das Schiff ist vor mehr als einer Stunde eingelaufen. Natürlich muß er erst durch den Zoll, und andere lästige Formalitäten erledigen, aber —«

Er winkte der ältlichen Bedienerin im gestärkten Häubchen ab, die ihm noch einmal Tee eingießen wollte. Eine gedämpfte Erregung bemächtigte sich der Damen und Herren. Es rührte Dr. Stevens, als er sah, wie die Damen ihr Haar zurechtmachten und sich ein wenig aufputzten. Der Mann, der da gesagt hatte, »Innerlich bin ich noch immer jung, obwohl ich über fünfundsechzig bin«, der hatte eine Binsenwahrheit ausgesprochen. Die Seele alterte nie, wenn auch der Leib dahinwelkte. Ihre Jugend bekundete sich im plötzlichen raschen Aufleuchten müder alter Augen, im plötzlichen Lächeln heller Begeisterung, in plötzlichen kindlichen Freuden und Erwartungen. Mochten engstirnige und seichte Menschen verächtlich lachen über den Putz älterer Damen und die hellen Krawatten und bunten Socken alter Herren, über Locken im weißen Haar und Sportjacken, die auf gebeugten, müden Schultern saßen. Das alles kündete von einem unsterblichen Geist, den die Öde der Jahre und die Last das Alltags nie auszulöschen vermochten.

Dr. Stevens steckte seine Uhr wieder in die Tasche, durchströmt von der heimlichen Freude, die nur denen zuteil wird, die Verständnis und Mitleid für ihre Mitmenschen haben. Er wollte eben wieder sprechen, als sich hinter der geschlossenen Tür zur Bibliothek ein wütendes Geschrei erhob. Es war ein Aufschrei wie von jungen Tieren in einem gefahrvollen wilden Dschungel, und die diskreten Vorhänge vor den Fenstern wallten wie aufgeschreckt hin und her. Die Damen und Herren erhoben sich halb in ihren Stühlen, sahen erschrocken und fragend um sich und dann stumm auf Dr. Stevens, als erwarteten sie eine Erklärung.

»Du lieber Gott«, rief dieser und kümmerte sich ausnahmsweise gar nicht um die Reaktion seiner Besucher. »Was war denn das?«

2

So plötzlich, wie das Geschrei in dem freundlichen, stillen Pfarrhaus eingesetzt hatte, so plötzlich verstummte es. Dr. Stevens und die Damen und Herren waren sprachlos. Der Pfarrer sank in seinen Stuhl zurück; die anderen Herren standen verlegen umher. »Irgendein Vorfall draußen auf der Straße«, sagte Dr. Stevens, aber ohne Überzeugung. Das unmenschliche Geschrei war ohne Zweifel von dem sonnenbeschienenen Flur vor der Bibliothek gekommen. Da sich jedoch keine ordentliche, logische Erklärung dafür fand, mußte er eben eine unlogische vorbringen, wie unglaublich sie auch klang.

»Es kam nicht von der Straße!« rief Mrs. Grant. »Das hier ist ein anständiges Stadtviertel! Es kam von draußen vor dieser Tür!« Sie starrte Dr. Stevens an, offensichtlich, um von ihm nicht nur Beruhigung, sondern auch eine Erklärung zu erhalten. »Warum macht keiner die Tür auf?«

Die Herren zeigten keinerlei Begierde, ihrem Vorschlag zu folgen; sie schauten nur unverwandt auf Dr. Stevens. Irgendwie geht das Sie an, und es ist Ihre Sache, sprachen ihre vorwurfsvollen Blicke. Er regte sich in seinem Stuhl und schickte sich an, aufzustehen, als sie alle draußen vor der Tür eine sanfte Männerstimme hörten. Es klang, als hätte sie schon während des Geschreis gesprochen, und nun klang sie stärker und voll Liebe.

»Niemand tut euch was zuleide«, sagte die Stimme. »Niemand hat euch was zuleide getan, seit ihr meine Kinder wurdet. Wißt ihr noch? Niemand tat euch in Salzburg weh, und auch sonst nirgends, auch nicht auf dem Schiff. Kein Mensch wird meinen Kindern ein Haar krümmen. Und jetzt hab ich euch heimgebracht, seht ihr? Nun komm schön, Jean, du bist der größte; nimm Emilie bei der Hand; recht so. Sie ist noch ein kleines Mädelchen; sie ist jetzt deine Schwester, ja? Kathy, du nimmst Pietro bei der Hand; er hat Angst. Und Max, beiß nicht immer an deiner Lippe herum und steh schön gerade. So bist du brav. Brave Kinder! So, und nun kommt schön mit mir —«

Wo ist denn Montrose? dachte Dr. Stevens nicht gerade liebevoll.

»Was soll denn das?« schrie Mrs. Grant wutentbrannt, weil sie verblüfft war. Sie war an eine wohlgeordnete Welt gewöhnt, in der nichts Unvorhergesehenes passierte. »Kinder? Wessen Kinder denn?«

Wo, dachte Dr. Stevens ganz unheilig, bleibt denn dieser verdammte Montrose? Nun glotzten sie alle wieder die verschlossene Tür an; die Damen ängstlich und ärgerlich, die Herren ausdruckslos. Für Dr. Stevens war die Lage noch schlimmer, denn er hatte die junge Männerstimme erkannt, die so gütig, liebevoll und stark klang. Er meinte zaghaft: »Ich glaube, Mr. Fletcher ist angekommen. Aber wo ist denn —?«

Draußen ertönte abermals ein schriller Schrei, dem wieder plötzliche Stille folgte. Die Tür flog krachend auf. Und da stand Mr. Montrose, groß, weißhaarig, untadelig gekleidet, mit gerötetem

Gesicht und erschrockenem Blick. Seine sonstige Würde war dahin; er sah aus, als sei er ums liebe Leben gelaufen. Er sah den mittlerweile aufgestandenen Dr. Stevens an und versuchte zu sprechen; aber nur seine weißen Augenbrauen zuckten auf und nieder; er öffnete und schloß den Mund abwechselnd und brachte statt eines Wortes nur ein Piepsen hervor. Seine große, schmale Nase zuckte, er breitete die Arme aus, ließ sie wieder sinken und breitete sie ihnen abermals hilflos entgegen.

Und dann sprang er. Er sprang hoch und weit, zu Dr. Stevens' Verblüffung. Mr. Montrose war ganz entschieden nicht der Typ, von dem man derlei überhaupt unter irgendwelchen Umständen erwarten durfte. Aber da hüpfte er nun, Horace Montrose, vor ihrer aller Augen wie ein Floh, erst senkrecht empor und dann zur Seite, und wieder piepste er.

»Brave Kinder!« sagte Mr. Fletchers Stimme. »Nun kommt nur schön mit mir. Fürchtet euch nicht. Sind lauter freundliche Menschen hier, die euch ein Heim schenken –«

Eine Masse ergoß sich in den Raum, eine Masse von zuckenden Gesichtern, Armen, Beinen, Leibern, von dürren, um sich schlagenden Kinderarmen und Kinderbeinen, verfilzten Kinderköpfen, schreckensgeweiteten, starrenden Kinderaugen. Wie eine Masse, eine heftig explodierende Masse nahmen sie sich aus; in Wirklichkeit waren es nur fünf. Und hinter ihnen stand, nachsichtig lächelnd, der junge Mr. Fletcher, noch in seiner Uniform als Feldkaplan.

Die Masse stockte, hörbar atmend, an der Tür und drückte sich schutzsuchend aneinander, bereit zu fliehen, zu raufen, zu beißen und zu zerreißen, wenn nötig. Die Kinder standen und schauten die versteinerte Gruppe in der Bibliothek an, und ihnen entrang sich ein heiserer, dumpfer Laut, ein Laut voll Furcht, panischem Schrecken und Haß.

Mr. Fletcher tätschelte die Köpfe vor ihm und klopfte den Zunächststehenden auf die Schulter. Dann nahm er seine Mütze ab, lächelte über die Köpfe der wilden Schar hinweg und winkte Dr. Stevens freundlich zu. »Ich habe meine Kinder heimgebracht, Sir«, sagte er. »Sind lauter Fletchers. Nicht wahr, Kinder?«

»Deine Kinder?« stöhnte Dr. Stevens, während er sich an den Kopf griff und wirre Gedanken sich in seinem Hirn kreuzten. »Johnny! Was soll denn das alles? Wer sind denn diese – diese Kinder?«

Mr. Fletcher ging außen um die erstarrte Gruppe kleiner Menschlein herum und trat vollends ein. Strahlend hielt er Dr. Stevens die Hand entgegen. »Das freut mich aber, Sie wiederzusehn, Dr. Stevens«, rief er. »Das freut mich herzlich!« Doktor Stevens nahm die dargereichte Hand, weniger zum Gruß als weil er einer Stütze bedurfte. Und dann durchströmte ihn plötzlich väterliche Wärme. Es war wirklich Johnny; Johnny, der Große, Schlanke, Starke, Gelassene; Johnny, dessen Herz ihn immer wieder dahin fortriß, wohin ihm die Neunmalklugen nicht folgen wollten – zu ihrem großen, zu ihrem riesengroßen Schaden. Es war wahrhaftig Johnny, mit seinem sonnengebräunten Gesicht und dem leuchtenden, geraden Blick, dem guten, starken Kinn, den dichten, schwarzen Augenbrauen und Haaren und der kurzen, kräftigen Nase. Es war also doch Johnny, Johnny, der in der Liebe die einzige Macht im Leben sah. Die Augen wurden Dr. Stevens feucht; er legte dem jungen Geistlichen die Hand auf die Schulter und vergaß die entsetzlichen, fremden Kinder und die Damen und Herren. »Willkommen daheim, Johnny«, murmelte er. »Willkommen, willkommen daheim.«

Draußen setzte unvermutet ein Preßluftbohrer ein, der sich in die Straßendecke fraß und die Bibliothek mit einem rauhen Getöse erfüllte, dem Geknatter eines Maschinengewehrs vergleichbar. Sogleich stießen die Kinder einen fürchterlichen Entsetzensschrei aus. Sie stürzten vor, huschten gemeinsam an eine Wand und kauerten sich dort nieder, während sie einander verzweifelt mit den Ärmchen umschlangen und die Köpfe duckten. Die Damen und Herren wandten sich reserviert nach ihnen um und musterten sie, sprachlos vor Staunen und unfähig, sich zu rühren oder zu sprechen.

Aber Mr. Fletcher lächelte ihnen mit seiner unglaublichen Nachsicht zu. »Aber, aber«, sagte er. »Ihr wißt doch, das ist kein Maschinengewehr. Ich habe euch doch erzählt, hier in Amerika schießen wir damit nicht in den Straßen herum. Das ist bloß eine Maschine zum Straßenaufgraben, für Reparaturen. Kommt doch her zum Fenster und seht selbst. Jean, nun benimm dich wieder, und du auch, Max. Ihr seid doch schon große Jungen. Ihr habt die Mädel und Pietro mit eurer dummen Angst angesteckt.« Seine Stimme wurde streng. »Also los jetzt, laßt das sein und benehmt euch.«

»Um Gottes willen, Johnny«, begann Dr. Stevens leise stammelnd.

»Ach, sie sind einfach meine Kinder«, sagte Mr. Fletcher, als erklärte das alles. »Ich hab sie adoptiert. Das heißt, ich bin ihr

Pflegevater, bis ich sie wirklich adoptieren kann. Na, vorwärts, Kinder«, mahnte er, »ihr wißt doch, es ist kein Maschinengewehr. Ich werde die Fenster schließen.«

Mr. Montrose hatte sich unweit von den Kindern an die Wand gedrückt, und nun raffte er sich auf und sprang auf Dr. Stevens zu. Er, der stets ruhige, beflissen-höfliche, packte Dr. Stevens am Arm. »Sie können sich nicht vorstellen, Sir«, stotterte er, »bis wir sie von Bord hatten! Entsetzlich! Ich versuchte Sie anzurufen, aber —«

Einer der Herren hatte sich etwas gefaßt und sagte nun entrüstet: »Ich glaube, wir verdienen eine Erklärung, Dr. Stevens. Und wollen Sie uns nicht bekannt machen —«

Aber Dr. Stevens musterte die Kinder.

Der dort war Jean, wahrscheinlich zwölf Jahre, mit dem harten, schmalen und klugen Gesicht eines zynischen Greises. Er machte den Eindruck größter Wachsamkeit und sah, obgleich er an dem allgemeinen Schreckensausbruch teilgenommen hatte, so aus, als wüßte er sich in jeder Lage zu behaupten; ein gewisser fanatischer Trotz sprach aus seinen weißen Backenknochen, der harten Kieferlinie und den stechenden starrenden Augen, die unter steifen Wimpern blaß und vorquellend hervorlugten. Ein lichtbrauner Haarschopf fiel ihm über die steinerne Stirn. Entschieden ein seltsam abstoßender Junge, dachte Dr. Stevens bekümmert, denn er liebte Kinder. Jean liebte er nicht, fühlte sich auch keineswegs zu ihm hingezogen. Und da regte sich Jean ein wenig, und man sah, daß er ein Krüppel war, denn seine linke Schulter war niedriger als die rechte, und während er sich damit an die Wand lehnte, zuckte er zusammen, und Dr. Stevens sah, daß auch sein linkes Bein kürzer war als das andere. O Gott, dachte Dr. Stevens voll Schmerz, dem Kind ist Schreckliches widerfahren!

Jean hielt die Hand eines ganz kleinen Mädelchens umklammert, das Mr. Fletcher nun begütigend als Emilie anredete. Sie klammerte sich an Jean, sah aber nun ängstlich und blinzelnd aus großen Blauaugen zu dem jungen Geistlichen auf. »Liebes«, sagte Mr. Fletcher und fuhr ihr über das lange, wirre braune Haar, »bist du denn nicht mein kleiner Liebling? Aber natürlich bist du das. Na, nun weine nicht mehr. Du weißt doch, ich hab dir gesagt, hier haben dich alle lieb.« Er lächelte hinab in ihr spitzes Gesichtlein, in dem die kleinen Lippen nun zuckten wie die eines Babys; sie konnte nicht älter sein als fünf Jahre. Sie war so entsetzlich mager, beinahe ein Gerippe, und nun zitterte der kleine Leib in dem schlechtsitzenden Kleidchen, das sie trug. Und schon fing sie auch ganz wie ein Baby, das sie war, zu schluchzen an, schluchzte in tiefen Atemzügen; aber während nun Mr. Fletcher ihr zärtlich das Köpfchen streichelte, hörte sie auf zu zittern und drückte die kleine Stirn schutzsuchend an die Hand des Geistlichen. Ach, die arme Kleine, dachte Dr. Stevens.

Johnny Fletcher wandte sich an Dr. Stevens. »Das ist mein Junge, Max«, erklärte er ernst. »Mein Sohn Max.« Er legte die Hand auf die Schulter eines verhältnismäßig großen Jungen von ungefähr elf Jahren, der nicht zu ihm aufsah. Stur, dachte Doktor Stevens mitleidig, oder vielleicht auch nur verlegen. Max sah aus, als sei er gar nicht da, sondern sei eingesponnen in ein schreckliches Erlebnis, das er halb vergessen hatte, das jedoch noch nachwirkte. Seine großen Knochen ließen ihn stämmiger erscheinen, als er wirklich war, denn bei näherem Zusehen erkannte man, daß seine Schultern kaum zur Not mit Fleisch bedeckt und die großen Hände hager waren. Sein eckiges Gesicht war ganz knochig; er hatte hungrige braune Augen, die noch leer vor sich hinstarrten, und sein dunkelbraunes Haar stand wirr und ungeordnet um den runden Schädel. Ist der Junge schwachsinnig? fragte sich Doktor Stevens traurig. Er bemerkte, daß Max nach einem kurzen Aufblick zu dem Geistlichen, einem vollkommen ausdruckslosen Blick, die Augen unverwandt auf seine Hände gerichtet hielt und in starrem Schweigen dastand. Und dann rückten die Hände krampfhaft zukkend aneinander und begannen, zu Dr. Stevens erneutem Mitleid und Schrecken, sich aneinander zu reiben, immer wieder, in der uralten Menschheitsgeste äußerster Verzweiflung — der Verzweiflung eines gebrochenen Menschen.

»Mein Sohn Max«, wiederholte Johnny mit lauter, liebevoller Stimme. Der Junge stutzte. Allmählich beruhigten sich die Hände; er hielt die Handflächen aneinandergepreßt. »Sohn«, sagte Johnny, »du bist ein hübscher, großer Junge. Kennst du mich nicht mehr, deinen Vater?«

Max hielt die Augen auf seine Hände gerichtet und blinzelte. Seine Lider bewegten sich, als wären sie ihm sehr schwer, und dann hob er den Blick und sah Johnny an. Es war ein ausdrucksloser Blick, aber die Hände ließ er doch sinken, Johnny raufte ihm das wirre, trockene Haar und lächelte zufrieden. »Mein guter Sohn Max«, sagte er. Das Kind tat einen tiefen Seufzer, als wollte es einschlafen.

Neben ihm stand ein etwa neunjähriger Junge, der nicht stillhalten konnte. Sein überaus bewegliches, empfindsames Gesicht zuckte;

seine dunkle Haut zitterte unausgesetzt. Seine riesengroßen schwarzen Augen blitzten unter zuckenden schwarzen Brauen und einem Wust schwarzer Locken hervor. Er warf kurze verstohlene Blicke überallhin, und nichts entging ihm; seine Arme, Beine und der ausgemergelte Körper zuckten, als litte er an einer schweren Nervenkrankheit. In seiner zwecklosen Beweglichkeit glich er einem Äffchen; er spreizte die Finger und schloß sie abwechselnd zur Faust. Nun fing er an, auf den Zehen zu wippen; er hatte O-Beine und gebeugte Schultern. »Mein Sohn Pietro«, erklärte Johnny stolz. »Findet sich überall zurecht.«

Die unsteten funkelnden Äuglein hielten inne und schauten dann schräg zu Johnny auf. Der Geistliche nickte: »Braver Junge, Pietro?«

Ein schlaues Funkeln war in den wilden Augen zu erkennen, aber der Junge antwortete gehorsam mit ausländischem Akzent: »Braver – Junge.« Ein Lügner, ein gefälliger Lügner, dachte der kluge Dr. Stevens. Woher, in Gottes Namen, ist der denn gekommen?

»Und nun«, fuhr Johnny im selben Ton voll Vaterstolz fort, »meine große Tochter Kathy. Sehen Sie nur ihre rosigen Wangen.« Er zwickte das Mädchen sacht in die Wange, die zwar nicht gerade »rosig« war, aber doch von gesunder, kindlicher Farbe. Kathy war groß wie Max und auch ungefähr elf Jahre alt. Ihre Kleider, offensichtlich aus zweiter oder dritter Hand, paßten ihr besser als den anderen die ihren, weil sie von fester, kräftiger Statur war. Und sie hatte etwas Mütterliches an sich, was an einem so jungen Kind ergreifend wirkte. Irgendwo hatte sie ein hellblaues Band ergattert, das sie um die ganz lange und dichte Flechte goldblonden Haars gewunden hatte, die ihr vom glatten, blonden Scheitel baumelte. Ihre runden Augen waren von der Farbe dieses Bandes und umrahmt von gelben Wimpern, und sie hatte einen runden, etwas geschürzten Mund und eine Stumpfnase. Holländerin? dachte Dr. Stevens. Ihre Blicke schossen hin und her, während sie die unbewegliche Gruppe in der Bibliothek musterte. Sie traut keinem hier, dachte Dr. Stevens. Aber sie wird sich schon durchschlagen; sie ist von der Art, die sich immer zu behaupten weiß.

Sie fügte sich nun der Liebkosung; es war aber eher, als ließe sie es gnädig zu, daß Johnny ihr die Wange tätschelte. Dr. Stevens lächelte sacht. Johnny wandte sich an ihn. »Es hat mich Monate gekostet, sie herüberzubringen, Sir. Ein regelrechter Papierkrieg. Und die Behörden wollten erst Beweise haben, daß sie schon ein wenig ›zivilisierter‹ waren, wie sie so schön sagten. Sie waren allerdings ein bißchen wild; aber wer könnte ihnen daraus einen Vorwurf machen?«

»Nun, wir sind hier wohl etwas mit der Tür ins Haus gefallen. Für Erklärungen ist auch noch später Zeit, Johnny«, meinte Dr. Stevens. »Erst möchte ich dich den Damen und Herren hier vorstellen; sie gehören zu deiner neuen Gemeinde. Und der Herr Oberkirchenrat –«

Dem alten Herrn wurde weh ums Herz und trübe Ahnungen stiegen in ihm auf, denn die Herren, denen Johnny – der tapfere, starke sanfte Johnny – nun vorgestellt wurde, begrüßten ihn kühl und von oben herab; Unruhe, Argwohn und ungläubiges Staunen sprachen aus ihren Gesichtern. Johnny in seiner etwas mitgenommenen Uniform und in der strotzenden Kraft seiner irdischen Jugend war nicht das, was sie sich unter einem neuen Pastor vorgestellt hatten, der nach ihrem Herzen war. Der Oberkirchenrat war ganz besonders arg beleidigt, und seine Stimme klang außergewöhnlich kühl und reserviert. Dr. Stevens wußte ganz genau, was sie dachten: Ein »respektabler« Geistlicher trat eben voll Würde und Haltung auf, und wenn es schon unbedingt nötig war, daß er vor einer Abordnung seiner neuen Gemeinde bei seinem Antrittsbesuch in Uniform erschien, dann sollte die Uniform wenigstens adrett sein und ihr Träger sich darin zu benehmen wissen. (Sie werden sich nie wieder auf mein Urteil verlassen, dachte Doktor Stevens traurig.) Johnny sprach zu laut und zu eindringlich. Ja, er hatte sogar etwas Gewöhnliches an sich; das, dachte Doktor Stevens, kam eben von den Härten und Gefahren, die er erlebt hatte und die keiner der Anwesenden je erfassen konnte. Er hatte auch etwas Unschuldiges an sich, eine schier aufreizende Unschuld – armer Johnny, dachte Dr. Stevens abermals.

Aber dies alles hätten sie ihm »wegen der jungen Leute in der Pfarre« noch verziehen, wäre er nicht mit diesen »unaussprechlichen« Kindern gekommen. Seine selbstsichere Hoffnung, daß die Kinder, »seine Kinder«, voll Mitleid und Verständnis aufgenommen würden, ist eine große Ehre, die er uns allen angetan hat, überlegte Dr. Stevens betrübt. Aber freilich, Johnny hatte ja schon immer an die angeborene Güte des Menschen geglaubt. Offenbar hatten nicht einmal seine jüngsten Erlebnisse diesen mächtigen Glauben erschüttern können. Da stand er, hochgewachsen, lächelnd und gelassen, und sah entweder wirklich nicht oder übersah aus christlicher Liebe, daß die Herren von ihm entsetzt waren und erschrocken ihn und die ganze Bescherung anstarrten. Er schüttelte ihnen warm die Hände, und seine ganz dunklen, leuchtenden blauen Augen blickten noch wärmer. Sie sahen alles und nahmen es rasch auf – aber sahen sie denn wirklich? fragte sich Dr. Stevens bekümmert.

Die Damen, besonders Mrs. Grant und Mrs. Howard, waren etwas freundlicher als die Herren. Johnny hatte eine besondere, ritterliche Zuneigung zu Frauen, und sie spürten das. Die Damen vergaßen sogar, die Kinder zu bestaunen, während sie Johnny unverwandt und forschend betrachteten, und trotz ihrer Reserve und ihrer kühlen Gesichter wich die ursprüngliche Härte in ihren Blicken einer schüchternen Nachdenklichkeit. Allein die Herren wandten sich von Johnny ab und musterten verstohlen die kleinen Ungeheuer, die sich immer noch an die Wand drückten, und Mr. Montrose, der sich hinter den großen Mahagonischreibtisch geflüchtet hatte. Hab' nie gewußt, was Montrose für ein ausgemachter Narr ist, dachte Dr. Stevens gereizt. Und was für ein – wie sagen sie doch gleich – ja, ein Komödiant. Er fürchtet sich vor den armen Kleinen nicht halb so sehr, wie er tut. Und da fällt mir ein, der mochte Johnny nie recht leiden und stieß sich immer an meiner Zuneigung zu ihm.

Dr. Stevens kam mit einem Ruck zu sich. Was sagte Johnny da zu den Damen, die ihn umdrängten, mit seiner tiefen gleichmäßigen Stimme? »Ja, Mrs. Howard. So nannte ich sie, in München. Gespensterstraße. Sah es zum erstenmal bei Nacht. Hitlers Stadt nannten sie München. Es war sein Hauptquartier, wissen Sie, sein Lieblingsaufenthalt, wenn er nicht in Berchtesgaden war. Ich wohnte ein paar Tage im Hotel Vier Jahreszeiten in München, ehe ich nach Salzburg geschickt wurde. Früher einmal war es das feinste Hotel in dieser Gegend von Europa gewesen; damals nur eine Ruine. Die Besitzer bauten tapfer alles wieder auf, Stein auf Stein. Der große, in ganz Europa berühmte Speisesaal war zerstört; aber man erzählte mir von seiner früheren Pracht. Die Besitzer verwendeten das ›Teezimmer‹ als Speisesaal, und dort spielte ein Orchester zum Essen auf, lauter alte Männer. Alte, gebrochene, todmüde Männer. Und doch; als ich so zusah, wie die Arbeiter das Hotel wiederaufbauten, wie das Orchester spielte, der Maître d'hôtel mit seinem dichten Schnurrbart herumstolzierte, seine Verbeugungen machte, die verbliebenen Weine prüfte und die Speisen kontrollierte, da war ich stolz, von neuem stolz auf meine Mitmenschen.«

»Aber das sind doch Deutsche!« rief der Oberkirchenrat. »Unsere Feinde! Mr. Fletcher, sind Sie denn stolz auf die Deutschen?«

Sein kalter Blick begegnete denen der anderen Herren, und ein ganzes Bukett kühler Ablehnung wurde Johnny durch einen einzigen langen, feindseligen Blick überreicht.

Johnny schwieg. Langsam prüften seine außergewöhnlich dunkelblauen Augen ein Gesicht nach dem anderen, forschend, suchend. Aber nun zogen sich selbst die Damen von ihm zurück und schlossen sich mit den Herren zu einer verstimmten, ablehnenden Phalanx zusammen. Johnny sah es. Sein dunkles Gesicht wurde traurig, dann aber sehr streng. Er schien zu wachsen, so daß er alle im Zimmer Anwesenden überragte, während sich ein schier hörbares Schweigen ausbreitete. Selbst die Kinder waren still; ihr beständiges, leises Murmeln war verstummt. Sogar Mr. Montrose war wie gelähmt von etwas Sonderbarem, das nun allmählich vor sich ging. Und Dr. Stevens fühlte, wie ihm das Herz schneller schlug. Natürlich war es nur Einbildung, aber er glaubte zu sehen, wie sich der Sonnenschein, der zu den hohen Fenstern hereinströmte, wie ein Heiligenschein um Johnny legte.

»Feinde?« wiederholte Johnny, und seine Stimme drang, obwohl leise, bis in den letzten Winkel der Bibliothek. Er sah flüchtig auf die Kinder, die lauschten. Einen Augenblick wurde seine Miene weich, sein Blick noch betrübter. »Feinde? Ist es denn etwa so, daß ein Volk eines Morgens erwacht und ganz plötzlich ein anderes Volk zu seinem Feind erklärt? Wo sind denn die jetzt, die die Deutschen zu unseren Feinden und zu Feinden ihrer Nachbarn machten? Ich sage Ihnen«, und nun schwoll seine Stimme mächtig an, »Hitler ist tot, Mussolini ist tot, und viele von ihren Heerführern und politischen Beratern sind tot. Aber die Männer, die die Deutschen zu unseren Feinden machten, die sind nicht tot! Die sterben nie!«

Seine blauen Augen blitzten. »Es sind die Männer, die Leute wie Hitler und Mussolini und auch Stalin erst schaffen. Es sind die Männer, die uns alle hassen, die die Menschheit von Anbeginn hassen. Es sind die Männer, die Tyrannen erwählen und einsetzen, die hinter Bronzetüren in allen Hauptstädten der Welt bestimmen, welches Volk welches andere hassen soll, welchen Krieg man aus der Hölle emportrommeln soll, und in welchem Jahr.«

Seine Stimme zitterte, war aber erfüllt von gesteigerter Kraft. Jedermann sah ihn gebannt und regungslos an. Er zitterte vor

Zorn. Seine beredten Hände hoben sich und gestikulierten, nicht voll Verzweiflung, sondern voll Grimm.

»Sie bleiben immer dieselben!« rief er. »Jahrtausende hindurch sind sie aufgetreten, haben Macht und Einfluß gewonnen, die Schatten hinter Königen, Präsidenten und Diktatoren! Redeten in längst vergessenen Sprachen, sprechen heutzutage Englisch und Französisch, Deutsch und Russisch, Chinesisch und Japanisch. Und morgen werden sie andere Sprachen reden, die noch nicht ersonnen sind, werden zu noch ungeborenen Völkern sprechen, in Städten, die noch nicht erbaut sind, zu Völkern, deren Grenzen erst gezogen werden müssen. Unsere Feinde!«

Oh, Johnny, dachte Dr. Stevens, und seine alten Augen wurden ihm feucht. Aber die Damen und Herren waren nur noch weiter vor dem jungen Geistlichen zurückgewichen und starrten ihn nun mit einem Gemisch aus Verwirrung und Ärger an, vollkommen verständnislos, und ihre Seelen, diese kleinen Mauerblümchen, erschauerten unter einem Wind, der sie noch nie berührt hatte.

Die Kinder – die fürchterlichen Kinder – hörten zu. Es war unmöglich, daß sie alle Worte Johnny Fletchers und deren tieferen Sinn verstanden. Aber etwas strömte von dem jungen Pastor aus, was sie, im Gegensatz zu den anderen, instinktiv erkannten. Sie standen da, zusammengedrängt, die Augen und Münder offen, und lauschten beinahe atemlos, während die Erwachsenen nur gafften, beleidigt dreinschauten und sich kühl zurückzogen. Aber, so sann Dr. Stevens, hat Er nicht gesagt, wenn wir nicht würden wie die Kinder –?

»Also alles, was recht ist, Mr. Fletcher«, sagte der Oberkirchenrat mit seiner besten Versammlungsstimme. Er sah die anderen flüchtig an, und ihr leises, wohlerzogenes, verächtliches Lächeln flößte ihm Selbstvertrauen ein. »Darf ich fragen, wer diese ›sie‹ eigentlich sind?«

»Das habe ich Ihnen gesagt. Sie werden sie nie erkennen, so wie Ihre Väter sie nie erkannten.« Einen Augenblick, aber nur einen Augenblick lang, sah Johnny sehr müde aus und klang seine Stimme gedämpft. Doch schon stand er wieder hochaufgerichtet da und hob von neuem leidenschaftlich die Stimme.

»Es ist nicht mehr modern, an Satan oder Luzifer zu glauben. Schließlich sind wir ja zivilisiert, nicht wahr? Der Luzifer des Alten Testaments ist nur ein Symbol, behaupten unsere besten Theologen. Er ist das Schreckgespenst des finsteren Mittelalters. Er ist das ›Unterbewußtsein‹ des Psychiaters, sein ›Id‹. Man zerre ihn ganz einfach hervor ans Tageslicht, auf die Couch eines Psychiaters, und was bleibt da von Satan übrig? Der ist doch ganz und gar unwirklich und läßt sich mit ein paar beruhigenden Ordinationen oder einer Schockbehandlung mühelos beseitigen!«

Na, dachte Dr. Stevens, mehr braucht's nicht mehr, Johnny!

»Ich möchte Ihnen gern das Europa von heute zeigen. Ich möchte Ihnen nicht nur fünf Kinder zeigen wie die hier, sondern Zehntausende. Ich möchte Sie durch die zerstörten Städte, die geborstenen Kirchen, die zertrümmerten Museen, den Schutt von Schulen und Universitäten, durch die zerrissenen Straßen führen. Ich möchte Ihnen die endlosen Felder zeigen, wo unsere jungen, amerikanischen Toten unter der Sonne ihren ewigen Schlaf tun. Vielleicht wäre schon das Gesicht eines einzigen Greises oder einer Greisin, die mit leerem Blick ein zertrümmertes Häuschen, einen zertretenen Garten anstiert, genug. Oder der Todesschrei eines Kindes, das von einer einstürzenden Mauer erdrückt wurde. Oder die blinden, halb wahnsinnigen Augen eines jungen Soldaten, der nie mehr einen Menschen erkennen wird, nicht einmal seine eigene Mutter. Und dann würde ich Sie fragen — wer sonst als Luzifer, der nie schläft und der die Seinen kennt und als Werkzeuge benutzt, war hier am Werk?«

Die Damen nahmen allmählich wieder Platz; die Herren aber umstanden Johnny. Sie glichen ältlichen Terriern, die eine junge Dogge argwöhnisch beschnuppern. Nein, wirklich, Johnny, sagte Dr. Stevens zu sich selbst, man redet nicht vom Bösen zu Leuten, die der Böse überzeugt hat, daß es ihn nicht gibt.

Aber nun sprach der alte Geistliche, mild und nachsichtig. »Man hat behauptet, Satans größter Triumph sei es gewesen, daß er die, die er zu verderben wünscht, davon überzeugt, daß es ihn nicht wirklich gibt«, sagte er. »Ich glaube, Mr. Fletcher meint, daß in jeder Generation wieder böse Menschen geboren werden, die die anderen hassen. Die Unwissenden unter ihnen nennt man Psychopathen. Die Intelligenteren und Einflußreicheren aber helfen mit, Kriege anzuzetteln und Haß zu säen — entweder aus Habsucht oder zur Befriedigung ihrer niederen Instinkte oder auch aus Machtgier.«

Er legte Johnny die Hand fest auf den linken Arm und drückte ihn diskret. Johnny war bleich geworden, und seine Erschöpfung, die mehr geistiger als körperlicher Natur war, drückte sich in seinem abwesenden Blick, seinem plötzlichen Insichgekehrtsein aus.

»Nun, das begreift man ja«, meinte der Oberkirchenrat gönnerhaft und mit einem vorwurfsvollen Blick auf Dr. Stevens. »Das läßt sich ja auch anders sagen; dazu braucht man nicht so dramatisch zu werden und gleich von einem persönlichen Teufel zu reden.«

Johnny sammelte sich rasch. »Wir geben zu, daß das Böse existiert. Da es unter sogenannten christlichen Völkern so weit verbreitet ist, haben wir in meinen Augen binnen wenigen Jahren aus eigener Schuld mit dem absoluten Chaos zu rechnen.«

»Chaos?« wiederholte einer der Herren geringschätzig. »Aber der Krieg ist doch vorbei, oder etwa nicht?»

»Nein«, versetzte Johnny. »Er ist nie vorbei.«

Sie schwiegen. Der junge Geistliche suchte abermals in allen Gesichtern, beschwörend, hoffnungsvoll, Verständnis heischend. Aber nun lag sogar auf den Gesichtern der Damen nervöse, verschlossene Abwehr. Nun müßte er es doch schon wissen, sagte sich Dr. Stevens verzweifelt. Aber er gehört zu den edlen Helden, die sich nie ergeben. Dr. Stevens war ein alter Mann, und er war nun sehr müde.

Johnny trat unvermittelt zu den Kindern. Mit ihren wilden verstohlenen Blicken, ihren steinernen Gesichtern, dem Ausdruck unterdrückter, hemmungsloser Wildheit sahen sie ihn näherkommen. Dr. Stevens schauderte. Ich würde mich hüten, ihnen allzunah zu kommen, dachte er. Aber Johnny fürchtete sich nicht. Er sah sie liebevoll an. Pietro, der Affenjunge, fletschte lautlos die blitzenden Zähne. Max, der mit dem leeren Blick, rang wieder die Hände. Jean, der Krüppel, stierte den jungen Pastor an. Die kleinen Mädels starrten ihn auch an, aber angespannt wie scheues Wild.

Johnny sprach zu den Erwachsenen im Zimmer, wandte aber den Blick nicht von den Kindern. »Sehen Sie diese Kleinen an. Ich werde Ihnen gleich erzählen, wo ich sie fand. Es sind Waisen; sie wissen nicht, wer sie sind. Ihre Eltern wurden ermordet. Wer tötete ihre Eltern? Wer scheuchte Geist und Seele dieser Kinder zurück in die Urzeit des Menschen, in das Zeitalter von Zähnen und Klauen? Schauen Sie sie an, und ich will es Ihnen sagen.«

Steif und widerwillig wandten sich alle den Kindern zu, die sich dort an die Wand drückten. Johnny machte langsam auf dem Absatz kehrt und musterte die Damen und Herren mit sorgenvollen, aber durchdringenden und grimmigen Blicken. »Sie werden sagen, das haben die Deutschen getan – die Deutschen, unsere Feinde. Sie werden die vergrämte, kleine deutsche Hausfrau anklagen, mit ihren eigenen verschüchterten Kindern. Sie werden behaupten, die

Kinder hier seien die Opfer des furchtsamen deutschen Beamten, des geplagten deutschen Landbesitzers, des dürren deutschen Schulmeisters, des deutschen Bürgers, der nur Frieden wollte, um seinen Geschäften nachzugehen. Sie werden die Werkzeuge mit denen verwechseln, die sie gebrauchten.«

Seine Stimme wurde noch lauter und leidenschaftlicher; es war die Stimme eines geborenen Redners. »Ich sage Ihnen, kein Volk ist der Feind eines anderen Volkes, keine Nation Feindin einer anderen! Es gibt keine schlimmen Völker, nur schlimme Regierungen, geführt von bösen Menschen. ›Satansbrut‹ nennt sie die Bibel.«

Der Oberkirchenrat warf lächelnd ein: »Sie sind ein sehr beredter junger Mann, Mr. Fletcher. Das sind alle Schüler von Dr. Stevens. Ausgezeichnete Ausbildung. Aber weil wir gerade von Regierungen reden: Da gibt es doch auch ein anderes, altes Sprichwort: ›Jedes Volk hat die Obrigkeit, die es verdient‹.«

»Nein«, erwiderte Johnny, und seine Stimme klang bitter.

Dr. Stevens überlegte fieberhaft, an welcher anderen Kirche man Johnny nach diesem Vorfall noch willkommen heißen würde.

»Diese Kinder«, erklärte Johnny verzweifelt, »sind nicht nur die Opfer von Mördern. Sie sind auch unsere Opfer. Vor mehr als zehn Jahren, lange vor dem Krieg, da stimmten wir dem Unrecht der deutschen Regierung zu. Durch unser Schweigen – unser heimtückisches Schweigen. Wo doch ein Wort, ein einziges, machtvolles christliches Wort Hitler gestürzt, das deutsche Volk selbst und Tausende und Abertausende solcher Kinder gerettet hätte. Aber wir sprachen es nicht. Wovor hatten wir eigentlich Angst? Vor einem Krieg? Es hätte nie einen gegeben, wenn wir 1936 gesprochen hätten.« Er seufzte. »Und es gäbe heute keinen Stalin, wenn wir vor einem Menschenalter das rettende Wort gesprochen hätten.«

Und nun überragte er sie wieder alle turmhoch, und voll Grimm brach es aus ihm hervor: »Warum haben Sie – warum haben wir – nicht gesprochen? Wo waren die Pastoren, die gebildeten und zivilisierten Männer? Wo waren unsere Führer – 1917 und 1936?«

Niemand antwortete ihm. Alle, außer Dr. Stevens, betrachteten ihn mit kalten Blicken. Wie verhaßt sind doch die, die von anderen Beichte und Reue fordern! dachte der alte Geistliche bekümmert.

Nun wandte sich der Oberkirchenrat bedeutungsvoll an seine Gefährten. »Ich glaube, wir werden an einem der ersten Tage der kommenden Woche eine Versammlung abhalten«, sagte er. »Am Montag um halb drei? Paßt Ihnen die Zeit?«

Mich hat er nicht eingeladen, sagte sich Dr. Stevens. Na, Johnny, das ist das Ende.

Auch Johnny mußte das gemerkt haben. Er sagte: »Interessiert es Sie nicht, zu hören, wie ich diese Kinder bekommen habe? Liegt Ihnen nichts daran?«

»Das, Mr. Fletcher«, versetzte Mrs. Grant resolut, »ist Ihre Sache. Ich würde allerdings vorschlagen, stecken Sie sie in ein Waisenhaus. Wenn es die Einwanderungsbehörden zulassen.« Ihre harten Augen kniffen sich nachdenklich zusammen.

Johnny trat einen Schritt auf sie zu. »Sie kommen nicht ins Waisenhaus. Dorthin wollte man sie schon in Europa bringen. Man hätte sie getrennt, und das wäre furchtbar gewesen, da sie nur einander vertrauen, und das mit Recht.«

»Ach du lieber Gott«, sagte Mrs. Howard. »Trauen sie denn Ihnen nicht, Mr. Fletcher?«

»Nein, allerdings nicht. Warum auch? Ich habe sie seit zehn Monaten. Aber ich bin ein Mann, ein Erwachsener, und sie wissen, was Männer ihnen angetan haben. Nicht einmal ich kenne ihre ganze grauenhafte Geschichte. Weshalb sollten sie mir also trauen? Sie wissen nicht, was ein Geistlicher ist. Denn, sehen Sie, sie haben ja nie einen gekannt. Und warum nicht? Vielleicht können Sie mir das sagen.«

Aber niemand antwortete ihm. Die Damen erhoben sich nun endgültig, raschelten mit den Kleidern, steckten Locken zurecht, zupften an den Hüten und tauschten bedeutungsvolle Blicke. Die Herren griffen nach Hüten und Handschuhen. Johnny, der nun dicht vor ihnen stand, musterte sie durchdringend; aber keiner sah ihn an, obwohl er die Hand flehend erhoben hatte.

»Wo ist denn bloß meine Handtasche?« fragte Mrs. Grant und wandte sich erschrocken von ihrem Stuhl nach dem Tisch. »Ich hatte sie doch dort auf dem Tisch an der Tür liegen, glaube ich —«

Johnny wandte sich mit einem unterdrückten Ausruf rasch an die Kinder. Ja, es war wieder geschehen. Kathy, das stämmige, selbstsichere, blonde, kleine Mädchen, hatte sich die Tasche nicht nur angeeignet, sondern sie auch geöffnet. Ihre Linke umkrampfte die Tasche. Die geballte Rechte umschloß trotzig ein Etwas, und sie starrte wild auf die Erwachsenen. Jean, der kleine Krüppel mit den blitzenden Augen, war schützend neben sie getreten, die rührend schwachen Fäuste geballt. Die Kinder bildeten ein grimmiges entschlossenes Häuflein, auf alles Schlimme gefaßt und bereit, es zu vergelten.

Johnny sagte mit überaus sanfter Stimme: »Kathy, hast du denn vergessen? Mein kleines Mädel stiehlt nicht. Kathy?«

Das Kind sah ihn aus geweiteten Augen an, die wie Wolfsaugen funkelten. Dr. Stevens war aufs neue beunruhigt und erschüttert. »Kathy?« wiederholte Mr. Fletcher, trat auf das Mädchen zu und hielt ihm die Hand hin. Jean trat ihm einen Schritt entgegen, hob die Fäuste und duckte den Kopf. »Laß das sein, Jean«, sagte der junge Geistliche streng. »Du weißt, ich tue Kathy nichts zuleide. Benimm dich.« Dann ignorierte er den Jungen, der, einer drohenden Statue gleich, stehenblieb.

»Diebe!« schrie Mrs. Howard. »Wie schrecklich, wie —«

»Ja«, sagte Johnny, während er nicht sie, sondern Kathy ansah. »Wie schrecklich.« Er hielt Kathy gebieterisch, aber mit freundlichem Lächeln, die Hand hin. Die anderen Kinder scharten sich um sie, schauten ihn feindselig an und ließen abermals ihr entsetzliches Geraune hören.

»Sie will nicht Ihr Geld, Mrs. Grant«, erklärte Johnny. »Sie will bloß Ihre Puderdose.« Er lächelte Kathy unentwegt zu. »Sehen Sie, ich sagte ihr vor Monaten, als ich sie rettete — übrigens aus den Händen Erwachsener —, sie sei ein liebenswertes hübsches kleines Mädel. Und daß sie blaue Augen habe, wie Blumen, und Haar so gelb wie Narzissen. Jemand — wahrscheinlich ein Mann — hatte ihr nämlich gesagt, sie sei zu häßlich zum Leben, und man müsse sie dafür umbringen. Und darum stiehlt Kathy jetzt Spiegel, damit sie sich betrachten kann und sehen, ob sie wirklich hübsch ist und nun nicht umgebracht wird.«

»Na, warum haben Sie ihr da nicht selbst einen kleinen Spiegel gekauft?« fragte Mrs. Grant hochmütig.

»Das habe ich getan. Aber ich fürchte, sie glaubt, ich hätte bloß ein Bild daraufgemalt, ein Bild von einem hübschen kleinen Mädel, um sie zu täuschen.«

Mrs. Grant und den anderen Damen blieb vor ungläubigem Staunen der Mund offen. Die Männer wandten das Gesicht ab. Das tun sie immer, dachte Dr. Stevens.

»Und darum stiehlt sie«, fuhr Johnny fort. »Damit sie sich selbst in andrer Leute Spiegeln überzeugen kann, daß sie hübsch ist und nicht zu sterben braucht.«

Er näherte sich Kathy, und sie wich zurück. »Die Tasche, mein Liebes«, sagte er. »Hör mal, ich kauf dir morgen eine hübsche goldene Schachtel mit einem Spiegel drinnen. Morgen, Kathy.«

Und dann geschah etwas Seltsames. Mrs. Grant sprach: »Sie soll die Dose behalten.«

Blitzschnell wandte sich Johnny nach ihr um. Ihre strengen Lippen zitterten. »Ich – ich sagte, sie kann die Dose behalten. Ich will nur die Tasche wiederhaben.«

Ein großes, freudiges Leuchten trat auf Johnnys Gesicht. »Siehst du, Kathy!« rief er. »Die Dame sagte, du kannst ihren Spiegel behalten. Er gehört ganz dir, Liebling, und du kannst dich darin sehen. Aber die Tasche brauchst du nicht –«

Das Kind starrte erst ihn und darauf Mrs. Grant an. Dann warf sie mit einem einzigen starken Schwung die Tasche dem jungen Pastor ins Gesicht. Er duckte sich, sie traf ihn aber seitlich am Kopf, und er schwankte unter dem Anprall des schweren Gegenstandes. Die Kinder brüllten vor Lachen und stießen heisere Triumphschreie aus. »Johnny«, überschrie Dr. Stevens ihren Lärm.

Aber Johnny rieb sich den Kopf und betrachtete forschend die Kinder. »Was für kleine Ungeheuer«, murmelte der Oberkirchenrat. »Wir werden uns bei den Einwanderungsbehörden erkundigen müssen – gefährlich, sie so frei herumlaufen zu lassen –, man kann nie wissen –«

Die Kinder führten einen gemeinsamen, hysterischen haßerfüllten Siegestanz auf. Auch der Schrecken sprach daraus.

»Und das ist alles, was Sie in zehn langen Monaten aus ihnen machen konnten?« fragte Mrs. Howard, und ihre Stimme bebte vor Furcht und Abscheu. »Mehr ist Ihnen nicht gelungen? Sehen Sie sie doch an! Die sind ja – ein Alptraum!«

»Ja,« erwiderte Johnny, den Rücken ihr zugewandt. »Ein Alptraum. Unser Alptraum!«

Er überreichte Mrs. Grant ihre Tasche und trat zu den Kindern. Zu Kathy sagte er: »Willst du uns nicht zeigen, was dir die freundliche Dame geschenkt hat, Liebling? Jean und Pietro, Max und Emilie würden es gewiß auch gern sehen. Schau her, ich halte die Hände hinter meinem Rücken.«

Die Kinder verstummten wie auf einen Schlag. Sie waren ganz Augen, und aus ihnen blitzten Haß, Argwohn und Schläue. Dann wurde Kathys Blick unsicher. Sie hielt den Ellbogen dicht an den Körper gepreßt, und ihre Finger umschlossen die Puderdose so krampfhaft, daß alles Blut aus ihnen gewichen war. Und dann öffnete sie langsam, wie unter einem Bann, die Faust, einen Finger nach dem anderen, und da, auf der flachen Hand, lag die Dose. Die Kinder reckten sich die Hälse aus und bewunderten sie begeistert.

Es war eine schöne Dose, und Dr. Stevens staunte über Mrs. Grants Freigebigkeit. Sie war ein kreisrundes, goldenes Ding und mit Türkisen, Amethisten und Topasen besetzt. Als die sinkende Sonne darauffiel, blitzte ein Regenbogen bunter Farben auf. »Oh, oh«, stöhnten die Kinder in heller Begeisterung und schlurften wieder in ihrem entsetzlichen Tanz dahin. Sie freuten sich mit Kathy, daß sie nun einen so herrlichen Schatz besaß. Ach, dachte Dr. Stevens, wo ist der »zivilisierte« Mann, die »zivilisierte« Frau, die sich mit einem Mitmenschen, selbst mit dem geliebtesten Bruder, so ohne heimlichen Neid oder bösen Willen freuen würde? Auf den Kindergesichtern leuchtete helles Entzücken.

Er wollte Mrs. Grant danken. Sie lächelte verlegen und war ganz rot geworden. »Gehen wir?« fragte sie die anderen Damen.

Die Damen verabschiedeten sich, und die Herren folgten ihnen. Die Tür schloß sich hinter ihnen. Es dämmerte und wurde allmählich dunkel in der Bibliothek. Die Kinder krähten noch immer vor Freude über Kathys Schatz und beugten sich darüber. Max hatte aufgehört, seine Hände zu ringen. Ja, er klatschte sogar in die Hände und stampfte mit den Füßen. Kathy hatte die Dose geöffnet und starrte nun gespannt in den Spiegel. Dann rief sie Johnny voll Entzücken zu: »Hübsch! Hübsch! Ich! Ich!«

»Ja, Liebling«, sagte er, und als er nun ihren glatten Kopf berührte, zuckte sie nicht. »Hübsch bist du. Meine hübsche, liebe kleine Tochter.«

3

»Sie meinen, Sir, wir müssen ihnen das ganze Fleisch vorschneiden? Diesen großen Kindern?« fragte Edith, das elegante Dienstmädchen, und bebte vor Wut. Die Köchin, Mrs. Burnsdale, wandte sich vom großen weißen Herd zu Mr. Fletcher um und starrte ihn an, einen Rührlöffel in der Hand.

Die Kinder saßen um den breiten, runden weißen Tisch in der Küche, die Köpfe gesenkt und argwöhnische Blicke hinter gesenkten Lidern hervorschießend. Das grelle elektrische Licht strahlte auf sie nieder und enthüllte unbarmherzig jedes einzelne wilde Gesicht, jedes starre Kinn, jede geballte Hand auf dem leinenen Tischtuch. Mrs. Burnsdale, eine Frau in mittleren Jahren, die Mrs. Grant erstaunlich ähnlich sah, war besonders aufgebracht über diese »Eindringlinge« und dem jungen Mann, der sie in dies wohlanständige

Pfarrhaus gebracht hatte, nicht gerade grün. Edith, ein hochaufgeschossenes, nervöses, launenhaftes und überschlankes Mädchen war ihre Nichte, und Mrs. Burnsdale ließ sich keine Gelegenheit entgehen, zu erwähnen, daß Edith »nur« zur Aushilfe hier sei, weil man heutzutage in New York kaum eine Hausgehilfin auftreiben konnte. Edith, so betonte sie gerne und schaute vorwurfsvoll drein, hatte ja die höhere Schule besucht und war in eine Krankenpflegerinnenschule aufgenommen worden. Das war allerdings ganz und gar nicht wahr, aber eine angenehme Selbsttäuschung, die nach Edith und Mrs. Burnsdales Überzeugung ihrer beider Stellung in den Augen derer festigte und erhöhte, die sie sonst wohl gern »ausgenützt« hätten.

Dr. Stevens saß nicht weit davon in der überaus geräumigen, warmen Küche und war aufs neue bedrückt. Warum wollten die Leute nicht erkennen, daß »Dienst«, ob nun in der Küche oder auf der Kanzel, an der Werkbank, hinterm Schreibtisch oder sonstwo, nichts Erniedrigendes an sich hatte, außer in den Augen dessen, der »diente«? Wir alle dienen, dachte er zornig, und wer war der größte Diener von allen? Gott selbst. Hatte er nicht seinen eigenen Jüngern die staubigen schwieligen Füße gewaschen und ihnen durch diese herrliche Tat Ehre und Würde des Dienens geoffenbart?

»Edith ist ja nun kein Kindermädchen, und ich bin auch keins!« sagte Mrs. Burnsdale mit rauher mürrischer Stimme. »Wir haben immer gesagt, wenn ein geistlicher Herr mit Kindern hierherkommt, dann brauchen wir ein Kindermädel. Oder vielleicht auch zwei, wenn's mehr wie zwei Kinder sind. Und noch dazu solche Kinder! Dr. Stevens!« Sie wandte sich blitzschnell zu dem gedrückten Greis um. »Sie haben uns kein Wort davon gesagt, daß Mr. Fletcher kleine wilde Indianer mitbringen wird! Das brauchen wir uns nicht bieten zu lassen!«

Dr. Stevens blickte flüchtig auf Johnny. Aber Johnny beobachtete liebevoll die Kinder; sein junges Gesicht war erfüllt von Mitleid und Müdigkeit. Er hatte anscheinend alle Anwesenden vergessen, ausgenommen die drei Buben und die beiden kleinen Mädchen.

»Da fängt er doch schon wieder an!« kreischte Edith und zog sich mit übertriebenem und gespieltem Entsetzen vom Geschirrwaschbecken zurück. Max, der stämmige, schweigsame, wusch sich in fieberhafter Eile die Hände unter dem Wasserhahn; immer wieder rieb er an Nägeln und Handflächen. Sie waren vom langen Waschen schon wundgerieben, die Haut rissig geworden. Max bemerkte weder die Frauen noch die Männer. Er stöhnte, während er seine Finger mit Seifenschaum bearbeitete, und plötzlich kollerten ihm Tränen über die Wangen.

Johnny sagte mit ruhiger, leiser Stimme, während die anderen Kinder den Jungen gespannt beobachteten: »Es ist schon gut, Max. Es ist schon gut. Du weißt doch, es war überhaupt kein Fleck daran, nein, gar nie. Hörst du mich, mein Sohn?«

Der Junge fuhr zusammen, drückte sich an das Becken und starrte Johnny an, der ihm begütigend zulächelte. »Sohn, Sohn«, stammelte der Kleine. Dann schluchzte er: »Papa! Papa!« Er duckte sich, rang die Hände und schluchzte lauter und ängstlicher: »Papa! Papa!« Er fuhr sich mit den Fingern durch das trockene Haar, so daß es wie schmerzzerrissenes Gestrüpp sein eckiges, verstörtes Gesicht umrahmte.

O mein Gott, dachte Dr. Stevens. Was hat er nur?

Johnny saß noch immer, breitete aber Max die Arme entgegen. »Komm zum Papa, Max,« sagte er. Die Kinder waren mäuschenstill; jedes einzelne gequälte Gesicht war eine steinerne abwartende Maske.

»Es war nur ein böser Traum, Max«, beschwichtigte ihn Johnny; seine Stimme klang voll, zärtlich und gebieterisch zugleich. »Schau, ich bin dein Papa. Du hast mir nie weh getan, Sohn, nie. Komm.«

Ganz langsam hob der Junge den Kopf und richtete anscheinend blicklose Augen auf Johnnys barmherziges, liebevolles Gesicht. Sekunden verstrichen; das Schluchzen des Jungen legte sich allmählich und verstummte endlich ganz. Er sah noch immer Johnny an. Und dann kam es, ganz leise, fragend auf deutsch: »Papa? Bist du mein Papa?«

»Ja, das bin ich«, erwiderte Johnny und lachte ihm zu.

Ja, sagte Dr. Stevens bei sich, Unser Vater antwortete immer: Ich bin es.

Max entfernte sich ganz langsam, Zoll für Zoll, vom Abwaschbecken und näherte sich, wie hypnotisiert, Johnny. Er rannte gegen den Tisch, ohne es zu fühlen; er stieß an Jean an, ohne ihn zu sehen. Und dann lag er in Johnnys Armen, der ihn an die Brust drückte, und klammerte sich an ihn. Die Kinder ließen einen langen, tiefen Seufzer hören, und die geballten Hände auf dem Tischtuch öffneten sie allmählich. Johnny sagte über den Kopf des verzweifelten Jungen hinweg zu Dr. Stevens: »Er spricht nie mehr auch nur ein Wort deutsch; nur beim Händewaschen. Oder in seinen Alpträumen. Ich hab' ihm Englisch beigebracht, nicht wahr, Max? Wir sprechen nur Englisch, nicht war? Max versteht schon viel Englisch.«

»Ja«, sprach Max in Johnnys schützenden Armen. »Nur Englisch. Ich — bin — ein — amerikanischer — Junge. Du — bist — mein Papa.«

»So ist's recht,« versetzte Johnny. »Und Papa will, daß du hingehst und dich an den Tisch setzt und ißt wie ein amerikanischer Junge. Du mußt mir mit den Kleinen helfen. Geh hin und zeig ihnen, wie man ißt, wie ein amerikanischer Junge. Weißt du's noch? Ich hab's dir gezeigt.«

Pietro, der dunkelhäutige »Affenjunge«, fing unvermittelt an, mit einem großen Löffel auf den Tisch zu trommeln. »Setz dich, Max, setz dich,« rief er. Die anderen Kinder nahmen den Ruf auf, und Edith stürzte mit einem unterdrückten Schrei aus der Küche. Johnny blieb ruhig. Aber Max hörte den Ruf, machte sich von Johnny los, trat langsam an den Tisch und setzte sich. Also haben sie doch eine Art Gehorsam untereinander, dachte Dr. Stevens. Pietro stieß Max an der Schulter und lachte ihm schrill ins Gesicht. Die anderen Kinder fielen ein; es war nicht das herzhafte Lachen fröhlicher junger Menschenkinder, sondern das dünne Gekreisch von Menschenaffen in einem Zoo, die ein hysterischer Anfall einer urtümlichen Heiterkeit befallen hat. Auch Max lachte; aber sein Lachen war verlegen und klang menschlich, und Johnny mußte es gehört haben, weil sein Gesichtsausdruck sich ein wenig entspannte.

»Essen, essen«, mahnte Max die kleinen Mädchen und Pietro, nachdem das Lachen in ein letztes Heulen ausgeklungen war.

Johnny preßte die Handflächen aneinander. Er lehnte sich erleichtert zurück. »Wir machen dauernd Fortschritte«, murmelte er Dr. Stevens zu. Er stand auf, trat an das Abwaschbecken und nahm ein Messer heraus. »Ich schneide euch das Fleisch vor, Kinder«, sagte er. »Steak. Saftiges, amerikanisches Steak. Für euch ganz allein. Rück ein Stück hinüber, Kathy. Nicht so gierig, Pietro, die Mädchen kommen zuerst dran. Damen immer zuerst. Da hast du, Emilie, Kleinchen. Eigens für dich in kleine Stücke geschnitten.«

Warum gibt er ihnen keine Messer? fragte sich Dr. Stevens. Und dann sah er die grimmige Lust auf den Gesichtern von Jean und Pietro, ein besitzlüsternes Funkeln, während sie wie gebannt die Bewegungen des blitzenden Messers verfolgten. Das ist schlimm, ganz schlimm, dachte Dr. Stevens, abermals erschüttert. Nein, sie gehören wirklich nicht hierher. Wenn Johnny sie in zehn Monaten nur so weit gebracht hat, wie lang wird es da dauern, bis sie zivilisiert sind! Diese Jungen! Wie Halsabschneider sehen sie aus, wenn sie auf das Messer starren. Werde heut nacht meine Tür versperren müssen.

Mrs. Burnsdale mußte dasselbe gedacht haben, denn nun stapfte sie schweren Schrittes quer über das helle, gelb-rote Linoleum stracks auf Dr. Stevens zu und pflanzte sich gewichtig vor ihm auf. »Edith und ich, wir gehn heute abend, Dr. Stevens«, verkündete sie entschlossen. »Oder nein, lieber gleich, auf der Stelle. Hier sind wir ja unsres Lebens nicht sicher. Nein, Sir.«

Johnny ging noch immer um den Tisch herum, schnitt Fleisch vor und lächelte; Jean und Pietro ließen keinen Blick von dem Messer, und das Leuchten in ihren Augen wurde schärfer und schlauer. Offensichtlich dachten sie, wenn es hier ein Messer gab, so waren wahrscheinlich noch mehrere da. Aber wozu wollten sie sie haben? Normale Jungen liebten allerdings Taschenmesser, dachte Dr. Stevens. Aber die hier waren keine normalen Jungen, und ihr Verlangen nach Messern war nicht natürlich.

War Johnny von Sinnen? Dr. Stevens fuhr in seinem Stuhl auf. Denn da legte Johnny eben das Messer neben Jeans Teller und lächelte nachdenklich auf den Jungen hinab. Dann sagte er: »Jean, du bist jetzt schon zu groß, als daß ich dir das Fleich vorschneiden sollte. Du kannst schon mit einem Messer umgehen. Heb es auf, Sohn, schneide dir selbst das Fleisch und zeig es auch den anderen, wie man's macht.«

Die Kinder hatten Fleischstücke auf ihre stumpfen Gabeln gespießt. Aber nun waren sie wieder gleichsam erstarrt und beobachteten Jean. Jeans Augen sogen sich an der scharfen stählernen Klinge neben seinem Teller fest. Seine Augen verengten, sein Gesicht spannte sich und ein böses Funkeln trat ihm in die Augen. Johnny stand dicht neben ihm, zu dicht! Jean rührte das Messer noch nicht an. Er starrte nur darauf nieder, und an seinen Mundwinkeln trat Speichel aus. Seine Muskeln spannten sich, und dann krochen seine Finger schlau auf das tödliche Ding zu. In einer Sekunde würde er es erhaschen und dann springen —!

»Heb es auf, Jean«, befahl Johnny. »Es ist für das Fleisch. Heb es auf.«

Die gierigen Finger blieben liegen; und irgend etwas in der Tiefe dieser barbarischen Kinderseele mußte sich auch gelegt haben, etwas so Grausames, daß man lieber nicht daran dachte. Die irren Augen des Jungen hielten inne; die zusammengekniffenen Lider öffneten sich ein Stück. Und dann hoben sich die Augen, richteten sich auf Johnny. Es war, als sähe man ein Tier zu einem menschlichen Wesen werden, als sähe man einen Wahnsinnigen allmählich zum Bewußsein kommen, daß sein Anfall vorüber war.

»Du willst – ich soll das Messer haben?« flüsterte Jean. Er zitterte sichtlich und leckte sich die trockenen Lippen.

»Ja, Papa will, du sollst das Messer haben und dein Fleisch damit schneiden. Schau, Kathys Fleisch ist noch nicht ganz zerschnitten. Damen immer zuerst, Jean.«

Die kleine Hand, die menschliche, suchende Hand berührte das Messer, fuhr zurück, berührte es abermals. In den hintersten Winkeln, den ungezähmten Winkeln im Herzen dieses Jungen spielte sich ein grauenvolles Drama ab. Entsetzliche Erinnerungen lagen dort verborgen und drängten an die Oberfläche. Und dann schüttelte Jean den Kopf, hin und her. »Nein – Papa. Kann noch nicht Fleisch schneiden. Weiß nicht – weiß nicht, wie. Papa, du schneid Jean und Kathy das Fleisch vor.«

Johnny seufzte voll gespielter Ungeduld. »Na schön, aber nur noch dies eine Mal. Aber in Zukunft machst du das bei jedem Essen, hörst du?«

Jean schwieg. Die Kinder blieben stumm. Und dann antwortete Jean unterwürfig: »Gut, Papa.« Er nahm sich nun kleiner aus auf seinem Stuhl, und das Gesicht, mit dem er da seine Umgebung am Tisch musterte, glich beinahe dem eines normalen Jungen.

»Ich will Messer!« schrie da Pietro, zappelte vor Ungeduld und fuchtelte mit den Händen. »Gib Pietro Messer.«

Jean schwieg noch immer. Aber er warf einen fragenden Blick auf Johnny. Und dann nahm er rührenderweise Johnnys Gesichtsausdruck an, dessen nachdenkliche, etwas strenge, sinnende Miene. Und sagte: »Nein, kein Messer für Pietro. Zu – zu jung. Papa Pietro das Fleisch schneiden.« Er deutete gebieterisch mit dem Finger auf den Jüngeren. »Pietro, halt den Mund und iß, sonst Jean gibt ihm Ohrfeige. Verstehn? Pietro benimmt sich.«

»Jean Pietro das Fleisch schneiden!« schrie der kleine Dunkle, während ihm die schwarzen Locken auf der Stirn tanzten. »Pietro wird nicht brav sein, wenn Jean ihm nicht Fleisch schneidet.« Er wurde allzu ungebärdig.

Jean erhob sich unter Schmerzen, die verkrüppelte Körperhälfte gleichsam nachschleppend. Er lächelte Johnny entschuldigend zu, als schäme er sich der Possen Pietros. Er hielt ihm die Hand hin, und Johnny reichte dem Jungen das scharfe Messer, ohne einen Augenblick zu zögern. Jean sah darauf hinab, wie es auf seiner offenen Hand lag. Da gab es einen lauten Krach, und Dr. Stevens wußte, nun war Mrs. Burnsdale geflohen und versperrte eine Tür hinter sich. Gespannt sah Dr. Stevens zu, wie Jean das Messer prüfend in der Hand wog.

»Für das Fleisch«, murmelte er verwirrt und erstaunt.

»Für das Fleisch, zum Essen«, bekräftigte Johnny. »Nicht zum Töten, nie wieder, Jean. Mein Sohn.«

Pietro warf sich unruhig auf seinem Stuhl hin und her. Aber er hielt den verschlagenen Blick auf Jean gerichtet, und aus dem offenen Mund träufelte ihm Speichel.

Jean sagte plötzlich ganz laut: »Halt den Mund, du – du Pietro! Halt den Mund!«

Der Jüngere erstarrte wie von einer Kugel getroffen. Jean hatte die linke drohend erhoben, wie seit undenklichen Zeiten jeder ältere Bruder, der einen jüngeren züchtigen will. Dann schleppte sich Jean langsam zu Pietro hin, trat neben ihn, nahm seine Gabel, handhabte das Messer ungeschickt und fing an, dem Kleinen das Fleisch vorzuschneiden. Wieder schauten die Kinder voll unheimlicher Spannung zu. Auf Jeans weißen hageren Backenknochen und seiner Stirn traten Schweißtropfen hervor; die Hände zitterten ihm. Aber Stück für Stück zerkleinerte er das Steak. Pietro war gespannt wie eine Feder; seine Nüstern blähten sich. Er gab ein Knurren von sich, das sich anhörte, als käme es nicht sowohl aus seiner Kehle als vielmehr aus seinem ganzen Körper. Max winselte leise vor sich hin.

Und nun war es geschafft. Jean trat vom Tisch zurück und sah Johnny an. Johnny lächelte ihm zu, und im nächsten Augenblick erwiderte Jean das Lächeln. Er legte das Messer in Johnnys Hand, nicht widerwillig, sondern sichtlich erleichtert. Er sagte: »Jean ist ein braver Junge, *non*?«

Nun aßen die Kinder, unschön und gierig. Selbst Pietro aß. Von Zeit zu Zeit warf er Jean einen bewundernden erstaunten Blick zu.

»Hört nun, Kinder«, sagte Johnny, »ich gehe jetzt in die Bibliothek; will mit Dr. Stevens sprechen. Jean, du kümmerst dich um alles hier. Max, du folgst Jean und hilfst Emilie. Pietro, du reichst Brot und Butter herum. Kathy, sieh zu, daß die Jungen ihre Servietten benützen und nichts verschütten. Kathy?«

»Ja, Papa«, erwiderte Kathy sittsam. Auf ihrem Dutzendgesicht zeigte sich jener rührende hausfrauliche, mütterliche Ausdruck. »Die Jungen werden nichts verschütten. Ich knall ihnen eine.« Sie schaute die drei Jungen finster an und zupfte an ihrem langen goldgelben Zopf.

Die beiden Männer saßen in der Bibliothek; Johnny schmauchte sein Pfeifchen, Dr. Stevens gönnte sich eine Zigarre. Die Tür stand offen; sie hörten, was in der Küche vorging. Kathy schalt ab und zu; Jean erteilte Befehle. Zuweilen vernahmen sie ein kurzes Scharren mit den Füßen oder einen Ausruf. Es klang beinahe normal, wie ein Haus voll Brüdern und Schwestern. Doch zuweilen verstummten diese alltäglichen Laute; dann trat ein gespanntes lauerndes Schweigen ein, und Johnny und Dr. Stevens lauschten ängstlich. Dann stellte wieder eine Kinderstimme eine Frage, eine andere antwortete, Porzellan klirrte leise.

»Ich hielte es nicht aus, Johnny«, gestand Dr. Stevens. »Und, weißt du, die Gemeinde wird es nicht dulden. Genausowenig wie Edith und Mrs. Burnsdale. Die beiden packen gerade ihre Siebensachen, weißt du.«

»Ja, ich weiß«, erwiderte Johnny; er sah plötzlich wieder todmüde aus. »Sie wissen, Sir, ich war immer, nun, ein Idealist. Sie haben mir gesagt, Idealismus ist eine sehr schöne Sache, wenn er nur halbwegs auf dem Boden der Tatsachen bleibt. Ich dachte, die Gemeinde würde mich vielleicht verstehn, ja, ich war überzeugt davon. Die Amerikaner sind doch das gutherzigste Volk der Welt, schicken überall Lebensmittel hin, veranstalten Sammlungen, nehmen Kinder auf –?«

»Die Amerikaner«, entgegnete Dr. Stevens und verzog den Mund, »sind sehr simple Naturen. Unterstützen den Verzweifelten, helfen dem Hilflosen, zivilisieren den Unzivilisierten, sind barmherzig zu den Mißhandelten, schenken Geld, Geld und wieder Geld, wo immer es von Nutzen sein kann. Aber die unglückseligen Opfer dürfen ihnen um Gottes willen nicht zu nahe kommen! Dazu sind doch die aus überschüssigen Mitteln erhaltenen Organisationen da; die sollen helfen, und laßt doch die übrige Welt friedlich in der Täuschung dahinleben, daß es die meisten Menschen doch sehr schön haben und die Glückseligkeit mit wenigen Ausnahmen allgemein verbreitet ist! Das ist die große Selbsttäuschung Amerikas – das Keep-smiling, halt alles nett und sauber und freundlich, wahre das Gesicht, rette die Oberfläche, und du rettest alles!«

Er sog grimmig an seiner Zigarre. »Zwei Kriege binnen zwanzig Jahren, und wir sind noch immer nicht erwachsen! Paraden, Musikkapellen, Wohnbauten, Sportplätze, Reden, Politiker, Geburtstagsfeiern, Feste, Autos, Waschmaschinen, Flugzeuge, blitzende kleine Erfindungen – das sind die Dinge, die zählen. Aber vielleicht sollten wir das verstehen. Vielleicht wissen die Amerikaner ganz tief in ihren baseballiebenden Herzen, daß sie es, wenn sie dieselben Möglichkeiten hätten wie ein Mussolini, Hitler oder Stalin, ganz genauso machen würden wie die! Vielleicht ist das die entsetzliche Wahrheit, der sie nicht ins Gesicht sehen wollen.«

»Das haben Sie vorhin nicht gesagt, Sir.«

»Aber ich wußte es«, versetzte Dr. Stevens grimmig.

»Zweitausend Jahre Christentum, und wir haben es wirklich nicht weiter gebracht?« fragte Johnny traurig.

Dr. Stevens schüttelte den Kopf. »Nicht weiter. Nicht merklich weiter. Ausgenommen ein paar Pastoren, Priester und Rabbis. Aber die hat's immer gegeben, darum zählen wir sie nicht mit.«

»Also wurde Gott Mensch und ist auf Golgatha gestorben – umsonst?« Johnny beugte sich vor, Furchen im jugendlichen Gesicht; seine Hände umschlossen die Pfeife.

Dr. Stevens schwieg.

Johnny sprach ganz leise: »Gott vergeudet nichts. Er würde auch sich selbst nicht vergeuden.«

Dr. Stevens erwiderte lahm: »Nun, ich glaube ja auch an Ausnahmen unter den Menschen.«

Johnny lächelte und lehnte sich im Stuhl zurück. »Diese Ausnahmen will ich finden, Sir.«

Dr. Stevens schaute auf seine Zigarre. Auf seinen Zügen lag nun weniger Bitterkeit, nur große Ratlosigkeit. »Ein Freund von mir, ein katholischer Priester, sagte mir einmal, daß die Heiligen nicht immer in hohen Sphären schweben. Eine kann in Ihrer Küche sein, meinte er, ein anderer Heiliger Ihren Rasen mähen oder Ihre Fenster reinigen. Er kann in Ihrer Fabrik an einer Maschine stehen. Ihr Arbeitgeber kann es sein, Ihr Bruder, der Mann, der auf der Straße an Ihnen vorbeigeht, der Sie in seinem Wagen überholt, der Ihnen Schlipse oder Schuhe verkauft. Er kann sogar ein Politiker sein!« Dr. Stevens kicherte. »Nun, damit ging er wohl zu weit!«

Aber Johnny blieb ernst. »Ihr Freund hatte recht. Immer findet man Heilige an den ausgefallensten Orten. Ich will sie suchen. Ich brauche ihre Hilfe. Meine Kinder brauchen sie.«

Dr. Stevens schüttelte sachte den Kopf. «Nicht in dieser Gemeinde, Johnny! Hier bist du erledigt, fürchte ich. Ich werde eine andere Stelle für dich finden müssen. Es wird sehr schwer sein. Derlei spricht sich schnell herum. Du wirst in ein unscheinbares

Nest gehen müssen, an eine arme Kirche – irgendwohin, Johnny, wo man dich aufnimmt. Und die Kinder.«

Johnny meinte: »Ich habe allerdings, wie Sie vorhin sagten, als wir hereinkamen, mit den Damen und Herren ein bißchen zu frei von der Leber weg geredet. Aber, sehen Sie, ich konnte es ganz einfach nicht glauben! Ich dachte, sie würden mich verstehen. Und dann erkannte ich, sie sind genau wie die Menschen in Europa, obwohl sie nicht so gelitten haben wie die drüben. Ich war enttäuscht, Sir.«

Johnny stand auf; in seinem Gesicht zuckte es, und er begann erregt auf und ab zu gehen.

»Amerikaner, dachte ich, die würden das verstehen; ihre guten Herzen würden sich voll mitleidigem Schmerz diesen Kindern auftun, die keine Namen und kein Heim, kein Volk und keine Sprache haben, die nur ›Tiere‹ waren und sich wie Tiere benahmen. Und dann komme ich heute hier an!« Er machte eine beredte Pause.

Dr. Stevens untersuchte seine Zigarre. »Wie fandest du die Kinder, Johnny?«

Der junge Pastor nahm seine ruhelose Wanderung wieder auf. »Im vergangenen Oktober fuhr ich nach Salzburg. Ich brauchte Urlaub, und Salzburg sollte eine schöne Stadt sein. Alles war von unseren GIs überlaufen, und ich kriegte kein Hotelzimmer. Aber man verschaffte mir ein Privatquartier unmittelbar draußen vor der Brücke, sehr sauber und sehr ärmlich, aber sehr gemütlich. Die Österreicher sind ein rühriger, freundlicher Menschenschlag –«

Er blieb am Fenster stehen und schaute auf die Straße hinab; dunkel, still und menschenleer lag sie da; nur ab und zu zerriß ein Taxi mit grellen Scheinwerfern die Finsternis. In Wirklichkeit aber schaute er nun aus seinem kleinen Fenster in dem Haus »unmittelbar draußen vor der Brücke« in Salzburg, und draußen leuchtete die Sonne. Gerade gegenüber stand ein Haus am Rand der jaspisfarbenen Wiese; in den gepflegten Gärten wiegten sich die Blumen im Winde und flatterten Windeln an langen Leinen, und im Grase wimmelte es von kleinen Kindern. Neben diesem Hause war ein anderes im Bau; aber weder Zimmerleute noch Maurer arbeiteten daran, sondern die ganze Familie – Vater, Mutter und zwei Buben, der eine etwa zwölf, der andere ungefähr acht Jahre alt. Ein Kinderwagen stand unter einem Baum und schaukelte und ruckte von Zeit zu Zeit bedenklich. Johnny lächelte in der Erinnerung und vergaß darüber alles andere, was er gesehen hatte; das prunkvolle erzbischöfliche Palais, die Katakomben, das Salzbergwerk, die halsbrecherische Fahrt durch die Alpen in einem Jeep und die düstere Erhabenheit der Gipfel und Täler, die dichten, purpurroten Wolkenmassen über den Pässen.

»Eine Familie baute gerade ein Haus«, erzählte er. »Papa in kurzer Lederhose, Mama mit einem Kopftuch und einer Schürze über dem schwarzen Kleid, und die Jungen, ernst und voll Eifer bei der Sache, auch in Lederhosen wie ihr Papa. Der Krieg war noch nicht lange vorbei. Die Stadt hatte Hitler erlebt; Berchtesgaden war am Horizont zu sehen. SS und Soldaten waren über das Kopfsteinpflaster marschiert. Truppen der Besiegten und der Sieger waren dort gewesen. Und der Tod hatte dort gehaust — überall. Bomben hatten eingeschlagen. Und doch — da war die Familie an der Arbeit und baute ein Haus. Der jüngere Bub stand rittlings über einem Querbalken oben auf der Mauer und zog Eimer voll Mörtel hinauf, den der ältere mit Hilfe der Mutter unten anrührte. Und Papa hieb aus Leibeskräften mit einem Hammer zu und kroch Leitern hinauf und hinunter, wobei er beständig sein Pfeiflein rauchte. Manchmal unterbrach die Mama ihre Arbeit, setzte sich auf einen großen Stein und stillte das Kleine.«

Johnny stopfte sich seine eigene Pfeife von neuem und lächelte sein inniges, gütiges Lächeln. »Als sie am frühen Morgen bei Sonnenaufgang ihre lärmende Arbeit begannen, da hätte ich sie am liebsten empört angeschrien. Aber als sie die Dachgleiche feierten, da verzieh ich ihnen alles. Mama brachte einen Strauß Feldblumen, und Papa band sie an kleinen Zweigen fest, trug das Ganze langsam und feierlich die Leiter hinauf und befestigte es am Dachfirst. Es war eine sehr weihevolle Angelegenheit. Als Papa wieder unten war, knieten sie gemeinsam hin, bekreuzigten sich und beteten, die ganze Familie.«

Johnny atmete tief. »Bis dahin hatte ich alles reichlich satt, alles, was ich gesehen hatte. Und ich war obendrein verbittert; jeden Abend haderte ich mit Gott. Daß der Krieg das Ende von allem bedeutete — so hatte ich gemeint. Und da baute nun plötzlich die kleine Familie ihr Haus.«

Er blieb vor Dr. Stevens stehen, der ihm atemlos lauschte. Dann erlosch sein Lächeln, und sein Gesicht wurde düster und streng. »Das war die schöne Seite daran. Eine andere war weniger schön.«

»Einmal speiste ich zu Mittag in der alten Festung. Man fährt dort mit der Seilbahn hinauf. Der Chefkoch bemühte sich verzweifelt, mit seinen bescheidenen Mitteln den ›feinen Leuten‹, und das waren nun wir Amerikaner, einen schmackhaften Lunch vorzusetzen. Ob ihm freilich viel an dem Umschwung lag, weiß ich nicht. Es war eben sein Beruf, zu kochen, Soßen zu bereiten und für Gäste, an denen ihn nicht die Gesichter, sondern ihre geschulten Mägen interessierten, die richtigen Weine zu finden. Das war seine Lebensaufgabe, und ich trank ein Glas Wein auf sein Wohl, ganz allein draußen auf der Terrasse.«

Er sah wieder das breite, grüne Tal unterhalb der Festung und jenseits des Tales die flachen blauen Bergrücken unter dem flachen blauen Himmel. Der Nebel strich in Schwaden um die bunten Gipfel. Er hatte sie lange betrachtet. Und dann hatte ihn etwas mitten im dem heißen, grünen Talgrund gefesselt: ein hohes, düsteres Haus mit Schindeldach und Stuckornamenten. Es warf einen scharfen, schwarzen Schatten auf das Gras. Sonst war weit und breit dort nichts zu sehen, nur das Haus.

»Es stand nur ein weißes Haus dort im Tal«, erzählte er. »Ich wußte nicht, was es war. Ich sah nur, daß keine Gärten ringsherum lagen, kein Lebenszeichen zu sehen war. Aus einem unerklärlichen Grund bedrückte mich das. Ich rief eine Kellnerin, und die sagte mir, es sei das ›Haus des Scharfrichters‹. Welches Scharfrichers, das erfuhr ich nicht. Wollte es auch gar nicht wissen.«

»Na und, Johnny?« fragte Dr. Stevens, denn nun war ein sinnender, bittender Ausdruck auf das dunkle Gesicht des jungen Mannes getreten.

»Ich mußte immerfort das Haus ansehen, Sir, während ich dort auf der Terrasse saß. Es hatte nun etwas Schreckliches an sich. Es sah unheilvoll aus, wie ein Spukhaus. Aus seinen beiden Fensterreihen schienen mich üble Fratzen anzugrinsen. Geister von Verdammten. Und das mitten im prallen Sonnenschein, in jenem grünen, eigentümlich stillen Tal. Als läge ein Fluch darauf. Ich weiß nicht, wie lange ich dort saß. Die Sonne ging schon unter, als ich die Festung verließ.«

Er zündete ungeduldig seine erloschene Pfeife von neuem an; aber Dr. Stevens wußte, daß er innerlich weit fort war von der Bibliothek, die traulicher Lampenschimmer erhellte. Die Kinder draußen in der Küche waren mäuschenstill. Lauschten sie?

»Ich ging in den Dom«, erzählte Johnny weiter. »Ich kannte keinen Menschen und wollte in meiner damaligen Stimmung auch niemand kennen. In meinem ganzen Leben war ich nie so unruhig gewesen. Etwas rief die ganze Zeit nach mir, und ich mußte immer wieder an das Haus des Scharfrichters denken. Der Mond ging auf und die Nacht war lau, obwohl die Gegend dort gebirgig ist.«

»Und auf einmal wußte ich, ich mußte hinaus zum Haus des Scharfrichters, ganz allein in dem weiten Feld, beim Mondenschein. Eine verrückte Idee, dachte ich zunächst. Aber es drängte mich unwiderstehlich dazu. – Ich stieg in meinen Jeep und brauste los, wobei ich mich mit allerhand unschönen Namen belegte. Ich war einfach müde; die mittelalterliche Atmosphäre hatte mich wohl angesteckt. Was wollte ich dort eigentlich finden? Geister?«

»Ich stellte den Jeep unweit der alten Festung ab und stieg ins Tal hinunter. Und dann hörte ich Geschrei und Gekreisch. Eine ganze Schar Männer und Frauen rasten gleich Gespenstern im Mondschein mit Holzprügeln bewaffnet auf das Haus zu. Einen so höllischen Anblick haben Sie im Leben nicht gesehn! Ein richtiger Alptraum.«

»Ich schloß mich ihnen an, lief mit und wünschte mir nur, ich hätte eine Pistole bei mir. Ich weiß noch, wie ich mich als Kaplan dieses Wunsches schämte. Aber etwas trieb mich mit dem Haufen das Haus aufzusuchen, oder ihnen noch zuvorzukommen.«

»Ich holte einen Mann ein und packte ihn am Arm, und wir schlugen beinahe beide hin, während er mich abzuschütteln versuchte. Ich hielt ihn aber fest und fragte ihn, was das Ganze heißen sollte. Und er brüllte mir zu: ›Die Wolfskinder! Die Wolfskinder! Wir bringen sie um!‹ Er riß sich los und rannte weiter. Ich erwischte eine Frau, die da mit wehendem Rock vorbeihuschte. ›Was für Wolfskinder?‹ fragte ich. Da erkannte sie meine Uniform und duckte sich. Sie sagte: ›Herr Hauptmann, die Wolfskinder sind seit Kriegsende in Salzburg. Wir wissen nicht, wer sie sind. Sie halten sich versteckt und kommen nur nachts heraus. Sie haben schon Menschen umgebracht, heißt es, um Lebensmittel zu stehlen. Sie lauern späten Wanderern auf. Sie brechen ein und rauben Häuser aus. Es sind keine hiesigen Kinder. Und nun haben wir gehört, daß sie sich im Scharfrichterhaus versteckt halten.‹«

»Barmherziger Gott!« murmelte Dr. Stevens.

Johnny nickte. »Das sagte ich auch, Sir, aber in einem anderen Ton. Die Frau stieß ich einfach fort, daß sie hinfiel, und lief den anderen nach. Sie waren schon am Haus. Das Tor war wohl versperrt, denn sie trommelten mit Stöcken daran und heulten dazu. Und wie! Die Fenster waren klein und hoch, und einige versuchten, hineinzukriechen. Und ich wünschte, ich hätte ein Schießeisen bei mir.«

»Mein Leben lang war ich nicht so schnell gelaufen. Die Tür bewegte sich schon, als ich hinkam. Und dann erkannten sie meine amerikanische Offiziersuniform. Schon hatte auch eine Frau das Kreuz an meinem Jackenaufschlag erspäht und hielt mich wohl für einen katholischen Priester. Sie schrie auf die anderen ein und zeigte auf das Kreuz. Die Uniform – und das Kreuz. Vielleicht auch nur das Kreuz. Das gebot ihnen Halt.«

»Nun, Sir, es genügte wenigstens für etliche Minuten. Ich sagte ihnen, wenn Kinder im Hause wären, kleine Kinder, so wollte ich sie holen und beschützen und mit mir nehmen. Da fingen sie wieder zu heulen an und fuchtelten mir mit ihren Prügeln vor dem Gesicht herum. Sie kamen mir so nahe, daß ich ihren Schweiß riechen, ihre haßerfüllten Augen sehen und ihren Atem spüren konnte. Wären die Frauen nicht gewesen, die älteren, sie hätten mich trotz des Kreuzes erschlagen.«

»Ich brüllte sie an. Verwünschte sie wohl sogar. Das ernüchterte sie ein wenig – ein Pastor, der fluchte! Ich fragte sie, ob sie noch nicht genug Haß und Tod gesehen hätten. Bat sie, an ihre eigenen Kinder zu denken, die daheim wohlbehütet schliefen. Ein Mann spuckte mir ins Gesicht und auf die Uniform. Ich sei ein elender Amerikaner. Ich hätte ihre Häuser zerbombt. Ich hätte sie gemordet. Die Frauen murmelten zornig. Aber immerhin, das Kreuz war nicht zu übersehen.«

»Und?« fragte Dr. Stevens; er saß nur mehr auf dem Rand seines Stuhles. Aus der Küche drang ein förmlich fühlbares Schweigen.

»Nun, ich hörte sie an. Und dann sagte ich: ›Verzeiht mir.‹«

Er wartete; aber Dr. Stevens schwieg, bleich und stumm.

»Also«, erzählte Johnny weiter, »hörte ich auf, gegen die Leute zu wüten, denn was sie gesagt hatten, hatte auch mich ernüchtert. Ich wiederholte nur: ›Verzeiht mir.‹ Da legte sich das Geheul. Mehrere Frauen brachen in Tränen aus. Eine meinte sogar: ›Die armen Kinder!‹ Und ich berührte das Kreuz, das nicht nur die Kinder, sondern auch die Männer und Frauen gerettet hatte.«

Er legte seine Pfeife hin und barg erschüttert das Gesicht in den Händen. Als er wieder aufsah, hatte er Tränenspuren im Gesicht.

»Und wissen Sie, was diese Männer und Frauen, die Krieg und Tod und Bomben erlebt hatten, was die schließlich zu mir sagten, während sie sich um mich drängten? Sie sagten: ›Verzeihen auch Sie uns.‹«

Er wandte sich ab und kehrte Dr. Stevens den Rücken. »Wir traten alle gemeinsam in das Haus. Es war stockdunkel drinnen.

Wir sagten den Kindern, wir würden ihnen nichts zuleide tun. Sie waren ja irgendwo versteckt, und nur zu den Fenstern floß das Mondlicht herein. Die Frauen lockten sie an, wie sie es mit ihren eigenen Kindern zu tun pflegten. Mir fiel ein, die Kinder waren vielleicht nach der Befreiung aus einem Lager entlassen oder entkommen. Ich versuchte mein bißchen Italienisch und Französisch. Aber obwohl wir alles sorgfältig absuchten und leise sprachen, kam keine Antwort.«

»Aber du fandest sie, Jonny?«

»Ja, unten im Keller, an eine Wand gedrückt, wo eins das andere zu schützen versuchte. Die kleine Emilie und Kathy, Pietro, Jean und Max. Gehetzt und in die Enge getrieben wie unvernünftige Tiere, zu denen wir sie gemacht hatten. Auf einem Haufen, die Jungen schützend vor den kleinen Mädchen. Man konnte sie kaum sehen.«

Er wandte sich um, und auf seinem Gesicht zuckte es. »Ich kann nicht mehr viel davon erzählen, Dr. Stevens. Aber die Männer und Frauen halfen mir, die Kinder herauszuholen. Die kratzten und bissen und bellten wie tolle Hunde. Sie waren halbverhungert, fast nackt und schmutzig. Wir mußten sie tragen. Sie konnten kein Wort sprechen; sie fielen uns aus den Armen und versuchten, auf allen vieren fortzukriechen. Aber wir schafften sie endlich doch in ein Heeresdepot; die Frauen stürzten fort und brachten ihnen Kleider, Sachen, die sie selber bitter nötig brauchten. Die Männer brachten Schwarzbrot und Wein. An die folgenden Tage will ich gar nicht denken. Manchmal mußten wir die Jungen festbinden! Die Mädel wollten immer wieder durchbrennen. Sie verstehen; sie waren alle überzeugt, wir wollten sie umbringen.«

Johnny verließ unvermittelt die Bibliothek und ging eilenden Schrittes in die Küche. Dr. Stevens blieb allein zurück; er bewegte stumm die Lippen. Im Herzen aber wiederholte er unaufhörlich: Herr, erbarme dich meiner. Vater vergib mir.

Johnny trat wieder ein und lächelte. »Sie sind gerade bei Kuchen und Milch angelangt. Sie benehmen sich tadellos! Wenn Sie glauben, daß sie noch recht schlimm sind, so hätten Sie sie vor zehn Monaten sehen sollen.« Er hatte sich offenbar gefaßt. Er setzte sich und nahm seine Pfeife auf.

Auf dem Flur erdröhnten entschlossene, stapfende Schritte, und Edith und Mrs. Burnsdale marschierten resolut herein. »Wir gehen, Dr. Stevens«, sagte die Ältere, ohne Johnny einen Blick zu gönnen. »Wir wollen unser Geld.«

Dr. Stevens musterte sie kühl – die klapperdürre Edith, die tat, als sei ihr das Weinen nahe, und die mit gespielter Furcht über die Schulter sah, und die stämmige Mrs. Burnsdale. »Ihre Woche ist noch nicht um«, sagte er wider seine eigene bessere Einsicht. »Außerdem werden Sie hier gebraucht. In wenigen Tagen wird Mr. Fletcher mit den Kindern abreisen. Er braucht Ihre Hilfe – können Sie sich nicht dazu zwingen?«

Johnny glitt vom Tisch. Er trat an die zornige Mrs. Burnsdale heran und schaute auf sie hinab. »Wissen Sie«, sagte er, »früher einmal dachte ich, Menschen wie Sie wären gütiger als – andere. Gütiger, weil Sie ihr Leben lang arbeiten mußten. Gütiger, weil Sie wissen, was leiden heißt. Aber das ist auch nur eine Lüge, wie so vieles andere, woran ich seit Kindertagen glaubte.«

Er sah die Frau streng an, bis sie den Blick senkte. Sie rückte ihre Tasche auf dem Arm zurecht und warf dann trotzig den Kopf in den Nacken. »Was!« schrie sie. »Hier bleiben und mich im eigenen Bett umbringen lassen? Und außerdem, was wissen Sie schon von unsereinem, Mr. Fletcher?«

Er zwang sich zu lächeln. »Weil ich vom selben Schlag bin. Ich bin in einer kleinen Kohlenbergwerksstadt aufgewachsen. Seit meinem dreizehnten Lebensjahr mußte ich mir mein Brot selber verdienen. Ich hätte wohl vernünftiger sein sollen. Sie sind nicht besser und nicht schlechter als die Damen, die heute nachmittag hier waren. Und warum auch? Sie sind auch nur ein Mensch.«

Ihr Blick wurde verlegen. Sie versuchte jedoch, ihre Entrüstung zu wahren.

»Sie bringen uns in unseren Betten um!« wimmerte die dumme Edith. »Komm, Tantchen.«

»Sind Sie denn ein Feigling, der sich vor Kindern fürchtet, Mrs. Burnsdale?« fragte Dr. Stevens, der nun wieder Mut faßte.

Aber Johnny sprach ruhig weiter: »Sie haben schon von Konzentrationslagern gehört, Mrs. Burnsdale? Nun, aus solchen kommen diese Kinder. Es sind Waisen. Ihre Eltern hat man ermordet. Ich habe ihnen seit zehn Monaten etwas Englisch beigebracht. Sie wissen nicht, wo sie geboren sind und wer ihre Eltern waren. Ja, der hungrigste, schmutzigste kleine Balg in Harlem, der in der erbärmlichsten Zinskaserne wohnt, ist ein Glückspilz gegen sie! Sind Sie eine Christin, Mrs. Burnsdale?«

Sie war getroffen und blinzelte verlegen. »Ich hoffe doch, Sir.«

Edith jammerte wieder. Ihre Tante wandte sich unvermittelt zu ihr um. »Hör schon auf, Dummkopf.«

»Wir brauchen Sie, Tantchen«, sagte Johnny und nun strahlte sein Gesicht wieder Kraft und Liebe aus. »Nur ein paar Tage. Ich kann die Kinder nicht selbst verköstigen. Sie brauchen nur für sie kochen. Und dafür sorgen, daß sie kein Messer in die Hand bekommen –«

»Messer!« wimmerte Edith.

»Ich bin immer dabei«, fuhr Johnny fort, nachdem Mrs. Burnsdale ihrer Nichte einen vernichtenden Blick zugeworfen hatte. »Sie werden Ihnen keine Schwierigkeiten machen.«

»Ich fahre heim«, erklärte Edith. Kein Mensch hörte auf sie. Selbst als sie sich furchtsam zur Tür zurückzog, bemerkte es niemand.

»Lassen Sie sich von Max erzählen, dem zweitgrößten«, bat Johnny. »Er spricht nur Englisch. Er weiß nicht mehr, daß er früher einmal deutsch sprach. Das tut er nur mehr in Angstträumen. Er weiß überhaupt nichts mehr, erinnert sich nur in diesen Träumen. Wissen Sie, was ihm geschah, als er vermutlich sechs Jahre alt war? Ich hörte die Geschichte, als er im Schlaf redete. Man hatte ihn zusammen mit seinem Vater eingesperrt.«

Mrs. Burnsdale legte die behandschuhte Hand an die Lippen und starrte Johnny entsetzt an. »Ja«, nickte Johnny. »Und am nächsten Morgen wurde der kleine Junge, der Ihr Enkel sein könnte, gezwungen, die Hinrichtung seines Vaters mitanzusehen. Darum ist Max so verstört. Darum wäscht er sich immerfort die Hände – er will sich reinwaschen vom Tod seines Vaters. Der arme Kleine.«

Mrs. Burnsdale begann zu weinen. Es war ein seltsamer Anblick; es arbeitete in ihrem großen Gesicht, dann kamen die Tränen, und nun angelte sie in ihrem Täschchen. »Ich-kann-so-was-nicht-glauben«, stammelte sie.

»Es ist nur zu wahr«, versetzte Johnny. »Jean erinnert sich in seinen Angstträumen recht wohl an das Lager. Er ist wahrscheinlich ein kleiner Franzose; im Schlaf spricht er französisch. Sie sollten ihn manchmal hören! Seine Eltern wurden ermordet. Er versuchte, seiner Mutter zu Hilfe zu kommen; man hat ihn halb totgetreten. Darum ist er ein Krüppel. Darum ist er so wild und haßt die Menschen. Darum hat auch Jean selbst gemordet, als sich die Gelegenheit bot. Aber er tat es, um Essen zu haben, und sein Opfer war ein Soldat, der auf einem einsamen Posten Wache stand, nachdem wir Amerikaner dort einmarschiert waren. Der Mann hatte nämlich sein Eßpäckchen bei sich. Jean entsinnt sich nicht mehr, daß er den Soldaten umgebracht hat. Er weiß nur noch, daß er einmal seine

Mutter rächen mußte und ein andermal sich Essen beschaffen mußte, und beide Male mit einem Messer. Und im Unterbewußtsein verfolgt ihn noch immer der Gedanke, daß er entweder selbst morden oder ermordet werden muß. Jetzt nicht, auch nicht mehr die ganze Zeit, besonders nicht mehr, wenn er wach ist. Nur in unbewachten Augenblicken und wenn er träumt.«

»Gott sei uns gnädig!« sagte Mrs. Burnsdale mit halberstickter Stimme.

»Das hoffe ich«, erwiderte Johnny schlicht. »Wir brauchen seine Gnade.«

»Ich kann das einfach nicht mehr hören!« kreischte Edith.

»Und dann ist da noch Pietro. Der ist wohl ein kleiner Italiener. Seine Eltern fielen einem Bombenangriff auf sein kleines Heimatstädtchen zum Opfer. Amerikanische Bomber. Er hatte einen älteren Bruder. Er hat mir einmal davon erzählt, an einem Abend, als er beinahe schon schlief. Als die Nazis aus Italien abzogen, nahmen sie seinen Bruder als Fremdarbeiter mit, und dem gelang es irgendwie auch den kleinen Pietro in den Transport zu schmuggeln. Vielleicht bot er, um den Kleinen vor dem Hungertod zu retten, seine Dienste als Spion an. Ich weiß es nicht; das werden wir nie erfahren. Jedenfalls endete er im Lager. Pietros Bruder, Vittorio, war offenbar ein guter Italiener, der sein Vaterland nicht verraten wollte. Er wurde erdolcht, und Pietro sah zu. Darum bedeutet nun ein Messer für Pietro Rache, Vendetta; er will ein Messer, um die Männer zu erdolchen, die seinen Bruder ermordet haben. Und für den armen, kleinen Pietro ist jeder Mann in Uniform, ich nicht ausgenommen, ein Mörder seines Bruders Vittorio.«

Johnny hielt inne. Er hatte sehr ruhig gesprochen, und gerade diese ruhige, leidenschaftslose Erzählung hatte furchtbare Wirkung. Mrs. Burnsdale blieb stumm. Sie hatte die Augen fest geschlossen, und unter den Lidern quollen ihr Tränen hervor.

Johnny fuhr fort: »Pietro ist ein sehr intelligenter und aufgeweckter Junge. Er liebt Farben und Musik. Er denkt. Ich glaube, er wird einmal ein großer Künstler werden. Er ist gefährlicher als Jean, obwohl er jünger ist. Jean trägt seinen Haß offen zur Schau; Pietro lächelt und in seinem Herzen brennt der Haß. Ich muß Pietro unausgesetzt beobachten; er hält jeden Erwachsenen, besonders jeden Mann, für seinen Feind und für mitschuldig am Tode seines Bruders.« Johnny fuhr sich mit der Hand über das Gesicht. »Ab und zu frage ich mich, ob Pietro nicht recht hat.«

Edith hatte sich nun ermannt. »Wenn du nicht gleich kommst,

Tantchen, so geh ich allein. Du hast gehört, was Mr. Fletcher selbst sagt. Gefährlich! Messer! Draußen wartet das Taxi.«

Mrs. Burnsdale wandte sichlangsam ihrer Nichte zu und durchbohrte sie förmlich mit ihren hellgrauen Augen. »Wenn du es wagst, von hier fortzugehen«, begann sie. Johnny und Dr. Stevens tauschten ein rasches Lächeln.

Johnny unterbrach sie: »Lassen Sie Edith gehen, Mrs. Burnsdale. Niemand darf um die Kinder sein, der ihnen nicht Verständnis und Mitleid entgegenbringt. Und Edith hat recht. Wenn sie die Kinder merken läßt, daß sie sie fürchtet, dann werden sie ihr natürlich, wie alle wilden Wesen, auch Anlaß dazu geben.«

Edith packte ihren Koffer und floh. Sie hörten die Tür draußen ins Schloß fallen. Die Kinder in der Küche gaben sonderbare Laute von sich – unzusammenhängende Worte, undeutliche Redewendungen, ein Grunzen, kleine Schreie; dann war es wieder still.

Johnny nahm Mrs. Burnsdales kurzen, dicken Arm und geleitete sie sachte zu einem Stuhl. Sie saß da wie ein Klotz; immer noch weinend, aber noch nicht bezwungen. Sie hatte etwas Entschlossenes an sich, während sie auf Johnnys nächste Worte wartete. Er sagte: »Das hört sich an wie ein ganzer Zoo, nicht wahr? Nun, die Kinder haben von mir Englisch gelernt, und nun versuchen sie eben, sich mit einem beschränkten Wortschatz untereinander zu verständigen, wie ganz kleine Kinder. Aber eins ist komisch. Ich kann zu ihnen ganz rasch und fließend Englisch sprechen und glaube manchmal, daß sie mehr verstehen, als man für möglich halten sollte.«

Er wischte Mrs. Burnsdale die feuchten Wangen mit seinem eigenen Taschentuch ab. Sie rührte sich nicht, sondern wartete nur ab.

»Ja, und dann Kathy«, fuhr er fort. »Sie hält sich für häßlich; das hat man ihr so gesagt. Sie glaubt, sie muß sterben, weil sie häßlich ist. Sie stiehlt Spiegel. Wer weiß, was Kathy sonst noch denkt? Sie muß aus guter Familie stammen, vielleicht aus einer deutschen, holländischen oder dänischen. Nach verschiedenen Anzeichen aus ihrer Handlungsweise schließe ich, daß sie nicht allzu lange im Lager war. Sie ist zu sauber und tüchtig und liebt es, das Regiment über die Jüngeren zu führen und sie zu betreuen. Darum glaube ich, sie war die älteste Tochter in einer jungen Familie und die Stütze der Mutter. Kommt wohl aus bürgerlichem Milieu. Kathy redet nicht im Schlaf, außer von ihrer ›Häßlichkeit‹ und von Spiegeln. Sie spricht mit keinem Wort von ihren Eltern oder sonst jemand. Aber ihre ganze Familie muß tot sein. Kathy hat übrigens eine lange Brandwunde im Kreuz, ungefähr acht Zoll breit. Sie hat auch heillose Angst vor Feuer. Hysterisch habe ich sie nur gesehen, wenn sie eine Flamme brennen sieht; zuweilen streiche ich ein Zündholz an, und sie wird halb verrückt dabei.«

Mrs. Burnsdale drückte die behandschuhten Hände an die Ohren und begann im Stuhl zu schaukeln; sie litt sichtlich. Dr. Stevens starrte zu Boden; die Zigarre in seiner Hand war erloschen. Krank und wie vom Schlag gerührt sah er aus, und Johnny trat besorgt zu ihm. »Dr. Stevens?« fragte er ängstlich. »Fehlt Ihnen etwas?«

Der alte Mann erwiderte: »Ich frage mich nur, ob Gott uns je verzeihen wird, uns allen, auf der ganzen Welt. Ich bin nicht so überzeugt davon, Johnny.«

Johnny antwortete: »Auch ich nicht. Ja, und nun wäre nur noch Emilie, das Baby, zu erwähnen. Die hat wohl ihr ganzes bisheriges Leben im Lager verbracht; sprechen lernte sie erst von mir. Ich schätze sie auf fünf Jahre. Sie hat einen Herzfehler und wird vielleicht nicht alt werden. Ich habe sie von den besten Militärärzten untersuchen lassen. Sie sind der Meinung, daß man ihr Gift injiziert hat. Ihr Herz ist doppelt so groß wie ein normales Kinderherz. Herzerweiterung. Sie kann nicht im Liegen schlafen; nur sitzend, mit Kissen im Rücken. Sie weint nur im Schlaf, winselt wie ein Hündchen. Vielleicht überlebt sie es, wenn sie erst überzeugt ist, daß sie jemand wirklich herzlich lieb hat.«

Er ging auf und ab, auf und ab, und nun rang er die Hände, so wie Max es zu tun pflegte. »Ehe ich die Kinder hierherbringen konnte, mußten sie eine Serie Injektionen bekommen. Als Emilie die Nadel sah, wurde sie ohnmächtig. Wir hielten sie für tot. Sie mußte tagelang mit Sauerstoff behandelt werden. So viel über Emilie.«

Er hob die Hände und ließ sie wieder fallen. »Nur fünf Kinder. Denken Sie an die Millionen, die gestorben sind, wie diese Kinder hätten sterben können, aus denselben Gründen. Ich weiß nicht, wie sie ihrem Schicksal entgingen. Weiß auch nicht, wie sie sich in Salzburg fanden. Ich weiß nur, daß sie miteinander hausten, in irgendwelchen Bombenruinen. Ich weiß nur, daß sie einander vertrauen und einander verstehen. Und jetzt weiß ich nur das eine: sie müssen lernen, mir und ihren Mitmenschen zu vertrauen, sonst gehen sie dem sicheren Tod entgegen.«

Schweiß glänzte auf seinem Gesicht. Er fuhr sich zerstreut durch das Haar. »Von Gott kann ich ihnen nicht erzählen. Noch nicht.

Denn sehen Sie, es waren ja ›Christen‹, die ihnen das angetan haben. Ich habe sie selbst getauft, ihnen aber nicht erklärt, worum es dabei ging. Wenn ich ihnen von Gott erzähle, werden sie mir etliche sehr treffende Fragen stellen, und die zu beantworten bin ich noch nicht imstande. Das geht vorläufig noch über meine Kraft.«

Mrs. Burnsdale erhob sich und sagte laut: »Es ist beinahe neun Uhr, und die Kinder sitzen immer noch in der Küche. Ihr Männer solltet euch schämen! Wie steht's mit einem Bad und mit den Betten für die Kinder?«

Sie zog den Mantel aus, legte Hut und Handschuhe ab und sah die beiden Geistlichen, während sie vor sich hinmurmelte, vorwurfsvoll an. Dann stampfte sie davon.

Johnny wollte ihr, wieder ängstlich geworden, auf dem Fuß folgen. Aber Dr. Stevens fragte: »Aber, bei allem, was heilig ist, wie hast du sie nun wirklich herübergebracht?«

Der junge Mann lächelte grimmig. »Ach, das hat mich etliches gekostet, das dürfen Sie mir glauben! Erst mußte ich Formulare zu Hunderten ausfüllen. Ich mußte sie offiziell zu meinen Pflegekindern erklären und die Bürgschaft für sie übernehmen. Für jedes mußte ich fünfhundert Dollar Kaution bei den Einwanderungsbehörden hinterlegen, als Garantie, daß sie hier nicht dem Staat zur Last fallen würden. Ich selber hatte nur die Hälfte der Summe. Aber die Kameraden im Heer halfen mir. Sie brachten das Fehlende auf. Und es blieb noch eine Menge übrig, an die zweitausend Dollar, damit ich den Kindern weiterhelfen könnte, wenn ich hier ankäme.«

Dr. Stevens sagte: »Johnny, ich bin nicht reich. Aber ehe du abreist, gebe ich dir einen Scheck über tausend Dollar für die Kinder. Und helfe dir auch sonst jederzeit.«

Arm in Arm gingen sie eilends nach der Küche, blieben aber an der Tür in ungläubigem Staunen stehen. Mrs. Burnsdale hatte das Kommando übernommen. Sie hatte mit feinem Instinkt sogleich erkannt, was zu tun war. Sie sagte eben langsam und deutlich zu Kathy: »Du, Kathy, Emilie kommt als erste zum Baden dran, und du badest sie. Dann badest du selber. Du bist jetzt meine Gehilfin; ich brauche dich.«

Kathy richtete sich auf, stand still und hörte aufmerksam, bereitwillig und verständig zu. Zum Erstaunen der Männer verneigte sie sich höflich vor Mrs. Burnsdale: »Ja, Mutter.« Dr. Stevens und Johnny starrten einander mit offenem Mund an. Kathy legte Emilie die Hand auf die kleine Schulter und sagte streng: »Komm! Baden.« Emilie glitt gehorsam und mit großen Augen vom Stuhl, und Kathy packte das kleine Händchen. »Erst aber«, mahnte Mrs. Burnsdale, »sagt ihr eurem Papa gute Nacht!«

Johnny traute seinen Augen nicht. Kathy knickste richtig vor ihm, als erinnerte sie sich einer langvergessenen Lektion. Dann knickste sie auch vor Dr. Stevens. »Gute Nacht«, sagte sie mit der Stimme eines wohlerzogenen kleinen Mädchens. Dann führte sie Emilie ohne weitere Flausen hinaus.

Die Jungen waren ebenso sprachlos wie die beiden Geistlichen. Also eine Frau brauchen sie, dachte Dr. Stevens. Die Jungen wandten langsam und fragend die Köpfe nach den beiden Großen. Johnny lachte. »Seht ihr, Jungen; wenn die Damen eingreifen, dürft ihr nicht lange fragen.«

Mrs. Burnsdale erklärte: »Sie sind ja bloß Kinder, und sie werden auf mich hören lernen. Du bist Jean, der große Jean. Gut, das Essen ist vorbei. Du nimmst den hier – Pietro, nicht wahr? Gut. Du badest ihn, dann badest du selber. Und wenn du ihn hinterher im Haus herumlaufen läßt, hast du's mit mir zu tun, junger Mann! Ich hab' eine harte Hand. Hab' selber vier Kinder großgezogen.« Sie hielt dem verdutzten Jean eine gewaltige Hand unter die Nase, und er nickte unterwürfig. »Ja, Maman«, murmelte er. Er stand mit Mühe auf und nahm Pietro am Arm. Der Kleine wehrte sich. »Komm – schon«, sagte Jean und stierte ihn finster an. Pietro jaulte leise. Aber Jean zerrte ihn vom Stuhl, und beide verließen die Küche; Pietro sträubte sich, doch nur mit halbem Herzen.

Nun kam Max an die Reihe. Mrs. Burnsdale trat neben ihn. Er starrte leer vor sich hin und bewegte die Lippen. »Max?« sagte die Frau. Ihn überlief ein Schauer; er blieb aber stumm. »Max«, wiederholte Mrs. Burnsdale. »Sag gute Nacht. Deinem Papa, Max. Deinem Papa. Er war nie fort, weißt du.«

Max' Gesicht blieb leer und verstört. Da beugte sich die rundliche Mrs. Burnsdale über ihn, küßte ihn auf die Sirn und legte ihm den Arm um den Hals. Er fuhr entsetzt zusammen. »Papa?« schrie er. »Papa!«

Johnny trat zu ihm. »Hier ist Papa, Max.« Er nahm ihn auf den Arm, und der Junge schlang ihm weinend die Arme um den Hals. »Papa wird Max baden und ins Bett stecken«, sagte Johnny und trug den Jungen aus der Küche, wobei er ihm begütigend zusprach.

Mrs. Burnsdale und Dr. Stevens sahen einander an. Dann erklärte sie entschlossen: »Dr. Stevens, Sie werden sich nach einer anderen Haushälterin umsehen müssen. Tut mir leid. Aber der junge Mann braucht die Hilfe einer Frau, und ich gehe hin, wo er hingeht. Wo immer das auch sein mag. Diese Edith!« setzte sie hinzu und betrachtete die Berge von Geschirr im Abwaschbecken und auf dem Tisch. »Gerade, wenn ich sie brauche. Aber offen gestanden, sie taugte nie viel. Nun, ich werde das Geschirr abwaschen, wenn wir erst die Kinder wohlbehalten im Bett haben.«

Dr. Stevens stand allein in der unaufgeräumten Küche. Er dachte nach. Dann legte er Jacke und Binder ab. Er suchte ein großes Handtuch hervor und band es sich um das runde Bäuchlein. Er fand die Abwaschschüssel und die Seife. Er fing an, leise zu summen, und sein Gesicht hellte sich auf. Er fuhr mit beiden Händen in das Seifenwasser und summte immer lauter, als würde ihm immer leichter ums Herz.

4

An einem heißen Augustmorgen stand Ehrwürden John Fletcher auf den Stufen des Pfarrhauses und musterte nachdenklich seine Schäflein. Und sie musterten ihn nicht weniger nachdenklich; sahen sie ihn doch zum erstenmal in seinem schwarzen, geistlichen Gewand. Daß er die Uniform abgelegt hatte, hatte den Kindern ein wenig mehr Vertrauen eingeflößt, wie er gehofft hatte; sie hatten nämlich diese Uniform unweigerlich in Gedanken mit dem Schrecken verbunden, der sie beinahe das Leben gekostet hatte.

Die Kleider, die die UNRRA ihnen hatte stiften können, bedeckten ihre Blößen hinreichend; das war aber auch schon alles, was sich zu ihren Gunsten sagen ließ. Hübsche Kleidchen für die Mädchen, kurzärmelige Hemden und blaue Hosen für die Jungen. Ja, richtig angezogen würden sich diese Kinder nicht von amerikanischen unterscheiden!

Der Verkehr brauste dröhnend vorbei, Taxis, große Luxuswagen, Menschen; die Sonne spiegelte sich blitzend in tausend breiten, heißen Fenstern. Gott sei Dank, daß wir in New York sind, dachte Johnny. Obwohl die Kinder recht absonderlich gekleidet waren, wie sie ihn hier auf den braunen Steinstufen umstanden, gaffte sie doch kein einziger Passant neugierig an. In Großstädten kümmerten sich die Leute um ihre eigenen Angelegenheiten. Er, Johnny, hatte beabsichtigt, »seinen Kindern« in der kleineren Stadt, wo sie dann wohnen sollten, normale Kleidung zu kaufen; da war ihm aber eingefallen, daß man in Kleinstädten neugieriger und kritischer ist als in großen. Wenn sie dann alle miteinander ankämen — irgendwo —, würden sie eben aussehen wie alle anderen Kinder auch; und was machte es schon aus, was das kostete? Gott wird für die Seinen sorgen, dachte Johnny und bemühte sich, nicht an das Haus des Scharfrichters zu denken.

Pietro streckte die flinke, braune Hand aus und berührte Johnnys schwarzen Rock. Er war mäuschenstill und hatte die Stirn kraus gezogen. »Ja, mein Sohn?« fragte Johnny. Der Junge sah aus seinen unergründlichen Augen, in denen ein Funke glimmte, auf. Ein Funke der Erinnerung an einen alten Priester in seinem vergessenen Dorf? »Padre?« murmelte der kleine Junge unsicher. Johnny fühlte sein Herz vor Freude hüpften. »Padre«, erwiderte er. Pietro lachte unbändig, aber seine Hand umklammerte immer noch Johnnys Rock. Es war zum erstenmal, daß er den jungen Geistlichen aus eigenem Antrieb berührt hatte. Er zappelte unruhig hin und her, als wollte er tanzen. Und nun musterte ihn Jean aufmerksam. Seine Lippen zuckten. Dann platzte er triumphierend heraus: »Abbé! Abbé!« und Johnny erwiderte: »Abbé!«, und bei sich betete er: »Vater, ich danke dir.« Er warf einen kurzen, hoffnungsvollen Blick auf Max; aber Max glich der träumenden Statue eines heimatlosen Jungen. Die kleine Emilie stand da so bleich und hübsch in der prallen Sonne, mit der reichen Lockenfülle; die sich bis auf den kleinen, schmalen Rücken hinab ergoß; sie beobachtete die Jungen aus ihren großen blaßblauen Augen und hielt Kathys Hand fest. Emilie war ganz in Staunen versunken. Kathy betrachtete Johnny und schürzte nachdenklich die Lippen. Dann flog ein Leuchten über ihr rundes Gesicht. »Fadder!« rief sie triumphierend. »Fadder!« erwiderte Johnny und nickte ihr zu. Sie herzte Emilie. »Papa — Fadder«, erklärte sie ernst. Emilie schaute verdutzt drein. »Sie ist wie ein Baby«, sagte Johnny. »Sie versteht noch nichts. Aber wir werden ihr alles beibringen, nicht wahr, Kathy?«

»Baby«, pflichtete Kathy bei. Ihre rechte Hand umkrampfte etwas, und Johnny wußte, es war Mrs. Grants Puderdose. Er sagte: »Ich werde dir heute eine Tasche kaufen, und du wirst deinen Spiegel hineinstecken.« Er zögerte. »Warum läßt du mich ihn nicht einstweilen in meine Tasche stecken, Liebling?«

Sie wich vor ihm zurück, ihr runden Augen verengten sich, und sie schüttelte so heftig den Kopf, daß ihr Zopf hin und her flog. Johnnys freudige Hoffnung schwand zum Teil. Sein Blick fiel auf die große, braune Kirche nebenan, deren Messingkreuz in der Sonne blitzte. Er grübelte. War es noch zu früh, die Kinder zu unterweisen? Nach einer kurzen Weile sagte er: »Seht ihr das Haus da? Das ist eine Kirche. Gehen wir hinein.« Er würde nie darin predigen; das wußte er jetzt.

»Kirche?« fragte Jean. Seine Backenknochen schimmerten in der Sonne ganz weiß durch die Haut, als lägen sie bloß. Johnny wiederholte: »Kirche. Gottes Haus.« Er wartete auf ein Zeichen des Verstehens von Jean, von Kathy. Nichts; nur ausdruckslose Gesichter. Und doch hatten sie «Abbé« gesagt und »Fadder«. Also erinnerten sie sich nicht an eine Kirche, wußten wohl von gar keiner Kirche — entsannen sich nur dunkel eines Priesters, der, wahrscheinlich selbst Flüchtling, sie zu trösten versucht hatte, ehe er gestorben oder fortgeschleppt worden war. »Gott«, wiederholte Johnny bange. Die Kinder sahen ihn kopfschüttelnd an, zogen sich, wie immer, wenn sie ihn nicht verstanden, zurück und drängten sich wie ein kleines Rudel zusammen. Er streckte ihnen die Hand entgegen und suchte krampfhaft nach Worten. Er sagte: »Dio? Dieu? Gott?« Vier Kinder — Max, Emilie, Kathy und Pietro — schauten verwirrt und unsicher drein. Aber Jean begann zu Johnnys Entsetzen zu knurren, verhalten und drohend, und sein Gesicht verzerrte sich vor Haß. Ah, dachte Johnny, er erinnerte sich also dumpf und weiß noch, ganz tief im Unterbewußtsein, daß es nirgends Hilfe gab. Und zu dem Jungen sprach er: »Nicht Dieu, nicht Gott, mein Sohn. Nur Menschen. Die haben dich von ihm getrennt.« Jean knurrte lauter; aber er blinzelte und schüttelte den Kopf, als wollte er ein versunkenes Bild heraufbeschwören. Nun fingen die Kinder nach dem Beispiel ihres Anführers Jean zu murmeln an, und Johnny wußte, er würde sich nie an diesen furchtbaren Laut gewöhnen. Eilig nahm er Kathy bei der Hand. Zu Jean, der ihn aus heißen haßerfüllten Augen anstarrte, sagte er: »Weißt du noch, Jean? Du kümmerst dich um die Jungen, Max und Pietro. Du bist mein ältester Sohn. Ich werde die Mädchen in die Kirche führen, und du bringst die anderen. Also, wird's bald?« Er erwiderte Jeans starrenden Blick und runzelte streng die Stirn.

Jean stand stumm da; die goldbraune Locke fiel ihm in die Stirn. Er war unerschütterlich, und ebenso unerschütterlich standen Max und Pietro zu beiden Seiten neben ihm. Da aber ergriff Kathy das Wort und sagte mit ihrer neuen, schulmeisterlichen Stimme in einem Ton, der keinen Widerspruch duldete: »Jean — großer Junge. Jean bring die kleinen Jungen. Papa und Kathy und Emilie folgen.« Dankbar überrascht wandte sich Johnny ihr zu. Sie musterte die Jungen kühl. Sie war jünger als Jean, aber auf ihre mütterliche Art gebieterisch. »Folgen«, wiederholte sie. Sie zerrte Emilie mit sich und stapfte entschlossen auf die Kirche zu. Johnny lachte ein wenig hilflos. »Was können wir Männer tun, wenn eine Frau uns kommandiert?« fragte er.

Pietro kicherte. Max war aus seiner Starre erwacht. Er lächelte unmerklich. Jean schaute Kathy erbost nach. »Ich bin der älteste«, sagte er, und das grimmige Funkeln wich aus seinen Augen. Mit einem flüchtigen Blick warnte er Pietro und Max und packte diesen am Arm und jenen an der Hand. Dann sah er wieder Johnny an, und seine Augen wanderten an dem schwarzen Rock hinab und hinauf und blieben endlich an dem weißen Kragen haften. »Papa Abbé – zuerst«, sagte er.

Nun, Vater, ich danke dir abermals, dachte Johnny demütig. Er ging die Stufen des Pfarrhauses hinab. Würden die Jungen ihm wirklich folgen? Hinter ihm war alles still. Und dann vernahm er voll Dankbarkeit das Schlurfen der kleinen Füße dicht hinter sich. Johnny wartete, bis eine Gruppe Passanten vorüber war; dann eilte er weiter. Die Jungen blieben dicht beisammen, ohne den achtlos vorbeihastenden Männern und Frauen auch nur einen flüchtigen Blick zu gönnen. Sie schauten nie Menschen an, wenn es nicht sein mußte.

Kathy zog Emilie beiseite, als nun Johnny auf die große, polierte braune Kirchentür zuging. Die Jungen blieben unten vor der Treppe stehen. An der Tür hing eine Kundmachung: »Gottesdienst jeden zweiten und vierten Sonntag im Juli und August, um 10 Uhr vormittag. Abendmahl am letzten Sonntag.« Johnny studierte, die Hand am Türknopf, den Zettel eine Weile, und sein Gesicht verfinsterte sich. Also war Gott in dieser Kirche, in Seiner Kirche, nur zu bestimmten Zeiten zu sprechen, wie? Er wurde nicht benötigt, ausgenommen »jeden zweiten und vierten Sonntag im Juli und August – um 10 Uhr vormittag«. Und wenn ein verzweifelter Mann strauchelte, eine Frau in ihrer Angst an Selbstmord dachte – da müßten sie eben bis zum zweiten oder vierten Sonntag warten?

»Papas Kirche?« fragte Kathy, die neugierig geworden war, warum Johnny immer noch dastand.

Johnny betrachtete die Kirche. »Nein, leider nicht Papas Kirche, meine Liebe«, sagte er. Dennoch drehte er den Türknopf. Die Tür war versperrt. Er trat zurück und studierte sie genauer. »Ganz und gar nicht Papas Kirche«, setzte er hinzu. Das Herz tat ihm weh. Er hatte so viele Dome und Kirchen in ganz Europa gesehen, und die waren stets offen gewesen. Er hatte vergessen, daß die meisten protestantischen Kirchen nur an Sonntagen und zu besonderen Anlässen geöffnet sind. Er hatte nur eine einzige eigene Kirche und Gemeinde gehabt, ehe er 1940 Feldkaplan geworden war. Ein bescheidenes Kirchlein – aber das war trotz der Proteste des Kirchenrats und des Küsters nie versperrt gewesen.

Er wußte nicht, was er tun sollte. Er hatte die Kinder zum erstenmal in eine Kirche führen wollen. Das war mißlungen. Verärgert ließ er den Blick die Straße hinabgleiten; plötzlich stutzte er. In der Ferne sah er ein zweites Kreuz in den strahlend blauen Sommerhimmel ragen. »Ich glaube«, sagte er, »wir gehen einfach Gott suchen. Vielleicht finden wir Ihn irgendwo.«

Er ging weiter die Straße hinab, und die Kinder folgten ihm auf den Fersen.

»Kleider?« fragte Kathy erwartungsvoll. »Schuhe?« forschte Jean, indem er die Jungen hinter sich herzog.

»Zuerst wollen wir sehen«, versetzte Johnny, »ob nicht Gott hier irgendwo zu finden ist. Ihr sollt erst Ihn kennenlernen; und die Kleider kommen dann hinterher.«

»Will nicht Gott kennenlernen«, maulte Pietro. Er erwärmte sich allmählich für die wechselnden Bilder und die Geräusche der Großstadt.

Johnny entgegnete: »Nun, in mancher Hinsicht verstehe ich dich sogar. Aber mir ist, als wollte Er dich kennenlernen, Pietro.«

»Max Angst vor Gott«, sagte Max mit seiner leisen abwesenden Stimme. Er machte sich von Jean los und begann lautlos zu weinen. »Will Gott Max umbringen?«

Johnny seufzte. Er hatte Emilie an der anderen Hand genommen. Die Kinder warteten ängstlich auf seine Antwort. Sag mir, was ich ihnen sagen soll, Herr, betete er. Dann fragte er: »Ihr wißt, daß ich euch lieb habe, nicht wahr?« Er sah von einem Gesichtchen zum anderen. »Ihr wißt, ich werde euch immer lieb haben. Manchmal aber vergeßt ihr, und dann tut ihr mir weh, hier drinnen.« Er legte die Hand aufs Herz. Max hörte zu weinen auf. Sie alle sahen Johnny ernst und feierlich an. »Ihr wißt, was das heißt, hier drinnen weh tun. Ja, so tut ihr mir weh. Tut ihr das gern?«

Jean sah verlegen zur Seite. »Die Jungen – tun nicht gern – Papa weh«, erwiderte er dann.

Er lächelte sie zärtlich an. »Nun, ihr tut es aber doch oft. Ihr vergeßt immer wieder. Ich bin euer Papa. Aber wer ist der Papa von uns allen, von mir und euch? Wer liebt uns alle, jeden Menschen auf der Welt, trotz der Schlechtigkeit der Menschen? Nun, eben Gott! Gott ist unser Papa. Die Welt vergißt oft diesen Papa, unseren Vater, und tut Böses, ganz wie ihr. Aber ich vergesse euch nicht und höre nie auf, euch zu lieben. So hält es auch Gott — unser Papa, unser Vater.«

Sie lauschten, glaubten ihm aber nicht. Er sah das argwöhnische Funkeln in ihren Augen. Niemand hatte ihnen geholfen, nur der Mann hier vor ihnen. Sie zweifelten daran, daß ein anderer es je tun würde. Also belog sie ihr Papa jetzt, und wenn er log, durfte man ihm nicht trauen. Ihre Gesichter erbleichten vor Furcht.

»Wißt ihr was?« fragte Johnny. »Ich stelle euch Gott vor, und wenn Er euch nicht gefällt, gehen wir gleich wieder fort. Na?«

Jean fragte: »Wie sieht Er aus — Gott?«

Schon fangen die Fragen an, dachte Johnny. Wenn er gestand, daß er Gott nie gesehen hatte, würde das die Kinder vollkommen verwirren und ängstigen. Er lächelte geheimnisvoll. »Schön, schön,« antwortete er. »Ich will euch die Freude nicht verderben. Ihr sollt selbst sehen.«

Also mußte es wohl eine Kirche mit Statuen, Altären und Kerzenschein sein. Er nahm Emilies feuchtes Händchen und lachte froh. »Erst wollen wir zur Tür hineinsehen, ob Gott da ist. Wenn nicht, gehn wir wieder fort, und dann kaufen wir eure Kleider.«

Er marschierte mit Kathy und Emilie voraus. Die Jungen stapften hinterdrein. Ungeduldige Fußgänger überholten sie. Die Kinder waren nun äußerst gespannt. Kathy rief zu Johnny hinauf, während sie an den letzten Abend dachte: »Gott wie eine Lady, wie Mrs. Burnsdale. Gott auch Emilie im Stuhl schaukeln?« Ihr rosiges Gesicht erhellte sich.

»Gott«, versetzte Johnny, »ist wie Papa und Mrs. Burnsdale.« Er begann sich Sorgen zu machen. Wie sollte er diesen Kindern den Unergründlichen, den Unsichtbaren, den Allmächtigen erklären, so daß sie ihn begriffen?

Der Lärm der Großstadt verschluckte sie. Die Jungen stolperten dicht hinter Johnny drein, die Mädchen drängten sich an ihn. Dann hörte Johnny Pietros schrilles Lachen über den Lärm hinweg: »Pietro wissen!« kreischte er. »Gott großer Papa, wie mein Papa!«

»Halt den Mund«, sagte Jean zu Johnnys Erleichterung, denn es waren schon Leute stehengeblieben, hatten gegafft und zurückgeschaut und die seltsame Schar wahrgenommen. Johnny schwitzte, und sein Herz pochte vernehmlich.

Es war eine große Kirche aus rohem grauem Stein. Ihre Türen standen weit offen, und etliche Männer und Frauen kamen und gingen fortwährend, einzeln oder in Gruppen. »Seht ihr,« erklärte Johnny. »Gott ist doch zu Hause. Seht nur die Leute. Die gehen hinein, um mit Ihm zu reden, ganz wie wir. Sie wollen Ihm sagen, wo's ihnen weh tut, und Er wird ihnen helfen. Er hilft immer.«

Er wies auf das gleißende Kreuz, das in den tiefblauen Himmel ragte. »Das ist Sein Zeichen. Es bedeutet, daß Er zu Hause ist und uns erwartet.«

Die Jungen blieben stehen. Jean betrachtete Johnny aufmerksam. »Er wird mein Bein grademachen und das hier auch, meinen Arm, wenn ich Ihn bitte?«

Johnnys Züge verdüsterten sich. Er hatte Jean von den besten Militärärzten und anderen in Europa auf das sorgfältigste untersuchen lassen. Nur wenige hatten eine Reihe von Operationen vorgeschlagen, allerdings ohne sich viel davon zu versprechen. Die Mehrzahl hatte erklärt, man könne gar nichts tun.

Der Junge war unheilbar verkrüppelt; seine Knochen waren schon vor Jahren nicht richtig verwachsen. »Wenn ich Ihn bitte?« wiederholte Jean mit schlauem Lächeln.

Johnny sah zum Kreuz auf und betete schweren Herzens. Er konnte dies Kind nicht belügen; konnte es nie betrügen.

Er legte Jean die Hand auf die Schulter. Er sagte mit lauter klarer Stimme: »Ja, wenn du Ihn bittest. Vielleicht nicht heute oder morgen. Aber sehr bald schon. Du mußt Ihn freilich fortwährend bitten und mußt daran glauben, daß Er das für dich tut. Wenn du nicht glaubst, kann Er dir nicht helfen.«

Und sie glaubten ihm! Zum erstenmal glichen diese jungen Gesichter echten Kindergesichtern, nicht angstverzerrten Fratzen — lächelnde, staunende hoffnungsvolle Gesichter. Eifer, reger Eifer sprach aus ihnen. »Rasch, rasch!« schrie Pietro.

Ein alter Priester, der eben die Treppe heraufkam, war stehengeblieben, um zu hören und zu sehen. Nun trat er an Johnny heran, und ein Lächeln stand in seinen milden braunen Augen. Er streckte Johnny die Hand entgegen; der ergriff sie errötend. »Meine Kinder, Hochwürden«, sagte er. »Ich bin Pastor John Fletcher, eben von meiner Dienstzeit als Feldkaplan in Europa zurück.« Er stand mitten unter seinen Kindern und legte ihnen die Arme um die Schultern. »Meine Kinder«, wiederholte er, indem er um Verständnis betete.

Der Priester nickte. »Ich bin Pater McCloskey«, sagte er mit ernster Stimme zu den Kindern.

Jean, Pietro, Max und Emilie riefen: »Gott? Gott?«

Der alte Priester wurde sehr ernst. Er schaute nacheinander in die jungen Gesichter, und die Lippen zuckten ihm vor Mitleid. Er sah ihre Kleider. Dann schaute er Johnny an, lächelte ihm ermunternd zu und wandte sich wieder an die Kinder. »Nein, meine Lieben«, erwiderte er freundlich, »nur einer von denen, die Gott dienen — wie euer eigener Vater hier.«

»Sie haben — Ihn — noch nie kennengelernt«, erklärte Johnny. »Wissen Sie, ich führte sie zu einer Kirche — die war aber versperrt.« Er hielt schmerzlich inne. »Darum bringe ich sie hierher — damit sie Ihn kennenlernen.« Und leiser setzte er hinzu: »Eine ganze — ich meine, gar nicht so leicht, das.«

»Kann ich mir denken«, murmelte der alte Priester mitfühlend. Er wartete eine Weile. Dann wußte er, was er wollte. Wußte, wen er wählen mußte — den unstetesten von ihnen. Er nahm Pietro bei der Hand. Der Knabe widerstrebte nicht. »Gehen wir alle zusammen hinein zu Gott«, sagte er. »Er wartet schon lange. Schon sehr lange.«

Der Greis, klein, gebeugt und sanft, und der kleine, quecksilbrige Junge gingen Hand in Hand die letzten Stufen hinauf, und Johnny und die verblüfften Kinder folgten. Der Priester fragte: »Und wie heißt du denn, mein Kind? Pietro? Aha, Peter. Dein Vater wird dir von Petrus erzählen.«

Sie blieben alle in der kühlen Vorhalle stehen. Der Priester war noch ernster als zuvor. Er sagte: »Wir sehen so viele von diesen geretteten Kindern. Aber so viele, viele wurden nicht gerettet! Wo ist Ihre Pfarre, Mr. Fletcher?«

Johnny erwiderte: »Ich habe keine — noch keine. Aber dafür wird natürlich Gott sorgen.« Er setzte hinzu: »Wollen Sie jetzt mit mir kommen, Hochwürden, und mir helfen?«

Der Priester zögerte. Dann lächelte er und berührte Johnnys schwarzen Ärmel mit väterlicher Geste. »Ich glaube, ein anderer wird Ihnen helfen. Mich brauchen Sie dazu wohl nicht.« Er wandte sich den Kindern zu, die eifrig und mit offenem Mund um sich schauten und miteinander murmelten. Er sagte mit erhobener Stimme: »Gott segne und beschütze euch, liebe Kinder«, hob die welke Hand zum Segen und trat in die Kirche.

»Segne? Segne?« fragte Pietro ungeduldig. »Was heißt das – segne?«

»Kommt«, sagte Johnny nur, und sie traten ein.

Der junge Pastor hielt mit seinen Schäflein an. Er hatte Angst. Wie, wenn die Kinder ihre Beherrschung verloren, wie so oft? Wenn sie zu schreien oder herumzulaufen anfingen oder laute Fragen zu stellen? Es waren nur ein halbes Dutzend Leute in der Kirche, die in den Stühlen oder vor den verschiedenen Altären knieten, aber die sollten nicht gestört werden. Johnny sagte leise: »Ihr müßt schauen und lauschen. Wenn ihr Lärm macht oder Unfug treibt, Kinder, tut ihr Gott weh, und mir auch. Verstanden?«

Sie sahen ihn unverwandt an; er sah im Halbdunkel den Glanz in ihren Augen. Dann meinte Jean grimmig zu den jüngeren Knaben: »Ihr haltet den Mund, verstanden, und keinen Lärm! Ich muß Gott bitten wegen meinem Arm und Bein. Papa sagt, Er wird sie besser machen. Kein Lärm!« Kathy packte die kleine Emilie fest an der Hand und sprach streng: »Emilie, sei still, und frag nicht zuviel. Gott hört zu.«

Die Kirche lag vor ihnen, und die Kinder verstummten plötzlich, staunten mit offenen Mündern und hielten den Atem an. Die grauen gotischen Bogen sprangen aus den grauen Wänden vor, ganze Lichtbündel durchstießen die Buntglasfenster. Die kühle, weihrauchgesättigte Luft war von Farben durchsetzt; eine scharlachrote Lanze auf fleischrotem Grund, ein zartes Blau auf dem weißen Steinboden, ein weiches Gelb auf einem fernen Kirchenstuhl, ein Purpurstreif auf blassen Altarstufen. Dort hinten stand der Hochaltar mit seinem hohen, goldenen Kruzifix, seinen Blumen und stillen Kerzen, seinen Vasen voll Blüten. Dort leuchtete das Ewige Licht und kündete von der Gegenwart des Herrn.

Die Wände entlang zog sich der langsame Todeskampf der Kreuzwegstationen; links und rechts standen Seitenaltäre im Schein sanft flackernder Kerzen.

Wo sollte er anfangen? dachte der besorgte junge Pastor. Pietro zupfte ihn fieberhaft am Arm und flüsterte hörbar: »Gott? Gott?« Er wies auf den Hochaltar. Johnny antwortete: »Ja, Gott.« Er legte ihm beschwichtigend die Hand auf die magere Schulter. »Aber du darfst nicht gleich zu Ihm hinlaufen. Du mußt erst etwas über Ihn hören.« Wo nur der alte Priester steckte? Er war nirgends zu sehen.

Ziemlich ratlos besah Johnny den nächten Altar in seiner Nische. In einem hohen Spitzbogen stand da die weiß, blau und golden gehaltene Statue der Jungfrau und Mutter, das Kindlein im Arm, Kerzen vor sich, das schöne Mädchengesicht sinnend und von einem leichten Lächeln verklärt; ihr Kind hob segnend das Händchen. Ihre bloßen Füße standen auf einer sternenumglänzten Erdkugel, und ihr Blick war gütig der Welt zugewandt.

Johnny nahm Pietro bei der Hand und bedeutete den anderen, zu folgen. Sie taten es ihm nach und folgten ihm geräuschlos auf den Zehenspitzen. Vor dem Altar der Madonna mit dem Kinde blieben sie stehen.

»Seht nur den kleinen Jungen«, sagte Johnny. »Ein kleiner Junge wie ihr, Jean, Max und Pietro. Das dort ist seine Mutter, die ihn im Arm hält, so wie eure Mütter euch hielten.«

Die Kinder drängten sich, dicht aneinandergeschmiegt und stumm, näher an den Altar. Jean stand etwas vor ihnen; sein Gesicht war im Kerzenschein scharf ausgeprägt und deutlich zu sehen. Er flüsterte etwas bei sich, was Johnny nicht hören konnte, und seine Lippen bebten. Pietro wandte sich Johnny zu und zeigte zur Madonna hinauf. »Mutter? Mutter? Meine Mutter?« Er zitterte schon vor freudiger Erregung.

»Ja«, erwiderte Johnny. »Gottes Mutter – und die deine. Sieh nur, wie sie dich ansieht; sie hat dich lieb, mein Kleiner. Nein, du darfst noch nicht so dicht heran.«

»Warum? Warum?« schrie Pietro. »Warum?« fragten die anderen. Nur Jean blieb stumm – zu stumm.

Wie sollte er diesen Kindern erklären, was Heiligkeit hieß? Mit welchen Worten? Und warum sollten sie, Kinder, die sie waren, denn nicht wenigstens ihre Füße berühren? Johnny sah sich hastig und verstohlen um. Die Stühle waren nun alle leer; niemand außer ihnen war in der Kirche. Johnny beugte sich unter heißen Gebeten, daß keine Neuankömmlinge einträten, hinab, nahm Pietro in die Arme und drückte ihn an sich, damit er sich beruhigte. Er stieg auf die niedere Altarstufe und flüsterte: »Sie betet, und ihr dürft sie nicht stören. Ich meine, sie spricht mit Gott. Greif hin, Pietro, und berühre ihre Füße.«

Die flinke, kleine Hand schoß nach vorn, aber nicht an die Füße, wie Johnny erwartet hatte. Die Finger schlossen sich um die Hand der Madonna. Und dann erhellte ein großes Leuchten Pietros Gesicht. »Mama? Mama?« fragte er in leidenschaftlichem Flüsterton. Die Statue strahlte ihn an. »Mama?«

Aus welcher verborgenen Gruft im Gehirn des verlassenen Kindes war die Erinnerung an Mutterliebe und mütterliche Geborgenheit emporgestiegen? Woher war das Wort gekommen, das in aller Welt voll Zutrauen und Hoffnung erklingt? Johnny drückte die Wange an Pietros Köpfchen; er spürte förmlich, wie brennend der Kleine wartete. »Sie hört dich, mein Kleiner«, sagte er. »Schau, wie sie dir zulacht.«

Pietro strebte in seinen Armen nach vorn, und Johnny hielt ihn empor. Pietro küßte der Madonna die Hand; dann blickte er scheu auf das Kind in ihren Armen. »Auch meine Mutter«, meinte er stolz zu dem Kinde. Er schwieg einen Augenblick, drehte sich dann in Johnnys Armen um, schlang ihm die Ärmchen um den Hals und gab ihm den ersten freudewarmen Kuß.

Johnny hielt ihn fest und schloß kurz die Augen.

Die Kinder hatten zugesehen. Nun drängten sie sich um Johnny und fragten: »Meine Mama? Sie ist auch meine Mama?« Sie waren eifersüchtig auf Pietro. »Ja, natürlich«, versicherte Johnny. »Wenn sie Pietros Mutter ist, ist sie auch eure.« Dann stutzte er. Was war denn mit Jean, der da so starr mit geballten Fäusten abseits stand? Johnny redete ihn sogleich an: »Jean. Jean!«

Aber Jean murmelte: »*Je vous aide.*«

O nein, dachte Johnny verzweifelt. Der Knabe sprach in wachem Zustand nie Französisch. Johnny setzte Pietro nieder und packte den älteren Jungen an der schmalen Schulter. Jean starrte die Statue an, und Tränen liefen ihm über die Wangen. Er war blind gegen seine Umgebung, blind gegen alles; nur sein drohendes Versprechen lebte in ihm, sein Racheschwur für eine junge Mutter, die ermordet worden war.

Johnny drehte den Jungen zu sich herum und schaute ihm fest in die fiebrig glänzenden, irren Augen. »Jean«, sagte er langsam und nachdrücklich, »hör mir zu. Hörst du mich? Sie braucht deine Hilfe nicht. Sie ist bei Gott. Gott. Geborgen bei Gott. Hörst du mich?«

Die ausdruckslosen Augen blieben starr. »Geborgen bei Gott«, wiederholte Johnny. Er schwitzte. »Du kannst ihr nicht helfen. Sie ruht in Gott. So versteh doch. Jean?«

Er legte die Hand unter Jeans spitzes Kinn und wandte das kleine, haßverzerrte Gesicht abermals der Statue zu. »Siehst du nicht, wie sie dich anlacht und dir sagt, daß ihr nichts fehlt, und wie sie dich liebhat und dich beobachtet? Sieh sie nur an, Jean!«

Jeans Körper stand unverrückt, wie gemeißelt. Er strebte nicht fort von Johnny. Allmählich aber löste er sich aus seiner Starre, und von irgendwo aus den Tiefen des armen Kindes stieg ein unsagbar tiefer Seufzer empor, den kein Kind je tun dürfte. »Maman«, murmelte er und lächelte darauf. Johnny fühlte abermals einen Schmerz im Herzen.

»Mama«, flüsterte Johnny. »Du träumst nur, daß sie tot ist«, fuhr er fort und legte dem Jungen den Arm um die Schulter. »Das sind nur böse Träume. Merkst du dir das, Jean?«

»Nur Träume«, wiederholte Jean folgsam, und mit einem neuen Klang in der Stimme, den Johnny noch nie gehört hatte. Der Knabe lächelte ihm zu. »Mama ist nicht tot«, verkündete er; und Friede strahlte aus seinen Augen. Die Kinder, die so leicht der Furcht der Rührung, der Leidenschaft zur Beute wurden, fühlten etwas von diesem Frieden auf sie übergehen. Sie begannen zu lachen, ganz leise erst, und selbst Klein-Emilie klatschte wie entzückt in die Händchen. Und das Lachen war ein sorgloses glückliches Kinderlachen.

»Kommt, setzen wir uns, gleich hier«, schlug Johnny vor. »Hier können wir die Mutter sehen, und ich erzähle euch von ihrem Kind, das Gott ist. Seht ihr, Gott, der hatte so sehr Mitleid mit uns, daß Er hier herabkam. Er selbst, vom Himmel herab, um uns den Heimweg zu Ihm zu zeigen.« Er half den Kindern in eine Bank und setzte sich unter sie. Und während er sprach, betrachteten sie die Statue.

»Es war einmal«, erzählte er ihnen mit langsamen deutlichen Worten, »ein junges Mädchen. Es ist nicht so lange her, wenn's auch oft so aussieht. Sie war wunderschön.« Er blickte flüchtig auf Kathy, und das Gesicht des Kindes war in dem traulichen Dämmerlicht und Kerzenschein plötzlich von seltsamer Reinheit und Lieblichkeit, von marmorner Unschuld. »So schön wie Kathy«, sagte Johnny, »und nicht viel älter.« Die Jungen reckten neugierig die Hälse und beäugten feierlich und mit ganz neuer Teilnahme Kathy, die unter den forschenden Blicken der Knaben froh und verwundert mit den gelben Wimpern blinzelte. Sie öffnete die Puderdose, die sie nie preisgegeben hatte, und musterte sich kurz im Spiegel. Johnny zupfte sie an ihrem langen Zopf und wiederholte: »So schön wie Kathy, und nicht viel älter. Und die Statue hier ist ein Bild von ihr, wie es sich ein Künstler ausgemalt hat. Wer weiß? Vielleicht hat seine Mutter so ausgesehen, und er hat sie lieb gehabt.«

»Nun, das junge Mädchen wohnte in einem fernen Land —

ferner noch als eure Heimat – und liebte Gott innig und wollte ihm dienen. Gott hört alle Gebete. Also schickte er einen Engel namens Gabriel zu dem Mädchen, das Maria hieß.«

»Engel?« fragte Pietro, während er auf der harten Holzbank auf und nieder wippte.

Immer neue Schwierigkeiten, dachte Johnny und sah sich um. Zu beiden Seiten des Hochaltars knieten zwei Engel aus Gips, mit Heiligenscheinen. Er deutete darauf. »Das dort sind Engel«, erklärte er. »Die wohnen bei Gott.«

»Und der Engel sagte Maria, sie würde einen Sohn haben, und der sei Gott, und Er würde unsere arme, böse Welt vor sich selbst retten und allen Menschen Frieden und Hoffnung bringen,« fuhr Johnny fort.

Auf Jeans Gesicht erschien eine düstere zynische Miene, und Johnny sprach eilends weiter: »Noch haben wir den Frieden nicht und auch nicht viel Hoffnung, aber eines Tages wird er kommen. Gott lügt nie. Bis dahin müssen wir dafür arbeiten, wir alle, Kinder, Männer und Frauen. Nun, Maria fürchtete sich. Sie war ja schließlich noch ein ganz junges Mädchen.«

Aber wie soll ich ihnen die jungfräuliche Geburt erklären? fragte sich Johnny. Die Kinder wissen ja kaum über die natürliche Geburt Bescheid. Manches muß ich eben fortlassen. Und dann hatte er eine Eingebung.

»Maria wollte einen sehr guten Menschen heiraten, Joseph –«

Ein plötzlicher scharfer Aufschrei von Max unterbrach ihn. »Joseph? Joseph? Papa, bist du's?« Er hatte die Lehne des Stuhls vor ihm umkrampft und starrte aus seinen farblosen Augen in das Leere.

Also Joseph hat sein Vater geheißen, dachte Johnny. Er antwortete rasch: »So heißen viele Männer, Max.« Er langte an Pietro vorbei und machte die verkrampften Hände sacht vom Stuhl los. »Soll ich die Geschichte denn nicht fertig erzählen? Nun, dann setz dich ordentlich hin, wie Jean, und sei ein braver Junge.«

»Die Leute waren sehr arm, Marias Familie, weil ein starkes Heer von einem großen Land den Ihren das Land weggenommen und sie zu Sklaven gemacht hatte; auch ihr ganzes Geld hatten sie geraubt und viele, viele Landsleute von Maria ins Gefängnis geworfen.«

Nun würde er sehen, ob er wirklich das eine oder andere aus den Kindern herauslocken konnte. Langsam schaute er von einem Gesicht zum anderen. Pietro sah ihn aus hellen Augen nur ungeduldig an, gespannt auf das Kommende. Aber Jean hatte sein schmerzgezeichnetes Gesicht dem Pastor zugewandt, und Staunen und volles Verständnis begannen sich darauf abzuzeichnen. Kathy hatte aufmerksam den Kopf gehoben und runzelte abermals die Stirn, in dem Bemühen, zu begreifen, daß auch einem anderen Mädchen dasselbe widerfahren war wie ihr. Dann schenkte sie der Statue wieder ein liebevolles, verständnisinniges Lächeln. Die einzige heftige Reaktion kam von Max. Er lehnte sich vor, an Pietro vorbei, und umfaßte mit plötzlicher, verzweifelter Gebärde Johnnys Knie. »Maria – und Joseph – ihre Familie auch im Gefängnis? Im – im –«

»Wir nennen es heute Lager«, sagte Johnny traurig und legte seine Hand auf die von Max. »Ja, siehst du, es ist eine sehr alte Geschichte.«

Max entzog Johnny die Hand und begann, seine beiden Hände zu ringen. »Tu das nicht«, sagte Johnny fest und streng. »Maria und Joseph taten es auch nicht. Die liebten Gott. Sie vertrauten Ihm.« Max hörte auf, die Hände zu ringen; sie lösten sich und sanken auf seine Knie. Aber der Kopf fiel ihm auf die Brust.

»Die starken Soldaten aus dem Ausland machten Marias Landsleuten das Leben schwer und sauer. Sie waren überall, marschierten, marschierten – und töteten auch, wenn die Leute es nicht mehr aushielten und sich wehrten.«

Jean sah auf die Statue, und sein grimmiges Gesicht spannte sich zusehends. »Diese Soldaten – sie hießen Römer –, die hatten also einen König – einen Führer – über Marias Volk gesetzt. Marias Volk hießen die Juden.« Er zögerte. Max hob langsam den Kopf. Er glich dem Kopf eines jungen Toten, der dem Grab entstieg, blindlings anklagend, blindlings fragend. Also habe ich nun einen Hinweis, dachte Johnny. Er konnte dies junge, leere Gesicht, die verlorenen, einsamen Blicke voll verworrener Angst nicht ertragen. Der Haarschopf auf dem Kopf des Jungen gemahnte an eine Dornenkrone.

»Als es nun sehr kalt war und der Schnee auf den Bergen lag, da sagten die Römer Marias Landsleuten, sie müßten in die nächste Stadt gehen und dort etwas bezahlen. Und sie waren doch so arm. Also mußten Maria und ihr Mann Joseph nach einer Stadt namens Bethlehem gehen und dort nicht nur ihren kleinen Beitrag zahlen, sondern sich auch zählen lassen.«

»Jeden Abend«, murmelte Jean, »zählten sie –«

»Ja, ja,« fuhr Johnny fort. »Du verstehst schon. Aber als Maria

— auf ihrem kleinen Pferd — und Joseph nach Bethlehem kamen, fanden sie kein Haus, wo sie bleiben konnten. Alle Herbergen und Häuser waren voll von ihren Landsleuten, die gezwungen worden waren, nach Bethlehem zu reisen, damit die Römer sie zählen und ihnen Geld abnehmen konnten. Es war bitter kalt und schneite, und Maria und Joseph waren todmüde und hungrig; als Unterkunft fanden sie nur einen alten Stall.«

»Mit Stacheldraht herum?« fragte Jean. Er beugte sich zu dem Erzähler vor; seine Lider zuckten.

Ja, vielleicht mit einem symbolischen Stacheldraht herum, dachte Johnny. Aber die Kinder hier konnten noch keine Symbole erfassen. Immerhin aber — »Ja«, erwiderte er. »Ich bin überzeugt, es war Stacheldraht oder ein Zaun drum herum.«

Nun beugte sich Kathy vor, ohne ihren festen Griff um die kleine Emilie zu lockern. »Ich weiß«, sagte sie. »Es ist immer Stacheldraht drum herum. Ist scharf.«

Johnny seufzte. »Sie ließen also Maria und Joseph in den Stall. Im Stall standen Kühe. Der Atem der Kühe und ihre Körperwärme machten es im Stall ein ganz klein wenig behaglicher als draußen, wo es bitter kalt war. Es war Nacht; am Himmel stand der Mond wie eine Scheibe aus Eis; zum Schlafen gab es nur Stroh. Also legten sich Maria und Joseph zum Schlafen ins Stroh.«

»Ich weiß«, sagte Jean beinahe unhörbar. »Ich war dabei.«

»Ja«, versetzte Johnny und sah alle Kinder der Reihe nach an. »Ja, du warst dabei. Immer. Durch alle Jahrhunderte hindurch.« Sein Herz klopfte schwer und schmerzte ihn.

Die Kinder schauten ihn ernst an. Wieviel sie wohl verstehen? dachte er. Er war auf geheimnisvolle Weise überzeugt, daß sie mehr erfaßten, als er ihnen erzählte.

»Und so«, fuhr er fort, »lag die arme kleine Maria dort in der Kälte auf dem Stroh, zugedeckt mit dem geflickten Rock ihres Mannes; und dort wurde ihr Gott geboren, in Gestalt eines kleinen Kindchens.«

Die Kinder wandten die Köpfe und betrachteten das gipserne Kind auf Marias Armen. Es war natürlich nur Zufall, das plötzliche Aufflackern der Kerzen in dem Halbdunkel, was dem Gesicht das Leuchten und das Mitleid eines Antlitzes aus Fleisch und Blut verlieh und es auf die Kinder in ihrem Stuhl strahlend niederschauen ließ. »Seht nur«, sagte Kathy. »Er hört es, wie Papa uns von ihm erzählt.«

»Er war nur ein kleines Kindchen«, erzählte Johnny weiter.

»Ganz wie ihr es auch einmal wart. Noch jünger als Emilie hier. Er konnte nicht gehn und nicht sprechen. Er hatte nur Seine kleine Mutter. Und die hatte kein Bett für Ihn. Darum riß sie ein Stück von ihrem Kleid ab und wickelte Ihn darein, daß Er nicht zu frieren brauchte, und fand eine Krippe – das ist eine Kiste, wo man dem Vieh das Futter zum Fressen hineinlegt – und legte das Kindchen in die Krippe auf das Stroh.«

Jean hob die zu Fäusten geballten Hände; jeder Nerv in seinem Gesicht zuckte. »Ich weiß! Ich hab' es gesehen – ich hab' es gesehen, Papa!«

»Natürlich hast du's gesehen«, bekräftigte Johnny und legte die Hand über die Augen. »Natürlich, Jean.«

»Ich will die Soldaten Emilie nicht sehen lassen!« erklärte Kathy grimmig und preßte die Kleine eng an sich. Die Jungen knurrten zustimmend.

So, du willst nicht, dachte Johnny. Und wer wird alle Mütter schützen – in Zukunft? Wo sind die Mütter jetzt, die ihre Kindchen halten und nicht wissen, daß ihre Kinder vielleicht schon morgen auf ihren Armen sterben werden? Wo sind die »netten guten Menschen,« daß sie das nicht mit allen Kräften zu verhüten trachten? Die netten, guten Menschen, die überzeugt sind, »daß ja eigentlich alles in Ordnung ist; es braucht nur etwas Zeit!«

Johnny erzählte weiter: »Nur wenige Leute wußten, daß Gott in dem Stall geboren war und dort in der Krippe lag. Sie waren bettelarm, Marias Landsleute, die auf den kalten Bergen Schafe hüteten. Und plötzlich stand ein Engel mitten unter ihnen, ein herrlicher Lichtschein umgab ihn, und die Hirten fürchteten sich sehr. Aber der Engel sagte: ›Fürchtet euch nicht, Kinder, denn ich habe euch eine große Freude zu verkünden. In dieser Stunde ist Gott geboren, um euch zu erlösen, und Er liegt in der Krippe in der Stadt Bethlehem.‹ Und der Engel wies auf einen großen Stern, der auf einmal am Himmel erstrahlte und der ihnen ein Zeichen war. Und während das Licht die Gesichter der armen Hirten erhellte und die Schafe sie umdrängten, sprach der Engel: ›Ehre sei Gott in der Höhe, und Friede den Menschen auf Erden‹ –«

Die Stimme versagte ihm, und er senkte den Kopf.

Nach einer Weile gewahrte er, daß die Kinder mäuschenstill waren; dann sah er, daß in ihren Augen ein seltsames Leuchten stand. Und sie schauten auf den fernen Hochaltar. Und Johnny erzählte weiter: »Nun, der böse König und die Römer hörten, was die Hirten erzählt hatten, daß sie Gott in der Krippe gesehen hätten, und der König fürchtete, das Kindchen sei gekommen, um ihm sein Land wegzunehmen, denn das war vor vielen Jahren geweissagt worden. Darum erließ er einen Befehl, das Kind zu suchen und zu töten.«

»Ja«, murmelten die Kinder, schauten aber immer noch auf den Gekreuzigten und nicht auf das Kind in den Armen der Mutter.

»Darum verließen Maria und Joseph mit ihrem Kindchen den Stall sogleich wieder, und Mutter und Kind ritten auf dem kleinen Pferdchen, das man einen Esel nennt, und sie flohen in ein anderes Land, damit die Soldaten sie nicht finden und töten konnten. Und das Land, wo sie dann lange lebten, war Ägypten.«

Max warf mit leiser, träumerischer Stimme ein: »Ich war auch in Ägypten.«

»Ja«, antwortete Johnny, »das warst du, Max.«

Und er fuhr fort: »Die kleine Familie war in Ägypten sehr arm, und niemand wollte sie aufnehmen, denn sie waren Fremde in einem fremden Land. Aber sie lebten froh und glücklich miteinander und liebten einander, denn wißt ihr, wo Liebe ist, da ist auch Gott. Joseph arbeitete als Zimmermann, und der Knabe, der Jesus hieß, half ihm dabei, und sie machten Tische und Stühle für Leute, die sie kaufen wollten. Oft gingen sie hungrig schlafen; sie wohnten in einem armseligen Haus, und Maria hatte oft Angst, weil die Nachbarn sie nicht leiden mochten und die anderen Jungen zu ihrem Knaben böse und grausam waren.«

Kathy unterbrach ihn: »Aber Er war doch Gott! Warum ließ Gott es zu, daß Er Hunger leiden mußte und die anderen Ihm weh taten?«

Johnny legte ihr den Arm um die Schultern. »Weil Er die Welt liebte, mein Liebling, und wenn sie noch so schrecklich und schlimm ist, und weil Er den Menschen zeigen wollte, daß Er wußte, was sie litten, wußte, was es hieß, heimatlos, einsam und verhaßt zu sein. Er wollte ihnen zeigen, daß Er wußte, was es hieß, ein Mensch zu sein. Er schonte sich nie.« Johnny wartete einen Augenblick; dann setzte er hinzu: »Was immer einer gelitten hat, Gott hat es auch gelitten, und Gott versteht es.«

Er wartete. Die Kinder saßen stumm da, jedes mit seinen eigenen Wunden behaftet und von seinen eigenen wirren Erinnerungen heimgesucht. Max betrachtete stumpf seine Hände; Jean biß sich die Lippe; Pietros Gesichtchen leuchtete. Und Kathy weinte, über die kleine Emilie gebeugt, die in ihren Armen eingeschlafen war.

Johnny atmete tief. »Wenn ihr je wieder müde seid, Kinder,

oder hungrig, gehaßt oder heimatlos, so dürft ihr nie vergessen, daß Gott das alles auch gelitten hat, und zwar lange vor euch. Gott war zuerst da.«

Jean schaute lange auf das Kruzifix und seufzte. Dann wandte er sich Johnny zu und lächelte, nicht mehr wie ein Kind, sondern wie ein Mann. Der junge Pastor erwiderte traurig das Lächeln und sagte: »Ich habe euch die Geschichte von Gott erzählt, wie Er so jung war wie ihr, und heute abend werde ich euch von Ihm erzählen, wie es Ihm als Mann erging, als Er wieder in der alten Heimat war.«

Er stand auf, und die Kinder folgten seinem Beispiel.

Er führte sie zurück, das Schiff entlang, auf die offene Tür zu, durch die der Sonnenschein hereinfiel. Als sie an der Bank vorbeikamen, wo sie vorhin gesessen hatten, stutzte Johnny. Da saß der alte Priester und lächelte unmerklich. Als Johnny ungläubig stehenblieb, sagte er: »Sie haben die Geschichte gut erzählt, mein Sohn.«

»Danke, Hochwürden«, murmelte Johnny verlegen. Er verbeugte sich und ging mit seinen Schäfchen weiter. An der Tür angelangt, warf er einen flüchtigen Blick zurück, aber der alte Priester war verschwunden.

Sie standen auf der Treppe vor der Kirche und schauten auf die lärmerfüllte, wimmelnde Straße hinab. »Schau!« rief Jean und wies hinab. »Menschen, Menschen!«

»Menschen!« echoten die anderen entzückt im Chor.

Johnny langte in die Tasche nach seinem Taschentuch. Seine Finger stießen auf etwas Hartes, Rundes. Es war Mrs. Grants Puderdose. Die Straße unter ihm verschwamm ihm zu einer einzigen bunten, heißen Welt.

Dr. Stevens schwieg lange, nachdem Johnny geendet hatte. Die Kinder lagen in ihren Betten und schliefen geräuschlos, in den neuen Schlafanzügen, die Johnny ihnen heute gekauft hatte. Sie hatten ihr Abendbrot fast ohne Zwischenfall verzehrt; aber gegen Ende des Essens waren ihnen die Augen beinahe zugefallen, und sie waren froh und erleichtert hinter Johnny und Mrs. Burnsdale her in die Bettchen getaumelt. Es war ein langer, anstrengender Tag gewesen.

Der alte Geistliche seufzte. Er hatte seine Weste abgelegt und saß nun in Hemdsärmeln und mit geöffnetem Kragen da. Er lächelte dem Jüngeren zu. »Ich glaube, heut nacht werden sie weder weinen noch träumen, Johnny. Weißt du, wenn ich Katholik wäre, würde ich sagen, du bist ein Heiliger.« Er seufzte abermals. »Na, und schau nur nicht so verlegen drein. Aber du mußt dich auf allerhand gefaßt machen, wenn du deine Pläne verwirklichen willst. Du bist überzeugt, daß Jean und Pietro katholisch sind, Max einer jüdischen Familie entstammt und Kathy Protestantin ist wie vermutlich auch das kleinere Mädchen. Und da willst du sie ein jedes in seiner eigenen Religion erziehen?« Er schüttelte den Kopf. »Sind sie denn nicht schon genug verwirrt worden? Selbst unter den besten Voraussetzungen wäre es eine überaus heikle Sache gewesen, den Kindern verschiedener Bekenntnisse Duldsamkeit beizubringen und sie friedlich miteinander auskommen zu lassen! Stell dir das nur vor, Johnny!«

»Das habe ich, Sir. Aber ich stelle mir auch vor, daß jedes einzelne dieser Kinder ein Recht auf sein Erbe hat und ein Recht, dieses Erbe zu verstehen, bis in seine Wurzeln hinab. Im Lauf der Jahre erwerben sie dadurch doch eine gewisse Grundlage. Die Vergangenheit wird für sie nicht formlos und leer sein. Ihr Leben wird ein organisch gewachsenes Ganzes sein, auch wenn sie die Zeit vor den Lagern vergessen haben.«

Er saß auf dem Rande seines Stuhls, und seine Augen blitzten tiefblau in dem dunklen Gesicht. »Duldsamkeit! Wo könnten sie die besser lernen als im selben Haushalt, inmitten der eigenen Brüder und Schwestern? Ja, diese Kinder werden in die Welt hinausgehen, und wo immer sie Unduldsamkeit sehen, werden sie daran denken, was sie selbst darunter zu leiden hatten, werden wissen, wie häßlich und ungeheuerlich sie ist, und warum sie aus ihrer Welt ausgerottet gehört. Sie werden wissen, daß sie in roten Buchstaben über dem Tor zur Hölle steht. Sie werden wissen, daß sie alle Kriege verursacht hat, den Tod ihrer Eltern, die Leiden und die Heimatlosigkeit, die sie erduldeten, und selbst die Wunden, die sie am eigenen Leibe tragen. Und sie werden begreifen, was der Herr meinte, als er die eine Herde und den einen Hirten prophezeite. Ja, sie haben jedem Kind hierzulande, jedem wohlbehüteten Kind auf der ganzen Welt etwas Herrliches voraus!«

Dr. Stevens schüttelte abermals den Kopf. »Na schön, Johnny. Laß gut sein. Mir tut es leid, daß ich dir nichts Besseres verschaffen konnte als Barryfield, mitten in der Kohlengegend. Aber es liegt auch in den Poconos, und du kannst immer zu den Bergen aufschauen.«

»Mir tut es nicht leid, Dr. Stevens. Ich freue mich. Denn sehen

Sie, hier hätte ich nicht bleiben können, selbst wenn mich die Gemeinde hätte haben wollen. Ich kann keine Gemeinde betreuen, die ihre Religion behaglich serviert wünscht, als eine Art Nachtisch am Wochenende, nach einer Woche, die einem genußreichen Schmaus gleicht. Wissen Sie, ich habe immer die Pharisäer bedauert – es sind solche Feiglinge. Und ich kann keine Feiglinge dulden und einer Gemeinde vormachen, daß die Religion ein Beruhigungsmittel ist. Das ist sie nämlich nicht. Sie ist der Aufruf des Geistes an den Körper zum Kampf gegen das Fleisch und gegen alles Böse. Ich bin nicht der richtige Mann für diese Gemeinde, Sir.«

»Nein, Johnny«, erwiderte Dr. Stevens lächelnd. »Du bist nicht der richtige Mann für sie.«

5

Die heiße, gelbe Abendsonne flutete durch das Fenster der Bibliothek herein und umfloß Johnny wie ein Glorienschein, während er vor Jean und Kathy stand. Der Anlaß war zu feierlich zum Sitzen. Jean und Kathy hörten ihrem Pflegevater mäuschenstill zu. Kathy glich in ihren neuen, »amerikanischen« Kleidungsstücken einer verständigen ältesten Tochter, die für die weniger verständigen Jüngeren verantwortlich war. Mrs. Burnsdale hatte sie überredet, sich von ihrem langen Zopf zu trennen, und ihr weiches, gelbes Haar fiel ihr in glatten Strähnen auf die Schultern. Der Blick ihrer Blauaugen schweifte nicht mehr unstet umher, sondern war fest und klar. Ihr Mund hatte fraulich geschwungene Lippen, was an diesem Kind in seinen jungen Jahren seltsam rührend wirkte. Die rundlichen Hände hielt sie gefaltet; eine altmodische Art, gehorsam zuzuhören.

»Ich brauche eure Hilfe«, sagte Johnny schlicht. Er paffte an seiner Pfeife. »Mrs. Burnsdale zieht mit uns in die neue Stadt, nach Barryfield. Aber sie kann nicht mehr tun, als euch Kinder sauberhalten, für uns alle kochen und unser neues Heim betreuen. Doch ich will euch zuerst von Barryfield erzählen. Das ist anders als New York. Sie schürfen dort Kohle. Aber es liegt in den Bergen, in den blauen Bergen; Poconos heißen die. Ich hab' sie schon gesehen. Wir können immer aus dem Staub und Lärm der Stadt aufschauen und die Berge sehen. Es ist sehr wichtig, daß die Menschen mitten in der Müdigkeit ihres Tagwerks, in ihren Sorgen und dem

Schmutz ringsum zu den Bergen aufschauen können. Versteht ihr das, Kinder?«

Sie nickten, blieben aber stumm.

Er betrachtete Jean und Kathy forschend. Jean mußte erraten haben, was er dachte, denn er lächelte sein geheimes Lächeln.

»Wir verstehen«, sagte er. Kathy nickte. »Papa ist auch wie Berge«, meinte sie. »Aber nicht wie Alpen.«

Johnny seufzte; aber mitten in seiner Schwermut war er doch dankbar. Sie verstanden ihn. »Ich danke euch, Kinder,« sagte er. »Ich bin freilich kein besonders fester Berg. Wäre ich einer gewesen, und die anderen Pastoren und Geistlichen auch, so wäre nicht geschehen, was euch geschehen ist.«

Sie wurden wieder sehr ernst. »Wir werden es nicht leicht haben in Barryfield«, sagte Johnny. »Das ist das Wichtigste, und das müßt ihr euch gleich jetzt vor Augen halten. Ich werde nicht viel Geld haben. Soviel ich höre, habe ich nicht einmal eine anständige Kirche, und das Pfarrhaus wird nicht so schön sein wie hier. Es ist klein; viel Platz werden wir dort nicht haben. Dafür werde ich eine Pfarre haben – viele Leute, um die ich mich kümmern muß. Ich kann nicht immer bei euch Kindern sein, und vielleicht auch nicht oft, nur abends. Darum mußt du, Jean, und du, Kathy, ganz genau wissen, was uns da bevorsteht. Versteht ihr?«

Jean erwiderte: »Ja. Aber hier ist doch Amerika, nicht?«

Johnny antwortete düster: »Ja, hier ist Amerika. Und nun komme ich zum Wichtigsten. Ich habe euch schon gesagt, was Amerika bedeutet – Freiheit von Furcht, Freiheit von Staatspolizei und Konzentrationslagern, Freiheit vor der Angst, daß es nachts an die Tür klopft, Freiheit von gewaltsamem Tod, der euch jederzeit anspringen könnte. Freiheit im Schutz des Gesetzes. Keiner kann euch hier antun, was man euch in Europa angetan hat. Niemand wird mir oder euch vorschreiben, was wir reden oder tun sollen. Wir haben etwas, das nennen wir die Verfassung, und das verhindert, daß ein Amerikaner den anderen umbringt, ihm sein Eigentum raubt, sein Haus über dem Kopf anzündet oder Kinder mißhandelt und verletzt.«

»So?« fragte Jean. »Warum hat Papa dann Angst? Was ist sonst zu fürchten, wenn die Amerikaner das alles haben?«

»Wir haben das alles«, warf Kathy streng und beinahe tadelnd ein. »Was braucht es sonst noch, Papa?«

»Oh, mehr als genug«, versetzte Johnny. »Seht einmal, Kinder, ihr sollt gleich das Schlimmste erfahren. Die Amerikaner sind um kein Haar anders als die Europäer.« Er hielt inne. In Jeans farblose Augen trat ein hartes, metallisches Funkeln. Kathy trat erschrocken zurück. »Einen Augenblick«, sagte Johnny. »Nur eins ist hier anders. Recht und Gesetz. Das habe ich euch schon gesagt.«

»Aber – wenn Recht und Gesetz nicht kommt?« fragte Jean argwöhnisch. »Wie in Europa?«

Hast gar nicht so unrecht mit deiner Frage, dachte Johnny düster. Was glaubt ihr wohl, Kinder, warum ich nachts wachliege und grüble? Er bemühte sich, beschwichtigend zu lächeln. »Recht und Gesetz wird immer da sein, wie immer die Menschen auch sein mögen. Und wißt ihr was? Die Menschen achten das Gesetz auch, die meisten wenigstens. Sie haben gesehen, was in Europa geschah, als man dort Recht und Gesetz über Bord warf, und man will das hier nicht erleben müssen. Und wir haben Millionen – Millionen! – von guten Menschen, die unablässig an der Arbeit sind, das Gesetz zu erklären, es den Kindern in den Schulen auseinanderzusetzen und es vor Gericht zu verfechten. Wißt ihr, was das Gericht ist? Die Polizei. Nein, wartet, nicht die Polizei wie in Europa. Nein. Polizei, die die Menschen vor Gesetzesbrechern schützt. Ich werde euch einmal die Bill of Rights vorlesen. Dann werdet ihr Bescheid wissen.«

Die Kinder überdachten das Gehörte, und verschiedenartige starke Gefühle huschten wie Schatten über ihre Gesichter. Es ist also nicht so einfach, hörte Johnny sie förmlich denken. Wir sind also nicht so sicher. Es gibt überall Menschen.

»Gott und das Gesetz sind unser Schutz«, erklärte Johnny. »Was auch geschieht, sie sind unser Schutz. Und sie sind jeden Augenblick mit uns. Das ist wichtig; daran müßt ihr immer denken. Und darum brauche ich eure Hilfe; ihr müßt mir helfen mit Max, Pietro und Emilie. Die werden das nicht so gut begreifen wie ihr. Ihr werdet immer bei ihnen sein und sie an meiner Statt betreuen. Wenn ihr das nicht tut, geht alles schief, für uns alle. Ich meine, dann gehen wir alle leer aus. Versteht ihr?«

Die Kinder sahen eine geraume Weile in Johnnys besorgtes, gequältes Gesicht. Bei ihrer mehr als natürlichen Auffassungsgabe, die ihnen die erlebten Schrecken eingeimpft hatten, entging ihnen nichts. Und dann traten sie wie auf ein von dem jungen Geistlichen unbemerktes Signal auf ihn zu. Kathy nahm ihn an der einen Hand, Jean an der anderen. Sie lächelten zu ihm auf, uralte Weisheit und – zu seinem demütigen Staunen – Mitleid in den Kindergesichtern.

»Wir verstehen«, sagten sie. Sie reckten sich auf die Zehenspitzen und gaben ihm den ersten Kuß gläubigen Vertrauens.

Sie waren alle in dem großen Schlafzimmer versammelt, wo die Jungen und Johnny schliefen; Emilie, halb eingeschlafen, in Johnnys Armen, die drei Jungen auf dem Boden, Kathy sittsam in einem Stuhl neben Mrs. Burnsdale, und Dr. Stevens auf dem Rand des großen Doppelbettes. Der Abend war heiß und still, ferner Donner rollte in der schwülen Luft, und ein heißer Wind drückte die Vorhänge an die hohen, offenen Fenster. Eine Lampe hinter Johnny warf ihren Schein auf das aufgeschlagene Buch, das er in Händen hielt.

»Damals brachte man Ihm Kinder, damit Er Seine Hände auf sie lege und bete. Allein die Jünger fuhren sie hart an. Doch Jesus sprach: ›Lasset die Kinder und wehret es ihnen nicht, zu Mir zu kommen; denn ihrer ist das Himmelreich . . .‹ Dann legte er ihnen die Hände auf und segnete sie.«

Er legte das Buch hin, drückte das schlafende Kind an sich und berührte segnend mit sachten Fingern seine Stirn. Die Jungen, die auf dem Boden saßen, beobachteten ihn gespannt. Kathys Gesicht leuchtete. »Ja«, fiel sie ein. »Er segnete uns. Und Er schickte Papa zu uns.«

Emilie richtete sich schlaftrunken auf Johnnys Knie auf, starrte mit ihrem erstaunten Babylächeln um sich und schob ihre langen Locken zur Seite. Johnny stellte sie auf den Boden; sie hielt seine Hand umklammert. Er schaute sie alle zusammen an, froh und stolz, die Mädchen in ihren hübschen, weißen Baumwollnachthemden, die Jungen in ihren blauen Pyjamas. Sie rochen alle nach Seife, Sauberkeit und Kindheit. »Meine Kinder«, sagte er.

Sie standen wartend rund um ihn, Mrs. Burnsdale zwischen den zwei Mädchen. Er neigte den Kopf, und sie taten es ihm nach. Dr. Stevens warf ihnen einen flüchtigen Blick zu und sah ihre ernsten, besonnenen Gesichter. Johnny betete: »Vater unser.«

Die jungen Stimmen fielen ein, und Dr. Stevens dachte, er habe dies uralte Gebet noch nie so fromm und mit so viel echtem Gefühl sprechen hören. Nur wenige Tage, dachte der Greis; aber wieviel haben sie schon gelernt!

Dr. Stevens legte das Kuvert mit den Fahrkarten auf den Schreibtisch in der Bibliothek. »Aber ein Abteil erster Klasse, für nur vier Stunden!« wandte Johnny ein. »Ja, an Bord hatte ich für uns alle

Kabinen nebeneinander, aber jetzt sind die Kinder schon kräftig genug, zweiter Klasse zu fahren.«

»Das glaube ich nicht«, versetzte Dr. Stevens. »Johnny, schau nicht so betrübt drein. Aber ich rate dir, den Kindern ihre neuen Landsleute in vorsichtigen Dosen vorzuführen. Du hast Wunder gewirkt – ahemm, mit Gottes Hilfe meine ich. Aber wir wollen ihm doch nicht zu viel abnötigen. Du hast wohl schon überlegt, wie das mit ihrem Schulbesuch werden soll?«

»Ja. Ich will so früh als möglich einen pensionierten Lehrer als Hauslehrer für sie einstellen. Das ist meine größte Schwierigkeit. Das Alphabet kennen sie alle; ich fing schon an, sie zu unterrichten, sobald ich sie bekam, und Jean, Kathy und Pietro können schon ein paar einfache englische Wörter lesen. Von Max weiß ich es nicht. Ich bin nie sicher, was er eigentlich weiß.«

Dr. Stevens hob den Blick zur Decke. »Johnny, ich beneide dich nicht um deine Sorgen. Hoffentlich macht man dir in Barryfield keine Schwierigkeiten. Zum Beispiel die übereifrigen Damen, die sich in der Pfarrgemeinde ›betätigen‹ und ihre Nasen überall hineinstecken. ›Betätigen‹ – abscheuliches Wort. Hab' einen alten schottischen Lehrer gehabt, der hat mir ein Gebet beigebracht: ›Gott bewahr uns vor bösen Geistern und langbeinigen Gespenstern, die nachts umgehen.‹ Nun, die Damen, die sich so ›betätigen‹, sind ja zweifellos brave Seelen, aber sie erinnern mich immer an die ›langbeinigen Gespenster‹. Schießen hierhin und dorthin auf den Stelzen der eigenen Tugenden, kampflustig und wichtigtuerisch, mischen sich überall ein. Lach nicht, Johnny. Das kann dir und den Kindern vieles sehr schwer machen.«

»Sagen Sie das je Ihren vielen Verehrerinnen, Sir?«

»Nein; die würden mich in Acht und Bann tun oder für senil halten. Wo ist überhaupt dieser infernalische Brauch aufgekommen, daß Frauen Seite an Seite mit den Männern arbeiten? Welche vernünftige normale Frau will denn das?«

»Das fing in Rußland an«, antwortete Johnny. »Ich habe darüber in Europa viel gehört.« Seine Züge verdüsterten und verhärteten sich.

Dr. Stevens zuckte mit den Schultern. »Die amerikanischen Kommunisten haben in den vergangenen zehn bis zwölf Jahren in unserem Lande viel gelernt, mein Sohn. Sehr viel sogar. Haben alles geplant. Für Amerika hatten sie nichts als Haß und Revolution, Neid, Mißtrauen unter dem Volk und Verwirrung, und schließlich Sklaverei; das war ihr Beitrag.« Seine Augen schossen plötzlich zornige Blitze. »Und es gibt Leute in Amerika, die selbst keine Kommunisten sind, aber eben solche Zustände wünschen, und zwar, um ihr eigenes Süppchen daran zu kochen.«

»Und das, mein Sohn, bringt mich wieder auf Barryfield und alle Schwierigkeiten, denen du dort entgegengehst; nicht nur mit diesen armen, geretteten Kindern und mit den Schulen, mit einer gleichgültigen Gemeinde und einer bettelarmen Kirche. Sondern auf andere Schwierigkeiten. Barryfield lebt zum Teil vom Kohlenbergbau, obwohl es auch einige Fabriken hat. Das Bergwerk ist nicht besonders groß, auch nicht sehr ertragreich. Ein Drittel aller Männer der Stadt arbeiten dort, und die Stadt hat höchstens einhundertfünfzigtausend Einwohner. Die Besitzer und Pächter der Kohlengruben haben die Wirtschaftskrisen mit größter Mühe überstanden; erst von 1938 bis 1941 konnten sie ihre Bilanz ausgleichen, und der Krieg brachte ihnen einen kurzen, vorübergehenden Aufschwung. Aber jetzt, im Jahre 1946, sind sie schon wieder passiv. Die Kommunisten waren dort eifrig an der Arbeit. Die Männer sind nicht unbelehrbar; die Gesellschaften haben den Vertretern der Gewerkschaft Einblick in die Bücher gewährt. Die Gewerkschaft wünscht nicht, daß die Männer streiken; die Arbeiter selbst wollen es auch nicht. Aber die Kommunisten wünschen es. Zahlenmäßig sind sie in Barryfield sehr schwach, aber sie sind rege und laut, und obendrein Fachleute, wo es gilt, Zwietracht zu säen, Verwirrung zu stiften und Lügen zu brauen.«

»Nun ist der Kohlenbergbau ein saisongebundenes Geschäft. Die Besitzer wollen ihn in Betrieb halten, obwohl sie keinen Cent dabei verdienen und kaum die laufenden Kosten und die Löhne erschwingen können. Sie wollen den Leuten Arbeit geben. Aber wenn der Streik Erfolg hat und Lohnerhöhungen bringt, werden sie schließen müssen. Und das wollen die Kommunisten gerade.«

Er wartete, ob Johnny sich äußern würde; der aber schwieg. Der alte Geistliche fuhr fort: »Der Gewerkschaftsvertrauensmann von einem Betrieb sitzt in deinem Kirchenrat, mein Sohn. Ein guter Mensch, soviel ich in den letzten Tagen erfahren habe. Er ist ganz verzweifelt. Ich habe schon öfter mit ihm telefoniert; persönlich kenne ich ihn noch nicht. Er braucht deine Hilfe, Johnny. Also hast du die Kommunisten auf dem Hals.«

»Und nun kommt noch eine andere Schwierigkeit dazu. Die Bevölkerung von Barryfield setzte sich ursprünglich aus Engländern, Deutschen und Iren zusammen. Es ist eine alte Stadt, und so vor etwa fünfzig Jahren rieben sich die Hitzköpfe dieser drei Rassen zuweilen heftig aneinander. Ja, ja, ich weiß, du haßt das Wort Rasse; ich habe es aber absichtlich gebraucht. Heutzutage hat Barryfield ein Dutzend Rassen mehr, und wenn die Bürger zuviel freie Zeit haben, machen sie in Rassenhaß. Nicht gewalttätig, nur stumm und verbissen, und auch nur zuweilen. Er kündigt sich nur versteckt an; aber er ist da. Alles erst in jüngster Zeit von den Kommunisten angefacht.«

Er sah Johnny mit beredtem Blick an.

»Ich habe mich bemüht, dir eine bessere Stelle zu verschaffen, mein Sohn. Das weißt du ja. Deine Pfarre hat binnen kaum acht Jahren vier Pastoren gehabt. Es waren lauter feine Männer, die an ihre Sendung glaubten und sich redliche Mühe gaben. Es half alles nichts. Sie hatten entweder die wenigen Reichen gegen sich oder die eigenen Pfarrkinder auf dem Hals, oder auch die Gewerkschaft, oder irgendeine angebliche Minderheit. Da ich dies alles wußte, wollte ich dich um keinen Preis dahin schicken. Aber ich konnte einfach in dieser kurzen Zeit keine andere Stelle für dich auftreiben. Du wirst dich damit abfinden müssen, bis ich dir etwas Besseres verschaffen kann.«

Johnny sah ganz unvermittelt auf, und aus seinem müden Gesicht sprach neuer Eifer. »Nein. Ich werde bleiben, so lange die Kirche mich dort haben will. Ich werde mich bemühen, daß ich bleiben kann. Ich habe ein Gefühl – es kam mir ganz plötzlich, wie eine Eingebung –, daß mir Barryfield irgendwie bestimmt und zugedacht ist. Ich kann es nicht genau ausdrücken, Dr. Stevens, aber ich spüre es.«

Dr. Stevens nahm seine Brille ab; sie war angelaufen. Er putzte sie mit dem Taschentuch. »Noch eins, was du auch von deiner Pfarre wissen sollst. Der tonangebende Mann dort ist steinreich, alt, und, soviel ich höre, ein abscheulicher Kerl. Warum besucht er diese Kirche? Sein Vater war ihr erster Pastor; sein Vater baute sie fast buchstäblich mit eigenen Händen. Sein Onkel aber hatte Glück im Leben. Er ging nach New York und hatte sich nach etwa fünfzig Jahren einen Sitz an der Börse ergattert. Näheres weiß ich nicht. Als dieser Onkel ledig und ohne andere Verwandte starb, hinterließ er sein ganzes Vermögen – immer noch mehrere Millionen nach Abzug namhafter Legate für wohltätige Zwecke – diesem Mann, der dort Oberkirchenrat ist. Er hatte es in seiner Jugend als Pastorensohn selber sehr schwer. Er war entschlossen, Arzt zu werden, und mußte in den Sommerferien als Werkstudent im Kohlenbergwerk die Mittel für sein Studium aufbringen. Einmal mußte er die Universität drei Jahre lang verlassen, um die nötigen Moneten im Bergwerk zu erarbeiten. Er wußte kaum von der Existenz seines ›sündhaften‹ Onkels, wie sein Vater ihn nannte. Er war schon fünfzig und hatte seine Praxis in Barryfield, als sein um dreißig Jahre älterer Onkel starb und ihm das viele Geld vermachte. Er heißt Alfred McManus, Dr. Alfred McManus, und ist heute ein hoher Sechziger. Er hat sein Wort gegeben, genau den fehlenden Betrag zur Erhaltung der Kirche beizusteuern, wenn alle anderen Pfarrkinder das ihre dazugetan hätten; aber nicht einen roten Cent mehr.«

Johnny dachte über das Gehörte nach. Dann sagte er: »Ich denke, ich pflichte ihm darin bei. Wenn die Leute eine Kirche wollen, müssen sie auch bereit sein, dafür zu arbeiten und sie zu erhalten.«

Dr. Stevens war erfreut. »Das ist schön, daß du das sagst, Johnny; da sehe ich schon, du wirst dich mit Dr. McManus darüber leicht verständigen. Alle anderen Geistlichen konnten es nicht, die armen Kerle. Sie dachten, er solle die ganze Geschichte finanzieren. Dr. McManus ist ein schrankenloser, bärbeißiger Individualist, soviel ich gehört habe. Er soll sehr an seinem Vater gehangen haben. Und er praktiziert immer noch als Arzt. Er hat die einzige gutgehende Praxis in der Stadt, und seine Honorare sind schwindelnd hoch. Mr. Emil Schoeffel, der Kassier des Kirchenrates, haßt ihn. Von Mr. Schoeffel weiß ich auch, daß Dr. McManus ein grober, schmutziger, wilder alter Gotteslästerer ist, der ›ein Herz von Stein‹ hat. Ich zitiere Mr. Schoeffel, der eine kleine, nicht gerade gutgehende Schuhfabrik besitzt.«

»Sie sind überzeugt, daß sie über mich und die Kinder Bescheid wissen?«

»Ja.« Dr. Stevens hustete. »Dr. McManus wollte dich nicht haben, Johnny. Sagte, du seist wahrscheinlich ›ein verdammter Kommunist‹. Um ihn nochmals zu zitieren: ›Ohnedies schon genug Ausländer in der Stadt hier.‹ Ich sagte ihm am Telefon, wenn er dich nicht nähme, müßte er lange auf einen neuen Pastor warten. Seine Antwort überzeugte mich, daß er keineswegs ein christlicher Gentleman, sondern bloß ein feindseliger verbitterter Greis ist, der um seines Vaters willen unentwegt die Kirche unterstützt.«

»Immerhin«, meinte Johnny nachdenklich, «ist er Arzt geworden.«

»Wahrscheinlich aus Ehrgeiz; wollte wohl Geld scheffeln.«

»Hätte er nur Geld gewollt, so hätte er doch seine Praxis nach jener Erbschaft aufgegeben. Gewisse Ärzte haben etwas mit den Heiligen gemeinsam.«

Das war zuviel für Dr. Stevens. Er lachte herzlich. »Nun, mein Sohn, diesen Heiligen überlasse ich dir. Soviel ich höre, ist er schon für einen Ort bestimmt, wohin die Heiligen in der Regel nicht kommen.«

6

In fünf Minuten würde der Zug in Barryfield einlaufen. John Fletcher sah sich im Abteil nach dem ganzen Gepäck um; da lag es aufgestapelt in nagelneuen, wenn auch billigen Stößen, alle Koffer voll mit den neuen Sachen der Kinder. (Sein eigener Koffer war alt und wies Sprünge auf; außerdem führte er seinen Wäschesack vom Militär mit. Während der Einkäufe für seine Kinder war er keinen Augenblick auf den Gedanken verfallen, sich selbst neue Koffer zuzulegen.) Der imposante Anblick aller dieser Koffer und Köfferchen freute ihn. Er fuhr sich mit dem Kamm durch sein kurzes, schwarzes Haar und betrachtete liebevoll die Kleinen. Was für ein Wunder die zwei Wochen Amerikaaufenthalt schon gewirkt hatten! Da stand Kathy und kämmte mit festen Griffen Emilies lange wirre Locken, nachdem sie der Kleinen an dem wundervollen Stahlbekken kräftig und ohne viele Umstände das Gesicht gewaschen hatte. Da bemühte sich Jean nach Kräften, Pietro und Max ein menschenwürdiges Aussehen zu verleihen, indem er hier einen Schlips zurechtzog und dort Staub von neuen blauen Anzügen bürstete. Jean und Kathy murmelten dazu unaufhörlich ermahnende und warnende Worte, die den anderen galten. Johnny sah Mrs. Burnsdale an, die majestätisch am Fenster thronte und Jean und Kathy gestattete, sich um die Kleinen zu kümmern. Den Kleinstädten und Haltestellen, die vorüberflitzten, gönnte Mrs. Burnsdale hochmütig herablassende Blicke durch die großen Glasscheiben. Das erheiterte Johnny.

»Ich fürchte, Kinder und Mrs. Burnsdale«, sagte er, »Barryfield ist auch nicht viel besser als die Nester hier an der Strecke. Vielleicht sogar schlimmer.«

Mrs. Burnsdale erwiderte womöglich noch majestätischer als vorhin: »Hm, Städte lassen sich von Grund auf ändern, wenn die Leute Mut und Selbstvertrauen haben. Seife ist billig, und Tünche auch. Hilflose Nichtsnutze hab' ich nie leiden mögen. Aber irgendwas stimmt nicht mehr hierzulande, Mr. Fletcher. Jedermann will alles, was der liebe Nächste hat, ohne dafür arbeiten zu müssen. Almosen? Manchmal male ich mir aus, was George Washington von solchen Leuten gesagt hätte.«

»Die hat es wahrscheinlich damals auch schon gegeben«, erwiderte Johnny. »Und sie wollten wahrscheinlich alles umsonst. Aber dabei verhungerten sie, oder suchten eben Arbeit. Der Mensch ändert sich nie viel, obwohl wir Pastoren uns darum bemühen. Ach Gott, und wie!«

Sie warf ihm einen kurzen, wohlwollenden Blick zu. »Schätze, Sie haben sich immer bemüht. Aber es hat nicht viel genützt, nicht wahr?«

»Nun werden Sie aber zynisch. Nein, ich glaube doch, daß es irgendwie geholfen hat. Heutzutage lassen wir Geisteskranke nicht mehr verhungern, werfen sie auch nicht in Schlangengruben oder prügeln sie zu Tode. Auch kleine Waisenkinder lassen wir nicht mehr als Bettler auf den Straßen verkommen. Die Alten setzen wir nicht mehr auf den Landstraßen aus. Schwachsinnige bringen wir nicht mehr um.«

Mrs. Burnsdale beugte sich hinüber und klopfte ihm mütterlich auf das Knie. »Bemühen Sie sich nur weiter. Vielleicht kommen wir doch einmal auf einen grünen Zweig. Vielleicht schon in, na, sagen wir, zwei Millionen Jahren.« Und sie setzte hinzu: »Wenn Barryfield eine von diesen Städten ist, dann bringen wir die Leute vielleicht sogar so weit, sie sauber zu scheuern, obwohl es eine Kohlenbergbaustadt ist und sie außerdem Fabriken dort haben. Das soll ein Teil meiner Arbeit sein.«

»Ich hab' Ihnen schon gesagt, das Haus ist nicht besonders gut«, entgegnete Johnny. »Obendrein ist es klein. Mit der Kirche und den Kindern werde ich alle Hände voll zu tun haben.« Er zögerte. »Begreifen Sie, was ich meine? Die Kinder haben instinktiv den amerikanischen Traum erfaßt. Nun müssen wir ihnen Barryfield so schön machen, daß es zu diesem ihrem Traum paßt, damit sie nicht enttäuscht werden. Wie wir das anstellen sollen, weiß ich freilich noch nicht.«

Mrs. Burnsdale schüttelte heftig den Kopf. »Diese Kinder müssen wie alle Menschen über kurz oder lang den Tatsachen ins Gesicht sehen; je früher, desto besser. Warum starrst du mich denn so an, Jean? Und du auch, Kathy?«

Jean errötete und zupfte ein letztesmal vorwurfsvoll an Max' Schlips. Dann schaute er Mrs. Burnsdale ernst an. »Bloß, hier gibt es Recht und Gesetz.« Er zuckte zusammen. »Recht und Gesetz.« Dann wandte er sich an Kathy, die nickte energisch.

»Recht hast du«, versetzte Mrs. Burnsdale erleichtert und angenehm überrascht. »Du bist ein sehr vernünftiger Junge, und Kathy ist ein vernünftiges Mädel.«

Der Zug verlangsamte seine Fahrt. Sie waren die letzte Stunde an niedrigen Hügeln, grünen, schäbigen, unscheinbaren Hügeln vorbeigefahren. Nun aber wölbten sich, als der Zug eine Biegung nahm, plötzlich die Berge vor dem Beschauer empor, mächtig und majestätisch in ihren Farben, und ragten mit gewaltiger Kraft in den goldenen Abendhimmel. Ihre Schatten fielen wie ein Segen quer über grüne Täler. Johnny rief die Kinder zu sich. Er fand jetzt keine Worte. Sie schauten unverwandt und feierlich durch die breiten Fenster. In der Ferne sahen sie die Dörfer unter einem golden schimmernden Nebel- und Rauchschleier hingekauert; sahen ferne Brücken, ihre Bogen schlank und zerbrechlich wie Spielzeug; sahen die Flüsse wie von Quecksilber, stellenweise purpurrot schimmernd. Und stets die Berge, stets die Schatten der Berge.

Pietro, der während der letzten Stunde Anzeichen beginnender Unrast gezeigt hatte und zuweilen vor Erregung schier außer Rand und Band geraten war, war nun mäuschenstill. In seinen großen, schwarzen Augen spiegelte sich der goldene Schimmer am Himmel, spiegelten sich die Umrisse der »immerwährenden Hügel«. Johnny beobachtete ihn. Das dunkle, bewegliche Gesicht des Kindes zeigte einen nachdenklichen strengen Ausdruck, den Johnny nie zuvor an ihm gesehen hatte, ein träumerisches Zurückschauen, das nicht weh tat. Regte sich in ihm eine uralte Erinnerung seines italienischen Volkes, an Berge und Farbe, an Glanz und Schönheit? An besinnliche Bauern, die ernsthaft das nährende Getreide pflanzten, oder beim Sonnenuntergang, das liebliche Angelusläuten im Ohr, ihre Schafherde sammelten? An rauchende Feuer unter würzig duftenden eisernen Kesseln, an Lachen und Frieden, an Gesang, Frohsinn und Glauben? An Bildstöcke am Wegesrand im Schatten der Olivenhaine, schlanke Zypressen und spitze Kirchtürme mit flammenden Kreuzen darauf? An rote Erde, nicht rot vom Blut, sondern voll Fruchtbarkeit, an kühn geschwungene Brücken über Abgründe, an den Duft von Rosen und Jasmin in der lauen Abenddämmerstunde, an Herdenglocken, ausgelassen hüpfende Ziegen, an das Blöken der Schafe unter fruchtbeladenen Obstbäumen, an Häuschen mit roten Dächern und an den Gesang der Fischer auf der mit blauem Schmelz überzogenen See? Konnte überhaupt ein Italiener, selbst dies kleine, verlorene Kind, die ererbte Herrlichkeit vergessen?

»Na«, meinte Mrs. Burnsdale mißbilligend, »die Berge sind ja schön. Aber sehen Sie nur, wo wir halten. Das ist genau, was ich gefürchtet hab'.«

Johnny pflichtete ihr betrübt und stumm bei.

Eine schmutzige, rußige Station aus Holz, darüber ein verbogenes Schild: »Barryfield«. Ein langer, hölzerner Bahnsteig, baufällig, mit körnigem, schwarzem Staub bedeckt. Derselbe Staub verdunkelte die Fenster des kleinen Stationsgebäudes, hatte sich auf die paar einsamen Ulmen gelegt, die unweit von den Geleisen ihr kümmerliches Dasein fristeten, kroch in die Risse und Spalten dürftiger Bahnbauten, welche die graslose Fläche säumten, und hatte sich über Unkraut und Zäune ergossen. Der Zug knarrte und pfiff ungeduldig, als er hielt, und Johnny konnte es ihm nachfühlen. In ganz Europa hatte er keine so trostlose Station gesehen. Selbst die goldene Lichtflut vom Himmel herab konnte ihren allgemeinen Eindruck von Schlamperei, Schmutz und Unfähigkeit nicht mildern. Nicht einmal die Berge, die hinter dem Bahnhof in königlicher Pracht aufstiegen, konnten diesem greifbaren Mangel an primitivem Anstand einen Abglanz ihrer Würde leihen.

Der trostlose Zustand ihres Bahnhofs war natürlich nicht unmittelbar die Schuld der Bevölkerung von Barryfield, denn die Station gehörte ja der Eisenbahn. Aber hätten die Barryfielder verlangt, daß sie gesäubert und frisch gestrichen würde, so hätte die Eisenbahngesellschaft sich fügen müssen. Und Johnny dachte, auf jede Art und Weise sind die Menschen schuld an allem Gemeinen, Boshaften und Grausamen, was auf der ganzen Welt geschieht, auch wenn es sich fünftausend Meilen weit weg ereignet.

Er bemühte sich, einen heiteren Klang in seine Stimme zu legen: »Also, Kinder, hier steigen wir aus. Ich komme zuerst, dann Mrs. Burnsdale mit Emilie und Pietro, und dann kommt ihr Älteren. Jean, Kathy kommt vor dir, vergiß das nicht.« Er war stolz auf sie, aber auch besorgt. Nett, sauber, gut aussehend, hübsch – wenn man ihnen nicht zu genau in die Augen sah. Er warf seinen Wäschesack über die Schulter, während ein Träger das Gepäck der Kinder holte. Er ging auf die Tür zu, fühlte sich jedoch plötzlich am Arm gefaßt. Er wandte sich um und sah Jean vor sich stehen. »Jean trägt Papas Sack«, bat das Kind lächelnd. Johnny überließ ihn ihm sogleich und sagte ernsthaft »Danke« dazu. Es wurde ihm wieder ein wenig leichter ums Herz.

Es knirschte unter ihren Füßen, als sie ausstiegen. Andere Fahrgäste betrachteten sie neugierig aus den Fenstern des Zuges. Johnny sah zwei ältere Herren aus dem Stationsgebäude treten, zwar Seite an Seite, jedoch offensichtlich kühl und reserviert gegeneinander. Da sie Johnny und seine Schäflein aufmerkam betrachteten, schloß dieser, das Empfangskomitee vor sich zu haben.

Dann sprach ihn der eine davon mit hoher, piepsender Stimme an: »Mr. Fletcher? Hab' mir's gedacht. Hm. Ich bin Doktor McManus.« Er reichte ihm nicht die Hand. Er war keine einnehmende Erscheinung; er war so unförmig dick, daß er sich trotz durchschnittlicher Körpergröße beinahe wie ein grotesker Zwerg ausnahm. Johnny dachte allerdings, daß alle diese Pfund Lebendgewicht vermutlich hartes, solides Fleisch waren; darüber trug der Mann einen hellgrauen, schlechtsitzenden Anzug, der so schmutzig war, daß es den Anschein hatte, als habe ihn sein Träger absichtlich, aus Verachtung für die Meinung seiner Mitbürger, in diesen Zustand versetzt. Seine breiten Schuhe waren rissig und staubig, seine Wäsche offensichtlich ungebügelt, sein schwarzer Schlips ein fettiger Strick. Wie sein Leib, so bestand auch sein breites Gesicht größtenteils aus festem Fleisch; sein Teint war grau, die Nase kurz und kampflustig, der dünnlippige Mund hart. Unter dichten, grauen Brauen lugten winzige Äuglein von der Farbe von altem Beton hervor. Zynische, grausame Augen, dachte Johnny, während sie ihn musterten. Wann war diese Bürste von grauweißem Haar zum letztenmal gekämmt oder gewaschen worden? Schuppen zierten die mächtig ausladenden Schultern, und auch sie waren anscheinend absichtlich nicht fortgebürstet worden.

Die hohe piepsende Stimme klang im Munde eines so kräftigen Mannes, der das Mannestum eines älteren Amerika verkörperte, lächerlich. Er müßte eine Zigarre oder eine Pfeife rauchen, dachte Johnny. Aber Dr. McManus rauchte Zigaretten; eine davon, an der sich viel Asche angesammelt hatte, baumelte ihm im Mundwinkel und verlieh ihm nicht das Aussehen eines alten Wüstlings, sondern eher eines wutentbrannten feindseligen Greises.

Dr. McManus wandte seinen kritisch forschenden Blick den Kindern zu. Er sagte voll Verachtung: »Der Bursche hier ist Emil Schoeffel – hat 'ne Schuhfabrik. Sitzt im Kirchenrat; Kassier. Weiß nicht, warum sie ihn gewählt haben; sein eigener Betrieb blüht nicht grade.«

Mr. Schoeffel lief puterrot an und warf Dr. McManus einen Blick zu, der Angst und Haß zugleich verriet. Johnny dauerte der ältliche Kassier, der aussah, als wäre er aus losen Schnüren und langen, dünnen Brettern wahllos und lose zusammengebastelt. sein Gesicht nahm sich aus wie aus Holz, ungeschickt und unfachgemäß geschnitzt; er hatte große, kurzsichtige Augen, eine lange, krumme Nase, einen weichen Mund und eine kleine Glatze. Er reichte Johnny mißtrauisch die Hand und zog sie gleich wieder zurück. Dann sagte er mit überraschend tiefer Stimme: »Willkommen, Mr. Fletcher. Und das hier, denke ich – ich hab' gehört – sind die – die Kinder?«

»Die Ausländer«, fiel McManus brutal ein. Und er setzte hinzu: »Wieso schleppt denn der kleine Krüppel da den Sack? Sie sind wohl nicht stark genug, Pastor, was?«

Johnny beherrschte sich. »Dr. McManus, das ist Jean. Er wollte den Sack tragen. Ich möchte Ihnen bitte die Kinder vorstellen. Aber zuerst kommt Mrs. Burnsdale, unsere Haushälterin, die uns betreuen wird. Mrs. Burnsdale, Dr. McManus.«

Mrs. Burnsdale erwiderte den gleichgültigen Blick von Doktor McManus nicht weniger gleichgültig. Ei, dachte Johnny, und sein Grimm legte sich etwas, irgendwo gleichen sich die beiden sogar! Mrs. Burnsdale rümpfte die Nase und sagte: »Hm, Dr. McManus.« Dann machte sie auf ihren festen Füßen kehrt und lächelte Mister Schoeffel freundlich zu, während Johnny sie vorstellte. Mr. Schoeffel errötete abermals und schüttelte ihr sichtlich dankbar die Hand. »Willkommen in Barryfield, Mrs. Burnsdale.«

Johnny fuhr fort: »Doktor, dies mein großes Mädel hier ist Kathy, die kleine ist Emilie. Und der hier ist Max. Das hier ist Pietro.«

Die Kinder hatten Dr. McManus mit unergründlichen Blicken betrachtet, und Johnny befürchtete das Schlimmste. Zu seiner Überraschung jedoch fürchteten sie sich anscheinend nicht vor dem häßlichen Alten. Sie streckten ihm die Hand entgegen. Er trat zurück und runzelte die Stirn. Kathy lächelte ihm heiter entgegen und wartete. »Na, meinetwegen«, murmelte er. Widerwillig und angeekelt schüttelte er allen Kindern die Hand. »Der Kerl hier sieht aus wie ein Affe«, sagte er von Pietro. Pietro grinste, seine glänzend schwarzen Augen leuchteten und seine weißen Zähne blitzten. »Pietro Affe«, ahmte er nach, und seine Füße tanzten ein paar leichte heitere Schritte dazu.

»Er will Akrobat werden«, warf der arme Johnny hastig ein, während Kathy Pietro mit festem Griff die Hand auf die Schulter legte. »Aber ich glaube, er wird wohl Künstler werden, oder auch Sänger. Er hat eine prachtvolle Stimme.«

»So?« fragte Dr. McManus ironisch. Sein Blick ruhte wieder auf Kathy; er betrachtete das makellos gelbe Haar, das kräftige Gesicht. Ein eigentümliches Zucken lief ihm um den Mund, und er wandte sich ab und Jean zu. »Was ist denn dem Jungen hier passiert? Warum haben Sie nichts unternommen für seinen Arm und sein Bein – wo Sie noch dazu ein Pastor sind? Wollen wohl warten, bis der liebe Gott ihn heilt, was?«

Jean warf ein: »Ja, Gott. Papa sagte, Gott wird heilen.«

Johnny wurde es immer enger in seiner Haut, er fiel ein: »Ich habe Jean praktisch von den Orthopäden ganz Europas untersuchen lassen.«

»So?« fragte Dr. McManus verächtlich.

»Ich habe die Röntgenaufnahmen und alle Befunde, Doktor.«

»So, haben Sie?« versetzte der andere sarkastisch. »Ich möchte sie sehen. Aus purer Neugier. Die größten Narren sind die Fachärzte, die alles verstehen.« Er ließ Jean stehen und musterte nun Emilie, die ihn aus ihren großen Blauaugen anstrahlte. »Emilie?« fragte er unvermittelt. Die Kleine lächelte; ihr Kindergesicht leuchtete. »Kann sie nicht sprechen?« fragte der Doktor nicht ohne eine gewisse Schärfe.

»Nicht viel«, antwortete Johnny schlicht. »Sie ist nämlich vermutlich im Konzentrationslager geboren, wo man ihre Eltern ermordete, und niemand außer mir hat sie im Sprechen unterwiesen.«

»Arme Kleine«, sagte Mr. Schoeffel, der die Kinder anscheinend fürchtete.

»Ein Judenkind, was?« fragte Dr. McManus in beleidigendem Ton.

Johnny kämpfte seinen aufsteigenden Zorn nieder. »Das glaube ich nicht. Ich glaube, Jean ist Franzose, Kathy Holländerin, Pietro Italiener und Emilie Belgierin. Das sind alles bloß Annahmen, aber sie dürften stimmen.« Er hielt inne, legte Max den Arm um die Schultern und holte tief Atem. »Max stammt meines Erachtens aus einer jüdischen Familie. Max, mein zweitältester Sohn.«

Dr. McManus betrachtete Max scharf, und sein breites Gesicht spannte sich sogleich zusehends. Max sah ihn mit leerem Blick an. »Kann er nicht sehen?« fragte der Doktor.

Johnny trat mit Max vor. »Ja, physisch wohl. Aber er ist noch nicht imstande, viel von der Welt zu sehen. Sie war zu schrecklich für ihn. Sie und ich, Doktor, und wir alle, alle, wir haben sie so gemacht.«

»Papa?« murmelte Max und griff nach Johnnys Hand.

»Ja, Max, Papa ist hier bei dir«, erwiderte Johnny, sah aber Dr. McManus dabei an. Er hielt Max' Hand fest umschlossen, während Dr. McManus unvermittelt einen Schritt auf den Jungen zutrat. Max begann zu zittern. Der Doktor faßte ihn am Kinn und schaute dem Kind tief in die Augen. »Na, komm schon, Sohn«, sagte er rauh. »Niemand tut dir was zuleide; wie der Pastor dich allerdings von seinem Gehalt ernähren will, weiß ich nicht. Kannst du mich nicht sehen, hm?«

Max wandte sich an Johnny. Der nickte. »Dr. McManus«, sagte er.

Max wiederholte langsam: »Dr. McManus.« Dann lächelte er, und seine sonst so leeren braunen Augen funkelten. »Ich – sehe«, verkündete er.

Mrs. Burnsdale war verblüfft. »Das ist das erste Mal, daß er aus eigenem Antrieb redet«, bemerkte sie. »Er macht Fortschritte!«

»Fehlt ihm ja auch überhaupt nichts«, murmelte Dr. McManus. »Hielt ihn zuerst für schwachsinnig.« Nun musterte er wieder Kathy, und abermals spielte das Zucken um seinen bitteren Mund. »Kathy, nicht? Nettes, vernünftiges Mädel. Auch hübsch.«

Kathy strahlte. »Sehr hübsch«, bemerkte sie bestimmt.

»Na, nu werd' nur nicht gleich größenwahnsinnig«, entgegnete Dr. McManus streng. »Ich habe Mädel wie du zu dicken Hausfrauen heranwachsen sehen, und beschränkt werden wie die Buschweiber.« Er wandte sich ab, wie angewidert, und hob plötzlich Emilie auf seinen Arm. Das kleine Mädchen kuschelte sich zu Johnnys Erstaunen zutraulich an ihn.

Mr. Schoeffel sah ängstlich auf die Jungen und räusperte sich. »Sie sehn alle gesund aus«, wagte er zuversichtlich zu bemerken, als fühlte er eine Schuld auf seinem Herzen lasten und wollte sich davon befreien.

Dr. McManus piepste: »He, du da, Jim, komm hier herüber und hilf mir! Na, nun roll' schon deinen verdammten Leichnam 'rüber!«

Ein livrierter Chauffeur kam eiligst aus dem Stationsgebäude herbeigerannt. »Bring die Koffer in den Wagen«, wies ihn der Doktor an. »Möchte wissen, wofür zum Teufel ich dir sechzig Dollar wöchentlich zahle!«

Sie alle gingen nun auf das Bahnhofsgebäude zu. Mrs. Burnsdale flüsterte Johnny hastig zu: »Ich glaube, alles geht gut, Mr. Fletcher. Ja, wahrhaftig, das glaube ich.« Dr. McManus stapfte voraus, Klein-Emilie auf dem Arm, und die Kinder, sogar Max, folgten ihm. Johnny und Mr. Schoeffel bildeten die Nachhut. Mr. Schoeffel raunte: »Ein schrecklicher Kerl, der Doktor. Ich bin ein Christ, aber ich muß es Ihnen sagen: Er ist ein Geizkragen und ein übler alter Bursche. Ist kein Christ.«

Johny betrachtete den gewaltigen Rücken des Doktors. Emilie hatte die Ärmchen um seinen Hals geschlungen; ihr langes Haar wallte ihm friedlich auf die eine Schulter hinab. »Kein Christ?« fragte Johnny und lächelte.

»Bin froh, daß wir den Schwätzer los sind«, erklärte Doktor McManus, nachdem Mr. Schoeffel in einem recht altertümlichen Wagen weggefahren war. »Hat immer neue Pläne, um mir Geld herauszulocken. Die — Stadt braucht ein zweites Spital, sagt er; ein neues Pfarrhaus; die Kirche ist reparaturbedürftig; das Waisenhaus braucht größere Privatunterstützungen.«

»Nun, und stimmt das alles?« fragte Johnny.

Dr. McManus knurrte. Die große Limousine glitt wie auf Öl durch die schmutzigen, gewundenen Straßen. Die Kinder hockten mäuschenstill auf den üppigen Polstern und Mrs. Burnsdale hatte wieder ihr hochmütiges Gesicht aufgesetzt. Dr. McManus antwortete: »Wahrscheinlich. Aber die glauben wohl, ich bin aus Geld gemacht. Wenn sie sich nicht selber helfen wollen, warum soll ich ihnen unter die Arme greifen? Was, Pastor?«

»Sollen Sie auch nicht«, entgegnete Johnny.

Dr. McManus wandte den massiven Schädel auf dem Hals, um den jungen Geistlichen von oben bis unten zu mustern. »Was? Was? Dachte, Sie wären ein Pastor?« Er kicherte hämisch.

»Bin ich auch«, sagte Johnny. »Und ich denke auch an das Gleichnis von der Heuschrecke und der Ameise.« Seine dunklen Augen lachten den Alten an. »In der Bibel steht kein Wort zugunsten von Faulpelzen.«

Dr. McManus musterte ihn stirnrunzelnd. Er hatte sich eine neue Zigarette angesteckt; die hing ihm nun schräg im Mundwinkel. Dann erklärte er: »Ich habe Sie hier nicht gewünscht. Das wissen Sie. Frank Stevens hat mich unter Druck gesetzt. Vielleicht vertragen wir uns. Vielleicht. Aber ich gebe Ihnen nur sechs Monate in dieser Stadt.«

»Warum?«

»Weil Sie kein Narr sind. Haben Sie noch nicht gelernt, daß sich nur Narren oder Diebe oben halten?« Wieder kicherte er und starrte durch das Fenster. »Eine Dreckstadt, was? Hasse sie selber. Stupide Ratten. Sie denken vielleicht, Pastor, ich dürfte sie nicht stupid nennen, was?«

Johnny versetzte ruhig: »Wenn sie es sind, warum sollten Sie sie dann nicht so nennen? Aber die Stupidität ist kein Alleinbesitz von Barryfield. Die ist ein weltweites Laster.«

Ein Funkeln boshafter Heiterkeit ließ des Doktors betonfarbene Augen aufleuchten. »Steht nicht irgendwo was in der Bibel, daß man mit den Toren Mitleid haben soll? Und an einer anderen Stelle heißt es, wer seinen Bruder einen Narren heißt, soll ins höllische Feuer geworfen werden?«

»Stupid sind manche von unseren Größten«, entgegnete Johnny, »aber Narren könnte man sie darum doch nicht nennen. Napoleon zum Beispiel war ein stupider Mensch, wie übrigens auch Cäsar und Hitler, Stalin und Bismarck, und eine lange Reihe amerikanischer Präsidenten, ganz zu schweigen von unseren Kongreßabgeordneten, sowie einer stattlichen Anzahl von Philosophen, darunter Plato und Nietzsche; von den Musikern Wagner, von den Wissenschaftlern Darwin, und unter den Sophisten Machiavelli.«

»Hm; eine erstaunliche Liste«, meinte der Doktor. Die lange Asche seiner Zigarette fiel ihm auf den wie aus Stein gemeißelten Schenkel. »Und warum halten Sie sie für stupid?«

»Weil sie kein Mitleid kannten.«

Der Doktor schwieg. Johnny wurde allmählich niedergeschlagen. Barryfield war so gar nicht schön, fand er. Das Tal, in dem es lag, war breit genug, daß man breitere Straßen und Häuser hätte bauen können. Und doch hatte sich die Stadt kümmerlich zusammengedrängt und beherbergte enge Elendsviertel, wie die europäischen Städte sich aus Raumnot zusammendrängen. Etwas Europäisches, Halbverhungertes haftete auch den engen Holzhäusern an, die da aneinanderlehnten, etwas, was zu alt wirkte in dem unermeßlichen, jungen Land, was nicht zu den erhabenen, weit hingestreckten Bergen, den breiten, lieblichen Tälern, den zahlreichen Strömen und Flüssen passen wollte. Schmutzige Kinder spielten in dichtgedrängten Schwärmen, als gäbe es nicht ganz nahe grüne Erde, hohes Gras und Bäume, um die sich die Farmer, ihre Besitzer, nicht kümmerten, die den Grund vermutlich zu einem vernünftigen Preis der Stadt für Spielplätze abgetreten hätten.

Die Stadt selbst lag unter einem Rauchschleier in der ockergelben Abendsonne, und während der Wagen weiterrollte, gewahrte

Johnny plötzlich einen üblen Geruch und erhaschte einen flüchtigen Blick auf eine nahe Fabrik, aus deren hageren Schloten hellgelbe Rauchfahnen stiegen und die Luft verpesteten, so daß die Kinder husten mußten. Andere kleine und große Fabriken folgten; sie alle spien ihren Pesthauch in den schwarzen, dampfenden schwadenbedeckten Himmel. In gewisser Hinsicht war der Anblick ja erfreulich; es war gut, daß Betrieb herrschte, daß Männer an Öfen und Maschinen Arbeit fanden. Daß sie aber den reinen lebendigen Sauerstoff verpesteten, war nicht notwendig; daß Kinder und Greise diesen Gifthauch atmen mußten, war ungeheuerlich.

»Warum geht es nicht ohne all den Schmutz und Rauch ab?« fragte Johnny Dr. McManus.

Der Doktor zuckte angewidert die Achseln. »Natürlich kümmert sich kein Mensch darum. Ich setze seit Jahren den Politikern zu; aber die sagen mir, ich sei der einzige, der sich beklagt. Was können Sie auch von einem degenerierten Volk anderes erwarten? Sie waren lange im Ausland. Haben Sie schon gehört, wie degeneriert die Amerikaner heute sind? Ungefähr ebensosehr wie die Russen. Ehe wir beispielsweise anfangen, die Russen Atheisten und Barbaren zu schimpfen, sollten wir lieber erst unsere eigenen Kirchen, kleinen und großen Städte unter die Lupe nehmen. Vielleicht auch unser Verwaltungs- und Regierungssystem — in Dorf und Kleinstadt, Großstadt und Staat, und in der ganzen Union.«

»Dr. Stevens ist Ihrer Ansicht, und ich fürchte, ich bin es auch«, erwiderte Johnny. Gab es denn in Barryfield nichts als Slums? Zugegeben, die Bergwerke gaben nur »Saisonarbeit«; aber es gab doch auch Fabriken, und die Fabrikarbeiter hatten hohe Löhne eingesteckt, während die jungen Burschen im Krieg in Europa und im Pazifik gefallen waren. Und dann gewahrte Johnny eine typisch amerikanische Erscheinung, die in keinem Land der Welt ihresgleichen hatte. Die Häuser mochten Ruß und Schmutz durchlassen, mochten ungetüncht dastehn, mit schmutzigen Fenstern ohne Vorhänge, vorne und hinten keine Grünflächen, sondern nur je ein Fleckchen festgestampften Bodens davor, und mit windschiefen Schornsteinen und baufälligen Veranden; aber vor fast jedem Haus stand ein blitzender Wagen von eindrucksvollen Ausmaßen, mit blinkenden Scheiben, chromfunkelnd, die Kühler mit seltsamen Ornamenten verziert. Mochten die Kinder kaum weniger abgezehrt sein als ihre Brüder und Schwestern in Europa, und in vielen Fällen weit schmutziger — die Wagen blitzten und funkelten in dem zitronengelben Licht, das vom beschmutzten Himmel fiel; und sie wurden so sorgfältig gepflegt und betreut wie die Hausgötter im alten Rom. Hatte Amerika tatsächlich die Maschine zum Götzen erhoben, wie die Russen sie ganz offen und ohne Verstellung vergötterten? Steckte ein Körnchen Wahrheit in der Behauptung der Briten, Amerika und Rußland hätten zuviel gemeinsam?

»Sehen Sie die Wagen?« fragte der Doktor.

»Allerdings«, versetzte Johnny.

Dr. McManus kniff die Augen zusammen und sah ihn verstohlen an. »Haben Sie dieselben Schlüsse gezogen wie ich?«

»Ja, Doktor, wo waren unsere Pastoren all die Jahre?«

Der Doktor fuchtelte dem jungen Geistlichen mit einem nikotingeschwärzten Finger vor dem Gesicht herum. »Wem sagen Sie das? Wir haben viele Pfarrer gehabt in unserer Kirche, der Kirche zum Guten Hirten. Mir scheint, der letzte echte Hirt war mein Vater. Wissen Sie, wovon die anderen, die wir hatten, immer quasselten? Von Amateurpsychiatrie oder Politik. Braucht man dazu einen Pfarrer? Ist denn ein Pfarrer nicht dazu da, seiner Gemeinde ein bißchen Ehre einzuhämmern, Ehrfurcht, Hoffnung, eine Vorstellung von Gott, von Pflicht, Nächstenliebe und — bei Gott! — einen Funken Reue und Zerknirschung für alle die verdammten Verbrechen, die die Menschen täglich aneinander und an Gott begehen? Haben Sie je in den letzten Jahren einen Prediger von Buße sprechen hören? Hah!«

Johnny lächelte dem Doktor zu, und seine Augen leuchteten voll Liebe und Verständnis. Der Arzt starrte ihn böse an und knurrte etwas Unzüchtiges vor sich hin, blinzelte aber heftig dabei. Er klopfte wütend an die Glasscheibe, die ihn von seinem Chauffeur trennte, und als sie zurückgeschoben wurde, piepste er: »Die Munston Street hinab, bis zur Kazinski-Ecke.« Er warf sich auf seinen Sitz zurück, die Stirn in finsteren Falten. Emilie war in seinen Armen eingeschlafen; mit seinen klobigen brutalen Fingern, die jedoch die verbreiteten Fingerspitzen des echten Chirurgen aufwiesen, streichelte er ihr rauh das Haar.

Der Wagen glitt eine besonders schmale elende Straße hinab, in der es von heulenden Kindern wimmelte; schlampige Frauenzimmer standen auf windschiefen Treppen und Veranden und unterhielten sich schreiend. An der Ecke stand ein Kirchlein aus Stein, blitzsauber, ergreifend würdevoll mitten in seiner schmutzigen Umwelt; es stand auf einem Rasenstück, das von einem Seilzaun umgeben war. Ihr Turmkreuz ragte funkelnd in den Himmel, der sich nun in ein stumpfes, schmutziges Grün verfärbte. Meine Kirche? dachte Johnny hoffnungsvoll und erfreut. Die hölzernen Türen standen offen und gaben den Blick in ein kühles, dämmeriges Innere frei, und da sah Johnny, daß es doch nicht seine Kirche war.

Der Wagen hielt. »Das ist die Kirche mit dem komischen Namen – Unsere Liebe Frau vom Rosenkranz«, erklärte Doktor McManus und versuchte, seiner Stimme einen verächtlichen Klang zu verleihen, was ihm nicht ganz glückte. »Ein Kerl, der sich Pater John Kanty Krupszyk nennt. Etwas älter als Sie, aber größer; hat ein Gesicht wie ein Fußballer. Kein Wunder; hat in Notre Dame studiert, dem großen Papistenkolleg draußen in Indiana. Die waschechten Iren! Und Krupszyk heißt er! Lernte ihn einmal auf einem Dinner für Mac Summerfield, den Besitzer der hiesigen Lokalzeitung, kennen. Fragte ihn: ›Wie halten Sie denn Ihre Kirche rein? Und das Gras rundherum in Ordnung? Mitten in dem Pöbelhaufen?‹ Wissen Sie, was er mir sagte? ›Die Leute haben Respekt davor. Schließlich wohnt ja Gott drinnen. Die Kinder aus der Umgebung pflegen das Gras und die Bäume, die wir alle gemeinsam gesetzt haben, und die Frauen reinigen die Kirche selbst, die Männer putzen die Fenster und besorgen Reparaturen, und in meiner Küche gibt es immer was zu beißen; sie bringen mir die Sachen, weil mein Gehalt nur klein ist und ich außerdem davon meine Familie ernähren muß. Kirche und Pfarrhaus gehören ja schließlich zusammen.‹«

»Recht hat er«, meinte Johnny.

»Warten Sie ab, bis Sie Ihre Kirche und Ihr Pfarrhaus gesehen haben! Die Dächer haben übrigens Löcher, und wenn Sie meinen, ich würde sie ohne andere Unterstützung reparieren lassen, irren Sie sich. Sie können ja Pfannen unter die Löcher stellen!«

Er zündete sich eine neue Zigarette an und blies sorgfältig den Rauch von sich, daß er Emilies Gesichtchen nicht berührte. »Eines Sonntags ging ich in die Kirche von dem Burschen. Er spricht Polnisch. Hält sogenannte Messen. Zwei Messen auf Polnisch, zwei auf Englisch. Die, wo ich hineinkam, war ein sogenanntes Hochamt. Zeremonien. Riten. Glaubte natürlich kein Wort davon; es gefiel mir aber. Und wissen Sie, wovon er predigte? Der fuhr richtig Schlitten mit seinen Schäfchen! Brüllte sie an, drohte ihnen mit den Fäusten, gab ihnen Schimpfnamen! Herrlich! Und wurden sie etwa zornig und liefen ihm weg? Keine Rede! Sie hörten zu und schämten sich und waren ganz klein und häßlich! Und dann sagte er ihnen, wenn sie ihre Sünden nicht bereuten – stellen Sie sich das nur vor, ein Pfarrer, der heutzutage von Sünden spricht! – würden sie alle im höllischen Feuer braten! Und das heute!«

Er kicherte vor sich hin; die Erinnerung an sein Erlebnis erheiterte ihn sichtlich. »Und auf den Sammeltellern, da lag nicht etwa Kleingeld. Man sah, die Leute gaben, was sie eben konnten. – Nachher rannte ein kleines Kind quer über den Rasen, und seine Mutter verprügelte es nach Strich und Faden. Man hätte glauben können, das Rasenstück sei heiliger Boden! Ja, lieber Freund, die Weiber dort sind vielleicht nicht besser als unsere Frauenzimmer hier, aber ihre Kirche in Ordnung halten, das können sie! Haben da einen Verein, den nennen sie eine Kongregation.«

»Haben wir nicht ein Damenhilfskomitee?« fragte Johnny niedergeschlagen.

»Ha, ha! Na, Sie werden ja sehen!« Ärger und Heiterkeit stritten in ihm. »Ich besuchte den Priester dort. Eine Bücherei hat der Bursche, da würden Ihnen die Augen übergehen. Es ist ein armseliges Pfarrhaus, aber es riecht alles nach Bodenwachs und frischer Farbe, und alles ist peinlich sauber gescheuert. Wir einigten uns darauf, daß ich ihn Pater Kanty nenne; ich bring nun einmal die verteufelten ausländischen Namen nicht über die Lippen. Und wissen Sie was? Der Mann hat eine bessere Erziehung und Bildung genossen als Sie; spricht ganze fünf Sprachen, und zwar fließend! Er schreibt an einem Buch, in französischer Sprache, über einen von ihren Heiligen, für einen kanadischen Verleger. Ein gutes Buch; hab' sein Manuskript selbst gelesen. Nun, ich fragte ihn, warum er seine Leute nicht dazu brachte, ihre Häuser und Höfe sauber zu halten. Wissen Sie, was er sagte? ›Ich habe soeben die Aufgabe gelöst, ihren Kindern drei Mahlzeiten täglich zu verschaffen. Keine Frau in meiner Pfarre arbeitet außer Haus‹, sagte er, ›außer sie ist Witwe, oder von ihrem Mann verlassen, oder sie hat einen invaliden Mann. Geben Sie mir Zeit‹, sagte er. Und auch: ›Fünf Jahre hab' ich dazu gebraucht; aber jetzt kommen sie regelmäßig zur Beichte, und jede Messe ist überfüllt. Mein armer Vorgänger war schon froh, wenn er sie vor Weihnachten und Ostern zur Beichte bewegen konnte, und die Kirche stand die meiste Zeit leer.«

Sie konnten den bescheidenen Altar durch das dämmerige Dunkel schimmern sehen. »Sieh!« rief Jean. »Gott!«

»Ja«, bestätigte Johnny. Er dachte an seinen Plan für die religiöse Erziehung der Kinder, den er Dr. McManus mitteilen mußte, und es wurde ihm wieder schwer ums Herz. »Wie weit ist diese Kirche von meiner?« fragte er.

»Höchstens eine Viertelmeile. Ich hab' eine kleine Stadtrundfahrt mit Ihnen gemacht, damit Sie das Nest sehen sollten.«

Dr. McManus klopfte wieder an die Glasscheibe. »Sycamore Street. Halt in der Mitte rechts.«

»Kann nicht behaupten, daß ich entzückt bin von dem, was ich bisher gesehn habe«, erklärte Mrs. Burnsdale.

»Ha!« schrie der Doktor. »Warten Sie ab, bis Sie sehen, worauf Sie und der Pfarrer sich hier eingelassen haben!«

Der Wagen rollte eine sehr schmale, trostlose Straße hinab. Trostlos nicht so sehr, weil sie schmutzig war, obwohl auch hier der unvermeidliche Ruß die Luft schwängerte und alles ringsum nach dem Schwefeldampf aus den Fabriken stank. Sie war eher düster, ausgedörrt und vollkommen baumlos. Aus schmalen Gäßchen kroch die Dämmerung hervor, und hier und da hatte ein armseliger Laden ein schwaches Licht angezündet. Der Wagen hielt vor einem unscheinbaren, quadratischen Ziegelbau mit schlichten Glasfenstern und einem steinernen Torbogen. Johnny beugte sich vor, um besser zu sehen. In den Bogen waren hebräische Schriftzeichen eingelassen, und Johnny entzifferte sie: »Die Gerechten dürfen hier eintreten.« Das war also eine Synagoge, und zwar eine sehr bescheidene.

»Der Judentempel«, erklärte der Doktor und betrachtete das Gebäude aus zusammengekniffenen Augen. »Hab' den Burschen kennengelernt, der ihn führt, damals bei dem Pressedinner. Er und Pater Kanty sind gute Freunde; sympathisieren wahrscheinlich miteinander. Haben offenbar viel gemeinsam; würde mich auch nicht wundern. Die lieben Gläubigen, ja, überhaupt die Menschen können einem das Leben zur Hölle machen. Wenn Sie das noch nicht gelernt haben, mein Junge, dann fangen Sie lieber heute als morgen damit an.« Er paffte heftig an seiner Zigarette.

»Ein Kerl namens Rabbi Chaim Chortow; so alt wie Abraham. Ein Gelehrter, sagt mir Pater Kanty, und scheu wie eine Maus. Hat einen Bart. Das macht seine jüngeren Schäflein wild, obwohl ich nicht einsehe, warum ein Mann nicht einen Bart tragen soll, wenn es ihm Spaß macht. Sind etwa dreihundertfünfzig Juden in der Stadt, und das hier ist ihre einzige Synagoge. Wissen Sie, warum? Hat mir Pater Kanty erzählt. Die alten Judenfamilien leben in dieser Gemeinde, weil sie ihnen die Heimat bedeutet; sind hier seit dem Jahre eins, als sie die Synagoge bauten. Alte Leute sind überall gleich; ziehen nicht gern fort von da, wo sie jung waren und die Welt sie anlachte, wo sie heirateten und Kinder hatten. Nun, da ich schon Pater Kanty kennengelernt hatte, besuchte ich auch diesen Rabbi. Der haust hinter seiner Kirche in einem winzigen Puppenhäuschen, mit seiner alten Frau; die trägt die ganze Zeit was auf dem Kopf. Und das ärgert die Jungen auch; ich begreife das freilich nicht; was sie da trägt, ist in meinen Augen nicht schlimmer als ein Kopftuch, und das tragen ja auch die Judenmädel auf der Straße, wie übrigens auch alle anderen leichtsinnigen Weibsbilder.«

Der Doktor rauchte nachdenklich. »Ausländer hab' ich ja wirklich nie leiden mögen und tu's auch heute noch nicht. Aber es dämmert mir doch allmählich auf, daß die Menschen auf der ganzen Welt die gleichen sind – mit anderen Worten, daß ihr Charakter zum Himmel stinkt. Nehmen Sie nur diesen alten Rabbi. Eine Stimme wie eine weiche alte Orgel – Sie wissen schon, sie klingt, als dächte sie nach. Er spricht mit starkem Akzent; stammt aus Rußland oder einem anderen verdammenswerten Land. Das ist auch ein Nachteil in den Augen der jungen Juden. Ich hörte, sie wollten ihn fortschicken und einen hellen jungen Burschen dafür einstellen, so einen geleckten und geschniegelten New Yorker. Aber diese hellen jungen Burschen wissen schon, wo es ihnen besser geht, und sie wollten nicht kommen. Außerdem hatten da auch die Alten ein Wörtlein mitzureden, und das ist ja nun etwas, was wir von den Juden lernen könnten: sie ehren ihre Eltern.«

»Nun, mein Sohn, die jüngeren Juden zogen also in die Vorstädte hinaus, dort oben auf den Hügeln; stecken bis an den Hals in Hypotheken. Stolz. Vielleicht sollen sich unsere Leute auch ein bißchen von dieser immer selteneren Ware zulegen. Die jungen Juden studieren Jura und Medizin oder lernen ›Manufaktur‹. Das heißt, sie erzeugen Bekleidungsstücke und verkaufen sie. Zwei junge jüdische Ärzte sind übrigens verdammt klug, und ich brachte sie an unser Spital, nach einem heftigen Strauß mit dem Aufsichtsrat. Ich selber mag sie nicht leiden. Warum? Weiß ich nicht; hab' mir nicht Zeit genommen, darüber nachzudenken. Ist auch egal. Nun, der alte Rabbi erzählt mir also von seinen Sorgen.«

Johnny unterbrach ihn: »Sie mögen weder Katholiken noch Juden, aber – sie erzählen Ihnen beide ihre Sorgen. Komisch.«

Der Doktor erwiderte: »Mund halten. Ich führe diese Reisegesellschaft, keine Widerrede bitte, Pfarrer. Also die jüdischen Mädel, die kleiden sich gern gut und wohnen gern in hübschen Häusern, auch wenn sie bis ans Dach in Hypotheken stecken. Und die Juden hier in der Stadt sind ungefähr genauso reich wie alle anderen auch – das heißt, sie kratzen mühsam ihren Lebensunterhalt zusammen.

Und die Judenmädel lesen viele Bücher und stecken ihre Männer damit an, und dann werfen sie sich voll Begeisterung auf die Psychiatrie. Hab' noch keinen Psychiater gesehen, der etwas Wesentliches von der menschlichen Natur verstanden hätte. Ja, und da glauben die jungen Juden nun, ihr Rabbi müßte ihnen von Psychiatrie und Kinderpsychologie erzählen, von Tagespolitik, Ethik und Sozialintegration, was zum Kuckuck das auch heißen mag. Predigten über Gott, über die Notwendigkeit des Gebets und über die fromme Ergebung in Gott, nein, die wollen sie nicht hören. Altmodisches Zeug für die Ghettos und die Alten. ›Es ist nur ein Gott, und Freud ist Sein Prophet.‹ So heißt das heute.«

»Das ist keine Besonderheit nur der jungen Juden«, warf Johnny hier ein. »Dr. Stevens erzählte mir, er begegne dieser Erscheinung bei jüngeren, ›aufgeschlosseneren‹ Gemeinden immer wieder.«

»Und was tut er dagegen?«

»Nun«, meinte Johnny traurig, »er muß ihnen eben zuhören.«

»Hm. Aber zurück zum alten Rabbi und den fortschrittlichen Jungen, mit denen er sich herumschlagen muß, obwohl ihm dabei übel wird. Er sagte mir, nur der Glaube halte ihn aufrecht. Also fragte er seine Gläubigen eines Freitagabends, ›Ist Gott unmodern geworden?‹ Denken sie darüber nach, und tun sie Buße, wie Pater John Kanty das nennt? Sie können wetten, daß sie es nicht tun. Sie werden nur zornig. Die Atombombe hat sie etwas ernüchtert, genau wie die Katholiken und die Protestanten. Aber dann brach die Menschennatur wieder durch, und schon kreischten und plärrten sie wieder von Fortschritt und von der modernen Zeit.«

»Das ist nicht originell«, meinte Johnny dazu. »Dr. Stevens hat dieselben Sorgen. Begreifen die Leute denn nicht, daß die Religion auf ewigen Wahrheiten beruht?«

Dr. McManus funkelte ihn zornig an. »Seien Sie kein Narr, Pfarrer«, rief er dann. »Ich will Ihnen zur Seite stehen, solange Sie kein Narr sind. Aber kommen Sie mir mit ewigen Wahrheiten, so werden Sie sich eine neue Pfarre suchen müssen!«

Johnny schmunzelte stillvergnügt vor sich hin. Nun war ihm friedlich ums Herz. Schließlich gab es ja einen Gott. Und immer noch Männer, die sich zu ihm bekannten.

»Die Kinder sind müde«, meinte Johnny zögernd, als der Wagen weiterrollte.

»Sehen mir nicht danach aus«, erwiderte Dr. McManus hitzig. »Ein bißchen schmal, aber gesund. Ich bin Arzt, und ich muß es wissen. Übrigens mache ich keinen Umweg, wie Sie anscheinend glauben; es dauert höchstens eine Minute länger. Dachten Sie, Sie könnten vom Bahnhof mit einem Sprung ins Pfarrhaus hüpfen? Schauen Sie die Kinder an. Die hören so aufmerksam zu, wie es amerikanische Kinder nie täten; wetzen nicht herum und halten Maulaffen feil, wie unsre einheimischen Bälger das gern tun. He, du da, Jean, hast du eine Ahnung, wovon ich gesprochen habe, was?«

Die Antwort kam aber zu ihrer aller Erstaunen von Max. »Ja, Doktor. Sie sagen, Doktor, alle Menschen sind nicht gleich? Ja?«

»Max!« rief Johnny ehrlich entzückt.

»Sohn, du hast das ganz richtig mitgekriegt«, erklärte der Doktor.

Max lächelte stolz. Er glättete die widerspenstigen Haarbüschel auf seinem Kopf. Jean fiel ein: »Aber hier gibt es das Gesetz. Papa hat es gesagt.«

Dr. McManus wollte anscheinend hämisch entgegnen, kniff aber dann die Lippen zusammen und sog an seiner Zigarette, nicht ohne Johnny einen höhnischen Blick zuzuwerfen. Sie fuhren nun durch ein besseres Stadtviertel mit ruhigen kleinen Häusern und trotz des Rußes verhältnismäßig sauberen Straßen. Gärten tauchten auf, mit Zinnien und Ringelblumen, Petunien und Geranien. »Das ist unser Mittelstand, das bißchen, was davon übrig ist«, erläuterte Doktor McManus. »Die aussterbenden Amerikaner. Wenn Sie Seelen retten wollen, Pfarrer, dann hier. Frauen, die stolz sind auf ihr Heim, die Zeitschriften für Wohnkultur lesen, ihre eigenen Vorhänge sticken und Kochbücher studieren. Männer, die in kleinen Büros arbeiten und am Abend mit Aktentaschen unterm Arm nach Hause kommen. Oder gelernte Mechaniker, auch solche, die ein paar Lastautos laufen haben. Der amerikanische Traum – der Mittelstand. Die stehen dem Kommunismus im Wege.«

Er deutete auf mehrere schmucke Häuschen mit roten Ziegelwänden, umrankt von schimmerndem Efeu. »Geistliche; dumme Kerle – glauben, daß alle Menschen Brüder sind. Und das Haus dort an der Ecke mit den Herbstrosen davor, das gehört Dan McGee, dem hiesigen Obmann der Bergarbeitergewerkschaft. Hat ungefähr achttausend jährlich. Sitzt in Ihrem Kirchenrat, obwohl ich mich dagegen wehrte; ich mag Leute nicht, die Schwierigkeiten machen.«

»Macht er denn welche?« fragte Johnny und studierte interessiert die blendendweißen Vorhänge hinter den blankgeputzten Fenstern.

»Nein«, erwiderte der Doktor kurz und nicht gerade logisch.

»Ich mag ihn ganz einfach prinzipiell nicht leiden. Aber er teilt meinen Standpunkt, daß Ihre Pfarrkinder ihre Kirche selbst erhalten sollen; ist nicht der Meinung, daß ich alle Rechnungen bezahlen soll. Er grämt sich noch zu Tode über unsere einheimischen Kommunisten. Die hassen ihn. Wir sprechen oft darüber.«

Johnny schmunzelte abermals vor sich hin.

Der Wagen fuhr nun bergauf; die Straßen stiegen an. Die Berge kamen nun voller in Sicht, und die Luft war reiner. »Sehen Sie dort das große, weiße Haus, dort weit oben am Hügel, fast ganz unter den Bäumen versteckt? Baukosten über hunderttausend Dollar, und das vor zehn Jahren, wo noch alles billig war. Kreisförmige Auffahrt, Gärten, Brunnen; sogar ein Schwimmbecken. Wissen Sie, wem das gehört? Mac Summerfield, dem Besitzer und Herausgeber unserer einzigen Morgenzeitung und der Abendzeitung. Der braucht die Zeitungen gar nicht. Ist ein steinreicher Ölbonze. Hat zwei bis drei Millionen von seinem Papa geerbt, der in Titusville Öl erbohrte. Der ist unser reicher Kryptokommunist. Besitzt nebenbei eine Reihe Hetzblätter, antisemitisch, antikatholisch, antiamerikanisch. Geriet damit vor etlichen Jahren in Schwierigkeiten; damals war er Feuer und Flamme für Hitler. Komisch, daß die Leute nicht merken, daß Kommunisten und Faschisten ein und dasselbe sind. Blöde Hunde.«

»Können Sie ihm seine kommunistische Betätigung nicht unmöglich machen?« fragte Johnny.

»Zum Teufel, nein«, entgegnete Dr. McManus düster. »Er ist kein offener, erklärter Kommunist. Manchmal bringt er sogar den einen oder anderen Leitartikel, der milde Vorwürfe an Rußland über Kleinigkeiten enthält. Warum ein reicher Mann Kommunist sein will? Söhnchen, Sie sind naiv. Er will die Macht; er will Oberster Kommissar oder dergleichen sein. Er haßt die Menschheit; will mithelfen, sie mit dem Kopf in den Dreck zu stecken. Ein perverses Schwein. Aber das sind sie ja alle.«

Johnny dachte nüchtern über das Gehörte nach. Dr. McManus sah ihn scheel an. »Er hat ein wachsames Auge auf alle Kirchen. Wenn ein Geistlicher aus der Reihe tanzt und mit seinen Schäflein vernünftig redet, erscheint gleich ein Leitartikel und nennt ihn einen Volksfeind, ein Werkzeug von Wall Street oder dergleichen. Passen Sie nur auf, Sonny Boy; über Sie sind demnächst ein paar solcher Artikel fällig. Das spür ich.«

Der Arzt wies auf eine Reihe kleiner Häuschen im Cape-Cod-Stil, alle erst kürzlich weiß gestrichen, dem Ruß zum Trotz. Sie trugen eine einheitliche Note, hatten aber auch einen gewissen Reiz, weil jedes einen anderen Garten vor sich hatte, den ein kleiner weißer Lattenzaun umschloß. »Hier hausen die Werkzeuge von Wall Street und des imperialistischen Kapitalismus und die Ausbeuter, wie Mac sie nennt«, erklärte Dr. McManus. »Mit anderen Worten, die Steiger und Aufsichtsbeamten der Bergwerke. Kein Haus hier ohne Hypothek. Ich weiß Bescheid. Gehören alle zu Ihrer Pfarre, die armen Teufel.«

Das Straßenbild wurde nun wieder düsterer, allein die Straßen waren wenigstens sauber. Es war Abendbrotzeit; deshalb sah man keine Kinder außer Haus und keine Frauen auf den Veranden. Versuche, Glyzinienranken über die Pfeiler und Dächer der Hauseingänge zu ziehen, waren nicht recht geglückt. Die Rasenflächen waren verschmutzt vom Ruß, aber das Gras hielt sich wacker, und ein paar junge Schößlinge ebenso. »Ihre Pfarre«, erklärte Doktor McManus. »Ein guter Querschnitt durch die ganze Stadt. Hier wohnt niemand, der mehr als fünftausend jährlich verdient, wenn er überhaupt so viel bekommt, entweder in den kleinen oder großen Fabriken, den Büros oder in Privatfirmen — die bei den heutigen Zuständen praktisch im Aussterben sind. Und hier haben Sie Ihre Kirche.«

Es war eine Holzkirche; sie stand an der nächsten Ecke. Der Architekt hatte offenbar eine ungefähre Idee von den Kirchen in Neuengland vor Augen gehabt, aber eben nur eine ungefähre Idee. Sie hatte einen allzu schmalen Turm mit einem Kreuz oben drauf, und der Turm war zu hoch für die niedrige Kirche, die ursprünglich weiß gewesen, nun aber schmutziggrau war. Der Bau duckte sich an den Boden, als schämte er sich seines bescheidenen Äußeren. Die Buntglasfenster waren billig und primitiv. Nur die Türen wirkten eindrucksvoll; sie waren aus dunklem Holz, mit Schnitzwerk verziert, poliert und stattlich. »Diese Türen habe ich der Kirche geschenkt«, bemerkte Dr. McManus grimmig. »Ich lasse sie auf meine Kosten jede Woche blankputzen. Lasse auch die kleinen Grünflächen instandhalten. Glauben Sie, die Pfarrkinder wären dankbar dafür? Keine Rede. Die meinen, ich sollte alles bezahlen.«

Das Pfarrhaus nebenan dünkte Johnny recht klein, bescheiden und häßlich; es gehörte gar keiner Stilrichtung an, hatte auch keine ordentliche, überdachte Eingangsveranda alten Stils. Seine Fenster saßen schmal und hoch in dem gedrungenen Bau; die Tür war schmal und hatte einen Spitzbogen. Es war, wie die Kirche, aus schmutziggrauem Holz, das einmal weiß gewesen war, und auf seinem Dach krümmten sich die alten Schindeln. Obwohl es beinahe unmittelbar am Gehsteig stand, hatte es doch, wie Johnny mit etlicher Hoffnung bemerkte, einen geräumigen Hinterhof, dessen grobes Gras und Unkraut erst kürzlich geschnitten worden war. Aber es gab keine Bäume und Blumen darin, und außerdem war er umzäunt.

»Gefällt es Ihnen?« fragte der Arzt mit dämonischem schadenfrohem Interesse.

»Nein«, antwortete Johnny.

Der Doktor lachte so herzhaft, daß Emilie erwachte. Er tätschelte ihr die Wangen. »Wir machen bloß ein bißchen Spaß, Liebling«, meinte er. Sie lächelte ihm furchtsam zu und gähnte. »Gute Zähne«, sagte der Arzt anerkennend. »Hat auch einen hübschen Mund.«

»Man kann ja einen Garten anlegen,« bedeutete ihm Johnny. »Und Bäume pflanzen.«

Der Chauffeur öffnete die Türen der riesigen Limousine, half den Kindern von den Klappsitzen und versuchte Jean den Wäschesack abzunehmen. Aber der Junge hielt ihn trotzig umklammert. Die Mädchen strichen behutsam ihre Kleider zurecht, die Jungen rückten an ihren Schlipsen. Sie betrachteten das Haus ohne Enttäuschung, aber auch ohne Neugier. Während sie alle auf die Tür zugingen, öffnete sich diese und eine graue, schlanke, streng blickende Frau stand stumm auf der Schwelle. Dr. McManus winkte ihr zu. »Mr. Fletcher, das ist Mrs. Dan McGee, die Frau unseres Gewerkschaftsobmanns und Vorsitzende des Damenhilfskomitees. Marjie, euer neuer Pastor. Und seine Kinder. Und Mrs. Burnsdale, ihre Haushälterin.«

Mrs. McGee lächelte flüchtig und schüttelte Johnny die Hand. Sie sagte mit monotoner Stimme: »Willkommen, Mr. Fletcher und Mrs. Burnsdale.« Dann zögerte sie und schaute die Kinder an. »Nun«, meinte sie. »Von diesen da habe ich schon gehört. Werden alle die Sonntagsschule besuchen. Das ist schön. Aber nur herein, nur herein.«

Sie betraten ein winziges Vorzimmer, in dem nichts als ein uralter Kleiderständer zu sehen war. Den Boden bedeckte sauberes, aber rissiges und löcheriges Linoleum von stumpfem Rot. Dann kam die gute Stube, voll mit ältlichen Möbeln aus unechtem Ahorn und bezogen mit Kattun, dessen ursprüngliches Muster nach den vielen Reinigungen bis zur Unkenntlichkeit verwaschen war; ein verblichenes Grünrosa war zurückgeblieben. Auf dem Boden lag ein großer, blau-rot karierter Faserteppich, der offenbar nagelneu war und sichtlich besser auf eine Terrasse als in ein Zimmer paßte. Johnny sah dunkle, schokoladenbraune stuckverzierte Wände und einen rosa Plafond, alte Lampen mit buntverzierten Porzellanschirmen und andere Lampen aus Flechtwerk, Tische aus unechtem Ahorn, Mahagoni und Nuß, alles mit frischem häßlichem Firnis überzogen. An einer Wand zog sich ein großer Bücherschrank hin; es standen jedoch nur fünf oder sechs Bücher darin. Aber es war ein Kamin da, und dem wandte sich Johnny nach der ersten niederschmetternden Umschau im Zimmer zu. Hier konnte im Winter Feuer brennen, und in seinem roten behaglichen Schein konnten Trost, Traulichkeit und Liebe erblühen.

»Es sieht sehr – sauber aus«, sagte er zu Mrs. McGee, die ihn scharf betrachtete, um zu sehen, wie er sich mit seiner Umgebung abfand.

»Das ist auch schon alles, was Sie davon behaupten können«, spöttelte der Doktor. »Hier ist aufgestapelt, was die Leute fortwerfen wollten, dann aber lieber dem Pfarrer schenkten.«

»Na na, Dr. McManus«, wies ihn Mrs. McGee kühl zurecht. Sie war eine energische Frau; die bleichen Nasenflügel bebten in dem unscheinbaren Gesicht. »Wir tun unser Bestes. Dan und ich spenden, was wir können.«

Sie führte sie in das Eßzimmer. Das war so schmal und finster, daß man nur mit größter Mühe sehen konnte, daß es im »Missions«-Stil aus der Zeit um die Jahrhundertwende eingerichtet war, dunkles häßliches Holz, die Stühle mit Kunstleder bezogen, und ein runder Tisch. Mrs. McGee schaltete Licht ein, obwohl draußen noch die sinkende Sonne golden und rot leuchtete. Und dann stutzte Johnny gerührt. Der Tisch war mit einem billigen, mit fabrikerzeugten Spitzen besetzten Tuch bedeckt. Bescheidenes Porzellan und arg mitgenommenes plattiertes Silber zierten ihn. Und mitten drauf stand eine Glasschüssel mit frischen duftenden Gartenblumen.

Mrs. Mc Gee stemmte die Arme in die von einem billigen Druckfähnchen bedeckten Hüften und wartete. »Nun«, sagte Johnny, »das ist aber sehr lieb.« Er schenkte ihr sein mildes Lächeln, und sie erwiderte es, was sie viel jünger machte, hübsch wie ein Mädchen. Sie erklärte, die anderen Damen vom Komitee könnten noch nicht hier sein, sie hätten ja Familie, und es sei Essenszeit. Aber sie hätten den Eiskasten und die Speisekammer gefüllt und ihre eigenen »Ausziehbetten« für die Kinder zur Verfügung gestellt. Johnny war verblüfft; aber Mrs. Burnsdale fragte: »Ausziehbetten? Gibt's denn hier keine Schlafzimmer?«

Die Blicke der beiden Frauen kreuzten sich, und sie fochten einen unsichtbaren Strauß aus. Aber dann, als Johnny schon anfing, ängstlich zu werden, fand Mrs. McGee wieder ihr hübsches Lächeln und legte bedauernd den Kopf schief. »Es tut mir aufrichtig leid, aber es gibt nur drei Schlafzimmer hier. Das eine ist ein bißchen groß, das ist für den Pfarrer; die beiden anderen sind ganz klein. Ach, was haben wir uns die Köpfe darüber zerbrochen. Es waren ja nur die drei Betten da, ein Doppelbett für den Pfarrer und je eines in den zwei anderen Zimmern. Wo sollten wir fünf Kinder und eine Haushälterin unterbringen? Wir hielten eine Sondersitzung ab. Wir machten uns schreckliche Sorgen. Sieben Personen. Eine Dame hatte ein übriges Doppelbett, und das steht in dem einen kleinen Schlafzimmer. Und dann hatte eine andere zwei Ausziehbetten. Die kann man am Morgen falten und wegstellen; es ist ja zu klein, um sie tagsüber offen stehen zu lassen. Und dann steckte sich Mrs. Fichte hinter die Männer, und die kauften ein Liegesofa, und das stellten wir ins Pfarrerschlafzimmer. Wir stellten also alle Betten um und konnten es nur so machen, daß zwei Jungen das ganz kleine Schlafzimmer bekommen, einer im Zimmer des Pfarrers schläft und die Mädchen bei Mrs. Burnsdale.« Sie rieb sich seufzend die dürren Arme, als dächte sie an die schwere Arbeit dabei. »Besser konnten wir's nicht machen.«

Johnny sagte rasch: »Sie hatten ja schließlich nicht fünf Kinder erwartet. Nein, Sie haben das wirklich prächtig gemacht, und ich danke Ihnen herzlich.«

Mrs. McGee aber legte das Gesicht in Sorgenfalten und schüttelte den Kopf. »Vielleicht werden Sie nicht mehr so zufrieden sein, wenn Sie die übrigen Räume sehen.«

»Stimmt«, bemerkte der Doktor schadenfroh. Sie warf ihm einen vernichtenden Blick zu, was ihm ein hämisches Kichern entlockte.

Mrs. Burnsdale hielt wenig von der kleinen finsteren Küche. Im Speiseschrank war kaum Platz für etliche verbeulte Pfannen, ein paar Schüsseln und anderes Küchengerät. Das Abwaschbecken war aus Eisen und mit zersprungenem weißem Porzellan überzogen. Es gab keinen elektrischen Kühlschrank, sondern nur einen Eiskasten mit einem Wassereimer darunter. Der Herd, von der ursprünglichen Kohlenheizung auf Gas umgebaut, stank jämmerlich; allerdings waren seine schwarzen Seitenwände und die vernickelte Vorderfront blank gescheuert. Mrs. Burnsdale bemerkte dazu: »Einen solchen Ofen hab' ich nicht mehr gesehen, seit ich so etliche Zwanzig war. Hätte nicht gedacht, daß diese Dinger überhaupt mit Gas funktionieren könnten.«

Mrs. McGee sah ihn mutlos an. »Der ist allerdings scheußlich«, gestand sie. »Aber wir werden Ihnen hoffentlich bald einen besseren geben können. Mrs. Barnes will nämlich einen Elektroherd kaufen, wenn ihr Mann seine Gehaltserhöhung kriegt. Er arbeitet bei unserem Abendblatt. Und dann schenkt sie dem Pfarrhaus ihren Gasherd, und der ist bloß sechs Jahre alt.«

»Ein Gefühl sagt mir, Mrs. Burnsdale, daß sie bis an Ihr Lebensende auf diesem vorsintflutlichen Apparat kochen werden«, bemerkte Dr. McManus. »Mac Summerfield hält nichts von Gehaltserhöhungen für seine Arbeiter.«

Mrs. McGee fuhr herum und blitzte ihn mit ihren müden klugen Augen zornig an: »Nun, wie wäre es dann, wenn Sie Mrs. Burnsdale einen neuen Herd stifteten? Statt hier herumzustehen und die ganze Zeit zu spotten?«

Dr. McManus rieb sich das Kinn und musterte sie wohlwollend. »Marjie, Sie haben immer schon Mut gehabt. Den haben heutzutage anscheinend die Frauenzimmer mehr als die Männer. Wenn Sie das so meinen – Mrs. Burnsdales Herd –, ja, dann gibt mir das zu denken. Für den Pfarrer würde ich ja keinen Finger rühren; aber für Mrs. Burnsdale. Ich werde mir's überlegen.«

»Ich möchte lieber einen Elektroherd«, erklärte Mrs. Burnsdale majestätisch. »Mit mindestens vier Kochplatten und zwei zum Backen. Die brauche ich bei dieser zahlreichen Familie. Außerdem einen richtigen Kühlschrank, nicht diesen Eiskasten hier. Die Kinder müssen frische Milch haben, und der Kühlschrank muß besonders groß sein.«

Dr. McManus bewunderte sie unverhohlen. »Sonst noch was?« fragte er.

Sie studierte die Küche, einen ihrer kurzen behandschuhten Finger an den Lippen. »Ja. Mehr Schränke. Mindestens drei eiserne Tiegel und eine Menge neue Pfannen. Ich werde eine Liste schreiben.«

»Gut«, sagte der Arzt, während Johnny und Mrs. McGee der Mund vor Staunen offen blieb.

»Und neues Linoleum«, setzte Mrs. Burnsdale sinnend hinzu. »Dann muß eine Ecke abgeteilt werden; dann brauchten wir einen Tisch und sechs Stühle zum Frühstück. Die Möbel hätte ich gern gelb, hellgelb und chromgelb.«

»Schreiben Sie eine Liste«, wiederholte Dr. McManus.

Mrs. McGee schaute Johnny stumm, aber mit beredten Blicken an. Und da mußte er wider Willen blinzeln. Mrs. McGee zuckte sichtlich zusammen. Sie dachte stirnrunzelnd nach. Dann hatte sie begriffen. Sie schaute Johnny groß an und blinzelte freudig zurück. Und wandte sich an Mrs. Burnsdale: »Möchten Sie denn nicht auch eine hübsche Garnitur für das Eßzimmer oder neue Möbel für die gute Stube?« fragte sie unschuldig.

»Allerdings«, versetzte Mrs. Burnsdale gelassen. »Das schreib ich alles auf die Liste.«

»Und tun Sie sich nur keinen Zwang an dabei«, warf der Doktor sarkastisch ein.

»Natürlich nicht«, versprach Mrs. Burnsdale, worauf der Doktor sogleich wieder ein wütendes Gesicht schnitt. »Und nun«, fuhr Mrs. Burnsdale fort, »möchte ich das Arbeitszimmer des Pastors sehen. Wenn wir hier eine echte Pfarrgemeinde haben sollen, ist das Arbeitszimmer sehr wichtig.«

Mrs. McGee hüstelte verlegen. »Wir haben keins«, gestand sie. Sie wies auf den Schreibtisch aus künstlichem Ahorn, der in der Ecke an dem einen trostlosen Fenster stand. Dann deutete sie nach oben, auf die scheußliche, blaßrosa Decke mit ihren unzähligen Rissen und Sprüngen. »Sehen Sie den Trennungsstrich da oben? Hier stand einmal eine Trennwand, die das Zimmer in zwei Hälften teilte. Aber die waren so winzig klein! Darum brachte das Damenkomitee vor fünf Jahren einen Fonds auf, und wir ließen die Trennwand niederreißen und machten aus den zwei Zimmern eins. Das Arbeitszimmer hatte nämlich, wie Sie noch sehen, nur ein Fenster, und das war nicht sehr bequem für den Pastor.«

Mrs. Burnsdale und Johnny betrachteten abermals geraume Zeit das Zimmer, das immer noch entsetzlich klein war. Mrs. McGee seufzte voll Mitgefühl, warf aber Dr. McManus einen vorwurfsvollen Blick zu. »Wenn der Pfarrer Besuch hat, ist es ja wirklich so viel heimeliger, wenn sein Arbeitszimmer und sein Salon alles in einem sind«, wagte sie zu bemerken. Mrs. Burnsdale stapfte mit dröhnenden Schritten, unter denen der Boden erzitterte, zum Schreibtisch hinüber. Sie zog die kleinen Laden heraus und musterte mit vielsagender Miene die zerschrammte, tintenbekleckste Platte. Sie betrachtete den Bücherschrank, der die ganze Wand hinter dem Schreibtisch einnahm. Dann stemmte sie die Hände in die Hüften und pflanzte sich gegenüber von Doktor McManus auf der anderen Seite des Zimmers auf.

»Ich habe schon viele armselige Pfarrhäuser gesehen«, verkündete sie. »Aber das hier ist die Höhe. Schämen Sie sich denn nicht?«

»Ja«, erwiderte der, »ich schäme mich. Aber die übrigen Leute schämen sich nicht. Wenn sie eine Kirche und ein anständiges Pfarrhaus wollen, bin ich gerne bereit, ihnen zu helfen. Ich gebe genauso viel wie sie und keinen roten Cent mehr. Na?«

Sie dachte darüber nach, und die Runzeln auf ihrer Stirn glätteten sich. »Doktor«, sagte sie schon freundlicher, »ich fürchte, Sie haben recht. Nun, Mrs. McGee, ich bin von jetzt an Mitglied Ihres Damenkomitees, und wenn ich erst mit denen fertig bin –«

Der Ofen der Zentralheizung im Keller war alt, zerbrochen und gefährlich, ein Kohlenofen, ein längstvergessenes Fabrikat. Mrs. Burnsdale untersuchte den schmutzigen Keller und das kleine Häuflein Kohle. Die schmutzstarrenden, von Spinnweben überzogenen Fenster ließen kein Licht ein. Sie hatten die Kinder nach unten mitgenommen, nachdem Johnny Mrs. Burnsdale schnell ein Zeichen gemacht hatte. Nun erklärte sie laut und unumwunden: »Dieser Ofen wird in diesem Haus nie mehr benützt werden! Ich will nicht Gefahr laufen, daß mir die fünf Kinder an Gasvergiftung sterben, an Kohlen – Kohlen – di – di –«

»Kohlenmonoxyd heißt das, glaube ich«, half ihr der Arzt.

»Der kommt auf die Liste«, meinte Mrs. Burnsdale.

»Wieviel«, fragte der Doktor wutschnaubend, »kommt eigentlich auf meine Liste und wieviel zahlt die Gemeinde«?

Mrs. Burnsdale gab nach. Grübchen erschienen auf ihrem breiten Gesicht, und ihre Augen funkelten. Sie legte dem Doktor die Hand auf den Arm. »Nur was ich gesagt habe. Sonst nichts. Doktor, Sie sind ein prächtiger Mensch. Ein prächtiger Mensch.«

»Ach, dummes Zeug«, versetzte der Arzt brüsk und legte einen sicheren Abstand zwischen sich und die streitbare Frau. »Ich kaufe Ihnen nur, was *Sie* brauchen, aber nichts für den Pfarrer. Das ist abgemacht, ja?«

Johnny war nach dieser Besichtigung zu niedergeschlagen, als daß ihn diese Worte noch erheitert hätten. Mrs. Burnsdale musterte eben die Wandbretter im Keller und runzelte mißbilligend die Stirn. »Ich weiß ja nicht, ob die anderen Pfarrer Frauen hatten, aber wenn ja, dann waren sie bestimmt nicht zum Einmachen zu brauchen. In meinen Augen hat eine Frau, die nichts einmacht und einlegt, überhaupt als Ehefrau nichts verloren.«

Sie stiegen vorsichtig die morsche Holztreppe wieder hinauf.

»Sie können ja Tiefgekühltes und Konserven kaufen«, schlug der Arzt vor.

»Ja, das ist herrlich für den Notfall und für Leute, die rasch kochen müssen, und auch sonst oft. Aber es geht nichts über einen guten, selbst eingemachten Pfirsich oder echte Erdbeermarmelade, Tomaten oder Gelee, alles hausgemacht.« Mrs. Burnsdale sprach hier als Sachverständige, und der Doktor widersprach ihr nicht. In die Küche zurückgekehrt, wo sich die Kinder stumm aneinanderdrängten, sagte Dr. McManus: »Sie haben die Schlafzimmer noch nicht gesehen.« Er kicherte höhnisch. »Wenn das, was Ihre blauen Augen bisher gesehen haben, Sie noch nicht unterkriegen konnte, dann werden es die Schlafzimmer besorgen! Die gewiß!«

Er hatte recht gehabt. Des »Pfarrers Schlafzimmer« war noch trostloser als die gute Stube. Die Einrichtung bestand aus denselben zerschrammten Möbeln aus Ahornimitation und verwaschenen Bezügen mit ebensolchen Vorhängen. Ein kleines Fenster, rund wie ein Bullauge, saß hoch oben in der giftgrünen Wand, ein Tisch stand neben dem verschrumpelten Himmelbett mit der billigen rotbraunen Decke darauf; der einzige Schmuck war eine trübe Lampe mit einem billigen Schirm aus rosa Kunstseide sowie ein Schaukelstuhl aus Ahornholz. Johnny dachte an das große, vergoldete und mosaikverzierte Kruzifix, das man ihm in Rom geschenkt hatte und das Seine Heiligkeit angeblich selbst geweiht hatte; das würde er über seinem Bett aufhängen; es würde dem trübseligen Zimmer einigen Glanz verleihen. »Aber das rote Liegesofa ist hübsch, nicht?« fragte Mrs. McGee zuversichtlicher. Sie trat an den gegenannten Einrichtungsgegenstand heran und glättete die rauhe Baumwolldecke, die darauf lag. »Es kostete fast siebzig Dollar und ist sehr bequem, höre ich. Einer von den Jungen kann hier schlafen. Oder auch zwei; es ist breit genug.« Mrs. Burnsdale murmelte zustimmend.

Johnny meinte: »Ich glaube, Jean und Max werden hier schlafen.« Mrs. Burnsdale hatte den kümmerlichen Schrank gefunden, wo, wie Mrs. McGee erklärte, »Wäsche und dergleichen« enthalten war. Sechs Decken, abgetragen, aber sauber, und sehr dünn, lagen drinnen, etwa zehn Bettlaken und ein Dutzend Kissenbezüge; dazu ein Halstuch aus Baumwolle.

»Das Damenhilfskomitee, dem ich angehöre, wird viel, viel mehr Bettdecken und Laken auftreiben«, sagte Mrs. Burnsdale mit Nachdruck. »Und etwa vier Dutzend Handtücher. Wann ist die nächste Versammlung, Mrs. McGee?«

»Das Schreckgespenst des Damenhilfskomitees«, sagte der Doktor respektvoll.

Das Badezimmer zeigte Mrs. McGee sichtlich verlegen. Die Installation war uralt; die hohe Badewanne hatte einen hölzernen Rahmen. Mrs. Burnsdale wollte auch hier ihrer Entrüstung Luft machen, aber der Doktor hob die Hand. »Nein, meine Liebe, hier kommt nichts auf die Liste. Das hier gehört dem Pfarrer.«

»Sieben Personen, und nur das dort!« sagte Mrs. Burnsdale und deutete unerbittlich mit dem Finger auf ein Etwas.

Dr. McManus folgte ihrem weisenden Finger mit den Blicken. »Ach, das ist ein sehr nützlicher Gegenstand. Als Kind hab' ich ihn selbst benützt. Der ist mir ans Herz gewachsen. Hab' dort viel und vernünftig meditiert. Wenn Sie ihn je hinauswerfen, nehme ich ihn für mich.«

»Und stellen ihn in Ihrem Vorzimmer auf. Jeder Mensch muß ja was haben, woran sein Herz hängt«, meinte Mrs. Burnsdale ätzend scharf, und Johnny schmunzelte. Mrs. McGee hatte sich diskret an die Tür zurückgezogen und musterte scheinbar aufmerksam den Perserteppich im winzigen Vorzimmer. »Ja«, fuhr Mrs. Burnsdale fort, »warum sollen wir behalten, was Ihnen so teuer ist, Doktor? Wir wollen es Ihnen zum Geschenk machen!«

»Das ist aber wirklich freundlich von Ihnen, Mrs. Burnsdale«, entgegnete der Doktor mit einem finsteren Blick auf Johnny. »Nun, ich nehme Sie beim Wort. Vorzügliche Handarbeit das, nichts Schlampiges dran, so wie heutzutage. Der hält hundert Jahre. Nun, ich werde Ihnen dafür zwei andere hereinstellen lassen. Würden Sie, verehrte Dame, solche in Blaßrosa oder einen rosa und einen himmelblau vorziehen?« Als Mrs. McGee diesen Ton hörte, eilte sie rasch die gewundene Treppe hinab. Selbst sie, die doch eine herzhafte Frau war, zuckte zusammen, wenn sie ihn so reden hörte.

Aber Mrs. Burnsdale ließ sich nicht einschüchtern. Sie dachte nach. »Nun, ich bin für rosa. Das ist hübsch für die Mädchen, und die kommen ja immer zuerst. Und das ist dann der Anfang für sogenannte aufeinander abgestimmte Garnituren! Und über der — der Badewanne dort — können wir eine Dusche montieren! Sehen Sie sie nur an! Doktor, haben Sie darin auch meditiert, und woran dachten Sie dabei?«

Dr. McManus erwiderte: »Mein Vater war der erste Pfarrer hier, und ich dachte meistens daran, wie hungrig ich war, und daß die heißen Kartoffeln samt Mutters Milchtunke doch nicht für ein richtiges Abendessen reichten. Ich dachte daran, wie ich mein Medizinstudium bestreiten sollte; ich dachte an verschiedene Nebenberufe, die ich noch zusätzlich ausüben wollte. Und wie schön es wäre, wenn meine Mutter sich ein einziges neues Kleid kaufen könnte. Ich dachte an meinen Vater, der sich abmühte, die Liebe Gottes zu wecken, und Glauben, Hoffnung und Liebe in seiner Gemeinde, und wie ihm das so schlecht gelingen wollte, obwohl er der beste Mensch von der Welt war. Ich dachte daran, wie er allmählich entmutigt wurde, und wie er aussah, wenn ihm im Hinterhof die Sonne ins Gesicht schien. Ich dachte, wie mutig er war, die vielen Jahre, wie er so auf der Kanzel stand und mit Engelszungen redete, während ihm niemand zuhörte. Ja. Mrs. Burnsdale, Sie Dame mit der Liste, daran dachte ich.«

Johnny legte die Hand auf die unglaublich breite, massive Schulter vor ihm; es war ihm, als zitterte sie. Mrs. Burnsdale blinzelte. Sie schnaubte. »Hab' mich hoffentlich nicht erkältet«, meinte sie streng, während sie ein blütenweißes gestärktes Taschentuch hervorholte. Sie schneuzte sich. »Doktor«, sagte sie und tiefe Trauer schwang in ihren Worten mit, »warum blieb Ihr Vater hier?«

»Weil kein anderer diese Pfarre bei seinem Gehalt übernehmen wollte«, versetzte der Arzt rauh, ohne aber Johnnys Hand abzuschütteln. »Auch wollte er seine ›Leute‹ nicht verlassen und Kirche und Pfarrhaus unbewohnt verfallen lassen.« Er knurrte leise. »Er sagte, Hirten hätten schon in schlimmeren Hütten gehaust, und der Erste Hirte hätte nichts gehabt, wohin er sein Haupt legen konnte. Warum sollte er also klagen? Im allgemeinen waren die Leute übrigens damals nicht ärmer als heute. Verdienten höchstens zwanzig Dollar wöchentlich damals, aber das war zu der Zeit noch mehr Geld als heute. Na schön. Außerdem liebten ihn die alten Damen und die Kinder, und sie waren wieder seine besonderen Lieblinge.«

Mrs. Burnsdale betrachtete die Badewanne, und dann bemerkte sie entschieden: »Wir können alles andere hinauswerfen, aber die nicht! Ich werde den Kindern Bescheid sagen. Aber die Dusche kommt herein, und vielleicht könnten wir das zersplitterte Holz rundherum mit einer hübschen Farbe anstreichen lassen.«

»Rosa natürlich«, meinte der Doktor grimmig. Sie lächelte ihm nur zu; sie besichtigten die unglaublich winzigen Schlafzimmer, die Mrs. Burnsdale und den Kindern zugedacht waren, und stiegen dann wieder die Treppe hinab.

Unten erwartete sie schon Mrs. McGee: »Es wird nun schon dunkel; ich glaube, die Kinder sollten jetzt ihr Abendessen kriegen,

Mrs. Burnsdale; es steht auch schon fertig, warm, im Backrohr. Eine tüchtige Schüssel Schweinefleisch mit Bohnen, dann Makkaroni mit Käse – Berge von Käse – und drei Laib Brot, hausgemacht, und – ach ja, Gemüsesuppe und guter Kartoffelsalat, und Gemüse aus Mrs. Schoeffels eigenem Garten, und Milch für die Kinder, und eine Kanne Kaffee. Ich muß jetzt wirklich fort. Ich hoffe«, setzte sie höflich hinzu, »es ist alles in Ordnung. Und zum Essen ist genug da, noch für zwei weitere Tage. Die Damen haben dafür gesorgt.«

»Das ist schön«, sagte Mrs. Burnsdale herzlich und zog die Handschuhe aus. »Ich will mir bloß eine Schürze umbinden.«

»Ich bleibe zum Essen«, erklärte der Doktor und lockerte seinen verschmierten Schlips. »Habe seit Jahren nichts so Gutes gehabt. Und hinterher können Sie mir Ihre höllische Liste geben, meine Gnädige.«

Sie saßen dicht gedrängt um den kleinen, häßlichen Tisch im Eßzimmer. Johnny faltete die Hände; die Kinder folgten seinem Beispiel, und er neigte den Kopf. »Lieber Herr, Unser Gott, geliebtester Vater, wir danken Dir für das, was Du uns heute geschenkt hast. Gib, daß es uns nähre, auf daß wir Dein Werk verrichten, und schenk uns den Frieden. Amen.«

Dr. McManus war wie ein riesiger Klumpen regungslos sitzen geblieben, hatte nicht mitgebetet, ja nicht einmal den Kopf geneigt. Aber nun schnarrte er: »Frieden, Amen! Den werden Sie brauchen, mein kluger junger Freund! Und jetzt reichen Sie die Bohnen herüber!«

»Papa zuerst!« sagte Kathy mit mahnender Stimme, und der Doktor ließ die Hand sinken und wartete.

7

Das Abendessen war vorüber, die Kinder lagen in ihren Betten, und aus der Küche kam das heimelige Plätschern, das Mrs. Burnsdale beim Geschirrwaschen verursachte. Dr. McManus und Johnny saßen in dem Zimmer, das Salon und Arbeitsraum zugleich war, und die schwüle Luft in den engen vier Wänden lastete drückend auf ihnen.

Der Arzt legte ein schweres, in braunes Papier gewickeltes Paket mit Röntgenaufnahmen auf den Tisch. Er zündete eine Zigarette nach der anderen an; in seinem breiten Gesicht zuckte es, er runzelte die Stirn und spitzte die Lippen. Johnny wartete, die geballten Fäuste auf den Knien, und betete, daß das Urteil nicht ganz hoffnungslos ausfallen möchte. Aber der Arzt hockte noch immer da, ließ die Asche auf seine Schenkel fallen, murmelte in seiner piepsenden Stimme vor sich hin und kratzte sich hinterm Ohr. Vier Anrufe vom Spital waren gekommen, aber er hatte nur ins Telefon geknurrt und Aspirin empfohlen oder »eine Morphiumspritze, und er soll den Mund halten«. Nun saß er immer noch da, und das Aschenhäufchen auf seinem schmutzigen, hellen Anzug wurde immer größer. Unter seinen gewaltigen Armen wies sein Rock Schweißflecken auf, und sein Hemdkragen war schon ganz grau geworden.

Endlich meinte er: »Eine ganz vertrackte Geschichte.«

»Also keine Hoffnung?« fragte Johnny verzweifelt. Er wollte die Röntgenaufnahmen an sich nehmen, aber der Doktor fuhr ihn an: »Lassen Sie sie liegen, zum Donnerwetter. Muß sie noch eingehender studieren. Die Schulter von dem kleinen Burschen – der Oberarm! Zum Teufel, Sie verstehen wahrscheinlich genug von der Anatomie, so daß ich nicht auf Einzelheiten einzugehen brauche. Wie er überhaupt so weit kam, daß er Schulter und Arm und besonders auch das Bein wenigstens teilweise wieder gebrauchen kann, das ist mir ein Rätsel. Besonders das Bein. Ja, dies verdammte Bein ist allein entsetzlich zugerichtet. Und da redet man von Wundern! Da haben Sie eins vor Augen, brauchen gar kein anderes! Zeigen Sie diese Röntgenaufnahmen einem Durchschnittschirurgen, und der wird Ihnen sagen, das Kind kann weder gehen noch den Arm gebrauchen! Und da beten Sie noch um Wunder!«

»Jean hat fast ununterbrochen Schmerzen«, sagte Johnny bedrückt. »Er hat gelernt, zu leiden, ohne zu klagen. Das ist das Schlimmste an –«

»Du lieber Gott, wir haben alle Schmerzen«, entgegnete der Doktor verächtlich. »Jeder einzelne von uns – der eine dies, der andere das! Nehmen Sie nur normale Menschen. Selbst kleine Kinder, Säuglinge. Schmerz. Ein Wehwehchen hier, eine Kolik da, Kurzsichtigkeit, Schwerhörigkeit selbst bei den Gesündesten. Oder nehmen Sie Jugendliche zwischen zehn und zwanzig. Schmerzen. In diesem Alter auch schon Gemütskrankheiten. Natürlich. Wir führen ja kein natürliches Leben; die Natur beabsichtigte ja nie, daß wir als zivilisierte Geschöpfe auf den Hinterbeinen gehen sollten. Nun kommen Sie mir bloß nicht mit der Seele. Dummes Zeug.

Schmerz; wir haben Aspirin und Kodein und Morphium und alles mögliche andere, aber der Schmerz lauert hinter dem allen wie ein Säbelzahntiger, der zuspringen will. Und wenn wir erst erwachsene Männer und Frauen sind, wird der Schmerz, der leibliche und der im Gemüt, noch ärger. Warum sind wohl die Sprechstunden der Ärzte so überlaufen? Seien Sie doch kein Narr.«

Er betrachtete verdrossen das Paket mit den Röntgenbildern. »Kein Wunder, daß dieses Kind ärgere Schmerzen hat als die meisten. Das will ich zugeben. Und es wird noch schlimmer werden, je älter er wird. Die Knochen waren ursprünglich alle in Splittern. Wie sie überhaupt wieder zusammenwachsen konnten, wenn auch noch so schlecht und recht, das möchte ich wissen! Gegen alle Gesetze der Anatomie, soweit wir sie kennen.«

»Es muß aber etwas unternommen werden«, erklärte Johnny noch bekümmerter. »Sehen Sie, ich hab' ihm so gut wie versprochen, daß Gott ihn heilen wird.«

Der Doktor grinste hämisch. »Warum bringen Sie ihn dann nicht an einen papistischen Wallfahrtsort? Dort wirken sie ja Wunder, höre ich.« Er schüttelte den Kopf. »Aber nicht in diesem Falle.«

Johnny wartete. Irgendwie ließ sein eigener Schmerz um Jean auf unerklärliche Weise nach. Der Arzt fuchtelte ihm mit einem schmutzigen Finger vor dem Gesicht herum. »Einen Rollstuhl wird er brauchen, in ein, zwei Jahren, und aus dem kommt er im Leben nicht mehr heraus. Dann kommen die Schmerzstiller; das nützt aber auch nicht lang. Und dann wird er den Tag verfluchen, an dem Sie ihn gerettet haben. Und was machen Sie dann?«

Johnny entgegnete ruhig: »Sie werden das nicht zulassen.«

Der Doktor war erbost. »Ihr Pfarrer! Kein Hirn im Schädel! Weiß noch, wie mein Vater mit leuchtendem Gesicht von Gottes Barmherzigkeit predigte. Was für Barmherzigkeit? Das erklären Sie mir gefälligst, mein Junge. Was für eine Barmherzigkeit ließ es zu, daß man dies Kind halb tot getreten hat? Und die sechs Millionen Juden in den Krematorien? Und die Zwangsarbeiterlager in Rußland? Sagen Sie mir, wo Ihr Gott ist und war. Sagen Sie mir das, und ich will auch an Wunder glauben!«

Johnny erwiderte, und weiße blutleere Linien erschienen in seinem Gesicht: »Das gehört zu den Dingen, die ich nicht verstehe. Aber es muß seinen Sinn haben.« Er verschlang die Hände ineinander. »Ich denke an Gottes Antwort auf Hiobs schmerzliche Vorwürfe. ›Wo warst du denn, als Ich die Erde gründete? Vermelde es, wenn Einsicht dir bekannt.‹«

»Wenn Gott das gesagt hat, so ist Er der allergrößte Sophist«, versetzte der Doktor.

Er riß das Paket auf und betrachtete abermals die Röntgenbilder. Er schüttelte den Kopf und murmelte vor sich hin, während er die Aufnahmen durchging. »Hören Sie«, sagte er. »Ich bin Chirurg, praktischer Chirurg. Ich operiere alles, von der Schilddrüse bis zu brandigen Zehen. Heutzutage soll man ja den Körper in lauter kleine Stücke teilen und nur auf dem Stück operieren, das einem gehört. Jämmerlicher Unsinn. Die Augen, ja; davon lasse ich die Finger. Das gehört in ein anderes Gebiet, und ich habe zuviel Respekt vor den Augen, um sie anzurühren. Aber der übrige Körper – ein vernünftiger Mensch kann sich da überall dranwagen, selbst an Hirn oder Herz. Freilich, es bringt mehr ein, Facharzt oder Spezialist zu sein, besonders chirurgischer Spezialist. Aber ich hab' noch nie einen tüchtigen Nierenfachmann gesehen, der nicht auch imstande gewesen wäre, einen Blinddarm herauszunehmen, ein Loch im Bauch zu nähen oder einen Mastdarmvorfall zu behandeln.«

Er schob die Röntgenbilder geringschätzig in ihre Hülle zurück. »Schicken Sie mir den Jungen morgen, und ich werde eigene Aufnahmen machen. Ich verspreche keine Wunder, vergessen Sie das nicht. Aber vielleicht kann ich ihm die Schmerzen ein wenig lindern. Ein paar Nerven durchschneiden. Mehr als das dürfen Sie nicht hoffen.«

Er blinzelte griesgrämig, als er Johnnys strahlendes Lächeln gewahrte. »Verdammter Narr«, sagte er.

Er ließ die Zigarette auf den Teppich fallen und trat sie dort aus zu Johnnys Entsetzen. »Keine Angst, der brennt nicht an.«

Er zündete eine neue an; er rauchte Zigaretten von einer ziemlich starken Sorte. »Da reden sie jetzt davon, man könnte vom Zigarettenrauch Lungenkrebs kriegen. Auch verdammter Blödsinn. Wie erklären sie dann, daß tausende Säuglinge mit Krebs zur Welt kommen? Ich kann es erklären, aber man hört ja nicht auf mich. Industrieabgase und Rauch. Pittsburgh hat etwas dagegen unternommen; warum können andere Städte das nicht?«

»Noch eins muß ich Ihnen sagen. Sie sind verrückt. Heute nachmittag sagte ich Ihnen, Sie würden es hier sechs Monate aushalten. Sie werden aber keine zwei Wochen hier sein. Schreiben Sie lieber an Frank Stevens, er soll Ihnen eine neue Pfarre suchen. Warten Sie nur, bis die Gemeinde merkt, daß Sie wirklich das Wort Gottes predigen wollen!« Sein piepsendes Gelächter widerhallte im Zimmer. Er schlug sich auf den Schenkel. Dann hielt er unvermittelt inne und schielte Johnny an. »Armer, verdammter junger Narr!« sagte er nüchtern.

Die Wartezimmer und Büroräume von Dr. McManus waren ungeheuer groß und unordentlich; zwei Schwestern und eine Sekretärin waren dort, die den unverwüstlichen Alten trotz seiner Flüche und seines Geschimpfes offenbar anbeteten. Aber seine eigentlichen Ordinationsräume waren blitzblank und sauber. »Sol Klein und der andere Judenjunge kommen zweimal wöchentlich am Nachmittag herein und helfen mir«, erklärte er Johnny. »Auch zwei katholische Jungen, auf die ich ein Auge geworfen habe, und drei junge Burschen vom Lutherischen Krankenhaus. Sind keine regelrechten Assistenten mit gutem, fixem Gehalt. Das würde sie nur faul machen. Ich bezahle meine Jungen pro Fall; das hält sie in Schwung. Nun, wir wollen jetzt die Aufnahmen machen. Sol Klein ist zufällig hier. Ich möchte, daß er den Jungen ansieht.«

Jean bemerkte kühl: »Gott wird Arm und Bein heilen.«

»Aber natürlich, natürlich«, entgegnete Dr. McManus und winkte ihm zu. »Aber vielleicht können wir Ihm ein bißchen dabei helfen. Hab' freilich nie gehört, daß Er eine anerkannte Universität absolviert hätte.«

Dr. Klein war ein hagerer, tüchtiger, blonder junger Mann, der das Leben offenbar sehr ernst nahm. Seine blauen Augen blickten fest und scharf, aber gütig durch seine dicken Gläser. Sein weißer Mantel war im Gegensatz zu dem von Dr. McManus fleckenlos sauber und saß ihm wie angegossen. »Gefällt Ihnen der Junge?« fragte Dr. McManus Johnny, während er dem jüngeren Arzt die Hand auf die Schulter legte. »Er fürchtet gar nichts, und das gefällt mir. Darum habe ich ihn hier. Der geht noch mit dem Skalpell dort heran, wo die New Yorker Spezialisten sich weder mit Röntgenstrahlen noch mit Bariumbrei herantrauen. Hatte vor zwei Monaten eine Frau hier mit Gebärmutterkrebs; Gewebe und Drüsen in der Umgebung waren auch schon befallen. Aufgegeben in New York. Sol Klein wagte es; sie lag ohnehin schon im Sterben. Und wissen Sie was? Fünf Wochen später verließ sie auf eigenen Beinen das Spital, hat zehn Pfund zugenommen und ist wesentlich gebessert. Ob geheilt, weiß ich nicht. Würde mich aber nicht wundern.«

Dr. Klein überraschte Johnny, indem er ihm verstohlen zublinzelte. »Er vergißt ganz, Ihnen zu sagen, daß sie dreimal wöchentlich zur zusätzlichen Röntgenbestrahlung hierherkommt.« Er schaute auf Jean hinab, und sein schmales Gesicht wurde ernst. »Also das ist der Junge aus dem Konzentrationslager. Gott wird dich also heilen, höre ich.« Er lächelte, und sein Lächeln war schön. »Wir Ärzte können ein wenig mithelfen oder Medizin verschreiben, aber schließlich ist doch Gott der, der wirklich heilt, Jean. Du verstehst?«

»Ja«, antwortete der Junge. Er hielt sich ganz still, während die schlanken Hände des jungen Arztes mit kundigen Fingern seinen Arm und sein Bein befühlten. Johnny beobachtete ihn besorgt. Dr. Kleins Gesicht verriet ihm nichts; es hatte einen abwesenden, leeren Ausdruck angenommen. Jean wurde in die Röntgenzelle geführt, und Johnny wartete in dem etwas unordentlichen Wartezimmer, das gedrängt voll war von Patienten. Sie schauten auf seine schwarze Pastorentracht und den weißen Kragen, und er lächelte sie schüchtern an. Manche erwiderten sein Lächeln; andere wandten sich bitter ab. Er verstand und seufzte. Die Schwestern, die ununterbrochen kamen und gingen, strahlten ihn aufmunternd an.

Lieber Vater im Himmel, betete er stumm, laß dieses Kind, Dein Kind, geheilt werden. Ein Wunder, bitte, Vater.

Er blickte auf seine Armbanduhr. Der Kirchenrat und das Damenkomitee hatten ihn für heute abend zu einem »Einstandsessen« eingeladen. Er war besorgt. Er mußte ihnen heute abend allein von Jean, Pietro und Max erzählen. Es war nur recht und billig, ihnen Gelegenheit zu geben, sich zu entschließen, ob sie ihn als ihren Pastor haben wollten.

Er dachte an seine Kirche, die er heute morgen gesehen hatte. Klein, finster, düster; aber fleckenlos sauber. Erhebendes, Erbauliches war freilich gar nichts daran, und die billigen Buntglasfenster hatten nur kümmerliches Licht durchgelassen, obwohl draußen die helle Morgensonne schien. Man hatte Johnny erklärt, daß früher ein Kreuz auf dem Altar gestanden hatte. Aber viele Pfarrkinder waren dagegen gewesen. Ein Kreuz auf dem Turm, ja; aber nicht auf dem Altar! Selbst wegen der Kerzen hatte es Zwistigkeiten gegeben – über ihre Zahl und Größe, und wo sie stehen sollten. Die »Konservativen« hatten gesiegt. Zwei Leuchter auf dem Altar, mit kleinen, weißen Kerzen. Aber sonst nirgends. Ein langer, vor zwanzig Jahren von Gas auf Elektrizität umgebauter Lüster hing von der steilen, spitz zulaufenden, eichenen Decke. Der wurde immer ostentativ eingeschaltet, sooft man die Kerzen anzündete.

Johnny dachte an die Urchristen, die Laternen in Händen trugen, wenn sie durch heimliche, rauchige Gänge schlichen, und an das Kreuz, das immer mit ihnen war, wenn auch nur in Form zweier rauher Holzstäbe, die sie mit Riemen zusammengebunden oder mit primitiven Nägeln übereinandergeschlagen hatten. Er seufzte.

Der für ihn reservierte Raum in der Kirche war so klein, daß er sich kaum rühren konnte. Sein Chor? Darüber hatte Dr. McManus spöttisch gelacht. Sechs Mann, lauter ausgewachsene Männer. Keine Jungen. Warum? Das wäre ja Papismus! Nicht einmal eine Sängerin war dabei. »Aber das betrifft ja die schlimmste Hinterwäldlerkirche vor hundert Jahren!« hatte Johnny der verständnisvoll lauschenden Mrs. Burnsdale empört zugerufen.

Das ihm von der Gemeinde zur Verfügung gestellte Auto war mindestens sieben Jahre alt, aber auf Glanz herausgeputzt, und ein Mann aus seiner Pfarre, der eine kleine Garage besaß und ein tüchtiger Mechaniker war, hatte es gründlich überholt. Die Kinder hatten es bewundert. Es gehörte ihnen und war daher schöner als Dr. McManus' Limousine. Die vier Jüngeren hatten ihn mit Hochrufen verabschiedet, als er heute morgen mit Jean in einer Wolke von Auspuffdampf und mit einem kühnen Knall losgefahren war.

Johnny mußte lächeln, als er daran dachte. Dann winkte ihm eine Schwester zu, und er sprang eifrig auf und folgte ihr in ein Ordinationszimmer. Dort zog Jean eben mühsam Hemd und Rock an, und die beiden Ärzte beobachteten ihn schweigend; gar zu kühl medizinisch, dachte Johnny. »Nun, wie steht's?« rief er mit bebender Stimme.

Dr. McManus sah ihn finster an. »Ach, Sie sind's«, murmelte er. »Setzen Sie sich; Sie gehen noch nicht gleich fort.« Aber Johnny wandte sich beschwörend an Dr. Klein.

Der junge Arzt steckte sich bedächtig eine Zigarette an; die Augen hatte er sinnend halb geschlossen. Als Jean mit der Geschicklichkeit, die er unter Schmerzen erlernt hatte, behend den Rock über die Schulter warf, nickte Dr. Klein, als hätte er befriedigt irgendeine Bestätigung seiner Diagnose wahrgenommen. Dann sagte er zu Johnny: »Ich bin für eine Operation, und zwar möglichst bald. Es wird eine lange Geschichte werden; vieles ist neu einzurichten und zu flicken, und es wird nicht schmerzlos abgehen.« Er setzte sich und schaute Jean ins Gesicht; dann nahm er den Knaben bei der Hand. Auf seinem Gesicht lag nun ein Ausdruck stiller Bitterkeit; seine Stimme aber klang gütig. »Jean, du hast mir erzählt, dein – Vater – sagte, Gott wird dich heilen. Gott hat schon ein Wunder an dir gewirkt, indem Er dich leben ließ. Und Er hat dir den Pastor hier geschickt. Nun mußt du operiert werden. Krankenhaus; Schwestern. Weißt du, was ich meine?«

Jean starrte ihn aus blassen, rebellischen Augen stumm an. Dann erwiderte er: »Gott wird heilen.«

Dr. Klein nickte. »Natürlich. Zweifle nie daran. Siehst du, wir Ärzte könnten keinen einzigen Schmerz heilen ohne Gott. Ohne Gott könnten wir keinem Menschen helfen.«

Johnny legte Jean die Hand auf die steife Schulter und wandte den Knaben zu sich um. »Jean«, beschwor er ihn, »hör zu. Siehst du meine Hände? Sie bewegen sich, heben Sachen auf, arbeiten, schreiben. Was bewegt sie dazu?« Jean richtete den unverwandten Blick auf den jungen Geistlichen. Johnny schlug sich an die Stirn. »Mein Hirn, hier in meinem Kopf. Ohne mein Hirn könnten sich meine Hände gar nicht bewegen. Jean, Gott gebraucht die Menschen, wie wir unsere Hände gebrauchen. Wir sind Seine Werkzeuge, Er ist der Beweger. Wenn ein Arzt, wie Dr. Klein hier, an der Heilung von Menschen arbeitet, so ist Gott mit ihm. Manchmal heilt Gott selbst ganz plötzlich, aber öfter verwendet Er Menschen für Seine Wunder. Verstehst du, mein lieber Junge?«

Jean starrte ihn noch immer mit leerem Blick an, und die drei Männer warteten. Dann aber trat allmählich Verständnis und Wärme in seinen Blick, und Jean nahm tröstend die Hand des Geistlichen. »Papa ist Wunder«, sagte er.

Dr. McManus meinte: »Ich glaube, das Kind hat sogar recht.«

Dr. Klein begleitete Johnny und Jean bis an das äußere Tor. Er schüttelte Johnny die Hand. »Old Al hat mir von den Kindern und von Ihnen erzählt«, sagte er. Er nahm die Zigarette aus dem Mund und sah nachdenklich darauf nieder. »Sie erinnern mich irgendwie an unseren alten Rabbi – ich bin zu dem Schluß gekommen, wir verdienen alle unsere Seelenhirten nicht. Wir haben eine prächtige Polizei hier in Barryfield und einen tüchtigen Polizeichef. Wir bezahlen sie höher als alle anderen Städte im ganzen Staat, bloß um unser Eigentum und unser Leben zu schützen.« Sein dünnlippiger Mund verzog sich. »Aber unseren Seelenhirten zahlen wir viel weniger, dafür, daß sie unser – sagen wir, geistiges Wohl betreuen. Das halten wir vielleicht für weniger wichtig.« Er warf die Zigarette fort, hinab auf die weißen Stufen von Dr. McManus' Klinik. »Ich glaube, es war kein bloßer Zufall, der Sie hierhergeführt hat, Mr. Fletcher.«

»Ich danke Ihnen«, erwiderte Johnny ernst. »Das glaube ich

auch.« Er zögerte. »Jean, lauf hinunter und setz dich in den Wagen, ja?« Jean gehorchte sogleich, indem er seitwärts die Treppen hinabhüpfte, so rasch er mit seinem gelähmten Bein konnte. Johnnys Augen brannten. »Vor drei Wochen redete und tat er mir noch alles zuwider. Jetzt ist er meine rechte Hand. Doktor, können Sie ihn heilen?«

»Warum nicht?« sagte Dr. Klein leichthin. Ein rasches, kurzes Lächeln ging über sein Gesicht. »Schließlich ist ja – Gott – auf Ihrer Seite, nicht wahr?« Er nickte ihm zu, wandte sich ab und ging mit schnellen Schritten hinein.

Johnny lief ihm nach. »Noch einen Augenblick, Doktor.« Er schluckte. »Ich habe nicht viel Geld. Was ich habe, erhielt ich von guten Menschen, die noch weniger hatten, als Geschenk für die Kinder. Von Soldaten. Ich habe allerdings einen Scheck von Dr. Stevens – meinem Vorgesetzten – und der ist auch für die Kinder bestimmt, zu gleichen Teilen. Darum kann ich für die Operation nicht sehr viel bezahlen. Vielleicht ginge es in Raten –«

Dr. Klein betrachtete ihn überrascht und kühl. »Wer hat hier von Honorar gesprochen?« fragte er und entfernte sich erbost.

Auf der Heimfahrt erklärte Johnny Jean die Operation. Der lauschte ihm schweigend. »Also, sagen wir nächste Woche, Jean. Es wird nicht sehr angenehm sein, aber du bist ein tapferer Junge. Du willst ein Wunder von Gott, und du sollst es haben. Gott schickte uns in diese Stadt; Gott führte uns zu Dr. McManus und Dr. Klein. Ja, Gott könnte dich im Handumdrehen heilen. Aber denke nur einen Augenblick nach. Vielleicht war es notwendig, daß diese Ärzte dich kennenlernten, um zu Gott zurückzufinden. Indem sie dich heilen, werden sie sich selbst von einer Krankheit heilen, die ihnen am Herzen nagt. Verstehst du das?«

Jeans Mund war fest zusammengepreßt; seine Augen sahen starr geradeaus. Dann erwiderte er: »Ja. Ich weiß. Jean und Papa sind Wunder von Gott, für die Ärzte. Gott macht seine Wunder für viele.«

Als sie heimkamen, fanden sie in dem düsteren Häuschen alles in Aufregung. Mrs. Burnsdale konnte vor Freude kaum sprechen; sie zupfte Johnny am Ärmel und führte ihn in die Küche, wie ein Kind zur Bescherung. In der Küche wimmelte es von den Kindern, die unter lauten Rufen einen blitzenden, nagelneuen weißen Herd und einen Kühlschrank umtanzten. Große Kartons mit Pfannen und Geschirr standen auf den Kästen und auf dem Tisch, einem herrlichen, neuen Tisch mit einer gelben Plastikplatte und verchromten Beinen; und dazu waren die passenden Stühle mitgeliefert worden. Ein Klempner hatte das uralte Abwaschbecken abmontiert und war eben daran, ein neues, honigfarbenes, mit verchromten Hähnen und Beschlägen, einzubauen. Der Klempner schaute über die Schulter und grinste. »Ist alles binnen zehn Minuten fertig, Sir«, erklärte er. »Muß mich beeilen; Sie sind hoffentlich nicht böse, wenn ich nicht aufstehe. Ich gehöre übrigens zu Ihrer Gemeinde. Freue mich schon sehr auf Ihre erste Sonntagspredigt.«

Die Kinder umdrängten Johnny und kreischten vor Freude. »Oben auch!« schrie Pietro und wies auf die Decke. »Hübsche Farben. Zwei, Papa!«

»Ruhe jetzt«, mahnte Mrs. Burnsdale energisch. »Fort mit euch, hinaus ins Eßzimmer, zum Mittagessen. Jean, führ zuerst die Jungen zum Händewaschen, und du Kathy, nimmst Emilie mit und kämmst sie auch. Los!«

Die Kinder verstummten sogleich und trollten sich. Johnny betrachtete erstaunt die neue Einrichtung. »Doktor McManus muß sich gleich darangemacht haben. Wahrscheinlich noch gestern abend, nachdem er von hier wegging. Er glaubt offenbar, daß uns die Gemeinde hier nicht fortschicken wird. Ich wollte, ich wäre auch so überzeugt.«

»Sie sind von allem überzeugt, Sir, bloß nicht von sich selber«, antwortete Mrs. Burnsdale in strengem mütterlichem Ton. »Nun möchte ich bloß wissen, ob das recht ist?«

Der Klempner schaute neugierig über die stämmige Schulter. »Ist das erstemal, daß der alte Al etwas für einen Pastor tut, Sir. Ohne daß wir anderen gleich die andere Hälfte aufbringen mußten. Natürlich wollen wir Sie. Ein Pfarrer, der Old Al dazu bringt, der ist richtig für uns. Und ob!«

Er schraubte mit geübten Händen eine Mutter fest. »Die beste Installation, die es hier in der Stadt gibt. Old Al holte die Händler noch gestern nacht aus den Betten. ›Geld spielt keine Rolle‹, sagte er ihnen. Die trauten ihren Ohren nicht. Wetten, jetzt weiß es schon jedermann in der Stadt. Meine Frau ist Obmännin vom Damenkomitee. Als ich heute früh losfuhr, hierher, da hing sie an der Strippe und erzählte es allen anderen Frauen.«

Mrs. Burnsdale sah Johnny an und nickte zufrieden »Sehen Sie?« sagte sie nur. »Nun, auf ins Eßzimmer. Ein Möbelhändler hat angerufen; er liefert uns morgen eine echte Mahagonigarnitur, hochmodern. Auftrag von Dr. McManus. Und ein Linoleummann kommt auch morgen, legt neues Linoleum in der Küche, im Badezimmer und im Vorzimmer. Übrigens«, setzte sie leichthin hinzu, »heute früh ist der neue Teppich für die gute Stube angekommen. Das stand alles auf meiner Liste, die ich dem Doktor gestern abend gab.«

Johnny brach in ein hilfloses Lachen aus.

Nach einem herrlichen kalten Lunch führte Johnny die Kinder in den Garten. Sie schlenderten auf dem stoppeligen Gras im warmen Sonnenschein dahin. »Wir werden Bäume pflanzen«, sagte er. »Obstbäume. Jedes Kind soll seinen eigenen Baum haben — vielleicht auch zwei. Apfelbäume, Kirschbäume, Birnbäume, Pfirsich- und Pflaumenbäume. Und Laubbäume, die Schatten geben. Und Blumenbeete am Zaun entlang. Jedes Kind soll seinen eigenen Garten haben. Mit kleinen Becken für die Vögel zum Baden und Nistkästen auf den Bäumen.« Er atmete tief.

»Es gab einmal eine Zeit«, fuhr er fort, »da waren die Menschen gut und rein und wohnten in einem Garten, den Gott für sie gemacht hatte. Und Gott segnete die Blumen, die Bäume und die Vögel und alles, was in dem Garten lebte; auch die Menschen.«

Die Kinder standen rings um ihn und lauschten gespannt.

»Es gab keinen Haß in dem Garten. Nur Glück herrschte dort und eitel Schönheit und Singen und Lachen. Aber das war den Menschen nicht genug. Die Liebe war ihnen nicht genug. Darum kam das Böse zu ihnen, und der Name des Bösen war Luzifer, einer von den mächtigen Erzengeln, der Engel, den Gott am meisten liebte, der schönste von allen Engeln. Seht ihr, Luzifer liebte die Menschen nicht; er wollte nicht, daß sie den Engeln glichen. Luzifer war stolz. Er liebte Gott wirklich, und darum glaubte er, Gott erniedrigte sich, wenn Er Menschen schuf.«

Er hielt inne, um das bisher Erzählte in die kindlichen Herzen einsinken zu lassen. Er legte die Hand auf Kathys wohlfrisiertes Köpfchen, das wie Gold in der Sonne schimmerte. Emilies große, blaue Augen strahlten wie Saphire. Pietros Mund stand offen, wie eine rote Kirsche; Begeisterung lag wie ein Licht auf seinem Gesichtchen, und auch Max lauschte mit seinem üblichen, benommenen Ausdruck. Jean stand an Johnnys rechtem Arm, ein Wachtmeister hinter seinem Offizier.

Jean sagte mit düsterer Stimme: »Luzifer hatte recht.«

Johnny fuhr fort: »Also kam Luzifer zu den Menschen und sagte zu ihnen: ›Wenn ihr von den Früchten da drüben eßt, die euch verboten sind, werdet ihr sein wie die Engel.‹ Und sie aßen von den Früchten.«

»Nun war es Gottes Gepflogenheit, in dem Garten, den Er geschaffen hatte, zu lustwandeln, wenn die Sonne unterging, damit Er seine Schönheit genießen und unter den Bäumen sitzen, den Blumen zulächeln und mit den Menschen reden konnte. Aber nachdem die Menschen von den Früchten jenes Baumes gegessen hatten, versteckten sie sich, als sie Gott durch den Wald kommen hörten; der Wald sang im Schein des Neumonds vor sich hin. Also rief Gott nach den Menschen, und die fürchteten sich und schwiegen. Und als Er ihnen befahl, zu antworten und Ihm zu sagen, warum sie von jenem Baum gegessen hatten, da schoben sie einander die Schuld zu und haßten einander wegen ihres Ungehorsams. Ich glaube, das erzürnte Gott mehr als alles andere, weil Er sah, daß die Welt für niemand und nichts mehr sicher ist, weder für Gärten noch Bäume, weder für unschuldige Tiere noch für die Mitmenschen, wenn einmal der Haß den Menschen erfaßt.«

»Also trieb Gott in seinem Zorn die Menschen aus dem Garten in eine leblose, gefährliche Welt hinaus, wo sie zum Tode verurteilt wurden, wo sie keinen Frieden haben würden, wo sie schwer und ohne Hoffnung arbeiten mußten, wo alles sie fürchtete und vor ihnen floh. Alle unschuldigen Wesen flohen sie, weil der Mensch von der Frucht des Hasses gegessen hatte. Der Mensch war nun ein Schrecknis auf der Welt geworden, der Urheber von Kriegen und Zerstörung.«

Er setzte sich ins Gras, und die Kinder setzten sich dicht um ihn, die feuchten Augen unverwandt auf ihn gerichtet. Jean fiel ein: »Und darum mußten wir – mußten wir –«, Johnny nickte, berührte Jean an der Schulter und seufzte.

»Und Gott war zornig mit Luzifer, noch zorniger als mit den Menschen, und verstieß Luzifer aus dem Himmel, und Luzifer stürzte und schuf sich eine neue Wohnung, die er Hölle nannte, und er nahm alle Engel, die die Menschen haßten, mit sich dort hinab. Ich habe euch schon von der Hölle erzählt, Kinder.«

Pietro nickte heftig. »Hier ist Hölle«, sagte er.

Johnny stutzte. Er sah Pietro an und dachte, darauf wäre ich nie gekommen. Vielleicht ist die Erde wirklich nichts anderes. Er kratzte sich die Wange und betrachtete sinnend Pietros schlaues Gesicht. Er nahm seine Pfeife heraus und ließ sie sich von Jean stopfen und anzünden. Jean vollführte die kleine Gefälligkeit anmutsvoll, elegant und mit wichtiger Miene.

»Die Hölle«, erklärte Johnny, »ist der Ort, wo alles Übel haust, wo Menschen wohnen, die Gott nie liebten, Ihn nie kennen wollten, die ihre Mitmenschen hassen und ihre Sünden nie bereuen. Ein entsetzlicher Ort.«

»Hier«, wiederholte Pietro stolz und sah die anderen an.

Johnny paffte an seiner Pfeife. Der Rauch löste sich im Sonnenschein zu einem Silberwölkchen.

»Aber die Menschen entsannen sich des Gartens, aus dem Gott sie vertrieben hatte. Darum machten sie sich eigene Gärten auf der Welt. Spiegel jenes einen Gartens, den sie im Herzen nie vergaßen. Und darum brauchen wir auch einen eigenen Garten hier, damit wir an den Himmel denken können und beten, daß Gott uns eines Tages in den alten Garten heimholt, der immer noch unser wartet. Denn die Barmherzigkeit Gottes und Seine Liebe sind ohne Ende. Selbst wenn wir uns für die Hölle entscheiden.«

Sie wanderten im Hof umher, und Johnny zeigte ihnen, wo ihre Gärten sein würden und die Bäume, und die Kinder waren voll freudigen Staunens.

8

Mrs. Burnsdale bügelte unter mürrischem Knurren Johnnys einzigen, schwarzen Pastorenanzug. »Eine Schande«, brummte sie. »Sie würden nie an sich selbst denken, Mr. Fletcher.«

»Warum sollte ich auch?« fragte er gelassen.

Mrs. Burnsdale schüttelte unwirsch den grauen Kopf. »Das ist aber eine dumme Frage«, erwiderte sie ungehalten. »Na, hier sind jedenfalls Ihre Hosen und Ihr Rock, dort auf dem Kleiderbügel. Lassen Sie sie noch ein wenig auslüften. Sind noch feucht.« Sie hielt inne. »Wenn Sie nicht an sich denken, wer dann?«

»Oh, viele Menschen denken an mich«, versetzte er. »Sie zum Beispiel.«

Er stieg die Treppe hinauf, pfiff durch die Zähne und trug seinen Anzug sorgfältig über dem Arm. Er lugte ins Badezimmer und grinste. Ja, da standen sie, und rosa obendrein, wie bestellt. Immer noch pfeifend, kleidete er sich für das »Einstandsessen« am Abend an. Unten in der guten Stube hörte er die Kinder gedämpft murmeln, und aus dem Eßzimmer drang das Klappern von Besteck und Geschirr herauf. Sein Herz war voll Frieden. Er verlangte nicht mehr vom Leben – wenn seine Gemeinde ihn nur bleiben ließ. Er blickte durch das kleine, runde Fenster in seinem Schlafzimmer hinaus. Über den dichtgedrängten Dächern der Stadt sank eben die

Sonne, blutrot am kalten grünen Himmel. Wir Protestanten sollten auch Abendglocken haben, dachte er. Was ist tröstlicher, sanfter, was so erfüllt vom Gedanken an Gott wie Glockengeläut bei Sonnenuntergang? Und dann hörte er die Abendglocken über der Stadt, von den katholischen Kirchen her, lieblich und begütigend, uralte eherne Zungen der Liebe, die voll Freude von Sicherheit und Geborgenheit sangen.

Der Pfarrsaal lag im Kellergeschoß unter der Kirche; er war noch düsterer und trostloser, als Johnny gefürchtet hatte. Die hölzerne Decke war niedrig, und von ihr hing eine einzige, grelle, weiße runde Lampe herab, die eher in einen Barbierladen denn in einen Pfarrsaal paßte. Zersprungenes, rissiges Getäfel, etwa vier Fuß hoch, lief rings an den Wänden entlang, häßlich dunkelbraun gestrichen; und darüber prangten die Wände in trübem Ledergelb. Der vollkommen kahle Fußboden knarrte unter den Schritten, war jedoch sauber und blankgeputzt. Nichts ließ darauf schließen, daß diese Mauern je jugendliche Tänze und Freude gesehen hatten.

Ein langer Tisch stand unter der grellen Lampe; darauf hatte man Mrs. McGees bestes, steifes, weißes schimmerndes Tischtuch gebreitet und Servietten aufgelegt, die so groß waren wie Babywindeln. Eine andere Dame hatte das funkelnde Tafelsilber beigesteuert, wieder eine andere das kräftig blaurote »Bauern«geschirr, eine dritte die beiden Garnituren Kerzenleuchter. Eine Dame hatte eine ungeheure Vase voll von Zinnien und anderen Sommerblumen erstanden, die sich in leuchtenden Farben, Bronze, Rot und Gelb, lebendig von dem weißen Tuch abhoben. An Sitzgelegenheiten waren nur unbequeme Faltstühle vorhanden. Öfen gab es hier nicht, und das Damenhilfskomitee hatte die Speisen in verdeckten Schüsseln herschaffen lassen — die unvermeidlichen, aber überaus schmackhaften heißen Bohnen, dicke Koteletts von Rindfleisch, Schinken und Zunge, kalten Kartoffelsalat, Butterbrot, riesige braune Kuchen und Kaffee in Thermosflaschen.

Johnny wurde in aller Form den Angehörigen seiner Gemeinde vorgestellt, die zu entscheiden hatten, ob man ihn ungnädig fortschicken oder behalten würde. Ergraute Damen, manche streng, manche schmachtend, Wuschelköpfe, Dicke, Kleine, Rosige, Bleiche; die einen mit heiteren Gesichtern, andre wieder mit säuerlichen argwöhnischen Mienen. Alle waren sie schlecht angezogen; sie trugen Sommerkleider mit grellen groben Mustern, falsche Perlen und unbequeme Schuhe. Ihr graues Haar hatten sie in Locken und Wellen gelegt; wie in Metall gegossen, dachte Johnny. Keine einzige

Dame litt an Unsicherheit oder Schüchternheit. Sie waren ihrer selbst sehr sicher und musterten Johnny kritisch. Beschränkte Kleinstadtfrauen, die sie waren, erinnerten sie ihn beängstigend an die Ladys von der Park Avenue.

Ihre Eheherren waren eher geneigt, Johnny verständnisvoll und freundlich entgegenzukommen. Sie brauchten einen Pastor. Doktor Stevens hatte erklärt, dieser sei der einzige, den er ihnen schicken würde. Darum wollten sie eben diesen haben. Ein sehr einfacher Schluß für sie; freilich nicht so einfach für ihre Frauen.

Die unglaubliche Geschichte von der Freigebigkeit, die Doktor McManus heute bewiesen hatte, hatte dazu beigetragen, die natürliche Feindseligkeit gewisser Damen gegen Johnny wegen der »ausländischen« Kinder etwas zu besänftigen. Mrs. McGee hatte in ihren telefonischen Rundgesprächen erklärt: »Jeder, der aus Old Al einen Pfennig herausholt, ohne daß wir auch einen dazulegen müssen, ist ein Wundertäter. Drum wollen wir freundlich sein mit dem jungen Pastor. Ich habe ihn selbst gesehen, wissen Sie, und er sieht ja noch ein bißchen jungenhaft aus, aber der alte Al hat offenbar einen Narren an ihm gefressen – komisch, irgendwie, nicht wahr? Außerdem hat er wunderhübsche blaue Augen.« Wenigstens vier von den versammelten Damen hatten heiratsfähige Töchter, und der Umstand, daß Johnny ledig war, erhöhte ihr Interesse und ihre Hoffnungen. Aber sie waren der Meinung, er habe ihnen sozusagen einen Streich gespielt, indem er sich »diesen Ausländerpöbel« zugelegt hatte. Kein vernünftiges Mädel würde ihn heiraten wollen – ausgenommen natürlich, wenn er sich überreden ließ, die Kinder wegzugeben.

Die feindselige Stimmung war beinahe vollkommen geschwunden, als sie ihm nun gegenübertraten. Dr. McManus, der nun einen anderen zerknitterten, aber etwas weniger schmutzigen hellgrauen Anzug trug, besorgte die Vorstellung auf seine sarkastische Art. »Das ist ist der verrückte Junge, den uns Doc Stevens geschickt hat. Johnny, das ist Mrs. Lovitt, Mrs. Wolfe, Mrs. Sherwood, Mrs. Long. Alle vom Damenkomitee. Pater John Kanty hat mir erzählt, er hat dasselbe Kreuz mit seinen Nonnen und seiner Kongregation. Kein vernünftiger Mann kann mit Frauen auskommen. Das hier ist Mrs. Krantz –«

Die Ladys durchbohrten Dr. McManus mit eisigen Blicken. Sein Umgang mit »dem Priester mit dem komischen ausländischen Namen und mit dem alten Sonderling von einem jüdischen Rabbi« wirkte auf sie stets wie eine persönliche Beleidigung. Sie waren fest überzeugt, daß er diesen Umgang nur pflegte, um die Kirchengemeinde Zum Guten Hirten zu ärgern. Sie wandten sich Johnny zu und schmolzen beinahe auf den ersten Blick hin. Hochgewachsen, überschlank und anziehend in seinem schäbigen, schwarzen Anzug, war er jung genug, um ihre mütterlichen Instinkte zu wecken. Sein ausdrucksvolles Gesicht, so voll Leben, so dunkel und sanft, rührte sie. Hier stand kein unterwürfiger Schwächling, der seine Gemeinde fürchtete, der ihnen alles rechtmachen, ihnen alles zu Gefallen tun wollte. Hier stand ein Mann, und als sie ihm in die dunkelblauen Augen schauten und die gütige Kraft darin gewahrten und seinen warmen starken Händedruck fühlten, da war mindestens die Hälfte der anwesenden Damen für ihn gewonnen.

Ihre Gatten fanden, Johnny sei zwar nicht »von unserer Art«, aber doch ein netter junger Bursche und keine Memme. Hohe Zeit, daß einmal einer die Frauen ein bißchen duckte, dachten sie beifällig. Der Pastor hier würde sich nicht von den Frauen in der Gemeinde herumkommandieren lassen. Aber der Bursche war zu hübsch; die Mädel würden alle hinter ihm her sein, und jedermann wußte, was das für Schwierigkeiten geben konnte.

Johnny sprach mit seiner ergreifenden Stimme das Tischgebet. Alles hing von diesem Abend ab, dachte er, während seine Gabel sich eine Gasse in die Bohnen bahnte und freundliche Stimmen ringsum ihn gleich einer warmen Wolke einhüllten. Johnny spürte förmlich, wie sie ihn vorsichtig halb und halb schon unter sich aufnahmen, und es schmeckte ihm plötzlich besser. Er spürte freilich auch nicht ohne innere Spannung Dr. McManus' lange, spöttische Blicke auf sich ruhen. Der Alte würde ihm nicht helfen, das wußte er. Er mußte sich selber durchsetzen.

»Nicht übel, diese Bohnen. Aber warum gibt's kein Bier dazu, was?« beschwerte sich Dr. McManus. »Pater Kanty trinkt selbst gern ein großes Glas Bier, und sie haben auch bei ihren Essen und Ausflügen immer Bier dabei. Würde herrlich schmecken zu dem Fraß hier.«

Mrs. McGee meinte schlau: »Nein, Doktor! Sie wissen recht gut, daß wir alle Abstinenzler sind. Das heißt, wir vom Damenkomitee. Bier! Warum wollen Sie das gute Essen verderben?«

»Marjie«, versetzte Dr. McManus, »Sie haben doch sicher von der Hochzeit zu Kana gehört? Glauben Sie denn auch nur einen Augenblick, daß der Herr das Wasser in alkoholfreien Traubensaft verwandelt hat? Herrgott her oder hin, hinausgeworfen hätten sie ihn für so etwas aus jeder respektablen Hochzeitsgesellschaft, glauben Sie mir.«

Das klang in den Ohren der Ladys gar gotteslästerlich, und Dr. McManus fand sich abermals im Kreuzfeuer ihrer empörten Blicke. Er lachte laut. Die Männer lächelten verlegen. Johnny sah sich um und unterdrückte ein Lächeln.

»Was halten Sie davon, Mr. Fletcher?« fragte Mrs. Krantz, die Frau des Klempners.

Er zögerte. Dann antwortete er: »Meines Wissens steht nichts in der Bibel, was darauf schließen ließe, daß Gott an jenem Tage die natürlichen Gärungsgesetze aufgehoben hätte.«

Die Männer grinsten vor sich hin. Dr. McManus quietschte entzückt und hieb sich auf den massigen Schenkel. Die Damen schauten streng und vorwurfsvoll drein. »Andrerseits«, fuhr Johnny mit ganz unschuldiger Miene fort, »steht auch nichts in der Bibel, daß er sie nicht aufgehoben hätte. Ich selbst trinke gern Traubensaft, und viele andere auch.«

Die Damen lächelten ihren Männern triumphierend zu. Doktor McManus quietschte abermals. »Ein Diplomat!« sagte er. »Ein verdammter Diplomat, so einer mit gestreiften Hosen!« Er lehnte sich halb über den Tisch, gegen Johnny hin, und fuchtelte ihm mit dem dicken Zeigefinger vor der Nase herum. »Ich mag die Diplomaten nicht. Alles Unheil auf dieser Welt kommt von denen. Kriechen da auf schlüpfrigen Sohlen herum, katzbuckeln und lächeln süß. Kriech nur nicht zu viel auf diese Art herum, mein Junge, sonst trag ich eigenhändig deine Koffer zum Bahnhof und befördere dich mit einem Tritt ins Abteil!«

Darüber waren die Damen erbost und ergingen sich in empörten Ausrufen. Dr. McManus ließ diese Attacke mit undurchdringlicher Miene über sich ergehen. Aber Johnny lächelte still vor sich hin. Die Männer, die den Doktor mehr fürchteten als ihre Frauen, wurden unsicher und verstummten. Sie fingen an, sich Fragen zu stellen. Ein glattes, junges Herrchen. Seine Antwort an Mistress Krantz war ja sozusagen doppelzüngig, dachte Mr. Schoeffel. War er ein Radikaler? Vielleicht. Wahrscheinlich einer von den Schreiern für die armen, ausgebeuteten Arbeiter. Dachte wahrscheinlich nie an die Menschen, die es überhaupt erst möglich machten, daß der Arbeiter Arbeit hatte, und die es sich nicht leisten konnten, nur vierzig Stunden in der Woche zu arbeiten, wie die Herren Fabrikarbeiter und kaufmännischen Angestellten. Außerdem war er in Europa gewesen und dort gewiß von den Kommunisten angesteckt worden; na und die Kinder, die hatte er doch auch da irgendwo im Ausland aufgelesen.

Mr. Dan McGee, ein zartes Männchen, etwas über fünfzig, mit einer hohen Tolle aus silberweißen Locken über einem runden, rosigen Gesicht, aus dem zwei kohlschwarze Augen blickten, fragte sich: Glatt? Ja. Wahrscheinlich so ausgebildet. Glatte Herrschaften mit Collegebildung, die solche Antworten gaben, verstanden in der Regel nichts von Arbeiterproblemen und verachteten den Arbeiter. Reaktionäre, ja, das waren sie. Der Obmann der Ortsgruppe der Bergarbeitergewerkschaft dachte kummervoll über die Reaktionäre nach. Da fiel ihm Mr. Summerfield ein, der reiche Zeitungsbesitzer, und er wurde verlegen. Er schaute verstohlen auf Johnnys Hände und war überrascht. Starke, zupackende Arbeiterhände, voll Kraft und Festigkeit.

Die Steiger und Aufsichtsbeamten waren ebenso geteilter Meinung über Johnny. Würde er die Leute aufhetzen? Würde er alle Streiks ohne Unterschied anprangern? Hatte er soziales Empfinden? War er rötlich angehaucht? Oder gar Kommunist? Oder Faschist? Vielleicht würde er sich an den verdammten Summerfield ranschmeißen, mit seinen Revolverblättern. Vielleicht war er auch ein Salonlöwe.

Die Damen waren, wie der schlaue Doktor hinter den drohend gerunzelten Brauen hervor durch verstohlene Blicke feststellte, beinahe einstimmig für Johnny. Er gefiel ihnen; er stahl sich sozusagen schon in ihre Herzen; sein alter schäbiger Anzug entging ihren mütterlichen Augen nicht. Ein gewisser zärtlicher Ausdruck erschien unversehens auf ihren abgespannten Gesichtern. Aber wartet nur, ihr alten Mädchen, dachte der Doktor grimmig.

Mr. Krantz, der untersetzte, vierschrötige Klempner, sog an seinen wulstigen Lippen. Er war selbst Geschäftsmann; Inhaber eines kleinen Installationsunternehmens. Aber er war nicht immer Geschäftsmann gewesen. Er verschluckte einen riesigen Happen von dem Schinken, spülte mit einem gewaltigen Schluck Kaffee nach, wischte sich die Lippen und fragte: »Pfarrer, was halten Sie von dem Minderheitenproblem, von dem man jetzt so viel hört?«

Johnny legte ruhig die Gabel hin. Er sah den gutmütigen Klempner unverwandt an. »Minderheiten?« fragte er in erstauntem verlegenem Ton. »Ich fürchte, ich verstehe Sie nicht. Meinen Sie eine politische Partei?«

Dr. McManus wälzte einen durchgekauten Bissen Fleisch zwischen den unteren Backenzähnen und der Wange hin und her und grinste. Die Männer tauschten verblüffte Blicke, und die Damen hörten so gespannt zu, daß ihre Aufmerksamkeit den Pastor beunruhigte. Mr. Krantz machte eine hilflose Geste mit der Hand.

»Nein, ich meine eigentlich nicht eine politische Partei; freilich könnte man ja auch eine Verliererpartei eine Minderheit nennen. Weiß nicht. Man hört heute so viel von Wahlschwindel und Manipulationen. Ich weiß nicht. Nein, ich meinte solche Minderheiten, Religionen zum Beispiel, und Rassen, und – äh – Kirchen, und dergleichen, und Arbeiter und Kapitalisten und Großunternehmer, und höhere Berufe, Lehrer und so, und Ärzte und Anwälte und kleine Geschäftsleute. Sie wissen schon; Minderheiten eben.«

Johnnys Hände, die auf dem Tisch lagen, ballten sich zu Fäusten, aber seine Stimme klang ruhig, obwohl es ihm wie Feuer aus den blauen Augen sprühte. »Sie, Mr. Krantz, gehören demnach zu einer Mehrheit und nicht zu einer Minderheit, nicht wahr?«

»Hm, ja«, erwiderte Mr. Krantz unsicher.

»Sie haben Minderheiten aufgezählt. Wollen Sie mir sagen, zu welcher Gruppe außerhalb der aufgezählten Sie gehören?«

»Nun«, begann Mr. Krantz. Dann verstummte er. Er sann krampfhaft nach und schwieg.

Johnny lächelte. Sein Atem ging etwas schneller. »Ich glaube, Sie fragen sich jetzt, Mr. Krantz, zu welcher Minderheit Sie gehören.« Er wandte sich an die übrigen Männer. »Und welcher Minderheit gehören die anderen Herren an?«

»Keiner«, platzte Mr. Wolfe verblüfft heraus. »Oder –« und auch er verstummte.

»Ganz recht«, versetzte Johnny und lehnte sich im Stuhl zurück. »Kein Mensch auf der Welt gehört einer Minderheit an. Auch keiner Mehrheit. Sie alle denken logisch. Rücken Sie der Minderheitenfrage mit der Logik zu Leibe; denken Sie nur eine Minute darüber nach. Und Sie werden im Nu erkennen, daß sie eine Täuschung ist, eine Lüge. Sie werden erkennen, daß der Begriff Minderheit von den Feinden der Menschen ersonnen wurde, um sie zu entzweien, um unnatürlichen widersinnigen Haß zwischen ihnen zu säen, um nicht vorhandene Truggebilde von Klassen und anderen Völkern zu schaffen, um inneren und äußeren Hader zu fördern. Diese Feinde kennen nur ein Ziel: Verwirrung säen, zerstören, die Macht ergreifen. Sie hassen uns alle.«

Es war ganz still geworden im Saal. Alle Gabeln standen still, und Hände, die eben Kaffeetassen an die Lippen führen wollten, hielten in der Luft inne. Alle Stirnen waren nachdenklich gerunzelt, die Münder gespitzt, die Köpfe gedankenvoll gesenkt. Dr. McManus schnaubte laut. Niemand beachtete ihn. Johnnys Blick wanderte um den Tisch.

Er sprach leise und voll Güte: »›Im Anfang war das Wort, und das Wort war bei Gott.‹ Logos, das Wort, bedeutet auch Logik, die Vernunft, die sich in der Rede kundtut. Wenn wir also die Logik gebrauchen, die von Gott stammt, so erkennen wir, daß es keine Minderheiten gibt. Wenn wir das Wort gebrauchen, das von Gott ist, so wissen wir, daß es keine echten Trennungslinien zwischen Mensch und Mensch gibt, sondern nur üble Truggebilde, Ausgeburten von Geistern, die in der Hölle ihr Unwesen treiben.«

Da sahen sie ihn alle plötzlich scharf an. Sie sahen ihn sitzen, hoch und schlank und bekleidet mit einer neuen Majestät und Autorität, ungeachtet seiner gütigen blauen Augen, ungeachtet seiner Jugend.

»Das sind die theologischen Hirngespinste, die ich nicht mag«, wandte Dr. McManus ein, während er die anderen scharf beobachtete. »Na, macht nichts. Johnny, wie ist das eigentlich mit der Hölle? Sie gehören doch nicht etwa zu den Pastoren, die uns am Sonntag beleidigen wollen, indem sie uns von der mittelalterlichen Hölle erzählen, was? Sie, ein moderner Geistlicher? Und was ist überhaupt die Hölle?« Er blinzelte gönnerhaft in die Runde.

»Die Hölle?« fragte Johnny nachdenklich. »Natürlich gibt es eine Hölle. Was hat das Modernsein damit zu tun? Lehnen wir etwa, weil wir modern sind, die Annahme ganzer unentdeckter Welten oder der unsichtbaren mikroskopischen Welt ab, bestreiten wir etwa die Existenz der geheimnisvollen Kräfte des Geistes, die wir nicht sehen, die unerforschten Gezeiten des menschlichen Gefühlslebens, die Leidenschaften des Geistes, die Zivilisationen, Werke von unvergänglicher Schönheit, Denkerschulen und Philosophien, Kulturen, die unendlich Mannigfaltiges geschaffen haben? Und doch, wenn Sie sich nur an greifbare Tatsachen halten wollen, so existiert das alles nicht, weil man es nicht sehen kann. Dennoch aber wissen wir, daß es existiert.«

»Die Hölle?« wiederholte er nach einer langen Pause. »Gewiß gibt es die. Und was ist die Hölle? Die vollkommene Abwesenheit Gottes. Ein Ort, ein Zustand des Gemüts oder des Geistes, in dem Gott nicht ist. Denken Sie an die kalte Angst eines solchen Ortes, eines solchen Gemütes oder Geistes; denken Sie an die bittere, traurige Wut eines solchen Zustandes, an die endlose Verzweiflung, den Haß, den Wahnsinn. Das ist die Hölle.«

Niemand antwortete ihm. Dr. McManus betrachtete ihn in eisigem Schweigen.

»Und doch«, fuhr Johnny fort, »stieg Gott in die Hölle hinab. Kein Pastor hat je die Frage befriedigend beantwortet, warum Er das tat. Stieg Er nach Seinem Kreuzestod dort hinab, um das Reich des Bösen zu warnen, daß es die Welt nicht länger beherrschen könne? Oder – und ich persönlich halte das für die einleuchtendere Antwort – stieg Er hinab, um den Hoffnungslosen Hoffnung zu bringen?«

Er ließ ihnen eine Weile Zeit, damit fertig zu werden. Hier und da hellte sich ein müdes Gesicht plötzlich auf, als wäre ein Lichtstrahl darüber hingeglitten. Es sind also manche hier unter uns, dachte er voll Mitleid, die die Hoffnung auf Erlösung begraben haben.

Er hielt die Zeit für gekommen, von dem zu sprechen, wovon er sprechen mußte. So ergriff er das Wort, und seine Stimme schreckte sie aus ihrer Verwirrung auf. »Nun, wo wir gegessen haben, muß ich Ihnen etwas sagen. Sie wissen, daß ich fünf Kinder aus Europa mitgebracht habe. Aber sie kennen ihre Geschichte noch nicht. Ich will sie Ihnen jetzt erzählen.«

Und er erzählte sie, in eindringlichen Worten und mit anschaulichen Gebärden. Sie lauschten ihm gespannt und hingerissen. Schrecken malte sich auf den Gesichtern mancher Frauen; andere schürzten reserviert die Lippen. Die Männer schauten ungläubig, abgestoßen oder verlegen drein. Sie spielten mit Messer und Gabel; sie fuhren sich mit einem Finger um den Hals. Sie vermieden es, einander anzusehen. Hier und da errötete einer. Aber Johnnys Gesicht, seine flammenden Blicke ließen sie nicht los, so sehr sie sich auch wanden.

»Und darum«, schloß er, »sind diese Kinder nun bei mir. Ich bin ihr Vater. Ich adoptierte sie. Ich habe ihnen schon im voraus meinen Namen gegeben. Ich bin ihre einzige Hoffnung. Was ich für sie getan habe, habe ich getan und will ich auch weiterhin tun. Aber für alles andere übernehmen Sie die Verantwortung.«

Mrs. McGee, die vor Rührung errötet war und Tränen in den Augen hatte, erklärte spontan: »Mr. Fletcher, Sie wissen, wir werden tun, was wir können. Meine Damen«, wandte sie sich an ihre Freundinnen, »das können wir Mr. Fletcher doch versprechen, nicht wahr? Wir wollen die Kinder sozusagen selbst adoptieren. Wir werden sie kleiden und in die Sonntagsschule schicken. Sie zivilisieren und Mutterstelle an ihnen vertreten.«

Die Damen nickten ihrer Vorsitzenden entschieden zu. Mister Krantz räusperte sich. »Vielleicht bringen wir einen kleinen Fonds zustande, legen monatlich zwei Dollar auf ihren Namen in die Bank, für ihre Schulbildung. Na?« Die Männer zögerten und nickten dann widerstrebend. Mr. McGee als letzter. Er dachte immer noch an Arbeiterschaft und Kapital, von denen der Pfarrer behauptet hatte, daß sie gar nicht existierten. Darüber würde er heute im Bett nachdenken müssen.

Mrs. Wolfe nahm das Wort. »Die Kinder sind, wie ich höre, zwischen fünf und zwölf Jahren, Mr. Fletcher. Ich bin die Assistentin des Superintendenten der Sonntagsschule – meines Mannes. Ich werde mich persönlich um die Kinder kümmern.«

Aha, dachte Dr. McManus schadenfroh. Jetzt kommt die Revolution. Johnny errötete. Er betrachtete die Versammlung ernst und traurig.

»Ich habe vorhin zu Ihnen über den künstlich konstruierten Minderheitenbegriff gesprochen. Sie sind, glaube ich, darüber mit mir einer Meinung. Aber es gibt, wie ich gestehen muß, verschiedene Denkweisen, subjektive Welten. Keine davon ist gefährlich, außer, wir lassen es zu, indem wir ihnen tatsächliche Existenz verleihen.«

Er musterte sie besorgt und betete im stillen, daß sie ihm folgen möchten. Es waren schlichte, beschränkte Menschen. Und doch hatte Gott mit Seinen Gleichnissen solchen Menschen vieles erklärt. Sie waren vielleicht langsam, gewannen aber allmählich volles Verständnis.

»Wenn wir unsere persönlichen Meinungen, die nun einmal zur unermeßlichen Verschiedenheit der menschlichen Seelen gehören, in die Wirklichkeit umsetzen, begehen wir einen schweren, logischen Irrtum. Hier ist beispielsweise eine späte Rose. Ich nenne sie rot; wir alle stimmen darin überein, daß sie rot ist. Aber hätten wir in diesem Augenblick die Macht, sie mit den Augen anderer zu sehen, so würden wir vielleicht eine Farbe erblicken, die wir nicht rot nennen. Wer sagt uns, ob die subjektive Farbe, die wir sehen, objektiv auch zutrifft? Wer wagt es, uns zu sagen, daß wir unrecht haben? Und wie, wenn andere zur Überzeugung kämen, wir seien gefährlich, weil wir diese Farbe als eine ganz andere bezeichneten, und uns daher unterdrückten? Wie kann man eine Seele, die subjektiv ist, zwingen, sich objektiven Illusionen zu fügen?«

Sie folgten ihm instinktiv, waren aber doch zugleich verwirrt. Johnny wandte sich an Dr. McManus, der boshaft grinste. »Doktor«, sagte er, »Sie nehmen jede Woche viele Operationen vor. Sie werden mir zugeben, daß der menschliche Körper zwar im allgemeinen ungefähr gleich gebaut ist, aber jeder einzelne sich doch in einzelnen Teilen vollkommen von allen anderen unterscheidet und einzig in seiner Art ist. Sie werden mir auch zugeben, daß kein einziger Mensch auf eine gegebene geistige oder körperliche Situation genau gleich intensiv oder auf die gleiche Weise reagiert.«

»Schön und gut. Zugegeben«, meinte Dr. McManus während er sich eine neue Zigarette ansteckte. Er blinzelte Johnny zu. »Einen schönen Vortrag haben Sie bisher gehalten. Nur weiter damit.«

Johnny seufzte. Graue Erschöpfung begann sich seiner zu bemächtigen. Er schloß einen Moment die Augen und betete um Hilfe.

»Kein einziges Blatt, kein Baum, kein Berg, keine Welt und kein Mensch gleicht ganz genau dem anderen. Das ist eben die Schönheit von Gottes Schöpfung. Keine Einförmigkeit, kein Zwang. Einförmigkeit ist der Tod der Seele. Und darum gibt es so viele scheinbar — wohlgemerkt, scheinbar! — verschiedene Religionen auf der Welt. In Wirklichkeit aber sind sie gar nicht verschieden. Es sind nur einige unter zahllosen Anschauungsweisen Gottes, sei es die christliche oder jüdische, der Islam, der Buddhismus oder eine andere. Es hat immer nur einen einzigen Hirten gegeben. An uns liegt es, geistig eine einzige Herde zu sein.«

Er erhob sich, und aller Augen ruhten nun auf ihm.

»Und darum muß ich Ihnen etwas sagen, was Sie nicht wissen, und dann Ihre Entscheidung abwarten, ob Sie mich als Ihren Pastor hier haben wollen oder nicht.«

Sie waren erstaunt. Sie richteten sich auf ihren Stühlen auf.

»Lassen Sie mich erzählen. Ich habe diese Kinder nun beinahe ein Jahr lang. Ich habe ihnen zugehört, wenn sie böse Träume hatten. Ich habe die ganz wenigen Anhaltspunkte gesammelt, die sie nichtsahnend über ihre Herkunft gaben.« Er holte tief Atem. »Ich habe unerschütterliche Achtung vor der Individualität des Menschen, vor seinen Wurzeln sozusagen. Vor allem aber müssen Kinder richtig Wurzel schlagen können; denn ohne solche entbehren sie der subjektiven Geborgenheit. Und so habe ich entdeckt, daß Kathy und die kleine Emilie aus protestantischen, Jean und Pietro aus katholischen Familien stammen. Und Max, der von ihnen allen am ärgsten gelitten hat, ist Jude. Alle diese Bezeichnungen sind subjektiv, aber diese Kinder haben ein Recht auf ihre Abstammung, auf ihren geistigen Standort; sie sollen wissen, daß sie zwar verschiedene Glaubensbekenntnisse, aber nur einen Hirten, nur einen Gott haben.«

Mr. Krantz platzte heraus: »Der eine ist Jude? Und zwei Katholiken?« Er war entsetzt.

»Wollen Sie damit sagen«, fragte Mr. Lovitt empört, »daß Sie, ein protestantischer Pastor, tatsächlich drei von den Kindern nicht protestantisch erziehen wollen? Glauben Sie denn nicht an Ihre eigene Religion?«

Entrüstetes, beleidigtes Stimmengewirr füllte den Saal. Jeder wandte sich geräuschvoll an seinen Nachbarn. Rufe schwirrten wie ein Mückenschwarm durcheinander. Hände fuchtelten und gestikulierten. Johnny wartete stumm, und Dr. McManus sah forschend in sein verdüstertes Gesicht.

»Kommt nicht in Frage«, sagte Mr. Krantz entschieden.

»Natürlich nicht«, sekundierte Mr. McGee.

»Lächerlich«, meinte Mr. Wolfe.

»Gar nicht daran zu denken«, erklärte Mrs. Sherwood, aufs neue empört. »Was würde die Gemeinde dazu sagen?«

»Es ist beleidigend«, stellte Mrs. Williams fest. »Eine Beleidigung für unsere Kirche.«

Plötzlich hielten sie inne und wandten sich vorwurfsvoll an Dr. McManus. »Sie haben kein Wort dazu gesagt«, rief Mrs. Sherwood. »Und dabei sind Sie Oberkirchenrat!«

Aber Dr. McManus sah Johnny schadenfroh an. Er breitete die Hände aus. »Tja, das ist das Ende von Ihrem subjektiven Vortrag, mein Junge. Packen Sie lieber Ihre Koffer.«

Er wandte sich an die anderen, die nun erröteten. »Ich wußte ja, daß er nicht der Richtige für uns war. Ich sagte es ihm auch. Stellen Sie sich nur vor, was er von uns hielt! Er beleidigte uns, indem er uns für anständige, mitleidige, verständnisvolle Menschen hielt! Er glaubte wirklich, wir wären anders als alle anderen! Eine Beleidigung, sage ich!«

Sie wurden alle ganz still. Nur die Augen, die unverwandt geradeaus blickten, blinzelten verräterisch. Der Doktor kicherte leise.

»Nun?« fragte Johnny, als das Schweigen gar zu drückend wurde.

Die Männer wandten sich stumm einander zu; die Frauen ebenso.

»Wir wollen keinen Pfarrer, der uns für besser hält als andere Leute«, fuhr Dr. McManus fort. »Wir wollen einen Pfarrer, der weiß, daß wir Lügner sind, daß wir unverfroren lügen, wenn wir Gott unseren Vater und den Nächsten unseren Bruder nennen. Wir wollen einen, der uns in Ruhe läßt, nicht uns zwingt, unsere Religion der Duldsamkeit, Güte und Liebe in die Tat umzusetzen. Denn wir wissen, wir haben keine solche Religion.«

Mrs. McGee, die Vorsitzende des Damenkomitees, lief puterrot an und fuhr wütend auf den Doktor los. »Wir sind doch Christen!« rief sie.

»So?« fragte Dr. McManus. »Ich habe noch nichts davon gesehen. Ein kluger alter Bursche hat einmal gesagt: ›Es hat nur einen Christen gegeben, und der wurde gekreuzigt!‹ Recht hatte er. Lesen Sie Ihre Zeitungen; betrachten Sie die Geschichte. Christen? Natürlich sind wir keine und sind es nie gewesen. Keine Menschenseele unter uns.«

Er zündete sich abermals eine neue Zigarette an, während sie ihn beschämt und zornig anstarrten.

»Und darum will ich diese Kirche niederreißen lassen. Hab' eine hohe Hypothek drauf. Wir brauchen einen Parkplatz in dieser Gegend. Der bringt was ein. Kann immer noch ein bißchen Geld brauchen. Drum werde ich diese Kirche niederreißen lassen. Brutstätte der Heuchelei. Hasse Heuchelei über alles auf der Welt.«

»Ihres Vaters Kirche!« wandte Mr. Schoeffel betreten ein.

Dr. McManus nickte finster. »Ganz recht. Und da fällt mir ein, der war vielleicht ein Christ. Oder doch beinahe einer, so gut er's eben konnte. Aber der würde keine Kirche wünschen, die keine christliche mehr ist; darum wird sie niedergerissen.«

»Wenn Sie glauben, Sie können uns hier tyrannisieren —« preßte Mrs. Sherwood hervor. Tränen standen ihr in den Augen.

»Ich tyrannisiere Sie nicht, meine Gnädigste. Ich sage Ihnen nur die Wahrheit.«

»Ja, allerdings. Sie sagen uns, wenn wir uns mit Mr. Fletcher nicht über die religiöse Erziehung der Kinder einigen, werden Sie die Kirche niederreißen lassen.«

Er drohte der armen Frau zornig mit dem Finger. »Das habe ich nie gesagt! Mich kümmert's einen Dreck, ob er und seine Bälger hierbleiben oder nicht. Offen gesagt, ich wollte ihn gar nicht hier haben und will ihn auch jetzt nicht! Der mit seinem Christentum! Macht alles so verdammt unbequem. Ich stimme gegen ihn.« Er maß sie langsam und durchdringend. »Nun? Wofür stimmen Sie?«

Johnny drückte die Augen zu, und die graue Erschöpfung wich von ihm. Er hörte Geräusche um sich her, Gemurmel, Geknurr, Geflüster, hörte Bewegung und Stühle rücken. »Na los, stimmen Sie ab«, mahnte der Doktor gereizt. »Hab' heute abend noch fünf Spitalfälle. Eine Stimme dagegen; das ist meine.«

»Aber die übrige Gemeinde?« forschte Mr. Wolfe.

Johnny schlug die Augen auf. Er sah ihnen allen ins Gesicht, durchdringend, aber gütig und mitleidig. Die Damen schluckten. Die Männer schneuzten sich.

Und dann schrie Mr. McGee: »Ja!« Und er hieb mit der Faust auf den Tisch, daß Teller und Tassen klirrten.

»Ja!« stimmten die anderen, Männer und Frauen, aus Leibeskräften ein.

Sie strahlten; sie leuchteten förmlich vor Freude und Liebe, und Entschlossenheit sprach aus ihren Mienen. Sie lächelten nun alle voll Wärme Johnny zu und schüttelten ihm über den Tisch hinweg die Hand. »Wir wollen Ihnen helfen«, erklärte Mr. Krantz. »Zum Teufel, schließlich bin ich doch ein Christ, nicht wahr?«

»Ja«, erwiderte Johnny. »Wir sind alle Christen.« Er sah Dr. McManus an und wiederholte: »Wir alle sind es.«

Eine gehobene Stimmung hatte sich der Damen und Herren bemächtigt. Sie strahlten vor Freude und Liebe. Jeder sah seinen Nachbarn an, als entdecke er an ihm einen entzückenden Fremden, der Zuneigung und Verständnis verdiente. Hände fanden sich zu scheuem Druck. Tränen liefen den Frauen über die Wangen, helle Freudentränen.

Johnny stand auf, und alle folgten seinem Beispiel wie ein Mann.

»Lieber Gott, unser Vater«, betete er, »siehe liebevoll herab auf Deine Kinder, denn wir sind erlöst von Finsternis, Haß und Unwissenheit. Segne uns, Vater, und verleihe uns Kraft und Mut; laß Dir unsere Reue und unsere Buße gefallen. Sei uns gnädig, allmächtiger Gott, und sei unser Fels in diesem öden Land. Im Namen unseres Herrn Jesus Christus. Amen.«

Nachher umdrängten sie ihn, als suchten sie Trost bei ihm. Hände berührten seine Schultern, Arme, Hände. Nie in seinem Leben hatte er so helle Freude erlebt, und Demut erfüllte sein Herz.

Er begleitete sie zur Tür. Dr. McManus ging neben ihm. Er beugte sich zu dem Alten und flüsterte ihm lächelnd und rasch zu: »Wer ist denn jetzt der Heuchler?« Und lachte leise.

9

Der Regen hatte aufgehört, aber die Sonne schien nicht. Eine Vorahnung des Herbstes hing wie ein schwermütiger Nebel in der Luft, obwohl die Bäume noch in vollem Grün standen und das schmale Rasenstück rund um das Pfarrhaus von Hochwürden John Kanty Krupszyk das giftige Leuchten künstlichen Grases aufwies. Johnny konnte die düstere, jetzt im Frühherbst besonders trostlose Straße durch die hohen Fenster der erstaunlich großen Bibliothek sehen. Er schloß daraus, daß dies Zimmer wohl nicht nur als Bibliothek, sondern auch als Studierzimmer und Salon diente, und kaum sichtbare Spuren an der Decke verrieten denn auch, daß man hier Trennwände niedergerissen hatte. Pater Krupszyks Schreibtisch war zweifellos sein Privateigentum, auf das er stolz war. Er war mit Leder überzogen, aus beinahe schwarzem Holz und hatte vergoldete Griffe und Schnitzwerk an den Seiten.

Johnny saß neben dem Schreibtisch, und der Priester saß dahinter. Jean und Pietro standen links und rechts von Johnny, und er hielt ihre Hände mit festem Griff. Sie musterten den Priester mit ehrerbietigem, aber doch verzehrendem Interesse, zugleich mißtrauisch, wie gegen jeden Fremden. Er wiederum fühlte ihre Angst und Unsicherheit und redete sie nicht sogleich an, sondern lächelte ihnen nur hie und da rasch zu. Er hatte dem jungen Pastor zugehört, die tiefliegenden, grauen Augen auf Johnnys Gesicht gerichtet.

Der Priester war, wie Dr. McManus gesagt hatte, in den Dreißigern, war hochgewachsen und muskulös wie ein Athlet. Seine Bewegungen waren sicher und gut aufeinander abgestimmt, gar nicht nervös oder fahrig. Er hatte einen großen, dunkelblonden Kopf, ein breites, kräftig gerötetes Gesicht und einen Mund, der Entschlossenheit verriet. So von ungefähr betrachtet, war er bloß ein stämmiger, starker Priester mit breiten Bauernhänden und außergewöhnlich großen Füßen. Schaute man ihm aber in die festen, durchdringenden Augen, so gewahrte man darin eine unerhörte Geistigkeit, Entschlossenheit und Tapferkeit, nicht allzusehr von Milde angekränkelt und vollkommen bar jeder Illussion.

»Also taufte ich sie«, erzählte Johnny eben, »und zwar bedingt. Ich bin aber überzeugt, daß sie Katholiken sind.«

Der Priester lächelte. »Bedingt«, wiederholte er. »Das ist ein katholischer Ausdruck.« Es zuckte um seine hellblonden Brauen. »Aber wie Sie mir erzählten, waren Sie ja Feldkaplan und hatten als solcher einen Priester zum Freund.« Er hielt inne und betrachtete Johnny. Er hatte dessen lange Geschichte schweigend angehört; zuweilen hatte er zweifelnd, zuweilen sogar ungläubig den Pastor scharf betrachtet. »Ich freue mich, daß Ihr Kirchenrat und Ihr Damenkomitee sich von Ihnen überzeugen ließen. Aber mit der übrigen Gemeinde werden Sie doch viele Schwierigkeiten haben, wissen Sie.« Er hustete. »Besonders mit den Frauen. Ich weiß Bescheid. Wir haben ja auch die Kongregation und die geistlichen Schwestern in unserer Schule. Frauen haben von Natur ein gutes Herz für Kinder, aber sie können sehr – schwierig sein.«

Auch er war Pfeifenraucher wie Johnny. Eine große Vase mit Gladiolen in vielen leuchtenden Farben stand auf dem Schreibtisch. Er sah unverwandt auf die Blumen und dachte nach.

»Sehr ungewöhnlich«, meinte er dann. »Ein Pastor, der zwei seiner Adoptivkinder katholisch erziehen läßt. Die Nonnen werden sich darüber aufregen, daß die Kinder bei Ihnen wohnen bleiben sollen; sie werden unser eigenes, kleines Waisenhaus empfehlen. Sehen Sie, Mr. Fletcher, es liegt nun einmal in der Menschennatur, der Menschennatur zu mißtrauen. Ich werde nachdrücklich mit ihnen reden müssen, werde ihnen sagen müssen, daß Sie das ja auch hätten unterlassen und die Kinder nach Ihrem Sinn erziehen können. Dadurch werden sie freilich Ihnen gegenüber zunächst noch mißtrauischer und argwöhnischer sein. Sie werden sich fragen, was Sie wirklich damit bezwecken.«

Er musterte Johnny mit durchdringenden Blicken, aber der lächelte nur. »Ich weiß Bescheid über die Menschennatur. Ihr Kern ist in Ordnung, wenn man erst durch die tierischen Schichten von Argwohn und selbstsüchtiger Berechnung dazu vorgestoßen ist.«

Der Priester entgegnete: »Ich habe nun schon geraume Zeit mit Menschen zu tun. Wird ihnen etwas aus purer Güte und christlicher Nächstenliebe angeboten, so ist ihr erster Gedanke, was für einen Haken die Sache haben könnte. Feine Einstellung das, nach zweitausend Jahren Christentum! Ja«, fügte der Priester offenherzig hinzu, »ich dachte selbst genauso, als Sie mich heute früh besuchten.«

»Warum?« fragte Johnny.

Der Priester zuckte mit den Schultern. »Ich sagte es Ihnen schon; ich bin nur ein Mensch. Ich fragte mich immer wieder: was steckt eigentlich dahinter? Ein protestantischer Pastor, der zwei Kinder hat, erklärt, er sei bei seiner Ehre verpflichtet, sie in einer anderen Religion zu erziehen, und nun gar in der katholischen! Wäre es nicht logischer, zu denken, daß er sie zu Protestanten machen möchte? Ich bin überzeugt, jeder Pastor und jeder Priester würde sich dieselbe Frage stellen und an Ihren wahren Absichten zweifeln.« Abermals lächelte der Priester, und sein Lächeln war plötzlich voll Güte und leisem Staunen, als er nun verlegen hinzusetzte: »Sehen Sie, wir begegnen ja so wenigen Christen im vollen Sinn des Wortes, nicht wahr?«

Johnny erwiderte das Lächeln. Er strich Pietro zärtlich über den bebenden Arm, und der gaffende kleine Junge beruhigte sich. »Ich weiß nicht«, versetzte er nachdenklich. »Ich bin vielen Christen begegnet, die nur nicht wußten, daß sie es waren. Wie zum Beispiel Dr. McManus. Und ich habe leider auch sehr stimmgewaltige Christen kennengelernt, die in Wirklichkeit Heiden waren, ohne Herz und Mitgefühl, ohne Mitleid und Güte.«

Der Priester nickte. Er öffnete eine Tür an seinem Schreibtisch und holte eine Flasche Wein und zwei kleine Gläser hervor. Er füllte sie bedächtig, die Stirn nachdenklich gerunzelt. Seine Stirn war sonnverbrannt und ungewöhnlich breit; die Haut löste sich auch schon, denn sie war von Natur eher weiß. Er reichte Johnny das eine Glas und sah ihn dann ernst an. »Auf einen Christen«, sagte er dann und nahm einen Schluck.

»Ich tue, was ich kann; aber es reicht nicht immer aus«, versetzte Johnny, plötzlich kleinmütig geworden. Der Priester warf ihm einen flüchtigen, mitleidigen Blick zu und nickte abermals. Er stellte sein Glas hin, drehte sich im Stuhl um und wandte sich gütig, aber doch streng an die Kinder: »Kommt, meine Kleinen.«

Die Jungen standen steif neben Johnny und rührten sich nicht. Er aber drang nicht in sie. Die durchdringenden Blicke des Priesters ruhten auf ihnen, und er hielt ihnen mit leicht gebieterischer Geste die Hände entgegen; er wartete geduldig.

Dann sah Jean verstohlen auf Johnny, und der Pastor lächelte ihm zu. Dann trat Jean entschlossen vor, packte Pietro an der zitternden Hand und zog ihn langsam mit sich, dem Priester entgegen. Aber sie blieben eben noch außer Reichweite seiner Hand stehen.

Johnny erklärte ihnen mit ruhiger Stimme: »Das ist Pater Krupszyk, Jungen. Ich habe euch heute morgen von ihm erzählt. Abbé, Jean. Padre, Pietro.«

»Padre!« schrie da Pietro und lächelte dem Priester mit blitzenden Zähnen im dunklen Gesichtchen zu. Er tat einen kleinen Luftsprung. Jean sah ihn streng verweisend an. »Nicht«, mahnte er.

Pietro aber grinste immer noch und beäugte den Priester mit einer gewissen ehrfürchtigen Schelmerei. Pater Krupszyk lachte. Er sagte zu Jean: »In Pietros Heimatland freuen sich die Priester immer, wenn die Kinder bei ihrem Anblick vor Freude hüpfen. Die Priester spielen zuweilen mit ihnen Ball oder laufen mit ihnen um die Wette, pflücken Blumen und knien auch mit ihnen vor Bildstöcken am Wege.«

»Wie Papa«, meinte da Jean, und seine strenge Miene entspannte sich etwas.

»Wie euer Papa«, bestätigte der Priester. Er hielt ihnen noch immer die Hände entgegen, und nun traten die Kinder langsam an ihn heran. Er legte jedem eine Hand auf die Schulter und studierte ihre Gesichter, und darüber leuchtete sein eigenes voll tiefem Mitleid und voll Liebe. Zu Pietro sagte er auf Italienisch: »Kleiner, ich bin dein Freund. Fürchte mich nicht.« Und zu Jean auf Französisch: »Ich bin dein Curé, dein Beichtvater, dein Freund, mein Kind.«

Die Kinder schauten ihn verblüfft an und suchten in längstvergessenen Winkeln ihres Gedächtnisses. Plötzlich lächelten sie. Der Priester hob impulsiv die Hand, und da – zu Johnnys Staunen, denn er hatte gedacht, die Kinder wüßten das nicht mehr – da knieten sie sogleich nieder und neigten den Kopf, und der Priester segnete sie. Das rührte Johnny so sehr, daß er schlucken mußte. Als die Kinder aufstanden, schloß der Priester sie kurz in die Arme. Dann öffnete er eine Lade seines Schreibtisches, holte zwei Rosenkränze mit schwarzen Perlen und silbernen Kreuzchen daran hervor und gab sie den Jungen. Sie betrachteten sie voll gespannter Neugier.

»Wißt ihr, was das ist?« fragte der Priester Jean.

Der Junge runzelte die Stirn; seine farblosen Augen blickten in die Ferne. Er drehte eine große Perle zwischen den Fingern, und dann brach es aus ihm hervor, mit der Stimme eines Schlafwandelnden, auf Französisch: »Vater unser –«

Nun rief Pietro, während er eine kleinere Perle anfaßte, plötzlich schrill: »Madre – Madre!« Wieder hüpfte er, diesmal vor Erregung. Er packte den Rosenkranz mit beiden Händen und drückte ihn freudig an die magere Brust. Der Priester schaute ihm liebevoll zu. Und zu Johnny sagte er: »Sie sind unzweifelhaft getaufte Katholiken und haben auch etwas katholischen Religionsunterricht genossen, der dann durch den Wahnsinn des Krieges unterbrochen wurde.«

Pietro lief auf Johnny zu und zeigte ihm den Rosenkranz. »Sieh! Sieh!« rief er. »Vittorio gehabt. Pietro gehabt. Verloren.«

Johnny setzte ihn auf sein Knie, und Pietro kuschelte sich an ihn und kicherte entzückt. Johnny strich ihm über die wirren, schwarzen Locken. Der Priester fragte Jean. »Erstkommunion. Weißt du, was das ist? Der Tisch des Herrn –«

Jean schwieg. Abermals schaute er suchend in die Ferne. Und dann murmelte er mit jener seltsam fernen Stimme: »Das Brot. Das Blut.«

»Ja«, sagte der Priester. Er sah Johnny an. »Er muß also vor langer Zeit die Erstkommunion empfangen haben.« Er seufzte. »Aber der Kleine, Pietro, der wohl nicht. Er muß zu jung gewesen sein. Offenbar hat ihm sein Bruder den Rosenkranz beigebracht. Der arme, fromme brave Bursche, der selber noch blutjung gewesen sein muß. Es gibt Zeiten«, setzte der Priester hinzu, und seine Stimme klang härter, »wo ich gegen meinen Willen bei dem Gedanken, was auf der Welt geschehen ist und wahrscheinlich wieder geschehen wird, bitter werde.«

Er drückte auf einen Knopf auf seinem Schreibtisch, und nach wenigen Minuten trat eine ältliche Nonne ein, begleitet von einer Frau in mittleren Jahren, die eine Schürze vorgebunden hatte. Johnny stand auf. »Das ist meine Schwester, Mrs. Sakowski, zugleich meine Haushälterin. Sie ist praktisch das Oberhaupt der Pfarre, und meines auch.« Mrs. Sakowski, die ebenso groß war wie ihr Bruder, lächelte Johnny reserviert und dem Priester mahnend zu. »Und das hier ist Schwester Sylvia«, stellte der Priester weiter vor. »Sie ist die Leiterin unserer Schule. Da die Schule nächste Woche beginnt, hielt ich es für angezeigt, daß sie die Kinder kennenlernt. Schwester Sylvia, das hier sind Jean Fletcher und Pietro Fletcher. Vielleicht möchten Sie ihnen die Schule zeigen und die Kirche auch.«

Die Nonne hatte ein helles Gesicht und braune Augen, die hinter Brillengläsern leuchteten. Sie war klein, rundlich und mütterlich, und die Kinder gingen sogleich zu ihr. Sie nahm sie bei der Hand und führte sie hinaus, gefolgt von Mrs. Sakowski. »Diese beiden!« sagte der Priester zu Johnny von Mann zu Mann. »Wenn die eine mir nicht – eine Predigt hält, dann tut's die andere. Schwester Sylvia, die ist überhaupt die richtige. Sie hat es nicht einmal gern, wenn ich ihre kostbare Schule betrete, und ich muß mich dort sehr zurückhalten. Sie glaubt offenbar, die Schule gehört ihr allein. Und meine Schwester glaubt, ich gehöre ihr. Die zwei sind sich nur über eins einig: daß nämlich ich ein armer Narr bin, den man leiten, führen und betreuen muß.«

»Weiß ich«, erwiderte Johnny verständnisinnig. »Ich habe eine Haushälterin, Mrs. Burnsdale.« Der Priester sah ihn mitleidig an, und dann lachten sie beide.

Dann erzählte ihm Pater Krupszyk von der Stadt. Er verhehlte nicht, daß er Mr. Summerfield verabscheute. »Ein Schurke«, sagte er kalt und nachdrücklich. »Er benützt seine Zeitungen dazu, Zwietracht, Haß und Hader in der Stadt und im ganzen Bezirk zu säen. Seine Leitartikel schreibt er in schlichter, gefühlvoller Sprache, damit ja keine Irrtümer entstehen können. Sie sind für den kleinen Mann berechnet. Er hat einmal versucht, höre ich, etliche Zeitungen in New York, Philadelphia und Pittsburgh zu kaufen. Aber Gott war gnädig, und geheimnisvollerweise wollte niemand an ihn verkaufen, obwohl etliche darunter praktisch bankrott waren. Darum konzentriert er sich auf Barryfield.«

»Erst versuchte er, mir freundlich entgegenzukommen. Er gibt sich als freireligiöser Christ, wie er sich selber nennt. Er lud mich zu sich ein, und ich besuchte ihn. Und da fing er doch von der ›armen polnischen Minderheit‹ in meiner Pfarre an. Nun sind meine Leute Amerikaner; sie wissen freilich, daß ihre Vorfahren Polen waren. Daß sie aber eine mißbrauchte Minderheit sind, das war ihnen früher nie eingefallen. Nun, Mr. Summerfield, der überzeugte sie davon. Und ob! Und dann redete er ihnen ein, daß sie von den Bergwerksbesitzern und Fabrikanten ausgebeutet würden. Der Pole ist von Natur kein mürrischer Mensch; er kann spielerisch und heiter sein. Aber nun wurden meine Leute mürrisch. Ich habe mich bemüht, den Schaden wiedergutzumachen, den Summerfield angerichtet hatte. Aber die Menschen lieben es, aus irgendeinem perversen Grund, sich für arme, jämmerliche betrogene Teufel zu halten. Irgendwie — wie, das habe ich noch nicht ergründet — schmeichelt das ihrem Selbstgefühl. Dabei kommen sie sich wichtig vor.«

Er nippte grüblerisch an seinem Wein, und es war, als sänken seine tiefliegenden Augen noch tiefer in ihre Höhlen. »Darum rotten sich jetzt die Kinder in meiner Pfarre zu Banden zusammen und raufen mit ihren Nachbarn, und es gibt unablässige Scherereien. Das ist natürlich genau das, was die Summerfields wollen. Und nun haben wir auch schon Arbeiterunruhen, die alle auf dieses Übel zurückgehen. Jetzt werden sie auf einmal von ihren Arbeitgebern ›unterdrückt‹. Nun, mir ist ja einiges bei ihnen gelungen. Ich kenne Mr. McGee, den Gewerkschaftsobmann, und der war darüber nicht weniger bestürzt als ich. Wir überzeugten gemeinsam die Arbeiter, daß die Werke ihnen zahlen, soviel sie nur können, und die Leute wollen nicht streiken. Erste Runde an uns!«

Er rückte kummervoll das Weinglas hin und her; den Kopf hielt er geneigt. Ein schwacher Lichtstrahl fiel auf sein Haar; es leuchtete sekundenlang wie dunkles Gold auf.

»Summerfield haßt mich. In seinen Artikeln erklärt er ziemlich unverblümt, ›die Hirten sind falsche Hirten‹, und wir sähen unsere Aufgabe darin, zu sorgen, daß unsere Leute arm, leichtgläubig und ausgebeutet bleiben. Wir sind im Bunde mit den reichen Bergwerksbesitzern. Wir wollen unsere Leute in der Unwissenheit belassen. Sehen Sie, ich sagte ihm haarscharf, was ich von ihm halte, was seine eigentlichen Beweggründe sind und wer er selbst eigentlich ist. Sagte ihm auch, ich würde ihn bekämpfen. Und wissen Sie, was er tat? Er schrieb an meinen Bischof.«

Johnny fragte erbost: »Und was schrieb Ihr Bischof zurück?«

Der Priester lächelte. »Das werde ich natürlich nie erfahren. Aber Summerfield greift jetzt meinen Bischof in Philadelphia an. Er hat einen Freund, der an einer dortigen Zeitung Chefredakteur ist, und er selbst schreibt ab und zu einen Artikel für diese Zeitung. Natürlich nicht unter seinem eigenen Namen. Aber ich erkenne seinen Stil.«

Schwester Sylvia kam mit den Kindern zurück, die sie stramm vor sich herführte. Sie lächelte Johnny freundlich zu. »Es sind sehr brave Jungen«, erklärte sie. »Die Schule gefällt ihnen. Jean sagt mir, Mr. Fletcher, daß Sie ihnen für etliche Monate eine pensionierte Lehrkraft bestellen wollen, damit sie dann gleich in ihre richtigen Klassen eintreten können.« Ihre Gläser funkelten Johnny leicht reserviert an. »Ich kenne eine vorzüglich geeignete Person.«

Johnny erwiderte sogleich: »Danke schön, Schwester. Ich hatte darauf gehofft.«

Die Brillengläser funkelten eitel Freude. »Wir werden uns sehr glücklich schätzen, den Jungen zu helfen.« Sie hielt inne. »Sie haben gute Manieren«, setzte sie dann ein wenig herablassend hinzu. »Ich muß Ihnen gratulieren. Verstehe nicht, wie Sie das zuwege brachten.«

Pater Krupszyk lachte, und die Nonne warf ihm sogleich einen strengen Blick zu, als hätte er etwas Frivoles gesagt. Den Jungen versetzte sie einen kräftigen Klaps auf den Kopf, den sie zu Johnnys Überraschung demütig hinnahmen.

Bewunderung für die ältliche Nonne erfüllte ihn. Beinahe kam er sich selbst wie ein Schuljunge vor, als sie sich nun ihm zuwandte.

»Und sie müssen jeden Morgen zum Katechismusunterricht kommen«, verlangte sie. »Vor den eigentlichen Schulstunden. Sie haben nämlich keine Ahnung vom Katechismus.« Sie beäugte Johnny vorwurfsvoll.

Da schrie plötzlich Pietro auf: »Papa ist gut, gut, gut!« und er funkelte die Nonne an.

Die, nicht faul und sichtlich geübt, funkelte zurück. »Benimm dich, benimm dich«, mahnte sie kalt, und Pietro fügte sich sogleich, zu Johnnys neuerlicher Überraschung. »Du hast einen guten Papa«, fuhr sie fort. »Du mußt ihm gehorchen und ihn ehren und lieben. Aber ich bin deine Lehrerin. Vergiß das nicht, mein Junge.«

Kummer und Sorge trübten Pietros hellen Blick, und er lief schutzsuchend auf Johnny zu. Der legte die Arme um ihn. »Schwester Sylvia hat recht, Liebling«, sagte er. »Sie will dir helfen, ein richtiger amerikanischer Junge zu werden, und wenn du nicht auf sie hörst, kann sie dir nicht helfen. Verstehst du?«

Jean bemerkte angewidert: »Pietro ist ein Dummkopf.« Er sah beifallheischend auf Schwester Sylvia.

»Das ist häßlich und böse, so etwas zu sagen, Jean. Vergiß nicht, dafür um Verzeihung zu bitten, wenn du beichtest.«

Jean, der Grimmige, der Wilde, fand kein Wort lauten Widerspruchs. Er nickte nur und murmelte: »Ja, Schwester.« Johnny traute kaum seinen Ohren.

Die Nonne maß die vier Mannsbilder in der Bibliothek mit einem langen, argwöhnischen, hochmütigen warnenden Blick; dann rauschte sie hinaus und ließ sie redlich zerknirscht stehen. »Ich hab's Ihnen ja gesagt – ein richtiger Dragoner«, meinte der Priester. »Ich höre, sie nennt mich zuweilen abfällig ›den Jungen‹. Damit ich nicht zu übermütig werde.«

Sie schauten alle ein wenig melancholisch drein bei dem Gedanken an Schwester Sylvia. Als Johnny sich zum Gehen anschickte, schüttelte ihm der Priester offen und freimütig die Hand. »Ich glaube, Gott hat Sie hierhergesandt, Mr. Fletcher, zu Seinem eigenen großen Zweck. Wir brauchen Sie. Aber ich muß Ihnen sagen, daß Sie Ihr gerüttelt Maß an Schwierigkeiten haben werden. Sie sind nämlich ein Christ, wissen Sie.«

Auf der Heimfahrt wurde Johnny zuversichtlicher. Es ging offenbar wirklich alles glatt. Er begann, übermütige Soldatenlieder zu singen, zum Vergnügen der Jungen. Sie fielen in den lustigen

Kehrreim ein und klatschten entzückt mit den Händen den Takt dazu. Nun schauten sie drein wie zwei ganz normale Jungen, und selbst Jeans unstete Augen blickten kindlicher in die Welt. Pietros Stimme klang rein, lieblich und stark. Johnny lauschte hingegeben der Schönheit dieser jungen Stimme. Ein Sänger, dachte er. Und plötzlich blendete ihn eine Vision: er sah sich selbst, älter, ergraut und stolz ganz vorn in der Metropolitan Opera sitzen, anläßlich von Pietros Debut in ›Aida‹. Er hörte die Beifallskundgebungen aufrauschen, und die Augen wurden ihm feucht.

Er wollte nicht an Jeans Operation denken, die nächste Woche stattfinden sollte.

Die Sonne war durchgebrochen, die klare Herbstsonne. Es roch nach Laub, das irgendwo brannte; aber das bildete er sich wohl nur ein. Es war ja schließlich erst Ende August. Und doch kündeten die Schatten unter den Bäumen, die Sonne auf Hauswänden und Dächern, ein Etwas in der Luft und die leichte Brise schon den Herbst an und mahnten an den Winter. Die Häuser schienen verschlossener und einsamer, die Straßen grauer.

Johnny machte einen kleinen Umweg, um den Jungen das Haus von Dr. McManus zu zeigen. Es stand in einem großen Garten mit einem eisernen Zaun, inmitten bescheidener Häuser. Die Rasenflächen waren scharf gestutzt, die Bäume standen vereinsamt. Dahinter erhob sich das riesige, unschöne Haus im viktorianischen Stil mit seiner kiesbestreuten frischgeharkten Auffahrt. Johnny war überzeugt, noch nie ein so häßliches Haus gesehen zu haben; es strotzte nur so von hölzernen Türmchen, Erkerfenstern und düsteren Veranden. Zu allem Unheil war es safrangelb gestrichen, mit dunkelbraunen Zierleisten und Grundflächen. Keine Blumen weit und breit; nur dunkles Gesträuch mit glänzenden Blättern überwucherte die Veranden. Im Garten war kein Mensch zu sehen, und auch hinter den schmalen blankgeputzten Fenstern mit den Spitzenvorhängen war kein Anzeichen von Leben zu bemerken.

»Ein hübsches Haus«, meinte Johnny aus purer Nächstenliebe.

»Schrecklich«, erklärte Jean voll neuen Selbstbewußtseins.

»Nicht hübsch«, echote Pietro.

Da lehnte Jean den Kopf an Johnnys Schulter. »Gutes Haus, guter Doktor, guter Mensch.«

»Ja«, antwortete Johnny gerührt. Also dachte auch Jean an die Operation. Johnny drückte dem Jungen fest die Hand.

Männer waren auf dem Heimweg von ihrer Arbeit, gehetzte kleine Angestellte mit flachen Aktentaschen oder aber Männer mit schwerem Schritt, die Eßgeschirre trugen. Das waren seine Leute, dachte Johnny, als er langsam heimwärts fuhr und sie beobachtete, diese Männer mit den blassen und den rußigen Gesichtern, diese Männer mit ihren Sorgen und Hoffnungen, ihren Zweifeln und ihrer Unsicherheit, ihrem Kummer und ihren bescheidenen Vergnügungen, ihrem Ehrgeiz für die Kinder und ihrer Liebe zu ihren schwerarbeitenden, geplagten Frauen.

Er sah auf zu den malvenfarbigen Bergen, die im Licht der späten Sonne kalt und hell herniedergrüßten. Er sah die Häusergruppen dort oben, die Häuser schwerreicher Leute, stolz und zurückgezogen, halb unter den Bäumen versteckt. Und doch sind auch sie meine Leute, dachte er. Er sah das weiße Haus von Mr. Summerfield. Er holte tief Atem. Und auch er gehört zu uns, sagte er sich.

Morgen wollte er Max zum Rabbi führen. Er hatte sich schon angesagt. Der Rabbi war am Telefon etwas verlegen gewesen; die Stimme aber war voll und gütig. Nicht die Stimme eines alten Mannes, sann Johnny.

Er kam an der Kirche, seiner eigenen Kirche, vorbei, und diesmal erschien sie ihm mit ihrem verhungerten Turm noch trostloser. Über die raucherfüllte Stadt hin begannen Glocken zu läuten. Der Turm der Kirche Zum Guten Hirten blieb stumm. Johnny schmiedete insgeheim Pläne, die Glocken bei Sonnenuntergang zu läuten. Vielleicht würde seine erste Predigt am Sonntag davon handeln. Das Bedürfnis nach tröstendem Glockenton ...

»Schau!« rief da Pietro und streckte die Hand aus. »Der Doktor!«

Dr. McManus' Wagen, die lange schwarze Limousine mit dem Chauffeur, stand vor dem schäbigen, kleinen Pfarrhaus und blitzte und funkelte nur so. Johnny freute sich. Welche neuen Artikel von Mrs. Burnsdales Liste da wohl wieder persönlich geliefert wurden? Er parkte seinen bescheidenen alten Wagen hinter der Limousine und sprang heraus, gefolgt von den Kindern. Vielleicht konnte er den Doktor dazu bewegen, mit ihm und den Kindern zu essen.

Sie platzten in das kleine Vorzimmer hinein, und Johnny schrie übermütig: »Hello! Hello! Wir sind daheim!«

Aber alles blieb still. Zu den Fenstern fiel der schwache Schein der Abendsonne herein und ließ die gute Stube noch schäbiger erscheinen, woran auch der schöne, teure grüne Teppich, ein Geschenk von Dr. McManus, nichts ändern konnte. Mrs. Burnsdale hatte Johnnys Bücher ausgepackt, aber die standen wie verloren in dem lieblos zusammengezimmerten langen Bücherschrank an der Wand.

»Hello«, sagte Johnny noch einmal. Und plötzlich krampfte eine entsetzliche Ahnung sein Herz zusammen. Er lief ins Eßzimmer und weiter in die Küche. Dort brodelte auf dem neuen, weißen Herd behaglich ein würziges Gericht; aber die Küche war leer. Johnny versuchte, sich zu beherrschen. Die Abwesenheit von Mrs. Burnsdale und Kathy, von Emilie und Max ließ sich ja erklären; sehr einleuchtend sogar. Vielleicht waren sie in den nächsten Laden gegangen. Aber wo war Dr. McManus? »Hello!« rief Johnny abermals und stürzte auf die Treppe zu. Er spürte, wie ihm die Knie zu versagen drohten.

Eben wollte er im Sturmschritt die Treppe hinauf, als er oben einen schweren Schritt hörte. Dr. McManus erschien, unnatürlich massiv und breit, den Hut auf dem Kopf. Er sah stumm auf Johnny hinab und stieg dann schweigend die Treppe hinunter.

»Was ist los? In Gottes Namen, was ist los? Wo sind die Kinder?« schrie Johnny.

Dr. McManus antwortete nicht. Langsam und schwer stieg er herab, wobei die Stufen unter seinem Tritt erzitterten. Endlich langte er unten an. Er sah mit bösem Blick zu Johnny auf. »Setzen Sie sich und hören Sie mit dem verdammten Herumschreien auf«, sagte er beleidigt. Dann hielt er inne und sah in die erschrockenen Gesichter von Jean und Pietro. Es zuckte und bebte um seinen Mund. Johnny packte ihn am Arm, und seine Stimme klang heiser. »Es ist ein Unglück geschehen. Sagen Sie mir Bescheid. Lassen Sie mich nicht so warten.«

»Schicken Sie die Kinder spielen, auf den Hof hinaus!« erwiderte der Doktor, während er sich losmachte. »Vorwärts, hinaus mit euch zweien! Hinaus, hab' ich gesagt. Nun glotzt mich nicht so dumm an. Jean, du bist ein kluger Junge; führ Pete hier auf den Hof hinaus. Auf den Hof, hörst du? Nicht auf die Straße!«

»Jean, tu, was Dr. McManus gesagt hat. Ich sage dir Bescheid, wenn — etwas — los ist. Später. Bitte, Jean, mein Sohn.«

Jean schaute ihn aufmerksam an und gewahrte sein Entsetzen. Er lächelte ihn aufmunternd an. »Schon gut, Papa. Wir werden spielen. Pietro wird mit mir spielen.« Er nahm Pietro an der Hand und zog den Kleinen trotz seiner Schreie, in denen sich Neugier und Angst mischten, mit sich hinaus.

Aber Johnny sah nur auf Dr. McManus. Seine geschärften Augen entdeckten plötzlich Blutflecken an den Ärmeln des Alten.

Frisches Blut. »Max«, fragte er mit schwacher Stimme. »Emilie? Kathy? Mrs. Burnsdale? Ein Auto?«

»Nein«, erwiderte Dr. McManus, und seine piepsende Stimme triefte von Haß. »Kein Auto. Eine ältere Waffe. Menschlicher Haß, menschliche Bestialität. Setzten Sie sich, gleich dorthin. Gut, wenn Sie sitzen.«

Kalter Schweiß brach auf Johnnys Gesicht aus; es glänzte im Halbdunkel. Er schluckte, weil ihm plötzlich übel zu werden drohte; er verspürte einen salzigen Geschmack im Mund. Der Arzt stand vor ihm, die kurzen, klobigen Beine gespreizt, die Hände in den Taschen. Der Alte starrte ihn unbewegt an. »Ich hab's Ihnen gesagt, ich habe Sie gewarnt, Johnny. Menschen sind Menschen; Hunde sind Hunde. Ist dasselbe. Die Geschichte sprach sich herum, durch das Damenkomitee, in der Nachbarschaft. Ihre Pfarre. Mrs. Burnsdale und ich sehen noch nicht ganz klar. Die Mädel sind unversehrt; sind oben in ihrem Zimmer. Es ist Max.«

»Max«, wiederholte Johnny mit schwacher Stimme. Max mit dem trockenen, widerspenstigen Haarschopf, den verlorenen, verträumten Augen, dem blassen, leeren Gesicht, der kleine Max, der nachts immer nach seinem Vater rief. »Was ist ihm geschehen?«

»Mrs. Burnsdale schickte die Mädchen und Max spazieren, damit sie sich in der Nachbarschaft ein bißchen umsehen sollten. Ganz alltägliche, vernünftige Idee. Die neue Umgebung kennenlernen; ganz normale Idee. Bloß die Menschen, die sind eben nicht normal. Die Menschen sind Schweine. Gott verdamm' sie!« setzte der Doktor hinzu, und seine piepsende Stimme schnappte über, als weinte er innerlich.

»Max«, betete Johnny. »Ist Max –?«

»Nein, er ist nicht tot. Noch nicht, jedenfalls. Wir können ihn nicht transportieren; sonst würde ich ihn ins Spital bringen. Muß gleich zur Polizei fahren; hatte noch keine Zeit. Mußte rasch arbeiten. Halt, Sohn, Sie sind ja ein erwachsener Mann; Sie werden mir ja hier nicht ohnmächtig werden, und ich denke auch nicht daran, Ihnen Wasser oder Riechsalz zu bringen. Hören Sie zu!«

Aber er legte doch Johnny seine mächtigen Pranken auf die Schultern und hielt ihn mit herzhaftem Griff fest. »Max wird Sie brauchen, mein Junge, drum werden Sie mir hier nicht schwach wie ein Weib. Ja, er braucht Sie sogar jetzt gleich.«

»Ich weiß nicht genau, was eigentlich geschehen ist, und Mrs. Burnsdale auch nicht. Die Kinder gingen also fort, um sich ein wenig umzusehen, und Kathy, das vernünftige Mädel, kümmert sich um Max und die Kleine. Ganz einfach Kinder, die da scheu auf der Straße dahintrippeln. Und da kommen auch schon die anderen Kinder. Ja, die hatten schon von Ihnen und den Kindern gehört, von ihren Müttern nämlich! Mrs. Burnsdale schaut noch zum Fenster hinaus und denkt, ach, wie nett! Da kommen die Kinder und wollen mit den unseren spielen. Und geht wieder in die Küche zurück.«

»Ja, und dann hört sie plötzlich die Mädchen weinen und schreien. Etwa fünf Minuten später. Sie läuft zur Tür und da hilft auch schon Kathy Max über die Stufen herauf ins Haus, und die kleine Emilie läuft hin und her und hüpft herum und schreit wie verrückt, das arme Baby. Und Kathy will auch sie noch beruhigen. Aber Mrs. Burnsdale sieht nur Max. Max, mit einer klaffenden Wunde am rechten Kinn, bis hinunter an den Hals, er sieht aus wie ein Toter. Messerstich.«

»O Gott«, sagte Johnny und drückte die geballten Fäuste an die Stirn. »Was war denn nur geschehen?«

Dr. McManus antwortete: »Genau weiß ich das noch nicht. Das Mädel, Kathy, kann jetzt noch nicht darüber sprechen. Will nicht in sie dringen. Weiß bloß, daß so ein Hund von einem großen Jungen plötzlich anfing, Max einen schmutzigen Juden zu schimpfen. Zweimal so groß wie Max. Vielleicht gab ihm Kathy darauf eine Ohrfeige; vielleicht fing auch Max zu weinen oder zu schreien an. Jedenfalls begannen nun auch andere Jungen, ihn mit Püffen und Tritten zu traktieren. Und dann kam der große Junge. Weiß nicht, wie Mrs. Burnsdale sich seinen Namen verschaffte; aber es gelang ihr. Ich kenne seine Familie«, fuhr der Arzt fort, während Johnny abermals vor Schmerz stöhnte. »Der Vater erzeugt Zahnarztartikel. Bradford heißt er. Wohnt ein paar Straßen weiter von hier.«

Die Hände auf Johnnys Schultern ballten sich zu Fäusten. »Keine Sorge. Sid Bradford, den kriegen wir. Ein Junge von etwa vierzehn. Hätte längst in eine Besserungsanstalt gehört. Mamas Liebling. Ein großer, brutaler Affe. Schwachsinnig, hab' ich immer gesagt. Hat schon früher viel Schwierigkeiten gemacht. Max kam ihm eben zufällig in den Weg – He, Sie, nun fallen Sie mir nicht so im Stuhl zusammen, als hätten Sie eine in den Magen gekriegt.«

Aber der Arzt zog sich einen Stuhl dicht an den von Johnny heran und setzte sich ganz dicht neben ihn. Er schüttelte den ungeschlachten Kopf. »Gott verdamme sie alle miteinander«, sagte er, und wiederholte es haßerfüllt.

»Max«, flüsterte Johnny. »Ausgerechnet Max. Der es nicht ertragen konnte. Max, der allmählich zu vergessen begann.« Er sah Dr. McManus an. »Wie – schlimm –?«

»Hab' ihm Kinn und Hals mit zwanzig Stichen vernäht. Das Messer ging haarscharf an der Halsader vorbei, traf aber eine Arterie. Mrs. Burnsdale ist eine kluge, intelligente Frau. Rief mich sofort an; erwischte mich gerade beim Weggehen aus dem Spital. Trägt den Jungen nach oben und drückt ihm Leinenlappen auf die Wunde. Hat dem Jungen das Leben gerettet. Wenn Ihnen das ein Trost ist«, setzte er grimmig hinzu. »Ich habe eine Schwester bestellt und eine Bluttransfusion angeordnet. Der Junge ist aber nicht transportfähig; nicht wegen der Wunde, sondern –«

»Sondern?« fragte Johnny in bittendem Ton. Alles verschwamm ihm ringsumher.

Der Arzt zögerte. »Es wäre nicht zu empfehlen, ihn ins Spital zu bringen. Fort von Ihnen. Er braucht Sie. Und die Mädchen auch. Max würde wahnsinnig, wenn Sie nicht ständig bei ihm wären. Jetzt hab' ich ihm ein Beruhigungsmittel eingespritzt. Aber er will nicht einschlafen, obwohl ich ihm die Höchstdosis verabreicht habe. Gehen Sie lieber gleich zu ihm hinauf. Oder können Sie nicht?«

Johnny wollte sich erheben, aber die Knie versagten ihm vor Angst. Dr. McManus packte ihn rauh am Arm. »Hören Sie, Sie haben schon Schlimmeres gesehen. Das Kind ist jetzt wenigstens ruhig. Aber er starrt immer die Tür an und quasselt da auf deutsch vor sich hin. Er braucht Sie.«

Er half Johnny die Treppe hinauf. Er sah, daß die Tür zum Zimmer der Mädchen geschlossen war. Er hörte Mrs. Burnsdale mit heiserer Stimme ein Wiegenlied singen, hörte einen Schaukelstuhl knarren. Aber keine Kinderstimme antwortete; bleiern lastete das Schweigen ringsumher. Das Telefon klingelte schrill und beharrlich, aber niemand hörte es. Es läutete an der Tür, aber niemand kümmerte sich darum. Die Tür zum Schlafzimmer des Pastors stand offen, und Johnny ging, mit Hilfe des Arztes und der Wand, darauf zu. Dann hörte er ein schwaches, vertrautes Geräusch, das Flüstern von Max in seinen Angstträumen. Er riß sich zusammen, richtete sich auf und antwortete klar und deutlich: »Ja, Max! Ich bin's, dein Papa!«

Er trat mit entschlossenen lauten Schritten auf die Tür zu. Man hatte das Nachttischlämpchen eingeschaltet. Max lag in Johnnys Bett, in sich zusammengesunken und klein, als wollte er sich verstecken; er hatte kein Kissen unter dem Kopf. Sein Haar hob sich wirr vom weißen Bettuch ab; das totenbleiche Gesicht hatte er der Tür zugewandt. Aber in seinen hellbraunen Augen flackerten wilde Qual und Verzweiflung, und er flüsterte vor sich hin. Ein kleiner Junge, ein hilfloses Kind, so unschuldig, so zugerichtet von einer mörderischen wahnsinnigen Welt.

Johnny stand auf der Schwelle und erfuhr an sich, unvermittelt und zum erstenmal in seinem Leben, was Haß hieß; ein so ungeheuerlicher, überwältigender Haß packte ihn, daß er die Lust verspürte, zu morden. Er hatte sich oft gefragt, aus welchem Gefühl heraus man einen Menschen umbrachte; nun wußte er es. Es war eine Wallung des Blutes, ein Schwarzwerden vor den Augen, ein Krümmen der Finger zu Klauen.

»Nur sachte«, mahnte Dr. McManus mitleidig.

»Papa, Papa?« flüsterte Max und hob die eine Hand. Er verzog das Gesicht und begann still zu weinen. Sein Hals steckte in einem dicken Verband. »Papa, bist du's?«

Johnny trat zu ihm und kniete am Bett nieder. Er nahm Max' unruhige Hand und hielt sie fest umschlungen. Er küßte zärtlich die eingefallene Wange. Er lächelte ihn aufmunternd an. Zum erstenmal in Johnnys Leben richteten sich seine Gedanken nicht sogleich instinktiv auf Gott. Nun war es dunkel und stumm, wo bisher das Licht gewartet hatte, sicher, strahlend, unerschüttert. Ein eisernes Tor war zugefallen zwischen ihm und Gott, und seine eigene Hand hatte sie in verzweifelter Wut, in Haß und Leid zugeworfen.

Er wußte nicht, daß er seinen Kopf neben den von Max gelegt hatte, bis er eine leichte, tastende, suchende Berührung auf seiner Wange spürte. Max hatte ihn gesucht. Das rosige Licht der Lampe überzog Johnnys Augen mit einem verschwimmenden Schleier. Der Kopf war ihm unendlich schwer, dann sah er das Gesicht von Max ganz dicht neben sich. Max lächelte kaum merklich, das schüchterne Lächeln eines Kindes. Aber seine Augen blickten klar wie nie zuvor, und sie waren voll Mitleid und Verständnis.

Johnny sah ihn an, und die brennende Wut, die sein Herz versehrte, wich allmählich einem freudigen Staunen. »Max?« murmelte er.

»Papa«, erwiderte Max mühsam, aber klar und deutlich. »Papa darf nicht weinen. Papa darf nicht — böse sein. Die Jungen — sie wußten nicht, was sie tun —«

Es zuckte schmerzlich in Johnnys Gesicht. Wer hatte das gesagt? »Vater, vergib ihnen, denn sie wissen nicht, was sie tun.« Ach, ja, aber sie wußten es doch immer, immer!

Dr. McManus stand neben dem Bett und senkte den Kopf, so daß sein Gesicht verborgen war. Er legte Johnny stumm die Hand auf die Schulter.

Das Gesicht von Max leuchtete, als erfüllte ihn eine neue Freude, ein neues Wissen. Etwas Farbe kehrte in seine Wangen zurück. Seine Hand wurde warm in Johnnys Hand. Und dann drückte er Johnny die Finger, wie ein Vater einem verbitterten Kind begütigend die Hand drückt.

»Sie wußten nicht, was sie tun – das weiß ich, Papa.«

Er seufzte tief, schloß die Augen und schlief ein.

»Sie können ihn jetzt allein lassen«, erklärte Dr. McManus mit belegter Stimme. »Und eine Stimme sagt mir, daß Sie sich um dies Kind nicht mehr zu sorgen brauchen – ich meine, um seine Angstträume. Er wird keine mehr haben. Er weiß zu viel – jetzt. Er wird nie mehr verloren sein.«

Max schlummerte friedlich beim Schein der Lampe. Johnny stand auf und legte die Hände vor das Gesicht. Die eiserne Tür war aufgesprungen. Das Licht strahlte wieder kräftiger, siegreicher denn je. Vater, vergib mir, betete er bei sich.

Er ging in das Mädchenzimmer. Hier fiel grelles Licht von einer Milchglasbirne in den Raum. Mrs. Burnsdale, die furchtlose kleine Frau, schaukelte allein im Stuhl. Sie summte unablässig ein Wiegenlied. In einer Ecke kauerten Kathy und Emilie dicht aneinandergedrängt; die Ältere hielt die Kleine grimmig und eng umschlungen. Als Johnny eintrat, blitzten ihm ihre Augen entgegen – voll Wut und Haß und Schrecken wie einst in Salzburg. Sie bedeckte Emilies Gesicht schützend mit den Armen; ihr schönes, gelbes Haar war zerrauft. Emilie winselte wie ein verschrecktes Kätzchen, drängte sich noch enger an Kathy und klammerte sich an sie. Die hübschen Baumwollkleidchen der Kinder waren blutbesudelt.

»Kathy?« fragte Johnny. Sie antwortete nicht. Sie starrte ihn unverwandt an, verängstigt, wachsam und wild wie ein Tier.

»Nanu«, meinte Dr. McManus, »was macht denn unser kluges Mädel dort auf dem Boden, wie ein Kaninchen? Unser vernünftiges Mädel, unsere Kathy.«

»Hab' sie noch nie so gesehen«, sagte Mrs. Burnsdale müde. »Nicht einmal am ersten Tag. Ich rede und rede auf sie ein, und es ist, als hörten und kennten sie mich nicht.« Sie zeigte Johnny eine lange, kräftige Kratzspur an ihrem rundlichen Arm. »Das tat Kathy, das arme kleine Ding, als ich sie umarmen wollte, nachdem sie Max hereingebracht hatte. Und die kleine Emilie versteht gar nichts; sie meint nur, es ist alles wieder so wie früher.«

Johnny nahm den zerkratzten Arm und half Mrs. Burnsdale aufstehen. Dann zog er sie mit sich, auf die Kinder zu. Kathy schreckte zurück und umschlang Emilie fester. Schweigen stand wie eine Wand zwischen ihnen. Johnny hob Mrs. Burnsdales Arm und zeigte Kathy die Kratzwunde. Sie sah sie an, leckte sich die Lippen und schoß wilde Blicke nach Johnny.

Er fragte: »Das hast du Mrs. Burnsdale angetan, Kathy? Mrs. Burnsdale, die dich liebt, dich kämmt, für dich kocht und wäscht und dich betreut? Kathy, du hast das getan?«

Kathy gab nur einen einzigen Laut von sich – ein grauenvolles Knurren. Johnny kannte es. Also hatte sich Kathy in ihrer Angst und in ihrem Mißtrauen wieder zurückgezogen, dahin, wohin Max nie mehr zurückkehren würde Die Wunde war nicht an ihrem Leibe sichtbar, wohl aber litt ihre Seele daran.

Dr. McManus trat näher, hockte sich nieder und musterte Kathy. »Und ich dachte immer, dieses Mädel sei vernünftig.« Er piepste beinahe gar nicht mehr. »Ich will dir eine Geschichte erzählen. Einmal wurde mir und meiner Frau ein Mädel geboren, eins wie du, Kathy. Aber meine Frau starb.« Er hielt inne, hustete und räusperte sich. »Und dann starb auch das kleine Mädel. Es hatte gelbes Haar wie du, Kathy, und auch blaue Augen wie die deinen. Ich dachte, du wärst nun an ihrer Statt mein kleines Mädel geworden; wenn sie nicht gestorben wäre, würde sie so sein wie du. Oder vielleicht auch nicht. Sie wäre nicht so dumm gewesen.«

Kathy blinzelte unsicher, schaute aber unverwandt auf den Arzt.

»Mein eigenes Mädel hätte daran gedacht, wie sehr ihr Vater sie liebt. Sie hätte niemand weh getan, so wie du es getan hast und jetzt wieder tust. Sie hätte ihrem Vater vertraut.«

Kathys rundes Gesicht, sonst so gesund und gerötet, war totenblaß und starr.

Nun nahm wieder Johnny das Wort. »Kathy, Max ist gut aufgehoben. Es geht ihm schon viel besser. Er wird nie mehr Angst haben. Denn siehst du, er vertraut mir und weiß, daß ich ihn lieb habe, und er weiß auch, daß der Junge, der das tat, krank war. Hier im Kopf. Und daß er für seine Grausamkeit nichts konnte. Etwas anderes machte ihn so. Er braucht unser Mitleid.«

Ein sonderbarer, schlauer Ausdruck huschte über Kathys Gesicht; sie kniff die Augen zusammen.

»Und in Europa auch? Da waren die Leute auch krank? Auch Mitleid für sie?« Sie sprach langsam und lauernd.

Johnny schaute ihr voll ins Gesicht. »Ja, Kathy. Ja, Kathy.«

Die krampfhaft verschlungenen Arme, die die kleine Emilie festhielten, lockerten sich etwas, und die Äuglein der Kleinen lugten hervor und hefteten sich zutraulich auf Johnny. »Papa?« wimmerte sie und strebte aus Kathys Umarmung.

Aber Johnny wiederholte, zu Kathy gewandt, in tieferem, vollerem Tone: »Ja, Kathy.«

Abermals hüllte sich das ältere Mädchen in Schweigen. Sie leckte sich fortwährend die Lippen. Nun starrte sie nicht mehr auf Johnny; sie schaute zu Boden und wohl in sich hinein. Als Emilie sich losmachte, hinderte Kathy sie nicht. Die Kleine richtete sich mühsam auf und lief mit ausgestreckten Ärmchen auf Johnny zu. Er fing sie auf, hob sie auf den Arm und drückte sie an sich, und ihr langes, wirres Haar wallte ihr um das kleine Gesicht.

Und nun tat Kathy einen leisen Schmerzensschrei, und Tränen stiegen ihr in die Augen. Mit einem einzigen, raschen Sprung war sie auf den Beinen. Aber sie lief nicht auf Johnny zu, sondern auf Mrs. Burnsdale, hob ihren Arm hoch, schrie abermals schmerzlich auf, während sie die Kratzwunde betrachtete, die sie ihr zugefügt hatte, und küßte sie unter Tränen und Schluchzen immer wieder. Mrs. Burnsdale beugte sich zu ihr und legte die Wange an den Kopf des Kindes.

»Schon gut, darfst nicht mehr weinen«, tröstete sie. »Der Arm heilt bald wieder zu, keine Sorge. Du wolltest mir ja nicht weh tun, nicht wahr?«

Aber Kathy schluchzte immer noch und hielt zerknirscht den Arm fest. »Krank im Kopf! Krank im Kopf! Wie der Junge!«

»Ja, Liebling«, erwiderte Johnny.

Nun strahlte Kathy, und ihre runden blauen Augen leuchteten. Sie trat zu Johnny, nahm seine Hand, richtete sich auf die Zehenspitzen auf und gab ihm einen Kuß. Dann lief sie zu Dr. McManus und küßte auch ihn. »Ich bin dein Mädel«, erklärte sie. »Zuerst Papas Mädel, dann deins.«

»Nun, dazu mußt du aber viel braver werden«, knurrte der Doktor und strich ihr rauh über das wirre Haar. »Hab' dich für vernünftiger gehalten. Mein Mädel.«

Und da warf Mrs. Burnsdale ein: »Ach, du meine Güte! Das Schmorfleisch steht auf dem Herd! Kathy, komm gleich mit mir hinunter und hilf mir! Schau, draußen ist es schon dunkel. Und der Tisch noch nicht einmal gedeckt.«

»Ja«, meinte Kathy und folgte Mrs. Burnsdale hinaus. Die anderen schlossen sich an. Johnny trug Emilie, die schon gähnte. Max schlummerte noch immer friedlich.

Jean und Pietro warteten unten in dem häßlichen kleinen Salon. Pietro hockte zusammengerollt, verschüchtert und mit großen, ängstlichen Augen auf einem Stuhl. Aber Jean war ganz ruhig und ernst. Er sagte zu Johnny: »Leute haben angerufen. Tut ihnen sehr leid, das mit Max, sagen sie. Haben mir erzählt, was mit Max war.«

Johnny blieb stehen und betrachtete Jean forschend und voll Sorge. Jean aber lächelte traurig. »Also, Papa, es fängt wieder an, ja?«

Johnny legte ihm die Hand auf die Schulter. »Jean, es hat nie aufgehört. Es wird auch nie aufhören. Bis die Menschen Gott kennen.«

Jean dachte eine Weile mit grübelndem Blick in den farblosen Augen darüber nach und nickte dann. »Ja, ich verstehe schon. Das ist die Welt. Ja.« Und nun lächelte er froh und ungetrübt. »Aber ich fürchte mich nicht. Mit Papa nicht.« Und zu Pietro gewandt, mahnte er streng: »Komm, wir waschen uns die Hände und kämmen uns und helfen Kathy. Es gibt Arbeit.«

Dr. McManus räusperte sich. »Um diese Kinder brauchen wir uns nicht mehr zu sorgen. Jemand hat ihnen heute eine Lehre erteilt, die sie nie mehr vergessen werden.«

10

Nur, wenn er unter »dem Volk« weilte, bediente sich Lars (»Swede«) Swensen, der aber kein Schwede war, jenes derben Englisch, das er und so viele andere für den richtigen Ton zu »den Arbeitern« betrachteten. Er wußte recht gut, daß die Arbeiter meist junge Leute mit abgeschlossener höherer Schulbildung, in vielen Fällen auch Collegebildung, waren und daß schlechtes oder derbes Englisch sie instinktiv abstieß. Er arbeitete jedoch unbeirrt weiter nach seinem Grundsatz, der da hieß »Verführung durch Schmeichelei«. Indem er vor diesen Arbeitern den rauhen Biedermann spielte, verschaffte er ihnen die glückliche Illusion, ihnen trotz seines wohlbekannten Reichtums unterlegen zu sein, und darum hörten sie ihm wohlwollend zu. Er stand außerdem in den Fünfzigern und verkörperte für sie die »entrechtete« ältere Generation, die es nicht so gut gehabt hatte wie sie selber. Seltsamerweise waren sie böse mit ihren Eltern, wenn diese den genannten Vorkämpfer der Massen verdächtigten; ältere Leute, meinten sie dann untereinander, waren eben zu unwissend, um die Lage zu erfassen.

Swensen benützte aber seine Verführung durch Schmeichelei noch zu einem unheilvolleren Zweck. Es gelang ihm tatsächlich, zehntausende junger Männer und Frauen zu überzeugen, daß die Massen keinen allgemeinbildenden Unterricht benötigten, sondern ihre Kinder für eine Welt der Technik besser gerüstet würden, wenn sie zu ausschließlich manueller Arbeit und verschiedenen Handwerkszweigen herangebildet würden. War schließlich er selber nicht ein erfolgreicher Mann, obwohl er bloß fünf Jahre Grundschule aufzuweisen hatte? Er war durch eine harte Schule gegangen, hatte sich aus eigener Kraft emporgearbeitet. In zähem Ringen war er aus der namenlosen Masse aufgetaucht. »Hätt's ja früher geschafft«, pflegte er mit seinem einnehmenden Lächeln zu sagen, »wenn ich so'ne Berufsschulausbildung gehabt hätte. Übrigens, was tut ihr hier für eure Kinder in den Schulen? Ja, meine Herrschaften, hier in Barryfield (oder Lexington, Philadelphia, New York, Chikago, Scranton, Pittsfield oder Grensburg) habt ihr nicht mal ein Zehntel von den Berufsschulen, die ihr für eure Kinder braucht! Allgemeinbildung! Zum Teufel, das ist doch bloß für Lehrer und Professoren und Doktoren und Rechtsanwälte und solche Leute! Laßt eure Kinder so erziehen, daß sie mit den Händen zupacken lernen und was taugen.« Einmal hatte er vor einer gutbesuchten Gewerkschaftsversammlung in Detroit von der Würde der Arbeit gesprochen, anscheinend scheu und unsicher. »Nicht auf meinem Mist gewachsen; hat mir ein Professor verraten«, sagte er. »Klingt aber gut, nicht? Und ob! Arbeiter. Die Reaktionäre, die mögen den Arbeiter nicht, und er hat schmutzige Hände. Und drum kriegt ihr eure Berufsschulen nicht.«

Dies alles gehörte zu dem meisterlichen Plan, das amerikanische Volk in Klassen zu spalten und darin erstarren zu lassen. Die Arbeit daran hatte schon vor Jahren begonnen, schon vor dem ersten Weltkrieg. Sie schritt gut vorwärts. Zum erstenmal in ihrer robusten und vitalen Welt, wo ein Mann heute Arbeiter und morgen Verwalter einer riesigen Stahlfabrik oder heute ein unbekannter Physikstudent in der Kleinstadt und morgen ein berühmter Naturwissenschaftler sein konnte, zum erstenmal also hatten die Amerikaner begonnen, sich bewußt als Gruppen und Minderheiten und, was das Gefährlichste war, als Klassen zu sehen und der Illusion zu verfallen, daß sie als Angehörige dieser Gruppen, Minderheiten und Klassen deren Illusionen teilen müßten.

»Swede« Swensen bewohnte ein äußerlich unscheinbares, jedoch mit verschwenderischem Luxus eingerichtetes Haus in New York, ein Umstand, der nicht allein den Zeitungen, sondern auch jedem redlichen Gewerkschaftsfunktionär und natürlich den Arbeitern sorgfältig verschwiegen wurde. Er sagte oft: »Na ja, ich wohne da in einer netten Bude in New York; mein Hauptquartier, sozusagen. Aber ich schlafe, wo sich's grade trifft. Was macht das schon? Die Welt ist mein Heim.«

Mr. Lars Swensen war ein zu wichtiger Mann, um seine Zeit zu vergeuden. Wenn er irgendwo erschien, um seine Mitarbeiter aufzusuchen, so drehte es sich um eine höchst bedeutende Angelegenheit.

Lorry Summerfield stand in der Telefonzelle des kleinen Drugstore unweit von den Büros ihres Vaters, wischte sich die feuchten Hände und warf die verlangten Münzen für ihr Ferngespräch nach New York ein. Sie hatte gefürchtet, ihr Bruder Barry würde an diesem heißen Samstagnachmittag nicht zu Hause sein, und fühlte sich nun zutiefst erleichtert und dankbar, daß sie ihn erreicht hatte. Sie beugte sich vor und sprach eifrig: »Barry! Swensen ist wieder da — bei ihm. Ich sah ihn hereinkommen — es muß wichtig sein —«

Die Stimme ihres Bruders klang plötzlich gespannt. »Ja. Er hat eine Reihe von Zeitungen im ganzen Land aufgesucht. Diesmal konzentriert er sich nicht auf die großen Zeitungen, die im ganzen Land verbreitet sind, sondern auf die Provinzblätter. Ich konnte aber noch nicht dahinterkommen, wo er hinauswill, denn die Blätter, die seine Weisungen befolgen, sind nicht von der Art, daß sie Informationen gäben.« Er lachte; es war ein kurzes, hartes Bellen, sehr ähnlich dem seiner Schwester. »Verschaff mir, was du kannst, Lorry, und verständige mich. Ich laß es nächste Woche einmal in meiner Spalte ›Der Wächter‹ im New Yorker *Star* erscheinen. Die Auflage des *Star* ist übrigens um hunderttausend gestiegen, und das ist allerhand! Braves Mädel, Sis!«

Das »brave Mädel« verließ die Telefonzelle. Im Lokal war es kühl und sauber, und sie warf einen Blick auf die Sodafontäne und zögerte. Der Besitzer grüßte sie freundlich; aber in seinen Augen stand eine neugierige Frage. Warum telefonierte eigentlich Miß Lorry Summerfield jetzt oft hier im Drugstore, wo sie doch ein so herrliches großes Büro neben dem ihres Vater hatte? Die Mädchen von der Vermittlung klatschten natürlich, das war's wohl. »Einen Soda auf Geschäftskosten?« fragte er, während er hinter seiner Theke hervorkam und durch Fingerschnalzen dem Jungen am kalten Büfett einen Wink gab.

»Nein, danke, Jim«, erwiderte Lorelei Summerfield. »Ich hab's eilig. Sie wissen schon, die morgige Sonntagsausgabe. Hochbetrieb, wie gewöhnlich. Mir fiel nur gerade ein, daß ich einen dringenden Anruf zu machen hatte, und da konnte ich nicht warten.«

»Natürlich«, meinte der untersetzte kleine Mann schnell. Er hatte diesem Mädel seine Getränkespezialitäten serviert, seit sie ein Kind war. Nun sah er ihr nach, als sie hinauseilte. Nun, es ging ihn ja nichts an. Sie war ein Prachtmädel, trotz des dummen Namens, den ihr ihre noch dümmere Mutter angehängt hatte. Das Mädel war schon im Alter von fünf Jahren klug genug gewesen, kategorisch zu erklären, daß sie Lorry heiße und nicht Lorelei, und dabei war es zweiundzwanzig Jahre lang geblieben. Warum hatte dieses so schöne Mädchen nicht geheiratet? Sie hatte doch alle erdenklichen Vorzüge, nicht wahr? Sie saß ja nicht fest hier in Barryfield. Sie war öfter in Philadelphia, New York und Europa als in ihrer Heimatstadt; reiste als Korrespondentin für ihren Vater. Auch eine tüchtige Fotografin. Er hatte etliche Arbeiten von ihr in *Life* und anderen Zeitschriften gesehen.

Lorry Summerfield eilte die kurze Straße zu dem schönen, modernen Bau hinab, der die Barryfielder *Press* beherbergte. Passanten folgten ihr mit Blicken, und es waren nicht lauter freundliche Geschichten, die man in den Zeitungen von Philadelphia und New York über sie las. Immer Verlobungsgerüchte in Verbindung mit großen Namen, und dann heiratete sie doch nie. Sie trank viel, hieß es. War auch eingebildet, bemerkte keinen Menschen auf der Straße, wo sie Staub und Schmutz und Ruß aufwirbelte, wenn sie mit ihrem funkelnden großen Cadillac vorübersauste, die Nase in der Luft und mit verächtlicher Miene. Nicht wie ihr »Alter Herr«, der jedermanns Freund war. Sie haßte ihn, hieß es, und dabei war er so gut zu ihr und ließ sie als Redakteurin bei sich arbeiten. War wahrscheinlich nicht besser als ihr Halbbruder, der den Namen seines Stiefvaters angenommen hatte, als die schreckliche, geschiedene erste Frau des armen Mac Summerfield zum zweitenmal geheiratet hatte. Barry Lowell nannte er sich nun, und meist wußte kein Mensch, wo er steckte. Ganz wie seine Schwester. Der Name Summerfield war ihm nicht gut genug!

Lorrys schönes, wie gemeißeltes Gesicht war blaß von der Hitze; sie lief die teppichbelegte Privattreppe hinauf und öffnete leise die helle Mahagonitür. Sie warf einen Blick in die viereckige Halle mit ihrem schwarz und weiß ausgelegten Marmorboden. Zwei Türen führten von hier weiter, die eine in die luxuriösen Büros ihres Vaters, die andere in ihr eigenes. Alles war hier schalldicht; sie hörte nichts. Sie stieß die Tür zu ihrem eigenen Büro auf, lief zu ihrem Schreibtisch, setzte sich hin. Die türkisfarbene Seide ihres Sommerkleides klebte unbehaglich an ihrem langen, anmutigen Körper, und die Strümpfe an ihren außergewöhnlich schönen Beinen fühlten sich wie klamme Metallhülsen an. Sie warf die schwarzen Pantoffel ab und ließ die kühle Luft aus dem Ventilator über ihre Füße streichen. Nun begann sie zu frösteln, als die frische Luft ihre Körperwärme fortwehte. Die Tropfen auf ihrem Gesicht erkalteten. Sie betupfte es mit Papiertaschentüchern. Dann öffnete sie eine Kosmetikschatulle, die sie einer Lade entnahm, und betrachtete sich kurz im Spiegel. Ihr ovales Gesicht, das eine Spur zu lang war, glich in Farbton und Beschaffenheit dem Elfenbein, belebt nur von den großen schrägen Augen in der Farbe ihres Kleides und dem sinnlichen, nun aber bitteren Mund. Sie hatte das Gesicht ihres Vaters, und sie verabscheute es schon seit Jahren. Sie hatte auch seine Augen, seine lange, schlanke Nase, sein ausgeprägtes, glattes Kinn. In der zarten Haut unter ihren Augen verrieten dunkel verfärbte Stellen schlaflose Nächte voll Ekel und Verzweiflung.

Sie strich mit den zarten, schlanken Händen über das ganz glatte Blondhaar, das sie zurückgekämmt und in einem großen Knoten auf dem Hinterhaupt trug. Dann rekelte sie sich bequem auf ihrem Stuhl zurecht und starrte düster vor sich hin. Irgendwie mußte sie ins Büro ihres Vaters gelangen. Wenn Swensen da war, wollte er nie gestört werden.

Sie suchte flüchtig auf ihrem Schreibtisch, ob jemand inzwischen vielleicht etwas hingelegt hätte, das sich als Vorwand verwenden ließ, unangemeldet das Büro ihres Vaters aufzusuchen. Aber es war noch zu früh. Nur die Morgenzeitung lag neben der Schreibunterlage. Mit wachsender Besorgnis nahm sie sie auf und suchte in den Spalten. Plötzlich hielt sie inne. Auf der zweiten Seite rechts war in einer Spalte ein »Überfall auf ein Kind, Max Fletcher« durch einen obskuren jugendlichen Verbrecher erwähnt. Der Junge hatte laut Polizeibericht während eines »kindlichen Raufhandels« einen Messerstich davongetragen. Er war eines von den fünf adoptierten Kindern des neuen Pastors der Kirche Zum Guten Hirten in der Malone Street. Den Reporter der *Press* hatte der Umstand interessiert, daß Max und seine »Brüder und Schwestern« als Flüchtlingskinder vom Pastor, einem ehemaligen Feldkaplan, ins Land gebracht worden waren. Ihre Eltern waren unbekannt, sie waren aber in verschiedenen europäischen Konzentrationslagern gefangen gewesen, »Opfer des verflossenen Naziterrors«. Max, so hieß es, war erst elf Jahre alt. Die Familie war vor drei Tagen angekommen und wohnte mit ihrem Adoptivvater im Pfarrhaus.

Interessant, dachte Lorry Summerfield. Der Pastor. John Fletcher! Irgendwo, irgendwann hatte sie den Namen schon gehört. War er vielleicht für Tapferkeit ausgezeichnet worden? Hatte er sonstwie von sich reden gemacht? Sie runzelte nachdenklich die Stirn. Irgendwie berührte sie der Name sonderbar; sie fühlte eine seltsame Wärme, den dringenden Wunsch, sich seiner zu erinnern. Sie überlas die Geschichte noch einmal. Ein Mann Mitte Dreißig. Er hatte die Polizei gebeten, den Jungen, der seinen »Sohn« Max überfallen hatte, nicht in Gewahrsam zu nehmen. Aber die Polizei hatte ihn den Behörden übergeben.

Die Kirche Zum Guten Hirten in der Malone Street. Und dann fiel ihr etwas anderes ein. Das war ja »Onkel Als« Kirche! Der war der einzige Mann in Barryfield, den ihr Vater offen haßte und offen umwarb. Eine Welle der Erregung überkam das Mädchen. Der liebe, alte Dr. Al, mit dem boshaften Mund, den grimmigen Augen, den großen zarten Händen, seiner Redlichkeit und seinen Wutausbrüchen. Nun lächelte sie, der bittere Ausdruck wich von ihrem Gesicht, und es war überaus sanft und liebreizend. Onkel Al würde ihr gewiß eine gute Story geben können. Und damit hatte sie auch den ersehnten Vorwand, ins Büro ihers Vaters zu gehen.

Sie sprang vom Stuhl auf, betrat das äußere Büro, wo ihre Sekretärin eifrig tippte, und lief in die Halle hinaus, die Zeitung in der Hand. Sie stieß die Tür zu den Büros ihres Vaters auf und sah sich wie gewöhnlich dem Sekretär ihres Vaters gegenüber, einem blassen, jungen Mann mit straffen Zügen, fanatischen, schwarzen Augen hinter einer Hornbrille und einem Körper, der unter dem tadellos geschneiderten Anzug aus starken zitternden Drähten zu bestehen schien. Lorry Summerfield verachtete ihn. Ihr Vater hatte Edgar Sloan als seinen Privatsekretär aus New York mitgebracht und zahlte ihm ein so hohes Gehalt, daß das übrige Personal sich stets auf neue darüber verwunderte. Lorry freilich war gar nicht erstaunt gewesen. Sie wußte Bescheid.

»Mr. Summerfield hat eine Besprechung, Miß Lorry«, sagte er. Er hatte eine leise Stimme, so eindringlich und durchdringend wie sein Gesicht. »Es tut mir leid.«

»Wer?« fragte sie barsch.

»Weiß ich nicht«, murmelte er.

Lorry starrte ihn aus ihren türkisblauen Augen voll Widerwillens an. »Schön; das macht aber nichts.« Sie schlug auf die Zeitung. »Ich habe eine prächtige Story für ihn. Wir haben sie übersehen, haben einen gewöhnlichen Alltagsbericht daraus gemacht. Die Sache ist unaufschiebbar.«

»Nun, können wir da nicht einfach einen anderen Reporter für die Sonntagsausgabe hinschicken?« Er sah sie mit jener heimlichen Bewunderung und versteckten Begierde an, die sie so in Wut versetzte. »Wir brauchen ja Mr. Summerfield nicht zu stören.«

Seine Hand tastete nach dem Mikrofon; er schaltete es ein und beugte sich nieder, um zu sprechen. »Mr. Summerfield, Miß Lorry will sie unbedingt gleich sprechen. Sie sagt, es ist sehr wichtig.«

»In einer halben Stunde«, versetzte Mr. Summerfield ungeduldig. Aber Lorry lief an den Schreibtisch, beugte sich vor und rief ins Mikrofon: »Nicht in einer halben Stunde! Es muß gleich sein, wenn die Sache noch bis morgen in die Zeitung soll! Ich komme jetzt hinein!«

Edgar Sloan verstellte ihr unsicher den Weg. Sie sah ihn verächtlich an, und er sprang zur Seite, als hätte sie ihn geschlagen. Sie stieß die Tür zum Büro ihres Vaters auf und blieb an der Schwelle stehen.

Hier war alles in hellem Mahagoniholz ausgeführt, wie ihr Vater es liebte; MacDonald Summerfield saß hinter dem breiten, goldgelben Schreibtisch, dessen Farbe zu seinem schütteren, glatten Haar paßte. Er war ein hochgewachsener, schlanker Mann von aristokratischem Äußeren, der viel jünger aussah, als er war, und dem seine Tochter in erstaunlichem Maße glich. Er hatte freilich im Gegensatz zu ihr keine sorgenvollen Schatten unter den Augen, keine bitteren Linien um den Mund. Er strahlte vor Liebenswürdigkeit, Gesundheit und Selbstsicherheit. Unweit von ihm, blonder als er selbst, hockte breit und massig »Swede« Swensen.

Beide Männer erhoben sich; Swensen mit vergnügtem Lächeln, Summerfield stirnrunzelnd. »Aber Lorry«, sagte Summerfield. Doch seine Züge wurden weich, veränderten sich in beinahe rührender

Weise beim Anblick seiner geliebten Tochter, die ihn ohne jeden logischen Grund – wie er meinte – haßte. War sie nicht stets sein Liebling gewesen? Sie hatte ihm nie gesagt, wie oder warum sie ihn so offen verabscheute. Einst hatte sie ihn angebetet, bis vor etwa vier Jahren. Sie war ein eigenwilliges Kind, ein eigenwilliges junges Mädchen gewesen, aber er hatte ihr nichts versagt. Immerhin hatte ein Psychiater einmal mit öligem Selbstvertrauen gesagt: »Ich erwähne es ja nur ungern, aber in meinen Augen ist das einfach ein Vater-Tochter-Wettbewerb, vielleicht um die Zeitungen, vielleicht auch um etwas anderes.«

Sie ignorierte ihn jetzt, wie gewöhnlich. Sie strahlte Swensen an und hielt dessen breite, rosige Pranke fest umschlungen. »Warum sollte Dad Sie vor mir verstecken?« fragte sie und warf schelmisch den Kopf zurück. »Er weiß, ich freue mich immer so, Sie zu sehen, Lars, und wir haben doch soviel gemeinsam.«

»Du hättest ihn beim Essen heute abend gesehen«, warf ihr Vater gereizt ein. »Nun, was wolltest du denn, Lorry?«

Aber Lorry setzte sich und drapierte ihr türkisblaues Kleid sorgfältig gleich einem geöffneten Fächer um ihre prachtvollen Beine. Sie strahlte Swensen an, und der zog seinen Stuhl näher an den ihren heran; sie konnte die Frische riechen, die von ihm ausging. Er war ein hübscher Mann von kräftiger Gesichtsfarbe, mit hellgrauen Augen und welligem Blondhaar, einer breiten Nase und schiefem Mund, um den beständig ein schwaches Lächeln spielte. Er strahlte Kraft und Entschlossenheit aus und war trotz seines Umfangs drahtig. »Zigarette, Lars?« fragte sie, nachdem er sie lange und begierig betrachtet hatte. Sie wußte, daß weder ihr Vater noch Swensen rauchten; sie tranken auch nur selten. Swensen hatte stets Zigaretten für seine Freunde bei sich, und nun zückte er dienstfertig und galant sein goldenes Etui und ein ebensolches Feuerzeug. Lorry paffte gemächlich und ließ ihm Zeit, ihre Finger liebkosend zu berühren. Die Runzeln auf Mr. Summerfields Stirn vertieften sich.

Swensen lächelte dem Mädchen beinahe scheu zu; seine rosigen Wangen waren noch rosiger geworden. Er drohte ihr scherzend mit dem Finger. »Lorry, ich höre da allerhand Geschichten über Ihren letzten Besuch in New York.« Seine Augen waren unverwandt auf sie gerichtet und funkelten wie kleine Granitstückchen.

»Welche denn?« fragte sie. Es klang amüsiert.

»Aha«, versetzte Swensen und schüttelte den Kopf. »Soll ich Namen nennen?«

»Immer zu«, meinte sie gleichgültig.

Swensen summte eine heitere Melodie aus dem neuesten New Yorker Musical. »Ich war nur drei Tage dort«, setzte Lorry hinzu. »War in einem Klub zum Dinner, in einem anderen tanzen und war einmal im Theater. Jeden Abend in Begleitung eines anderen Herrn, und alle drei waren sie höchst ehrbar.« Sie lachte. Es klang nicht lieblich, auch nicht melodisch, sondern war einem kurzen Bellen seltsam ähnlich.

»Ich habe meine Spione«, meinte Swensen schalkhaft. Ja, allerdings, dachte Lorry erbittert.

»Ein sehr hübscher, dunkler junger Bursche führte Sie an einem Dienstagabend aus. In ein Lokal in Greenwich Village, sehr hübsch, gedämpfte Beleuchtung, sehr intim und vorzügliche Drinks. Aber, Lorry, ich hab' Sie ja selbst dort gesehen!« Er grinste sie verzückt an. »Wer war denn der Bursche?«

»Ich hätte Sie bekannt gemacht, wenn Sie an unseren Tisch gekommen wären.«

»Wer war es denn?« fragte ihr Vater.

»Ein Mann, den ich auf einer Cocktail-Party kennengelernt hatte. Er schreibt Reisebücher. Wir sprachen über meine Aufnahmen von Norwegen. Sein Name ist nicht wichtig.« Sie setzte aber doch hinzu: »Robert Corde. Du hast schon von ihm gehört.«

»Ihr Bruder veröffentlicht seine Bücher, nicht wahr?« fragte Swensen mit mäßigem Interesse.

Summerfields Miene verdüsterte sich zusehends. Er sah nur selten seinen Sohn Barry, den er innig liebte; Barry, der unverändert kühl und höflich zu ihm war und den Namen seines Stiefvaters angenommen hatte, nicht als Kind, sondern als junger Mann von damals einundzwanzig Jahren. Warum? Das hatte er ihm nie richtig erklärt. Vielleicht deshalb, pflegte Summerfield haßerfüllt zu denken, weil Ethel ihn belogen und gegen seinen Vater eingenommen hatte.

»Ja«, sagte Lorry. »Aber das haben Sie ja immer gewußt, Lars. Bob Corde trug sich mit dem Gedanken an einen größeren Verlag, und Barry bat mich, ihn zu bearbeiten, damit er beim Lowell-Verlag bleibt. Und das tat ich eben.« Sie lächelte bezaubernd.

»Das mußte ja gelingen, Lorry«, sagte Swensen hingerissen.

Sie wechselte geschickt das Thema. »Bleiben Sie lange in Barryfield, Lars?«

Die beiden Männer tauschten Blicke. Summerfield hatte schon lange immer wieder behauptet, daß man Lorry vertrauen dürfe.

»Aber sie trinkt viel. Tut mir leid, Mac. Aber du weißt, wir trauen Trinkern nie und wollen nichts mit ihnen zu tun haben. Sie sind unzuverlässig«, hatte Swensen gesagt.

Summerfield war tief errötet, und Kummer und Verlegenheit waren ihm am Gesicht abzulesen gewesen. »Ja, ich weiß, Lorry trinkt unmäßig. Aber ich habe sie nie unbeherrscht gesehen. Offen gestanden, ich glaube, ihre größten Trinkexzesse liefert sie zu Hause, und darum weiß ich Bescheid. Aber es ist mir ein Rätsel. Nicht einmal hier verliert sie je die Beherrschung. Außerdem schreibt sie Artikel, die zu unseren besten gehören. Ich sage dir, manches von ihr wirkt geradezu prophetisch.«

»Nun, dann soll sie ruhig weiter als Prophetin wirken, aber nur in den Zeitungen«, hatte Swensen erwidert. »Wir brauchen alle Liberalen, die wir kriegen können – zu Millionen. Aber läßt man sie in den inneren Kreis, so fällt es ihnen wie Schuppen von den Augen, und sie werden stutzig.« Er lachte. Dann setzte er hinzu: »Außerdem ist da noch ihr Bruder, dein Sohn.«

»Aber Lorry sagt, sie ist daran, ihn zu uns zu bekehren.«

An dies Gespräch mit Summerfield dachte Swensen nun. Es hatte vor drei Monaten stattgefunden. Er fragte das Mädchen: »Wie geht es Barry mit seinem letzten Buch, ›Der Feind schläft nie‹, von Francis Connel?«

Lorry kniff die vollen Lippen spöttisch zusammen. »Ich habe Barry danach gefragt. Er sagt, er hätte bis vor einem Monat vierzigtausend Stück davon verkauft. Er übertreibt wohl. Ich glaube, heutzutage kann man einfach alles verkaufen, besonders wenn man es ein bißchen sensationell aufbauscht. Und das ist es ja, ganz gruselig aufgemacht. ›Der Feind schläft nie!‹ Als hätte der amerikanische Kommunismus überhaupt einen anderen Zweck als den, Rassenhaß und Unternehmerwillkür zu mildern, die Bürgerrechte zu schützen und die Arbeiterschaft zu unterstützen!«

Sie sah Swensen voll in die Augen und lächelte ein tiefes, kluges feines Lächeln. Der Mann stutzte. Er starrte in die seltsamen, blaugrünen Augen, die nun warm, intim und wissend schimmerten, und war verblüfft. Vielleicht hatte Summerfield doch recht gehabt mit dem, was er über seine Tochter gesagt hatte. Seine Miene wurde ernst. Er hüstelte.

»Und sonst keinen?« fragte er.

Lorry lachte ihr rauhes Lachen und antwortete nicht.

»Ich persönlich bin der Meinung, daß die Kommunistische Partei Amerikas einer internationalen Verschwörung angehört«, fuhr Swensen noch ernster fort. Seine glatte Miene spannte sich, während er Lorry unverwandt ansah. »Ich erblicke darin eine noch gefährlichere Bedrohung als früher die faschistische, denn sie ist konzentrierter, zugleich aber weltweiter und von größerer Anziehungskraft auf die ungebildeten Massen.«

Ohne voll hinzusehen, gewahrte Lorry doch, daß ihr Vater den Kopf gesenkt hatte. Ein Sonnenstrahl vergoldete sein schütteres Haar. Sie entgegnete: »Ich bin nicht Ihrer Meinung, Lars. Ich glaube, wir können die Kommunistische Partei Amerikas voll und ganz in unser Staatswesen einbauen; sie ist nämlich durchaus keine Verschwörung, sondern eine Weiterentwicklung des Liberalismus. Aber Sie waren ja schon immer ein Konservativer«, und sie warf ihm einen spöttischen Blick zu. »Ich verstehe gar nicht, wie Sie sich mit Dad überhaupt vertragen können, diesem glühenden Liberalen.«

Sie stand unvermittelt mit einem kühnen Schwung ihres Rockes auf, legte die Morgenzeitung auf den Schreibtisch ihres Vaters und beugte sich dabei vor. Ihr scharfes Auge konnte dank langer Übung die Worte auf dem Bogen Papier verkehrt ablesen. »Gewinnt – den Frieden – gewinnt – den Frieden«. Sie war enttäuscht. Als aber dann ihr Vater den Bogen rasch in der Hand zerknüllte, aber nicht in den Papierkorb warf, da verflog ihre Enttäuschung. »Gewinnt den Frieden«! Das also war das Thema ihrer Besprechung an diesem heißen Samstag im August 1946 gewesen. Aber die Worte drückten doch nur aus, was jedermann hoffte und glaubte. Darin lag doch nichts Unheilvolles, nichts Verdächtiges – außer, daß Mr. Summerfields lange aristokratische Hand das Papier so rasch zerknüllt hatte.

»Ich muß an meinen Schreibtisch zurück«, erklärte sie nun. »Dad, lies diese Geschichte über den Pastor und seine adoptierten Waisen aus Europa. Daraus läßt sich eine große Story machen, denke ich.«

Er steckte das zerknüllte Papier sorgfältig in die Tasche und nahm die Zeitung. Swensen stand auf und trat hinter ihn, um mitzulesen. Mr. Summerfield las blitzschnell. »Hm«, murmelte er. »Eine ungewöhnliche Sache für Barryfield. Die UNRRA muß die Bälger betreut haben – hmm. ›Naziopfer‹. Na, ich weiß nicht recht.«

Aber Swensen fiel begeistert ein: »Eine prachtvolle Geschichte! Die Leute vergessen immer wieder die Nazis, obwohl der Krieg erst ein Jahr zurückliegt. Wir sollten sie aber nicht vergessen lassen. Ein Artikel über den Nazismus oder eine illustrierte Kurzgeschichte über diesen Pastor mit seinen Kindern wird ihre Wirkung nicht verfehlen. Droht uns nicht schon wieder der Neofaschismus? Vielleicht könntest du ein Interview mit ihm arrangieren und seine Eindrücke vom Faschismus und die Rettung seiner Kinder berichten lassen. Dann könnte man die Geschichte an United Press und Associated Press weiterleiten.« Sein Gesicht leuchtete förmlich vor Begeisterung. »Lorry, was halten Sie davon?«

»Glänzende Idee«, versetzte sie. »Und wenn Dad will, schreibe ich den Artikel selbst. Fletcher hält morgen seine Antrittspredigt.«

Mr. Summerfield schaute, plötzlich hellhörig geworden, auf. »Ist das nicht die Kirche von McManus?«

»Ja.« Lorry lachte. »Du hast Onkel Al immer einen Reaktionär genannt und sogar durchblicken lassen, daß er ein Faschist sei. Und doch hat er in seiner Eigenschaft als Oberkirchenrat sie hierherkommen lassen.«

Mr. Summerfield und Swensen tauschten einen langen bösen Blick. Lorry sah ihn, tat aber, als sei sie mit dem Zurechtstreichen ihres Kleides beschäftigt. Sie fragte: »Sagt dir der Name Fletcher etwas, Dad?«

Ihr Vater überlegte. »Nein, ich glaube nicht. Es ist ein häufiger Name. Ich kenne keinen besonderen Fletcher. Warum?«

»Ich weiß nicht. Mir schien er irgendwie bekannt – Fletcher – ein Pastor – ein Feldkaplan. Na, ist ja auch egal. Wird mir schon wieder einfallen. Soll ich inzwischen morgen die Kirche besuchen und ein Interview mit Fletcher verabreden? Vielleicht kann ich auch ein paar Aufnahmen von ihm machen. Gut. Ich glaube, es läßt sich etwas draus machen. Und nun, zurück an die Arbeit, keine Müdigkeit vorschützen. Bis heute abend, Lars.«

Und wieder lächelte sie ihm verführerisch zu, was ihm sichtlich Eindruck machte. Er sah ihr nach, als sie das Büro verließ, und bemerkte, wie immer, ihre unglaublich schlanke lange Taille, den Bau der schönen Schultern, die schimmernden Beine. Und Summerfield sah ihn ihr nachsehen und biß sich auf die Lippen.

Eine Stunde später lief Lorry abermals in den Drugstore und eilte in die Telefonzelle. Ihr Bruder erwartete ihren Anruf schon. »Ich weiß nicht, ob es was zu bedeuten hat, Barry – konnte von ihrem Gespräch nichts auffangen, als ich dort war – aber er kritzelte etwas geistesabwesend auf einen Bogen Papier, während ich mit Swensen sprach. Er schrieb: ›Gewinnt den Frieden.‹«

Die harte, rasche Stimme am anderen Ende klang erregt. »Es ist sehr wichtig, Lorry. Paßt ins Bild. Darauf haben wir gewartet.

Wir haben schon aus anderen Quellen davon gehört. Nun wissen wir Bescheid. Das ist ihre neue Linie, ganz ohne Zweifel.«

Wenige Tage später erschien ein Leitartikel Mr. Summerfields unter der Schlagzeile: »Wir müssen den Frieden gewinnen!« Der Artikel forderte alle amerikanischen Mütter auf, die sofortige Rückkehr »eurer Jungen« aus Europa zu verlangen, das Ende der Rüstungen und die Wiederherstellung »normaler Verhältnisse hierzulande«. Darauf folgte eine verächtliche und bittere Verdammung des Krieges. Truman wurde beschuldigt, nicht den Frieden zu ersehnen, sondern »einen verlängerten, siegreichen Krieg um den Preis eines verelendeten Amerika und des Leides amerikanischer Gattinnen und Mütter zugunsten einiger weniger, die von der Munitionsfabrikation profitieren«. Die Welt sehne sich nach Frieden und Sicherheit, nach dem Ende des Blutvergießens. Amerika müsse die Führung übernehmen auf dem Weg zu dieser glorreichen Erfüllung der eigentlichen Sendung des Menschen.

Es waren schöne Worte. Sie wurden damals auch von den Generalen MacArthur und Eisenhower und vom Präsidenten gesprochen. Sie waren allerorten im Munde guter aufrechter Menschen. Aber sie wurden bezeichnenderweise auch von üblen Gestalten zu verheerenden Zwecken gebraucht, von Leuten, die den Präsidenten und die Generale und die gesamte Menschheit haßten und nicht den Frieden, sondern nur Krieg und Revolution liebten.

11

»Ich habe in den letzten Tagen die *Press* gelesen«, sagte Johnny kalt. Sie saßen in seinem Arbeits-Wohnzimmer, und er sah Lorry an. Er hatte sich hinter den schäbigen Schreibtisch gesetzt, und seine starken Hände spielten mit einer Feder. Während er sie so betrachtete, dachte er an einen schimmernden weißen Schmetterling, der sich einen Augenblick auf welken faulenden Gräsern und Pflanzen niederließ; so strahlend nahm sie sich in ihrem weißen Seidenkleid in seinem trostlosen Salon aus. Es kam selten vor, daß Menschen Johnny unsympathisch waren; er hatte sich aber widerwillig eingestehen müssen, daß er diese kühne junge Dame mit ihren aquamarinblauen Augen und ihrer harten zynischen Selbstsicherheit nicht leiden mochte. Er bemerkte die Kette aus schönen

Perlen an ihrem milchweißen Hals, ihren teuren Hut, ihre exquisiten Schuhchen und den Diamanten an ihrer rechten Hand.

»Sie mögen die *Press* nicht?« fragte Lorry mit ätzender Liebenswürdigkeit.

»Nein«, erwiderte Johnny unverblümt. Er sah sie voll an, und sein Blick wurde hart. »Sehen Sie, ich erkenne stets den – gefährlichen Unterton unter edlen menschenfreundlichen Phrasen. Ich erkannte ihn zuerst in Europa. Dann wieder in New York. Und nun finde ich ihn sogar an Orten wie Barryfield.«

Seine Worte klangen kalt und abweisend, und er sah betrübt und verächtlich von ihr weg. Und setzte hinzu: »Es sind alte Phrasen, seit undenklichen Zeiten haben Tyrannen sie im Mund geführt. Es tut mir leid; ich kann Ihnen keine Story geben. Ich will meine Kinder weder der Lächerlichkeit noch der Sensationsgier preisgeben; ich möchte sie nicht weiter im Mittelpunkt der öffentlichen Aufmerksamkeit sehen.« Er richtete die Augen abermals auf sie, und sie drohten ihr, sagten ihr ab und lehnten sie ab, in einem einzigen langen, verstehenden Blick. »Sie halten das nicht aus, verstehen Sie. Sie haben zu viel leiden müssen. Lassen Sie sie in Frieden.«

»Aber die *Press* ist eine liberale, antifaschistische Zeitung«, sagte Lorry. »Ich glaube, Sie sollten uns die Geschichte schon im Dienste der amerikanischen Demokratie nicht vorenthalten.«

»Glauben Sie?« fragte Johnny zurück. »Ich sagte Ihnen schon, ich habe Ihre Blätter gelesen, Miß Summerfield. In meinen Augen sind Sie an der amerikanischen Demokratie überhaupt nicht interessiert. Daher will ich diese Kinder nicht zu Ihren wirklichen Zwecken mißbrauchen lassen.«

Lorry beugte sich vor. »Und die wären?«

Er lächelte müde. »Sie kennen sie natürlich. So naiv bin ich nicht.«

Lorry rief mit erhobener Stimme, ohne Johnny aus den Augen zu lassen: »Onkel Al! Komm hier herein!«

Während des Gespräches mit Johnny hatte sie das fröhliche Gemurmel von Kinderstimmen hinten im Haus gehört, eine laute, aber liebevolle Frauenstimme und das anheimelnde Klappern und Klirren von Tellern und Besteck. Es war erstickend heiß in dem ärmlichen Pfarrhaus, und die Sonne stellte die schäbigen Möbel unbarmherzig zur Schau.

Dennoch hatte Johnny ihre Aufmerksamkeit stärker gefesselt. Sein dunkles Gesicht mit den starken Knochen, in dem die außergewöhnlich blauen Augen leuchteten, hatte sie auf geheimnisvolle Weise gerührt. Er saß hinter seinem Schreibtisch, in seiner fadenscheinigen schwarzen Geistlichentracht, an der alles Bürsten und Bügeln verloren war. Die Arme stützte er auf, wie in äußerster Verzweiflung und Erschöpfung, und sie sah die Linien um den Mund, die Kummer und Anstrengungen dort gegraben hatten. Ganz plötzlich wallte in ihr zu ihrem unwilligen Staunen eine so heiße Welle von Zärtlichkeit für ihn auf, daß ihr die Augen feucht wurden und die Kehle wie zugeschnürt war. Sein Gesicht, das kurzgeschnittene schwarze Haar, die kräftigen schwarzen Brauen, das alles verschwamm ihr vor den Augen, und sie ermannte sich erst wieder, als sie Dr. McManus erblickte.

»Na, was ist denn los, Lorry?« fragte er. »Der Pfarrer hier treibt dir's wohl zu bunt, wie? Er will keine Geschichte über seine Kinder. Er will überhaupt nichts von dir. Was ist denn los, Lorry?« setzte er rasch und liebevoll besorgt hinzu, legte ihr den Finger unter das Kinn und wandte ihr Gesicht mit kräftigem Griff zu sich um.

Sie machte sich ungeduldig los. »Ach, Onkel Al, ich dachte, du würdest mir helfen. Was kann eine gute Story schon schaden?«

»Das weißt du ganz genau. Die meisten Einwohner dieser Stadt lieben die Zeitungen deines Vaters nicht. Sie lesen sie, weil die Frauenseite, die Lokalnachrichten und die Comics gut sind, aber die Leitartikel, die werden nicht viel gelesen. Und das, was sie lesen, das macht sie zornig. Sie würden unseren Pfarrer gleich argwöhnisch ansehen, wenn du Gutes von ihm schriebest, und wenn du deine hübschen, ätzenden Pointen auf ihn prägtest, würden sie ihn verachten. Laß ihn in Frieden, Lorry.«

Er wandte sich Johnny zu. »Machen Sie sich keine Sorgen um das Mädel hier, mein Sohn. Die kenne ich ihr Leben lang. Sie hat eine Aufgabe zu erfüllen, an den Zeitungen ihres Vaters. Aber nicht, was Sie denken. Na, spielt ja auch keine Rolle. Bloß, erzählen Sie ihr nichts.«

Johnny hörte überrascht und verblüfft zu. Er sah etwas nachdenklich und neugierig Lorry an. Was der alte Arzt nur meinte? Dr. McManus reichte eben Lorry Feuer mit einem so groteskliebevollen Ausdruck im Gesicht, daß er an das Grinsen eines Schwachsinnigen gemahnte, und sie lächelte zu ihm auf. Was für ein wirklich schönes Gesicht sie hat, dachte Johnny, und seine Feindseligkeit legte sich etwas. Doch als ein Bündel Sonnenstrahlen schräg darauf fiel, war es kein sanftes Gesicht. Enttäuscht, verbittert und verzweifelt könnte man es nennen, dachte Johnny. Dann wandte sie den Kopf, und die kurze Offenbarung, wenn es eine gewesen war, verschwand; nur elfenbeinerne Glätte war zu sehen und schöngeschwungene, volle Lippen und Anmut.

»Ein feiner Helfer bist du, Onkel Al«, sagte Lorry und tätschelte seinen Arm. »Setz dich hierher, hier zu mir.« Er setzte sich auf das kattunbezogene Sofa neben sie, und die Federn ächzten. »Schon gut«, meinte sie, »ich werde deinen kostbaren Pfarrer nicht anrühren. Oh, ich habe dein kindisches Interesse an ihm wohl bemerkt. Hören Sie, Mr. Fletcher, wir wollen Freunde sein. Ich will Sie und die Kinder mit keinem Wort erwähnen, wenn Sie es wünschen. Ich verstehe Ihren Standpunkt. Onkel Al sagte mir schon vor der Kirche kurz Bescheid über die Kinder, und es wäre vielleicht wirklich keine gute Idee, sie noch weiter bekannt zu machen. Ich bemerkte übrigens«, fuhr sie fort und betrachtete dabei das Ende ihrer Zigarette, »daß die Gemeinde mit Ausnahmen einer streitbaren Minderheit in den vordersten Stühlen Ihnen nicht gerade grün war. Die Kirche war gedrängt voll; das kommt daher, weil Sie eine Sehenswürdigkeit sind. Aber sie werden Sie satt kriegen, das ist schon einmal so. Sie werden in Zukunft viele leere Stühle sehen. Und vielleicht noch Schlimmeres.«

Sie hob den Blick zu seinem stummen Gesicht, und abermals überkam sie jenes ihr so fremde Gefühl leidenschaftlicher Zärtlichkeit und erfüllte sie mit tiefer Wärme und einer Art Sehnsucht, die sie sich nicht erklären konnte. Ein obskurer, schäbiger junger Pfarrer, mit einer grotesken Familie von Kindern von allen Enden der Erde — wie konnte ein solcher Mann, arm wie eine Kirchenmaus und unbekannt, sie so stark, so leidenschaftlich rühren?

Nun bilde dir bloß nichts ein, warnte sie sich selbst energisch. Der Bursche hier ist in eine trostlose Kleinstadt gekommen, um eine noch trostlosere Kirche und die dazugehörige Gemeinde von Gläubigen zu übernehmen, die ihn nicht wünschen. Er hat nur einen Freund, und der ist unberechenbar und kann sich jeden Augenblick, aus einer bloßen Laune heraus, gegen ihn wenden. Denk nur an seine Predigt von heute — nur fünfzehn Minuten. Wen sprach sie schon an? Wer hörte ihm zu, atemlos vor Spannung? Niemand, nicht einmal ich selber. Ein guter Redner? Ja, das war er; aber was er sagte, war überholt. Jedermann dachte, er würde Pech und Schwefel auf die Missetäter herabrufen, die sich an seinem Kind vergangen hatten. Oder von Intoleranz reden, von alledem! Mir fällt kein bezeichnender Satz von ihm mehr ein, obwohl er eine prachtvolle Stimme hat. Was war bloß sein Thema gewesen? Ja, richtig – dumme Idee – Reue. Reue worüber? Über unsere Sünden! Kein Wunder, daß selbst der Dümmste aufhorchte. Wäre er einer von den heulenden Wanderpredigern, die kreischend und schäumend das Land durchziehen, so würde man das begreifen. Aber er ist keiner. Unsere Sünden, du lieber Gott!

Sie meinte entschlossen: »Nun, ich kann Ihnen wenigstens ein paar Zeilen unter unseren kirchlichen Nachrichten einräumen. Warten Sie; Sie sprachen doch von der Sünde.« Sie lächelte ihn herausfordernd an. »Wir Amerikaner sündigen doch nicht. Wir sind das idealistischste Volk der Welt. Wir sind im Begriff, die ganze Welt mit unserer Milch und unserem Honig zu überschwemmen, wörtlich und bildlich gesprochen. Wir lieben alle Menschen. Wir sind tugendhaft, kindlich, schlicht und freigebig und strotzen förmlich vor Glaubenseifer.«

»So?« fragte Johnny. Nun sah er sie voll an, und seine blauen Augen schossen Blitze. »Wer sagt das? Wir sagen das immer! Aber wir vergessen, daß die Atombombe auf zwei schutzlose japanische Städte fiel, zwei Wochen, nachdem die japanische Regierung uns die Kapitulation angeboten hatte. Warum taten wir das? Weil wir so gütig sind, so tugendhaft und so weiter! Ich sage Ihnen, Miß Summerfield, wir werden dies Verbrechen an der Menschheit mit Blut bezahlen müssen, dies und alle Verbrechen, die wir seit einem halben Jahrhundert gegen die Welt begangen haben, genauso, wie andere Völker ihre Verbrechen mit Blut bezahlt haben. Es gibt nur einen Weg für uns und die ganze übrige Welt, die Folgen unserer Verbrechen abzuwenden, und zwar durch Reue und Buße.«

»Das sagten Sie heute morgen schon«, bemerkte Lorry trocken. Sie warf Dr. McManus einen humorvollen Blick zu und wartete auf seine grinsende Anerkennung ihres Spotts. Aber Dr. McManus starrte, zu ihrer gewaltigen Überraschung, düster auf den hellgrünen Teppich am Boden. Er sagte: »Hm, ja, natürlich. Aber ob Gott dahintersteckt, das bezweifle ich. Ich selber glaube ja nicht an Ihn als einen persönlichen Gott. Dumme Idee. Ist ja bloß das Gesetz der Vergeltung.«

»Und wer ist das Gesetz der Vergeltung?« fragte Johnny streng.

»Ach, lassen Sie das«, sagte Lorry verwirrt und ärgerlich. »Wir wollen uns bitte nicht ins Mystische verlieren. Ich bin schon ein großes Mädel. Aber zurück zu Ihrer Predigt, Mr. Fletcher. Denken Sie nur an die Angehörigen Ihrer Pfarre. Kein einziger darunter, der nicht wacker zum sogenannten Endsieg beitrug. Rotes Kreuz,

Blutspender, Paketaktionen nach Übersee, ›Zigaretten für unsere Jungen‹, Luftschutz, Kriegsopferspenden, Überstunden in Fabriken und so fort bis zum Überdruß. Viele von ihnen verloren Söhne, Gatten oder Brüder im Krieg. Und sprechen Sie ihnen nun Trost zu, loben Sie sie für ihre Vaterlandsliebe oder sagen Sie diesen armen Teufeln, daß Sie sich brav gehalten haben? Nein, Sie sagen ihnen, daß sie Sünder sind, daß sie bereuen und Buße tun müssen! Um Gottes willen, Fletcher!«

Er saß nur da und sah sie stumm, aber streng an, wie es seine Art war. Und ganz plötzlich überlief es Lorry heiß am Körper, als müßte sie tief erröten, erröten vor Schmerz und unsagbarer bitterer Reue, vor tiefer Sorge. Sie begriff es nicht. Sie war im tiefsten Herzen erschüttert.

Sie sprang auf, wie zur Flucht. Ihre Tasche entfiel ihr, und der Inhalt verstreute sich auf dem Boden. Dr. McManus beugte sich leise stöhnend hinab, um alles aufzuheben. Er hielt Lorry die Tasche entgegen; sie aber starrte den jungen Geistlichen wie vom Donner gerührt an. Ihre Miene war entstellt, beinahe vollkommen verzerrt. Und nun weiteten sich plötzlich ihre Augen vor Schrekken.

Sie fragte mit schwindender Stimme: »Bedeutet Ihnen der Name – Lowell, Barry Lowell, etwas?«

Johnny war verblüfft über ihre unerklärliche Bewegung, ihren Blick und ihren veränderten Ton. Er stand auf und dachte einen Augenblick nach. »Nein, Miß Summerfield. Sollte ich ihn kennen?«

»Barry Lowell ist ihr Bruder, Verleger in New York«, erklärte Dr. McManus lebhaft interessiert. »War auch im Kriege. Sind Sie ihm je begegnet?«

Johnny versuchte sich trotz seiner Müdigkeit und Niedergeschlagenheit zu konzentrieren. »Lowell? Nicht daß ich wüßte. Aber ich lernte ja tausende Soldaten kennen. Ich kam als Feldkaplan überall hin. Wo war Ihr Bruder?«

Aber Lorry hatte sich rasch Dr. McManus zugewandt und dieser ihr; nun lächelte sie ihm blaß und verstört, aber doch ihrer Sache sicher, zu und nickte. »Hm«, meinte Dr. McManus, »für ihn gab es wohl tausende solche wie Barry, und darum entsinnt er sich an manche nicht mehr.«

Lorrys Augen füllten sich mit Tränen. Sie sah Johnny demütig an und rang nach Worten. Dr. McManus nahm sie sanft am Arm. »Nein, Lorry, wir wollen nicht davon sprechen. Es würde unserem

Pfarrer auch gar nichts bedeuten. Ganz alltägliche Sache damals für ihn. So ist er. Werde nicht sentimental.«

»Bring mich heim, Onkel Al«, sagte sie erschüttert und wandte sich ab. Johnny war verblüfft. Er kam hinter dem Schreibtisch hervor und wußte nicht, was er sagen sollte. Dr. McManus grinste ihn finster an, klopfte ihm auf die Schulter und sagte: »Gehn wir, Lorry. Ohnehin Essenszeit.«

»Kann ich etwas tun?« fragte Johnny verlegen. »Miß Summerfield sieht angegriffen aus.«

Dr. McManus hielt inne und heftete seine betongrauen Augen auf den jungen Pastor. »Mein Sohn«, sagte er, »Sie sind der Pfarrer von uns beiden. Kennen Sie die Geschichte vom auferstandenen Lazarus?« Er schmunzelte über Johnnys wachsende Verblüffung. »Na, lassen Sie's gut sein, mein Junge. Ich möchte Ihnen aber doch sagen, daß Ihre Predigt verdammt gut war; freilich wird sie wohl nichts nützen. Sie können auch Mrs. Burnsdale sagen, daß ich mir die Sache mit dem Tiefkühlschrank überlegen werde.«

Er führte Lorry zu seiner Limousine und bat einen vorübergehenden jungen Mann, den er kannte, Lorrys Wagen nach Hause zu fahren. Er half dem Mädchen in den Wagen. Sie schien vollkommen schlaff, als hätte sie einen furchtbaren Schock erlitten. Als die Limousine anfuhr, brach sie in ein trockenes Schluchzen aus und die Hände auf ihren Knien ballten sich. »Na, schon gut, faß dich, Liebling«, begütigte der Arzt. »Das sieht dir gar nicht ähnlich. Weißt du, allmählich werde ich selber abergläubisch. Ich glaube fast, der Junge ist nicht durch Zufall hierhergekommen.«

Sie flüsterte mit trockenen Lippen, wobei sie immer noch vor sich hinstarrte, als hätte sie ihn nicht gehört: »Ich wußte ja, sein Name und der Umstand, daß er Feldkaplan war, waren mir irgendwie vertraut. Ich dachte nach. Und während ich dann mit ihm sprach, fielen mir Barrys Briefe ein — ich muß Barry sofort anrufen und ihm Bescheid sagen.«

Dr. McManus dachte mit geschürzten Lippen darüber nach. Da schüttelte er den Kopf. »Nein, Lorry. Noch nicht. Sag auch deinem Dad nichts davon. Ich ahne irgendwie, daß dieser Umstand unserem Pfarrer eines Tages nützen kann. Wir wollen dieses Geheimnis als eine Trumpfkarte aufbewahren.«

Mr. Summerfield schrieb seinen Artikel am Montagabend, und er war geschickt gemacht. »Wir haben den Krieg gegen den Nazismus gewonnen, und nun müssen wir gemeinsam mit unseren Alliierten den Frieden gewinnen. Vollkommene internationale Abrüstung —

bringt unsere Jungens sofort heim – Ära des guten Willens, neue Hoffnung für die Welt – Rußlands großartiger Beitrag zum Kampf um die Freiheit – Ausbreitung der Demokratie über die ganze Welt – die letzten Feinde der Menschheit, Hunger, Krankheit und Arbeitslosigkeit, müssen ausgerottet werden, so wie wir den Krieg auszurotten hoffen – große, neue Hoffnung der Welt – gewinnt den Frieden, gewinnt den Frieden –«

Lorry las den Artikel immer wieder, und dasselbe taten viele andere, aufgeklärte Leute. Es waren lauter edle, heroische Worte; sie drückten die Sehnsucht der Menschheit, die Hoffnung aller Völker aus. Es war gar nichts dagegen einzuwenden, dachte Lorry. Nur eins: sie waren im Munde der falschen Leute und wurden zu heimtückischen Zwecken mißbraucht.

12

An diesem trüben Montagmorgen trippelten alle Kinder im Gänsemarsch hinter Johnny her zu dem vorsintflutlichen Wagen. Über der Stadt lag drückende Hitze, geschwängert von den ekelerregenden Gasen der Fabriken, die keinen rechten Abzug fanden. Die kleine Emilie hustete, und ihr zartes Gesichtchen erbleichte. Johnny nahm sie besorgt in die Arme. Auch die anderen Kinder husteten, aber Johnnys Aufmerksamkeit galt dem kleinen Mädchen. War es nur Einbildung, oder war sie wirklich kleiner geworden, gebrechlicher als früher? Nun, sie würden ja bald sehen. Er und die Kinder waren im Begriff, Jean, der zu einer wichtigen Person aufgerückt war, ins Krankenhaus zu begleiten, wo er am Nachmittag operiert werden sollte. Auf Dr. McManus' Betreiben sollten die anderen gründlich untersucht werden.

Jean hatte kein Frühstück einnehmen dürfen. Die Kinder hatten ihn ehrfürchtig angestaunt. Er sprach von Gott und von der Heilung seines Armes und Beines, und sie nickten stumm und beifällig. Ihre Zuversicht erhöhte noch Johnnys Besorgnis. Er wußte, wie ernst die Operation sein würde; kannte alle Risiken.

Weil Jean eben Jean war, hatte Dr. McManus nicht darauf bestanden, daß er die letzte Nacht vor der Operation im Krankenhaus verbringe. »Könnte traumatische Störungen hervorrufen«, hatte er Johnny erklärt. »Bringen Sie die Kinder mit, zu seiner moralischen Unterstützung, und machen Sie eine Art Feiertag für ihn und für sie daraus.«

Johnny wünschte, der Tag wäre heiterer, ein richtiger Festtag. Aber über der bewölkten Stadt schwebte ein fahles Licht, erhellte gespenstisch die Wände der Häuser und zeichnete einsame Schatten unter die Bäume. Da und dort fiel schon ein Blatt.

»Seid brav!« rief Mrs. Burnsdale von der Haustür ihnen nach, die Hände in die Schürze gewickelt. Die Kinder winkten ihr zu. Sie lächelte; aber aus ihren Augen sprach dieselbe Besorgnis wie aus Johnnys Blicken. Sie betete still für sich und betrachtete mitleidig Johnnys hohe Gestalt im schwarzen Anzug des Geistlichen. Sein Gang war zuversichtlich, als er Emilie auf den Armen hinabtrug, aber sie wußte um seine Trauer, Niedergeschlagenheit und Sorge. Nicht die stumme Feindseligkeit seiner Gemeinde von gestern hatte ihn bezwungen, obwohl auch die wesentlich mitgewirkt hatte. Er war seit dem Überfall auf Max schwermütig gewesen; sie hatte ihn beobachtet, wie er brütend am Schreibtisch saß und gedankenverloren mit der Feder spielte. Er hatte einen Abstand um sich gelegt, den niemand durchdringen konnte. Er hatte sich offenbar in so trübe und ferne Gedanken versponnen, daß man nicht an ihn herankommen konnte. Sogar die Kinder hatten das gefühlt. Sie näherten sich ihm nur selten ungerufen, aber in den letzten paar Tagen waren sie immer wieder stumm in das Zimmer gekommen, hatten sich scheu an ihn geschmiegt oder ihn kurz gestreichelt, und waren wieder fortgelaufen.

»Man sollte glauben«, hatte Mrs. Burnsdale Dr. McManus voll leidenschaftlicher Empörung geklagt, »daß die Gemeinde sich schämen würde nach dem Vorfall mit Max. Aber keine Spur. Hockten bloß da und glotzten den armen Herrn Pastor an, während er von ihren Sünden und ihrer Reue predigte, und ihre Gesichter wurden immer länger und mürrischer, trotz der Kirchenräte und ihrer Frauen, die ihn da in den vordersten Stühlen wacker ermunterten. Ich hab' ja nie viel von Menschen gehalten; kenne sie zu gut. Aber sie hätten ja ausnahmsweise auch mal anständig sein können, nicht?«

»Ja, warum haben Sie das eigentlich erwartet?« hatte Dr. McManus erstaunt gepiepst. »Es sind eben Menschen, bloß Menschen.«

Johnny war beim Wagen angelangt. Eben wollte er die Tür öffnen, als er plötzlich innehielt. Er starrte die Räder an. Etwas an seinem unvermittelten Anhalten beunruhigte Mrs. Burnsdale. Sie eilte mit schwerfälligen Schritten hinunter auf die Straße. Als er ihrer ansichtig wurde, deutete Johnny auf die Räder. Alle Reifen waren sachkundig und gründlich zerschnitten worden, und die Räder ruhten platt auf dem Boden. Das hatten keine Kinderhände getan. Die Schnitte waren ringsherum mit solcher Gewalt geführt, daß nicht nur die Gummidecken, sondern auch die inneren Schläuche durchlöchert waren.

Mrs. Burnsdale legte die Hand auf den Mund. Die Kinder krochen schon in den Wagen, und Kathy half eben Max. Jean wartete als der Älteste, bis die Jüngeren Platz gefunden hatten. Als er gerade einsteigen wollte, erregte ein ungewisses Etwas seine stets wache, in überstandenen Schrecken und Leiden geschärfte Aufmerksamkeit. Er sah unvermittelt auf, blickte Johnny und Mrs. Burnsdale an, und seine schmalen Augen kniffen sich an den Augenwinkeln zusammen.

»Etwas los?« murmelte er.

Ein gewisser Klang in seiner Stimme machte Johnny trotz seiner Niedergeschlagenheit gleich auf ihn aufmerksam. Er setzte Emilie sorgfältig nieder. Heute war ein ernster Tag; Jeans Leben hing davon ab, was der Tag bringen würde. Johnnys erster Gedanke war, ihm einfach lächelnd zu versichern: Es ist nur der Wagen. Es ist etwas kaputt daran. Wir werden ein Taxi nehmen müssen.

Und dann wußte er plötzlich, daß solche Ausflüchte vor Jean fehl am Platze waren. Er legte die Hand auf die Schultern und sagte ruhig: »Jean, ich habe dir gesagt, in diesem Land herrscht das Gesetz. Das hast du selbst schon gemerkt. Die Polizei verhaftete den Jungen, der Max überfiel; er soll auf lange Zeit in eine Art Schule kommen, weil er im Kopf nicht gesund ist. Das ist das Gesetz. Und nun ist wieder etwas geschehen. Die Reifen an diesem Wagen sind durchschnitten worden, von einem Bösewicht, der mich haßt.«

Jean sah unverwandt in das traurige blasse Gesicht des Pastors. Dann bückte er sich unter Schmerzen und betrachtete die Reifen. Er nickte immer wieder vor sich hin. Dann richtete er sich wieder auf und schaute Johnny abermals an. Und dann legte sich ein verständnisinniges, wehmütiges Lächeln auf sein Gesicht. »Ein Mann, Papa? Ja, ein Mann. Es sind immer Männer, *non?*«

»Ja«, erwiderte Johnny.

Die Kinder lugten neugierig durch die Wagenfenster auf die Gruppe auf dem Gehsteig hinaus. Pietros frisches Gesichtchen drückte sich an der Scheibe platt. »Kommt, kommt!« rief er. Jean betrachtete nachdenklich seine Gefährten; er konnte den Schatten von Max' eingefallenem Gesicht erkennen. Er humpelte dicht an den Wagen heran: »Heraus! Der Wagen, der ist nicht gut. Kann nicht fahren. Wir müssen Taxi nehmen.«

»Nein, nein!« kreischte Pietro, der den Wagen heiß liebte. Jean öffnete die Tür, packte den Kleinen am Arm und zerrte ihn hinaus. »Pietro ist ein Dummkopf«, meinte er streng. Die anderen Kinder folgten erstaunt Pietro. Sie warteten auf Jeans nächstes Wort. »Taxi«, wiederholte der. »Mama Burnsdale wird uns ein Taxi bestellen. Pietro, halt den Mund.«

»Warum fährt der Wagen nicht?« wollte Kathy wissen, während Mrs. Burnsdale sich abwandte, um ihre Tränen zu verbergen, und ins Haus eilte.

Jean warnte Johnny mit raschem Blick. »Papa sagt, er fährt nicht. Also fährt er nicht. Wagen fahren nicht immer. Wir warten auf Taxi.«

Johnny konnte nicht sprechen, legte jedoch Jean den Arm um die Schultern. Und dann wurde ihm unerklärlich leicht ums Herz, und er empfand Reue. Er, ein Mann, ein Geistlicher, war mutlos, ja verzweifelt gewesen. Seine Gebete während der letzten Tage waren tot gewesen. Er hatte gespürt, daß etwas in ihm zerbrochen war. Und hier stand dieser Junge, ein Kind, das unsagbare Angst und Verzweiflung überstanden hatte und doch unter schlimmsten Verhältnissen sich noch so weit aufschwingen konnte, selbstlos fremdes Leid zu lindern und seinen Glauben zu bewahren. Er hatte sich mit der Bosheit der Menschen abgefunden; ihre Schrecken fürchtete er nicht mehr.

»Während wir warten müssen«, schlug Johnny nun wieder im alten frischen Ton vor, »werde ich euch eine Geschichte erzählen.« Die Kinder drängten sich eifrig um ihn. »Als die Mutter des Christkindes und Joseph mit Ihm ihr Land verließen, um Es vor den Soldaten des bösen Königs zu verstecken, die Es töten wollten, da fürchteten sie sich sehr. Sie waren weit gegangen, auf einer einsamen Straße nach Ägypten. Aber ehe sie Ägypten erreichten, warnte sie ein Engel, daß berittene Soldaten ihnen dicht auf den Fersen waren. Darum machten sie eine Höhle ausfindig, wo sie sich versteckten.«

»Höhle«, wiederholte Jean. Kathy, Max und Pietro nickten feierlich. Höhlen, ja, die kannten sie gar wohl. Kannten ihre Finsternis und Feuchtigkeit, ihren schlüpfrigen Boden, die Angst, den rasenden Schlag des Herzens, die Stille, das Kauern im Dunkeln.

Und das Lauschen, immer das Lauschen auf die Schritte der Verfolger.

»Die Soldaten untersuchten alle Büsche und Höhlen an der Straße und schauten hinter alle großen Steine. Und schon waren sie ganz dicht an der Höhle, wo die Mutter und das Kind und Joseph sich versteckten. Joseph hatte den Esel hinter ein paar Bäumen angebunden. Er betete, daß der Esel keinen Lärm machen sollte, wenn die Soldaten näherkämen. Die Mutter saß im Dunkel hinten in der Höhle und drückte ihr Kind fest an die Brust, die junge Mutter mit ihrem Kleinen. Und da hörten sie auch schon den Hufschlag die Straße daherkommen, und hörten die Soldaten rufen.«

»Ja, ja«, riefen die Kinder; sie entsannen sich gar wohl.

»Der arme Joseph mußte glauben, die Soldaten würden auch diese Höhle durchsuchen. Er schloß die Augen, und Tränen liefen ihm über die Wangen, selbst während er betete. Und als er dann aufschaute, sah er, daß etwas Seltsames geschehen war, und zwar im Handumdrehen.«

»Was, was?« schrien die Kinder laut. Pietro zappelte vor Ungeduld. Johnny lächelte ihnen triumphierend zu. »Eine große Spinne hatte in den wenigen Augenblicken ihr Netz über den Eingang zur Höhle gesponnen! Es war ein dickes Gewebe, für das sie sonst eine ganze Nacht brauchte!«

»Oh!« entfuhr es den Kindern, leise und ehrfürchtig, im Chor.

»Und als die Soldaten zur Höhle kamen, wollten sie sie durchsuchen. Aber ihr Anführer wies auf die Spinnweben und meinte, die Familie könne nicht in der Höhle sein, weil das Gewebe unversehrt sei. Also ritten die Soldaten auf der heißen weißen Straße fort, und nach langer Zeit verließ auch die Familie die Höhle und zog auf einer anderen Straße weiter.«

Die Kinder schwiegen, ihre Gesichter leuchteten. Das trübe Licht unter den grauen Wolken nahm sich nicht mehr so trostlos aus. Dann fragte Jean: »Gott macht viele Spinnweben, ja?«

»Ja«, antwortete Johnny. Da kam ein Taxi um die Ecke gebraust. »Da ist es schon«, fuhr er heiter fort. Er half den Kindern beim Einsteigen, während der Fahrer neugierig zuschaute. Dann rollte ein leiser, schwarzer Wagen geräuschlos auf sie zu und hielt. Jean betrachtete ihn aufmerksam. »Die Polizei«, murmelte er, und sprach zum erstenmal dieses Wort voll Vertrauen und Genugtuung aus, ohne den alten, furchtsamen Klang. Mrs. Burnsdale kam zur Straße herab, und Johnny deutete kopfschüttelnd verstohlen auf den Polizeiwagen; sie ging gleich auf diesen zu, weil sie die nächste Polizeiwache angerufen hatte. Das Taxi glitt an dem Dienstwagen vorbei, und Jean grüßte die jungen Polizisten darin, indem er ihnen zuwinkte; sie erwiderten seinen Gruß.

»Wer, wer?« fragte Pietro, der immer alles bemerkte.

»Unsere Freunde«, erklärte Jean.

Das Taxi rollte durch die stillen Straßen. Die Kinder der Stadt waren bereits in der Schule. Nun wurde das Licht noch trüber und der Gestank der Abgase von den Fabriken noch ärger. Die Wagenräder knirschten auf dem dicken Schlackenbelag der Straße. Hier und da durchdrang ein schwefelgelber oder giftgrüner Blitz den bedeckten Himmel. Ab und zu hörte Johnny auch ein schwaches Knurren in der Erde, das ihn unliebsam an die Stollen unter der Stadt erinnerte. Wieder bemächtigte sich seiner die Niedergeschlagenheit und die Angst um Jean.

Sie langten bei dem Krankenhaus an, das unter Dr. McManus' Leitung stand. Johnny hatte gehört, daß es ziemlich neu war, kaum sechs Monate alt; aber sein ursprünglich heller Granit war beschmutzt und nachgedunkelt, als hätte ihn ein Ausschlag befallen. Männer reinigten beschlagene Fenster, die morgen wieder schmutzig sein würden. Wäre der Bau nicht im modernen Stil gehalten und mit Glas und Aluminiumtüren ausgestattet gewesen, so hätte Johnny sein Alter auf mindestens ein Vierteljahrhundert geschätzt. Es war jedoch eine vollständige Ventilationsanlage eingebaut worden, und drinnen überall Gummibelag, schwarz und weiß, Aluminium, Sauberkeit und Ruhe. »Ein schönes Haus«, sagte Johnny zu den Kindern, die sich auf ihre gewohnte Art eng zusammen und zu dicht an ihn drängten. Die kleine Emilie fing zu weinen an, als eine forsche weißgekleidete Schwester an ihnen vorüberkam; sie erinnerte sich der Injektionsnadeln, die sie in Krämpfe gestürzt hatten, und Johnny nahm sie auf den Arm. Sie barg keuchend ihr Gesichtchen an seiner schwarzen Schulter.

Die Aufnahmeschwester, eine ältere Frau mit freundlichem Gesicht, begrüßte sie. Dr. McManus würde gleich hier sein. Und da kam er auch angestapft, aus irgendeiner Tür heraus; seine kurzen, dicken Beine bewegten sich wie Kolben. »Fünfzehn Minuten zu spät!« piepste er. »Ja, was glauben Sie denn, Pfarrer, was das hier ist? Ein Teekränzchen vom Damenkomitee?«

Ihm antwortete Jean. Er trat einen Schritt auf den grimmigen Alten zu und sah ihn voll an. »Der Wagen – er fuhr nicht.« Der Doktor runzelte die Stirn und sah ihn finster an. »Unsinn. Der

Wagen ist in gutem Zustand. Sei nicht unverschämt, Junge.« Jean flüsterte beinahe unhörbar: »Die Räder – waren ganz zerschnitten. Nur Papa und ich wissen es.«

»Was!« schrie der Doktor, und sein graues Gesicht lief purpurn an. Er wandte sich an Johnny, und sein Gesicht verzerrte sich vor Zorn. Sein Atem ging rasselnd, und die Kinder beobachteten ihn neugierig. Er legte Jean die Hand auf die Schulter und meinte unvermittelt: »Das kann vorkommen. Also, Kinder und Sie, Pfarrer, kommen Sie mit in Jeans Zimmer. Das ist ein Anblick!« Er suchte in seiner Tasche und holte ein an Johnny adressiertes Telegramm heraus; Johnny öffnete es. Es war von Dr. Stevens; er hoffte aufrichtig, daß Jeans Operation erfolgreich sein würde und bat um sofortige Nachricht. Er ließ die ganze Familie herzlich grüßen. »Einen Riesenblumenstrauß hat er auch geschickt«, bemerkte der Doktor, der das Telegramm unverfroren über Johnnys Schulter mitgelesen hatte.

Das Telegramm machte Johnny warm ums Herz, und er las es den Kindern vor. Sie fuhren alle gemeinsam in einem gewaltigen lautlosen Lift in die chirurgische Abteilung hinauf, die breite hellerleuchtete Gänge und große Flügeltüren hatte; wohltuende Stille und Ruhe herrschten hier. Die Umgebung verfehlte ihren Eindruck auf die Kinder nicht, aber sie drängten sich noch immer dicht an Johnny. Der Doktor öffnete schwungvoll eine Tür zu einem großen Zimmer und meinte mit Galgenhumor: »Sieht aus wie zu einer verdammten Aufbahrung hergerichtet, nicht?«

Das Zimmer war buchstäblich übersät mit Rosen, roten, gelben, weißen und dunkelroten. Der geräumige Tisch neben dem weißen Bett war voll davon; der Schrank darunter förmlich begraben; an den Wänden standen in Doppelreihen riesige Vasen. Das Zimmer war sonnig und glich in seinem Duft und seinen Farben einem Garten im Juni. Die Kinder brachen in Entzückensschreie aus, und selbst Klein-Emilie strampelte auf Johnnys Armen und wollte auf die Beinchen gestellt werden. Ein lindes Lüftchen strich zu den beiden großen Fenstern herein und wehte den Duft der Blumen durch das ganze Zimmer, und die Kinder schnupperten begeistert. Jeans farbloses Gesicht rötete sich vor Stolz und Glück; er konnte nur stehen und staunen.

»Ach du lieber Himmel«, meinte Johnny geknickt. »Das hat alles Dr. Stevens geschickt?«

»Nein«, versetzte der Doktor. Er betrachtete die Bescherung mit seinem gewohnten, grimmigen Gesicht, aber es war ihm deutlich anzumerken, daß er sich darüber freute. »Ist ja auch egal. Ein Freund. Nicht ich. Niemand aus Ihrer Pfarre. Bloß ein Freund.«

Als die lächelnde junge Schwester in der Tür erschien, fiel Johnny eine andere Last auf die Seele, und er errötete. »Doktor McManus. Dieses Zimmer. Es ist wahrscheinlich sehr teuer. Ich — ich hatte gedacht, er sollte auf einer Station liegen. Das ist das höchste, was ich erschwingen kann, müssen Sie wissen. Und wegen der Schwestern fiel mir grade ein —«

»Der Junge kann nicht mit anderen zusammen auf einer Station liegen«, versetzte der Doktor barsch. »Und zwar aus verschiedenen Gründen. Außerdem wird er geraume Zeit beständige Pflege brauchen. Drei Schwestern. Das Zimmer kostet achtzehn Dollar pro Tag, es ist unser bestes. Und die Schwestern kriegen neun Dollar pro Tag, ohne Verpflegung. Und jetzt halten Sie den Mund. Es ist alles erledigt — von einem Freund.«

»Von wem?« fragte Johnny argwöhnisch. »Von Ihnen? Nein. Sie tun so schon genug. Dr. Klein hat es mir erzählt. Ich kann nicht mehr annehmen.«

»Nicht von mir und nicht von Sol«, entgegnete der Arzt ungeduldig. »Bloß von einem Freund, der so tief in Ihrer Schuld steht, daß er sie gar nicht vollständig abtragen kann. Einer so großen Schuld, daß er eben versucht, einen ganz kleinen Teil davon zu zahlen.«

»Kein Mensch schuldet mir was, keinen Cent«, erwiderte Johnny noch argwöhnischer und immer beschämter. »Bloß ein Soldat, der mit mir Poker spielte. Fünf Dollar. Doktor, ich kann keine Almosen annehmen, wenn ich auch ein Pastor bin.«

Der Arzt stemmte die Arme in die Hüften und maß Johnny wütend. »Wer zum Teufel soll Ihnen denn Almosen geben, Pastor? Wer denn in Barryfield oder sonstwo, möchte ich wissen? Seien sie doch kein verdammter Narr. Ich weiß zufällig von dieser Schuld an Sie, und glauben Sie mir, die Kosten von alledem hier sind ein Nichts im Vergleich dazu.«

»Das glaube ich Ihnen nicht«, versetzte Johnny mit müder Stimme. »Ist ja lächerlich.«

»Schon recht, schon recht, dann glauben Sie's eben nicht«, erwiderte Dr. McManus zornig. Dr. Klein erschien, blond, im weißen Mantel; seine Augen blitzten freundlich hinter der Brille. Er lachte kurz, als er die Blumen sah, und schüttelte Johnny und Jean die Hand. Er bewunderte eine besonders schöne gelbe Rose, bat Jean um die Erlaubnis, sie zu nehmen, hob sie behutsam aus der Vase und steckte sie ins Knopfloch. »Die kamen aus Philadelphia, fast eine ganze Wagenladung«, erklärte er. »Jemand mag Sie und den Jungen hier offensichtlich nicht übel leiden. Nun?« Ein fragender Blick traf Dr. McManus.

»Gut. Wir müssen an die Arbeit gehn, Pfarrer. Das Zimmer hier ist nicht groß genug, mit all diesen höllischen Blumen.«

Johnny nahm Jeans Hand fest in die seine. »Jean, die Ärzte müssen dich für die Operation fertigmachen. Wir warten, bis sie fertig sind, dann kommen wir wieder. Ja?«

Jean zögerte. Nun hatte er plötzlich Angst. Er sah forschend erst Johnny, dann die beiden Ärzte an. Und sagte: »Okay.«

»Gut«, bemerkte Dr. McManus. »Der Junge hat Mumm in den Knochen. Übrigens können Sie mittlerweile die anderen Kinder nach unten zur Untersuchung führen. Ich hab' Sie da schon angemeldet. Sie treffen dort einen von meinen Jungen; einen Burschen namens Kennedy. Der wartet schon auf Sie.«

Die Kinder, besonders Pietro, wollten Jean nicht allein lassen. Sie umstellten ihn plötzlich in engem Kreis, und ihre Augen glichen wieder denen von scheuen Tieren. »Bleiben«, verkündete Pietro. »Wir bleiben«, sagte Max und Kathy. Und waren wieder fremd und gehetzt, gestellt von ihren Feinden.

Da sprach Jean laut und entschieden: »Ihr bleibt nicht. Ich brauche euch nicht. Ärzte kümmern sich um mich. Hinaus mit euch, Max, Kathy, Pietro. Hinaus!«

Sie starrten ihn ungläubig an. Er schubste Pietro und Kathy kräftig zur Türe hin, und Max und Emilie folgten ihnen unschlüssig. »Hinaus«, wiederholte er.

»Papa!« rief Pietro verblüfft, und Johnny eilte dem verstörten Häuflein nach.

»Tja, Kinder«, sagte er kläglich draußen auf dem Korridor, »sie haben uns hinausgeworfen, nicht wahr? Wir sind ihnen da drinnen nur im Weg. Kommt; wir gehen nach unten in die Untersuchungszimmer; dort wollen die Ärzte nachsehen, ob ihr in Ordnung und bei guter Gesundheit seid.«

Sie lachten mit ihm und faßten ihn erleichtert an den Händen. Da sah Johnny Pater Krupszyk die Halle entlangkommen, und plötzlich drang die schicksalsschwere Bedeutung von Jeans Operation mit aller Wucht auf ihn ein. »Padre!« rief Pietro entzückt und lief auf den Priester zu, während die anderen erstaunt zusahen. Der Priester nahm Pietros Hand, und Pietro zerrte ihn hinter sich her und auf die wartende Gruppe zu. »Padre«, erklärte er den kleinen Mädchen und Max hochmütig. Die Kinder lugten ihn scheu an; Johnny schüttelte ihm die Hand. Dem jungen Pastor schlug das Herz vor Angst schneller.

»Jean wird gerade fertiggemacht«, sagte er.

Pater Krupszyk nickte ihm tröstend zu. »Ich warte vor der Tür, bis sie mich rufen.« Er hielt inne, und ein Lächeln verschönte sein breites Polengesicht. Er legte Johnny die Hand auf den Arm. »Wir wollen gemeinsam beten, Mr. Fletcher. Und daran denken, daß Gott alle Gebete hört.« Aus seinen Augen sprach die Sorge um Johnny, dessen hageres Gesicht und traurige Miene ihm nicht entgangen waren.

Die Untersuchungszimmer waren groß und hell, und Johnny wurde von einem schlanken, jungen Mann mit schwarzen Augen und ebensolchem Haar begrüßt, der sich als Dr. Timothy Kennedy vorstellte. »Also das sind die Kinder«, meinte er freundlich lächelnd zu der kleinen Schar, die wieder verstummt war. Seine scharfen Augen streiften die Kinder prüfend und ruhten länger, als Johnny lieb war, auf Emilies zartem, blassem und schmalem Gesichtchen. Dr. Kennedy hob sacht eine lange Strähne von dem schönen Haar des Kindes auf. »Ich hab' ein kleines Mädchen, wie du eins bist, mein Liebes. Sie heißt Mary. Wie heißt du denn?«

Sie lehnte sich an Johnnys Bein und antwortete nicht. Sie zitterte.

»Sie heißt Emilie«, sagte Johnny so fest er eben konnte. »Und sie ist mein kleines Mädel, mein Kleinchen, meine Emilie.« Sie schlang plötzlich die Ärmchen um sein Bein und verbarg das Gesichtchen an seinem Rock.

Da griff Kathy entschlossen ein. Sie zog Emilies eine Hand von Johnny fort und hielt sie fest. »Ich gehe mit Emilie«, erklärte sie Dr. Kennedy mit mütterlich strenger Stimme.

»Aber natürlich«, pflichtete ihr der junge Mann bei. »Warum auch nicht? Die Mädel in ein Zimmer; die Jungen ins andere dort.« Er fuhr Pietro durchs Haar; der grinste ihn frech an. Er musterte abermals Max, und wieder verhärtete sich sein eben noch lächelndes, typisch irisches Gesicht. »Wir werden den Verband wechseln«, sagte er nur; seine Augen lachten nicht mehr, sondern blitzten stahlhart.

Eine Schwester trat hinzu, ein untersetztes Mädchen mit fröhlichem Gesicht. »Kathy?« fragte sie. »Du willst dich also um dein kleines Schwesterchen kümmern? Darf ich dir sagen, daß ich noch nie so schönes Haar wie deins gesehen habe? Gelb wie eine Tulpe. Ich wollte, ich hätte es!«

Kathy, die sie vorhin hochmütig gemustert hatte, lächelte und strahlte und drehte sich geziert. »Danke schön«, sagte sie sittsam. Sie prunkte ein wenig mit ihrem Plaidrock. »Mein Name ist Nancy«, fuhr die Schwester fort. »Mir gefällt dein Kleid, Kathy. Ich hatte auch einmal ein solches, und das liebte ich sehr.«

Die Kinder wurden fortgeführt und Johnny in ein bequemes Wartezmmer geleitet. Niemand bemerkte ihn dort, weil die anderen Insassen mit ihren eigenen Sorgen und Nöten beschäftigt waren. Er betrachtete die stämmige, schäbig gekleidete Frau ihm gegenüber; ihr fleischiges, weißes Gesicht war von verzweifelten Falten und Runzeln durchzogen. Sie drehte unablässig ein Taschentuch in den schwarz behandschuhten Fingern und blinzelte fortwährend. Zuweilen bewegte sie die Lippen in stillem Gebet. Ein klapperdürrer Mann mit gelbem Gesicht saß neben seiner kleinen Frau. Sein Kopf glich einem Totenschädel, und der Tod sah ihm aus den Augen. Krebs, dachte Johnny voll Mitleid und Schmerz. Dieses Wissen stand im Gesicht seiner Frau geschrieben, die seine Hand hielt und tot und blicklos vor sich hinstarrte. Dort saß eine Mutter mit ihrem Baby, einem verschrumpelten, wimmernden kleinen Ding. Sie streichelte und tätschelte ihm mit der abgearbeiteten Hand das Köpfchen und murmelte unaufhörlich mit zärtlicher Stimme und ängstlich vor sich hin.

Johnny betete für sie, aus seinem eigenen, von der Furcht heimgesuchten Herzen heraus. Aber das Gebet glich einem vergeblichen Rufen, war wie ein Kind, das nach seinem Vater ruft, der stumm bleibt und ferne ist. Während er für die Leidenden im Zimmer betete, kehrten seine Gedanken unweigerlich immer wieder zu Jean zurück, wie ein Wetterhahn, der sich nach dem Winde dreht. Er sagte sich, wie kann ich für andere beten oder anderen helfen, wenn nur nackte Angst und Zweifel in mir wohnen?

Jemand berührte ihn am Arm. Er fuhr auf und sah in das lächelnde Gesicht von Dr. Kennedy. »Also, Mr. Fletcher, wir haben Max die Klammern aus dem Hals entfernt, und es heilt alles prächtig; wir haben dem Jungen eine große Flasche Pillen geschenkt. Pietro könnte nicht gesünder sein; ist bloß ein bißchen nervös. Kathy steckt voll Leben und Vitaminen. Und ist überzeugt, daß sie Ärztin wird.«

Seine junge Stimme klang heiter, aber als Johnny aufsah, wich der Arzt seinem Blick aus. »Emilie?« fragte Johnny. Abermals krampfte sich sein Herz wider Willen zusammen, und Himmel und Horizont verdüsterten sich.

Dr. Kennedy sah sich im Wartezimmer um. Es war nun leer. Er senkte die Stimme und legte Johnny die Hand auf die Schulter. »Nun, ich glaube, Sie wissen ja wohl Bescheid. Es ist ihr Herz, Ehrwürden. Zunächst hatte sie schon einen Herzfehler von Geburt. Und dann – geschah eben allerhand. Doc hat mir erzählt. Ich weiß nicht, wie ich es Ihnen sagen soll, aber wir können gar nichts tun. Nicht einmal eine experimentelle Blaue-Baby-Operation. Es ist schon zu weit vorgeschritten. Mr. Fletcher, sie muß sterben. In einer Woche, einem Monat, einem Jahr? Das wissen wir nicht. Aber sie muß sterben. Es könnte – jederzeit sein.«

Johnnys Hände krampften sich zusammen. Mund und Kehle waren ihm wie ausgedörrt. Er setzte wiederholt zum Sprechen an, ehe er heiser hervorstieß: »Sie wurde in Europa mehrmals untersucht. Von den besten Ärzten, Herzspezialisten. Ich – ich brachte sie nach London, ließ sie von einer Kapazität in Harley Street untersuchen. Das war im Juli. Er – der Spezialist – sagte mir, die Aussichten auf Leben und Tod ständen etwa gleich. Das verstehe ich nicht. Wie – wie konnte sich ihr Zustand so verschlechtern?«

»Das kommt vor«, erklärte der Arzt mitleidig. »Sie ist bloß ein kleines Mädel – erst fünf. Aber sie hat schon Erinnerungen. Sie haben alle Ihr Bestes getan, aber der Schreck und die ausgestandenen Schmerzen blieben ihr im Gedächtnis. Und –« er hob die Hand in beredter Gebärde und ließ sie hoffnungslos wieder sinken – »auch der Liebe sind Grenzen gesetzt, wissen Sie. Sie haben den Trost, getan zu haben, was in Ihrer Macht stand, und zu wissen, wieviel Sie dem Kind geschenkt haben.«

»Nicht genug«, flüsterte Johnny. Er schluckte krampfhaft. »Ein Krankenhaus? Spitalaufenthalt? Würde das helfen?«

Der Arzt überlegte. Dann schüttelte er den Kopf. »Sie müßte die ganze Zeit im Bett oder im Rollstuhl bleiben. Weg von Ihnen und den anderen. Ich fürchte, sie würde noch schneller hinwelken unter solchen Verhältnissen. Sie – ja, sie würde sterben vor Angst und Einsamkeit. Vergessen Sie nicht, sie ist kein gewöhnliches Kind, mit gewöhnlichen Erinnerungen.«

»Nein«, sagte Johnny grimmig. Er schlug sich mit der Faust aufs Knie. »Ich glaube – eine Klinik. Mayo? Cleveland? John Hopkins?« Er suchte im Gesicht des Arztes nach dem geringsten Hoffnungsschimmer.

Dr. Kennedy antwortete: »Es wäre schade um Ihre Zeit und Ihr Geld. Ich – ich habe noch nie ein so schlechtes Herz gesehen. Es ist ein Wunder, daß sie überhaupt atmen kann. Möchten Sie die Röntgenaufnahmen sehen? Durch das Fluoroskop schauen? Dann wäre Ihnen vielleicht noch trauriger zumute. Ein Wunder, daß sie überhaupt atmet. Verschaffen Sie ihr möglichst viel Ruhe und Bequemlichkeit. Schicken Sie sie nicht zur Schule. Schränken Sie ihre Spiele ein. Lassen Sie sie häufig ein Schläfchen machen. Und Ruhe. Keine Aufregung. Wußten Sie, daß sie starke Schmerzen leidet?«

Schmerzen? Das Kind hatte nie davon gesprochen, nie geklagt, nie geweint! Johnny sah Dr. Kennedy gequält an. Das war für ihn der größte Schrecken, daß ein Kind, kaum dem Säuglingsalter entwachsen, die Tapferkeit, die Fügsamkeit und Reife besaß, Leiden ohne Klagen zu erdulden. Er würgte hervor: »Das – könnte ich glauben, wenn sie alt genug wäre, an Gott zu glauben.«

»Und wie wollen Sie wissen, ob sie diesen Glauben nicht hat?« fragte Dr. Kennedy. »Ihr Alter? Ihre Unwissenheit, bis auf das, was Sie ihr beigebracht haben? Woher wissen Sie, daß der Glaube nur denen vorbehalten ist, die nach der Weise der Erwachsenen darüber nachdenken können?«

Johnny senkte den Kopf. »Ich dürfte eigentlich gar nicht so mit Ihnen reden, Ehrwürden«, meinte Dr. Kennedy entschuldigend. »Sie sind schließlich ein Pastor.«

Johnny sah auf. »Ein Pastor«, wiederholte er, düster und bitter. »Ich vergesse immer wieder, was ich weiß.« Seine verkrampften Hände schmerzten ihn, und nun lächelte er schwach. »Ja, ich vergesse; zuweilen übermannt mich auch die Logik. Ja, woher weiß ich, ob Gott nicht auch Babys und kleine Kinder tröstet?«

Dr. Kennedy lächelte. »Nun, ich gab der Kleinen gerade vor einer halben Stunde eine Pille. Ich hätte es auch selbst nicht gewußt, obwohl ich ahnte, daß sie vielleicht geringfügige Schmerzen haben könnte. Ich erkannte es erst, als sie – tja, armes, kleines Ding – mir die Hand küßte und sagte, die Pille hätte ›die Ratte verscheucht‹, und die Hand auf die Brust legte.«

Die Ratte verscheucht, die Ratte in der Höhle, im Scharfrichterhaus, in den Wäldern und Schlupfwinkeln, wo sie sich mit den anderen versteckt hatte! Ja, sie mußte natürlich in Gedanken den Schmerz mit Ratten verbinden. Dr. Kennedy legte Johnny eine Schachtel in die Hand. Er sprach forsch, um seine Rührung zu verbergen: »Sie muß drei Stück täglich nehmen. Das wird ihr wohl tun. Und hier ist ein Rezept für weitere Pillen.«

Johnny steckte die Schachtel in die Tasche und glättete mit zitternden Händen das Rezeptformular. »Ich kann mir nicht helfen, aber wissen Sie, ich fange in letzter Zeit an, leidenschaftlich zu hassen. Ärger sogar als drüben in Europa. Ich hasse vieles und viele. Ich fange an, die Menschheit satt zu kriegen! Und dabei bin ich Geistlicher!«

Dr. Kennedy entgegnete: »Deshalb dürfen Sie sich nicht schuldig fühlen. Ich habe nie gehört, daß es Sünde sei, das Böse zu hassen.«

Kathy erschien wieder, rosig strahlend und im Schimmer ihres gelben Haares, und führte Emilie mütterlich an der Hand. Johnny sah die Kleine an, die blasse durchschimmernde Haut, die blauen Schatten unter den Augen, das dürre Körperchen. Das einzige Gesunde an ihr war die Fülle ihres langen blonden Haars, das ihr wie ein Schultertuch bis weit über den Rücken fiel. Johnny hielt ihr die offenen Arme entgegen, und sie kuschelte sich auf seinem Knie zurecht. Ihm brach fast das Herz. Er legte die Wange auf ihr Köpfchen und starrte stumpf vor sich hin, unfähig zu beten, nur seinem brennenden Schmerz hingegeben.

Und dann sah er die leuchtende Woge vor dem ewigen Himmel wieder, und der Friede zog in sein Herz. Er sagte laut: »Ich hatte vergessen.«

Er trug Emilie und stieg, gefolgt von den anderen Kindern, wieder zur Chirurgischen Abteilung hinauf. Dr. McManus, der Priester und Dr. Klein standen im Gespräch vor Jeans Zimmertür. Dr. McManus' brutale Augen erfaßten sogleich Johnnys Gesicht, denn er wußte Bescheid. Er sah, daß der junge Mann totenbleich war, aber lächelte, und der alte Arzt seufzte bei sich. Und sagte: »Na, ich dachte, Sie kämen überhaupt nicht mehr. Haben wohl eine Tasse Tee getrunken? Hab' gehört, Pfarrer lieben das; mein Vater tat's wenigstens. Oder hab' ich das bloß aus englischen Pfarrerromanen?« Seine Stimme klang mürrisch, sein Blick war es ebenso. »Gehen Sie nur hinein; wir haben ihm ein Beruhigungsmittel verabreicht. Stören Sie ihn nicht. Wir werden erst in frühestens zwei Stunden etwas Bestimmtes sagen können.«

Sie gingen auf leisen Sohlen hinein. Jean sah sehr klein und schmal aus, dort auf dem weißen Bett inmitten der überwältigenden Fülle bunter Rosen. Seine Augen waren geschlossen. Er schlug sie aber sogleich auf, als Johnny neben ihm stand. Seine Hand tastete umher. Er murmelte: »Papa? *C'est toi?*«

Er stand tief unter der Einwirkung des Beruhigungsmittels; seine farblosen Augen blickten glasig in eine Traumwelt. Johnny hielt seine Hand fest umschlungen. »*Oui, c'est moi, mon petit.*«

Der Junge schloß die Augen wieder, lächelte heiter und schlief ein. Die Kinder beäugten ihn ehrfürchtig. Das Lächeln schwand nicht von Jeans Gesicht; er war wieder daheim, im stillen, warmen Sonnenschein einer vergessenen kleinen Villa; der Duft eines Weingartens strich durch ein Gitterfenster herein, und die sinkende Sonne verklärte niedrige, grüne Hügel.

Johnny kniete am Bett nieder, und die Kinder folgten ihm; sie beteten schweigend. Er stand auf. »Nun müssen wir Jean seinen guten Freunden, den Ärzten überlassen, und wenn er erwacht, wollen wir ihn wieder besuchen.« Im Geiste klammerte er sich an eine Vision von der Woge am Horizont und den perlfarbenen Bezirken. Er ging mit den Kindern hinaus. Dr. McManus und Dr. Klein waren fort. Aber der Priester erwartete ihn.

»Zwei Stunden, sagten sie«, murmelte Johnny.

»Es braucht Zeit«, versetzte der Priester. Er nahm Pietro bei der Hand. Pietro tat einen Luftsprung, trotz Kathys strafendem Blick. Max lächelte. Seine eingefallenen Wangen hatten etwas Farbe bekommen. »Wollen wir den Kindern heiße Würstchen vorsetzen?«

»Ich habe eine Pfarre«, wandte Johnny ein. »Muß erst daheim anrufen, ob ich nicht verlangt worden bin — Krankenbesuche oder sonst etwas.«

Der Priester blickte zur Seite und sagte herzhaft bekräftigend: »Gut. Wir erwarten Sie unten.«

Aber es hatte niemand angerufen, sagte Mrs. Burnsdale bedauernd. »Ich glaube, jedermann weiß, daß daß Sie heute im Spital sind.« Sie verschwieg, was sie dachte, daß nämlich doch gewiß irgend jemand hätte anrufen und sich nach Jean erkundigen, die gestrige Predigt loben oder kritisieren oder auch eine freundliche Einladung hätte aussprechen können. Johnny hängte auf. Er erinnerte sich des Einstandsessens. Wie freundlich und begeistert damals die Kirchenräte, das Damenkomitee und die anderen Frauen waren! Aber nun blieb alles stumm. Irgendwie habe ich versagt, dachte der Pastor. Wo? Wie? Alles, was ich anrühre, geht schief. Der Schmerz nagte an ihm und versehrte ihm das Herz wie mit feurigen Nadelstichen, als er nun an Jean und Emilie dachte.

»Ich glaube, ich bin ein falscher oder unnützer Hirt«, sagte er zu

Pater Krupszyk, während sie alle die rußknirschende Straße hinabgingen, um den Speisewagen aufzusuchen. »Vielleicht deshalb, weil ich Zweifel habe. Vielleicht hätte ich meine erste Predigt nicht über Sünde, Buße und Sühne halten sollen. Vielleicht hätte ich meiner Dankbarkeit Ausdruck verleihen sollen, daß meine Gemeinde mich aufnahm, und ankündigen sollen, was wir alles gemeinsam schaffen wollen.«

Der Priester wandte sich ihm zu; Emilie ritt zufrieden auf Johnnys Schulter. Die Kinder gingen dicht neben ihm. Der Priester sagte: »Das Evangelium ist stets dasselbe: Liebe, Buße, Sühne, Opfer. Ein anderes gibt es nicht.«

»Aber doch –«

»Es kann keinen Trost geben, kein Bewußtsein der göttlichen Liebe, wenn ein Mensch nicht weiß, was er getan hat, und nicht aufrichtig zerknirscht ist. Wir können das größte Sakrament nicht ohne vorhergehende Reue spenden. Wie sollen wir denn zu Gott kommen, wenn nicht durch Demut und Selbsterkenntnis?«

Er tätschelte Pietros ungebärdigen Kopf. »Hopp, mein Schäflein«, sagte er. Pietro war entzückt und hüpfte ein paar Schritte, und nun hüpfte ihm, zu Johnnys freudigem Erstaunen, Max mit ungelenken Bewegungen nach – die erste spielerische Regung, die er je hatte erkennen lassen.

»Natürlich«, sagte Johnny, und seine Stimme klang fester.

13

Aber zwei Stunden später war Jean noch immer im Operationssaal. Johnny fuhr mit den Kindern im Wagen des Priesters, einem wackeren, geräuschvollen uralten Vehikel, nach Hause. »Ich bleibe mit dem Krankenhaus in Verbindung«, sagte Pater Krupszyk, »und werde mit Ihnen wieder dort sein, wenn es an der Zeit ist.«

Also konnte man vorläufig nur warten. Johnny hatte Mrs. Burnsdale Emilies Zustand enthüllt, und die Frau hatte ein wenig geweint. Sie brachte Emilie zu Bett, und Johnny und die drei anderen Kinder gingen im Garten spazieren. »Es braucht Zeit«, hatte Johnny ihnen versichert. »Wie wäre es, wenn wir unterdessen die Stellen auswählen, wo wir unsere Bäume pflanzen wollen?«

Er konnte über den schiefen Zaun hinweg auf die düstere rußbedeckte Straße sehen. Kinder kamen im Laufschritt von der

Schule nach Hause; Hausfrauen zogen vorbei, beladen mit Einkäufen, oder schoben Kinderwagen vor sich her. Das Licht wurde noch trüber, und der penetrante Gestank der Industrieabgase geradezu ekelerregend. Johnny und die Kinder schlenderten über das kurzgestutzte Gras und viele Stoppeln und Unkraut aller Art und überlegten ernsthaft die Anlage des neuen Gartens. Die Obstbäume sollten in einer Reihe hinten am Zaun stehen. Auf der einen Seite sollten blühende Büsche, auf der anderen Kletterrosen und Fliederbüsche den Garten zieren. Die Kinder waren mit Feuereifer bei der Sache.

Ob hier wirklich je ein Garten blühen würde, dachte Johnny. Er betrachtete die Seitenwand seiner schmalbrüstigen Kirche, ihre schmutzigen Mauern, den häßlichen Turm. Alles war so verwahrlost. Es machte ihn gegen seinen Willen noch mutloser. Das Schweigen seiner Gemeinde bedeutete nichts Gutes. Er lauschte ängstlich auf einen Ruf von Mrs. Burnsdale. Die Hintertür blieb unbarmherzig geschlossen. Wenn doch jemand käme, dachte er, einfach irgendwer. Ich fühle mich einsam. Ich muß einen schrecklichen Fehler gemacht haben; dafür lehnen sie mich nun ab. Oder – und er blieb stehen, und es überlief ihn kalt – lehnen sie die Kinder ab? Sollten die auf ewig abgelehnt werden, nicht nur von Mördern jenseits des Ozeans, sondern auch hier? Sollten sie nie ein Heim haben, Wurzeln schlagen, Menschen unter Menschen sein dürfen? War der Rachedurst des Menschen an der Unschuld unstillbar?

Ja, dachte Johnny, der wird nie gestillt.

Die Kinder hatten ihn über einer heftigen Auseinandersetzung, wo nun jedes sein Bäumchen pflanzen sollte, verlassen. Er stand allein in der Öde des kahlen Grundstücks, eine hohe schwarze Gestalt gegen den milchig blassen Himmel. Er sah die Schar Halbwüchsiger nicht, die sich auf der anderen Seite des Zauns versammelt hatte. Sie trugen ihre Schulbücher an Riemen über die Schulter und betrachteten den Pastor mit höhnischen haßerfüllten Blicken.

Plötzlich schrie ihn einer davon an; es war eher ein schadenfrohes boshaftes Gekreisch zu nennen: »Verschwind mit deinen Spionen von hier, Schwarzer! Scher dich zum Teufel!«

»Scher dich fort!« fielen die anderen laut schreiend ein und hüpften und tanzten in einer wahren Haßorgie, einer beinahe wollüstigen Zerstörungswut auf dem Gehsteig umher; jener Begierde, zu vernichten und zu zerreißen, die stets wach ist, nie schläft und unter einem dünnen Anstrich von Zivilisation stets geifernd und kriechend auf der Lauer ist. »Scher dich fort!« schrien sie. Kreuzige ihn, riefen sie in ihren Herzen.

Johnny fuhr zusammen. Sein erster Gedanke galt den Kindern. Sie waren an Ort und Stelle stehengeblieben, in eisigem Schweigen, mit unbeweglichen Gesichtern. Dann drückte Kathy die beiden Jungen fest an sich und legte ihnen die Arme um die Schultern. Sie warteten.

Die Wut der großen Jungen aber galt jetzt nicht den Kindern, sondern der sichtbaren Verkörperung dessen, was sie fürchteten und was sie jede Minute ihres Lebens flohen.

Johnny ging langsam und festen Schrittes auf sie zu; sein Gesicht war blaß, aus seinen blauen Augen schossen Blitze. Sie hörten auf, herumzuspringen und zu schreien, und erwarteten ihn mit verzerrten, feuchten Lippen und funkelnden Augen. »Wer seid ihr?« fragte er streng. »Was macht ihr hier?«

Der Rädelsführer warf den anderen einen schlauen Blick zu und packte mit beiden Händen die Latten des niedrigen Zaunes; er beugte sich vor, als wollte er springen. »Das hier ist unsere Kirche«, knurrte er. »Wir gehören hierher. Sie nicht. Wir wollen Sie nicht hier, verstehen Sie?«

Johnny blieb stehen, etwa zehn Fuß vom Zaun entfernt. »Haben euch eure Eltern das gesagt?«

Sie brüllten ihm ein gehässiges Ja entgegen und fingen wieder an, umherzuspringen, wie in einem haßsprühenden verrückten Tanz. Sie waren die heulenden Derwische aller Bosheit, die sich da im Kreise drehten. Der Anführer jedoch rührte sich nicht. Er heftete nur seine Basiliskenaugen drohend, schadenfroh und unverwandt auf Johnny.

Johnny fand keine Worte. Was sagte man auch zu solchen Burschen? Was würde wirken? Was ihren Haß ablenken? Das Herz brannte ihm vor Zorn. Das hier waren seine Schäflein, seine geistigen Kinder. Das waren die Jungen von heute, die Männer von morgen; hier in dieser Kirche waren sie getauft und konfirmiert worden. Hier unterrichtet worden — im Christentum?

Wer hatte seine Pflicht an ihnen unterlassen, vom Augenblick ihrer Geburt an?

Er widmete seine ganze Aufmerksamkeit dem Anführer. Seine Stimme klang freundlicher. »Du sagst, du gehörst hierher. Du mußt also ein Christ sein. Bist du eigentlich ein Christ?«

Der Junge leckte sich die Lippen, und das böse Funkeln in seinen Augen war deutlich zu sehen. Die Sache machte ihm Spaß. »Ja, natürlich bin ich das. Ein rechter, weißer amerikanischer Christ. Das bin ich. Und ich mag keine Ausländer, dreckige Ausländer, verstanden? Wir haben schon genug davon in der Stadt und brauchen Ihre nicht mehr. Verstehen Sie? Und was sind Sie überhaupt für ein Pastor, daß Sie sie herbringen?«

Johnny trat einen weiteren Schritt auf den Zaun zu. Die anderen Jungen drängten sich um ihren Anführer wie Eisenfeilspäne um einen Magneten; eine Masse boshafter Gesichter und unruhiger Köpfe.

»Weißt du«, sagte Johnny freundlich, »dasselbe sagten die Leute in Jerusalem von Jesus. Kennst du Seinen Namen? Jesus. Er war aus Galiläa. Er war arm und heimatlos. Er konnte die Sprache nicht richtig sprechen. Sprach mit starkem Akzent, nicht wie die Leute in Jerusalem; die hatten es besser. Er war ein Fremder. Wie meine Kinder hier.«

Der Junge hatte ein böses, aber intelligentes Gesicht. Er funkelte Johnny an. Er schwieg, dann blinzelte er. »Los, drauf auf ihn«, knurrte einer seiner Spießgesellen. Der Anführer überhörte ihn.

»Was hat Jesus mit den Ausländern zu tun, die Sie hierhergebracht haben?« fragte er verächtlich.

»Ausländer«, wiederholte Johnny nachdenklich. »Ach ja. So nannten die Leute in Rom Gottes Apostel. Und Gott selber. Wenn du betest, bittest du da einen Ausländer um Hilfe? Falls du überhaupt betest?«

Der Junge blinzelte abermals; dann runzelte er die Stirn. Keiner hat es ihm je gesagt, dachte Johnny. Noch niemand hat ihm die Wahrheit gesagt. Johnny fuhr fort: »Gott erwählte eine jüdische Jungfrau zur Mutter Seines Sohnes. Und ihr Sohn war ein Jude. Hast du das nie gehört?«

»Das ist eine Lüge«, versetzte der Jüngling.

»Hast du die Bibel nicht gelesen? Hat dir noch niemand eine zu lesen gegeben?«

»Hab' nie gehört, daß Christus ein Jude war«, erwiderte der Junge trotzig.

»Gott ist jeder Mensch, jede Rasse, jede Farbe«, entgegnete Johnny. Er stand nun dicht am Zaun und legte die Hände auf die Latten. »Gott ist jeder Katholik, jeder Protestant, jeder Jude, jeder Mohammedaner und Buddhist. Hast du das nicht gehört? Wo sind deine Lehrer? Wo sind deine Eltern? Deine Pastoren?«

Dem Burschen sanken vor Staunen die Hände vom Zaun.

»Wer hat dich verraten?« fragte Johnny.

»Verraten?« fragte der Junge. Er runzelte die Stirn. Er war etwa sechzehn Jahre, mit kurzgeschnittenem Haar, hagerem, eingefallenem Gesicht und betont schlampig gekleidet. »Ach, Sie meinen, wer mich 'reingelegt hat, was?«

»Ja; wer dich 'reingelegt hat? Wer hat die Welt 'reingelegt?«

Der Junge starrte ihn schlau an. »Sie vielleicht.« Er lachte verächtlich. Die anderen sprangen rund um ihn her, hatten die Augen vor Staunen aufgerissen und verstanden nicht, was vorging.

»Ja«, versetzte Johnny, »ich glaube, du hast recht.«

Der Junge blickte zur Seite und biß sich auf die Lippen. Er packte mit fahrigen Händen wieder den Zaun. Er stierte finster vor sich hin, und seine Augenbrauen zuckten. Ein anderer Junge warf unruhig hin: »Los, gehen wir.« Der Führer überhörte auch ihn.

»Du sagtest, ich hätte dich vielleicht 'reingelegt«, erwiderte Johnny betrübt. »Ja, ich habe dich verraten. Jeder Pastor, den du je hattest, betrog dich. Und deine Eltern und Lehrer dazu. Vergib uns, mein Sohn, denn wir wußten die ganze Zeit, was wir taten.«

»Er spinnt«, erklärte ein anderer Junge. »Was ist denn los mit dir, Lon?«

»Ach, er ist übergeschnappt«, meinte ein dritter.

»Halt das Maul!« brüllte der Anführer und fuhr wutentbrannt herum. »Was wollt ihr überhaupt hier?«

Aber es war zu spät. Ein Junge hob die große Hand und schleuderte einen Stein nach Johnny. Er traf ihn an der Schläfe, und Johnny taumelte.

Wie Flammen brach es rings um seinen Kopf aus. Also so schmerzt die Dornenkrone, dachte er benommen. Feurige Stäbchen, die in den Schädel dringen. Wie erduldete Er es, der Unschuldige, der Makellose? Plötzliche Dunkelheit umfing ihn; weit hinten in ihrem Rachen sah er ein hoch emporgehaltenes Kreuz, das sich düster von einem bläulichen Licht abhob. Aber was war denn nun das für eine Masse Gesichter rings um ihn, wie aufgeblasene Ballons, weiß glotzend, starrend, mit weit aufgerissenen Mäulern, die kreischten und heulten? Weg mit euch, glaubte er laut vor sich hinzusagen. Ich bin sehr müde. Ich könnte wohl schlafen. Ich brauche den Schlaf, damit ich standhalte, was mit Jean und Emilie geschieht. Ruhe, Ruhe. »Ruhe sanft, ruhe sanft, Wind vom westlichen Meer«, sang eine liebliche, junge Frauenstimme, die Stimme seiner Mutter. Er hatte sie vergessen. Sie war gestorben, als er zwölf war. Sing mir was, Mutter, weinte es in ihm. Ich bin so todmüde. Eine warme Hand berührte sein Gesicht und Tränen fielen ihm auf die Wange.

»Natürlich, natürlich«, sagte eine junge Männerstimme. »Schon außer Gefahr. Alles in Ordnung.«

Aber ganz und gar nicht, dachte Johnny. Warum sagen sie das immer, wo es doch eine Lüge ist?

Er schlug die Augen auf, und alles verschwamm vor seinem Blick. Er sah ein weites Meer von Zinnober durch die schwankenden Umrisse eines runden Fensters. Sonnenuntergang, dachte er. Er lag auf seinem Bett, und er staunte. Als er den Kopf wandte, sah er in die besorgten, aber lächelnden Augen von Dr. Timothy Kennedy, und staunte noch mehr. Er fragte mit schwacher Stimme: »Emilie?« Der Arzt nickte. »Ja, Emilie. Hier ist sie. Die Kinder sind alle da.« Und dann sah Johnny sie – dort am Fußende des Bettes: Emilie, Pietro, Kathy und Max; ihre jungen Gesichter waren ernst und blaß. Als sie sahen, daß er sie erkannte, strahlten sie, und Pietro hüpfte vor Freude. »Jean!« rief Johnny und versuchte, sich aufzurichten. Da verspürte er aber einen unerträglichen Schmerz im Kopf, sah plötzlich alle Gesichter doppelt, und eine schreckliche Übelkeit stieg ihm in die Kehle.

Dr. Kennedy drückte ihn nieder, obgleich er sich sträubte. Eine Nadel wurde ihm geschickt in den Arm eingeführt, und er entdeckte, daß er entkleidet war und nur im Schlafanzug steckte. Was war geschehen? Jean. Dann – die Jungen, der Stein. Er stöhnte. Mrs. Burnsdale trat eben ins Zimmer, eine aufgeblasene Mrs. Burnsdale mit zwei Köpfen, und hinter ihr ein furchterregendes, groteskes Ungetüm, auch mit zwei Köpfen, das gleich einer riesigen Schildkröte dicht am Boden dahinkroch. Kaum erkannte er in diesem Geschöpf Dr. McManus. Er wandte sich ab; ihm war von dem Anblick übel geworden, und da gewahrte er in einer Zimmerecke auf einem Stuhl die gebeugte Gestalt eines großen Jungen, die geballten Fäuste auf den Knien.

Dr. McManus hob ihm den Arm und zählte seinen Puls. Dann piepste er: »Keine Minute kann ich Sie aus den Augen lassen, zum Donnerwetter! Immer stecken Sie in einem verdammten Schlamassel! Jetzt bleiben Sie ruhig liegen. Sie haben Gehirnerschütterung. Morgen mache ich Röntgenaufnahmen. Vielleicht auch Schädelbruch; glaube aber nicht.« Er befühlte einen Verband an Johnnys Kopf und setzte mit grimmigem Haß hinzu: »Aber das Schwein dort soll diesen Tag sein Leben lang nicht vergessen!«

Der Bursche in der Ecke schrie: »Nein!« und begann zu heulen.

»Halt den Mund, Schwein«, meinte Dr. McManus freundlich.

»Jean, Jean?« murmelte Johnny fragend, bittend. Der Schmerz im Kopf legte sich allmählich.

»Nun«, erklärte Dr. McManus, der sich auf den Bettrand gesetzt hatte, »wir erwischten es gerade rechtzeitig. Er hatte schon beginnende Knochenmarkentzündung an einer Stelle. Ganz verdammt schwierig zu kurieren. Aber mit Penicillin aussichtsreich; ohne das fast hoffnungslos. Im Bein mußten wir ihm die Knochen brechen, einen auch im Arm. Aber, mein Lieber, wir haben's geschafft und sie eingerenkt, jawoll! Der Junge wird ganz gesund werden. Kann in drei bis vier Wochen nach Hause! Ist praktisch wie neu; vergessen Sie das nicht, denn die erste Zeit wird es ihm nicht leicht fallen.«

Er hob fragend die grauen Brauen. »Sechs Klammern«, antwortete der junge Arzt. »Gehirnerschütterung, wie ich dachte.«

Mrs. Burnsdale stellte einen Krug Wasser mit Eisstückchen neben das Bett. Ihre Augen waren vom Weinen gerötet. Sie tätschelte Johnny die Hand. »Na, sehen Sie, mein Lieber – alles wieder gut. Der Doktor sagte, Jean ist schon wach, und –«

»Ich muß auf der Stelle zu ihm!« Johnny rang gegen die Wirkung des Beruhigungsmittels. »Er braucht mich –«

»Nur Ruhe«, mahnte Dr. McManus und stieß ihn mit seinem kurzen Arm kräftig zurück. »Wir erzählten ihm, als Mrs. Burnsdale Ihretwegen im Spital angerufen hatte, daß eins von den anderen vier Kindern krank sei und Sie bei ihm bleiben müßten. Er sieht das ein. Das ist ein vernünftiges Bürschchen! Ist auch nicht allein. Sol Klein ist noch bei ihm; Herrgott, was der geleistet hat! Der kommt mir in das Krankenhaus als fixangestellter Assistent, oder ich reiße es nieder, Stein um Stein, und zwar eigenhändig. Oder, was noch besser wäre, ich baue ein anderes, dreimal so groß, und stelle nur die besten Ärzte an. Aber nun seien Sie vernünftig und bleiben Sie schön ruhig liegen. Sie können sich gar nicht aufsetzen«, erklärte Dr. McManus brüsk. »Sie haben eine Gehirnerschütterung, unter Umständen eine ernste Sache. Normalerweise würde ich Sie mit dem Rettungswagen ins Krankenhaus transportieren. Aber die Kinder würden mir krank vor Kummer. Drum seien Sie brav, sonst stecken wir Sie in eine Zwangsjacke und verfrachten Sie doch noch ins Spital.«

Die schwimmenden Bilder rings um ihn, die doppelten Köpfe deckten sich allmählich wieder. Ein dumpfes, heißes Pochen in Johnnys Schläfen setzte ein. Aber der scharfe, stechende Schmerz war verflogen. Er versuchte zu lächeln; doch die straffen Klammern schnitten ihm ins Fleisch, und er zuckte zusammen.

»Wie – lange?« fragte er mit schwacher Stimme.

Dr. McManus antwortete leichthin: »Das Übliche. Auf den Anruf hin schickte das Spital den Rettungswagen mit Tim hierher; der meldete sich freiwillig. Aber Sie schrien und tobten herum und wollten nicht in den Wagen. Sie werden das nicht mehr wissen. Also schafften die Jungen Sie hier herauf. Sie versuchten, selber zu gehen. Komisch ist das mit diesen Gehirnerschütterungen. Sie sprachen sogar von den verdammten, erbärmlichen jungen Schweinen, die Sie angefallen hatten. Die hauten natürlich ab. Aber der Verbrecher dort, der blieb stehen.« Dr. McManus warf einen vernichtenden Blick auf den Jungen in der Ecke. »Warum, weiß ich nicht. Sie sagten auch, man solle nicht die Polizei holen, bloß seine Eltern.« Dr. McManus räusperte sich unter abscheulichen Geräuschen. »Nun, die waren nicht zu Hause. Beide in der Fabrik. Ich sprach mit dem Direktor dort. Vater verdient über hundert Dollar wöchentlich. Aber nicht genug für das Frauenzimmer, obwohl sie bloß dies eine brutale Kind hier haben. Sie muß jede neue Erfindung haben, und darum arbeitet sie auch in der Fabrik und läßt diesen Satansbraten hier auf die Menschheit los. Natürlich haben sie einen riesigen funkelnagelneuen Wagen. Besseren als der Direktor. Die alte Geschichte. Bezeichnend für unser Land.«

Er fuhr nach einer Pause fort: »Insgesamt waren Sie etwa zwei Stunden lang abwechselnd ohnmächtig und bei Bewußtsein. Nichts allzu Ernstes; eine Narbe an der einen Kopfseite werden Sie allerdings behalten; kleines Souvenir.« Und nun spuckte die piepsende Stimme förmlich Gift und Galle: »Und vielleicht lernen Sie jetzt endlich, was die Menschen wirklich sind.«

Eine sanfte Wärme verbreitete sich über Johnnys kalten Körper. Er lächelte schläfrig. »Der Junge«, bat er. Dr. McManus wandte den großen, struppigen Kopf; das Haar nahm sich wie Schilf aus. »Komm herüber da, du dort«, knurrte er. »Der Pfarrer möchte die Kreatur sehen, die da Leute aufhetzt und ihn beinahe umgebracht hätte. Ja, umgebracht! Einen Zoll weiter, und du wärest ein Mörder.«

Der magere ungelenke Junge, dem die Tränen über die eingefallenen Wangen liefen, schlich an das Bett heran und blieb stehen, den Blick auf Johnnys Hand gerichtet. Er schluckte ein paarmal. Johnny fragte ihn mit milder Stimme, aus dem tröstlichen Dämmerzustand heraus, in den er nun gesunken war: »Wie heißt du denn, mein Sohn?«

Der Junge schluckte wieder. Dann stammelte er heiser: »Ich – ich heiße Lon Harding.«

»Und wie alt bist du?« Johnnys Stimme war voll Güte.

Der Junge hob den Kopf und sah ihn an, wie er da totenblaß, schwach und erschöpft auf dem Bett lag. Dann schloß er krampfhaft die Augen. »Sechzehn«, flüsterte er.

»Und du liefst nicht mit den anderen weg, Lon?«

Der Junge schlug die Augen wieder auf. »Nein, Ehrwürden. Ich konnte nicht. Weil Sie gesagt hatten – ganz plötzlich, da – da konnte ich nicht. Sie fielen hin. Die kleinen Kinder schrien und rannten immer im Kreis herum. Die – die Dame hier kam heraus. Ich sagte ihr, sie möchte das Krankenhaus anrufen. Sie ja, Sie bluteten. Ich hatte ein sauberes Taschentuch und preßte es gegen die Wunde – das lernen wir in der Schule, Erste Hilfe. Preßte es ganz fest darauf.« Er schluchzte, suchte in seinen Taschen und holte sein Taschentuch heraus. Es war ein rotbrauner steifer Ball. »Sie bluteten ziemlich arg. Aber der Arzt hier sagte, ich hätte es gut gemacht; hätte eine Arterie zugehalten, oder so.«

Dr. Kennedy musterte ihn ernst und stumm.

»Und Sie lagen die ganze Zeit da, Mr. Fletcher, und sagten immer, ist schon gut.« Die Stimme brach ihm. »Sie sagten, es macht nichts. Ich – ich legte Ihnen meinen zusammengerollten Rock unter den Kopf; ich entschuldigte mich auch, und Sie sagten, es sei schon gut. Und es klang auch so.« Ein flüchtiges Lächeln spielte um seine bebenden Lippen. »Sie rangen ganz schön mit den Leuten vom Rettungswagen; stießen sie immer wieder fort. Und Sie ließen sich von mir über die Treppe hinaufhelfen und auskleiden.«

»Du bist ein sehr kluger Junge, Lon.« Johnny hob mit großer Mühe die Hand und nahm die schmutzige, geballte Faust des Jungen. »In welcher Klasse bist du in der Schule?«

Ein stolzer Unterton mischte sich in die heisere Stimme des Jungen. »Ja, Ehrwürden, ich bin im letzten Jahrgang. Hab' auch fast lauter ›vorzüglich‹. Gehöre zu den Besten in der Klasse. Die Lehrerin sagt, ich soll auf die Hochschule. Ich möchte Ingenieur werden – Maschinenbau. Aber wir haben kein Geld.«

»Ja, wahrhaftig ein kluger Junge«, warf Dr. McManus giftig dazwischen. »Klug genug, um einen kleinen Wirbel zu machen und andere Mörder mitzubringen, um kleine Kinder zu schrecken und einen harmlosen Pastor zu überfallen. Wenn das Klugheit ist, dann gehörten solche Hunde hinter Schloß und Riegel.«

»Du bist nicht fortgelaufen. Du bist geblieben. Du wußtest, es würde dir übel ergehen, wenn du bliebest. Aber du bist nicht fortgelaufen. Warum, Lon?« fragte Johnny.

Der Junge errötete, zog aber seine Hand nicht zurück. »Tja, sehen Sie, meine Eltern sind nicht sehr – nun, sie haben nicht viel Schulbildung. Aber man hört doch auf seine Eltern, auch wenn man weiß, daß sie nicht sehr gebildet sind. Und Papa sagte gestern: ›Da bringen sie diese ganzen Ausländer hierher, damit die uns die Posten wegnehmen. Das probieren sie die ganze Zeit. Setzen Amerikaner auf die Straße und geben den Ausländern unsere Stellen.‹ Und Mama sagte: ›Sehr richtig. Ist schon schlimm genug, daß sie uns das angetan haben und mit dem Krieg aufgehört, wo wir grade so schön im Verdienen waren und alles kaufen konnten, was wir wollten. Hörten einfach mit dem Krieg auf, wo sie doch gesagt hatten, der würde noch jahrelang dauern, und wir könnten reich werden dabei. Haben uns belogen.‹ Ja, das sagte Mama. Und sie und Papa meinten auch, daß jedermann die Gedächtnisfeiern an das Kriegsende satt hätte, bis hier herauf, und der Direktor hätte ihnen damals gesagt, sie sollten sich keine Sorgen machen, weil der Krieg in Europa aus sei, dafür würde ihn die Regierung noch jahrelang gegen die Japaner weiterführen.«

»Um Christi willen«, entfuhr es Dr. McManus, und er sah Dr. Kennedy an, der nickte. »Also dachten diese Lumpen, die Kriege würden zu ihrem Nutzen geführt, damit sie in der Fabrik hohe Löhne einstecken könnten!« Der alte Arzt hielt plötzlich inne und runzelte nachdenklich die Stirn. »Ja, vielleicht stimmt das sogar; vielleicht stimmt's!«

Und Lon setzte zerknirscht hinzu: »Es ist alles zu verzwickt.«

»Und darum mußtest du hingehen und die ersten besten hilflosen Menschen überfallen, die dir in die Quere kamen!« versetzte Dr. McManus angewidert.

Die Kinder, dachte Johnny, während er ins Reich der Träume hinüberglitt. Immer sind es die Kinder – verraten, verwirrt, verschreckt, mißhandelt, vergessen. Irgendwo in dem warmen Dunkel, das ihn umgab, hielt er eine Hand. Er umschlang sie fester.

»Dieser Pfarrer macht schon wieder Stunk«, sagte Mr. Summerfield. »Muß mit dem Polizeichef sprechen. Vielleicht können wir ihn aus Barryfield ausweisen. Wir brauchen keine Volksaufwiegler hier. Lorry, hast du nicht schon genug getrunken?«

»Ich verstehe nicht, warum wir nicht nächsten Montag nach Philadelphia fahren können«, klagte Esther Summerfield, seine Frau. »Zum Ballet Russe. Alle Welt ist begeistert davon. MacDonald, schau doch nur die Bilder an; da, hier, in deiner eigenen Zeitung. Diese Anmut, diese Kunst! Lorry, warum hast du deine Ballettstunden aufgegeben? Oh, Lorry, bitte, keine Cocktails mehr.«

Es war herrlich, über die Grenze zu gleiten, wo alles golden und weich war, nichts als Heiterkeit und Frieden, Erregung, Leben und tieferer Sinn herrschte. Lorry Summerfield hielt dem Butler ihr Glas zum Nachfüllen entgegen; sie wollte noch einen Martini. »Na, vorwärts George, seien Sie kein Knauser. Brauche keine Olive, auch keine Zwiebel.« Nach dem vierten Glas kam man so weit, daß man beinahe die eigenen Eltern ausstehen konnte. Beinahe sogar das Leben selbst. Erinnerungen stiegen einem auf beim Trinken. Nicht immer häßliche Bilder. Stille Straßen im Schatten der Ulmen, Kinderlachen, ein Vater, den man liebte und dem man vertraute, und Blumen in einem grünen Garten, und die Liebe eines Bruders, der ein so ernster, kleiner Mann war, dem man aber doch ein Lächeln oder gar ein helles Lachen abzunötigen wußte. »Ich denke an Barry«, sagte sie laut, mit mühsam beherrschter Stimme.

Esther Summerfield betrachtete sie mit vornehmem Widerwillen. »Du sprichst immer von Barry, wenn du zuviel getrunken hast, Liebe. Und du weißt, Lorry, das brauchtest du wirklich nicht.«

»Aber wie willst du denn das wissen?« fragte Lorry. »Wer sagt dir, wieviel ich brauche, um überhaupt weiterzuleben?«

Bienen summten in der goldenen verschwommenen Luft. Abendglocken läuteten über den stillen Hügeln, lieblich, dröhnend, feierlich, rufend. Aber es gibt keine Glocken in Barryfield, dachte Lorry streng. Wenigstens nicht viele. Außerdem könnte ich sie hier nicht hören. Die Glocken klangen betörend süß, und Lorry lächelte zufrieden. Sie kuschelte sich tiefer in ihren Stuhl und lauschte. Sie klangen wie Musik von Mozart, hoch, sanft, unendlich harmonisch. Zu solchen Stunden hatte sie stets eine geheimnisvolle Vision. Sie saß an einer blaßgoldenen, düsteren kalten Wand. Zu ihrer Linken ging eine breite Glastür auf einen grauen Garten hinaus. Männer- und Frauengestalten standen auf der Schwelle des Zimmers, in gepuderten Perücken und Brokatröcken, in rauschenden Kleidern, und verneigten sich förmlich voreinander, ehe sie hinaustraten in den nebeligen grauen Garten, aus dem sie nie zurückkehren würden. Lorry sah die Bäume jenseits des Gartens als verschwommene, schwach leuchtende, in Dampf gehüllte Umrisse. Und im Zimmer, wo sie saß, klang ein Spinett, melancholisch, zart und ganz leise. Ich bin so allein, sagte sie dann bei sich, während die anderen in den Garten verschwanden. Niemand sieht mich. Das Spinett spielte immer weiter und erfüllte den großen, gespenstischen Raum mit duftigen, schmerzlichen Klangfontänen. O Gott, sagte sie. Sie sah die elegante Gestalt eines Herrn in weißer Perücke sich im Nebel vor den Fenstern auflösen. Komm zurück, Geliebter, rief es in ihr. Komm zurück und sieh mich an. Hast du denn vergessen? Das Spinett klimperte traurig.

»Nein, wirklich, meine Liebe, was meinst du eigentlich?« fragte Esther und zupfte ungeduldig an ihren langen »Kunst«-Vorhängen. »Wer hat dich vergessen? MacDonald, ich hab' dir immer wieder gesagt, Lorry verträgt ganz einfach höchstens zwei bis drei Glas. Schau sie nur an. Ihre Augen sind ganz starr.«

Wenn ich aufstände, dachte Lorry, würde ich ihm folgen und seinen Arm nehmen, und er er würde sich umdrehen und mich mit seinen dunkelblauen Augen ansehen und lächeln. Aber kühl und voll Abstand und erstaunt, als kenne er mich nicht. Die Frau neben ihm, eine kleine, zierliche Gestalt, würde ihn packen und sagen: »Die Grotte dort unten am Bach ist so schön. Die Veilchen duften so stark.« Und sie würden hingehen und sie, Lorry, vergessen. Sie würde dort stehen, in dem Nebel, den wallenden, erstickenden Nebelschwaden, und es würde nichts, gar nichts mehr auf der Welt sein als jenes klagende Spinett, das in der hereinbrechenden Dunkelheit aufschrie.

Sie murmelte: »Glaubt jemand an eine Wiedergeburt? Ich wohl. Möchte wissen, warum wir wieder auf die Welt kommen. Nein, ist ja unmöglich. Das Hirn, mit dem ich mich daran erinnern könnte, ist längst zu Schmutz und Staub zerfallen.«

Mr. Summerfield stand vor seiner Tochter, elegant, blond und elastisch. Er sah das Mädchen an, und sein Gesicht wurde schmal und traurig. »Lorry, du wirst wieder trübsinnig. Trink nicht mehr. Heute abend nicht mehr.«

Das schwache Klingen des Spinetts erstarb. Das Zimmer, in dem sie saß, überfiel Lorry plötzlich mit schmerzlicher Deutlichkeit, jede Farbe grell, jedes Licht bitter und bizarr. Das häßlichste Zimmer der Welt, dachte sie haßerfüllt. Ihre Mutter hatte sich vor etlichen Jahren »auf chinesisch umgestellt.« Lorry zweifelte, ob ein Chinese es wiedererkannt hätte. Ringsum standen spiegelnde, rotlackierte Schränke, über die schwarze Drachen dahinkrochen, reichgeschnitzte, mit eingelegtem Elfenbein verzierte Ebenholzstühle, vieleckige, ähnlich überladene Tische, schwarzlackierte Truhen und Lampenständer, Bambusvorhänge an den Fenstern, Vorhänge aus goldenem Satin, die mit verzerrten schwarzen Bäumen bemalt waren, und gelbe Teppiche, auf denen grüne Blätter und aprikosenfarbene Rosen in erhabener Stickarbeit stummen Alpträumen glichen. Auch der Monsterkamin war rotlackiert, auf dem Kaminsims standen große Buddhas aus Porzellan sowie eine fast purpurrote Zellenschmelzvase mit tief bronzefarbenen Chrysanthemen.

»Ich dachte eben, dies ist das abscheulichste Zimmer, das ich je gesehen habe«, verkündete Lorry. Sie nippte an ihrem Glas und beachtete ihren Vater nicht. Sie konnte ihn nicht ansehen. Ihr durchschimmerndes, graues Kleid, ließ ihre prachtvolle Figur erkennen, ließ ihre weiße Haut glänzen, ihr blondes Haar stärker leuchten. Aber ihr Gesicht war mürrisch, abgestumpft und leer.

»Das hast du schon tausendmal gesagt, Liebling«, seufzte die Mutter. Esther Summerfield war eine ungemein hochgewachsene und eckige, überschlanke, aber doch irgendwie hübsche Frau. Sie trug an den Abenden ihr grobes, schwarzes Haar nach chinesischer Art in einem Knoten auf dem Kopf und hielt es mit Schildpattkämmen zusammen. Sie trug eine persische Robe, die trotz ihrer ausgefallenen Künstlichkeit zu ihrem dreieckigen, stark gelblichen Gesicht, ihren schmalen, schwarzen Augen und ihrem dünnen Mund paßte. Sie handhabte sogar einen bemalten, chinesischen Fächer, bewegte ihn müßig mit den langen, dünnen Händen, den Fingern mit den bemalten Nägeln. »Und ich wiederhole, es tut mir leid. Aber andere Leute finden es faszinierend.«

»Abscheulich«, versetzte Lorry. »Ich will noch einen Drink.«

»Lorry«, beschwor Mr. Summerfield sie freundlich.

Ihr Vater hatte gehofft, Lorry hätte ihre periodischen Trinkexzesse aufgegeben, weil seit dem letztenmal vier Wochen verstrichen waren. Aber nun war sie wieder mitten drin, wie eh und je. »Lorry, ich erzählte dir von dem Prediger, der diese Kinder in die Stadt gebracht hat – der Pastor von McManus. Erinnerst du dich? Er wollte dir keine Story geben. Nun, er steckt schon wieder in Schwierigkeiten. Hörst du zu, Lorry? Es ist wohl nicht sehr wichtig. Ein Junge hat ihn gestern mit einem Stein verletzt. Ein Reporter von uns hat es brühwarm von der Polizei mitgebracht. Was treibt er eigentlich, daß die Leute erst das eine Kind und dann ihn selbst überfallen? Ist das jetzt einen Artikel wert?«

Lorry richtete sich plötzlich auf. Das Kristallglas entfiel ihrer Hand, sein Inhalt ergoß sich über ihr Kleid. »Was?« rief sie. »Johnny Fletcher?« Mit einemmal war sie wieder bei klarem Bewußtsein. Ihre Augen sprühten. »Was haben sie ihm jetzt getan?«

Ihr Vater war erleichtert. Er reichte ihr die Abendzeitung. Die winzigen, schwarzen Buchstaben tanzten ihr vor den Augen. Sie beugte sich darüber.

Lorry las die kurze Spalte. Dann warf sie die Zeitung fort. Sie schaute auf und sah ihren Vater an, und ihre Augen weiteten sich. Es zuckte ihr um die Lippen. »Er ist verletzt. Schwer verletzt. Gehirnerschütterung! Hörst du? Verletzt!«

»Was macht das dir denn aus?« fragte Mr. Summerfield.

Barry, dachte sie. Barry, der gestorben wäre – der liebe Barry, der seinem Vater und seiner Schwester im Äußeren so sehr glich und doch so ganz anders war als sie. Ganz anders, dachte Lorry und schüttelte langsam und verzweifelt den Kopf. Ihre Stimme klang belegt. »Ach, ist ja egal. Ich denke jetzt nur an Barry. Weißt du noch, wie wir das Telegramm erhielten, daß er schwerverwundet war, irgendwo in der Normandie? Dad, warum hast du Barry vertrieben – so wie du mich vertrieben hast?«

Esther schüttelte vielsagend den Kopf. »Du weißt, du sollst sie nicht trinken lassen. Jedesmal wenn sie trinkt, stellt sie diese dummen Fragen.«

Mr. Summerfield beugte sich über Lorry und stützte die Hände auf die Armlehnen ihres Stuhles. »Mein Liebstes, ich habe dich und Barry nie vertrieben. Du kommst immer auf diese Idee, wenn du zuviel getrunken hast. Lorry, warum sagst du das immer? Du antwortest mir nie.«

Ihre Nasenflügel bebten. »Diesmal will ich dir antworten. Wir haben dich durchschaut.«

Mr. Summerfields Arme versteiften sich unwillkürlich, aber er blieb über Lorry gebeugt. »Was habt ihr durchschaut, Liebes?«

Selbst durch ihre Trunkenheit hindurch mahnte ein Etwas in Lorry zur Vorsicht. »Was liegt schon daran?«

»Mir liegt unendlich viel daran«, erwiderte ihr Vater leise, so daß seine Frau es nicht hörte. »Du und Barry – ihr seid alles, was ich habe. Begreif das doch, Lorry, ich liebe euch beide. Du weißt das. Aber Barry kommt jetzt fast nie mehr her. Früher einmal war er mein Junge. Und du mein Mädel. Lorry, sag es mir; du haßt mich jetzt, nicht wahr? Sag es mir doch, Lorry.«

»Warum?« fragte sie geringschätzig.

»Ich liebe dich. Weißt du das nicht, Lorry?«

Sie betrachtete ihn stumm; mit der Deutlichkeit und Schärfe, die der Alkohol ihrem Blick verlieh, sah sie jede kleinste Linie in seinem glatten Gesicht, die Iris seiner Augen, die schmale, wie gemeißelte Nase. »Du gleichst uns zu sehr«, murmelte sie störrisch.

Es genügte ihrem Vater nicht. Er wiederholte: »Lorry, wieso habt ihr mich durchschaut?«

»Warum hast du denn nie genug?« fragte sie und rückte in ihrem Stuhl hin und her. »Warum wohnst du hier in dieser Stadt? Deine Zeitungen? Oder bloß, um die Leitartikel zu schreiben? Die könntest du doch in New York oder London oder Paris genausogut schreiben. Warum bleibst du hier?« Sie schürzte verächtlich die Lippen. »Etwa deshalb, weil du anderswo nicht genug Macht hättest? Weil es in New York zum Beispiel zu viele Millionäre gäbe, wo du einfach in der Masse untergingest? Oder in Europa zu viele elegante Herren, unter denen du nicht auffallen würdest?«

Seine zarte Haut rötete sich. »Lorry, du weißt so gut wie ich, daß mir die Zeitungen wichtig sind. Für uns. Für dich. Wir bleiben, um alles hier in Barryfield zu überwachen. Wir haben eine Sendung, weißt du, eine Aufgabe. Den Leuten die Wahrheit zu sagen.«

»Ach ja«, murmelte Lorry. »Die Wahrheit. Wie weit bist du denn mit dem Ankauf der New Yorker *Gazette?*«

Er richtete sich auf. »Ich erhielt heute abend ein Telegramm. Ihre Auflage sinkt. Sie hassen den Liberalismus, und so hinken sie eben weiter hinter der Zeit her, wie ein trauriges Überbleibsel von früher.«

Und er setzte niedergeschlagen hinzu: »Also das meinst du, wenn du sagst, ihr hättet mich durchschaut, du und Barry. Barry verstehe ich ja; er war zu lange den engherzigen Ideen seiner Mutter und seines Stiefvaters ausgesetzt. Aber du bist anders. Also – du haßt Barryfield, haßt die Zeitungen. Das kann ich dir in gewisser Hinsicht nicht einmal verdenken. Die Leute hier stehen geistig unter dem Durchschnitt. Lorry«, und er versuchte zu lächeln, »du hattest auf die New Yorker *Gazette* gehofft, nicht wahr? Wärest dort gern Redakteurin gewesen? Ja, diesen Ehrgeiz verstehe ich. Du bist mir sehr ähnlich, wie du sagtest. Du dachtest, du könntest diese Zeitung mit liberalem Gedankengut erfüllen. Und ich habe dich enttäuscht. Und darum hast du getrunken —?«

Lorry antwortete nicht. Ihr Vater streckte die Hand aus und berührte scheu ihre Wange. Sie beherrschte sich, um nicht unter der Berührung zusammenzuzucken. »Lorry, ich tue alles, um dir diese Zeitung zu verschaffen. Alles. Ich werde mich mit Swensen in Verbindung setzen.«

Lorry hatte Angst. Sie zwang sich aufzustehen. »Laß die *Gazette* sein. Zum Teufel damit.«

»Lorry hat recht«, meinte Esther. »Ach du lieber Gott, hört ihr die Zimbeln? MacDonald, bitte. Gehn wir endlich ins Eßzimmer.«

»Warum willst du meine Artikel über die Fabriken nicht veröffentlichen, die die Luft in dieser verdammten Stadt so verpesten?« fragte Lorry. »Wir hier oben spüren ja nichts davon. Aber die Stadt liegt in einem Tal. Es braucht nur einmal Gegenwind oder eine Flaute zu kommen, oder wie sie das nennen, und das kann Hunderten von Menschen das Leben kosten. Du weißt das.« Und als ihr Vater schwieg: »Du greifst immer den Kapitalismus in netter vornehmer Form an. Aber hier vergiftet der Kapitalismus die Luft, hier vor unsren Augen, in Barryfield. Oder willst du deine Freunde nicht beleidigen?« Sie sah ihren Vater spöttisch und herausfordernd an.

»Man kann die Dinge nicht über Nacht umstürzen«, meinte er unbehaglich. »Das braucht seine Zeit.«

Sie lachte ihn aus, und er zuckte zusammen, als er ihr eigenartig bellendes Lachen hörte. »Ich habe nicht bemerkt, daß deine Artikel über Jugendkriminalität gemildert wären. O nein. Da schlägst du mit Keulen drein. Elendsviertel. Brutstätten des Verbrechens. Unfähige Polizei. Keine Erholungsmöglichkeit, keine Spielplätze für die Jugend. Wie ich das Gewäsch hasse. Das System! Die Gesellschaft. Niedrige Löhne, überfüllte, veraltete Häuser; zu wenig öffentlicher Wohnungsbau. Habgier. Erinnerst du dich? Du schicktest eine Studienkommission aus, und die stellte, da sie aus redlichen Leuten bestand, fest, daß die Mehrzahl unserer jugendlichen Verbrecher gar nicht aus der Arbeiterschaft stammt. Sie stammen aus Familien mit einem Jahreseinkommen von viertausend Dollar und weit darüber. Das Ergebnis dieser Untersuchung gefiel dir also nicht, und darum verschwiegst du es. Und doch drischst du immer wieder Lügen, Lügen, Lügen!«

Er sah sie forschend an. Swensen hatte recht, dachte er. Sie ist zu unzuverlässig. Sie begreift nicht, was wir wollen. Sie glaubt, eine Zeitung muß die Wahrheit sagen. Wie naiv sie ist. Armes Kind.

»Können wir die Debatte nicht beim Essen fortsetzen?« fragte Esther verstimmt.

»Ich brauche kein Essen«, erklärte Lorry. »Ich gehe auf mein Zimmer. Sie sollen mir ein Sandwich oder sonst was übrig lassen.«

»Lorry«, bat Mr. Summerfield. Aber sie funkelte ihn unvermittelt aus zornsprühenden Augen an, und er trat zurück. Sie ging rasch hinaus, mit wehendem Kleid, das sie wie eine graue Wolke umfloß. Sie trat in das mit Fliesen belegte, mit chinesischen Möbeln vollgepropfte Vorzimmer hinaus und lief die dunkle Eichentreppe hinauf. Ihre eigenen Zimmer hatte sie selbst eingerichtet; kühl, im herkömmlichen Stil, in unpersönlichen, vornehmen Farben, und mit Kristall. Sie schloß die Tür, trat sogleich an ihren Schreibtisch und rief Dr. McManus in seiner Wohnung an.

»Na, was ist denn schon wieder los?« fragte der gereizt. »Hab' dir doch heute früh gesagt, dem Jungen geht's den Umständen angemessen. Das ist freilich nicht viel. Wir sind besorgt. Aber sein Zustand ist unverändert; nur manchmal phantasiert er; hat hohes Fieber.«

»Onkel Al, ich rufe nicht wegen Jean an. Warum hast du mir denn nicht gesagt, daß Johnny gestern von einem jugendlichen Gauner schwer verwundet wurde?«

»Bitte, ihr habt ja schließlich eine Zeitung und Reporter, nicht wahr? Ich dachte, du würdest es früh genug lesen, verdammt noch mal. Er ist nicht schwer verwundet. Gehirnerschütterung. Er kommt durch. Hätte aber tot sein können. Um ein Haar. Im Augenblick setzt er sich grade im Bett auf. Möchte unbedingt hinaus und den Kleinen im Spital besuchen. Wir haben Jean ein paar Lügen erzählt, und der ist zu krank, um sie zu durchschauen; und Johnny verschweigen wir das Befinden von Jean.«

Lorry fragte: »Und der Junge, der es tat?«

»Johnny will ihn nicht anzeigen. Komische Sache. Der Rädelsführer der Bande hat sich in dem verdammten Pfarrhaus sozusagen häuslich niedergelassen. Brachte Johnny heute nachmittag etwas Tabak und Blumen. Rührseliger Lümmel. Hockt da und heult wegen Johnny. Seine Eltern solltest du sehen. Primitiv. Aber die Mutter ist besser als der Vater. Kam und heulte auch! Alle Welt flennt! Erbärmlichste Bescherung, die du dir vorstellen kannst! Pfarrhaus steht praktisch unter Wasser. Kann's nicht ausstehen!«

»Auf Wiedersehen«, sagte Lorry unvermittelt und legte auf. Sie streifte hastig ihr KLeid ab, zog ein dunkles Kostüm an und legte ein Pelzcape um. Sie lief leise die Treppe hinab, ging in die Garage und stieg in ihren Wagen. Sie fuhr mit wahnsinniger Geschwindigkeit die steile Bergstraße hinab. Barryfield hatte eine einzige vornehme Geschäftsstraße, wo mehrere Läden auch nachts geöffnet waren. Lorry hielt vor einem sehr exklusiven Geschäft für »ungewöhnliche Geschenke«. Sie lief hinein und versetzte sogleich den Besitzer samt seinen beiden Verkäufern in freudige, beflissene Bewegung. Sie prüfte die Waren an allen Tischen, und der Geschäftsführer bibberte vor Dienstfertigkeit und folgte ihr auf den Fersen. »Die dort«, sagte sie und wies auf eine italienische Madonnenstatue aus transparentem Glas in Blau und Gold. »Zweihundert Dollar, Miß Summerfield«, sagte der Geschäftsführer ehrfürchtig und hob die fußhohe Statue auf. »Prachtvoll, nicht wahr? Vorzügliche Ausführung. Die einzige ihrer Art.«

Er hielt sie an das Licht, das sanft hindurchschimmerte. Das friedlich-heitere, schöne junge Gesicht erglühte zu zartem Leben, wie pulsierendes Fleisch. Der Rosenkranz fiel wie ein langer weißer Strick aus den wundervollen Händen herab. Der Geschäftsführer warf einen neugierigen Blick auf das Mädchen. Wozu sie das wohl kaufte? »Packen Sie sie ein«, sagte sie.

Abermals stöberte sie in den Waren. Sie stieß auf eine ovale, goldene Schatulle, drei Zoll im Durchmesser. Der Deckel wies ein kompliziertes, goldgetriebenes Muster aus edlen Gesichtern und Tauben auf. Als sie sie öffnete, entströmte ihr ein zarter, üppiger Duft, wie von Rosenöl. »Ein echtes Renaissancestück«, erläuterte der Geschäftsführer im Flüsterton. »In neuerer Zeit vermutlich für konzentrierte Parfüms verwendet. Man kann sie noch riechen. Ich würde es als Geschenk für einen Herrn empfehlen, für Manschettenknöpfe oder sonstige Schmuckstücke.«

Ein grimmiges, humorvolles Lächeln spielte um Lorrys Lippen. Aber die Schatulle faszinierte sie. »Zweihundertfünfzig, Miß Summerfield. Ursprünglich fünfhundert. Aber wer kauft derlei schon hier. Ich wollte sie schon an unser Geschäft in New York oder Philadelphia zurückschicken.«

»Packen Sie sie ein.«

Der Geschäftsführer strahlte. »Mr. Summerfield wird sich aber freuen! Vielleicht sein Geburtstagsgeschenk?«

»Er würde sich gewiß freuen«, meinte Lorry ironisch.

Sie schaffte ihre Schätze in den Wagen und fuhr zum Krankenhaus. Man führte sie unverzüglich in Jeans Zimmer. Frische Blumen, die sie heute geschickt hatte, standen überall umher, und eine junge Schwester versah den Nachtdienst. Obwohl es kaum neun Uhr war, war alles still im Hause; nirgends aber war es so still wie hier. Die Schwester flüsterte: »Das arme Kind. Es hat hohes Fieber, über vierzig Grad. Aber ab und zu kommt es immer wieder zu sich und fragt nach seiner Mutter.«

»Keine Besserung?«

»Nein«, kam die zögernde Antwort. »Sogar etwas verschlechtert. Dr. Klein war vorhin hier. Er will um Mitternacht mit Dr. McManus wiederkommen. Er hat heute fünfhunderttausend Einheiten Penicillin bekommen, und Dr. McManus hat vor zwei Stunden ein New Yorker Spital angerufen und ein neues Wundermittel bestellt.«

Lorry trat an das Bett. Sie sah auf Jean hinab, der da so abgemagert, so hinfällig und wachsbleich vor ihr lag. Er hatte die Augen geschlossen. Sein Atem ging schwer und stoßweise. Er murmelte unablässig vor sich hin. Lorry schaute den Apparat an, der sein Bein in einem dicken Verband vollkommen unbeweglich hielt. Sie sah auch den anderen Verband an seinem Arm. Lorry dachte an ihren Vater, und Haß brach mit aller Gewalt aus ihrem Herzen hervor. Der Feind gibt sich nie zufrieden, sagte sie sich. Das haben sie ihm angetan. Sie schicken sich an, es wieder zu tun, schon morgen.

Die Schwester zog sich zu ihrem Stuhl unweit vom Fenster zurück, der im schwachen Schein der Nachtlampe stand. Sie musterte Lorry mit brennender Neugierde. Lorry vergaß ihre Anwesenheit und beugte sich über das Kind. »Jean?« flüsterte sie. »Jean?«

Sie hatte keins der Kinder zuvor gesehen; aber Dr. McManus hatte ihr ihre Geschichte erzählt. Sie betrachtete das kleine, entrückte Gesicht, das da so unkindlich, so erfüllt von trauriger Weisheit, so streng vor ihr lag. Sie biß sich auf die Lippe. Sie beugte sich dichter über Jean, drückte ihre Lippen auf seine Wange und flüsterte noch einmal: »Jean? Jean? Hörst du mich? Jean?« Der Schmerz in ihrer Brust nahm zu. Sie küßte ihn abermals und murmelte ihm liebevolle Worte ins Ohr.

Der Junge redete undeutlich im Schlaf, regte sich unablässig, tat einen leisen Schrei und schlug die Augen auf. Sie lagen tief in ihren Höhlen; wie blasses, beschlagenes Glas, hinter dem qualvolle Träume dahintrieben. Sie gewann allmählich Gestalt in seinem schwindenden Bewußtsein, ein weißes, schönes Gesicht, umrahmt von einem Heiligenschein, den die Nachtlampe mit ihrem Licht aus ihrem goldenen Haar um ihr Gesicht wob. Er sah nichts als Lorry, und sein dumpfes Starren wich plötzlichem, freudigem Erkennen. »Maman«, murmelte er. »Maman?«

»Ja, mein Liebling«, erwiderte sie. Ihre Hand streichelte sein dichtes Haar. »Papa schickt mich her.«

Seine freie Hand tastete fieberhaft umher; sie nahm sie mit festem Griff. Er konnte den Blick nicht von ihr wenden; seine Träume wurden friedvoll und schön. »Maman«, sagte er noch einmal; er versuchte zu lächeln, und ein Anflug von Farbe erschien auf seinem Gesicht.

»Jean muß wieder gesund werden, ganz schnell«, sagte Lorry zärtlich und streng zugleich. »Papa braucht ihn. Hörst du mich, Liebling?«

Seine Augen waren voll Freude unverwandt auf sie gerichtet. »Ich höre«, murmelte er. »Für Papa.«

Die Schwester trat schnell hinzu. Unter Lorrys Parfüm gewahrte sie den säuerlichen Alkoholgeruch. Die Schwester war verärgert; besann sich aber eines Besseren. Man ärgert sich eben nicht über eine Summerfield. Sie fühlte Jean flink den Puls und sah dabei feierlich auf ihre Uhr. »Aber«, bemerkte sie erstaunt, »aber – er ist viel stärker!«

Lorry aber lächelte Jean an, und er lächelte schläfrig zurück. Dann seufzte er unvermittelt tief auf, wandte den Kopf dem Mädchen zu und schlief ein. Sein kaltes Händchen wurde in ihrer Hand warm und löste sich. Sie küßte ihn wieder und legte ihre Wange an seine Stirn. Sie war nicht mehr so heiß. Leichter Schweiß war ihm ausgebrochen.

Lorry packte die Madonna aus und stellte sie auf das Nachttischchen. Sie leuchtete wie ein Juwel in dem blassen Lichtschein. »Sagen Sie ihm, wenn er erwacht, daß seine Mutter sie ihm gebracht hat«, bedeutete sie der Schwester; die blinzelte.

»Aber er hat doch gar keine Mutter.«

Lorry starrte sie feindselig an. Dann sagte sie leise und trocken: »Seien Sie nicht so verdammt nüchtern! Sagen Sie ihm, was ich Ihnen gesagt habe. Er wird es verstehen. Und wie wollen Sie überhaupt wissen, ob nicht seine Mutter mich heute abend hierhergeschickt hat?«

»Ja, Miß Summerfield«, sagte die Schwester gehorsam. Jemand trat ins Zimmer. »Dr. Kennedy.«

Der junge Arzt war ganz weißer Mantel, dunkle Brille und ein leichtes Lächeln. »Hello, Tim«, sagte Lorry, und nun errötete sie. »Ich habe den armen Kleinen hier besucht. Ich hörte, es ging ihm nicht gut. Da dachte ich, ich sollte herkommen.«

»Brav«, erwiderte Dr. Kennedy. Wenn er überrascht war, so ließ er sich nichts anmerken. Er sah die leuchtende Statue auf dem Nachttischchen und betrachtete sie sinnend. »Du könntest sie ja weihen lassen oder sonst was«, sagte Lorry verlegen. Dr. Kennedy berührte ehrfürchtig die kleinen Füße der Madonna; sie glichen Juwelen. Seine dichten, schwarzen Brauen hoben sich. »Ich dachte, sie würde ihm vielleicht gefallen. Ich sagte der Schwester, sie sollte ihm sagen, daß seine Mutter sie gebracht hat.«

Dr. Kennedy antwortete nicht. Er fühlte dem Jungen den Puls und berührte leicht seine Stirn. Er sah die neue, schwache Farbe in seinem Gesicht. »Es geht ihm viel besser«, stellte er fest. Und setzte, ohne Lorry anzusehen, hinzu: »Wie willst du wissen, ob sie nicht schon geweiht worden ist? Natürlich hat seine Mutter sie gebracht.«

»Danke, Tim«, meinte Lorry und nahm ihre Tasche und ihr Cape auf.

Er begleitete sie auf den Flur hinaus und sagte offen: »Vor einer Stunde war ich sehr besorgt. Gab ihm nur mehr geringe Aussichten. Irgendwo steckt eine kritische Infektion. Die dürfte sich jetzt gelegt haben.« Er musterte das Mädchen ein Weilchen. »Ich glaube, du hast da etwas für den Jungen getan, Lorry.« Er verabscheute die Summerfields aufrichtig und haßte ihre Zeitungen. Nun konnte er sich vor Staunen kaum fassen. Er wußte, daß Lorry für das Zimmer, die Schwestern und die Blumen aufkam. Er hatte es kaum glauben können, als Dr. McManus es ihm erzählte. Aber das alles hatte ihn nicht so tief beeindruckt wie dieser späte Besuch, das Geschenk der Statue, diese seltsame Zärtlichkeit einer Frau, die er als gleichgültig und hartherzig kannte. Sie hatten einander seit Kindertagen gekannt. Er hatte sich oft gefragt, was Lorry aus einem heiteren, lebenslustigen jungen Mädchen in eine verbitterte, gefährliche und enttäuschte Frau verwandelt hatte, ein weibliches Abbild ihres Vaters.

Er sah ihr nach, als sie elastisch den Flur hinabschritt, den goldblonden Kopf steif und aufrecht. Und sagte leise vor sich hin: »Nun will ich doch –«

Obgleich die Tage noch heiß waren, war es in den Nächten sehr kühl, beinahe kalt. Die Luft in den Bergen war klar wie Branntwein, aber die Straßen von Barryfield stanken und waren verpestet von Industrieabgasen und Abfallprodukten und allein schon von dem bloßen Atem dieser engbegrenzten, überfüllten Stadt. In vielen Nächten, besonders im Herbst und im Frühling, wenn der Nebel aus dem feuchten Boden aufstieg und sich mit den Gasen vermengte, war die Luft kaum zu atmen.

Lorry Summerfield hustete und fluchte vor sich hin, während sie durch die feuchten Straßen fuhr. Die Gehsteige schimmerten trübe; die Straßenlampen waren eingehüllt und umflossen von gespenstischen Schatten, als wäre eine Seuche unterwegs. Und so ist es auch, dachte Lorry. Sie dachte an die Artikel, die sie über diese Zustände geschrieben hatte. Morgen, dachte sie grimmig, würde sie den ersten Artikel auf die zweite Seite der *Press* hinschmuggeln, und ihr Vater konnte sich auf den Kopf stellen. Sollte er doch voll Zorn oder aber mit glatten Worten seinen Freunden den Irrtum erklären. Sollte er seine Tochter tadeln. Sie würde ihn nur kaltblütig ansehen und entgegnen: »So sag ihnen doch, daß du den Verfasser fristlos entlassen hast. Ich habe den Artikel nicht signiert.« Was die anderen anbelangte, die wollte sie schon von Zeit zu Zeit einrükken. Sie fühlte sich immer noch gehoben und tatkräftig; das waren die Drinks von heute abend; ihr Hirn war noch sehr rege und steckte voll guter Gedanken. Ihre trübe Stimmung war verflogen; so war es immer — in etwa einer Stunde würde sie dann wiederkehren, heftiger und schwärzer denn je. Aber dann, dachte sie, bin ich schon wieder zu Hause und kann mir wieder ein paar Gläser genehmigen . . .

Sie hielt vor Johnny Fletchers Pfarrhaus, das sie düster anstierte. Lorry stieg aus dem Wagen und schritt behutsam über den glitschigen Gehsteig und noch behutsamer über die steilen Stufen des Aufgangs. Sie öffnete die Tür und sah die erstaunten Augen einer Anzahl Männer und Frauen, sauber, aber unscheinbar und schäbig gekleideter Leute, auf sich gerichtet. Sie saßen traurig hingekauert und mit Leichenbittermiene in der guten Stube. Als Lorry eintrat, eine helle Gestalt voll Leben, fuhren sie auf; sie erkannten sie von Bildern her und flüchtigen Begegnungen auf der Straße.

Lorry erschrak. Sie fragte laut und rasch: »Ist etwas geschehen? Wie geht es Mr. Fletcher?« Warum waren sie hier versammelt, wenn nicht wegen eines Unglücks, diese müden, ausdruckslosen Geschöpfe?

Eine kleine, drahtige Frau ergriff das Wort: »Nichts ist geschehen, Miß Summerfield. Ich bin Mrs. McGee. Mrs. Burnsdale macht uns gerade Kaffee. Wir sprachen nur eben von Mr. Fletcher — und den Kindern. Gib Miß Summerfield deinen Stuhl«, bedeutete sie streng einem kleinen Mann mit rotem Gesicht und vielen weißen Locken auf dem Kopf.

»Nein«, entgegnete Lorry. »Danke.« Sie betrachtete das verlegene Häuflein voll Interesse. Die gebeugten Männer standen auf, einer nach dem anderen, von ihren Frauen mit Rippenstößen oder gebieterischen Blicken dazu aufgefordert. Das also waren Johnnys Pfarrkinder. Sie sahen nicht besonders böswillig, grausam oder dumm aus, als sie sie forschend musterte. Es waren einfach – Menschen. Und doch hatten einige von ihnen Johnnys Leiden auf dem Gewissen.

Sie nahm ihr Cape ab und warf es nachlässig auf einen leeren Stuhl. Die Handschuhe warf sie hinterher. Dann erfaßte sie die Anwesenden langsam und zwang sie unter die Kraft ihres Blickes. »Ich möchte gern eine Geschichte über das alles schreiben«, erklärte sie. »Ich möchte dem großen Staat Pennsylvanien zeigen, daß er eine Stadt hat, die ins finstere Mittelalter gehört, oder in den Dschungel, oder an einen Zoo angegliedert. Vielleicht könnten die anderen Städte Omnibusse hierherführen, bloß um Barryfield zu besichtigen, die Häuser anzusehen und die Menschen, die hier wohnen. Ein guter illustrierter Artikel, den die Presse der ganzen Union übernehmen könnte und der den anderen Zeitungen unerschöpflichen Stoff liefern würde. Und vielleicht könnten wir auch die Nationalgarde aufbieten, damit sie in den Straßen patrouilliert; dann würden keine Pastoren oder Kinder mehr überfallen und an Leib und Leben bedroht.«

Mr. McGees rotes Gesicht wurde noch röter. »Also, Miß Summerfield, das – das ist nicht fair. Ich – bin der Gewerkschaftsobmann. Wir –«

»Halten Sie Propagandaversammlungen für Ihre Leute und sagen Sie denen, wer aus dieser verdammten Stadt vertrieben werden soll, oder bestimmen Sie die Kinder, denen man die Kehle durchschneiden, oder die Männer, die man steinigen soll? Über die Gewerkschaften habe ich so allerhand gehört.«

Mr. McGee richtete sich auf und sah ihr ins Gesicht, während die anderen beschämt und stumm sitzenblieben. »Miß Summerfield, Sie wissen selbst, daß Sie übertreiben. Sie kennen diese Stadt; Sie sind ja hier geboren. Natürlich haben wir ein paar Kommunisten, ich glaube wohl. Ich habe meine Leute vor ihnen gewarnt, und sie hassen die Kommunisten nicht weniger als ich selbst.« Er hielt inne und sah das Mädchen mit hartem scharfem Blick an. »Eins kann ich Ihnen sagen, Miß Summerfield – Ihre Zeitungen haben einen schlechten Ruf unter anständigen Leuten. Ich habe den Kommunismus selbst studiert. Es steckt viel davon in der *Press*, und ich kann Ihnen sagen, daß uns das nicht gefällt; Ihre Auflage geht auch schon zurück, und die Kumpel wickeln bloß ihre Brote darin ein. Na, ist ja auch egal. Vielleicht sind wir hier in Barryfield nicht besser als andere Leute, und der Vorfall hier mit dem Pastor und den Kindern ist auch wirklich schlimm. Aber es gibt immer ein paar Leute, überall, in jeder Stadt, ob klein oder groß, die geborene Mörder sind.« Er sah sie aus klugen Augen an. »Ein paar, die das Zeug glauben wollen, was die *Press* schreibt.«

Lorry kniff die Lippen zusammen, und ein beinahe unwiderstehliches Schmunzeln zu unterdrücken. Mr. McGee hatte sich warm geredet. Er deutete mit dem kurzen Finger auf sie. »Ich will solche Sachen nicht zu einer – einer Dame sagen. Aber ich wollte sie schon lange sagen, und so günstig trifft es sich nicht mehr. Ich war selbst ein Kumpel, Miß Summerfield; habe hier mehr als dreißig Jahre vor Ort gearbeitet. Ich kenne die Männer; war einer von ihnen, und mein Vater auch. Waren Sie je in einem Bergwerk, Miß Summerfield? Nein. Was ein Kumpel auch bezahlt bekommen mag, es ist immer noch zu wenig für seine Arbeit; und wenn er hundert Dollar täglich kriegte, wäre es noch zu wenig für die Arbeit vor Ort. Gewiß, wir haben Gewerkschaften, und zwar gute. Warum lesen Sie nicht selbst über die Bergwerksindustrie nach?«

»Aber, McGee!« mahnte seine Frau.

Er überhörte sie. »Wir Gewerkschaftsobmänner, von allen Gewerkschaften ohne Unterschied, wollen keine Kommunisten aufnehmen, Leute, die nur Schwierigkeiten machen und die Arbeiter gegeneinander und gegen ihre Arbeitgeber aufhetzen. Welche Unterstützung kriegen wir dabei von den Zeitungen? Praktisch keine. Wir schmeißen da zum Beispiel ein paar Kommunisten aus einer Gewerkschaft hinaus, und schon faselt eine Zeitung von ›Intoleranz‹ oder ›Kollektivschuld‹ oder sonstigem verdammtem Unsinn. Und wie hilft uns die *Press?* Hören Sie, Miß Summerfield, wenn wir solche Leute haben, die Mr. Fletcher und den Kleinen verletzen, dann kommt das daher, weil Leute wie Sie in ihren Zeitungen die Leser aufwiegeln und verhetzen.«

Ein Glücksgefühl durchströmte Lorry. Sie begann, heftig zu blinzeln. Die anderen, die eifrig zugehört hatten, richteten sich auf ihren Stühlen hoch und nickten einander ernsthaft zu; ihre Scheu vor der schönen Miß Summerfield war verflogen.

McGee zeigte immer noch auf das Mädchen, und nun drohte er mit dem Finger, die schweißfeuchte Stirn zornrot:

»Hören Sie, wir haben Sorgen hier in Barryfield. Die Kumpel wollen nicht streiken; ich will nicht, daß sie streiken; die unabhängigen Unternehmer wünschen es genausowenig. Niemand wünscht einen Streik. Wir können uns keinen leisten, und die Unternehmer auch nicht. Ein Drittel aller Männer arbeitet in den Bergwerken. Ich habe die Bücher der Unternehmer einsehen können, sie können kaum die laufenden Kosten decken. Sie halten den Betrieb aufrecht, damit die Leute Arbeit haben. Und da erscheint doch die *Press* neulich ganz unverfroren und sagt den Bergleuten, sie würden ausgebeutet. Und plötzlich wimmelt's in der Stadt von Fremden, die reden mit den Kumpeln, die von der Schicht kommen, und verteilen Flugblätter, in denen die *Press* zitiert wird. Und dann, wenn Sie diese ganze Bescherung angerichtet haben mit Ihren Zeitungen, dann kommen Sie einfach hier herein und nennen uns einen Tiergarten oder sonst was!«

»Ganz richtig«, nickten die anderen nachdrücklich.

»Wir haben eine schmutzige Stadt hier«, sagte McGee mit vor Rührung halberstickter Stimme. »Die Luft ist kaum zu atmen. Schreibt die *Press* darüber? Fordert die *Press* eine Kontrolle der Rauchentwicklung der kleinen und großen Fabriken? Keine Rede! Mr. Summerfield hat zu viele Freunde, denen diese verdammten Brutstätten gehören. Und da nennt er sich ein Liberaler! Wieso liberal, meine Gnädigste? Nur, weil er freie Hand hat als Unruhestifter?«

Könntest gar nicht mehr recht haben, lieber Freund, dachte Lorry mit steigender Freude. Denke und rede nur so weiter, McGee, und alle die Millionen ehrlicher Arbeiter hier und überall, und ihr werdet die finsteren Pläne, die mein Vater gegen euch schmiedet, durchkreuzen. Sie sagte: »Nun, das war eine schöne Rede, Mr. McGee. Sie haben da wohl irgendwo recht, Sie könnten übrigens die *Press* von übermorgen lesen. Die dürfte Ihnen ausnahmsweise zusagen!«

Sie nickte ihm freundlich zu und verließ das Zimmer. Eine Frau meinte: »Der haben Sie's aber gegeben, Mr. McGee! Und haben Sie gemerkt, wie sie nach Alkohol roch? Pfui!«

McGee setzte sich langsam und starrte zu Boden. Er runzelte die Stirn. »Wißt ihr, das Mädel hat was an sich — ich weiß nicht was. Kann es nicht genau sagen. Aber sie ist nicht so, wie wir denken.«

Während Lorry die kahle Treppe hinaufstieg, verflog ihre

Freude unversehens, und die gefürchtete Schwermut überfiel sie wieder. Sie verlangsamte ihre Schritte. Warum war sie ins Spital gefahren? Warum war sie hier? Wenn sie zu viel getrunken hatte, tat sie immer die verrücktesten Dinge.

Die Tür zum großen Schlafzimmer stand offen; ein rötlicher Lichtschein fiel heraus. Lorry hörte gedämpfte Männerstimmen. Sie stand auf der Schwelle und erschrak über die schäbige Armut des Zimmers, die fleckigen Wände, die verschlissenen kleinen Teppiche. Dr. McManus hatte ihr erzählt, daß auch ein oder zwei Jungen hier schliefen. Sie sah das zugedeckte Liegesofa. Und da erblickte sie Johnny Fletcher; er hatte sich in dem eingesunkenen Doppelbett halb aufgesetzt, einen Verband um die Stirn, das Gesicht blaß und schmerzlich angespannt; die eine Gesichtshälfte war entsetzlich zugerichtet und schimmerte in allen Farben, dunkelrot, gelb und grün. Aber er lächelte und hörte beiden Männern an seinem Bett zu: der eine war ein großer stämmiger Priester, der andere ein Greis mit Käppi und einem langen Bart wie gesponnener Sonnenschein. Eine häßliche kleine Lampe war die einzige Lichtquelle im Zimmer.

Die drei Männer waren in ein ernstes Gespräch vertieft. Johnny war der erste, der Lorry erblickte, und seine umschatteten Augen hefteten sich erstaunt auf sie. Der Priester und der Rabbi wandten sich um und staunten nicht weniger.

»Störe ich?« fragte Lorry verlegen.

»Aber nein«, erwiderte Johnny langsam. Seine Stimme klang sehr müde. »Nur herein, Miß Summerfield. Wenn Sie eine neue Story suchen, hier gibt's keine. Pater Krupszyk, Rabbi Chortow, das ist Miß Summerfield.«

Der Priester sah Lorry forschend an, der alte Rabbi senkte, eine Geste der Alten Welt, höflich das Haupt. Er neigte nicht so sehr wie die Priester dazu, Menschen mit Zynismus und Mißtrauen zu betrachten, weil er ein schlichter, gutherziger Gelehrter war, der sich einigen Glauben an das Gute im Menschen bewahrt hatte, obwohl alles für das Gegenteil sprach. Seine Geistigkeit war gemildert durch eine mystische Gemütshaltung, durch Träume von jener grauen Vorzeit, da unschuldige Menschen miteinander in einem verlorenen grünen Garten wandelten und mit Gott sprachen. Er hatte sich bei seinen entsetzten Gläubigen nicht eben beliebter gemacht, als er sie während des Krieges aufgefordert hatte, für die Nazis, die sein Volk hingemordet hatten, zu beten, damit auch ihnen das Licht und die Menschlichkeit und die Erkenntnis »des

Herrn, unseres Gottes« und die Demut und Sühnebereitschaft wiedergeschenkt werde. Dem Rabbi Chortow war die Sünde verhaßt, aber nicht der Sünder.

Pater Krupszyk hegte andere, realistischere Ansichten und war mit Johnny überzeugt, daß es zwar einen mystischen Leib des Herrn, aber ebenso auch einen mystischen Leib Luzifers gebe, dem eine große Menge Menschen mit Leib und Seele angehörten, viel eifriger und hingebungsvoller als die Mitglieder der anderen Körperschaft. Einig aber waren sie alle drei darin, daß die Sünde nicht allein Reue, sondern auch Buße erfordere.

Rabbi Chortow lächelte Lorry gütig zu und dachte plötzlich ganz unerklärlicher Weise an Rachel, die Mutter vieler Kinder. Johnny war über ihr Erscheinen nicht eben erbaut; er argwöhnte nichts Gutes. Der Pastor und der Priester nahmen den starken Alkoholgeruch wahr, während das Mädchen langsam ins Zimmer trat, aber der Rabbi, den ihre außergewöhnliche Schönheit väterlich entzückte, dachte an Weihrauch und an die Prophetinnen.

Lorry blieb unvermittelt am Fußende des Bettes stehen. Johnny sah sie schweigend an und wartete. »Ich bin nicht wegen einer Story gekommen«, erklärte sie. Nun, sie war ja verrückt. Der Priester da schaute sie doch mit unverhohlenem Widerwillen an. Der alte Rabbi strahlte sie aus feuchten Augen an. Na los, mach's schnell, dachte sie und fuhr fort: »Ich hörte von Ihrem Unglück, Mr. Fletcher. Und von Jean. Ich wußte, daß Sie ihn nicht besuchen konnten; darum fuhr ich ins Krankenhaus, um mich zu überzeugen. Die Ärzte lügen ja so unverschämt, um zu trösten.«

Johnnys Interesse war geweckt. Er richtete sich in den Kissen auf und lauschte aufmerksam.

»Das war freundlich von Ihnen, Miß Summerfield«, meinte er dann unsicher. »Wie – wie ging es Jean?«

Nur dem Priester war der rasch wechselnde Ausdruck auf ihrem Gesicht nicht entgangen, weshalb er auch das behutsame Ausweichen verstand, das in ihren nächsten Worten lag: »Als ich ihn verließ – ging es ihm sehr gut. Dr. Kennedy sagte, es gehe ihm zusehends besser. Das Fieber war gesunken und der Puls beinahe schon normal.« Pater Krupszyk richtete sich im Stuhl auf und sah dem Mädchen scharf ins Gesicht. Lorry setzte hinzu: »Er schlief ganz friedlich – als ich wegging.«

Johnny war verblüfft. Warum war sie hingefahren? Was bedeutete Jean diesem hartherzigen, jungen Ding? Aber er war erleichtert und froh. Er ließ sich in die Kissen zurücksinken.

Abermals sah der Priester einen anderen Ausdruck über Lorrys Gesicht huschen. Er lauschte gespannt, als sie weitersprach: »Onkel Al sagte, der Junge sei Katholik. Es macht Ihnen hoffentlich nichts aus, aber ich brachte ihm eine sehr hübsche Statue der Jungfrau Maria und stellte sie auf sein Nachttischchen. Ich – ich sagte auch der Schwester, sie sollte ihm sagen, seine Mutter hätte sie ihm gebracht.«

Johnny wandte rasch den Kopf auf dem Kissen, und nun war ihm, als sähe er Lorry zum erstenmal. Seine Stimme zitterte ein wenig. »Ich kann Ihnen nicht genug danken. Aber wie wußten Sie – ich meine, wie konnten Sie verstehen?«

Rabbi Chortow fiel sehr milde und gütig ein: »Ist denn das Verstehen das Vorrecht der Geistlichkeit? Bewegt Gott nicht alle Menschenherzen, so daß sie verstehen – wenn sie nur einen Augenblick auf ihn hören wollen?« Er hatte Lorry schon mehrmals bedeutet, sich zu setzen; sie hatte jedoch seine Gesten übersehen. Sie blieb am Fußende von Johnnys Bett stehen und umklammerte die beiden Enden.

Zu Johnny sagte sie ruhig und geringschätzig: »Sind Sie nicht ein wenig egoistisch? Sind denn Verstehen und – vielleicht Nächstenliebe – das Vorrecht nur der erklärten Christen? Stehen wir anderen denn außerhalb der Menschheit, ohne Anstand, ohne die Regungen und Tugenden des Menschen? Verzeihen Sie, Mister Fletcher, aber wie dumm können Sie eigentlich sein?«

Sie biß sich sogleich zerknirscht auf die Lippen, weil Johnny schmerzlich errötete und sein Blick düster wurde. »Es tut mir leid«, sagte er unvermittelt. »Sie haben ganz recht. Ich bin oft dumm. Es tut mir leid!«

Aber nein, schrie es in ihr, es braucht dir doch nichts leid zu tun, Johnny Fletcher! Du rettetest meinem Bruder das Leben; holtest ihn buchstäblich von der Schwelle des Todes zurück. Nicht nur leiblich, auch seelisch!

Die geheimnisvolle demütige Zärtlichkeit, die sie schon früher für ihn empfunden hatte, überwältigte sie beinahe. Sie alle sahen, wie ihre Miene sich wandelte, weich, gerührt, leidenschaftlich liebevoll wurde. Auch Johnny war gerührt, und er schämte sich. Er verstand jedoch nicht, was in ihr vorging. Ich habe sie falsch beurteilt, dachte er. Sie ist in Wirklichkeit äußerst sensibel, armes Mädel, daß sie meine Entschuldigung gleich so aufnimmt. Er sah, daß ihre Augen voll von Tränen standen und ihre Lippen bebten, und sagte: »Ich werde Ihnen nie genug danken können, Miß Summerfield, daß Sie Jean besucht haben. Sie sagten, die Schwester sollte Jean erzählen, daß seine Mutter die Statue geschickt habe? Aber wissen Sie, ich fühle, das ist auch wirklich wahr. Sie tat es höchstwahrscheinlich selbst, durch Sie, und das ist wieder ein Schritt zu Jeans Genesung. Und nun kamen Sie hierher, um mir zu sagen, daß er sich zusehends erholt. Das ist die größte Freude, die ich mir hätte wünschen können. Ich will Ihnen nicht mit Worten danken, die reichen hier nicht hin, nicht wahr?«

»Nein«, murmelte sie. Sie dachte, dir, Johnny Fletcher, zu danken, das käme einer Beleidigung gleich. Sie wollte hintreten, an seinem Bett niederknien und seine Hand nehmen. Sie konnte sich kaum zurückhalten. Sie wollte ihm von ihrem Haß gegen ihren Vater erzählen, der sie innerlich aufrieb, und dem Grund für diesen Haß, und der gequälten Liebe zu diesem selben Vater, die mit dem Haß rang. Sie wollte ihm von dem Abscheu erzählen, den das Leben ihr einflößte, vom täglichen Lebensüberdruß, von ihrer Einsamkeit. Wären sie allein gewesen, so hätte sie weinend ihre Wange in seine Hand geschmiegt.

Draußen regte sich kein Lüftchen, und doch erzitterte das Haus plötzlich fühlbar. Ein leises Ächzen lief durch den Bau, und die alten Balken stöhnten dumpf. Johnny rief: »War das ein Erdbeben?«

»Nein«, antwortete der Priester. »Wissen Sie, die Stadt ist ja praktisch von den Bergwerksstollen unterwühlt. Das geschieht die ganze Zeit, besonders in dieser Gegend. Unter uns befinden sich einige der reichsten Lager.« Er wandte sich wieder Lorry zu; die junge Frau, dachte er, trägt an einer Last, die wir alle drei nicht kennen.

Johnny schloß erschöpft die Augen. Er sagte: »Ich freue mich, daß Sie keine Geschichte über mich schreiben wollen. Wir erregen ohnehin schon zu viel Aufsehen. Das ist schlecht für uns.«

»Das glaube ich gar nicht«, entgegnete der Priester. »Ein Teil Ihrer Gemeinde sitzt unten in Sack und Asche, wie Sie wissen. Die Gabe der Rede ist ihnen versagt, und sie können nur sitzen und die Köpfe hängen lassen.«

Johnny lächelte und schlug die Augen wieder auf. »Wissen Sie – damals, als es geschah – da war ich sehr niedergeschlagen. Meine Predigt – ich dachte, die hätte mir und den Kindern den Rest gegeben. Aber nun höre ich, daß meine Gemeinde nachdenklich geworden ist. Und Mr. McGee sagte mir heute abend, gerade das hätten sie gebraucht. Vielleicht war ich etwas zu schroff mit ihnen.« Er schmunzelte breit. »Ich fürchtete auch, sie würden uns wieder fortschicken. Mir machte es ja nichts, aber ich wollte doch, daß die Kinder irgendwo Wurzel fassen sollten.«

Mrs. Burnsdale brachte mehrere Tassen Kaffee auf einem hölzernen Tablett. Als sie Lorry sah, blieb sie stehen und blinzelte. »Trinken Sie lieber keinen Kaffee, Mr. Fletcher«, meinte sie dann. »Ich habe für Sie eine Tasse heiße Milch mitgebracht. Es ist auch schon Schlafenszeit für Sie«, setzte sie ziemlich unverblümt hinzu. Was in aller Welt machte bloß das Mädel hier? Wollte wohl eine dumme Sensationsgeschichte zusammenbrauen? Sie musterte Lorry nicht eben freundlich. Aber sie hatte Wichtigeres zu denken. Sie sagte zu Johnny: »Ich habe Dr. Kennedy im Spital angerufen. Ich sagte ihm, daß wir alle Fenster geschlossen haben, damit der Nebel nicht eindringen kann. Aber Emilie hustet noch immer, trotz des Sirups. Sie kann nicht schlafen. Ich habe ihr noch eine Pille gegeben.«

Lorry wandte sich rasch zu ihr um. »Der Nebel und der Rauch? Die schaden manchen Menschen empfindlich, besonders kleinen Kindern, wenn sie kränklich sind. Ist etwas nicht in Ordnung mit dem Mädchen?«

Johnny erklärte, und seine Stimme klang wieder schwach und leise: »Sie hat einen Herzfehler. Dr. Kennedy sagte mir, sie wird nicht –«

Lorry war entsetzt. Sie starrte in die ernsten Gesichter des Priesters und des Rabbis. Sie rief erbittert: »Ich weiß Bescheid über den Rauch! Pittsburgh wurde damit fertig, aber Barryfield kann es nicht! Es ist zu teuer – für die Freunde meines Vaters.« Ihr Gesicht verzerrte sich vor Wut und Abscheu. »Nun, wir können da etwas unternehmen.«

Wenn sie gleich ins Büro zurückfuhr, so könnte sie den Artikel für die nächste Nummer noch unterbringen. Sie nahm rasch ihre Handtasche auf und spürte das Gewicht der goldenen Schatulle, die sie ganz vergessen hatte. Sie zögerte. Eine Torheit. Aber sie hatte ihm ein kleines Geschenk machen wollen, wegen Barry. Damals schien das ganz vernünftig; jetzt wohl absurd. Sie zögerte noch. Dann aber beschloß sie, ihre Torheit zu Ende zu führen, nahm die verpackte Schatulle heraus und legte sie unvermittelt neben Johnnys Hand. Sein Gesicht, das sie nur verschwommen sah, war ihr plötzlich ganz nahe, und sie sahen sich einen bangen Augenblick lang voll ins Gesicht. Lorry wandte sich ab, preßte die Hände verlegen zusammen und hielt die Arme steif und ungelenk gesenkt. »Ich habe Ihnen auch ein kleines Geschenk mitgebracht«, sagte sie trotzig. »Als ich es kaufte, schien es ein ganz vernünftiger Gedanke. Jetzt bin ich nicht mehr überzeugt davon.« Ihre sonst so glatten, weißen Wangen waren hochrot vor Verlegenheit. »Wenn Sie es nicht wollen, nehme ich es wieder mit.«

Johnny fragte erstaunt: »Warum wollen Sie mich denn beschenken, Miß Summerfield?«

»Ich weiß es nicht!« rief sie. »Wollen Sie es nicht wenigstens ansehen?«

Johnny wickelte bedächtig die Schatulle aus. Nun lag sie in seiner Hand, und goldene Lichter und Schatten umspielten die erlesene Arbeit. Er öffnete sie, und sogleich stieg der schwache exotische Duft von vergessenen Salben und von Rosenöl auf. Pater Krupszyk beugte sich vor, um sie zu betrachten, und spürte ein unerklärliches Prickeln im Nacken. Er versuchte, sich auf etwas zu besinnen; das hier war ihm zu vertraut, als daß er es hätte ganz vergessen können.

Lorry sagte in das ehrfürchtige Schweigen hinein unverblümt: »Ich weiß wirklich selber nicht, was Sie damit anfangen wollen. Als ich sie kaufte, dachte ich, ich wüßte es. Offen gestanden, ich habe zuviel getrunken.« Sie setzte hinzu: »Sie könnten es vielleicht für Manschettenknöpfe verwenden, oder sonst was.«

Johnny war sprachlos. Er hielt die Schatulle so, daß der Rabbi und der Priester sie näher betrachten konnten. Ihm fiel ein, die Schatulle mußte ja sündhaft teuer sein, und er konnte sich nicht denken ... Warum tat sie das wohl? Und wenn sie schon so viel Geld ausgeben wollte, so wäre da ja der Pfarrsaal unter der Kirche, und das Geld hätte man für Spielzeuge oder Werkbänke für die Kinder der Pfarre, für die Mütterhilfe oder auch für die Alten gut brauchen können ...

Dann sagte Johnny: »Sie ist wunderschön. Ich danke Ihnen, Miß Summerfield.« Seine Worte waren schlicht und ernst, und Friede lag auf seinem mißhandelten Gesicht. »Wenn Sie sie mir zugedacht haben, kann ich sie nur dankbar annehmen.«

Sie fuhren alle auf, als sie schwere Tritte die kahle Treppe heraufstapfen und ins Zimmer poltern hörten. Es war Dr. McManus, ganz zerknittert und in freudiger Hast, unordentlicher denn je, als hätte er seine vernachlässigte Kleidung in wilder Eile über den stämmigen, untersetzten Leib geworfen. Er krähte: »Ein Wunder, sagten Sie? Nun, Johnny, Sie haben Ihr verdammtes Wunder! Ich komme eben vom —«

Nun erst erblickte er Lorry und verstummte. Er vergaß die anderen. Er sah das Mädel an, und die starren Lider zuckten ihm, die Lippen bebten. Langsam trat er auf sie zu, legte ihr den Arm um die Schulter und hielt sie fest. Er wollte sprechen, hustete geräuschvoll und schnaubte hörbar. Er sah, den Arm noch immer um sie gelegt, der Reihe nach den Priester, den Rabbi und Johnny an. »Ein Wunder! Und wer hat es gewirkt? Dieses Mädel hier. Dieses wunderbare Mädel, mein Mädel, das feinste Mädel der Welt. Da fühlt man doch – ach zum Teufel, ist ja egal. Johnny, ich kann Ihnen nur sagen, vor fünf Stunden gaben wir Jean auf. Die Infektion – alles wirkte wie ein Schock auf ihn. Es kam ganz plötzlich; es war, als ob er selbst nachgäbe und fortgehen wollte. Und da kam dieses Mädchen.«

Johnny setzte sich im Bett auf und erbleichte. »Sie sagten mir nicht Bescheid über meinen Jungen? Sie hatten mich belogen?«

»Was hätte es schon genützt, Ihnen die Wahrheit zu sagen? Sie hätten ihn doch nicht besuchen können, Mann. Seien Sie kein Narr. Wir taten, was wir konnten. Es war der Junge selbst – er gab einfach nach, sage ich Ihnen. Er konnte nur immer wieder von seiner Mutter sprechen, nicht von Ihnen, nicht von seinem Vater, von niemand. Nur von seiner Mutter. Sol Klein war die meiste Zeit bei ihm, und ich auch. Aber es wurde immer schlimmer. Er wollte seine Mutter.« Er zog Lorry dichter an sich, wandte den massigen Kopf und küßte sie sacht auf die Wange. »Lorry, du hast ihn gerettet. Du hast ihn zurückgeholt. Er hielt dich für seine Mutter. Und nun sieht er immer nur die Statue an und lächelt; vor einer halben Stunde hatte er schon Hunger, und er erzählte jedermann, daß seine Mutter ihm die Statue brachte. Er wird am Leben bleiben, Lorry, und zwar nur durch dich.«

Der Priester war aufgestanden, langsam, groß und still. Sein breites Slawengesicht war totenblaß. Er trat vor Lorry und den Arzt hin und sah sie stumm an. Dr. McManus grinste ihn an. »Na, Pater John Kanty, da haben Sie Ihr Wunder. Aber Sie glaubten ja schon immer an Wunder, nicht wahr? Vielleicht tu ich's jetzt auch.« Er fragte die zitternde Lorry: »Liebling, was bewog dich, hinzufahren? Das möchte ich gern wissen.«

»Ich weiß es nicht. Entsinne mich nicht mehr. Weiß es nicht.«

Der Priester sprach: »Sie hatten recht. Seine Mutter sandte ihm ihr Abbild. Durch Sie.« Und er bekreuzigte sich und schritt hinaus, den Kopf sinnend geneigt.

15

Selbst der Ventilator in dem prachtvollen Büro von MacDonald Summerfield konnte die giftige Ausdünstung des von der *Press* leichthin so genannten »harmlosen Abzugs normalen Industrierauchs in Verbindung mit der schweren Herbstluft« nicht vollkommen beseitigen. Der beißende, scharfe Gestank drang durch die kleinsten Öffnungen, und die Lüftungsanlage kämpfte wacker und laut schwirrend dagegen an. Die Aussicht ins Tal, die man von den breiten Fenstern hatte, war im unwirklichen Nebel versunken. Nur die dunklen Rücken der fernen Berge ragten wie Felseninseln aus dem wogenden grauen Dunst empor. Aber das graue Meer aus giftiger Feuchtigkeit und vergifteter Luft war nicht einfarbig; stellenweise schäumte es in gelblichen Fontänen aus verborgenen Schornsteinen auf, oder es stieg in gewaltigen schwarzen Ringen wie eine Schlange aus den stummen grauen Wogen empor.

Mr. Summerfield schneuzte sich wiederholt in sein feines Leinentaschentuch, während er zornig den Artikel las, den seine Tochter über den neuen Pastor der elenden Kirche ›Zum Guten Hirten‹ verfaßt hatte. Er war gut geschrieben, was Mr. Summerfield nur noch mehr erboste, und an gut sichtbarer Stelle auf der zweiten Seite untergebracht; einzelne Abschnitte waren fettgedruckt.

»Gestern kehrte Mr. Fletcher nach dem Überfall, den immer noch nicht identifizierte halbwüchsige Gangster vor vier Wochen auf ihn verübten, auf seine Kanzel zurück. Er war noch blaß und schmal, und eine lange rote Narbe läuft ihm waagrecht von der rechten Schläfe bis weit nach hinten ins Haar. Diese Narbe leuchtete grell im Schein der wenigen Kerzen in der kleinen Kirche, und die Reporterin bemerkte, daß die Gemeinde häufig darauf hinsah. Vielleicht hatte nur die Neugier die Kirche zum Bersten gefüllt, so daß auch die Notsitze für den beachtlichen Zustrom an Gläubigen nicht mehr ausreichten und wenigstens zwanzig Personen stehen mußten. Aber wer aus Neugier gekommen war, blieb aus echter Teilnahme an der Predigt. Ihre Berichterstatterin hat schon zahlreichen Gottesdiensten in vielen anderen Kirchen beigewohnt, war aber stark beeindruckt von der gespannten Aufmerksamkeit, mit der alle Mr. Fletchers Predigt folgten. Als die Gemeinde sich am Ende erhob, war das weniger die mechanische Geste, die der folgenden Lesung vorauszugehen pflegt, als vielmehr eine ernstgemeinte Ovation.

Mr. Fletcher ist ein vorzüglicher Redner, der aber ohne Gekünstel und Gebärdenspiel auskommt. Vielleicht deshalb, weil er nicht so sehr Eindruck machen und hinreißen, als vielmehr die Wahrheit sagen wollte. Ihre Berichterstatterin ist überzeugt, daß die Wahrheit allein stark genug ist und keine Zutaten, kein Feuerwerk braucht.«

Na, dachte Mr. Summerfield nicht ohne säuerliche Genugtuung, wenigstens darin verstand Lorry die schmutzige Masse offenbar nicht.

»*Mr. Fletcher ist praktisch ein Anachronismus innerhalb der protestantischen Geistlichkeit, wenigstens der ›fortschrittlicheren‹ und ›aufgeklärteren‹*«, fuhr die Artikelschreiberin unbeirrt fort. »*Er ist weder Anhänger der evangelischen Erneuerung noch Fundamentalist; um so bemerkenswerter war daher seine Predigt. In gewissem Sinne war es eine gelehrte Predigt, würdig eines glänzenden jungen Theologen, und stellenweise ausgezeichnet durch tiefe Aufrichtigkeit, ruhige Leidenschaft und den Glauben an das, was er sagte. Und er überzeugte seine Gemeinde und jene Anwesenden, die nicht seiner Gemeinde angehörten. Keiner von allen Männern und Frauen, die die Bänke füllten, war ein sogenannter vornehmer Kirchgänger. Es waren vielmehr die kleinen Leute, Facharbeiter, Handwerker, Kaufleute und Angestellte. Sie verstanden Mr. Fletcher vollkommen.«*

So? dachte Mr. Summerfield. Dieser Pöbel?

»*Mr. Fletcher, der seine Predigt ›Die uralte Tyrannei‹ nannte, war während des letzten Krieges Feldkaplan im Heer. In diesen Jahren hatte er reichlich Gelegenheit, Material für diese Predigt zu sammeln, und er nahm kein Blatt vor den Mund. Nach Mr. Fletcher war die Ära, die vor kaum mehr als Jahresfrist zugleich mit dem letzten Krieg ihren Höhepunkt und ihr Ende fand, nur einer unter vielen Ausbrüchen eines Despotismus, der in graue Vorzeit zurückgeht. Und er hält den gegenwärtigen Frieden nur für eine Ruhepause, in der die Tyrannen neue Kraft für ihren uralten Angriff auf die Menschlichkeit sammeln.*

Dieser neue Angriff kann 1947, 1949 oder 1957 losbrechen, sagte Mr. Fletcher. ›Diesmal werden die heimlichen Despoten alles aufs Spiel setzen, was sie haben, alles, woran sie zynisch glauben, all ihren Menschenhaß und ihre Machtgier, um diesen mächtigsten letzten Schlag zu führen. Die Atombombe ist nur eine unter vielen Waffen in ihrem Arsenal des Hasses und der Zerstörung, denn sie wissen, daß keine, auch nicht die furchtbarste Waffe der Menschheit den Frieden bringen kann, wenn die Menschheit ihn nicht selber fordert.‹«

Der Artikel schlug nun einen eher düsteren Ton an:

»Mister Fletcher vergeudete jedoch nur wenig Zeit mit den unsterblichen Despoten, deren Geschichte er in knappen Umrissen skizzierte. Er erklärte: ›Das Volk ist selbst schuld an den Despoten. Es will sie. Es gibt ihnen, was sie wollen; meist sogar eifrig, in anderen Fällen läßt es sie nur gewähren. Die Menschen sind selbst schuld an ihren Tyrannen; sie bilden das Milieu, in dem Tyrannei gedeihen kann, durch ihre Forderungen, ihre Gelüste, ihren Massenhaß und Massenneid, ihren Widerwillen gegen die Nächsten, ihre Vorurteile, ihre Unwissenheit und ihren Mangel an Tugenden, ihren Atheismus, der selbt vor ihren Kirchen nicht haltmacht, ihren halsstarrigen Entschluß zu besitzen, was sie nicht verdient haben und wessen sie nicht würdig sind, ihre wahnsinnige Habgier und ihren Mangel an Barmherzigkeit und Liebe. Sie heben jene auf den Schild, die ihnen eine Erfüllung ihrer üblen Instinkte verheißen, und zwar entweder durch Beschlagnahmen oder Revolution oder nackten Mord.‹«

Mr. Summerfield ballte die Fäuste auf dem Tisch und kniff die Lippen zusammen. Also hat sie mich die ganze Zeit belogen, dachte er. Und auf einmal erschrak er fürchterlich bei dem Gedanken an Swensen und seine anderen Freunde. Was hatte sie in diesem seinem Büro ausspioniert? Was hatte sie gehört und mitgehört? Hier, auf dieser Seite, verstieß ihn seine Tochter, zerlegte ihn, riß ihn in Stücke, voll bitterer Verachtung und Abscheu; sie verstand ihn gar wohl. Hier hatte sie den Grund ihres Hasses gegen ihn niedergelegt; er sah ihr Gesicht und ihre Augen kalt und anklagend auf sich gerichtet.

Aber noch während die Angst und die Wut ihn zu lähmen drohten, rief eine Stimme aus ihm: Lorry! Lorry! Meine Tochter! Und dann, weniger – aber kaum weniger – sehnsuchtsvoll: Barry, mein Sohn, mein Sohn!

»›Das war schon immer die Geschichte des Despotismus‹, führte Mr. Fletcher aus. ›Die Geschichte des Despotismus ist die Geschichte der Gottlosigkeit, des Materialismus und des Hasses der Völker. Der Menschenseele eingepflanzt ist der unausrottbare Instinkt der Anbetung; Gott selbst hat ihr dieses Siegel aufgedrückt. Ein Mensch muß immer etwas verehren und anbeten; er kann der Sehnsucht der eigenen Seele nicht entrinnen. Er kann kein Atheist im wahren Sinne des Wortes sein. Er kann nicht einmal Freidenker sein. Keine Stunde lang kann er dem Drang des eigenen Geistes widerstreben. Wenn er Gott nicht verehren will, dann muß er

etwas andres anbeten. Es kann keine Leere in ihm, kein Vakuum der Anbetung geben. Will er Gott nicht anbeten, so muß er den Satan anbeten. Er muß entweder dem mystischen Leib Gottes oder dem mystischen Leib Satans angehören, dem unbedingt Bösen.‹«

Ach, dieser Idiot! dachte Mr. Summerfield etwas erleichtert. Wenn seine Zuhörer von gestern auch nur ein Quentchen Hirn haben, wird ihn seine Predigt zum Gespött machen, selbst in diesem gottverlassenen Nest.

»›In jeder vergangenen Ära eines blutigen Despotismus haben die Menschen eine andere Erscheinungsform des Unsterblichen Bösen verehrt. Mit dem Manifest von Karl Marx vom Jahre 1847 setzte die Anbetung einer neuen Form ein: des Materialismus in seiner tiefsten und umfassendsten Gestalt.

Von Anbeginn der Weltgeschichte an haben alle Menschen ein gewisses normales Interesse am Materialismus, das heißt an den Dingen des Fleisches; denn der Mensch hat zwar eine Seele, aber auch diese trägt das Gewand des Fleisches, und dessen Bedürfnisse müssen gestillt, es muß ernährt, beherbergt, gekleidet werden. Gott selbst hat die Brote und die Fische vermehrt, hat die Volksmenge gespeist, hat jene getadelt, die Witwen und Waisen unterdrückten und heimatlos machten, hat erklärt, daß der Arbeiter seines Lohnes wert ist und gesagt, daß niemand dem Ochsen, der da drischt, das Maul verbinden solle. Gott selbst, der in seiner Liebe zu uns Mensch geworden ist, mußte essen und trinken, bedurfte eines schützenden Daches wider die Unbilden der Witterung, brauchte Kleider und ein wärmendes Feuer. Gebt dem Kaiser, was des Kaisers ist, und Gott, was Gottes ist, mahnte Er streng. Alle Ungerechten, alle, die Menschen um Brot jämmerlich hungern ließen, sie für ihre Arbeit schlecht bezahlten, sie in armseligen Hütten hausen oder auf den Straßen verhungern ließen oder sie ausbeuteten, sie alle erfuhren Seinen Zorn. Denn der Geist des Menschen muß sich seinem Nächsten mit Hilfe des Fleisches kundtun, und darum ist auch das Fleisch etwas Heiliges. Gott hatte den Menschen aus Staub gemacht, hatte diesen Staub gesegnet und ihm das Feuer des Lebens eingehaucht.

Aber vor hundert Jahren tauchte der Materialismus plötzlich als alleiniger Gegenstand der Verehrung auf, ungemildert durch den Geist. Er wurde zu etwas Absolutem, zu einem Ding an sich, und das war eine Erfindung des Satans.

Aus dieser Lehre vom dialektischen Materialismus wurden geboren Hitler, Mussolini, Stalin und viele andere, die das Zeichen des Satans an sich trugen. Aber nicht Satan schuf die Macht, die diese Männer besaßen. Das taten ihre Völker selbst. Der Materialismus wurde ihnen über Nacht ein Götze, und sie beteten die Männer an, die ihnen zu geben versprachen, was sie wollten. Irgendwie ging im roten Feuerschein der Industrialisierung Gott dem Menschen verloren und wurde durch Waren, durch die Güter dieser Welt ersetzt. Die Fabrik barg nun das Allerheiligste, nicht mehr die Kirche. Über dem Altar ragte nun nicht mehr das Kreuz; er barg auch die Heiligen Schriften nicht mehr. Über dem Dröhnen des Ambosses, des neuen Altares, stieg der neue Weihrauch auf, der Rauch aus den Fabrikschloten, und aus der verpesteten Wolke lugten die brutalen Fratzen der neuen Götter, die sich die Völker selbst gemacht hatten.

Diese neuen Götter boten den Menschen ›Sicherheit‹ vor einem gefährlichen und unergründlichen Universum, das nur Gott in seiner Gewalt hat. Sie versprachen ihnen die Blutrache an denen, die beneideten oder haßten. Sie verhießen ihnen Einkünfte, die sie nicht verdient hatten. Sie schufen falsche Feinde aus dem Nichts, damit die Volks- und die Zerstörungswut sich daran austoben konnten. Sie boten ihnen die Weltherrschaft an, im Namen des Faschismus, des Nazismus oder Kommunismus oder irgendeines anderen Staatskultes. Der Staat sei der Schützer des Volkes, erklärten sie alle. Sie brauchten nur den Staat anzubeten, unumschränkt und mit der ganzen Hingabe, die sie einst der ›Sage‹ von Gott entgegengebracht hätten, und allen ihren natürlichen Sorgen würde abgeholfen werden.

Kurz, die neuen Götter forderten vom Volk nur eins — die Preisgabe jener unveräußerlichen Rechte und Freiheiten, die nur Gott ihnen geben, böse Menschen aber ihnen mit ihrer Zustimmung nehmen konnten. Und die Menschen hätten das nie geduldet, wenn sie sich nicht vorher auf das frevelhafteste Tauschgeschäft der Weltgeschichte eingelassen hätten. ›Gebt uns Waren und wieder Waren‹, sagte das Volk zu seinen Tyrannen, ›und wir wollen dafür Gott und alles Geistige aufgeben.‹

›Glauben Sie keinen Augenblick‹, rief Mr. Fletcher von der Kanzel, ›daß der Faschismus verschieden war vom Nazismus oder dieser wieder vom Kommunismus! Das ist alles ein und dasselbe — die Erscheinungsformen des Satans, die Verkörperungen des Materialismus. Wenn die Tyrannen einander zu bekriegen schienen, so lag das an ihrer eigenen Torheit. Die Leute, die hinter ihnen standen, die allmächtigen, wirklichen Despoten, die kannten keine Mei-

nungsverschiedenheiten. Wenn morgen einer von den kleineren Tyrannen, die im Blickfeld der Öffentlichkeit standen, geschlagen wurde, so konnten die geheimen Hintermänner ihn leicht ersetzen, während die Einschränkung und Vernichtung von Freiheit und Menschenwürde ungehindert fortschreiten konnte. Denn das Böse näherte sich immer mehr dem Endsieg, und der Satan hatte, seit die Welt besteht, noch nie so überzeugende Triumphe bei allen Völkern der Erde errungen.

Glauben Sie keinen Augenblick, daß Hitler, Stalin oder Mussolini oder ein anderer allein den vergangenen Krieg verschuldeten, und glauben Sie nicht, daß irgendein einzelner das nächste Massenopfer verursachen wird. Diese Männer sind nur Symbole — Symbole von Ihnen, Symbole des Volkes. Sie sind nur Ihre Abbilder. Sie haben sie geschaffen! Sie haben ihnen die Gewehre in die eisernen Hände gedrückt; Sie haben ihnen Ihre Beweggründe, Ihren Haß und Ihre Gottlosigkeit mitgegeben! Sie warfen ihnen Ihre eigenen Söhne in die feurigen Arme; Sie haben ihnen Ihre Kinder auf Ihren Altären des Materialismus geopfert. Die Gräber, von denen ganz Europa voll ist, die Konzentrationslager, die zerstörten Städte, die weinenden Kinder, die verlorenen Mütter, der Schmerz und die Angst einer ganzen Welt — das alles sind Ihre Taten, Ihre allein. Denken Sie darüber nach!

Ja, denken Sie darüber nach. Betrachten Sie Ihre jungen Söhne an Ihrer Seite, Ihre lieben kleinen Töchter. Sie sind bereits Ihrer Habgier verfallen, Ihrem Materialismus, Ihrer Abkehr von Gott um der ›Sicherheit‹ willen, um dafür funkelnagelneue Erfindungen und Waren einzuheimsen. Morgen werden sie nicht mehr an Ihrer Seite sein. Morgen werden Ihre Städte wieder rauchen! Morgen werden Sie neue Tyrannen auf den Schild heben, in Ihrem Namen und im Namen des Bösen.

Denn Sie haben aus Ihren Schulen, aus Ihrem Leben, aus Ihrem Heim den leuchtenden Namen Gottes gestrichen. Und möge Gott, dessen Antlitz Sie mit Rauch beschmutzt haben, Ihren Seelen gnädig sein!‹

Mr. Fletcher«, hieß es in dem Artikel weiter, *»beteiligte sich nicht an der folgenden Lesung. Er verließ die Kanzel unvermittelt und erschien nicht wieder. Das war noch nie dagewesen, aber die gedrängte Menge in der Kirche verstand offenbar. Die Lesung verlief sehr leise; die Gemeinde war sehr nachdenklich geworden. Alle verließen die Kirche mit betretenen Gesichtern. Ihre Reporterin ist* *überzeugt, daß diese Predigt in den Familien noch lange nachhallen wird.«*

Mr. Summerfield blieb in tiefen Gedanken sitzen, die feine Haut an seiner Stirn in Falten und Runzeln gelegt. Alles, was dieser Narr von einem Fletcher da gesagt hatte, stimmte. Daher mußte er vernichtet, vertrieben werden. Er war gefährlicher als eine ganze Armee. Man hatte ihn gesteinigt. Ausgezeichnet. Man mußte ihn noch einmal steinigen. Mr. Summerfield fing an, in fliegender Hast zu schreiben, in seiner winzig kleinen, schönen Handschrift. Als er seinen Leitartikel beendet hatte, stand er auf und ging, um seine Tochter zu suchen.

Er blieb stehen, die Hand auf dem Türknopf ihres Büros. Wieder überkam ihn die schmerzliche Sehnsucht. Er war voll Zorn gekommen; nun hielt er inne. Er würde sie einfach gutmütig auslachen. Und würde nie mehr vergessen können, daß sie ihn aus guten Gründen hintergangen und betrogen hatte. Er würde sie danach fragen; er mußte die Gründe kennen, warum seine Tochter ihn verraten, ausgenützt und verachtet hatte.

Er öffnete die Tür. Lorry stand an ihrem Schreibtisch. Ihr Vater bemerkte nicht gleich, daß sie den Inhalt der Tischladen vor sich aufgehäuft hatte. Er sah nur ihre schlanke Gestalt in dem glatten Kleid, das metallische Schimmern ihre wohlfrisierten Haares, ihr asketisches Profil. »Lorry«, sagte er.

Sie wandte sich in gewohnt rascher Weise um, und er las in den großen, sprühenden ovalen Augen seine Verdammung. »Ich gehe fort. Jetzt.«

Und dann sah er die Gegenstände auf dem Tisch – ihre Handtasche, ihre Notizbücher. Die Atmosphäre eines unwiderruflichen Abschieds lag zwischen ihnen.

»Was?« murmelte er wie betäubt.

»Ich sagte, ich gehe fort. Für immer. Ich komme nie mehr zurück. Ich verreise. Ich will nichts von dir hören. Wenn du mir schreibst, werde ich nicht antworten. Wenn du mich besuchen willst, mache ich dir die Tür vor der Nase zu.« Sie hielt inne, und ihre Augen sprühten. »Begreifst du nicht? Ich bin nicht deine Tochter; du bist nicht mein Vater. Vergiß, daß du je eine Tochter hattest, so wie ich dich vergessen will.«

Sie stand vor ihm, aufgerichtet, hoch, unbeweglich, und sah ihn an; keine Gnade sprach aus ihrem Blick, keine Liebe, kein Bedauern.

»Lorry, bist du denn nicht bei Trost?« Er hatte ihren Artikel vergessen. Das hier war seine Tochter, sein Geschöpf, das er auf der Welt am innigsten liebte, und sie verwarf ihn und verließ ihn und wollte nie mehr zurückkehren.

»Warum?« fragte er, als sie stumm blieb.

»Weil ich dich durchschaut habe. Weil ich dich nicht mehr ausstehen kann. Ich begann dich schon vor etwa fünf Jahren zu durchschauen. Damals fing ich an, dich zu hassen.« Ihre Stimme widerhallte laut und rauh im Zimmer, und sie schleuderte ihm ihre Worte wie Steine entgegen. »Frag mich nichts mehr. Ich habe das Gefühl, du weißt genau, was ich meine.«

Er stützte sich auf ihren Schreibtisch; er fühlte sich plötzlich geschlagen und vernichtet.

»Mach dir keine Sorgen um mich«, setzte sie geringschätzig hinzu. »Du weißt, ich habe dreitausend jährlich von einem Vater geerbt. Und zweitausend vom Großvater mütterlicherseits. Außerdem werde ich für Barry arbeiten; habe schon mit ihm gesprochen.«

Mr. Summerfield sank in sich zusammen. Alles, was ich getan habe, sagte er sich und glaubte es selbst, habe ich für dich getan, meine Tochter. Die Welt wollte ich dir schenken. . .

Sie wollte an ihm vorüber, und er packte sie am Arm. »Lorry«, bat er. »Hör mich einen Augenblick an. Nein, ich fürchte, ich kann es dir nicht erklären. Ich bitte dich, bleibe um meinetwillen hier, Lorry, weil ich dich liebe.«

Aber ihr Gesicht glich mehr denn je einer Marmorstatue, ihm auf ewig verschlossen; die blutleeren Lippen blieben stumm.

»Ich kann dich nicht gehen lassen, Lorry.«

Sie machte sich los und ging wortlos hinaus.

Er blieb allein zurück, die Morgenzeitung in der Hand. Wieder sah er ihren Artikel. Und plötzlich war er nur mehr eine einzige, riesige eiskalte Lawine von Haß. Irgendwie war dieser abscheuliche dumme Pastor schuld, daß seine Tochter ihn verlassen hatte. Er hatte sich Lorry mit seinem mystischen Gewäsch hörig gemacht und sie ihrem Vater entfremdet. Er hatte in Lorry etwas reifen lassen, was sonst vielleicht nie zum Ausbruch gekommen wäre.

16

»Du bist verrückt!« quäkte Dr. McManus, so laut er das bei seiner Stimmlage konnte. »Lorry, du kannst doch jetzt nicht fort – wo du gerade anfingst, die Dinge in Fluß zu bringen. Was soll denn aus deinen Artikeln über die Rauchplage werden, was?«

Lorry saß bei ihm in seinem monströs-häßlichen, viktorianischen Salon, den er seit dem Tode seiner Eltern unverändert gelassen hatte. Dem Mädchen war es stets ein Lieblingszimmer gewesen, trotz der roten und blauen Samtvorhänge, der bizarren kleinen Scheußlichkeiten aus Porzellan, der bis zum allerletzten Quadratzoll mit Schnitzwerk bedeckten Möbel aus schwarzem Ebenholz oder Nuß, die Kaminvasen mit den dürren Herbstzweigen oder lackierten Schilfrohrkolben, der Stiche in Schwarzweiß und der steifen Porträts, die an den mit einem üppigen Blumenmuster verzierten Wänden hingen. Denn hier hatte ihr der Arzt vorgelesen, als sie noch ein Kind war, hatte ihr seltsame oder lustige Geschichten erzählt und sie mit Süßigkeiten gefüttert, an denen sie knabberte, während sie ihm lauschte und müßig ins grüne Licht schaute, das draußen durch die dichtbelaubten Bäume sickerte und als Zwielicht in das stattliche Zimmer fiel.

Nun war das Licht nicht grün, weil nasse, gelbe Lappen von den Ulmen fielen und die roten Ahornblätter im feuchten Winde tanzten. Sie saß steif dem Doktor gegenüber, der sie ärgerlich musterte. Sie trug ein braunes Reisekostüm; ihre Koffer hatte sie in ihrem Wagen versperrt, der vor dem Haus stand. Überdruß und Schmerz verdüsterten ihr blasses, sonst so strahlendes Gesicht; die Lippen waren weiß. Sie antwortete: »Die Artikel werden nie erscheinen. Erst heute früh kam ich dahinter, daß er — er — den Redaktionsstab angewiesen hat, ihm alles, was ich geschrieben habe, zuerst zur Genehmigung vorzulegen.« Sie kniff die Lippen zusammen. »Ich kann nichts mehr nützen. Onkel Al, ich glaube, ich habe genug getan. Und außerdem —«

Dr. McManus wartete, aber Lorry strich immer wieder ihre Handschuhe glatt und senkte den Kopf. Der Doktor entzündete eine neue Zigarette an dem Stümpfchen, das er in der Hand hielt. Er zog daran und starrte mit ungemein boshaftem Gesicht vor sich hin. Dann sagte er: »Lorry, du bist jetzt ein großes Mädel. Dein Krach mit deinem Vater ist zum Teil deine eigene Schuld. Du hast ihn bis vor wenigen Jahren vergöttert. Das war falsch; du warst ja kein Kind mehr; warst über zwanzig und hättest es besser wissen müssen. Ich will Mac nicht verteidigen; halte ihn für einen anrüchigen Ehrenmann. Er ist ein egoistischer Angeber, ein verlogener, eleganter Hundesohn. Jawohl, meine Liebe. Er war schon als Kind so. Du hattest ihn ja stets vor Augen und hast das doch nicht gesehen. Nun wirfst du ihm deine eigene Blindheit vor. Als du das Augenlicht wieder erlangtest, haßtest du ihn, weil er so war, wie er stets gewesen ist. Du weißt doch gut, wo er herkommt. Sein Vater war Schullehrer in Barryfield. Ich kannte deinen Großvater gut, ein unnützer Bursche, unterwürfiges Wesen, pedantisch, vollgepfropft mit schulmeisterlichen Vorurteilen. Er streckte auch Mac an; das war unvermeidlich. Er liebte das Geld mehr als seine unsterbliche Seele – wenn er eine hatte, was ich bezweifle. Aber weil er keins hatte, tat er so, als sei es nichts wert; zugleich aber waren in seinen Augen die einzig wichtigen Leute die, die welches hatten. Mac hätte als Junge ein arroganter, selbstgefälliger Pinsel sein können, aber er glaubte seinem Vater so wie du. Diese Schwäche liegt in der Familie, nicht wahr?«

Er sah das Mädchen von der Seite an; sie hatte gespannt den Kopf erhoben. »Ja, Lorry, er glich dir in mehr als einer Hinsicht. Er betete den jammernden Schwachkopf, seinen Vater, förmlich an. Die Gesellschaft hatte seinem Vater was angetan. Also mußte die Gesellschaft bestraft werden. Das einzige Mittel dazu war, so viel Geld wie möglich zusammenzuscharren und Macht über die Gesellschaft zu gewinnen, damit sie vor ihm katzbuckeln sollte, wie sein Vater es vor ihr getan hatte. Nimm sie nur genauer unter die Lupe, alle diese reichen Pseudoliberalen, Faschisten oder Kommunisten, und du stößt auf eine ähnliche Geschichte irgendwo in ihrer Kindheit oder Jugend. Es hat noch keine Bewegung gegeben, an deren Anfang nicht heimliche menschliche Regungen von Liebe oder Haß gestanden hätten. Aber, mein Mädel, vor allem ist es Rachedurst.«

»Ich dachte immer, unsere Familie sei seit Generationen reich gewesen«, meinte Lorry unangenehm überrascht.

»Ah«, kicherte der Doktor und drohte ihr mit dem Finger, »das ist bloß Macs große Illusion. Heute glaubt er selbst schon daran. Warum hat er dir nicht erzählt, daß sein Vater ursprünglich bloß ein armer Lehrer war und sein Vermögen in Öl nur durch Zufall machte? Ich will es dir sagen. Er schämte sich, daß er einmal arm war! Er, der große Liberale, schämt sich so sehr, der Idiot, daß er den bloßen Gedanken nicht ertragen kann. Für ihn war es eine Schande. Schrecklich war es für ihn, daß er je unter den geliebten

Armen lebte, deren Sache er nun in seinen Schmierblättern zu verfechten vorgibt. Er haßt die Armen, die Rechtlosen, die Masse. Wie alle anderen seines Schlages züchtet er künstlich etwas, was es nicht gibt — den Massemenschen. Warum? Weil er den Massemenschen benützen will, nicht nur, um sich an den ›Besseren‹ für die Schande der Armut zu rächen, die er damals litt, sondern mehr noch dazu, um sich an den Armen dafür zu rächen, daß er einst unter ihnen leben mußte.«

»Niemand«, fuhr der Arzt fort, während das Mädchen wie gebannt lauschte, »hat noch darauf hingewiesen, daß Marx und seine Genossen ziemlich wohlhabende Leute waren. Sie stammten aus gesunden bürgerlichen Stadtfamilien. Aber gesund und bürgerlich sein, das genügte ihnen nicht. Geld wollten sie und immer mehr Geld. Macht und wieder Macht. Darum erfanden sie die ›Masse‹, ein reines Hirngespinst von ihnen, damit sie jemand unterdrücken und ihren Rachedurst stillen konnten.«

Der Doktor stand auf und wanderte im Zimmer, in dem verschiedenes auf dem Boden verstreut lag, auf und ab. »Das ist die Geschichte jener Kommunisten, die nie wirklich arm waren und heute reich sind. Aber wir wollen die Dinge nicht zu sehr vereinfachen. Dein Dad und sein Schlag, die verkörpern die eine Seite des Kommunismus. Es gibt aber auch eine andere, und die wird deinen Dad und seine Freunde sehr bald vernichten, wenn sie hierzulande je an die Macht kommt, wie sie das in allen anderen Ländern tat, wo sie zur Macht gelangte.«

»Ich meine die Fanatiker, die Eiferer. Die werden in jeder Generation geboren. Ein intelligenter Arzt erkennt diese Geschöpfe, Männlein wie Weiblein, schon im Kindergarten oder doch in den ersten Grundschuljahren. Wir werden sie in Bälde von echten Psychiatern aufspüren lassen, nicht von diesen freudianischen Zauberdoktoren, die wir heute haben und die zum Teil sogar von der perversen Denkweise der Fanatiker und Eiferer eingenommen sind. Eingenommen sozusagen von der perversen Unschuld, die diese Wahnsinnigen zur Schau tragen; denn nichts sieht so verdammt, so gefährlich unschuldig aus wie ein Mensch, der glühend und unbedingt an den Haß glaubt.«

Der Arzt fügte, immer noch bärbeißigen Gesichts, hinzu: »Nun, Lorry, hab' ich dir Bescheid gesagt über deinen Vater. Willst du ihn jetzt, wo du alles verstehst, verlassen?«

Sie schwieg, und ein verschlossener Ausdruck legte sich auf ihr Gesicht. Er schüttelte den Kopf. »Weißt du, ich hatte gehofft, du würdest Johnny und den Kindern helfen können. Schienst auch gleich mächtig angetan von dem ganzen Haufen. Erst Jean. Dann Johnny. Ist das erstemal seit Jahren, daß ich dich wieder voll Leben sehe. Und nun läufst du ihnen weg.«

Zu seinem Staunen und Interesse errötete Lorry heftig. »Ich – ich will mich an niemand innerlich binden. Der Verschleiß ist zu arg.«

Dr. McManus kam näher und schielte sie an. »So, das ist's also. Also nicht bloß dein Vater. Du kneifst aus, meine Kleine. Hat dich was gestochen?« fragte er voll boshafter Anteilnahme. »Was ist es denn? Johnny?«

Sie schrie ihn an: »Zum Teufel mit dir, Onkel Al! Sieh mich doch an! Denk doch zurück. Kannst du dir mich als Pfarrersfrau vorstellen? Selbst wenn er je daran dächte, was er bestimmt nicht tut? Kannst du dir vorstellen, daß ich gefühlvoll, mit großen Kuhaugen hinter ihm hertrotte und ›gute Werke‹ für ihn verrichte? Ach, sei doch still!«

Sie packte Handschuhe und Täschchen und funkelte den Arzt aus ihren blauen Augen an. »Bleiben wir doch auf dem Boden der Tatsachen. Ich will keine Liebesduselei. Johnny – und ich! Er ist ein Fossil, sag ich dir, ein Anachronismus!«

»Ganz schön lebendig für ein Fossil«, erwiderte der Doktor boshaft grinsend. »Was ist ein Anachronismus? Etwas, das nicht zu seiner Zeit paßt und fehl am Platz ist. Nun, das ist er ganz gewiß, so im allgemeinen. Glaubt zum Beispiel an die Sünde, ausgerechnet! Aber weißt du was, Liebling? Die Sünde, die gibt es wahrhaftig. Johnny ist goldrichtig. Wir brauchen mehr solche Anachronismen auf der Welt, das steht fest.«

Lorry sank müde ein wenig in sich zusammen. »Onkel Al, ich bin nicht vom opferwilligen Schlag. Ich könnte nicht seine Frau sein, und ich will keines Menschen Magd sein. Und heiraten will ich überhaupt niemand.«

»Natürlich nicht«, entgegnete der Arzt kühl. »Du bist noch immer in deinen Dad verliebt. Irgendwo ganz hinten in deinem dummen Köpfchen, da steht immer noch der arme alte Mac in silberweißer Rüstung. Trotz allem. Du erträgst es nicht einmal, ihn ungeschminkt zu sehen, und das ist nicht fair. Und wenn du ihn ab und zu doch richtig siehst, haust du gleich ab, nach New York oder Europa oder sonstwohin.«

»Ach, was du nicht sagst; wer ist eigentlich jetzt der Zauberdoktor?« kreischte sie wütend. »Warum machst du nicht gleich selber einen Psychiaterladen auf?«

Der Doktor kicherte. »He, so warte doch, Liebling.« Aber Lorry war im Sturmschritt hinausgeeilt, aus dem Salon und aus dem Haus. Die Tür fiel dröhnend hinter ihr ins Schloß.

Es war der Nachmittag, an dem er seine Spitalsvisiten zu machen pflegte; aber er ging ins Pfarrhaus, das im fahlen Herbstlicht ungewöhnlich trüb und düster aussah. Johnny war überrascht, als er ihn sah; der junge Pastor schien sehr niedergeschlagen und in Gedanken versunken. Eifrige junge Stimmen waren durch die geschlossene Tür aus dem Eßzimmer zu hören. »Sol Klein ist eben weggegangen, Doktor.« Johnny führte ihn in das armselige Studierzimmer, wo er an seiner nächsten Predigt gearbeitet hatte. »Er sagt, Jean geht es zusehends besser.«

»Ich bin eigentlich nicht gekommen, um Jean zu sehen.« Der alte Mann ließ sich stöhnend auf das fleckige Sofa sinken. »Offen gesagt, ich weiß selbst nicht, warum ich da bin. Wie geht's denn der alten — Dame, die die Kinder unterrichtet? Kommt was 'raus dabei?«

Johnnys abgespanntes Gesicht erhellte sich, und die Narbe an seiner Schläfe fiel weniger auf. »Pater John Kanty war außerordentlich freundlich. Er schickte eine alte pensionierte Lehrerin her, um Jean und Pietro zu unterrichten, und sie will keinen Cent dafür annehmen. Pietro geht schon früh zur Katechismusstunde, und Miß Coogan — so heißt sie — unterrichtet Pietro darin. Und wissen Sie was? Sie erbot sich auch, Max, Kathy und Emilie zu unterrichten.« Ein flüchtiger Schatten huschte über sein Gesicht. »Sie sagt, die Kinder sind alle ungewöhnlich begabt; Max und Kathy lernen mit Feuereifer, und Jean und Pietro sind kleine Genies! Vielleicht übertreibt Miß Coogan ein wenig, aber sie sagt, Jean und Pietro haben bereits bis zum vierten Schuljahr nachgelernt und werden, wenn sie so weitermachen, nächsten September schon die Klassen besuchen können, in die sie dem Alter nach gehören. Den Kindern ist das alles anscheinend ein höchst aufregendes und schönes Spiel.«

Der Doktor nickte zustimmend; zugleich aber störte ihn Johnnys vergrämte, besorgte Miene. Darum ermunterte er ihn: »Na, nur heraus damit; Sie drückt etwas. Sagen Sie's dem Papa. Es ist nicht Jean; wie der sich erholt, das ist beinahe ein Wunder, sagt mir Sol Klein. Ist aber gar keins, finde ich. Er hat ja Sol, und der verhätschelt ihn, als wär's sein eigenes Kind; ist sonst gar nicht Sols Art.«

Johnny zögerte. »Es ist Emilie, Doktor. Sie siecht dahin. Sooft wir den rauchigen Nebel haben, wird sie davon krank. Sie wird täglich schwächer.«

»Hm«, brummte Dr. McManus nachdenklich. »Das beste wäre wohl, sie in ein hochgelegenes Spital oder Sanatorium zu stecken, fort von hier, wo sie gute Luft hat.«

»Ja«, erwiderte Johnny mutlos. »Aber sehen Sie, selbst Dr. Kennedy – Tim – meint, davon hätte sie nichts, ohne die Kinder und mich. Ihr Zustand könnte sich sogar verschlimmern.«

Der Arzt antwortete: »Hören Sie, Johnny, Sie haben die Welt gesehen; Sie sind Realist. Sie erlebten schon ein Wunder an Jean; aber das kam daher, weil Sol Klein ihm alles gab, was er hatte, und Lorry ihm etwas schenkte, von dem sie nicht wußte, daß sie es hatte. Aber sie können kein zweites Wunder für Emilie erwarten. Sie haben ihre Röntgenbilder gesehen; Kennedy gehört zu den besten Herzspezialisten hierzulande. Die Mayo-Klinik wollte ihn schon vor einem Jahr berufen und möchte ihn immer noch haben. Tim gibt dem Baby keine Chancen. Sie wissen das. Sie wollen doch nicht etwa auf ein zweites Wunder hoffen, Johnny?«

Johnny versetzte schlicht: »Nein. Vor einiger Zeit tat ich's noch, aber jetzt nicht mehr. Eine Stimme sagt mir, daß Emilie sterben wird. Unwiderruflich – das fühlte ich eines Abends ganz deutlich, als ich für sie betete. Ich – ich habe immer geglaubt, daß der Tod seine Bedeutung für das Menschenleben hat. Ich fürchte, daran glaube ich jetzt nicht mehr. Ich muß stets daran denken, was Emilie von Geburt an leiden mußte – von Bestien. Warum kann sie nicht am Leben bleiben und zu einer glücklichen gesunden Frau heranwachsen, wie Kathy eine sein wird?«

Dr. McManus rückte unbehaglich auf dem Sofa hin und her. »Johnny, das weiß ich nicht; aber Sie sind ja der Pfarrer, Sie müßten es wissen.«

Johnny sagte mit einer Stimme voll Kummer und Verzweiflung: »Ich weiß es nicht! Gott verzeih mir, ich weiß es nicht! In mir rebelliert alles! Ich schreie Gott an. Nur Schweigen ist die Antwort. Wie kann ich meiner Gemeinde von Gottes Barmherzigkeit reden, wenn Er mir nicht antwortet, wenn ich zu Ihm für Emilie bete?«

Der Arzt sah ihn scheel an. »Johnny, ich bin kein religiöser Mensch; ich bin ein steinharter Realist; die Welt hat mich dazu gemacht. Aber ich habe Ihnen zugehört. Vielleicht wartet die Antwort schon irgendwo und wird sich mit der Zeit einstellen. Vielleicht würden Sie sie jetzt auch gar nicht verstehen. Zum Teufel noch einmal, da rede ich ja selbst wie ein Pfarrer daher.« Er zündete sich eine Zigarette an, betrachtete sie stirnrunzelnd und brummte: »Der Krieg ist vorbei; warum schmecken die verdammten Dinger noch nicht richtig? Johnny, Sie glauben doch an das Jenseits, nicht wahr? Ich natürlich nicht.«

Johnny antwortete nicht. Er wandte sich bekümmert ab und starrte zum Fenster hinaus.

Der Arzt tat einen abgrundtiefen Seufzer. »Okay, Johnny. Sie brauchen nicht zu antworten. Aber betrachten wir die Sache einmal so. Die Kleine wird – heimgehen –, ohne noch überhaupt Zeit gehabt zu haben, vom Tod zu wissen. Wie mir Tim sagt, wird sie ganz einfach verlöschen, einschlafen. Also – keine Furcht, keine Angst. Und denken Sie nur, was Sie ihr bis dahin fortwährend schenken. Liebe, Schutz, Geborgenheit. Denken Sie an die Millionen auch gesunder Kinder, die nicht ein Zehntel davon erhalten!«

»Danke«, meinte Johnny demütig und traurig. Er setzte sich wieder hin, trommelte mit beiden Händen auf seinen knarrenden Schreibtisch und stierte leer vor sich hin.

Der Doktor fuhr fort: »Zum Teufel, die Welt ist nun einmal kein so schöner und anziehender Ort. Wie sagen doch die Chinesen? ›Jeder Mensch lebt ein Leben voll stummer Verzweiflung.‹ Recht haben sie. Selbst unter den besten Verhältnissen ist das Leben noch eine verdammt unbefriedigende Angelegenheit. Ich hab' Ihnen nie viel von meiner Frau erzählt. Das liebste, feinste Mädel von der Welt; starb bei der Geburt unseres Kindes. Außer meinem Vater war sie das einzige Geschöpf, das ich je liebte. Und dann starb sie, und ich stand da am Grabe; blieb stehen, während sie sie hinabsenkten, und rührte mich nicht von der Stelle, obwohl mich ein paar Narren am Ärmel zupften. Und dann verfluchte ich Gott. Warum mußte Ann sterben, was? Und das Kleine dazu? Ich ging fort von dem Grab, nachdem die letzte Scholle auf den Sarg gefallen war, nicht früher; und alles, was ich je geglaubt hatte, war in mir erstorben.«

Johnny hatte den Kopf erhoben und betrachtete nun forschend den alten Arzt.

Der schielte nachdenklich an die Decke. »Wissen Sie was? Ich tat so eine Art Schwur. Ich haßte Gott. Ich wollte bis zur Erschöpfung arbeiten, bis mir der dumme Schädel rauchte, um Menschen den Klauen von Schmerz und Tod zu entreißen. Er sollte es noch bereuen, daß Er sich mit mir eingelassen hatte!« Der Arzt lachte grimmig. »Also nahm ich – ich hatte damals nicht viel Geld – die Sterbeversicherung für Ann und ging nach Europa. Ich studierte in Heidelberg, studierte in London. Als mir das Geld ausging, studierte ich immer noch. Mein Vater schickte mir etwas. Ich hungerte. Aber ich war dem Feind auf der Spur! Ich arbeitete unentgeltlich in Edingburgh in den Krankenhäusern. Arbeitete überall umsonst. Das hab' ich noch keinem Menschen erzählt. Langweile ich Sie, was?«

»Erzählen Sie.«

»Danke. Und wissen Sie was? Ich holte viele zurück, die schon in Agonie lagen. Besonders junge Frauen und Kinder. Kriegte sie in den letzten Zügen. Jawoll. Ich erfand damals noch unbekannte Operationsmethoden; heutzutage sind sie weitverbreitet. Und noch was. Ich führte sogar Herzoperationen aus! Als einer der ersten Ärzte. Menschen am Rand des Grabes; heulende Verwandte; Ärzte schüttelten die dummen Köpfe. Da krempelte ich die Ärmel hoch und ging an die Arbeit. Holte krebskranke Magen heraus, während die Ärzte atemlos danebenstanden und was von Mord flüsterten.« Dr. McManus setzte sich auf und fuchtelte Johnny mit dem Finger vor der Nase herum. »Und wissen Sie was? In zehn Jahren hatte ich nur zwei ganze Todesfälle! Ein Rekord, sag ich Ihnen! Kriegte eine Reihe Diplome, Dutzende. Blödsinn. Auf manchen heißt es ›Zum Wohle der Menschheit‹. Lauter Mist. Ich kämpfte ganz einfach gegen Gott! Sehen Sie, damals glaubte ich noch an Gott, auf eine perverse Art. Heute nicht mehr. Na, jedenfalls nicht mehr viel. Habe Berge von Dankbriefen von Patienten und ihren Angehörigen. Wissen Sie, ich denke, wenn Ann und das Kind nicht gestorben wären, so wäre ich vielleicht einfach ein braver Hausarzt geworden, hätte mir's in dieser Elendsstadt wohl sein lassen, dann das Geld vom Onkel geerbt und mich zur Ruhe gesetzt. Und alle Menschen, die ich gerettet habe, Tausende im Lauf der Jahre, hätten sterben müssen.«

Dr. McManus wartete, weil er wußte, daß der andere betete; dann sagte er so liebevoll, wie Johnny ihn noch nie gehört hatte: »Ihr Pfarrer sagt immer, daß niemand umsonst geboren wird, sondern zu einem bestimmten Zweck und Ziel. Das gilt auch von Emilie.«

Er schwieg eine Weile und fragte dann: »Wie gefiel Ihnen denn

Lorrys Reportage über Ihre Predigt? Erregte Aufsehen in der Stadt, höre ich. Sol Klein und die anderen blitzgescheiten jungen Herren erörtern sie lebhaft, im Speisesaal für die Ärzte. Sie und Jean haben viel für Sol getan. Er sagte mir, er geht jetzt beinahe jeden Freitagabend in den Tempel. ›Muß ja den Kindern ein gutes Beispiel geben‹, meint er und schaut mich scharf an, als dächte er, ich würde ihn auslachen. ›Na‹, sag ich, ›warum kritisiert ihr Burschen und Mädel immer an eurem armen, alten Rabbi herum?‹ und da sagt er: ›Ich hab' schon mehrmals mit ihm gesprochen. Ich bin Vorsitzender der Männergemeinde. Und an den Festtagen war ich auch immer Torhüter. Vielleicht können wir unserem Rabbi etwas modernere Anschauungen vermitteln, wenn wir ein wenig enger mit ihm zusammenarbeiten.‹ Und da mußte ich lachen, und er dann auch.«

Johnny lächelte schwach. Aber seine braunen, starken Hände rang er unwillkürlich in schlecht verhehlter Verzweiflung. »Es war sehr freundlich von – Lorry.« Er öffnete seine Schreibtischlade und entnahm ihr die goldene, sorgfältig in Seidenpapier gewickelte Schatulle. Er hob den Deckel und schnupperte. »Bin überzeugt, es ist Rosenöl.«

Der Doktor schaute ihn durchdringend an. Das Gesicht des jungen Mannes hatte sich unversehens erhellt. »Nun«, meinte der Arzt, »ich sagte Ihnen ja, es ist ein feines Mädel. Wünsche mir oft, ich wäre jung genug, es zu heiraten. Steht im Ruf, ein bißchen – hm – ausgelassen zu sein. Trinkt.« Er hustete. »Es ist wegen ihres Vaters. Sie ist eine Idealistin, und er ließ sie in dem Glauben, daß er auch einer sei. Er tat es gar nicht absichtlich; er ist einfach so. Ich glaube, sie machte sich ein unwillkürliches Idealbild von ihm. Na, jedenfalls ist sie wieder fort, und diesmal kommt sie nicht mehr zurück.«

Johnny umklammerte plötzlich die Schatulle, und ein Schatten der Enttäuschung sprach aus seiner Miene. »Nicht mehr zurück? Warum denn nicht?«

Der Arzt zuckte die Achseln und schmunzelte innerlich vor Zufriedenheit. »Hat den alten Mac satt bis hier oben. Was ist denn mit Ihnen los, Johnny? Sie sehen auf einmal selbst nicht gut aus.«

»Nichts«, entgegnete Johnny hastig. Er sah auf die Schatulle nieder; seine Knöchel waren ganz weiß geworden, während er sie umkrampft hielt. Er setzte hinzu: »Ich hoffe doch, daß sie wiederkommt. Ich – wir – wir haben sie ja nicht oft gesehen, aber sie machte doch – tiefen – Eindruck auf – uns alle. Sie kam zweimal zu Jean. Er mochte sie gleich gut leiden. Zeigte ihr seine Statue, die er auf seinem Zimmer aufbewahrt. Sagte ihr, seine Mutter hätte sie ihm gebracht. Und Kathy hält sich kerzengerade, wie Lorry, und erzählt fortwährend, daß sie beide fast dieselbe Haarfarbe haben, und wird sich noch das letzte Haar vom Kopf bürsten vor Eifer darüber. Pietro betet sie an, selbst Max sprach unaufgefordert mit ihr, und Emilie saß auf ihrem Schoß. Max macht jetzt sogar eine Büste von ihr; Miß Coogan hat ihm Modellierton mitgebracht.« Abermals sprang er unvermittelt auf. »Schreiben Sie ihr. Sie kann ihre Freunde nicht so im Stich lassen. Sie hat sich nicht einmal verabschiedet!«

Der Doktor nickte mehrmals bekräftigend. »Ich glaube, sie wird mir schreiben. Und dann können Sie ihr ja schreiben, daß Sie sie brauchen. Na?«

Johnny errötete. Er wickelte die Schatulle behutsam wieder in das Seidenpapier und legte sie widerwillig in die Lade zurück. Er fragte fast unhörbar: »Was kann ich zu ihr sagen? Was kann ich ihr – bieten?« Er warf die Lade energisch zu. »Wollen Sie die Kinder sehen? Es ist gleich Essenszeit.«

Sie gingen in das kleine Eßzimmer. Auf dem neuen Tisch lagen Zeitungen ausgebreitet, und darauf waren Bücher aufgestapelt. Alle Kinder saßen um den Tisch, über ihre Hefte gebeugt, und schrieben mit feierlichem Ernst, die Bleistifte krampfhaft umklammernd. Dort saß Jean in seinem Rollstuhl, das verbundene Bein hochgelagert, das kluge Gesicht ernst und konzentriert. Pietro war unruhiger; er schrieb sehr schnell in sein Heft und biß sich dabei auf die Zunge, die zwischen den Zähnen hervorlugte. Kathy setzte sorgfältig ihre Wörter aufs Papier, jeder Buchstabe sauber und wohlgerundet. Max, der ein kleines schwarzes Käppi trug, las eifrig, einen Bleistift in der Hand. Und die kleine Emilie spielte mit Bausteinen. Ihr winziges Gesicht war durchschimmernd, wie Alabaster; die blauen Augen darin riesengroß. Sie schien viel kleiner geworden; aber als sie nun aufsah und Johnny und den Doktor gewahrte, strahlte sie vor Freude.

Am oberen Ende des Tisches saß eine ganz kleine, dicke alte Dame mit weißen Haarknoten und den hellen heiteren Augen eines Kindes.

Die Kinder standen, wie Miß Coogan es ihnen beigebracht hatte, alle sogleich auf und warteten, bis sie angesprochen wurden. Emilie zitterte vor Freude und wollte auf Johnny zulaufen; aber Miß Coogan hatte sie einen altmodischen Respekt gelehrt. Doktor Mc-

Manus begrüßte sie auf seine übliche bärbeißige Art, während sie ihm zulachten. »Was soll denn das Käppi?« fragte er Max finster.

Der Junge, aus dessen einst so leeren Augen nun heitere Gelassenheit schien, antwortete: »Rabbi Chortow trägt eins. Er hat mir das geschenkt. Er sagte, ich darf es tragen.« Er zeigte auf Jean. »Schau, Jean. Er trägt auch eins.«

»Hm«, brummte der Doktor.

Jean sah ihn streng an. »Pater John Kanty sagt, es ist – gut. Der Bischof trägt eines. Wenn ich eins tragen will, ist es gut. Seine Heiligkeit trägt auch eins. Weiß.«

Der Doktor lächelte spöttisch. »Also, du bist schon ein Papst in deinen jungen Jahren, was?« Und zu Johnny gewandt, fuhr er fort: »Ich habe Sie ja nie gefragt, aber ich möchte wissen, wie Sie den Kindern den religiösen Wirrwarr erklärt haben. Das wäre interessant zu wissen.«

Johnny legte Jean die Hand auf die Schulter. »Mein Lieber, erzähle dem Doktor, was ich euch von Gott und der Religion gesagt habe.«

Jean setzte sich gemächlich und gewichtig an seinem Schreibtisch zurecht, während die anderen Kinder noch immer standen. »Papa erzählte uns von einem König, der gut war und barmherzig. Und er hatte viele Jungen – Heilige. Und eines Tages rief er sie zusammen und sagte ihnen, sie sollten in die arme Welt hinausgehen und allen Menschen von ihm erzählen. Vom König. Und das taten die Heiligen. Sie waren alle – verschieden. Sie hatten alle –«, er stockte und sah Johnny bittend an.

»Sie sahen alle den König mit anderen Augen«, half ihm Johnny weiter.

Jean nickte. »Richtig, sie liebten ihn, aber sie sahen ihn alle mit anderen Augen. Aber er war immer noch der eine König. Und sie gingen zu vielen Völkern und Stämmen und Ländern, und erzählten allen von ihrem Vater, und wie sehr sie ihn liebten, und gaben der ganzen Welt – Botschaften von ihrem Vater an die Menschen. Und die meisten Menschen glaubten den Heiligen. Fast jedermann, glaube ich, und sie konnten den König nicht vergessen.«

»Sehr nett«, piepste Dr. McManus und grinste scheel. »Und sind Sie schon bei den Religionskriegen angelangt, Johnny, wo dann jeder jeden massakriert, im Namen des Königs?«

»Erzähle weiter, Jean«, bedeutete Johnny dem Knaben ernst.

»Ja, da ist auch der Satan«, sagte der. »Pater John Kanty hat mir auch von ihm erzählt. Und der Satan haßt die Menschen. Er

— hetzt sie auf, daß sie einander hassen und umbringen. Und versucht, sie Gott vergessen zu lassen. Darum führen sie Krieg gegeneinander, und das gefällt dem Satan sehr. Er — hat gemacht, daß die Menschen die Heiligen töten. Er will nicht, daß die Menschen ins Himmelreich kommen und zu Gott. Er will, sie sollen in die — Hölle — ja, Hölle kommen, um bei ihm zu sein und ohne Gott.«

»Sehr nett«, wiederholte der Doktor. »Meinen Glückwunsch, Johnny. Sauber und einfach. Wette aber doch, daß sie bald erhitzte theologische Streitigkeiten haben werden, wenn sie erst ein bißchen älter sind. Wünsche Ihnen viel Spaß daran.«

Er wandte sich Kathy zu, die sein besonderer Liebling war. »Na, kleine Dicke? Was macht das Lernen?«

Sie bedachte ihn mit ihrem artigen Lächeln, und ihre grünen Augen blitzten. »Ich kann schon dividieren.«

»So?« fragte er, ehrlich überrascht. »Na, da wirst du deinem Papa helfen können, sein kleines Gehalt unter euch Bälgern aufzuteilen. Das wird dann eins von seinen Wundern sein.«

Die jungen Augen blinzelten heftig. »Mama Burnsdale meint, der Doktor sollte Papa mehr bezahlen.«

»Ach nein?« fragte er erbost. »Und Papa meint das wahrscheinlich auch. Na, entschuldigt mich einmal, meine gelehrten Herrschaften. Ich muß ein Wörtlein mit der Dame mit den höllischen Listen reden.«

Er stapfte stirnrunzelnd hinaus, der Küche zu. Pietro konnte sich nicht länger beherrschen. Er rief schrill: »Die Lutscher sind alle! Brauchen neue!«

Mrs. Burnsdale war eben dabei, Suppe in eine gewaltige gesprungene Terrine zu schöpfen. Ein Lächeln breitete sich über ihr robustes Gesicht, als sie den Arzt erblickte, und sie strich sich eine graue Locke aus der Stirn. Sie bot einen erfreulichen rundlichen Anblick in ihrem gefälligen Hauskleid mit dem bunten Blumenmuster und der weißen Schürze. »Ach, Doktor, das freut mich aber. Wir haben alles Mehl verbraucht, den Zucker und eine Reihe anderer Sachen auch. Ich habe schon eine Liste gemacht; wollte sie Ihnen heute zuschicken. Ich dachte an einen tüchtigen, ausgiebigen Schinken für den Sonntag.«

»So, dachten Sie!« Er nahm zwei dicke Zuckerplätzchen von einem Teller und begann, sie zu kauen. »Wissen Sie, was der Schinken heutzutage kostet? Und wie erklären Sie dem Pfarrer, wo alle die guten Sachen herkommen?«

Sie lachte. »Er fragt nicht einmal danach, der liebe arme Herr.

Er glaubt, vom Wirtschaftsgeld. Erst gestern sagte er, er versteht gar nicht, warum die Leute immer über die hohen Lebenskosten jammern! Es ist doch alles so billig, sagte er!«

»Sehr hübsch«, meinte der Doktor. »Wie wär's, wenn Sie Ihre Attacken auf meine Brieftasche aufgäben und ihn den Ernst des Lebens ein wenig spüren ließen? Würde ihm nicht schaden.«

Mrs. Burnsdale stemmte die Hände in die Hüften. »Nein, Doktor. Hat er nicht schon genug Sorgen?« Ihr gerötetes Gesicht umdüsterte sich. »Vielleicht halten Sie mich jetzt für abergläubisch. Vielleicht bin ich es auch«, setzte sie trotzig hinzu. »Aber wenn alles gutgeht, da halte ich die Daumen, denn dann ist meist was Schlechtes unterwegs. Und uns allen geht es derzeit einfach zu gut.«

Der Doktor nahm zwei neue Plätzchen, und Mrs. Burnsdale entfernte flink den Teller aus seiner Reichweite. Der Arzt lehnte sich an den schönen neuen Kühlschrank. »Ich halte Sie gar nicht für abergläubisch. Sie haben ganz recht; ich bin schon lange dahintergekommen. Haben Sie eine bestimmte Befürchtung?«

Sie schüttelte bekümmert den Kopf. »Nun, einmal natürlich die Sache mit Emilie. Mr. Fletcher grämt sich fortwährend um sie. Das ist das eine. Aber ich spüre es, es ist noch etwas anderes da, was uns unmittelbar bevorsteht.« Sie fröstelte. »Wenn ich katholisch wäre, würde ich mich jetzt bekreuzigen.«

»Nur zu«, meinte der Doktor. »Übrigens phantastische Plätzchen. Na, nur los, bekreuzigen Sie sich. Sind Sie nicht auch Christin?«

Er trat an einen Küchentisch und erhaschte noch ein Plätzchen. »Sie haben genug davon. Schicken Sie mir welche mit der nächsten Liste. Die eine von heute nehme ich gleich mit.«

Sie suchte und fand den bereits frankierten Briefumschlag und reichte ihn ihm. Er steckte ihn in die Tasche. Die Tür ging auf, und Johnny steckte den Kopf herein. Er war sehr bleich und ernst. »Doktor, kann ich Sie einen Augenblick sprechen? Es ist jemand hier.«

Der Doktor und Mrs. Burnsdale sahen ihm betroffen in das ernste Gesicht. Der Arzt meinte zu Mrs. Burnsdale: »Mir ist, Sie sollten lieber gleich anfangen, sich zu bekreuzigen.«

»Was?« fragte Johnny mit dumpfer, zitternder Stimme. Aber Dr. McManus schob ihn ins Eßzimmer, wo unter den Kindern anormale Ruhe herrschte, weil ihre geschärften Sinne Gefahr witterten. Miß Coogan saß da, die verbrauchten Hände auf dem Tisch, in dem welken Greisengesicht zuckte es. Sie sah flüchtig auf die geschlossene Tür zum Salon. »Diese – diese Frau, Mr. Fletcher«, stammelte sie; »ich habe Angst. Sie – ekelte mich aus dem Lehrberuf hinaus, noch ehe ich pensionsreif war. Hatte keine – kein Lehramtszeugnis.« Sie schluckte. »Pater John Kanty bestand darauf, daß ich – eine Pension erhielt«; hier brach ihr die Stimme und Tränen stiegen ihr in die gütigen Augen. »Sie sah mich hier.«

Johnny blieb neben ihr stehen; die plötzlich schreckgeweiteten Augen der Kinder hefteten sich unverwandt auf ihn, und er spürte, zum erstenmal seit Wochen wieder, die Wachsamkeit des Tieres in ihnen, den Drang zu fliehen; das Beugen der Beine zum Sprung, das Zusammenballen ihrer Handflächen, um zu schlagen und zu kratzen. Das erschreckte ihn zutiefst. Er legte Miß Coogan mit starkem Druck die Hand auf die Schulter und lächelte. »Keine Angst, Miß Coogan. Es wird alles gutgehen.«

»Die berühmten letzten Worte«, brummte der Doktor; er konnte seine Neugier kaum verbergen. »Wer zum Teufel ist denn da draußen? Medusa?«

Miß Coogan, die erst jetzt die geheimnisvolle Erregung der Kinder bemerkte, lächelte und schneuzte sich. »Allerdings, Doktor, Medusa.«

»Sagen Sie lieber jetzt Mrs. Burnsdale Bescheid, daß sie Ihnen und den Kindern das Essen bringt«, schlug Johnny vor, indem er sich zur Ruhe zwang. Er tätschelte Max den Kopf. »Ich werde eine Weile nicht hier sein; also sprich du, Max, das Tischgebet.«

Der Doktor wandte sich an Pietro, dessen Zähne in einem schmalen Spalt zwischen den Lippen sichtbar waren. »He, du da, Pete! Du verschlingst zu viele Lutscher! Heut schick ich dir einen ganzen Sack voll, mit Lutschern drin, so groß wie Teller!« Er zeigte dem Kleinen ein bitterböses Gesicht und drohte ihm mit der Faust. Sogleich schnellte der Junge entzückt auf seinem Stuhl auf und nieder.

»Rote!« schrie er.

»Ha!« meinte der Doktor vielsagend. »Rote will er!«

Er und Johnny gingen in den Salon und schlossen die Tür fest hinter sich. Eine kleine, steife Frau in grauem Kostüm nach Herrenschnitt und einem noch männlicheren Hut saß da auf dem Rand eines der Stühle und sah sich geringschätzig im Raume um. Beim Eintritt der beiden Männer wandte sie sich rasch um, und Dr. McManus sah die gespannten hohlen Wangen, die scharfe vorspringende Nase, die fanatischen schwarzen Augen. Ihr schwarzes, von grauen Strähnen durchzogenes Haar saß wie ein unförmiger großer Holzklotz hinten auf ihrem runzligen Nacken. Als sie Dr. McManus erblickte, blieb ihr vor Entsetzen der Mund offen stehen.

»Ei, ei«, sagte der freundlich. »Das ist ja Gussie Guston, unsere berühmte Wohltäterin, Amateurpsychiaterin und Salondame! Na, Gus?« Er zwickte Johnny verstohlen in den Arm und pflanzte sich dann, ganz Liebenswürdigkeit, vor der Frau auf.

Mrs. Guston hatte sich gefaßt. Haß, eiskalter Haß sprühte aus ihren Augen. Aber ihre Stimme klang überraschend versöhnlich; sie lächelte sogar. »Aber Al«, entgegnete sie mit einer Stimme, die wie eine Feile auf Metall klang, »wie du übertreibst.«

Der Doktor stieß Johnny ganz offen an und blinzelte ihm zu. »Gussie liebt mich; ja, das tut sie wirklich. Sie weiß, daß ich von ihrem Mann Schuldscheine auf fünfundvierzigtausend Dollar besitze. Er hat ein Sägewerk. Kann die Schuldscheine jederzeit einklagen. Immer freundlich zu einem Gläubiger, das ist Gussies Motto.«

Die Frau versuchte es mit Güte und Schläue. »Al, du weißt genau, ich heiße Augusta und nicht Gussie. Du bist der einzige, der mir immer diesen ekelhaften Namen gibt.« Zwei tiefe Falten erschienen auf ihrer Stirn. »Du machst wohl hier Visite bei einem von diesen unglücklichen Kindern?«

»Unglücklich?« fragte Johnny mit aufsteigendem Zorn.

Aber der Doktor zwickte ihn wieder verstohlen und setzte sich. »Allerdings, ich bin als Arzt hier. Kümmere mich um den Jungen, der vor einigen Wochen operiert wurde. Er war ja schließlich mein Patient.«

Johnny setzte sich gleichfalls, und sein Zorn legte sich. »Zu dumm, das mit dem Jungen«, fuhr der Arzt fort. »Den retteten wir gerade noch rechtzeitig.« Er warf der Frau einen verständnisvollen Blick zu. »Stoß dich nur nicht an meinen Scherzen, Gussie; ich weiß, du hast ein goldenes Herz. Du bist wohl hier, um zu helfen, nicht? Sie ist nämlich die Präsidentin der Liga für Sozialen Fortschritt, Johnny. Nun, ich bin ganz deiner Ansicht, Gussie. Eine Schande, das mit den Kindern.« Er schüttelte bedauernd den Kopf dazu.

Johnny wandte sich nach ihm um, sah jedoch nur das leere borstige Profil des Alten.

Der winkte mit der Hand. »Na, nur heraus mit der Sprache, Gussie. Was hast du auf dem Herzen?«

Sie funkelte Johnny ausgesprochen feindselig an. »Die Schulbehörde ist durch uns auf diese fünf Kinder aufmerksam gemacht worden. Sie sind nicht in der Schule angemeldet worden, wo sie zu guten Amerikanern erzogen werden können. Sie stehen alle im schulpflichtigen Alter – drei Jungen, zwei Mädchen. Sie gehören in ihre Klassen.«

Johnny sagte mit mühsam verhaltenem Groll: »Ich sagte Ihnen schon einmal, die Kinder sind noch nicht schulreif. Es wird noch Monate dauern, bis Jean wieder gehen kann. Und wenn Max, Pietro und Kathy jetzt schon regelrecht zur Schule gingen, so säßen sie in derselben Klasse mit viel jüngeren Kindern zusammen. Ich habe Ihnen geschildert, aus welchen Verhältnissen die Kinder kommen, Mrs. Guston. Sie haben genug Schweres hinter sich; sie brauchen nicht noch den Spott jüngerer Kinder in der Schule. Sie müssen sich erst – orientieren.«

Sie warf den Kopf zurück und musterte ihn kalt und triumphierend. »Ich kann Ihnen gar nicht beistimmen, Mr. Fletcher. Sie müssen lernen, sich anzupassen. Aber das gehört jetzt nicht hierher. Hier geht es um viel Schlimmeres. Fünf Kinder, Sie selber, und eine Haushälterin. Eine ältere Frau.«

»Ganz recht«, unterbrach der Doktor strahlend. »Sie muß mindestens acht Jahre jünger sein als du, Gussie.«

Ihre Nasenflügel zitterten. Sie zwang sich zur Beherrschung. »Al, ich glaube nicht, daß du alle Begleitumstände kennst. Du bist doch schließlich nur ein lieber guter Doktor, der tut, was er kann. Und die Last, die du damit hast!« Sie grinste ihn süßlich an. »Aber weißt du, Al, wir haben in den letzten Tagen Nachforschungen angestellt. Mr. Fletcher war Feldkaplan, hat diese fünf Kleinen irgendwo in einem scheußlichen Faschistennest in Europa aufgelesen und hierhergebracht. Ein Anruf in Washington legalisierte das Ganze. Dann wurden Bürgschaften für sie geleistet, so daß sie nicht der öffentlichen Wohltätigkeit zur Last fallen sollten. Aber –« sie machte eine dramatische Pause – »sie sind bereits der Öffentlichkeit zur Last gefallen! Der Junge Jean wurde gratis operiert; der Pastor braucht auch den Spitalaufenthalt nicht für ihn zu bezahlen. Wer für das Pflegepersonal aufkommt, weiß ich auch nicht.«

Johnny rief in leidenschaftlichem Zorn: »Dr. McManus sagte mir, ein Freund schulde mir einen großen Betrag und komme für alle meine Auslagen auf!« Er wandte sich wütend an Doktor McManus: »Nun, warum sagen Sie nichts, Doktor?«

Dr. McManus seufzte nur. »Nur weiter, Gussie«, murmelte er.

Sie gewann zusehends an Selbstvertrauen und Zuversicht. Sie

neigte sich eifrig dem Doktor zu, und ihre unangenehme Stimme sprudelte die Wörter förmlich hervor: »Und dann dies ganze Aufsehen. Der Junge Max wurde von einem anderen Jungen überfallen; wahrscheinlich hat er ihn herausgefordert. Diese Deutschen sind ja so wild. Aber wo blieb sein Beschützer? Mr. Fletcher ist Pastor, aber hier war er sträflich nachlässig. Darüber sind wir alle einer Meinung. Und wo blieb die Haushälterin? Schließlich könnte ja eine Frau in ihrem –«

»Alter«, ergänzte Dr. McManus bereitwillig.

Mrs. Guston biß sich auf die Lippe. »Ich bin überzeugt, daß sie sehr tüchtig ist. Aber immerhin, fünf Kinder! Praktisch schutzlos. Mr. Fletcher ist nicht verheiratet; also kann er auch keine Kindermädchen anstellen. Die Kinder werden also vernachlässigt, ihre Gesundheit und ihr Wohlbefinden ignoriert, ihre Erziehung und Bildung praktisch aufgegben. Ich sah, daß er –« wieder traf ein boshafter Blick Johnny – »eine entsetzliche Person als Lehrerin für sie hat, wie er sagt. Als Lehrerin! Die Frau ist ja senil! Sie ist über siebzig! Wir mußten sie mit Gewalt aus der –« sie verzog das Gesicht, als hätte sie in Saures gebissen »– Volksschule entfernen, obwohl ein Priester da Krach schlug, so daß sie dann eine Pension kriegte! Also wirklich! Sie ist ja nicht einmal als Kindergärtnerin zu brauchen! Wir entdeckten, daß sie kein modernes Lehramtszeugnis besitzt. Eine Klosterschule besuchte sie einmal, im Jahre Schnee, und die hatte damals gar nicht das Öffentlichkeitsrecht. Stell dir nur vor!«

»Schrecklich«, nickte der Arzt.

»Miß Coogan beherrscht drei Sprachen in Wort und Schrift«, entgegnete Johnny. Er stand auf, und das Herz hämmerte ihm gegen die Rippen. Leiser fuhr er fort: »Außer Englisch. Sie ist eine glänzende Mathematikerin. Von Geschichte und englischer Literatur versteht sie mehr als der durchschnittliche Collegeprofessor. Pater John Kanty hat mir das selbst versichert.«

Sie richtete sich empört auf und schaute mit ihren schwarzen Augen zu ihm empor, so daß das Weiße darin zum Vorschein kam. »Also, das ist doch die Höhe, Mr. Fletcher! Dafür genügt Ihnen das Wort eines ungebildeten polnischen Priesters?«

Johnny hätte sie am liebsten geohrfeigt. Sein Gesicht mußte diesen Wunsch verraten haben, denn sie schrak zurück. Aber er beherrschte sich und fuhr in ruhigem Tone fort: »Sie lügen, wenn Sie das sagen, Mrs. Guston. Ein ungebildeter polnischer Priester? Ich dachte, Sie seien eine Menschenfreundin; so nennen Sie und Ihresgleichen sich ja gern. Pater John Kanty promovierte in Notre Dame. Haben Sie je von Notre Dame gehört, Mrs. Guston?«

Sie umklammerte ihre steife Ledertasche. Sie war verkörperte konzentrierte Bosheit. »Über den Priester will ich mit Ihnen nicht streiten. Hier aber geht es um diese Kinder; sie sind im Begriff, der Stadt zur Last zu fallen; haben einen Junggesellen als Pflegevater, der gewisse unerwünschte Charaktereigenschaften erkennen ließ, als er einen unschuldigen Jungen so weit reizte, daß der ihn angriff!« Sie blickte kurz auf Johnnys Narbe. »Wir kennen alle Einzelheiten. Sie schicken die Kinder nicht zur Schule. Sie können Sie nicht betreuen. Darf ich fragen, Mr. Fletcher, wie hoch Ihr Gehalt ist?«

Johnny erwiderte bitter, und der Haß und der Ekel würgten ihm in der Kehle: »Zweitausendfünfhundert Dollar jährlich, glaube ich.«

Sie lachte höhnisch. »Na eben; ein Haufen Geld, um sieben Personen davon zu erhalten. Selbst wenn sie keinen Wohnzins, keine Heizung und keine Telefonrechnung zu zahlen haben. Wie wollen Sie für fünf Kinder Nahrung, Kleidung, Schulgeld und ärztliche Betreuung davon bestreiten?«

Sie warf sich in die Brust. »Al, du weißt, ich bin nicht der Mensch, der nur denkt. Ich handle. Darum wandte ich mich an den Hilfsverein für arme Kinder. Und dort stimmt man mir bei, daß Mr. Fletcher zum Jugendgericht vorgeladen werden muß — der liebe alte Richter Bridges, du kennst ihn ja, dem liegt immer das Wohl der Kinder am Herzen — und dort die Gründe angeben muß, warum die Kinder nicht getrennt zu Pflegefamilien gegeben werden sollen, wo sie richtig versorgt werden; oder, wenn das Gericht erkennt, daß sie dadurch wirklich der Öffentlichkeit zur Last fallen, dann müssen sie eben in ihre Herkunftsländer abgeschoben werden.«

»Liegt die Sache schon in Händen des Kinderhilfsvereins? Und weiß Richter Bridges schon davon?« fragte der Doktor mit freundlicher Stimme.

Johnny war sprachlos und begann am ganzen Leibe zu zittern. Verzweiflung trübte ihm den Blick. Er sagte mit unterdrückter Stimme: »Sind Sie denn ein Tier? Sie sagen, Sie wissen über diese Kinder Bescheid. Wissen Sie auch, daß sie sterben, wenn sie getrennt werden?« Er konnte nicht weitersprechen. Entsetzen lähmte ihn. Das war ja ein Spuk; das geschah ja nicht wirklich. Das Zimmer verschwamm ihm vor den Augen; er lief wieder, hetzte dahin über das Feld im Mondschein, auf das Haus des Scharfrichters zu, das Rudel Wölfe vor sich. Er fühlte buchstäblich, wie seine Beine flogen, sein Herz laut und zum Zerspringen pochte, hörte seine eigenen Gebete. Seine Kinder – abermals drohte ihnen das Haus des Scharfrichters, der Tod und Schlimmeres als der Tod – Einsamkeit, Haß, Verlassenheit. Er konnte es nicht erlauben. Er sah Mrs. Guston mit den Augen eines Sterbenden an.

»Sie verurteilen meine Kinder zum Tode«, sagte er und hatte selbst den bitteren Geschmack des Todes auf der Zunge.

»Ich glaube nicht«, erwiderte die Frau; sie sang es beinahe triumphierend. »Schließlich schicken wir doch so viel Geld nach Europa; und dort gibt es eigene Anstalten dafür. Die Kinder werden unter ihresgleichen glücklicher sein.«

»Gussie, du sagtest doch, die Sache liegt bereits in Händen des Kinderhilfsvereins und wird demnächst vor dem Jugendgericht verhandelt werden?« fragte der Arzt.

»Ja, Al. Wir wollten rasch eingreifen, um der Kinder willen.«

»Wer ist ›wir‹, Gussie?«

Sie zögerte und befeuchtete die dünnen Lippen mit der Zunge. »Na ja, Al, es gibt eben Leute, selbst in Barryfield, das du haßt, denen das Wohl der Kinder am Herzen liegt. Meine Liga zum Beispiel. Und – andere.«

»Aber du kannst jetzt nichts mehr rückgängig machen, Gussie?«

»Ich fürchte nein, Al.« Sie nahm mit einem Lächeln voll Genugtuung Täschchen und Handschuhe auf.

»Ich frage mich, Gussie«, sagte der Doktor freundlich, »ob unter diesen anderen nicht Mac Summerfield ist. Du bist doch gut befreundet mit Mac?« Er seufzte. »Hab' mich oft gefragt, warum Ben dich geheiratet hat. Aber du hattest ja wirklich etwas Geld, nicht wahr? Ich sehe oft Ben so an, den unglückseligen Tropf, und dann tut er mir leid.«

Sie konnte den Blick nicht von dem Arzt wenden; dessen Gesicht war von Widerwillen und Abscheu umdüstert.

»Gussie, du hast dich dein Leben lang nie für Menschen interessiert, außer, wo sie dir nützen oder dein Ansehen in der Gesellschaft heben konnten. Gussie, weißt du was? Du haßt Kinder; du haßt alle Menschen. Hast du je versucht, dich für einen Menschen zu interessieren, außer, wenn du ihm schaden wolltest? Du kennst mich schon lange, Gussie. Aber in dieser ganzen Zeit entdecktest du nur das eine an mir, daß ich ein Reaktionär bin, wie ihr sagt. Hättest du dich ernsthaft für mich interessiert, so hättest du gewußt, daß das hier meine Kirche und Johnny Fletcher hier mein Pfarrer ist.«

»Deine – deine Kirche?« flüsterte sie fast unhörbar.

»Aber natürlich, Gussie. Es war auch meines Vaters Kirche. Aber du interessierst dich ja nicht für Kirchen, nicht wahr? Wette, daß du seit deiner Taufe keine mehr betreten hast. Wette, wenn du eine ansiehst, denkst du nur an den Tag, wo sie hoffentlich niedergerissen wird.«

Johnny sah sie an und mußte an die Gesichter der Frauen denken, die im Mondlicht über die Wiese gerast waren, um die Kinder zu ermorden.

Dr. McManus hätte nicht freundlicher und liebenswürdiger reden können: »Gussie, diesmal bist du zu weit gegangen. Hättest du einfach gewartet und wärst du erst hierhergekommen, ohne dem Pfarrer den Kinderhilfsverein und das Jugendgericht auf den Hals zu hetzen, so hätten wir alles untereinander auf friedliche Weise bereinigen können. So aber sage ich dir eins: Wenn der Pfarrer die Kinder verliert, so kündige ich am selben Tag alle Schuldscheine von deinem armen Ben. Alle zugleich. Und sein Bankier ist ein guter Freund von mir.« Er kratzte sich nachdenklich an der Wange. »Der arme Ben. Hm, Augenblick mal. Der Junge von Richter Bridges ist doch Generaldirektor von seinem Sägewerk nicht? Der weiß Bescheid im Holzgeschäft. Vielleicht strecke ich dem das Geld vor, das ich Ben lieh. Der Richter wird vielleicht mit sich reden lassen. Ist kein übler Bursche. Und sein Junge ist sein Augapfel.«

Die Frau richtete sich auf; ihr Gesicht war blaurot.

»Das kannst du nicht, das kannst du nicht, das wagst du nicht, nein, das wagst du auch nicht. Ich – ich sage es Mr. Summerfield. Nein, du wagst das nicht!«

Der Arzt erwiderte aalglatt: »Gussie, ich bin überrascht. Mac Summerfield? Aber Gussie, wenn er erfährt, was ich ihm vielleicht sagen werde, dann läßt er dich mit Pauken und Trompeten aus der Stadt vertreiben, Gussie. Eine skandalöse Lüge über seine Tochter Lorry, sein ein und alles, hast du da verbreitet. Ich bin der Sache nachgegangen; sie ging von dir aus.«

Johnny legte dem Doktor die Hand auf den Arm. »Die Kinder! Die Kinder werden alles hören!«

»Hoffentlich«, versetzte der andere. »Dann werden sie ein für allemal wissen, daß Geschöpfe wie das Frauenzimmer hier ihnen hierzulande nichts anhaben können.«

Dr. McManus packte mit seinen nervigen Händen Mrs. Guston

an den hageren Schultern und stellte sie auf die Beine. Er schüttelte sie wie eine Holzpuppe. »Jetzt zeig mich an, daß ich dich geschlagen habe, Gussie. Ich weiß eine ganze Menge über dich. Wird eine saubere Geschichte geben. Und jetzt hinaus mit dir!«

Er hielt sie immer noch an den Schultern gepackt und stieß sie auf die Tür zu. Johnny öffnete sie. Der Doktor schob sie hinaus auf die Treppe. Und da stand sie und zitterte vor hilfloser Wut, Angst und Rachgier.

»Geh hin und sag dem armen Ben, was ihm bevorsteht, Gussie«, sagte er. »Das heißt, wenn du deinen Plan ausführst.«

Der Doktor warf die Tür kräftig zu. Er wischte sich die Hände ab. »Na, was ist denn mit Ihnen los, mein Sohn? Wenn Sie kotzen wollen, laufen Sie lieber rasch nach oben. Sie sind ja grün im Gesicht.«

»Ach«, erwiderte Johnny mit bebender Stimme, »die Frau ist ja kein Mensch mehr. Was hab' ich ihr denn getan, daß sie hierherkam, warum wollte sie —?«

Dr. McManus grinste. Er war ein wenig außer Atem. »Sie erinnert sich an Ihre Predigt vom letzten Sonntag, mein Sohn. Sie stand in den Zeitungen. Die gab den Ausschlag.«

Er schlurfte an die Tür des Eßzimmers; Johnny folgte ihm. Die Kinder aßen schweigend. Miß Coogan las ihnen vor; ihr liebes, altes Gesicht sah noch blaß und angegriffen aus. Sie schaute dem Arzt voll ins Gesicht. »Ich las einfach weiter.«

»Gut«, versetzte der. Er musterte die stillen Gesichter der Kinder. Sie hatten offensichtlich zu vieles mitgehört. Er legte Johnny die Hand auf die Schulter. »Keiner braucht sich hier Sorgen zu machen«, erklärte er. »Keiner. Ich habe die besten Anwälte im ganzen Staat. Wißt ihr noch, was euer Pa sagte, Kinder? Wir haben hier Recht und Gesetz.«

17

Es war ein trüber feuchter Samstag. Die Bäume, deren welkes Laub noch am Vortage golden geleuchtet hatte, standen nun schmucklos, wie in graue Lumpen gehüllt.

Johnny ging langsam um den Hinterhof, begleitet vom jungen Lon Harding, der ein dichtes Bündel junger Bäumchen trug, deren Wurzeln in feuchte Leinwandlappen gehüllt waren. Die Kinder stapften aufmerksam und eifrig hinterdrein. Sogar Jean war dabei; er saß im Rollstuhl, den Mrs. Burnsdale nicht ohne Mühe schob. Nichts konnte ihn fernhalten. Er zuckte vor Schmerzen zusammen, wenn der Rollstuhl schwankte oder schaukelte, aber seine farblosen Augen leuchteten. Die kleine Emilie war viel schwächer geworden; sie hielt Kathys Hand fest umklammert. Pietro sprang im Hof umher wie ein ungeduldiger, aber ausgelassener Faun, während Max artig neben dem Rollstuhl herschritt und Mrs. Burnsdale schieben half.

»Jean ist der Älteste. Drum darf er sich als erster einen Baum aussuchen und auch die Stelle, wo er hinkommen soll«, erklärte Johnny, der einen großen Spaten trug. Das fahle Licht des Spätnachmittags warf keine Schatten; Johnny war es, als bewegten sie sich alle in einer lautlosen, schalldichten, stummen und unwirklichen Welt. Als Jeans Name fiel, bedeutete der Junge der schnaufenden Mrs. Burnsdale und dem wacker schiebenden Max, sich zu beeilen. »Apfelbäume«, bat Jean. »Zwei Apfelbäume.«

»Na schön, Kleiner«, meinte Lon Harding mit seiner heiseren jungen Stimme. »Sag mir nur, wo.« Er zog seine Lederjacke aus und nahm Johnny den Spaten ab. Er begann, ernsthaft zu graben, dort, wohin Jean in freudiger Erregung gezeigt hatte. Die nassen Lappen wurden von den zarten Wurzeln entfernt und die Bäumchen gesetzt. Jean beugte sich vor und sah zu, wie die feuchte Erde in das Loch geworfen und dann um das Stämmchen herum festgestampft wurde. Als die beiden Schößlinge aufrecht standen, seufzte Jean tief und zufrieden.

Max war als nächster an der Reihe. »Birnen«, sagte er mit gläubig-feierlicher Stimme. Er trat dicht heran, während Lon grub. Max holte scheu sein Käppi aus der Tasche, setzte es auf und intonierte ganz leise auf hebräisch: »Gelobt sei Gott, der König des Weltalls, der uns geheiligt hat durch seine Gebote und uns teilhaben läßt an der Schöpfung durch das Pflanzen von Bäumen.«

Johnny lauschte aufmerksam. Seine lückenhafte Kenntnis der alten Sprache erschwerte ihm das Verständnis. »Was sagt er denn da?« fragte Lon und wischte sich den Schweiß von der Stirn.

»Er ruft uns in Erinnerung, daß es nur Gott gibt und alle Dinge in Gott sind, selbst diese Bäumchen hier«, antwortete Johnny.

Lon errötete tief vor Verlegenheit. »Hm, ja«, meinte er dann und nahm den Spaten wieder auf, »da hat er ja wohl recht. Daran hab' ich noch nie gedacht. Wissen Sie, Sir, nach allem, was Sie mir so erzählt haben, hab' ich vergessen, daß es überhaupt Unterschiede gibt – zwischen den Leuten und den Dingen.«

Er lehnte sich einen Augenblick auf den Spaten: »Wenn's so ist, wie der Kleine da sagt, warum schließen wir uns da nicht zusammen? Ich sag's immer wieder den anderen Burschen. Und wissen Sie, was die tun? Schauen mich an, als wäre ich übergeschnappt.« Er grinste, richtete sich auf und prüfte seine Muskeln. »Das einzige ist, ich bin stärker als sie. Ich hab' immer ein Messer in der Tasche und sie wissen, ich krieg's rascher heraus als sie die ihren. Und drum bin ich auch noch immer der Anführer der Bande.« Er sah Johnny scheel an. »Vielleicht ist das nicht recht, daß ich mein Messer immer mitschleppe und aufpasse, ob keiner Mist macht?«

Johnny lächelte. »Ich habe gehört, die alten Propheten waren keine üblen Faustkämpfer, und einige von ihnen führten auch Schwerter. Man muß sich ja schließlich auch selbst schützen. Die Leute mögen keine Schwächlinge, weißt du. Ein Prophet, ein Führer, der sollte schon ein ›wackrer Recke‹ sein, wie die Engländer in alten Zeiten sagten.«

»Ja, das ist aus Chaucer«, versetzte Lon und begann ein neues Loch zu graben. Johnny war überrascht. »Aber natürlich lese ich Chaucer«, fuhr Lon so obenhin fort. »Wenn man die Fußnoten liest, kriegt man schon 'raus, was er sagen will. Ich schreib auch Gedichte.« Er fuhr sich linkisch mit der Hand über den borstigen Schädel. Wieder errötete er über sein hageres scharfgeschnittenes Gesicht. Er zog sich die engen blauen Hosen höher hinauf und schnallte den ausgefallenen Gürtel mit der riesigen Schnalle enger. Dann schaute er stirnrunzelnd um sich, als wollte er kleinere Bürschchen einschüchtern. Und meinte dunkel, ohne jemand anzusehen: »Soll mir bloß einer kommen! Mensch!«

Er runzelte die Stirn noch grimmiger. »Die Kleine jetzt, mit dem gelben Haar?«

»Ich bin ein Mädchen«, erwiderte Kathy vorwurfsvoll. »Und du bist bloß ein Junge.«

»Schon gut, schon gut!« erwiderte Lon friedfertig und breitete die Arme. »Mit Damen streite ich nicht. Sag mir nur, was du für einen Baum willst, und dieser Klotz hier wird ihn pflanzen!«

»Pfirsichbäume«, meinte Kathy mit Nachdruck und mit mütterlicher Strenge. »Und sie kommen hierher.« Sie wies ihm die Stelle mit der Spitze ihres neuen Schuhs; es war ein schwarzer Lackschuh mit einem Riemen quer über ihren kräftigen Rist.

»Okay, Pfirsichbäume«, wiederholte Lon respektvoll. Sie überwachte das Setzen der winzigen Schößlinge. Als Lon sich hinabbeugte, um die zarten Wurzeln in die Erde zu senken, wischte sie ihm mit ihrem eigenen sauberen Taschentüchlein die Stirn, so ruhig und gelassen wie eine Mutter.

Nun war Pietro an der Reihe, und der Kleine wußte sich vor Freude kaum zu fassen. Er sprang auf und nieder, grinste, klatschte in die Hände. Plötzlich fing er zu singen an, und seine junge freudegeschwellte Stimme ließ selbst Johnny aufhorchen. Es war kein bekanntes Lied; es entsprang einer langvergessenen Erinnerung.

»Der Kleine ist aber nervig«, meinte Lon, nachdem die letzten Triller gleich sprühenden Tropfen zur Erde gefallen waren.

»Hm, ja, das ist er wohl«, antwortete Johnny leise. »Hat ja schließlich auch Entsetzliches erlebt.«

Lon maß ihn nachsichtig. »Das meine ich ja nicht, Sir. Ich meine, er hat eine feine Stimme. Ich hab' ein paar alte Platten daheim; eine davon ist von Martinelli.«

Johnny mußte lachen. Aber er wollte Pater John Kanty auf Pietros Stimme aufmerksam machen; der Junge gehörte in einen Kirchenchor. Da fiel ihm sein eigener Chor ein, und er seufzte.

»Kirschen!« verkündete Piertro endlich unter wilden Sprüngen. Kirschen hatte er zum erstenmal in Paris gekostet, wo Johnny ihm welche gekauft hatte. Lon senkte den Spaten in den üppigen schwarzen Boden. »Hör mal«, forderte er Pietro auf, »nun geh mir schön aus dem Weg, ja? Der Kleine kann auch tanzen«, meinte er bewundernd zu Johnny. Und die Kirschbäume wurden gepflanzt.

Und nun war Emilie an der Reihe. Das kleine Mädchen sah erschöpft und beinahe durchsichtig blaß aus. Sie begann ganz plötzlich zu husten, ihr furchtbares vertrautes Husten, und das schmale Gesichtchen lief rot an. Johnny hob sie auf den Arm, und sie drückte das schmerzverzerrte Gesichtchen an seinen Hals. Lon lauschte den erstickten röchelnden Lauten, wandte den Kopf und starrte in die Ferne.

Johnny erklärte leise: »Es ist ihr Herz. Und dieser Rauch und Nebel schaden ihr.«

»Mhm«, murmelte Lon, der Emilies Geschichte kannte. Er öffnete die zusammengekniffenen Lippen und atmete hörbar ein. Er wartete, bis Emilie wieder ruhig atmen konnte, dann betrachtete er das Kind aus bitteren, verkniffenen Augen. Er legte die Hand auf das winzige Ärmchen, das in einem hellblauen Sweater steckte, den Mrs. Burnsdale ihr gemacht hatte. Er fühlte, wie die schwachen

Knochen unter ihrer Haut zitterten. Leise und liebevoll sagte er: »Schon recht, Baby. Du kriegst die Pflaumenbäumchen.«

Emilie liefen wider Willen die Tränen über die Wangen, aber sie schenkte Lon ein strahlendes Lächeln, und er wandte sich rasch ab. Jeans Gesicht verhärtete sich, und selbst Pietro sah ernüchtert drein. Emilie neigte sich auf Johnnys Arm vor, um beim Pflanzen ihrer Bäumchen zuzusehen. Als es beendet war, krähte sie vor Entzücken und ließ es sich nicht nehmen, Lon einen Kuß zu geben, zu dessen rührender Verlegenheit. »Die Kleine müssen Sie aber gut im Auge behalten, wenn sie groß wird«, meinte er zu Johnny.

Zwei Bäumchen, eher kleine Sträucher, waren noch übrig. Lon betrachtete sie; sie lagen zu seinen Füßen. Dann sagte er unvermittelt, ohne Johnny anzusehen: »Die Obstbäume brauchen noch jahrelang. Die großen Kinder können warten. Aber ich hab' hier was für das Baby. Flieder. Echter, weißer Flieder. Hab' im Vorjahr zwei Sträucher in unserm Hof gepflanzt, und die sollten Sie mal riechen! Mensch! Sie blühen schon im nächsten Frühjahr.«

Der bohrende Schmerz, der Johnny allmählich vertraut wurde, überlief ihn abermals. Er drückte Emilie an sich und sagte zu dem Kind: »Emilie kriegt Pflaumen und Blumen obendrein. Schöne Blumen, ganz allein für Emilie.«

Keiner sprach, nicht einmal der eifersüchtige Pietro. Der Junge sah unverwandt auf Emilie, und die Augen standen ihm voll Tränen. Sogar die Kinder wissen also Bescheid, dachte Johnny. Sie wissen es, aus der Weisheit heraus, die sie in Leiden und Schmerzen erworben haben.

Nun betrachteten sie alle feierlich die kleinen Schößlinge. Die Stämmchen waren so dünn, daß selbst Emilie sie alle mit einem Händchen hätte umspannen können. Aber sie standen, wenn auch klein, so doch wacker aufrecht im Winde, der sich erhoben hatte, und schwankten gleich Ruten hin und her. In wenigen Jahren, dachte Johnny, werden diese kleinen Dinger dick, groß und stark sein, werden im Frühling blühen und von Bienen umschwärmt werden und im Herbst schwer von Früchten sein. Sie sind wie die Kinder. In gewisser Hinsicht sind sie sogar die Kinder selbst. Er sah auf die Fliederbüsche, und wieder krampfte sich sein Herz zusammen. Sie werden jeden Frühling an Emilie denken, wenn die Blumen blühen, dachte er. Er wollte ein Gebet aus seiner Not emporsenden, aber sein stummer Angstschrei blieb ohne Antwort.

Es war nicht leicht, die Kinder ins Haus zu holen, wo in der warmen Küche heiße Schokolade auf sie wartete, große, leckere Kuchen und eine Schüssel mit roten Äpfeln.

»Ich wollte, du ließest mich die Bäumchen bezahlen, Lon«, sagte Johnny.

Der Blick des Jungen wurde kühl. »Ach, die waren billig«, erklärte er. »Beinahe geschenkt. Und außerdem hab' ich jetzt genug Geld, seit Sie mir die Beschäftigungen alle verschafft haben, das Fensterputzen und Autowaschen und so. Ich wollte den Kindern was schenken. Und ich werde auch auf die Bäumchen sehen. Sind die ersten, die ich je gesetzt habe, ausgenommen die Fliederbüsche daheim.«

Er schaute Johnny mit dem unergündlichen Blick des Jungen an, der auf der Straße groß geworden ist. »Mama ist jetzt die ganze Zeit daheim. Und ich hab' auch eine Arbeit für Samstag gefunden; Gemüse zustellen, mit dem Lastwagen; das reicht fast aus, mit Papas neuer Samstagarbeit, die Raten abzuzahlen. Der Mann, der uns den Ofen verkauft hat, will warten, bis wir zahlen können. Kein übler Bursche. Und Mama schaut von Tag zu Tag besser aus, und neue Vorhänge haben wir auch.« Er nahm noch ein Stück Kuchen auf und knabberte leichthin daran. »Dr. McManus hat mir auch Arbeit versprochen, für den Winter. Schneeschaufeln.«

»Aber wann machst du da deine Schulaufgaben?« fragte Johnny besorgt.

Der Junge lachte brüsk auf. »Mensch! Überhaupt nicht! Brauch ich ja nicht! Das bißchen, was wir da aufkriegen, das mach ich, wenn ich's überhaupt mache, während der Lebenskunde-Stunde unter der Bank, auf den Knien schreib ich das. Das hat Mrs. Guston eingeführt — Lebenskunde.«

Johnny war verblüfft. Er meinte: »Nun, Lebenskunde klingt nicht übel. Erzähl mir davon, Lon.«

»Hm, ja, schätze, es ist vieles anders geworden, seit Sie zur Schule gingen«, entgegnete Lon und sah ihn schlau an. Einen Augenblick kam sich Johnny wie ein Greis vor. Der Junge fuhr fort: »Paps hat ja selbst nicht viel Schulbildung, aber so vor zwei Wochen, als Sie mit ihm geredet hatten, da wollte er sich auf einmal für das interessieren, was ich so trieb. Na und das erste, er fragte mich nach der Schule. Ich merkte ja, er wollte eben nur seine Pflicht tun, wie Sie ihm gesagt hatten, aber wirklich interessiert war er daran nicht. Bis er meine Hefte durchsah.« Lon griff nach einem neuen Stück Kuchen und kaute nachdenklich. »Komisch, ich hielt den alten Herrn ja nie für sehr helle. Aber da fing er an, in meinen Heften und Schulbüchern zu schmökern, und da platzte ihm plötzlich der Kragen. Springt auf und fängt zu schreien an und zeigt immer wieder mit dem Finger auf die Seiten hin. Mama, die kriegte ihre Herzzustände, wie sie immer sagt. Und Paps schreit: ›Was zum Teufel bringen sie euch Kindern denn heutzutage bei? Wo ist denn Geschichte? Arithmetik? Englisch? Wo ist George Washington und die Geographie? Und was ist denn das für ein Dreck‹ – entschuldigen Sie, aber das sagte Paps –, ›Haushaltskunde, und wie benehme ich mich beim Rendezvous, und emotionale Gesundheitslehre, und wie hält man die Zähne schön weiß, und die Dynamik des Gruppentanzes?‹ Und da sag ich zu Paps: Das nennen sie eben das dynamische funktionelle Lernen. Und da ging ihm wieder der Hut hoch.«

Johnnys Gesicht verdüsterte sich. »Und das lernt ihr wirklich in der Schule, Lon?«

»Allerdings, Mister.« Der Junge grinste ihn an. »Nun, Paps, der saust hinauf in die Dachkammer und holt seine alten Schulbücher. Weiß nicht, warum er sie aufgehoben hat. Schließlich ist er ja ein alter Knochen, beinahe schon vierzig. Und da schreit er herum und wirft mir die Bücher an den Kopf und brüllt: ›Da sieh her – Bücher für den neunten Jahrgang, von 1918!‹« Lons scharfe Züge spannten sich. »Ja, lieber Herr, und da sehe ich sie eben an. Und wissen Sie was? Wir Jungen in der Sechsten könnten die Algebraaufgaben in diesen Büchern nicht hinkriegen und wir haben keine Ahnung von der alten Geschichte, die sie da früher lernten, und dann war da ein Französischbuch für die erste Klasse dabei, und ein ganzes Buch amerikanische Geschichte, nicht das, was wir jetzt haben, Sozialwissenschaft, und eine englische Grammatik, mit der sogar die Leuchten in unserer Klasse nichts anfangen könnten. Diagramme und so. Und Staatsbürgerkunde. Wer weiß schon was von Staatsbürgerkunde in den Schulen? Und Wirtschaftsgeographie, mit großen Landkarten dazu. Ich lese die Staatsbürgerkunde durch; da hab' ich zum erstenmal gesehen, wie ein Fall vor den Obersten Gerichtshof kommt, und was der überhaupt für Aufgaben hat.«

Nach einer Weile nahm Lon wieder das Wort: »Wir haben da eine Handballmannschaft in der Schule. Jaja, Sport, da lernen wir alles mögliche. Paps liebt den Sport auch, aber er sagt, der Schulsport nimmt uns nur die Zeit weg, so daß wir nichts lernen können. Nun, wir spielen also gegen die anderen Schulen. Und da gibt es auch eine Privatschule in der Stadt, bloß eine. Die Beaverbrook-Schule für Jungen. Und diese Privatschule fordert uns zu einem

Wettspiel heraus. Der Direktor, dem paßte das nicht, und er winkte ab. Da hänselten uns die von der Beaverbrook-Schule. Da drohten wir mit einem Schulstreik, und nun mußte der Direktor zustimmen. Wir wollten es diesen geschniegelten Bürschchen mit ihren neuen Wagen und ihren Püppchen mit rosa Kaschmirpullovern und ihren Golfschlägern schon zeigen. Der Direktor rief uns zusammen und hielt uns eine Rede, wie wir die Heinis haushoch schlagen müßten. Und wir gewannen ja auch, kamen nicht einmal in Schweiß dabei. Aber komisch; zwei von uns lernten da zwei von ihnen kennen, und der eine davon ist jetzt mein Freund. Sein alter Herr ist ein sogenannter Gutsherr oder so was; besitzt Aktien von der New York Central und anderen Eisenbahnen, und wohnt nur hier, weil er hier geboren ist. Ja, und noch was, was mir auch früher aufgefallen ist. Bobs alter Herr war Bergmann, hier in Barryfield, und er erfand eine automatische Fördermaschine und eine automatische Warnanlage, wenn das Kohlengas zu dicht wird. Bob ist stolz auf seinen Alten. Ich wollte, mein Dad erfände auch eine Maschine oder sonst was, dann könnt ich auch einen Wagen und so ein Püppchen haben.« Seine junge Stimme klang sehnsüchtig. Er seufzte. »Ja, ich werd's wohl nie zu was bringen, hab' ja keine Chance. Hab' mich nur so zum Spaß um Aufnahme an eine Universität beworben, wo sie eine feine Ingenieurfakultät haben, und sie schickten mir alte Aufnahmeprüfungsformulare, und ich konnte doch verdammt nicht die Hälfte aller Fragen beantworten! Vielleicht hat Paps recht.«

Er beachtete Johnny nicht mehr und brütete vor sich hin; sein Gesicht war nun nicht mehr jung, sondern erfüllt vom Zorn und der Resignation des Erwachsenen; seine Augen funkelten bitter.

Lons Hände fingen an, mit der riesigen Gürtelschnalle zu spielen, die Johnny für so rührend komisch gehalten hatte. Nun aber erkannte er, daß sie eine Waffe war, eine tödliche Waffe an einem dicken, breiten Ledergürtel.

Lons schneidende Stimme unterbrach seine Gedanken; der Junge sprach so ungrammatikalisch und vernachlässigte die Konsonanten so arg. »Ja, Bob und ich kamen auf die Schule zu sprechen. Er ist auch im letzten Jahr. Und er zeigte mir seine Bücher. Wissen Sie was? Ich hab' mir Bücher aus der Bibliothek geholt und alles mögliche so für mich selbst studiert, aber Herrgott nochmal, das war mir alles spanisch, was da in Bobs Büchern stand! Sie hatten das alles, was Paps auch in der Schule gelernt hat und ich nicht. Kein Wort von ›Gruppenanpassung und sozialer Anpassung‹ und

›Lebenskunde‹. Kein so dummes Zeug, wie man sich bei einem Rendezvous benimmt, oder beleidigende Anweisungen, wie man sich die Zähne weiß hält. Du lieber Gott, mit Zahnbürsten können wir ja wohl umgehen, nicht, und Mädel sind eben Mädel, nicht wahr?«

»Ja«, erwiderte Johnny.

Lon stand auf, groß und schlank, steckte die Hände in seinen Gürtel und trug den hageren, intelligenten Kopf hoch. »Nun, Bob verschaffte mir ein Halbjahresexamen vom zweiten Jahrgang. Da bin ich nun im vierten Jahr in der Lenox Street High School und bringe nur siebzig Prozent von den Fragen heraus, die sie dort im zweiten Jahr haben! Die anderen dreißig? Nie davon gehört! Und Bob sagt, das ist gar kein Zufall, sondern ist so geplant. Und da verschaffte er mir die Schulbücher für ihren zweiten Jahrgang, und da hocke ich nun, in unserm vierten Jahrgang, und hole das nach, und endlich bestehe ich auch die Prüfung – für ihren zweiten. Bob schwindelte mir ein Exemplar von den Aufgaben heraus. Und dann verschaffte er mir die Bücher von ihrem dritten Jahr, und die büffle ich jetzt.«

Er starrte vor sich hin, in zornigem wildem Brüten. »Wissen Sie, was sie in unserer Schule sagen? Es sollte keine Wertungsprüfungen geben! Kein Kind darf sich unterlegen fühlen, sagen sie, sonst könnte es fürs Leben einen Schaden davontragen. Bloßes Wissen ist nicht genug, sagen sie. Aber dann reicht's auch bloß zum Lastwagenfahren und zum Bedienen von Maschinen.«

Sein Blick fiel auf Kathy, die ihn aufmerksam und todernst aus ihren Blauaugen anschaute. »Hello, Flachshaar!«

Sie versetzte artig: »Du bist ein feiner Junge. Ich glaube, ich werde dich heiraten, wenn ich groß bin.«

Er winkte ihr mit ausholender Gebärde seiner schwieligen Hand zu. »Aber natürlich. Ruf mich nur an, wenn du achtzehn bist. Ich nehm dich mit meinem Lastwagen mit, und dann kehren wir unterwegs ein und essen Würstchen.« Er wandte sich wieder Johnny zu, dessen blasses Gesicht unverkennbare Spuren der Anstrengung zeigte. »Bob nahm mich einmal in seine Schule mit. Eine kleine Schule, dunkler Ziegelbau, in einer guten Gegend. Alte Schule. Alte Stufen. Hohe Spitzbogenfenster. Ganz anders wie unsere, wo wir gelbe Ziegel und rundum lauter Glaswände haben. Alte, am Boden festgeschraubte Bänke; unsre können wir nach Belieben herumschieben, damit es bequemer ist, wenn die dummen Kinder ein Schläfchen machen wollen. Die Klassenzimmer in Bobs Schule sind schmuck und sauber; die Böden glänzen, sind aber schwarz und uneben. Wir haben helles, neues Linoleum und unsre Klassenzimmer sind riesengroß. Aber wissen Sie was, Mister? Da war doch so ein komischer Geruch in Bobs Schule –«

»Kenne ich«, sagte Johnny und rang sich ein Lächeln ab. »Den Geruch der Gelehrsamkeit nennen sie es.«

Johnny zeichnete mit einem Löffel Figuren auf dem Plastikbelag des Tisches. Was kann ich für diesen Jungen tun? Er dachte an das Geld, das er für die Kinder in der Bank eingelegt hatte, das Geld, das ihm Dr. Stevens und die Soldaten geschenkt hatten. »Für die Kinder«, hatten sie gesagt. Und hier war auch so ein Verlorener, Verratener. Johnny faßte einen raschen Entschluß. »Lon, du hast gesagt, du wolltest Ingenieur werden. Wie wäre es, wenn du das letzte Jahr Bobs Schule besuchen würdest? Es ist noch nicht zu spät für die Aufnahme dort.«

Lon musterte ihn verblüfft. Langsam fragte er: »Hören Sie, Mister, Sie sind wohl nicht bei Trost?«

»Doch, Lon. Und mach dir keine Sorgen wegen deiner Kleider. Ich bin überzeugt, du hast nicht nur die Arbeitshose hier und den Gürtel – und solche Sachen. Ich werde dir irgendwie helfen. Hör zu, Lon. Ich werde den Direktor von Bobs Schule anrufen. Du kommst hinein! Und – ich habe einen Freund. Dr. McManus. Und dann, Lon, wenn du dein Abitur mit Auszeichnung bestehst, gehst du an eine gute Universität. Du kannst dich als Werkstudent durchbringen. Das hab' ich auch getan.«

Lon konnte nicht sprechen. Er blickte Johnny in die dunkelblauen Augen, aus denen glühende Entschlossenheit loderte. »Wenn ich nur einen von euch retten kann«, sagte Johnny, »so ist das schon ein Erfolg. Nur einen von euch. Und du wirst das nicht vergessen, und später wirst du mithelfen.«

»Ist das Ihr Ernst, Sir?« fragte Lon heiser.

Johnny stand auf. »Ja, Lon.« Er legte ihm die Hand auf die hagere Schulter und rüttelte ihn herzlich. »Überleg dir's. Ruf mich morgen an. Sprich mit deinen Eltern. Es wird schon dunkel, und du müßtest schon auf dem Heimweg sein.«

Die Kinder sprachen von nichts anderem als von ihren Bäumchen. Sie saßen mit Johnny rings um den Tisch und ließen es sich schmecken, bis auf Klein-Emilie. Jeans eingefallene Wangen, ja sogar Max' Gesicht hatte Farbe bekommen! Max war das eigentliche Wunder, dachte Johnny voll stiller Freude, die beinahe alle seine trüben Gedanken verscheuchte. Der verschlossene, leere Blick seiner braunen Augen war verschwunden; er sprach nicht oft, sah aber interessiert und aufmerksam um sich, und wenn seine und Johnnys Augen sich begegneten, lächelte er scheu.

»Ach, das ist aber schön; schon wieder beim Essen! Da stopfen sie sich voll auf Kosten derer, die arbeiten!« quäkte eine vertraute Stimme. Die Kinder schrien entzückt, aber Johnnys Gesicht blieb düster, als er sich umwandte und Dr. McManus vor sich sah, ungeschlachter und unordentlicher und mit grimmigerem Blick denn je. »Habt ihr noch Apfelkuchen übriggelassen?« fragte der Arzt nach einem flüchtigen Blick auf Johnny.

Johnny stand auf. »Glaube nicht«, antwortete er. »Außerdem möchte ich mit Ihnen reden, Doktor.«

Der alte Mann hob die eine, buschige Braue. »Reden, nicht sprechen?« fragte er. »Vergessen Sie nicht, Pfarrer, ich bin der Ältere. Wo bleibt der Respekt? Na schön; kommen Sie.« Er winkte den Kindern zu, ging mit Johnny in den Salon und setzte sich.

Johnny erzählte ihm Lons ganze Geschichte. Als er geendet hatte, schwieg der Arzt eine Weile und drehte nachdenklich seine Zigarette im Munde. Dann rief er: »Ich dachte, das bißchen Geld, was Sie haben, sei für die Kinder! Die verrückteste Idee, die ich je gehört habe! Aber es ist natürlich nicht Ihr Ernst.«

»Mein voller Ernst«, erwiderte Johnny fest. »Und dazu brauche ich Sie. Sie kennen Mr. Beaverbrook. Ich möchte, daß Sie mit ihm sprechen und Lon an seine Schule bringen. Um das Geld mache ich mir keine Sorgen.«

»Dafür wird Gott sorgen«, sagte der Doktor sarkastisch.

Johnny sah ihm in die Augen. »Das hat Er noch immer getan. Er hat das bißchen Geld geschickt, das ich habe; Er hat mich hierhergesandt, und Er hat uns allen Sie beschert, und Sol Klein, Dr. Kennedy, Pater John Kanty, Rabbi Chortow und Lorry. Wozu ich da bin, weiß ich noch nicht recht; werde aber wohl noch dahinterkommen.«

»Vielleicht früher, als Sie denken, mein Junge. Na schön. Ich werde mit Roger Beaverbrook reden. Sie stürzen mich da in ganz höllische und lächerliche Sachen. Ich weiß gar nicht, warum ich für Sie eintrete. Sie haben mein ganzes Leben in Unordnung gebracht.« Er sah sich langsam in der guten Stube um. »Was für ein häßliches Zimmer. Ist übrigens das Dach wieder leck?«

»Natürlich«, grinste Johnny. »Aber ich habe Ihren Rat befolgt, und wir stellen Pfannen darunter.«

Der Doktor war wieder ernst geworden. »Das war das Heim meines Vaters. In meinen Augen war es immer erbärmlich. Aber kein Mensch wollte dem abhelfen. Immerhin, ich will es nicht niederreißen lassen. Vielleicht –« Es läutete an der Haustür, und Johnny stand auf und ging zur Tür.

Drei Männer standen draußen; der rotgesichtige, kleine Dan McGee mit seiner weißen Lockenfülle um den runden Schädel, ein hochgewachsener, robuster Blonder mit sehr blaßblauen Augen, und ein schlanker Mann von mittlerer Größe und etwa fünfundfünfzig Jahren mit ängstlichem, schier geisterhaft bleichem Gesicht.

Dan sagte: »Hello, Mr. Fletcher.« Er wies auf den dritten Mann. »Das hier ist Mr. Glen Dowdy, einer von den hiesigen Bergwerksbesitzern. Und das« – er deutete auf den lächelnden blonden Fremden im auffallend gutsitzenden Anzug, der sehr überlegen und selbstsicher wirkte – »ist Mr. Lars Swensen, der seine Ausweise und Beglaubigungsschreiben mitgebracht hat. Können wir hereinkommen und mit Ihnen sprechen?«

Johnny musterte verdutzt Mr. Swensen. Wenn das ein Gewerkschaftler war, so gehörte er zu einem ganz neuen Schlag. Er sah flüchtig auf Mr. Swensens große, glatte Hände und dachte, der Mann war nie ein Kumpel. Ein Stadtmensch.

Der Pastor führte die drei immer noch unter verblüfftem Stirnrunzeln ins Haus. Dr. McManus hob die gewaltigen Brauen, sah Mr. Swensen einen Augenblick durchdringend an und dachte, das ist also der Swensen, von dem mir Lorry erzählt hat. Mac Summerfields Freund. Was kann der für ein Interesse an unseren lächerlichen, kleinen Gruben hier haben?

Johnny stellte Mr. Swensen dem Arzt vor, und Mr. Swensen murmelte höflich. Dr. McManus grunzte und rückte auf seinem gewaltigen Hintern hin und her. »Hab' schon von Ihnen gehört, Mr. Swensen«, sagte er. »Sie sind ein Freund von Mac Summerfield, nicht wahr?«

Mr. Swensen setzte ein strahlendes Lächeln auf. »Ich bin allerdings ein entfernter Bekannter von Mr. Summerfield. Bin ihm etliche Male begegnet; weiß aber nicht mehr recht, wo.«

Der Arzt zündete sich stumm eine Zigarette an. Swensen log. Warum? Ein Mann hatte doch gewöhnlich einen triftigen Grund dazu. Was war Swensens Grund zur Lüge? Plötzlich gewahrte McManus, daß Swensen Johnny mit einem langen abschätzenden Blick bedachte, einem nachdenklichen abwägenden Blick, und der Arzt setzte sich in seinem Stuhl auf. Ein plötzliches, ausgesprochenes Unbehagen juckte ihn.

»Was machen Sie denn hier, Mr. Swensen?« fragte er unverblümt.

Mr. Swensen lächelte abermals. »Ich bin sozusagen als Anwalt der Gerechtigkeit hier, Doktor.«

»Hm«, grunzte Dr. McManus. Er sah Johnny an, dem die Verblüffung im Gesicht geschrieben stand, und dann Mr. McGee und Mr. Dowdy, die niedergeschlagen auf ihren Stühlen hockten. »Gerechtigkeit«, wiederholte der Doktor. »Mir ist, als hätt' ich wo gehört, daß die Gerechtigkeit tausend Namen hat. Hängt auch von der politischen Einstellung eines Menschen ab, von der Religion, vom Arbeitgeber oder von den Arbeitnehmern, ja selbst von der eigenen Frau. Ist das loseste Wort der englischen Sprache, und die ist wahrhaftig eine lose Sprache. Kann überhaupt alles heißen.« Er grunzte wieder vor sich hin, als machte ihm der Gedanke Vergnügen. »Ich hab' selber Semasiologie studiert. Wortbedeutungslehre. Wir brauchten eine präzisere Sprache, wie die Franzosen. Dann wüßten wir alle, was wir meinen. Was verstehen Sie nun eigentlich unter Gerechtigkeit, Mr. Swensen?«

Mr. Swensen fühlte sich offenbar Herr der Situation, die er auskostete. Er widmete sich ganz dem Doktor. »In diesem Fall«, erklärte er freundlich, »bedeutet Gerechtigkeit den gebührenden Lohn für die Kumpel von Barryfield.«

Mr. Dowdy hustete jämmerlich. Dr. McManus sah erstaunt drein. »Sie wollen also unseren Kumpeln Gerechtigkeit verschaffen? Das ist verdammt anständig von Ihnen, Mr. Swensen. Aber wieso eigentlich? Was haben Sie damit zu tun? Worum geht es hier eigentlich?«

Ehe noch jemand antworten konnte, wandte er sich blitzschnell an Johnny. »He!« schrie er. »Mir scheint, mir dämmert's langsam, was Mr. Swensen hier will, der angeblich ein ›entfernter Bekannter‹ von Mac Summerfield ist. Johnny, haben Sie die Abendzeitung hier? Geben Sie sie her. Ich dachte ja schon immer, ich würde einen vorzüglichen Privatdetektiv abgeben.«

Johnny zögerte, blinzelte verlegen und sah hilfesuchend von einem zum anderen. Als alle schwiegen, trat er an seinen Schreibtisch, nahm die letzte Nummer der *Press* und reichte sie stumm Dr. McManus. Der Doktor stand auf und wiegte sich auf seinen stämmigen kurzen Beinen; den Oberkörper verdeckte die Zeitung. »Johnny, hier steht Ihre letzte Predigt. Mac hat sie heute abend kommentiert. Darum kam ich ja herüber. Ich werde den Leitartikel lesen, und dann wird uns, glaube ich, alles klar werden. Also hören Sie. Es spricht Mac:

›*Ein gewisser Schlag sogenannter Liberaler sind die wirklichen Tyrannen*‹, *erklärte Mr. Fletcher am letzten Sonntag mit der schwülstigen Stimme des Demagogen.* ›*Weil die Völker überall in der Welt anständige Wohnungen auf Kosten der Reichen, ihren gebührenden Anteil an den Profiten des Kapitalismus, Sozialversicherung, staatliche Krankenversicherung und einiges von den Früchten und Freuden dieser Erde gefordert haben, hat Mr. Fletcher sie materialistische Schmarotzer geschimpft.*‹«

»Was? Der verdammte Lügner!« schrie Johnny wütend. »Von der Freiheit habe ich gesprochen, vom Recht des einzelnen auf freie Wahl.«

Der Doktor entgegnete salbungsvoll bekümmert: »Mein Sohn, Sie vergessen die christliche Liebe. Ich habe Ihre Predigt gehört. Sie sagten, ein Mensch habe das Recht, ein echter Liberaler zu sein, das heißt, ein Mensch, der keine staatlichen Eingriffe in sein Leben wünscht, solange er sich anständig aufführt; der nicht will, daß eine Regierung wie eine Bruthenne über ihm hockt und ihm die Augen auspicken will, wenn er sich dagegen wehrt, sein Leben lang ein hilfloses Kücken zu sein. Sie sagten, ein echter Liberaler tritt für die Freiheit und Menschenwürde ein, und die Regierung solle ihre verdammten, klebrigen Hände von ihm lassen. Ich erinnere mich. Aber Mac gefiel Ihre Predigt nicht. Also halten Sie den Mund und lassen Sie mich weiterlesen.

›*Die Völker*‹ – hören Sie, Johnny? Wir sind keine Menschen mehr, wir sind ›Völker‹! – ›*fragen nicht nach einem mystischen Lohn im Jenseits für ihre planvollen Leiden hier auf Erden; darum verdienen sie nach Mr. Fletcher den Zorn aller Götter, die ihre Unterdrücker für sie erfunden haben. Ist das Freiheit, wenn der Mensch verhungern muß, kein Heim hat, bettelarm sterben und seine Kinder hungern sehen muß? Mr. Fletcher sagt ja. Wenn das die gerühmte Privatinitiative ist, so wollen wir davon nichts wissen; das soll sich Mr. Fletcher merken. Die Aufgabe des modernen Staates ist, für die Wohlfahrt des Volkes zu sorgen, Nahrung und Wohnungen bereitzustellen, freie ärztliche Betreuung durch Ärzte, die nicht zum Verdienen, sondern zum Dienen erzogen wurden, und Sicherheit zu bieten von der Wiege bis zur Bahre. Mr. Fletcher leugnet als Söldling des reaktionären Kapitals diese Aufgabe der Staatsgewalt. Damit prangert er unausgesprochen auch alle Gewerkschaften an, denn diese gehören ja zu den modernen Organisationen, welche die Völker vor Hunger und Not schützen wollen.«*

Johnny rang um Beherrschung. »Der Mann ist nicht nur ein Lügner, sondern schreibt auch wie ein Kommunist. Möchte wissen, wie viele von seinen Millionen er dem Staat zu den genannten Zwecken zur Verfügung stellen will?«

»Nun«, erklärte der Doktor gelassen und legte die Zeitung fort, »keine einzige. Er will ganz einfach ein reicher Kommissar sein und Tausende unterwürfige Sklaven haben. Das Hergeben müssen die Querköpfe besorgen, die an die Freiheit glauben und an das Recht, ihr Leben selbst zu regeln. Leute wie Sie. Sie stehen auch auf der Liquidationsliste, mein Sohn. Ich übrigens auch. Zu schade. Wir sind bloß Amerikaner, wie die meisten Menschen hierzulande.«

Mr. Swensen unterhielt sich im stillen köstlich. Er betrachtete amüsiert Dr. McManus. Warum kümmerte sich dieser reiche, alte Narr von Doktor eigentlich darum, was mit den stinkenden Massen in Amerika geschah? Das paßte so gar nicht zu seinem Bilde.

»Kein Mensch«, erklärte Dan McGee, »der auch nur ein bißchen Hirn hat, hört auf Mac Summerfield.«

»Ja, wer sagt denn, daß die Masse mehr als bloß ein bißchen Hirn hat?« fragte der Arzt dagegen.

Mr. Dowdy seufzte. »Mac Summerfield hat in dieser Stadt schon mehr Unheil angerichtet als alle anderen. Er will jedermann gegen seinen Nächsten aufhetzen.« Er lächelte schwach Johnny zu. »Er hatte nie viel Opposition, bis Sie kamen.«

»Da haben Sie verdammt recht«, bekräftigte der Doktor. »Da wirbt Mac Radaubrüder an und hetzt zum Streik und paktiert mit den Kommunisten, und keiner wagt aufzumucken. Außer Johnny. Er sagt, das kommt daher, weil Gott hinter ihm steht, und vielleicht hat er recht, Mr. Swensen. Und damit kommen wir wieder auf Sie zurück. Was haben Sie mit alledem zu tun? Mit Mac

Summerfield und diesem stinkenden Leitartikel da? Warum sind Sie hier?«

Mr. Swensen lächelte. Ausgezeichnete Zähne, dachte der Doktor. Und ein Lächeln, das lange Übung verriet. »Ich bin gekommen, um Barryfield den Frieden zu bringen. Aber es hat mich noch niemand nach dem gefragt, was Mr. McGee meine Ausweise und Beglaubigungsschreiben nannte. Möchten Sie sie sehen?«

Er öffnete eine goldverzierte Lederbrieftasche und reichte dem Arzt eine Karte. Der Doktor runzelte erst die Stirn und las dann laut: »Stiftung für den Arbeitsfrieden, New York, N. Y. Direktor: Lars Swensen.« Er zerknüllte die Karte und sah Mr. Swensen an. »Ich habe von Ihrer Organisation gehört. Arbeitet ohne Profit. Erhält sich aus den Vermögen toter alter Freibeuter und Spekulanten. Ja, ich habe davon gehört. Ist angeblich so ein Laden zur Vermittlung und Versöhnung zwischen Kapital und Arbeitern in Streitsachen. Komisch.« Die kleinen, steinernen Äuglein des Doktors schmunzelten grimmig ins Leere. »Eine Stiftung von zähen, alten Schurken, die nie Pardon erbaten und keinen Pardon gaben und schuld waren an den Massenmorden, sooft die armen Arbeiter sich organisieren oder rebellieren wollten oder es wagten, einen Lohn zu fordern, von dem sie leben konnten! Gute alte Zeit der Ausbeutung und des Arbeiterelends! Ich hab' sie ja noch zum Teil miterlebt. Und jetzt hinterlassen die alten Teufel Stiftungen! Plagt sie das Gewissen? Wollen sich wohl aus der Hölle loskaufen, was?«

Mr. Swensen schien etwas überrascht. Er betrachtete den Doktor genauer. Der fuhr fort: »Na, also gibt es doch eine Vergeltung! Hab' es selbst oft erlebt. Da gibt es nun eine Stiftung, gegründet von alten Räubern und Mördern, zur Unterstützung der Söhne und Enkel ihrer Opfer! Was für eine Ironie! Ich bin ja an sich ein Freund von Stiftungen, wenn sie die Forschung unterstützen, Medizin und Naturwissenschaften, und Stipendien vergeben und Geld für anständige Wohnungen vorstrecken, oder für Toleranz und dergleichen arbeiten. Feine Sache.«

Mr. Swensen strahlte förmlich Überlegenheit und städtische Gewandtheit aus. »Ich freue mich, daß Sie unsere Stiftung billigen«, lächelte er.

»Unterschieben Sie mir nichts«, rief Dr. McManus scharf. »Ich habe nicht gesagt, daß ich Ihre Stiftung billige. Ich sprach von rechtmäßigen Stiftungen. Meinetwegen nennen Sie sich auch eine Stiftung, aber von Ihrem Verein weiß ich ja doch nur, was Sie uns davon erzählen. Wer sind Sie eigentlich? Und was wollen Sie in

Barryfield? Das sagen Sie uns bitte. Ich hab' ja eine ziemlich sichere Idee, aber ich möchte meine Karten nicht aufdecken. Also heraus damit, Swensen.«

Mr. Swensen blieb weiter unverbindlich liebenswürdig, aber in seine Augen trat, während er den Arzt ansah, ein unverkennbar feindseliger Blick. »Nun, Doktor«, meinte er freundlich, »wenn Sie das wünschen, das kann ich Ihnen gern sagen. Wir sind Vermittler, sozusagen eine Reparaturwerkstätte, die Fehler aufsucht und behebt. Darum bin ich hier. Wir haben von einem drohenden Streik gehört. Wir haben die Sache von allen Seiten erwogen und sind der Meinung, daß die Kumpel in dieser Stadt Hilfe brauchen. Ich bin gekommen, um ihnen zu helfen.«

Der Doktor stand auf, trottete langsam wie ein dicker, massiger alter Terrier um Mr. Swensen herum und musterte ihn vom Scheitel bis zur Sohle. Mr. Swensen tat, als ob ihn das leicht erheiterte. Nun hielt der Arzt dicht vor ihm. »Swensen, Sie sind ein Lügner. Sie haben gar kein Interesse an den Kumpeln von Barryfield. Wer ist Ihr wirkliches Opfer?«

Mr. Swensen spielte den Geduldigen. »Doktor, wir arbeiten aus rein menschenfreundlichen Beweggründen heraus.«

»Na schön. Lügen Sie, wenn Sie wollen.« Der Arzt setzte sich wieder. »Von Ihnen kriegen wir die Wahrheit ja doch nie zu hören. Dowdy, worum handelt es sich?«

Mr. Dowdy nahm das Wort; er war offenbar krank und eingeschüchtert. »Wir müssen etliche Wände in den Gruben verstärken. Dazu fehlt uns das Geld. Und nun will Mac Summerfield die Arbeiter zum Streik um höhere Löhne aufhetzen. Dazu haben wir ebensowenig Geld. Wir müssen schon froh sein, wenn wir nicht zusetzen.« Der Bergwerksbesitzer schüttelte betrübt den Kopf. »Vielleicht bin ich nicht sehr klug; ich begreife einfach nicht mehr, was da vorgeht. Die Zeche Sieben ist in schlechtem Zustand, Zeche Fünf auch, und wir müssen dort Sicherungsmaßnahmen treffen, wenn die Kumpel weiterarbeiten sollen. Das sind unsere reichsten Lager. Aber wenn wir schon kein Geld haben, um unsere reichsten Vorkommen auszubeuten, wo in aller Welt sollen wir da höhere Löhne hernehmen? Summerfield weiß das ganz genau; drum verstehe ich nicht, wo er hinaus will.«

»Ich wohl«, erklärte Dr. McManus nachdrücklich.

»Aber das hat doch alles keinen Sinn«, fiel Johnny ein. »Wenn Summerfield das weiß, warum würde er da ausgerechnet jetzt die Leute zum Lohnstreik aufhetzen?«

Der Doktor seufzte nachsichtig. »Das ist es ja gerade. Das ist genau berechnet. Merken Sie sich eins, ein für allemal, Summerfield liegt nichts am Wohl der Kumpel. Das ist nur Tarnung. Er will nur Unruhen.«

Endlich dämmerte es Johnny auf, und er wandte sich doppelt aufmerksam Swensen zu. Seine Züge verdüsterten sich und ein wachsamer Ausdruck trat in sein Gesicht. Mr. Swensen erwiderte seine forschenden Blicke kühl und gleichgültig. Aber Johnny ließ sich nicht täuschen. Erschrocken sagte er sich, solche Augen habe ich schon in Europa gesehen! Gläserne Augen – kein Gefühl, nichts, gar nichts dahinter. Nichts – nur Haß.

»Ich habe Glens Bücher durchgesehen, und die von den anderen Zechenbesitzern auch«, erklärte Mr. McGee eifrig. Er rutschte ungelenk an den Rand seines Stuhles. »Sie halten ihre Bilanz gerade noch mit Mühe ausgeglichen. Sie brauchen mehr Geld, um die Betriebssicherheit zu erhöhen, und sie haben es nicht. Sie können unseren Leuten nicht mehr zahlen, und das habe ich Mr. Swensen die ganze Zeit erklärt. Und dann fiel mir heute abend Mr. Fletcher ein. Ich dachte, wir sollten alle hierherkommen, und vielleicht könnte uns Mr. Fletcher helfen und Mr. Swensen zeigen, daß es zwischen Kumpeln und Zechenbesitzern keine wirklichen Differenzen gibt.«

Mr. Swensen schaute harmlos und freundlich drein.

Mr. McGee fuhr fort: »Aber Mr. Swensen sagt, die Männer müssen die Einheitslöhne bekommen wie in den großen Zechen, und höhere und bessere Vergünstigungen, und eine hohe Kranken- und Altersversicherung. Glauben Sie mir, ich würde ihnen wahrhaftig das alles von Herzen gönnen! Die Arbeit vor Ort ist eine Hölle. Wenn einer hundert Dollar pro Tag dafür kriegte, wäre es noch immer zu wenig. Ich weiß Bescheid; ich war ja selbst Kumpel. Na, jedenfalls sind die Löhne, die Mr. Swensen den Arbeitern hier zudenkt, einfach unmöglich. Wenn Glen und die anderen Zechenbesitzer wenigstens in den letzten zwanzig Jahren genug verdient hätten, hätten sie mindestens neue Gruben eröffnet oder die besten Lager neu abstützen lassen können. Aber sie hatten eben nicht das Geld dazu, und darum sind ihre Zechen heute in schlechtem Zustand, und jetzt fangen sie schon an, mit Verlust zu arbeiten. Aber sie lassen eben weiterarbeiten und hoffen auf bessere Zeiten, und dabei wird alles immer schlimmer. Außerdem müssen sie dauernd mit Leuten prozessieren, die sie wegen der Sprünge verklagen, die ihre Häuser beim Sprengen davontragen; das kostet natürlich auch Geld.«

»Natürlich«, fiel Mr. Swensen freundlich ein. »Die Besitzer müssen für den Schaden aufkommen, den sie anrichten. Aber das hat mit ihrer anderen Pflicht nichts zu tun – nämlich der, den Kumpeln einen anständigen Lohn zu zahlen.«

Johnny, der Swensens Augen noch immer vor sich hatte, platzte zornig heraus: »Seien Sie doch kein Narr. Die Zechenbesitzer haben ihr ganzes Vermögen in die Zechen gesteckt; sie übernehmen das Risiko, sie haben die Gruben eröffnet. Die Kumpel kriegen ihren Lohn; sie erleiden keine Verluste, wie die Besitzer. Arbeiten sie etwa umsonst, wie das Mr. Dowdy hier anscheinend tun muß? Mr. Dowdy und seine Freunde haben weder Alters- noch Krankenversicherung noch Arbeitslosenunterstützung. Sie haben nur die Angst und die Anstrengung mit allen diesen Sozialleistungen und Steuern und Sorgen fertig zu werden. Und dann kommen Leute wie Sie hier hereingeschneit, bloß um Unruhe zu stiften.«

Er musterte Swensen mit unverhülltem Abscheu. »Gleiche Rechte bedeuten noch nicht gleichen Lohn. Aber Sie glauben anscheinend, wenn Mr. Dowdy praktisch umsonst arbeitet, bloß um die Zeche in Betrieb zu halten, dann hätten seine Arbeiter ein Recht auf Lohnerhöhung. Das ist ja nicht ärger als der Kommunismus. In Rußland sind die Bergleute Zwangsarbeiter, haben immer die Peitsche hinter sich, und die Bürokraten stecken alle Profite ein. Ist das vielleicht der tiefere Zweck, der hinter Ihrer ganzen Menschenfreundlichkeit steckt?«

»Natürlich«, Dr. McManus kicherte.

»Seien wir nicht kindisch«, sagte Mr. Swensen. »Wir sind hier zu einer Besprechung, nicht um törichte Anschuldigungen zu erheben. Ich bin kein Kommunist, Mr. Fletcher.«

Mr. Dowdy, der sehr krank war, wandte sich an Mr. Swensen. In beschwörendem Ton sagte er: »Sie kennen die Wahrheit. Sie haben selbst meine Bücher gesehen. Hören Sie, wir wollen die Leute nicht auf die Straße setzen. Haben Sie denn gar kein Herz? Kein Mitleid mit unseren armen Kumpeln? Wissen Sie, was ihnen ein Streik eintragen wird? Aus einem Stein läßt sich nichts mehr herausquetschen. Das wissen die meisten von ihnen, und Dan weiß es auch und hat es ihnen gesagt. Es sind gute, anständige Burschen, unsere Kumpel. Ein Streik aber würde nur bedeuten, daß sie arbeitslos werden, vielleicht dauernd. Ich will die Zeche nicht schließen. Aber wenn Sie mich dazu zwingen, werde ich wohl müssen, und die anderen Zechenbesitzer auch. Und was sollen die Kumpel dann anfangen?«

»Oh, die haben ja die Arbeitslosenunterstützung«, meinte Mr. Swensen mit leisem Lächeln. »Die können warten.« Er strahlte sie alle mit seinem naiven, herzhaften Grinsen an.

»John L. hat Sie nicht geschickt, das steht fest«, sagte Dr. McManus nachdenklich. »Der würde es nicht tun. Er weiß Bescheid über die Gruben von Barryfield. Sie sind hinter etwas oder hinter jemand her, Swensen.«

Mr. Swensen ignorierte ihn und wartete höflich, bis Dowdy weitersprach.

»Nun«, fuhr der fort, »wenn die Männer warten — und wie lange hält die Unterstützung schon vor? — müssen sie eben bis zum Jüngsten Tag warten oder sich andere Arbeit suchen. Ich könnte es ihnen nicht verdenken. Ich möchte nicht mehr Bergmann sein, nicht einmal für zehntausend im Jahr, was ich im ganzen Leben nie verdient habe. Ich werde bald sterben. Das hat mir Al gesagt. Ich hab' ein bißchen was von der Versicherung; von dem kann meine Frau zur Not leben, und einen Jungen hab' ich auf der Universität, der ist jetzt bald fertiger Arzt. Also hab' ich keine großen Sorgen, bloß die um die Kumpels. Es fällt mir schon schwer, jetzt immer noch zu arbeiten und alles in Schuß zu halten.«

Mr. Swensen spielte noch immer den amüsierten Zuschauer, den das alles wenig anging. »Ich kann mich leider dennoch nicht damit abfinden. Die Kumpel in Barryfield müssen Gerechtigkeit erleben, müssen dieselben Löhne haben, wie sie überall auf dem Bergbausektor üblich sind. Ich hatte gehofft«, setzte er bedauernd hinzu, »daß Mr. Fletcher mir beistimmen und Sie dazu überreden würde, die Löhne zu erhöhen. Mir scheint, die formlose Unterredung war eine bloße Zeitvergeudung.«

Johnny trat rasch auf ihn zu, aber Mr. Swensen sah ihn nur nachdenklich an und lächelte sein automatisches freundliches Lächeln. »Sie interessieren mich, Mr. Fletcher. Sie sind kein sehr bedeutender Mann, nicht wahr? Ein kleiner Stadtpfarrer, mit vermutlich sehr niedrigem Gehalt. Und doch haben Sie hier als gefährlicher Katalysator gewirkt. Darum frage ich mich: Wer sind Sie? Wer hat Sie geschickt? Wie haben Sie so verschiedene Elemente unter einen Hut gebracht?«

Ehe Johnny noch etwas erwidern konnte, legte ihm Dr. McManus die Hand auf die Schulter. »Wer ihn geschickt hat? Gott, sagte er. Johnny ist das, was die Bibel einen Gerechten nennt, und darum verstehen Sie ihn nicht. Gerechte können allerdings mit der Welt nach Gutdünken umspringen. Das haben sie immer getan. Darum werden sie immer gekreuzigt, offen oder heimtückisch ermordet oder von Politikern oder ihrem eigenen Volk in die wirtschaftliche Acht erklärt. Unbequemes Leben.«

Mr. Swensen hob die Hand an den Mund und verbarg ein Gähnen, während er Johnny immer noch forschend betrachtete.

»Ich bin Pastor, wie Sie sehen«, erklärte der. »Sonst nichts. Aber lassen Sie mich aus dem Spiel. Wollen Sie die Kumpel zum Streik aufhetzen? Dann werde ich gegen Sie kämpfen. Ich werde selbst zu den Kumpeln gehen. Sie werden auf mich hören. Ich war selber einer von ihnen; ich kenne ihre Sprache.«

Mr. Swensen lachte plötzlich auf. »Sie glauben, sie werden auf Sie hören, Mr. Fletcher? Wann hätte die sogenannte Vernunft je über die Aussicht auf mehr Geld gesiegt?«

Mrs. Burnsdale klopfte und öffnete die Tür einen Spalt. »Die Kinder möchten gute Nacht sagen, Mr. Fletcher.«

»Ja, ich komme gleich«, antwortete Johnny.

Mrs. Burnsdales Kopf verschwand, aber Dr. McManus stand auf und schlenderte hinaus, als hätte er nichts Besonderes im Sinn. »Ich will Jeans Rollstuhl tragen helfen.«

Er fand die Kinder in der Küche. Sie standen dicht beisammen, ganz still, im Halbkreis um Jean, und der Doktor gewahrte mit einem seltsamen Stich im Herzen den alten Ausdruck starren Schreckens, des Hasses und Mißtrauens auf den jungen Gesichtern. Sie waren wieder Fremde, verirrt und heimgesucht, und bereit zur Flucht wie zum Kampf. Selbst Kathys glattes, gelbes Haar stand wie eine Mähne um den runden Kopf. Das Schlimmste dünkte den Arzt, daß Jean mit der Linken ein langes, scharfes Messer umklammerte, Pietro einen Hammer hielt und Max aus blicklosen Augen ins Leere schaute. Klein-Emilie barg ihr Gesichtchen an Kathys Schulter und zitterte heftig.

Dr. McManus blieb stehen. »Na«, fragte er leise, »was soll denn das?«

Mrs. Burnsdale stand unweit vom Küchenfenster und winkte ihn gebieterisch zu sich heran. Dr. McManus ging auf sie zu, hielt aber dann wenige Zoll vor Jean inne. Der Junge schaute aus seinen farblosen Augen zu ihm auf, aus denen jetzt primitive Wildheit funkelte. »Jean«, befahl der Doktor scharf, »leg das Messer fort. Reich es hier über den Tisch und lege es hin. Sofort.«

Jean umkrampfte das Messer noch fester; die Kinder drängten

sich dichter um ihn. Dr. McManus erkannte sie kaum wieder. Er war unsäglich betrübt. Vergeblich also Johnnys ganze Arbeit, dachte er, alle Gebete, alles Leid, aller Glaube. Aber ich wußte es ja immer schon. Wann wird er endlich selbst daraus klug werden? Sein Herz, das so alt, so verbittert, so abgestumpft war, schmerzte ihn plötzlich um Johnnys willen. Tränen traten ihm in die Augen. »Ich weiß nicht, was ihr habt, Kinder«, sagte er, und die Stimme drohte ihm zu versagen. »Aber wenn ihr so dreinschaut und euch so benehmt, seid ihr keine Menschen. Ihr seid nicht mehr eures Vaters Kinder.«

Jean hielt das Messer immer noch umklammert; aber eines von den Mädchen wimmerte plötzlich. »Alles, was wir für euch getan haben, ist jetzt nichts, seht ihr?« sagte der Doktor.

Das wilde Funkeln in Jeans Augen erlosch; das Messer aber hielt er wie ein Bajonett. »Der Doktor versteht nicht«, erklärte er dann. »Papa ist in Gefahr.«

Er zeigte mit dem Messer auf das Fenster. »Will der Doktor bitte nachsehen?«

Dr. MacManus musterte ihn verdutzt und trat ans Fenster. Mrs. Burnsdale hatte den riesigen Vorhang herabgelassen; sie weinte stumm vor sich hin und zog den Vorhang nun von dem schwarzen Glas. Der Doktor spähte hinaus und traute seinen Augen nicht. Das Fenster ging auf den Hof hinaus und auf den Zaun, der rings um den Hof lief. Hinter dem Zaun stand eine stumme Menschenmauer, Männer und Frauen, in reglosen unheildrohenden Reihen, eine hinter der anderen. Die ganze Masse, die die Mauer bildete, stand um die Ecke vorn am Haus vorbei, wo weitere Dutzende wohl jetzt stumm die Haustür angafften.

»Was?« flüsterte der Doktor ungläubig. »Was — was wollen sie?«

»Ich weiß es nicht«, versetzte Mrs. Burnsdale mit gebrochener Stimme. »Ich hörte vor ein paar Minuten draußen ein Geräusch; dacht' erst, es wäre ein Gewitter, oder es wäre was gefallen, und da fiel mir Mr. Fletchers Wagen ein, und ich hatte keine Ruhe mehr und schaute vorsichtig hinaus. Und da sehe ich diese Menschenmenge draußen! Kathy sah, wie ich erschrak, und schaute auch hinaus und sagte den Jungen Bescheid, und dann eilte Jean gleich zur Schublade hin und holte das Messer heraus, und Pietro holte den Hammer — und alles fing wieder an.« Sie schluchzte, und die Kinder sahen sie ernst an; Emilie wimmerte.

»Sie wollen Papa umbringen«, sagte Jean.

Pietro sprang in die Höhe und schwang den Hammer drohend. »Umbringen, umbringen!« kreischte er.

»Sei nicht so dumm!« sagte der Doktor, trat vom Fenster zurück und pflanzte sich vor den Kindern auf. »Hierzulande ist auch nicht alles eitel Güte und Sonnenschein; es ist ein Land wie jedes andere. Bloß das Gesetz, das haben wir hier, und das funktioniert, und ich will es augenblicklich anrufen. Jean, das Messer, bitte.« Er streckte ihm die Hand entgegen; Jean zögerte einen Augenblick und reichte es ihm. Pietro warf den Hammer fort, Kathy lächelte plötzlich, und Klein-Emilie hörte auf zu weinen. Max sagte: »Das Gesetz.«

Dr. McManus ging in den Salon zurück. Keiner der vier Männer sprach. Johnny hockte an seinem Schreibtisch und betrachtete Mr. Swensen mit düsteren haßerfüllten Blicken, die der Doktor von Herzen billigte. Swensen spielte den Gelangweilten und hatte den Kopf halb nach der Haustür hin gewandt. Den Doktor juckte förmlich sein altes Fell, während er ihn so sah. Aber er mußte ruhig bleiben. Dan McGee und Mr. Dowdy saßen völlig niedergeschlagen nebeneinander. »Wo sind die Kinder?« fragte Johnny überrascht.

Dr. McManus antwortete laut und nachdrücklich: »Die habe ich nach oben geschickt. Und jetzt möchte ich telefonieren.« Auf dem Wege zu Johnnys Schreibtisch kam er an Mr. Swensen vorüber und sagte langsam und jede Silbe betonend: »Sie Mörder, Sie Hundesohn!« Er nahm den Hörer. »Polizei bitte, und zwar schnell. Hausnummer — haben Sie — Straße Nummer —«

Er musterte forschend die Gesichter. Drei von ihnen starrten ihn vollkommen verblüfft an. Das vierte nicht. Mitten in dieses Gesicht hinein sprach der Arzt: »Sie wußten das, Sie haben das Ganze geplant. Wenn — irgendwas geschieht — kommen Sie hier nicht lebend heraus. Und wenn ich selbst dafür sorgen müßte.«

»Was?« schrie Johnny. »Was soll denn das? Sind Sie verrückt, Doktor?«

»Er hatte es die ganze Zeit auf Sie abgesehen, Johnny«, versetzte er. »Geahnt habe ich's ja. Nun weiß ich's aber.«

Ein schwerer Stein krachte an die Tür, und draußen stieg ein gewaltiger Schrei empor, ein wildes primitives Gebrüll. Johnny ging unwillkürlich auf die Tür zu, und der Doktor rief: »Weg von der Tür, Sie Dummkopf. Da draußen steht der Mob. Swensen hat das alles arrangiert.«

Dan McGee erhob sich langsam vom Sofa; sein rundes Gesicht war so bleich geworden wie das von Mr. Dowdy. Auch dieser stand auf. Da machte plötzlich Johnny auf dem Absatz kehrt, lief auf Swensen zu und packte ihn an der Kehle. Auf seinem Gesicht wetterleuchtete es. »Sie!« sagte er. »Sie haben sie hergebracht, um meine Kinder zu schrecken und das Haus mit Steinen zu bewerfen. Hören Sie! Wenn ein einziges von meinen Kindern verletzt wird, werde ich Sie umbringen, verstehen Sie? Umbringen werde ich Sie!«

Mr. Swensen lächelte nicht mehr. Er hielt sich ganz still in Johnnys Griff, aber sein freundliches Gesicht hatte sich in eine marmorne Maske voller Verachtung verwandelt. »Nehmen Sie die Hände weg«, sagte er mit ruhiger Stimme. »Sie haben sich das alles selbst eingebrockt, Pfarrer.«

Johnny holte blitzschnell mit dem starken rechten Arm aus, ein Kolben, und seine Faust krachte Swensen ins Gesicht. Swensen taumelte, und Johnny traf ihn wieder und wieder, bis er hinstürzte. Johnny zog schon das Bein an, dem Kerl einen Tritt in die Rippen zu versetzen. Er ließ es wieder sinken. Sein lautes Keuchen erfüllte das Zimmer. Er sah auf den halb bewußtlosen Mann auf dem Boden hinab und sagte: »Wenn Sie aufstehen, kriegen Sie noch eine; dann bleiben Sie aber liegen.« Seine Augen glichen blauen Blitzen; er schaute von einem zum anderen. »Ich bin ein Pastor«, erklärte er. »Aber auch ein Mann.«

Dr. McManus erholte sich von seinem Staunen. »Gut«, lobte er. »Sie werden langsam erwachsen, Johnny.« Die anderen Männer sahen erst auf Swensen, dann wieder ungläubig auf Johnny, und rieben sich mit zitternden Händen die verblüfften Gesichter. Sie sahen Johnny zu, als er nun die Tür aufriß und auf der Schwelle stehenblieb. Die Nachtluft drang mit ihrem abscheulichen Gestank in Schwaden ins Haus, und draußen empfing ihn ein verhaltenes Schweigen.

Er stand da, die langen, muskulösen Beine gespreizt, die Hände am Türrahmen, und fragte ganz ruhig: »Was wollt ihr, Leute?«

Ein Weilchen blieb es still; dann aber stieg ein ungeheuerliches Gebrüll empor, verworren, voll Wut, Haß und Blutdurst. »Hinaus! Hinaus, du dreckiger Nazi! Fort aus der Stadt, dreckiger Faschist! Gewerkschaftsfeind! Du räudiger Hund! Streikbrecher!«

Ach ja, natürlich, dachte Johnny. Diese Schreier sind immer ein und dieselben, ganz gleich, was sie rufen. Sie waren es immer schon, von Anbeginn aller Zeiten an.

Dr. McManus' alte Knie schlotterten. Er ging zur Tür und schaute Johnny über die Schulter. Der trübe Lampenschein draußen beleuchtete mindestens hundert wilde unmenschliche Gesichter, wirres Frauenhaar, bloße Männerköpfe, offene feuchte Lippen, funkelnde Augen. Schatten verbargen ihre Leiber; aber Köpfe und Gesichter schwammen wie körperlose Gespenster in dem leichten, gelben Nebel. Nun schrillte Weiberlachen auf, das hohe verrückte Lachen des Hasses; und schmutzige Worte und Zoten erfüllten die feuchte Herbstnacht.

Johnny stand da und rührte sich nicht. Eine Frau kreischte: »Schaff die verdammten ausländischen Bälger fort, auf der Stelle, sonst reißen wir sie eigenhändig in Stücke!« Ein Paar gekrümmter zukkender Hände hob sich über die schwankenden Köpfe und machte die Gebärde des Zerreißens. »Wir brauchen hier keine ausländischen Fratzen in der Stadt, du Schweinehund!« Ein Beifallsgebrüll brandete auf.

Johnny wollte einen Schritt vortreten, flammenden Gesichts, wie ein Racheengel; aber der Doktor hielt ihn zurück. »Lassen Sie mich vorbei«, sagte er, und schritt an Johnny vorbei und eine Stufe hinab. Da blieb er stehen, aufrecht und unerschütterlich wie ein Fels, die Hände in den Taschen, das aschblonde Haarbüschel vom Wind zerzaust. Er musterte den Pöbel mit einem bösen Lächeln. Sie waren bei seinem Anblick verstummt; nur ein leises Murren war noch zu hören.

»Guten Abend, ihr Schweine«, begrüßte er sie. »Ich sehe hier viele bekannte Gesichter. Etliche von euren stinkenden Leibern habe ich operiert. An den Tagen, wo ich gratis ordiniere, sehe ich euch in Scharen. Wißt ihr noch? Kommt ja nicht mehr zu mir! Geht mit euren Wehwehchen und eurem Gejammer zu anderen Ärzten, die so vernünftig sind, Honorare zu verlangen.«

Etwas zischte durch die Luft, sauste haarscharf an dem Alten vorbei und fuhr klirrend in das Holz. Es war ein Messer; die Klinge stak kaum zwei Zoll unterhalb von Johnnys Hand im Türrahmen. Der Arzt zog sie rasch und gewandt aus dem faulen Holz und hielt sie empor. Hier und da schrie jemand entsetzt auf.

»Schön«, sagte der Arzt. »Jetzt habe ich ein Messer. Ich such mir eins von euren Gesichtern aus, und beim nächsten Schritt, den ihr tut, steckt dieses Messer mitten in diesem Gesicht! Rührt euch ja nicht!«

Furcht strich wie ein Windstoß über die Masse unruhiger Gesichter hin, Zungen leckten Lippen, ein Knurren erhob sich aus vielen Kehlen. Einer schrie: »Wir haben nichts gegen Sie, Doc! Wir wissen nicht, wer das Messer geworfen hat. Geben Sie den Weg frei, Doc! Wir haben nichts Böses im Sinn, wenn der Pastor mit seinen Ausländern noch heute nacht verschwindet! Wir haben ja wohl noch ein Recht, zu bestimmen, wer hier in der Stadt wohnen darf.«

»Ihr«, erwiderte der Arzt und wog bedächtig das Messer in seiner Hand, »ihr habt nicht einmal ein Recht, zu leben.« Er wandte den Blick nicht von ihnen, hielt sie förmlich mit seinen boshaften Augen fest. »In zwei Minuten ist die Polizei da, und ich habe hier was zu sagen, und ich werde den Jungen sagen, sie sollen nur dreinschießen und auch ihre Knüppel verwenden.«

Er spürte förmlich ihr Unbehagen. Aber nur der Nachtwind rauschte im welken Laub der Bäume, und über den gegenüberliegenden Häusern hing still die gelbe Mondsichel.

In die Stille hinein sprach Johnny laut und deutlich: »Ich gehe nicht fort. Nichts und niemand wird mich von der Stelle vertreiben, auf die Gott mich gesetzt hat. Ihr seid bloß Menschen, seid meine Leute, und ich hasse euch nicht, aber ihr habt Angst und seid durch Lügen verhetzt worden. Wer hat euch heute abend hierhergeschickt?«

Ein Geheul antwortete ihm, das beinahe greifbar von den schweißglänzenden Gesichtern unter ihm aufstieg; jedoch es kam von verschiedenen Stellen, und Männer und Frauen sahen sich erschrocken um und forschten nach den Schreiern. Dann wieder Stille, und rasche Schritte. Plötzlich schwenkte ein Mann eine Zeitung. »Da steht's ja, hier in der Zeitung«, johlte er. »Die Kapitalisten haben sie hergeschickt, um unsere Gewerkschaft zu torpedieren.«

»Wer sind Sie denn?« fragte einer. »In welcher Zeche arbeiten Sie?«

Ein anderer drückte sich an Johnny vorbei, schlüpfte unter seinem Arm durch und ging die Stufen hinab. Es war Dan McGee. Beim Anblick des kleinen, rundlichen Mannes, den sie kannten und liebten, erhob die Masse der Gesichter bestürzte und erstaunte Schreie. Dan hob die Arme, und die Männer riefen ihn vertrauensvoll an. »Es ist Dan! Dan. Dan soll reden! Was machst du denn hier, Dan?«

»Er hat uns verschachert!« brüllte einer.

Zornige Gesichter wandten sich nach dem Rufer um. »Dan würde uns nie verschachern! He, dich haben wir nie gesehen! Wer hat dich denn hergeschickt?«

»Ja«, wiederholte Dan begütigend. »Wer hat ihn und die anderen hergeschickt?«

Die Masse unten schwankte und löste sich stellenweise in kleinere Gruppen auf. »Burschen, Leute. Sagten, sie wären Gewerkschaftler aus Scranton«, erwiderte einer unsicher.

Dan lächelte ihnen zu; sein rundes Gesicht leuchtete im Lampenschein. In den Häusern auf der gegenüberliegenden Straßenseite waren Fenster aufgestoßen worden, und in den Fenstern drängten sich neugierige und verstörte Gesichter vor dem mattgelben Hintergrund des Lichtes in ihren Wohnungen.

Dan überlegte. Es würde heute abend noch Blut vergossen werden, wenn die Agitatoren nicht die Gefahr erkannten, in der sie schwebten, und sich aus dem Staube machten. Und vergossenes Blut stürzte unweigerlich die in Schuld und Elend, die es vergossen. Darum wartete Dan und sah zu seiner Erleichterung hier und da Bewegung an verschiedenen Stellen, sah Männer so rasch und flink wie möglich verduften. Die Leute sahen Dan so gespannt an, daß sie diese schnellen, schlangenartigen Bewegungen kaum gewahrten. Der Atem der Menge stand in der feuchten Luft wie Dampf über den Gesichtern. Nun waren ernste, beschämte und verlegene Blicke auf Dan gerichtet.

Da brüllte Dr. McManus: »Na, wie wär's, wenn ihr den Kerl in die Finger kriegtet, der euch hierhergehetzt hat, damit ihr unserm guten Freund hier und seinen Kindern einen Denkzettel gebt? Und Dan auch – er wollte, daß ihr Dan in Stücke reißt!«

»Wo ist er, Doc? Heraus mit ihm! Wir kriegen ihn, Doc!«

Ein gewaltiger Ekel drohte plötzlich Johnny zu übermannen. Ein Mob blieb eben immer ein Mob – er suchte nur ein Opfer, wer es auch war. Er packte Dan an der Schulter und beugte sich zu ihm hinab. »Sprechen Sie, sprechen Sie«, drang er in ihn. »Und bringen Sie den Doktor zum Schweigen! Um Gottes willen!« Dan sah kurz zu ihm auf, und sein mildes Gesicht verdüsterte sich.

»Nun wartet bloß mal einen Augenblick, ja?« sagte Dan. »Wir wollen das besprechen. Ich will euch Burschen etwas sagen. Es gibt keinen Streik, und es gibt auch keine Lohnerhöhung.«

»Soll ich –« begann Dr. McManus schadenfroh, aber Dan erhob gebieterisch die Stimme und übertönte ihn. Niemand bemerkte, daß Johnny verschwunden war.

Dan fuhr fort: »Die Besitzer können einfach keine höheren Löhne bezahlen. Ich muß rasch sprechen, weil die Polizei gleich hier sein wird. Hört ihr die Sirene?« Die Menge lauschte ängstlich. »Ich muß euch was Trauriges sagen, Jungen. Ihr habt Mister Dowdy immer gut leiden mögen. Nun, er ist todkrank, fertig, er wird bald sterben. Aber er hat euch seine Zechen hinterlassen – die werden alle euch gehören, nur zu bald.«

Von der Mauer von Männern und Frauen stieg ein tiefes Murmeln voll Staunen und voll Scham auf.

Dan fuhr schnell fort: »Mr. Dowdy weiß, daß ihr hier seid. Warum, weiß er aber nicht. Das wollen wir ihm aber auch nicht sagen, was? Das würde ihn noch viel kränker machen, versteht ihr?«

Nun kam das laute, primitive Geheul der Sirenen näher. Die Menge drängte näher an das Haus heran, während die drei Polizeiwagen hielten.

»Wir wollten ja gar nichts weiter«, redeten nun viele Stimmen verworren durcheinander. »Weiß nicht einmal, warum wir gekommen sind.«

Ich muß sie noch ein Weilchen hier festhalten, dachte Dan verzweifelt; er hielt noch immer den Doktor am Arm gepackt. Die Türen der Streifenwagen sprangen auf, und die Leute stießen und drängten gegeneinander. Aber sie verliefen sich nicht. Die meisten von ihnen kannten alle Polizisten von Barryfield, und als die stämmigen, jungen Männer nun aus den Wagen stiegen, wurden sie mit erleichterten Rufen begrüßt. »Wir haben nichts getan, Jim! Bloß die Burschen, die hetzten uns auf – lauter Lügen. Wir wissen nicht einmal, wer sie sind!«

»Erschießen müßte man sie!« kreischten etliche Weiber. Nun machte sich der ganze Haufen in zornigen Zwischenrufen voll gerechter Empörung Luft. Sie umschwärmten die Polizisten und plapperten durcheinander, erst von ihrer Unschuld, dann wieder von ihrem Zorn über die Hetzer, und sie sahen sich suchend nach den Fremden um.

Johnny war in die gute Stube gelaufen. Dort hatte er Swensen vorgefunden; der Mann lehnte schwach in einem Stuhl und wischte sich das Blut ab, das ihm aus Mund und Nase lief. Er schüttelte fortwährend den Kopf, als wollte er seine fünf Sinne wieder zusammenholen. Johnny packte ihn, riß ihn vom Stuhl hoch; mit unterdrückter Stimme und mühsam bezähmter Wut sagte er: »Der Mob will Sie. Sie wollen Sie in Stücke reißen, umbringen. Die Polizei wird bald hier sein, aber sie wird sie nicht hindern können. Kommen Sie mit! Lassen Sie sich nicht so mitschleppen.«

Er zerrte den noch ganz benommenen blutenden Swensen, der nun gar nicht mehr elegant und weltmännisch wirkte, hinter sich her bis zur Treppe und lauschte. Mrs. Burnsdale hatte vernünftigerweise die Kinder auf ihre Zimmer gebracht; ein leises Murmeln drang von oben herab. »Kommen Sie!« rief Johnny leise und schob den Mann vor sich her in die Küche; er stützte den Taumelnden und hielt ihn mit aller Kraft fest. »Die Polizei wird Ihnen nicht helfen«, murmelte Johnny, keuchend vor Anstrengung. »Reißen Sie sich zusammen – los, stehen Sie aufrecht – sie werden Sie umbringen!«

Swensen atmete stoßweise vor Angst und Benommenheit. Sein Anzug war blutbespritzt. Während er sich mit Johnnys Hilfe mühsam aufrecht hielt, hörte er die Menge brüllen und dann in der Ferne die Sirenen heulen. »Los, Mann, vorwärts«, drängte Johnny besorgt. »Wir haben nur noch ein paar Sekunden. Hier, legen Sie mir den Arm um den Hals. So, das geht schon besser.«

Sie stolperten gemeinsam in die verlassene Küche und auf die Hintertür zu. Johnny spähte in die Dunkelheit hinaus. Kein Mensch zu sehen. Der verhetzte Haufen brüllte draußen vor der vorderen Haustür; das Sirenengeheul gellte immerfort. Johnny öffnete die Hintertür, und die frische Luft traf den halbbetäubten Swensen wie ein Stoß und brachte ihn allmählich wieder zur Besinnung.

»Warum?« fragte Swensen, während er die kühle Luft in tiefen Zügen einsog. »Warum tun Sie das? Sie haben allen Grund, mich zu hassen.«

»Warum?« wiederholte Johnny. »Weil ich ein Christ bin. Und weil ich weiß, daß verhetzte Massen nie aus echtem Zorn oder aus echtem Gerechtigkeitssinn heraus handeln. Sie wollen einfach töten. Dazu ist ihnen jedes Opfer recht. Vor einigen Minuten wollten sie mich töten. Jetzt wollen sie Sie umbringen.« Er sah auf Swensens Nase, aus der noch immer Blut tropfte. Er seufzte, und seine Züge strafften sich. Er hörte nun die Polizei vor dem Haus und die wütenden Schreie des Pöbels, der immer noch ein Opfer suchte und sich so wieder rechtfertigte. »Geht es jetzt? Finden Sie sich zurecht?« Er half Swensen die Hintertreppe in den Hof hinunter.

»Aber warum?« fragte Swensen abermals, nun er sich von seiner Betäubung erholte, und wandte sich wieder an Johnny. »Das verstehe ich nicht. Warum helfen Sie mir hier fort?«

»Die Antwort«, entgegnete Johnny leise, »liegt in dem Unterschied zwischen uns – in dem Unterschied zwischen dem, woran wir glauben. Ich weiß, warum Sie hergekommen sind. Sie kamen mit Haß im Herzen, und der Haß in Ihrem Herzen ließ auch mich Sie noch vor kurzem hassen. Sie verkörperten für mich alles Böse, das ich im und nach dem Krieg in Europa gesehen habe. Aber plötzlich wurden Sie aus dem Jäger zum Gejagten. Darum macht es mir jetzt nichts mehr aus, daß wir beide an verschiedene Dinge glauben. Sie sind jetzt der Gejagte; ein Mob aber bleibt immer ein Mob. Vor dem muß ich Sie schützen.«

Eine Weile stand Swensen da, blutend und regungslos, die hellen Augen auf Johnny gerichtet; aus seinem Blick sprach beißender Spott, Verachtung und Verblüffung.

»Ja, ja«, sagte Johnny streng und nahm seinen Arm, »ich weiß, Sie halten mich für einen Schwächling. Ihr Schlag, der ist stark, und darum werden Sie die Erde besitzen – glauben Sie. Aber Sie werden es nicht, nein, nie! Denn in Wirklichkeit sind Sie die ganze Zeit die Feiglinge, nicht wir, denn wir fürchten nichts, nicht einmal Sie. Wir halten es nicht für nötig, zu töten, bloß damit wir am Leben bleiben sollen.«

»Warum?« fragte Swensen nochmals und wischte sich mit dem Taschentuch das Blut vom Munde. »Warum retten Sie mich vor dem Haufen da draußen?«

»Das würden Sie nicht verstehen«, erwiderte Johnny zornig und bitter und zog ihn zum Zaun hin.

»Warten Sie«, sagte Swensen, indem er stehenblieb. Ein sonderbarer, gespannter Ausdruck lag nun auf seinem Gesicht. »Ja, ich höre das Hundepack heulen –«

Jenseits des Zaunes sahen sie nun die aufgehetzte Horde stehen, eingehüllt in ekelhafte, rotbraune Rauch- und Nebelschwaden, im trüben Schein der Straßenlaterne. »Da ist der Zaun«, sagte Johnny. »Da müssen Sie drüber, in den Hof nebenan, und von dort auf die Parallelstraße drüben. Worauf warten Sie denn noch?« rief er besorgt und ungeduldig. »Dan McGee kann sie nicht mehr lange zurückhalten.«

»Vor einer Stunde hätte ich Ihre Antwort noch nicht verstanden. Aber jetzt glaube ich sie zu verstehen.« Er lächelte Johnny zu und schüttelte den Kopf, aber verwundert, nicht mehr spöttisch. »Ja, ich glaube, ich verstehe sie.«

Er trat an Johnny vorbei an den Zaun, tippte sich humorvoll salutierend an die Stirn und war verschwunden. Johnny sah ihm einen Augenblick nach; dann schloß er die Tür und lehnte sich erschöpft und stirnrunzelnd dagegen. Wir sind alle schuld an diesem Menschenschlag, dachte er sorgenvoll. Ja, wir sind schuldig. Schuldig des Verrats an der ganzen Welt. *Mea culpa. Mea maxima culpa.*

Als er ins Wohnzimmer trat, fand er dort den Doktor vor; und nun mußte Johnny plötzlich an die Kinder denken. Mit neuer Kraft stürzte er zur Treppe und lief, gefolgt von dem Arzt, in den oberen Stock hinauf. Die Kinder standen, ein blasses Häuflein, in Johnnys Schlafzimmer um Mrs. Burnsdale herum. Als Johnny eintrat, stürzten sie auf ihn zu, und selbst Jean schob seinen Rollstuhl mit fliegender Hast und aus Leibeskräften heran.

»Alles in Ordnung, Kinder«, sagte Johnny und zog sie an sich. Er wollte sie mit Ausflüchten beruhigen, aber er sah Jeans kluge Augen und Pietros wissendes Lächeln; da wußte er, er mußte ihnen die Wahrheit sagen. »Menschen können sehr dumm sein«, erklärte er. »Ihr wißt das schon. Manchmal seid ihr selber dumm. Aber heut abend hatten wir das Gesetz auf unserer Seite, und die Polizei kam, und dann tat es den Leuten sehr, sehr leid. Wir müssen ihnen verzeihen.«

Er sah in Kathys rundes, rosiges Gesichtchen, das nun von abweisender Härte war, und fragte: »Verzeihe ich euch nicht auch, wenn ihr auch ab und zu ganz unmöglich seid?«

Er wandte sich fragend an Max, der mit unsicherer Stimme entgegnete: »Ja, man muß immer verzeihen.«

Jean gestand beschämt und traurig: »Ich denke an das Messer. Ich bin auch nicht besser als diese Männer, Papa. Ich bin kein Christ. Wie kannst du mir verzeihen?«

Johnny beugte sich hinab und umarmte Jean. »Mein Lieber, selbst der Heilige Petrus hieb einem Soldaten mit dem Schwert ein Ohr ab, als die Römer kamen, um Unseren Herrn zu verhaften. Der Heilige Petrus war es auch, der Unseren Herrn dreimal verleugnete. Gott verzieh ihm, denn Gott kennt die Herzen der Menschen. Wenn du dich selbst anklagst, wie du es eben tatest, brauchst du mich nicht um Verzeihung zu bitten. Gott hat dir bereits verziehen.«

Pietro schnellte wie eine Feder hoch und lachte. »Oh, das muß ich dem Padre erzählen! Der wird solche Augen machen!« Er war entzückt, als alle im Zimmer in herzhaftes, nicht enden wollendes Gelächter ausbrachen.

Etliche Tage später brachte Dr. McManus Johnny eine Nummer der *New York Times* und zeigte Fletcher wortlos eine kurze Notiz: *»Mr. Lars Swensen, der Direktor der Stiftung für den Arbeitsfrieden, ist zurückgetreten . . .«*

19

Der Sonntag begann mit Johnnys Traum. Kein Baum, kein Grashalm, keine Blume, nichts. Die Sprünge im Boden bildeten ein kompliziertes, aber sinnloses Muster, das sich am Horizont verlor. Johnny schritt aus; seine Schritte waren lautlos. Er sah sich nach Hügeln um; es gab keine. Er suchte Wasser; es gab keines. Alles, was ich zu besitzen glaubte, war nur ein Traum, sagte er sich im Traum. Er beugte sich hinab und hob ein Stück Erde auf; sie glich einem weißlichen Ton, zerfiel ihm in der Hand zu Staub, und ein Wind, den er nicht spürte, blies den Staub fort.

Er fühlte eine außerordentliche Erschöpfung, so als hätte er sich zu Tode gearbeitet. Endlich blieb er stehen und sah in die endlose Wüste hinaus. Er hatte keine Erinnerungen; er dachte an keine Zukunft.

Da tauchte plötzlich am Horizont ein leuchtender, schimmernder blauer Fleck auf, winzig klein, nicht größer als seine Hand. Es ist der Himmel, dachte er voller Freude. Aber es war nicht der Himmel. Es kam auf ihn zu, eine seltsame, leuchtende Farbe, und plötzlich klopfte ihm das Herz vor Glück und Freude. Er ging mit eilenden Schritten auf die Farbe zu und erkannte, daß es in Wirklichkeit eine kleine Gestalt war, die ihm zuwinkte, und er hob die Hand und erwiderte ihren Gruß. Er eilte darauf zu. Und dann ereignete sich etwas Seltsames. Die Wüste überzog sich wie auf ein Zeichen mit einer hellgrünen Pflanzendecke. Sie reichte ihm schon bis an die Knöchel und wuchs rauschend empor, schon bis an seine Knie. Und im Handumdrehen brachen überall Blumen in allen Farben auf, rot, gelb, weiß, lavendelblau, rosa und goldgelb, und ihr Duft stieg in Schwaden empor. Neue Kraft erfüllte Johnny. Er spürte förmlich sein verjüngtes Blut rascher in den Adern kreisen.

Er konnte den Blick nicht von der fernen Gestalt wenden. Nun sangen auch Vögel, und die Sonne erstrahlte plötzlich in blendender Helle. Sie beschien die Gestalt, und diese entpuppte sich als eine junge Frau mit blaßblondem leuchtendem Haar. Johnny kannte sie. Er rief: »Lorry! Lorry!« und fing zu laufen an.

Plötzlich lag sie in seinen Armen, und all die Blumen, die Lieder der Vögel, die Sonne, alles das kam von ihr. Er hatte nie solche Freude, Erfüllung, Verzückung erlebt. Er hielt ihr Gesicht in den Händen und schaute ihr in die Augen; es waren nicht die harten, kalten von früher, sondern süße, feuchte, zarte wunderschöne Augen, und sie betrachteten ihn voll Liebe.

»Ich dachte, du seist fortgegangen«, sagte er. »Ich dachte, ich würde dich nie wiedersehen.«

Lorry lachte und schmiegte ihre Wange an die seine. »Ich bin nie fortgegangen. Wie konntest du das nur glauben?«

Er lauschte und hielt ihre Hand. Nun erfüllten viele Kinderstimmen die Luft, suchende Stimmen und verlorene, ganz kleine quäkende und rufende Stimmchen. Johnny schaute sich verdutzt um, aber es war niemand außer ihm und Lorry zu sehen.

»Deinetwegen sind sie auch meine Kinder«, sagte Lorry, »sie alle«; und sie lehnte sich an ihn. »Deinetwegen . . .«

Da erwachte er in seinem düsteren Schlafzimmer. Er hörte Jean im Halbdunkel atmen. Grauer, unablässiger Herbstregen fiel in Strömen vom niedrigen Himmel. Er hörte ihn auf der Straße und an seinem kleinen Fenster aufprallen. Johnny lag ganz still und versuchte, seinen Traum festzuhalten. Aber er entschlüpfte ihm, und er blieb todtraurig zurück. Ein Traum, sagte er sich, ein Traum, der nie Wirklichkeit werden könnte, denn sie könnte mich nie zum Mann wollen oder lieben.

Er konnte nicht mehr einschlafen. Als er aufstand, begann es sich im Hause zu regen. Bekümmert und traurig kleidete er sich an, ging in die Kirche und schaute flüchtig hinein.

In niedergedrückter Stimmung verzehrte er dann sein Frühstück und sprach kaum mit den Kindern, die ihn aus großen Augen ernst betrachteten. Kathy trug einen neuen Plaidrock und eine weiße Bluse; sie war schon für die Sonntagsschule angezogen. Unter den Mädchen ihrer Klasse stand sie schon in hohem Ansehen und ließ sich nicht selten herab, die ziemlich blasse, junge Lehrerin, Miß Fair, peinlich genau zu verbessern, wenn sie etwa ein Schriftwort falsch zitierte. Die anderen Kinder betrachteten Kathy ehrfürchtig, weil sie so frisch und tüchtig war und die Gebetbücher so flink und entschlossen austeilte, als wollte sie zu Zucht und Ordnung mahnen. Pietro war von der Frühmesse zurück und war etwas stiller geworden. Mrs. Burnsdale hatte Schnupfen und war ein wenig kurz angebunden. Jean hatte Schmerzen im Arm und im Bein, weil es ein regnerischer Morgen war, und Klein-Emilie lag mit Fieber im Bett. Außerdem war Johnny mit seiner Predigt nicht zufrieden. Es quälte ihn auch eine Ahnung bevorstehenden Unheils.

Heute war Abendmahlssonntag, und Johnny wußte nicht recht, wie viele Gläser in dem staubigen Schrank standen, und ob sie ausreichen würden. Der Abendmahlswein war, wie er entdeckt hatte, von einer ganz billigen Sorte und von trüber Farbe. Es schwamm auch Bodensatz darin herum. Er saß also am Frühstückstisch und starrte trüb in den Regen hinaus. »Es waren viele Leute in der Messe«, sagte Pietro. Johnny antwortete sarkastisch, was er selten tat: »Darüber werde ich mich in meiner Kirche wohl nicht zu beklagen haben.«

Mrs. Burnsdale meinte mürrisch: »Sie haben zuwenig Kerzen. Und diese armseligen, kleinen Leuchter. Ich glaube, wenn Sie das elektrische Licht einschalten, werden sich die Herrschaften über die Stromrechnung beschweren.«

»In unserer Kirche«, erklärte Pietro nicht ohne Herablassung, »gibt es viele Kerzen. Auf allen Altären. Und schöne Statuen. Unser Herr hat einen neuen goldenen Heiligenschein.«

Johnny dachte widerwillig an das, was Dr. McManus ihm gesagt hatte. Vorsichtig erwiderte er: »Nun, Gott hört uns mit oder ohne Kerzen, wenn wir nur richtig zu Ihm beten.«

Das Telefon läutete, und Johnny hob ab. Es war Dan McGee. »Guten Morgen, Mr. Fletcher. Scheußliches Wetter, nicht wahr? Heute werden wohl nicht viele Leute zur Kirche kommen.« Er hustete. »Aber das war herrlich, wie gestern alles noch gut endete, nicht wahr? Viele Kumpel haben mich schon angerufen und mir gesagt, wie fein Sie sich gehalten haben. Bedauern nur, daß sie nicht Ihre Pfarrkinder sind.«

Johnny wartete. Seine Ahnung hatte ihn gewiß nicht getrogen.

Dan hustete abermals und fuhr fort. »Aber ich fürchte, etliche Herrschaften von unserer Pfarre sind verschnupft. Sie halten die Kumpel für Gesindel und geben sich nie mit ihnen ab. Sie wollten wissen, warum die Bergleute zu Ihrem Haus marschierten und dort Stunk machten – ich meine, Lärm schlugen. Sie meinen, das gehört sich nicht.« Er versuchte zu lachen. »Einige von Ihnen tragen die Nase ziemlich hoch. Ich hab' ihnen ordentlich Bescheid gesagt.«

Johnny wartete immer noch.

»Man weiß bei den Leuten nie, woran man ist, Mr. Fletcher. Sie waren alle erregt und empört über die Kumpel. Sie – sie geben Ihnen die Schuld daran. Ich wollte es ihnen ausreden. Sie sagen, das war noch nie da, das ist noch keinem anderen Pastor passiert. Pöbelausschreitungen und so.«

»Mit anderen Worten«, fragte Johnny, »ich bin in Acht und Bann.«

»Na, so würde ich's ja nun wieder nicht nennen, Mr. Fletcher.«

»Nun, wie würden Sie's nennen, Dan?«

Der Gewerkschaftsobmann zögerte. »Lassen Sie's gut sein und machen Sie sich nichts draus, Sir. Wenn die Kirche heute früh halb leer ist, lassen Sie ihnen einfach Zeit, bis sie drüber weg sind. Wir Kirchenräte werden natürlich zum Großteil da sein, samt unseren Frauen, um Sie moralisch zu unterstützen.«

»Also brauche ich moralische Unterstützung?«

»Hören Sie, Mr. Fletcher, das klingt aber gar nicht zuversichtlich. So dürfen Sie das nicht nehmen.«

»Es ist Abendmahlssonntag«, sagte Johnny.

»Ja, richtig! Vielleicht haben viele darauf vergessen.«

Johnny ging nicht eben heiter in die Küche zurück. Er nahm Rock und Hose an sich, die Mrs. Burnsdale sorgfältig gebügelt hatte.

Johnny kleidete sich an. Es war beinahe Zeit zum Gottesdienst. Die kleine Kammer hinter dem Altar roch nach Mäusen, Staub und altem Holz, und die nackte Birne an der Decke verlieh ihr ein besonders trostloses Aussehen. Johnny zählte die Gläser. Die würden gut und gern ausreichen. Die Orgel hatte begonnen, asthmatisch zu stöhnen; sie stolperte ungelenk über ein paar Töne. Sie war antiquarisch erworben und schon, als sie noch neu war, billig gewesen. Johnny zuckte zusammen und wartete, bis der piepsende Chor der ältlichen Sänger einsetzen würde. Er tat es auch. Und es klang froh und freudig, zu Johnnys Überraschung. Er stellte die Gläser auf ein altes, lackiertes Servierbrett und trug es in die Kirche.

Da blieb er verdutzt stehen. Zu beiden Seiten des Altars standen riesige Körbe voll goldener Chrysanthemen, die gleich flockigen goldenen Kugeln in einem erstaunlich reichen, hellen Kerzenschein leuchteten. Die kleinen Leuchter waren durch zwei riesige siebenarmige Leuchter ersetzt worden, von deren zahlreichen kleinen Sockeln weiße Kerzen schimmerten; das Silber mit seinen Ornamenten blitzte, und die großen Standsockel warfen das Licht zurück. Der Altar stand in der dunklen Kirche wie ein Brennpunkt inmitten der flackernden schimmernden Pracht, die helle Schatten an die alten Wände warf und mit strahlenden Fingern an das holzgeschnitzte Dachgestühl emporlangte. Da bedürfte man des schäbigen Lüsters nicht; nur hinten brannten etliche Glühbirnen. Es war ein überwältigender Anblick.

Johnny stiegen Tränen in die Augen. Die Gnade des Lichtes war ihm gewährt worden. Er hatte diese riesigen Leuchter auf einer gewaltigen Kommode in der viktorianischen Villa des Doktors stehen sehen. Er stellte mit zitternder Hand die Gläser auf den Altar. Er sah die Blumen an: sie strömten den Duft der lebendigen Erde aus. Die vierzehn Wachskerzen, jede mindestens zwei Fuß hoch, gaben einen frischen, sauberen Geruch von sich, während ihre goldgelben Flämmchen den kalten Raum erhellten. Johnny wandte sich langsam seiner Gemeinde zu. Dr. McManus hockte trotzig in seinem vordersten Stuhl und starrte ins Leere, ohne Johnny anzuschauen. »Gott segne dich«, sagte Johnny bei sich, und die heißen Tränen drohten ihm die Sicht zu rauben. Plötzlich verschlug es gar nichts mehr, daß nur vierzig Gläubige gekommen waren, in den vorderen Stühlen energische Damen in mittleren Jahren samt ihren aufrechten stämmigen Gatten, und dahinter verstreut ein paar ungewisse Herrschaften. Und Lon Harding mit seinen Eltern.

Johnny stand inmitten dieses gewaltigen Glorienscheins und wußte nicht, daß er trotz all seiner Jugend etwas Majestätisches an sich hatte, daß sein Gesicht leuchtete und seine Augen unwahrscheinlich blau strahlten. Nun erhoben sich die Stimmen des Chors, trotz der Kehlkopfentzündung, die ihn gewöhnlich plagte, jubelnd und freudig, und die fast leere Kirche verstärkte den Gesang durch den Widerhall, bis er trotz des banalen Textes kraftvoll und mächtig durch den Raum dröhnte. Mochte draußen der Regen an die Fenster trommeln und die Herbstwinde kläglich heulen. Das Lied gewann etwas von der großartigen Kraft eines gregorianischen Chorals.

Seine Predigt, die er gestern unter unmöglichen Begleitumständen ausgearbeitet und beendet hatte, war hier nicht am Platze, das wußte er. Darum hob er die Hände ein wenig und sagte laut, leidenschaftlich, triumphierend: »Und Gott sprach: Es werde Licht, und es ward Licht.«

Der Chor verstummte sacht; nur der Regen trommelte nun, der Wind heulte, und die großen Leuchter mit ihren vierzehn schlanken, schimmernden Flammensäulen standen hinter dem Geistlichen. Tränen liefen den Frauen über die Wangen, und den Männern zuckten die Lippen. Dr. McManus hob den Blick und sah Johnny unverwandt an.

»Gottes Licht leuchtet immer«, sagte Johnny, und die Stimme brach ihm beinahe. »Das ewige Licht, das nach seiner Schöpfung die Weisung empfing, nie mehr zu verlöschen, nirgends im ganzen Weltall. Der Weltenraum ist voll davon; die Sterne baden darin auf ihren geheimnisvollen Bahnen; die Milchstraßen schwimmen darin. Auch die Seele badet darin, wenngleich sie in die Finsternis des Fleisches eingeschlossen ist. Das Licht, welches da ist die Liebe Gottes zu allem, was er geschaffen, kann nie ausgelöscht werden; das Grab kann es nicht verbergen, der Haß der Menschen nicht trüben, Kummer und Sieg, Blut, Tod und Schmerz es nicht schmälern. Es ist der unermeßliche Ozean, der alles durchflutet und die Sonnen und die Menschenherzen mit Gott in eins verschmilzt.«

Er hielt inne, und die starken Kerzen flammten noch heller auf.

»In all den schrecklichen Jahrhunderten, die hinter uns liegen, und in dieser heutigen schrecklichen Zeit, ja auch in den künftigen Schreckenszeiten bleibt stets dies Licht. Die Werke des Menschen, seine Wirren und Ängste, sein Streben und seine armseligen Hoffnungen, seine Enttäuschungen und Schmerzen, seine Sorgen und Bitterkeiten, seine Verlorenheit – dies alles gleicht einer finsteren Stadt ohne Fenster und hinter schwarzen Steinmauern, die sich vor dem Himmel und vor Gott verschließt. Wir wohnen in dieser finsteren Stadt und halten sie für die einzige Wirklichkeit, und wir sehen die düsteren Schatten und nennen sie Leben.«

»Und doch brauchen wir uns nur aufzumachen und die Stadt zu verlassen, denn die Tore sind nicht versperrt, obwohl wir das glauben. Wir brauchen nur einen einzigen Schritt zu tun, eine einzige Tür aufzustoßen. Und schon sehen wir das Licht, als blendende, betäubende Wirklichkeit, und das von ihm überstrahlte, unermeßliche Reich des Friedens.«

Totenstille herrschte in der Kirche. Dr. McManus neigte den Kopf und verdeckte das Gesicht halb mit der Hand.

Johnny trat näher an die Altarstufe heran und streckte die Arme aus. »Auch ich weiß, das Licht wartet auf mich, ich brauche nur darum zu bitten, nur diesen einen Schritt zu tun.« Er lächelte. »Erst vor einer Weile stand ich in der kleinen Kammer hinter diesem Altar und sagte mir, hier erwarte mich nichts in dieser Kirche, hätte ich versagt, sei von allen verlassen und vollkommen unnütz, und alle meine Arbeit sei gescheitert. Wie Job fragte ich, warum ich denn am Leben sei, und wußte keine Antwort, weil mich die Wände ringsumher zu ersticken drohten, durch meinen eigenen, schwachen Willen, durch meinen eigenen geringen Glauben.«

»Und doch öffnete ich die Tür der kleinen Kammer und trat hier herein unter euch; und hier leuchtete das Licht, das sichtbare, schimmernde Licht; hier begrüßten mich euer Vertrauen und die Blumen. Und meine Seele, die im Kerker ihrer Verzweiflung schmachtete, wandte sich abermals dem Ewigen Licht Gottes zu und wußte, es war da, unverändert, lächelnd, voll ewiger Liebe und immerwährendem Trost.«

Er konnte eine Weile nicht weitersprechen. Die Orgel hob wie von selbst und unberührt von Menschenhänden einen leisen, frohen Gesang an, der in den kalten Schatten der Kirche hängenblieb.

Johnny schloß mit schwankender Stimme: »Ich kann nicht mehr sagen. Ich habe auch nicht mehr zu sagen; nur meinen Segen will ich euch geben, und euch um den euren bitten.«

Er wandte sich zum Altar und kniete davor nieder, und die kleine Gemeinde sank mit ihm auf die Knie. Eine Frau schluchzte. Etliche Männer räusperten sich. Die Kerzen strahlten, und die Orgel sang wieder.

Hinterher stand Johnny nicht an der Tür, um denen die Hand zu schütteln, die mutig gekommen waren, ihm zu helfen, ihn zu unterstützen. Sie hätten ihn diesmal auch gar nicht dort gesucht. Sie schritten wie gebannt stumm in den Regen hinaus. Zum erstenmal seit vielen Jahren war ihnen das Abendmahl mehr gewesen als nur ein frommer Brauch; sie hatten es als etwas Heiliges empfunden, erfüllt von göttlichem Sinn und von Glück und Freude.

Der Pastor stand in der kleinen Kammer hinter dem Altar, selbst wie betäubt und tief gerührt, und vergaß, seine Gewänder abzulegen. Er hatte die Hände gefaltet und den Kopf gesenkt. Er fuhr auf, als er Dans gedämpfte Stimme hörte: »Also, Sir, das war heute eine wirkliche Predigt. Es war, wie wenn einer was sagte, was wir vergessen hatten. Was wir lang nicht mehr gewußt hatten, wohl seit Kindertagen nicht mehr.«

Mr. Schoeffel stand neben ihm; auch ihm stand die Rührung im Gesicht geschrieben. Er streckte Johnny die Hand entgegen, und Johnny erfaßte sie. Dan McGee fuhr sich mit den breiten Arbeiterhänden durch den weißen Schopf und schüttelte erstaunt den Kopf. Er und Mr. Schoeffel hatten die beiden Sammelteller mitgebracht, die heute herumgegangen waren. »Sehen Sie her«, bat er. »Gar nicht wenige große Silberstücke darunter, und einundzwanzig Dollarnoten! Aber schauen Sie nur, was obenauf liegt! Zwei Hundertdollarnoten! Old Al warf sie nur so hin, als wäre es weiter nichts. Und die Leuchter! Er sagte uns heute morgen vor dem Gottesdienst, wir sollten Ihnen sagen, daß er sie Ihnen leiht, so lange Sie hier bleiben. Sie gehören nicht der Kirche, sagt er. Nur Ihnen, so lange Sie hier sind. Und wissen Sie, was komisch war, Mr. Fletcher? Heut früh um acht sagt meine Frau zu mir: ›Dan, ich glaube, das Damenkomitee sollte heute den Altar besonders schön herrichten, mit extra schönen Blumen, Mr. Fletcher zu Ehren.‹ Und sie ruft zwei andere Frauen an, und die Blumen treffen hier zehn Minuten vor Beginn des Gottesdienstes ein, gerade als Als Hausdiener die Kerzen und die Leuchter brachte!«

»Es war wie eine Botschaft an Sie«, setzte Mr. Schoeffel ehrfürchtig hinzu. »Wissen Sie, Mr. Fletcher, ich hatte noch nie eine Hundertdollarnote gesehen.«

»Ich glaube«, meinte Johnny, »ich muß mir aus Dankbarkeit für meine Gemeinde einen neuen Rock zulegen.« Er lachte leise, und die anderen lachten mit. Alle Kinder müssen die Leuchter im vollen Glanz sehen, dachte er, und die Blumen. Es wird auch für sie eine Botschaft sein.

An diesem Nachmittag besuchten trotz des Regens Pater Krupszyk und Rabbi Chortow Johnny im Pfarrhaus, um ihn über die schweren Stunden vom Vortag zu trösten. Er schüttelte ihnen zu ihrem Staunen begeistert die Hände. »Sie müssen gleich in meine Kirche mitkommen!« verkündete er. »Ich muß Ihnen was zeigen.« Er fuhr sich durch das Haar und machte sich aus Pietros Griff los. »Nein, Pietro, du darfst nicht mitkommen. Du hast alles schon einmal gesehen. Das genügt.«

Die drei Geistlichen traten in den Regen hinaus, und Johnny führte sie an die vordere Kirchentür, die unversperrt war. Der Priester dachte abermals, daß er noch nie eine so armselige Kirche gesehen hatte, nein, nicht einmal als ganz junger Landpfarrer. Er fragte: »Ist das Tor am Nachmittag nicht versperrt?«

»Es ist nie versperrt«, erwiderte Johnny heiter, »ausgenommen natürlich nachts. Ich habe angeordnet, daß die Kirche nicht nur am Sonntag, sondern auch die Woche hindurch ganztägig geöffnet ist. Wissen Sie, ich habe zu viele versperrte Kirchen gesehen und fragte mich immer schon, warum Gott die ganze Zeit hinter Schloß und Riegel sein muß.«

»Hm, hm«, meinte Pater Krupszyk angenehm überrascht. Der Rabbi nickte weise. »In der alten Heimat«, sagte er, während kleine Regentropfen in seinem gepflegten Bart funkelten, »standen die Türen offen, damit die Bedrängten beten konnten. Zum Beten gibt es ja keine bestimmte Zeit; sie sollen beten, wenn es sie dazu drängt. Und wer wollte ihnen den Eintritt in ihren Tempel verwehren?«

Johnny stieß mit einladender Gebärde die Tür auf. Die dunkle, kleine Kirche war erfüllt von goldenem Licht, denn die Leuchter standen noch immer auf dem Altar, und die Blumen glänzten in ihrem Scheine wie Sonnen. Wenn die beiden anderen Geistlichen staunten, so tat es Johnny um so mehr, als sie die Kirche zur Hälfte voll von Gläubigen fanden, die da in den Stühlen saßen und knieten. Das war noch nicht dagewesen, seit die Kirche stand, noch dazu an einem regnerischen, windigen Sonntagnachmittag; übrigens auch nicht an schönen Sonntagen. »Nun will ich doch – «, flüsterte Johnny, während er die beiden zum Altar führte.

Die Männer und Frauen in den Stühlen waren so im Gebet versunken, daß sie die Geistlichen kaum bemerkten. Ja, Neuigkeiten sprechen sich eben herum, dachte Johnny froh. Er erblickte fremde, nie zuvor gesehene Gesichter und Kinder, junge Burschen und Mädel. Es würgte ihn in der Kehle.

»Schön«, sagte Pater Krupszyk und betrachtete die Kerzen, die kaum kürzer geworden waren. Er trat näher heran und lächelte breit. »Diese Kerzen stammen ja aus unserem Devotionaliengeschäft! Sie sind importiert. Würde mich nicht wundern, wenn sie geweiht sind!« Der alte Rabbi trat ganz dicht an die Leuchter heran, und seine müden Augen wurden immer größer. »Das sind ja jüdische Leuchter!« flüsterte er erstaunt und erregt. »Mindestens dreihundert Jahre alt, vielleicht auch älter! Sehen Sie, ich erkenne sie daran und auch hieran«, und er zeigte auf die Ornamente. »Sie haben ihre Geschichte.«

Ihre Gesichter, die sich scharf von ihrer schwarzen Tracht abhoben, schwammen gleichsam in dem hellen, flackernden Licht wie die Köpfe auf einem Bild von Rembrandt, lebendig, bewegt und ausdrucksvoll auf dunklem Hintergrund. Lange standen sie so. Der Priester bemerkte, daß kein Kreuz in der Kirche war. Johnny sagte leise: »Ich werde hoffentlich schon sehr bald ein großes Kreuz über dem Altar haben.«

Sie kehrten ins Haus zurück, wo Mrs. Burnsdale die Kinder schon ins Bett geschickt, eine zusätzliche Schaufel voll Kohlen ins Feuer geschoben hatte und nun in der Küche den Tee bereitete. »Das hätte ich von Al McManus nie gedacht«, erklärte der Priester, während er sich in der guten Stube einen Platz zum Sitzen suchte, wo noch keine Federn gebrochen waren. »Und selbst jetzt kann ich nicht glauben, daß er es absichtlich getan und symbolisch gemeint hat. Die Leuchter hab' ich ja in seinem Haus oft gesehen; er hat sie, wie er mir erzählte, in Europa gekauft, und ich weiß, er hat keine Ahnung davon, was sie wirklich sind. Und die Kerzen ließ er in unserem Geschäft holen, weil wir die einzigen sind, die sie führen. Ich glaube, das ist alles eine geheimnisvolle Botschaft Gottes an uns.«

Mrs. Burnsdale trug stolz den Tee und einen Teller voll Kuchen herein. Das Porzellan war sehr zart und schön; Doktor McManus hatte es ihr aus den reichen Beständen seines Hauses geschickt. Pater Krupszyk war ein Mann von Geschmack und untersuchte eine von den zerbrechlichen gelben Tassen. »Alt und wunderschön«, sagte er.

Die beiden Geistlichen beschlossen, mit Johnny nicht über den Auflauf von gestern abend zu sprechen, denn er hielt ihn offensichtlich für abgetan. Es war klar, er sah nun alles in rosigem Licht. Der Priester und der Rabbi, die im Umgang mit Menschen mehr Erfahrungen gesammelt hatten, waren nicht so optimistisch. Ein Löwe kann dir heute die Hand lecken, dachte der Priester, aber morgen beißt er dir den Kopf ab. Er nippte an seinem Tee und zog nachdenklich die eine Braue empor. Hoffentlich ließen sie Johnny eine Weile in Ruhe, ehe er wieder unsanft mit der Welt in Berührung kam.

Johnny erzählte von Lon Harding und von einem Einfall, den er gehabt hatte. »Viele Kirchen veranstalten Turn- und Tanzabende in den Pfarrsälen und stellen dort Musikautomaten auf«, erklärte er. »Aber das kriegen die Kinder ja ohnehin alles in ihren neuen Schulen vorgesetzt. Was sie in mancher unserer Volksschulen nicht erhalten, ist eine ordentliche Schulbildung. Sie werden da in Anpassung und Lebenskunde und anderem Unsinn unterrichtet, und in den Berufsschulen vermittelt man ihnen eine blasse Ahnung von verschiedenen Handwerkszweigen. In Ihrer ja nicht, Pater«, sagte er zum Priester.

»Nein«, versetzte der Priester nachdenklich. »Wir glauben immer noch an die Schulbildung, an die freien Künste, an Religion und Sprachen, an das Latein, die humanistische Bildung. ›Das Kind als Ganzes‹ ist das Schlagwort der modernen Pädagogen. Aber das Gehirn und die Lerndisziplin gehören auch zum ›ganzen Kind‹. Das vergessen sie. Oder«, setzte er streng hinzu, »sie wissen es nur zu gut und wollen in Wirklichkeit gar kein ›ganzes‹ Kind. Nur Roboter!«

Der Rabbi nickte. Er nahm ein neues Stück Kuchen und beäugte es wohlwollend. »Hab' ich das nicht meinen Leuten gesagt, den jungen Leuten? Haben sie auf mich gehört? Nein.« Er sah Johnny mit leuchtenden Augen an. »Erst seit kurzem tun sie es. Vor allem Sol Klein. Er war der Wortführer der Jungen für den Modernismus. Vorsitzender der Männergemeinde. Sie halten auch Diskussionen über ›moderne Erziehung‹ ab. Lauter Unsinn; sie verstehen gar nichts davon. Johnny, Sie haben Sol ganz verändert. Unsere Sonntagsschule blüht wie nie zuvor. Sol ging da mit seinen eigenen Kindern mit gutem Beispiel voran. Wir müssen eine größere Sonntagsschule bauen, hat Sol gesagt.«

Der Rabbi knabberte an seinem Kuchen, und ein zärtlicher Schimmer trat in seine Augen, während er Johnny musterte. »Sie haben so viel Gutes getan, mein Sohn. Haben Sie noch nicht gehört? Die jungen Männer und Frauen haben nach einer Diskussion unter Sol Kleins Leitung feierlich beschlossen, daß ihr Rabbi doch nicht gar so dumm und altmodisch ist, und daß der Fortschritt der Neuzeit den ewigen Werten nichts anhaben kann. Sie haben beschlossen, daß ihr Rabbi eine größere und schönere Synagoge kriegen soll, und ein hübsches neues Haus dazu.« Er schüttelte den Kopf. »Mich fragen sie gar nicht erst«, setzte er mit einem gütigen Lächeln hinzu.

»Bin neugierig, wie lange das alles anhält«, meinte Pater Krupszyk.

»Seien Sie nicht zynisch«, erwiderte Johnny.

Der Priester schwieg ein Weilchen; dann lächelte auch er. »Die Eltern des jungen Doktors Tim Kennedy gehörten früher einmal zu meiner Pfarre. Jetzt wohnen sie oben im Villenviertel, wo der junge Priester sehr forsch und modern ist in allem, was seine Kirche und seine Schule betrifft. Ja, da versteht Hochwürden Frederickson keinen Spaß. Nun, mit der Zeit wird er schon älter werden.«

Er schmunzelte Johnny zu, und sein breites Gesicht hellte sich auf. »Ich wollte Ihnen von Tim Kennedy erzählen. Er veranstaltete eine Sammlung unter den Jungen, die früher zu meiner Pfarre gehörten, ehe sie alle ins Villenviertel übersiedelten. Achthundert Dollar. Die schickten sie mir für die Kirche. Und letzten Sonntag kamen sie geschlossen zum Hochamt. Ich predigte polnisch, und sie saßen da, als verständen sie jedes Wort, und strahlten förmlich vor Biederkeit und Zufriedenheit. Und nachher erklärten sie, sie würden mich nicht wieder vergessen. Sie sehen also, Johnny, Sie haben auch mir geholfen.«

Johnny errötete. Er stellte sich, als habe er alle Hände voll mit dem Nachfüllen der Teetassen zu tun, während seine Freunde ihm zulachten. »Aber zurück zum Thema von vorhin«, meinte er. »Ich möchte den Pfarrsaal in eine Bücherei mit Tischen und ordentlichen Leselampen verwandeln. Und Lehrer anstellen, die nach der

Schule herkommen und mit den Kindern nach Büchern für Fortgeschrittene lernen. Ich habe die Sache schon mit dem Doktor und dem Kirchenrat besprochen. Die Kinder würden hier Dinge lernen, von denen sie in der Schule nie hören. Zwei Lehrer könnten im Pfarrsaal Französisch oder Deutsch unterrichten. Andere könnten mit den Kindern Englisch, englische Literatur und Stillehre treiben. Der Doktor meint, die Kinder würden nicht kommen. Das glaube ich nicht. Ich bin überzeugt, daß viele kämen.«

Er sprach feuriger und mit erhobener Stimme: »Wir wollen die überlebte Vorstellung widerlegen, daß ein Arbeiterkind dumm sein muß und man diesen Kindern nur ein Handwerk beibringen kann, weil sie zu nichts anderem zu brauchen sind! Das wollte ich doch sehen!«

Pater Krupszyk stand auf. »Johnny, für Sie fangen die Schwierigkeiten eben erst an.«

Der Priester sah auf die nun verblaßte Narbe an Johnnys Schläfe. Johnny fragte: »Pater, würden Sie einen Kampf aufgeben, den Sie für Freiheit, Gott und Recht begonnen haben?«

Pater Krupszyk dachte an die Jahre, die er in unablässigem Ringen in seiner Pfarre verbracht hatte. Da er vor allem ein redlicher Mann war, dachte er über Johnnys Frage nach. Sein breites Slawengesicht wurde sehr ernst. Langsam sprach er dann: »Ich bin Pole. Meine Landsleute waren stets freiheitsliebend und religiös. Sie wurden von ihren geschworenen Beschützern an Rußland verraten. Der Kampf, Johnny, ist gewaltig. Und nun kann ich Ihnen Ihre Frage wahrheitsgetreu damit beantworten, daß ich nie aufgeben würde, und ich werde auch nicht aufgeben. Ich werde Seite an Seite mit Ihnen kämpfen, Johnny, was auch kommen mag.«

Rabbi Chortow seufzte seinerseits. »Ich bin ein alter Mann«, sagte er. »Die Jahre haben mich längst friedfertig gemacht. Aber heute ist keine Zeit für Frieden, denn der Friede ist zum Verrat geworden. Die Juden, die ein uraltes Volk sind, schätzen den Frieden und die Zusammenarbeit für den Frieden über alles. Mein lieber Sohn, auch ich will Ihr Mitstreiter sein.« Er strich sich sanft den wallenden Bart und seufzte abermals. Er dachte an seine stille Bibliothek und an seine alte Frau, die stets so um seine Gesundheit besorgt und so ängstlich war und jedem Streit aus dem Wege ging. Sie mußte begreifen, daß selbst alte Leute ihre Jahre und ihre Friedensliebe vergessen mußten; die Gefahr war zu groß geworden. Die Alten hatten viel Weisheit zu bieten. Wenn sie abermals für Gott aufgerufen würden, selbst zum Sterben, so mußten sie eben sterben und ein Beispiel geben. Wozu wurde der Mensch sonst geboren?

»Ich werde Bücher brauchen«, erklärte Johnny. »Für meine Bücherei.«

Der Priester sprach: »Ich habe ein ganzes Lager von Büchern für Fortgeschrittene im Keller liegen. Die schicke ich Ihnen morgen. Und auch andere – über Unseren Herrn.« Der Priester war nüchterner: »Vielleicht können Sie Ihren Lon Harding und seine Freunde dazu bewegen, Sie zu beschützen. Sie werden es nötig haben, Johnny.«

Johnny tat diese höchst vernünftige Bemerkung mit einer Handbewegung als kindisch ab. »Ich kann also alle Bücher haben, die ich brauche; danke vielmals, Pater. Ich bin überzeugt, auch Sol Klein wird mir ganze Stöße verschaffen können. Seine Gruppe und sein Männerverein sind alle Buchklubmitglieder und lesen auch sonst viel, und der Rabbi hat wohl auch Dutzende. Und mit dem Damenkomitee werde ich reden, damit ihre befreundeten Lehrerinnen uns in der Pfarrsaalbibliothek helfen. Dann brauchen wir«, setzte er hinzu, als wäre das eine Kleinigkeit, »nur noch Regale aufstellen lassen, Lesetische und Stühle, vielleicht auch ein oder zwei Pulte für die Lehrer, und starke Lampen müssen angebracht werden.«

Er war Feuer und Flamme. Er sah plötzlich viel jünger aus. Der Priester und der Rabbi betrachteten ihn mitleidig. Der Priester nahm das Wort: »Sie haben mächtige Feinde. Die werden Ihnen keine Ruhe lassen. Die Sache von gestern abend war ja nicht spontan, wie Sie wissen; das war alles geplant. Es könnte auch Schlimmeres nachkommen.«

»Das einzige wirklich Schlimme für mich wäre, wenn sie mich aus meiner Pfarre vertreiben wollten«, erwiderte Johnny. »Und das wird nicht geschehen. Ich habe hier viele Freunde. Ja, das Damenkomitee will mir sogar ein eigenes Dankfest-Dinner veranstalten, mir und den Kindern; das heißt, sie wollen uns einen großen, schon gefüllten Truthahn stiften, den wir nur mehr in den Ofen zu stecken brauchen; und auch alles, was dazugehört. Um Mrs. Burnsdale Arbeit zu ersparen, sagten sie; die wird nämlich in der Kirche immer wichtiger, ganz wie Kathy.« Johnny schmunzelte bei dem Gedanken an Mrs. Burnsdales ziemlich unverblümte Bemerkungen über die Saumseligkeit des Damenkomitees.

Der Priester und der Rabbi gingen hinaus, bestiegen Pater Krupszyks zerbeulten Wagen und brausten in einer Rauchwolke los. Johnnys Hochstimmung hielt an. Nicht einmal der prasselnde Regen konnte seine Freude dämpfen. Während die beiden anderen durch die überfluteten Straßen ratterten, erzählte der Priester dem Rabbi von einem Priester, den er aus den Schilderungen seines Großvaters kannte. »Er war jung, wie Johnny, Rabbi. Und er glaubte an die Menschen, das heißt, meistens. Er lebte in einem elenden kleinen Dorf mit Lehmhütten – hab' selbst solche polnischen Dörfer gesehen. Und er erkannte, daß die Leute nicht nur wie die Schweine hausten, sondern auch wie die Schweine dachten. Es war nicht ihre Schuld, sagte er. Kein Mensch hatte sie getröstet und ermutigt und ihnen beigebracht, daß die Grundherren auch nur Menschen waren, die man zu Vernunft und Gerechtigkeit zwingen konnte, so daß sie aufhörten, Ihre Leute zu unterdrücken. Also gründete der Priester eine kleine Schule, um nicht nur den Kindern, sondern auch den Erwachsenen Schreiben und Lesen beizubringen. Das gefiel den Grundherren nicht. Aber die Leute hingen so sehr an dem neuen, jungen Priester, daß die Grundherren ihn nicht zu behelligen wagten.«

»Das ist eine alte Geschichte.« Der Rabbi nickte verständnisvoll.

Pater Krupszyk wich geschickt dem überschwemmten Rinnstein aus. Der Wagen schleuderte. »Der Motor darf nämlich nicht naß werden«, bemerkte er. »Entschuldigen Sie. Einmal werde ich das Kunststück fertigbringen, aus einer Pfarre das Geld für einen anständigen Wagen herauszuschlagen, der nicht dauernd Pannen hat. Gut, daß ich auch gelernter Mechaniker bin. Aber zurück zu dem jungen, polnischen Priester. Als die Erwachsenen lesen und schreiben konnten, da verschaffte er ihnen Bücher; wie er das zuwege brachte, weiß man heute noch nicht. Da fingen sie also zu lesen an, und mit dem Lesen kam das Nachdenken. Mein Großvater war ein prächtiger Erzähler. Ich sah die armen Bauern und ihre Weiber förmlich vor mir, wie sie sich da in der eiskalten Stube des Pfarrers zusammendrängten, wo in der Ecke der kleine Ofen stand, auf dem die Sonnenblumenkerne zum Trocknen lagen; und der Ofen gab auch nicht viel Wärme ab, denn Priester brauchten ja nicht zu heizen, die sollten sich an der Liebe Gottes wärmen – ja, da las ihnen also der junge Priester in der verschlissenen Soutane vor, sprach mit ihnen und erklärte ihnen vieles, und hinterher bewirtete er sie mit schwarzem Tee in dicken Gläsern und vielleicht auch mit Schwarzbrot und Schweinefleisch oder Hammelfett, und die Öllampe flackerte und stank, und draußen vor den kahlen, kleinen Fenstern fiel der Schnee.«

Der Rabbi schien zu träumen. Er erinnerte sich dieser Dörfer gar wohl.

»Der Priester«, fuhr Pater Krupzszyk fort, »hatte eine herrliche Stimme, sagte mein Großvater. Singen konnte er wie ein Engel. Und er hatte auch eine silberne Flöte. Nach seinen Unterrichtsstunden pflegte er seinen ›Kindern‹ vorzusingen, obgleich die meisten davon recht wohl hätten seine Eltern sein können. Er spielte ihnen auch auf der Flöte vor, sagte aber nie, von wem er sie hatte. Die Bauern fingen an, den Priester für einen Heiligen zu halten. Sie hingen immer mehr an ihm. Sie trugen den Kopf ein bißchen höher. Dann begannen einige von den Fronbauern auf Anraten des Priesters von den Grundherren bessere Behandlung zu verlangen; sie sollten ihnen auch die strohgedeckten Hütten ausbessern lassen und ihnen einen bescheidenen Lohn zahlen. Ja«, meinte der Priester kopfschüttelnd, »das war ein schlimmer Tag für unsern jungen Freund.«

»Natürlich«, pflichtete der Rabbi traurig bei.

»Mehrmals führte«, so fuhr der Pater fort, »der junge Priester Abordnungen in die Herrenhäuser und sprach maßvoll und gütig mit den Grundherren, die ihn aber nicht eintreten, sondern vor der Tür stehen ließen. Sie hatten nämlich ihre eigene Kirche und einen sehr tüchtigen Pfarrer dazu, der schon öfters ernste Zweifel an dem jungen Priester geäußert hatte. Ja, er hatte sich sogar beim Bischof brieflich heftig über Pater Ignatius beschwert. Der Bischof antwortete dann begütigend; er war ein steinalter, gerechter Mann und selbst bei den Grundherren nicht eben beliebt. Auch er war ein Bauernsohn gewesen und hielt nicht allzuviel von dem anderen Priester, der der Sohn eines Grundherrn war und in nicht ferner Zeit an seiner Statt Bischof werden wollte. Man entdeckte erst viel später, daß der Bischof Pater Ignatius die silberne Flöte geschenkt hatte.

Die Grundherren kamen also überein, daß Pater Ignatius eine Gefahr sei. Wir konnte man ihn loswerden? Eine Abordnung in Staatskarossen mit Rappen und Silbergeschirren fuhr zum Bischof. Der wußte, daß sie kamen und empfing sie absichtlich, zu ihrem Ärger, in der Küche. Während sie zu ihm redeten, knackte er gedankenvoll Sonnenblumenkerne und warf die Schalen auf den Boden. Dann riet er ihnen: ›Geht heim und behandelt eure Leute als christliche Glaubensbrüder vor dem Antlitz Unseres göttlichen Herrn und ehrt Pater Ignatius als einen frommen Priester.‹ Sie können sich vorstellen, was die Herren vom Bischof dachten!«

»Fällt mir gar nicht schwer«, entgegnete der Rabbi.

»Also wollten sie die Sache selbst in die Hand nehmen. Natürlich nicht plump, nicht etwa mit bestochener Polizei. Das würde die Leute argwöhnisch machen und zum Widerstand reizen. Außerdem hieß es im Volk, der Priester könne Wunder wirken. Kinder, die man in den letzten Zügen zu ihm brachte, genasen plötzlich. Schwindsüchtige, die ihre Lungen buchstäblich aushusteten, standen auf einmal auf und gingen zur Feldarbeit. Wöchnerinnen gebaren plötzlich, setzten sich auf und verlangten heißen Tee. Das war gerade zur Zeit, als Pater Ignatius sie besuchte, oder kurz hinterher. Das beunruhigte die Grundherren ärger als alles andere. Ein Heiliger war viel schwerer in Verruf zu bringen als ein armer junger Priester.«

»Aber Heilige sterben öfter«, erwiderte der Rabbi. »Und eines schrecklicheren Todes.«

Pater Krupszyk nickte finster. »Ja, an dieser Stelle wurde mein Großvater immer ein wenig dunkel und wortkarg. Er wußte nicht, was eigentlich geschah. Aber unversehens tauchten auf den Feldern wortgewandte Herren auf und redeten den Bauern ein, der Priester sei mit dem Teufel im Bunde. Sie, die Bauern, seien in einen gottgewollt niedrigen Stand hineingeboren worden; wenn sie nun rebellierten und ihren knurrenden Magen zweimal wöchentlich füllen wollten, müßten sie im höllischen Feuer braten. Der Priester führte sie schnurstracks in den Höllenpfuhl, weil er sie zur Auflehnung gegen ihre von Gott eingesetzten Herren aufwiegle. Das sei Anarchie.«

»Eine sehr alte Geschichte«, beteuerte der Rabbi abermals.

Pater Krupszyk brachte den stöhnenden Wagen geschickt vor dem Haus zum Stehen. »Na also«, meinte er. »Nun haben wir es doch geschafft; fürchtete schon, wir würden steckenbleiben.«

»Was wurde aus Pater Ignatius?« fragte Rabbi Chortow.

»Oh, er wurde vor mehreren Jahren heiliggesprochen«, antwortete der Priester. »Er war ja schließlich ein Heiliger. Sie bauten ihm eine Kapelle, und dort geschahen immer wieder Wunder. Das hörte ich wenigstens, ehe die Nazis oder die Russen hinkamen.«

Der Rabbi sah den verhaltenen Zorn im groben Profil des jungen Priesters. Er sagte: »Pater Ignatius triumphierte natürlich über seine Feinde und wurde in Ehren alt und grau.«

»Nein«, versetzte der Priester. »Sehen Sie, die Bauern zündeten ihm eines Nachts das Dach über dem Kopf an und erschlugen ihn.«

Er trat prüfend auf den Gashebel, daß der uralte Motor aufheulte. »Sie fanden die Flöte in den Trümmern. Sie war nicht einmal angerußt.«

20

»Ich finde in den Akten keinerlei Anhaltspunkte dafür, daß Mr. Fletcher die Gesundheit oder die Erziehung seiner Pflegekinder vernachlässigt hätte«, sagte der alte Richter Bridges und zupfte an seiner langen, schmalen weißen Nase mit der roten Spitze. »Nur einige anonyme und offensichtlich böswillige Briefe. Die Beamten vom Kinderhilfsverein haben eine genaue und gründliche Untersuchung vorgenommen.« Er sah flüchtig auf den Beamten vom Einwanderungs- und Einbürgerungsamt, der aus Philadelphia gekommen war.

Ein Vertreter des Kinderhilfsvereins bestätigte diese Aussagen, nachdem Dr. McManus ihm einen Blick zugeworfen hatte. »Mr. Fletcher hat versprochen, seine Pflegekinder in die öffentlichen Schulen zu schicken, wenn sie so weit nachgelernt haben, daß sie in ihren Altersklassen in der Schule mitkommen können. Wir pflichten ihm bei, daß ein Schulbesuch schon jetzt für die Kinder psychologisch schädlich wäre, weil sie dort mit viel jüngeren Kindern auf der Schulbank sitzen müßten.«

Der Gerichtssaal war kahl und düster und erfüllt von den Schatten des Regens, der draußen niederprasselte. Ein Bildreporter von der *Press* machte eine Aufnahme von Johnny.

»Ich sehe hier«, sagte der Richter, »daß Mr. Fletcher eine Lebensversicherung in Höhe von fünfzehntausend Dollar abgeschlossen hat, damit für die Kinder im Falle seines Todes gesorgt ist, und Dr. Francis Stevens aus New York, ein führender Mann der Kirche, hat mir eine Bestätigung des Inhalts übersandt, daß er einen Fonds für die Kinder angelegt hat. Außerdem«, und hier hustete der Richter, »hat mir Dr. Alfred McManus, Bürger unserer Stadt, versichert, daß er ein neues Testament gemacht hat und darin den Kindern eine Summe in beträchtlicher Höhe hinterläßt. Sie haben wirklich Glück.«

Johnny schaute erstaunt zu Dr. McManus hinüber, der ihn übersah. Der Anwalt, der ihn und die Kinder vertrat, erhob sich, dankte dem Richter, nahm seine Aktentasche an sich, schüttelte Johnny und dem Doktor die Hand und lief hinaus. »Da rennt er hin mit meinen dreitausend Dollar«, murmelte der Arzt mürrisch. »Lassen Sie mich in Frieden, mein Sohn. Ich muß ins Krankenhaus. Halten Sie den Mund. Über Testamente rede ich mit so dummen Leuten wie Sie gar nicht. Wie geht es denn Jean mit seinen Krükken?«

Johnny lächelte ihn an, noch verblüfft und verlegen. »Das wissen Sie doch. Sie waren doch gestern abend bei uns. Ich begreife noch immer nicht, wie rasch ihr Medizinmänner heutzutage Knochen zusammenflicken könnt.«

Der nächste Fall wurde aufgerufen, und sie verließen den Gerichtssaal. »Nun, das wäre vorbei«, meinte Johnny, während er den Regenmantel anzog. »Ich hatte mir trotz allem Sorgen gemacht. Aber schließlich —«

»Sorgt der Liebe Gott für alles, ich weiß«, fiel der Doktor mürrisch ein. »Nur gut, daß Er Leute wie mich zur Hand hat. Möchte sehen, wie Er zurechtkäme, wenn's nicht so viele Tröpfe auf der Welt gäbe — wie ich einer bin. Na ja; umsonst tu ich's ja auch wieder nicht. Wissen Sie, daß ich am Donnerstag zum Dankfest-Dinner komme? Hab' in diesem Haus keines mehr erlebt, seit ich ein Junge war.«

Noch am selben Tage erschien Johnny vor dem Bezirksgericht, wo ihm die vorläufigen Adoptionspapiere ausgehändigt wurden. Hier ergab sich eine kleine Schwierigkeit. Eine kleine braune Frau, die er nie zuvor gesehen hatte, stand brillenfunkelnd auf und bemerkte, daß Mr. Fletcher nicht verheiratet sei. Der Richter machte sie in sarkastischem Ton aufmerksam, daß der ledige Stand nicht gegen Adoptionen spreche und der Gerichtshof Erkundigungen eingezogen habe. »Außerdem besteht keinerlei Gewähr, daß Mr. Fletcher im Lauf der Jahre der Ehe entrinnt. Er sieht ja kerngesund aus.«

Johnny trat hinaus in Wind und Kälte und Dunkelheit. Als er eben die Straße überqueren wollte, ging eine junge Frau mit langen Schritten an ihm vorbei; ihr Regenmantel glänzte, den blonden Kopf trug sie hoch und stolz. Johnnys Herz lachte vor unerklärlicher Freude. Aber es konnte ja nicht Lorry Summerfield sein! Ein Gefühl tiefer Einsamkeit und Wehmut beschlich ihn. Er fand seinen alten Wagen, startete aber nicht gleich, sondern schaute durch die überströmte Windschutzscheibe auf die traurige Straße hinaus. Warum hatte sein Herz vor Freude gezittert, voll Hoffnung, das Mädchen, das er gesehen hatte, könnte Lorry sein? Warum ließ ihn der bloße Gedanke an sie erzittern und erröten? Sie war in New

York, arbeitete bei ihrem Bruder. Das hatte ihm Dr. McManus gesagt.

Er kam niedergeschlagen zu Hause an; nur wenige Anrufe lagen vor; zu seiner Erleichterung keine Krankenbesuche darunter. Er seufzte, setzte sich an seinen Schreibtisch und lauschte den Kinderstimmen, die aus dem Eßzimmer drangen, wo Miß Coogan mit den Kleinen lernte. Er öffnete die Schreibtischlade, nahm Lorrys goldene Schatulle heraus und umklammerte sie fest. Es war ihm, als strahle sie zarte Wärme aus. Mrs. Burnsdale, die ihm einen mütterlichen Blick zuwarf, dachte bei sich, daß er eine Frau brauchte. Er schenkte jedermann so viel, überlegte sie, aber kein Mensch schenkte ihm etwas. Ausgenommen natürlich Zuneigung und Liebe. Aber bald – sie wußte, wie rasch die Zeit verging – würden die Kinder groß und aus dem Hause sein und ihr eigenes Leben führen, und er würde allein sein. Sie sah ihn förmlich vor sich, alt und grau und einsam, in diesem elenden Loch. Er war wohl noch jung, aber bald würde er in mittleren Jahren, dann älter, dann schon betagt sein, auf die Briefe der Kinder warten, auf den Wind und den Regen lauschen, aufstehen, um die Kranken zu besuchen, heimkehren in ein leeres Eßzimmer, allein lesen und in ein kaltes Bett gehen. Und endlich erwartete ihn ein einsames Grab auf einem vergessenen Friedhof, wie so viele Geistliche.

Von solchen Gefühlen bewegt, stapfte sie, so rasch ihre Beine sie trugen, in die gute Stube. Dort brannten die Lampen; Johnny schrieb eben seine Predigt für das Dankfest. Die goldene Schatulle stand vor ihm auf dem Tisch. Er schaute auf und lächelte Mrs. Burnsdale zu, als sie so überstürzt eintrat. »Ist etwas los?« fragte er. »Werde ich gebraucht?«

Sie pflanzte sich vor ihm auf, die Hände in die Hüften gestemmt. »Das fragen Sie immer, Sir, wissen Sie! Kein Mensch aber fragt Sie, ob Sie ihn brauchen! Kein Mensch!«

Er legte seinen Füllfeder hin und sah sie verdutzt an.

»Was macht Ihre Erkältung?« fragte sie mit ungewöhnlich lauter Stimme. »Nachdem Sie im Regen draußen waren?«

»Meine Erkältung?« fragte er. Er hustete probeweise. »Ach, die ist schon weg.« Wieder lächelte er. Sie trat dichter an den Schreibtisch heran, und ihre Rührung stand ihr im Gesicht zu lesen. »Mr. Fletcher, ich mache mir schreckliche Sorgen um Sie. Alles, was hier in der Stadt geschehen ist. Mr. Fletcher, glauben Sie nicht, daß es besser wäre, wenn Sie eine andere Pfarre kriegten, in einer anderen Stadt?«

»Hm, genau das fragte mich Dr. Stevens neulich auch in seinem Brief.« Johnny schmunzelte. »Er ist besorgt um mich.«

»Nun, ich bin's auch!« Mrs. Burnsdale schluckte plötzlich heftig. »Ich hab' Angst vor dieser Stadt, Mr. Fletcher!«

Johnny musterte sie nachdenklich. »Ich habe keine. Die Menschen sind überall dieselben. Und die Kinder leben sich hier allmählich ein. Pietro hat Freunde von seiner Kirche her, Kathy hat ihre Freundinnen von der Sonntagsschule, und sogar Max hat schon etliche mit heimgebracht. Er modelliert sie in Ton. Er hat einen Kopf von Rabbi Chortow gemacht, einfach prachtvoll. Und Pater John Kanty schickt Kinder herüber, die Jean besuchen. Pietro singt außerdem in seinem Kirchenchor. Ihnen gefällt es hier. Und mir auch.«

Mrs. Burnsdale schwieg, aber ihre düstere Ahnung wollte nicht weichen. »Was ist denn los?« fragte Johnny milde. »Haben Sie Angst, daß es wieder Unruhen gibt?«

Sie schüttelte stumm den Kopf. »Ich weiß nicht, Mr. Fletcher. Ich dachte an Sie, draußen in der Küche, und ich — nun ja, ich sah Sie sozusagen vor mir, hier in diesem Zimmer, in Ihren alten Tagen, wissen Sie, die Kinder schon groß und aus dem Hause, und Sie hatten keine Frau und auch sonst niemand.«

Er sah zu seinem Leidwesen Tränen auf ihren Wangen. »Mr. Fletcher, wir könnten ohne Sie nicht mehr sein. Darum müssen Sie auf der Hut sein und auf sich achten. Nicht, daß ich etwa nicht auf Gott vertraue.« Sie schob die Unterlippe vor und warf den Kopf trotzig zurück. »Nun, vielleicht tue ich es in gewisser Beziehung auch nicht. Da vertraut man Gott, und dann passiert doch etwas Entsetzliches, und man weiß nicht, warum. Man soll ihm vertrauen; aber das kann wahrhaftig schwer sein.«

Er klopfte ihr auf die rundliche Schulter. Das Gefühl der Einsamkeit war ihm seltsamerweise vergangen. Er ging mit Mrs. Burnsdale in die Küche und schnupperte mit Kennermiene an den Töpfen herum. »Ah, Schälrippchen mit Sauerkraut! Und Zitronenkuchen.«

Da stolzierte Pietro herein, richtete die schelmischen Äuglein so ernst er konnte auf den Pastor und verkündete: »Mein Name ist Peter.«

»Ja, natürlich, Pietro«, entgegnete Johnny.

»Ich meine, Papa, ich heiße jetzt nicht mehr Pietro, sondern Peter. Pietro — ph!« Er machte eine weitausholende, verächtliche Geste mit den Armen. »Ist nicht amerikanisch.«

»Wer sagt denn das?« fragte Johnny, während der Junge lüstern in einen anderen Topf guckte.

»Bleibst du mir wohl von dem Kuchen fort!« schrie Mrs. Burnsdale und versetzte Pietro einen Klaps auf die diebische Hand. Er leckte sich den Schaum von den Fingern und antwortete: »Ich sag das, Papa.«

»Ein Mann, der Petrus oder Pietro oder Pierre gerufen wird, heißt immer noch Peter«, erklärte Johnny. »Außerdem gefällt mir dein Name. Warum sollte er so sein wie alle anderen auch? Willst du nicht anders sein?«

Pietro sah sehnsüchtig nach dem Kuchen, dann in Mrs. Burnsdales drohendes Gesicht, dann voll Interesse auf den Herd. Er tat es Johnny nach und guckte in die würzig duftenden Töpfe. »Nein«, entgegnete er.

»Warum nicht?«

Nun war Pietro unschlüssig. Nach langer Überlegung sagte er: »Okay. Also Pietro. Ich werde Priester, Papa. Glaubst du das?«

»Nein.«

Pietro lachte. »Nein, ich werde ein großer Sänger sein. Und viel Geld verdienen.«

»Ohne Zweifel«, meinte Johnny.

»Und die Frauen werden mich lieben«, fuhr Pietro voll Genugtuung fort.

»Wo kriegt der Junge bloß die schlimmen Gedanken her?« fragte Mrs. Burnsdale mißbilligend.

»Das ist ganz natürlich«, erklärte Johnny. »Die Italiener sind das einzige Volk, das das andere Geschlecht wirklich schätzt.«

»Ich wollte eigentlich Miß Summerfield heiraten«, verkündete Pietro ernsthaft. »Aber die ist zu alt. Kathy hat auch so blondes Haar wie sie. Ich glaube«, überlegte er, »ich werde Kathy heiraten. Ich liebe blondes Haar.«

Kathy hatte ihren Namen nennen hören und trat nun forsch herein. »Was ist los mit meinem Haar?« fragte sie.

Pietro betrachtete sie voll Bewunderung. »Ich habe eben gesehen, daß du hübsch bist.«

Kathy blitzte ihn verächtlich an. »So ein Stift wie du«, meinte sie abfällig. »Übrigens, Papa, ich habe jetzt einen anderen Namen.«

»Wie, du auch?«

Kathy sah, daß Mrs. Burnsdale eben Geschirr abwusch, und griff sogleich zum Geschirrtuch, was ihr Mrs. Burnsdale mit einem liebevollen Blick lohnte. »Ich habe in der Sonntagsschule ein Mädchen kennengelernt. Sie heißt Charmenz. Wir nennen sie Charm. Drum heiße ich auch jetzt Charm. Natürlich nur zu Hause. In der Schule können wir nicht beide gleich heißen; da würden wir immer wieder verwechselt.«

»Dummes Zeug«, sagte Mrs. Burnsdale streng. »Möchte wissen, was in euch gefahren ist. Erst will Pietro einen neuen Namen, und du jetzt auch.«

Kathy stutzte. Sie sah zu Pietro hinüber, der eben wieder verstohlen nach einem Stück Kuchen langte. Sie schrie: »Laß den Kuchen liegen! Du frißt alles auf, du Ferkel!«

Mrs. Burnsdale faltete, mit flinken geübten Griffen, ein Handtuch zu einer tödlichen Waffe und schlug Pietro damit kräftig um die Beine. Das bereitete ihm einen Heidenspaß. Er hüpfte in hohen, kurzen Sprüngen rings um die Küche, wobei er sich den Mund mit Kuchen vollstopfte, während Mrs. Burnsdale ihn verfolgte. Johnny mußte über den Anblick lachen, wie der dunkle, kleine Faun vor der nicht sehr rührigen Mrs. Burnsdale herflitzte, während er voll Genuß kaute. Endlich tat er einen langen Sprung bis an die Tür zum Eßzimmer, stieß sie auf und verschwand.

»Ich glaube«, meinte Kathy kühl, »ich will doch lieber Kathy heißen. Alles, was Pietro tun will, ist natürlich falsch.«

»Du bist so ein vernünftiges Mädchen!« lobte Mrs. Burnsdale. Über dem Abwaschbecken hing ein kleiner Spiegel. Kathy betrachtete ihr Spiegelbild, drehte und wendete sich ein wenig, gewahrte mit Vergnügen, daß der Dampf in der Küche ihr um die Schläfen herum Locken gedreht hatte und ihre runden Wangen hübsch rosig waren. »Ich hoffe nicht«, erwiderte sie.

Johnny war es unerklärlich leicht ums Herz geworden. Er trat in den Regen hinaus Es gab doch nichts Schöneres als Kinder! Und wie sie sich in diesen Wochen verändert hatten. Nun stand nur mehr selten der alte Haß, die alte Angst in ihren Augen. Manchmal reagierten sie ein wenig zu stark, aber auch das wurde zusehends seltener. Sie liebten ihre Unterrichtsstunden; sie lernten mit einer Art verzehrender Gier.

Er schritt durch die Kirche, wo die großen Leuchter auf dem Altar standen, der Kerzenschein das Dunkel zerstreute und an den Holzpfeilern hinaufstieg. Daneben standen frische Blumen. Über dem Altar schimmerte ein großes Kreuz in verblichenem Gold. Niemand hatte dagegen protestiert, soviel Johnny wußte. Fünfundzwanzig Dollar hatte er dafür bezahlt, beim Altwarenhändler.

»Herr«, sagte er, »ich weiß, es ist gleichgültig, wo ein Mensch betet, aber ich freue mich, daß Dein Haus hell geworden ist.«

Er summte vor sich hin, während er ins Kellergeschoß hinabstieg, in den Pfarrsaal, wo laut gehämmert wurde. Bücherregale standen an den alten Gipswänden; das Holz war makellos und ausgesucht, von leuchtender Farbe. Johnny vermutete, es sei Fichtenholz, in Wirklichkeit war es aber das beste Mahagoni. Mehrere Männer und Jungen zimmerten hier an Tischen. Es roch nach Sägemehl. Unter den Männern arbeitete George Harding, Lons Vater, und unter den Jungen mit dem kurzgeschorenen Haar und den hageren Gesichtern Lon selber. Sie grüßten Johnny freundlich, aber zurückhaltend und arbeiteten weiter. Johnny fragte Lon: »Na, wie geht's in der neuen Schule?«

»Die schinden einen weiß Gott bis aufs Blut dort«, antwortete Lon ernsthaft. »Ich meine – entschuldigen Sie, Sir. Ich meine, die kennen keinen Spaß dort. Ich muß mich gewaltig dahintersetzen.« Er grinste. »Ich lerne da eine ganze Menge.« Nun betrachtete er den Pastor aus seinen schrägen Augen voll aufrichtiger, inniger Zuneigung; dann nahm er den Hammer auf und machte sich an einem Tisch zu schaffen. Johnny fuhr mit der Hand darüber hin. Es war dunkleres Holz als das der Bücherregale, so glatt, blond und wohlgewachsen. Es war Eiche. Nun, Eiche war ja für Tische noch besser als Fichtenholz; es splitterte nicht. Wieder betrachtete Johnny stolz die Regale. »Bestes Fichtenholz, das ich je gesehen habe«, meinte er.

Einer von den Jungen gab einen Laut von sich, als müßte er ersticken; dann hustete er unvermittelt, unter krampfhaftem Achselzucken. Johnny reichte ihm geistesabwesend ein Hustenbonbon. Er hoffte, seine »Schule« nach Weihnachten fertig zu haben. Riesige Kartons mit Büchern standen in den Saalecken unter den kahlen Lampen, und weitere Kartons enthielten Leselampen, die Johnny ebenfalls gebraucht erstanden hatte. Er sah schon die Regale gefüllt und die Lampen eingeschaltet, sah junge Buben- und Mädelköpfe ernsthaft über die Bücher gebeugt, sah die Lehrer unter ihnen sitzen, Stöße sauberen, weißen Papiers und viele Bleistifte vor sich. Er trat an ein Regal und strich mit der Hand über die glatte Fläche. Das Holz war von drei Freunden von George Harding gespendet worden, die in Ben Gustons Sägemühle arbeiteten. Er wandte sich lächelnd an sie und erspähte eben noch ihre betroffenen Gesichter, ehe sie sich wieder über die Arbeit beugten. »Ihr habt hoffentlich nicht zu viel dafür ausgelegt«, sagte er. »Ich brauche euch nicht erst zu sagen, wie dankbar ich bin.«

Miß Coogan wollte sich an den Abenden zur Verfügung stellen, trotz Johnnys Einwänden. Das Damenkomitee hatte voll düsterer Entschlossenheit, von der Johnny nichts wußte, drei ältliche pensionierte Lehrerinnen buchstäblich zum Dienst gepreßt.

Dr. McManus dachte wieder an Johnny, während er seinen Nachtischbrandy trank; sie saßen in MacDonald Summerfields Wohnzimmer. Der Doktor war auch ungewöhnlich reizbar. »Der verdammte Quacksalber«, der Psychiater Dr. Somer Granger, war zugegen und erzählte die ganze Zeit indiskret und mit spöttischem und überlegenem Lachen Geschichten über seine Patienten, die alle Bekannte seines Gastgebers und dessen Frau waren. Dr. Granger nahm kein Blatt vor den Mund, aber seine unverhüllte Erwähnung delikater Stellen der menschlichen Anatomie verletzte Mrs. Summerfield nicht; sie lächelte nur dazu. Das ganze Leben des Mannes wie der Frau, behauptete Dr. Granger immer wieder, war unmittelbar mit diesen heiklen Stellen verbunden, und bewies das mit seinen Geschichten.

»Nun, dann hat's in deinem eigenen Leben also einen Kurzschluß gegeben«, pflegte Dr. McManus dann beißend zu erwidern. Dr. Granger war Junggeselle. Esther Summerfield hörte den Scherz mit leicht amüsierter Miene an. Obwohl ihr Gatte, ihre Tochter und die meisten ihrer Freunde und Freundinnen sie für eine harmlose, nicht übermäßig kluge und obendrein schrullige Person hielten, schätzte Dr. McManus sie richtig ein. Die einzige in diesem Haus, die nicht spinnt, sagte er sich oft. Nur eins verstand er nicht an Esther; das war ihre Liebe zu ihrem Mann.

Heute abend versuchte Dr. McManus, sich die Gedanken an Johnny aus dem Kopf zu schlagen. Er sagte wie schon so oft: »Somer, jetzt werd' ich mich bald an die Ärzteethik erinnern, die ich einmal gelernt habe, und dich beim Ärzteverband anzeigen, weil du die Namen deiner Patienten bekanntgibst; dann werden wir einen Trottel weniger auf der Ärzteliste haben.« Darüber lachte Dr. Granger herzlich; er war ein enger Freund Mr. Summerfields. »Ärzte dürfen doch miteinander über ihre Patienten sprechen«, hatte er gesagt. »Und außerdem sind wir doch hier lauter Freunde, und keine Schwätzer.«

»Doch, du bist einer, du altes Weib«, entgegnete Dr. McManus und rückte auf seinem Stuhl. Es war übrigens kein chinesischer. Das chinesische Interieur war ganz plötzlich aus dem Wohnzimmer verschwunden. Jetzt war alles hindostanisch, was der Doktor noch abscheulicher fand. Esther Summerfield war in einen hellrosa, goldverbrämten Sari gehüllt und trug eine Kopfbedeckung, »wie ein höllischer Brahmane«, wie sich McManus im stillen sagte. Sie hatte heute abend über Yoga gesprochen, richtig lebhaft und angeregt. Sie nahm brieflich Fernunterricht bei einem Verein in Los Angeles. Ihre schrägen, dunklen Augen musterten Dr. McManus: »Stell dir nur vor, Al. Später werde ich stundenlang in vollkommenem regungslosem Schweigen sitzen können, und kaum atmen, wenn überhaupt.«

»Warum bringst du das nicht Somer bei?« fragte der Doktor. Der Psychiater verkündete eben mit höhnischem Lächeln, daß einer seiner schwereren Fälle seiner Meinung nach nun wohl demnächst Selbstmord begehen werde. Dr. McManus setzte hinzu: »Vielleicht hört er dann für immer zu atmen auf.«

Dr. Granger hörte seinen Namen und fragte ungeduldig: »Was? Was?«

»Ich frage mich eben, ob ich das Vergnügen haben werde, deinen Totenschein zu unterzeichnen«, erklärte Dr. McManus. »Wir sprachen eben von Yoga, Esther und ich. Nach allem, was ich da höre, solltest du das auch betreiben.«

Dr. Granger wußte haarklein Bescheid über Yoga. Er war eine Autorität auf diesem Gebiet. Prahlerisch hielt er einen kurzen Vortrag über die Mysterien des Hinduismus. Mrs. Summerfield hörte müßig zu. Dr. McManus fiel plötzlich ein, während Dr. Grangers Stimme das Zimmer erfüllte, daß ihm jemand gesagt hatte Granger habe Summerfield »in der Hand«. Er starrte Summerfield aufmerksam und unverwandt an. Er hatte in Mr. Summerfield immer einen reichen Mann gesehen, der, vielleicht aus bloßer Langeweile oder auch aus dunkleren Gründen, hier in Barryfield Macchiavelli spielen wollte. Nun aber glaubte er plötzlich in Gesicht und Gehaben seines alten Bekannten eine Veränderung wahrzunehmen, einen leicht bekümmerten, verwirrten, gequälten Ausdruck. Unsinn, sagte er sich. Er ist genau wie immer. Er musterte ihn noch schärfer und sagte sich verblüfft, daß das gar keine Veränderung, sondern immer schon dagewesen war. Jetzt phantasiere ich aber, schalt sich der alte Arzt.

»Da haben wir also«, dozierte Dr. Granger eben, »die Gita.«

»Ach, halt doch den Mund!« fiel Dr. McManus ein. »Du verstehst doch in Wirklichkeit einen Schmarrn von der ganzen Sache. Ich wohl. Ich habe zwei Jahre in Indien gelebt, um zu ergründen, warum zum Teufel die armen Kerle, die da im Ganges baden, nicht nur das Wasser nicht mit ihren Krankheiten infizieren, sondern tatsächlich davon geheilt werden. Bin nie dahintergekommen. Ist bis heute ein medizinisches Geheimnis.«

»Psychosomatische Gründe«, erklärte Dr. Granger. Er war gar nicht beleidigt. »Sie sind nicht wirklich krank, wie –«

»Hab' noch nie von psychosomatischen Bazillen gehört«, widersprach Dr. McManus. »Übrigens, um bei diesem faszinierenden Thema zu bleiben, was ist denn aus Sloan Meredith geworden, der zu dir ging, als ich ihm sagte, er müßte sich die Gallenblase herausnehmen lassen?«

Dr. Granger winkte mit seiner breiten fleischigen Hand spöttisch ab. »Er hat die Behandlung gegen meinen Rat vor ungefähr sechs Wochen abgebrochen. Ich war gerade daran, tief in sein Unterbewußtsein einzudringen, und seine Frau berichtete mir, daß sich seine angeblichen nächtlichen Anfälle verringerten. Anscheinend haben er und seine Mutter –«

Des alten Doktors Augen blitzten eiskalt. »Laß Sloans Mutter aus dem Spiel. Ich frage dich nach Sloan.«

»Ich sagte dir doch schon, Al, er kam auf einmal nicht mehr zu mir. Seine Frau sagte mir, er fühle sich wieder schlechter. Das kam daher, weil ich zu tief in ihn eingedrungen war.«

»Womit? Mit dem Skalpell?«

Dr. Granger stutzte. »Was meinst du damit?«

Dr. McManus rückte auf seinem unbequemen Stuhl aus Teakholz, der mit Elfenbein eingelegt war, hin und her. »Nun, es stellte sich heraus, daß gestern nacht ein großer Gallenstein, der nicht auf natürlichem Wege abging, durchbrach. Er starb heute früh auf dem Operationstisch. Ich konnte ihn nicht mehr retten.« Voll Genugtuung sah er den jüngeren Arzt erbleichen. »Jaja, es waren eben die Gallensteine, die ganze Zeit über, nicht sein Unterbewußtsein.«

Dr. Grangers selbstsichere Stimme klang gepreßt. »Aber – aber – er war sehr verstört –«

»Und ob! Hast du je einen Gallensteinanfall gehabt, Somer? Nein? Nun, ich werde für dich beten, daß du ein paar kriegst. Nichts eignet sich besser als so ein Gallensteinanfall, daß selbst ein Psychiater sich im Bett wälzt und krümmt und dazu winselt und jault wie ein verletzter Hund! Da wirst du merken, was so ein psychosomatischer Stein mit deinen Nerven und deinem Unterbewußtsein alles anrichten kann!«

»Somer!« sagte der alte Arzt, richtete seinen massigen Leib auf und drohte dem Psychiater mit dem Finger. »Du hast verdammt genau gewußt, daß ich ein konservativer Chirurg bin; ich rate nie zur Operation, wenn's nicht um das Leben eines Menschen geht. Ich operiere gewöhnlich nicht einmal, wo man mäßige Schmerzen heilen könnte; damit kann sich ein Mensch schon abfinden; muß eben ab und zu ein paar Aspirin schlucken. Und was heißt schon mäßige Schmerzen? Ich gehöre nicht zu den Geldraffern, die einen Patienten gleich ins Spital hetzen, wenn sich sein Blinddarm zum erstenmal ein bißchen rührt. Drum hab' ich dich auch angerufen, als ich hörte, daß Sloan zu dir gegangen war, und habe dir die ganze Krankengeschichte erzählt und die Röntgenaufnahmen geschickt. Das habe ich unaufgefordert noch nie in meinem Leben getan. Du bist nicht nur ein verdammter Zauberdoktor, sondern auch ein richtiger Arzt. Du kannst Röntgenaufnahmen lesen. Und doch nahmst du Sloan als Patienten an, weil er mit seiner Gießerei schwer verdiente, obwohl du auf den ersten Blick sahst, was wirklich mit ihm los war!«

Die anderen lauschten wie gebannt. Dr. Somer Granger schluckte mehrmals. Er war ein großer, starker Mann in den Vierzigern, athletisch und gewandt, und hatte ein langes, rechteckiges Gesicht, schmale blaue Augen, eine Glatze und eine ulkige Stupsnase. Sonst stets ein fließender Sprecher, brachte er nun kein Wort hervor.

»Du hast ihn umgebracht, Somer. Ja, ich weiß, man kann dich dafür nicht hängen. Früher, im Mittelalter, als man noch gesünder empfand, da hängten sie die Ärzte, wenn sie sich der Pfuscherei schuldig machten. Heutzutage leider nicht mehr. Hör mal, ich behaupte nicht, daß die Psychiatrie fehl am Platze ist. Sie ist durchaus am Platz; aber sie sollte immer unmittelbar unter der Kontrolle des Hausarztes stehen; sie sollte die allgemeine Medizin nur ergänzen, aber nicht ersetzen. Und ich weiß aus Erfahrung und bin felsenfest davon überzeugt, daß ein Priester, Pastor oder Rabbi auf diesem Gebiet mehr leisten kann als ihr Burschen. Ihr habt euch zu Hohenpriestern einer Geheimreligion aufgeworfen, habt euren eigenen Yoga-Jargon ausgebildet, und das ist gefährlich — für Dummköpfe. Man müßte euch zwingen, den spitzen Hut und den gelben Talar mit den Tierkreiszeichen zu tragen, wie die Zauberer im Mittelalter. Dann wüßten die Leute wenigstens, mit wem sie es zu tun haben.«

Trotz seiner Voreingenommenheit mußte Mr. Summerfield schmunzeln. Esther lachte.

Dr. Granger hatte zwar noch nicht seine gesunde Farbe, wohl

aber sein selbstsicheres Gehabe wiedergefunden, das ihn selten im Stiche ließ. »Also, Al, damit gehst du wohl zu weit. Ihr Chirurgen kennt nur eure Chirurgie. Ja, ich habe Sloans Röntgenaufnahmen und deine Krankengeschichte sorgfältig studiert. Aber ich habe schon Dutzende Gallenblasenfälle gehabt, die psychosomatischen Ursprungs waren; ja, ich bin sogar überzeugt, daß praktisch alle Fälle darauf zurückgehen. Die meisten sind aggressive, feindselige Leute, argwöhnisch und meist fettleibig, weil sie ihre verdrängten Komplexe durch Übergenuß üppiger Speisen abzureagieren versuchen. In vielen Fällen wurden sie durch die psychiatrische Behandlung vollkommen geheilt. Wie konnte ich wissen, daß das bei Sloan nicht so sein würde? Sein Befinden war zufriedenstellend; Gewichtsabnahme, weniger Schlaflosigkeit, allgemeines Wohlbefinden. Erst als ich anfing, hinsichtlich seiner Mutter nachzuforschen – nun, tut mir leid. Ich werde Molly gleich morgen früh besuchen.«

»Das würde ich an deiner Stelle nicht tun«, entgegnete Doktor McManus. »Sie war von Anfang an gegen dich. Und sie hat drei große Brüder, die Sloan gut leiden mochten. Nein, mein Lieber, ich würde an deiner Stelle nicht hingehen.« Er musterte den Psychiater finster. Dann fragte er unvermittelt: »Glaubst du eigentlich an Gott, Somer?«

»Was? Was?«

»Also nicht. Weißt du, was ich täte, wenn ich die Macht dazu hätte? Ich würde nur solche Psychiater praktizieren lassen, die an einen Gott glauben. Zu viele von euch verachten ihre Patienten; das würdet ihr nicht tun, wenn ihr an Gott glaubtet. Ihr seid gefährlich.«

Mr. Summerfield warf mit glatter Zunge und unbewegtem Gesicht ein: »Al ist religiös geworden, seit er diesen Hetzpfarrer in seiner Kirche angestellt hat. Er ist weich geworden, oben im Köpfchen, unser alter Reaktionär Al.« Er bedachte Dr. McManus mit einem langen Blick aus seinen blaßblauen Augen.

»Laß meinen Pastor in Frieden, Mac«, versetzte der Doktor eiskalt und zornig.

Mr. Summerfield lachte. »Ich sagte euch ja, Al ist religiös geworden! Wenn er nicht gewesen wäre, so wäre der Hetzpastor längst aus der Stadt vertrieben.«

»Wann hat er je gehetzt?« fragte Dr. McManus erbittert. »Du warst unter denen, die damals den Mob zum Pfarrhaus schickten.«

Niemand antwortete ihm.

»Laß die Hände weg von meinem Jungen«, schrie Dr. McManus und lief puterrot an.

»Sonderbarer Fall«, sagte Dr. Granger. »Da ist ein junger Mann, unverheiratet und anscheinend auch gar nicht an einer Heirat interessiert. Irgendwie verschafft er sich fünf Kinder aus verschiedenem Milieu. Er bringt sie in unser Land, leistet Bürgschaft für sie und schickt sich an, sie zu adoptieren. Ich habe mit vielen Leuten gesprochen, die ihn kennen. Sehr sonderbar. Ich sprach auch mit dem alten Richter Bridges und dem Chef der Adoptionsabteilung beim Kinderhilfsverein. Die haben keinen guten Eindruck von ihm.«

»Das ist eine Lüge!« warf Dr. McManus ein.

Dr. Granger schüttelte nüchtern den Kopf. »Nein Al, das ist keine. Aber es hat sie jemand unter Druck gesetzt. Vielleicht brauchten wir nicht weit nach dem zu suchen, der es war. Soviel ich höre, ist der Mann nicht ganz normal. Ein normaler Mensch wird nicht gesteinigt, bringt keine Pöbelmassen gegen sich auf und verhetzt die Leute nicht.«

»Christus hat das alles getan«, widersprach Dr. McManus.

Dr. Granger winkte nachlässig mit seiner breiten Hand. »Nun, wir Psychiater haben auch darüber unsere eigene Theorie. Normale Menschen passen sich an, fügen sich ein, sind ausgeglichen. Dieser Mann ist es nicht; sonst hätte er nicht soviel Zwietracht in Barryfield gesät. Er hätte sich hier häuslich niedergelassen, die Kinder normal und friedlich großgezogen, und kein Mensch hätte je von ihm gehört. Die Kinder, höre ich, sind vollkommen abnormal.«

Dr. McManus saß ganz still und zuckte nicht mit der Wimper.

»Siehst du, Al«, fuhr der Psychiater liebenswürdig fort, »ich habe Erkundigungen eingezogen. Ich habe ja normales und abnormales Benehmen studiert. Dem einen Kind wurde von einem anderen beinahe der Hals durchgeschnitten. Normale Kinder wecken keinen solchen Haß. Ein anderer Junge wurde operiert – von dir, Al? – und ich sprach im Krankenhaus mit mehreren Schwestern. Die erzählten mir, er sei vollkommen unzurechnungsfähig gewesen. Redete von seiner toten Mutter, die ihn jede Nacht besuche, und plapperte auf französisch vor sich hin, wenn sie ihm Spritzen gaben, und schrie oft, die Soldaten kämen und wollten ihn umbringen. Illusionen! Er hatte einen ausgesprochenen Verfolgungswahn; Schizophrenie, würde ich sagen.«

Dr. McManus stand auf. Sein massiger Leib bebte. »Wer hat dich beauftragt, Somer, über einen armen Teufel von Pastor und seine Kinder Erkundigungen einzuziehen?«

Dr. Granger schwieg. Seine Augen flatterten unstet.

»Du bist doch ein höllisch reicher Psychiater aus Philadelphia. Warum interessiertest du dich für ihn?«

»Aber, Al. Alle Welt spricht ja von ihm. Da zog ich natürlich Erkundigungen ein.«

»Du bist ein Lügner«, sagte Dr. McManus grob.

Er atmete tief und hörbar ein. Er wandte sich an Mr. Summerfield. Er sagte leise, langsam und nachdrücklich mit seiner piepsenden Stimme: »Mac, ich warne dich. Laß die Hände weg von Johnny. Hörst du? Laß die Hände weg von Johnny, von nun an. Denn, Mac«, und er trat einen Schritt auf den anderen zu, »wenn du's nicht tust, wirst du's büßen müssen.«

»Al, soll das eine Drohung sein?« fragte Mr. Summerfield ehrlich bestürzt. »Aber Al, wir sind doch alte Freunde, wenn wir auch über manches verschiedener Meinung sind.«

»Ich drohe dir nicht, Mac. Ich sage dir nur Bescheid. Eines Tages wirst du etwas über Johnny erfahren. Noch will ich es nicht gegen dich verwenden, noch nicht. Aber wenn du es weißt, wird es dir das Herz brechen, Mac. Am Boden wirst du kriechen, Mac.«

Mr. Summerfield sah ihn aus zusammengekniffenen Augen an.

»Hör mal, Al, ich mag deinen Schützling nicht leiden. Aber er tut mir leid. Glaubst du, ich werde mehr Mitleid mit ihm haben, wenn ich das über ihn weiß?«

»Nein«, erwiderte Dr. McManus, und nun sprachen Wärme und Mitleid aus seinem Blick. »Du wirst dir selber leid tun, oder anderen.«

Er machte kehrt und verließ mit dröhnenden Schritten das Zimmer. Sie waren an seine unvermittelten Aufbrüche gewöhnt; nur Esther Summerfield folgte ihm und nahm seinen Arm. »Gehn wir hinab ins Frühstückszimmer, Al«, sagte sie und ihre sonst so lässige Stimme hatte einen dringlichen Unterton. Er begleitete sie. Sie setzten sich zusammen, in dem in des Doktors Augen einzigen normalen Zimmer im ganzen Haus; hier war alles in warmen Farben gehalten; schlichte, goldgestrichene Möbel standen ringsumher. Esther wirkte mit ihren durchschimmernden, exotischen Fähnchen hier fehl am Platze. Sie sah ihrem alten Freund ernst in die Augen.

»Du weißt gar nicht, mein Lieber, was es für mich bedeutet, in deinem Haus mit Lorry zusammenzutreffen, wenn sie ab und zu übers Wochenende kommt. Nein, Mac hat keine Ahnung, daß sie herkommt. Er schreibt ihr an Barrys Adresse nach New York, aber sie antwortet nur mir.« Esther senkte traurig den Kopf. »Du weißt, wie sehr ich versucht habe, Lorry mit ihrem Vater auszusöhnen; aber jeder Leitartikel, den er schreibt, manchmal auch nur eine kleine bissige Bemerkung, verhärtet sie noch mehr gegen ihn. Irgendwie«, und hier lächelte Esther mütterlich im Gedanken an ihre Tochter, »verstehe ich sie ja, wenn ich bedenke, wie viel Mr. Fletcher für sie getan hat. Wer hätte das von Lorry gedacht, die noch vor wenigen Monaten Mitleid, Barmherzigkeit und Sorge um andere als Schwäche und Sentimentalität verspottete?«

Der Arzt kicherte. »Nun, sie könnte sie jetzt nicht beweisen, wenn sie sie nicht von Anfang an besessen hätte. Sie war immer eine Idealistin; so fing ja der Riß zwischen ihr und ihrem Vater vor Jahren an. Weißt du, ich denke allmählich nach über sie und meinen Jungen, den Pastor, und dann frage ich mich, ob das Menschenleben nicht doch einen Sinn hat. Der hat die ganze Stadt hier auf den Kopf gestellt, kraft seiner Unschuld, und zum Teil auch dadurch, daß er aufrichtig glaubt, die meisten Leute seien anständig und würden anständig handeln, wenn man sie dazu anleitet. Ich glaub's ja nicht, aber ich beobachte ihn.«

Esther betrachtete sinnend ihre langen, dunklen Hände. »Al, was Lorry und Mr. Fletcher anlangt – ich weiß, sie kommt her, damit du ihr von ihm erzählst. Glaubst du –?«

»Liebe?« Der Arzt schmunzelte. »Sie ist schon da, aber sie sind beide noch zu dumm, das zu erkennen. Ach so, du denkst an Mac. Und an Mac und Lorry, und wie die beiden miteinander stehen. Ja, ich weiß nicht, Esther.« Er machte eine Pause. »Bilde ich mir das nur ein, oder ist Mac wirklich verändert? Er war immer ein wenig abwesend und in höheren Regionen, sein Leben lang, und ließ sich, soviel ich weiß, auch nicht einmal zur Wirklichkeit herab. Lorry gleicht ihm zu sehr – ein ganzer Sturm von Gefühlen unter glattem Stein. Aber sie hat auch gesunden Hausverstand. Mac – ja, der ist jetzt weiter denn je von der Wirklichkeit entfernt, scheint mir. Geistesabwesend. Schaut einen manchmal an, als wär' er blind und taub und benommen. Zuckt zusammen, wenn man ihn anruft. Oder bilde ich mir das alles ein?«

Esther starrte an die Wand; ihr Gesicht verzerrte sich vor Schmerz. »Nein. Weißt du noch, wie MacDonald Somer Granger kennenlernte? Es war in Philadelphia, wie du weißt, und drei Jahre später bewog er ihn, hier in Barryfield eine Ordination zu eröffnen, einmal wöchentlich. Ich – ich habe diese Verbindung nie für gesund gehalten. Männer wie Somer sind morbid, und nun hat er auch MacDonald damit angesteckt, wogegen ich ihn für immun gehalten hätte. Und damals fing die Spannung zwischen Lorry und ihrem Vater an; daran ist in meinen Augen Somer schuld. Es ist etwas, was sich nicht fassen läßt; aber es ist da.«

Der Doktor runzelte die Stirn und nickte. »Weißt du, die meisten Ärzte, die lang genug praktiziert haben, daß sie Einblick in die menschliche Natur gewonnen haben und wissen, wie sie durch den Körper wirkt, mißtrauen den Psychiatern. Die Ärzte wissen schon seit Hippokrates über die psychosomatische Medizin Bescheid und haben sie in ihren Diagnosen auch immer berücksichtigt. Aber da kommen nun diese Quacksalber daher und glauben, sie haben was Herrliches, Neues erfunden, und nur die jungen Ärzte, die sich nichts Ordentliches zutrauen, die stürzen sich darauf. Ich höre oft ihrem Jargon zu. Was das Schlimmste ist, er dringt bereits in den Wortschatz von Dummköpfen ein und richtet allerhand Unheil an. Wenn er erst in die Politik gelangt, dann gnade uns Gott!«

»Ich habe nie einen Psychiater gesehen, dessen Geistes- oder Gefühlsstruktur in Ordnung gewesen wäre. Es gibt da tausenderlei Defekte. Gesunde Leute haben ja auch ihren Sparren; aber die werden allmählich damit fertig. Die Psychiater nicht; die verschaffen sich statt dessen Patienten und ›projizieren‹ dann, wie sie das nennen, ihre eigenen heimlichen Ängste, Schuldgefühle und Leiden auf ihre Patienten. Dabei wird ab und zu der eine verrückt; manchmal auch alle beide.«

Esther sah ihn aufs höchste bestürzt an. »Ja, ich bin überzeugt, du hast recht. MacDonalds Zustand wird immer schlimmer. Es – geht jetzt viel schneller. Du weißt doch, er hat in seinen Zeitungen nie das radikale Zeug verzapft, bis er Somer kennenlernte. Somer hat ihm das eingeredet; Somer bestimmt, was seine Zeitungen schreiben! Wie ich das weiß? Nun, Beweise habe ich ja eigentlich nicht, aber nach seinen Unterredungen mit Somer finde ich in seinen Artikeln immer wieder etwas Boshaftes oder Aufreizendes. Nein, sie sind beide keine Kommunisten. Somer ist Opportunist, und MacDonald glaubt, er ist der liebe Gott.«

Sie stand auf, von Angst gequält. »Al, MacDonald spricht nie von seiner Mutter. Kanntest du sie?«

»Ja, allerdings. Ein Prachtmädel, Esther. Ein gesundes Mädel, voll Mutterwitz. Sie hielt ja wohl Macs Vater für einen pompösen, anmaßenden Narren; aber sie gab das nie auf verletzende, sondern höchstens gewinnende, liebevolle Art zu erkennen. Sie starb, als

Mac ungefähr dreizehn war, glaube ich.« Der Arzt runzelte nachdenklich die Stirn. »Es war ein Unfall. Sie hatten eben ein großes Haus in Philadelphia gekauft, und Evelyn half der Dienerschaft beim Einrichten. Es ist schon sehr lange her. Sie stürzte vom dritten Stock senkrecht hinab in den marmorgepflasterten ersten Stock. Stand alles in der Zeitung. Sie hatte sich über das Geländer gebeugt, um den großen glänzenden Lüster abzustauben, den sie aus dem Ausland hatte kommen lassen. Dabei verlor sie das Gleichgewicht.«

Der alte Arzt erhob sich plötzlich und packte Esther am Arm. Sie sah ihn in wortlosem Schrecken an. »Was ist denn?«

Sie erwiderte leise: »Ich weiß es nicht. Nur — MacDonald redet schon lange im Schlaf von seiner Mutter. Ich glaube, er haßte sie.«

Der Doktor rüttelte sie. »Esther! Nun fang mir du nicht auch noch an! Schlag dir das aus dem Kopf, hörst du?«

Sie flüsterte: »Al, ich habe einmal zufällig etwas gehört, als MacDonald und Somer von Mrs. Summerfield sprachen. Sie saßen in MacDonalds Arbeitszimmer. Ich verstand nur ein Wort: ›Schuld‹. Ach, ich hab' solche Angst.«

Der Doktor bemühte sich, zu lachen. »Ich kann mir denken, worauf Granger hinauswollte. Er wollte Mac einreden, daß er sich schuldig fühle, weil er seine Mutter haßte und ihr vielleicht sogar den Tod oder sonst was wünschte, und dann geschah das Unglück, und es wollte ihm nicht aus dem Sinn — er ist ja innerlich noch immer nicht erwachsen —, daß sein Wunsch etwas mit dem Tod seiner Mutter zu tun habe. Möchte wissen«, setzte er hinzu, »wie sehr Somer seine eigene Mutter haßte.«

Esther seufzte. »Offen gesagt, ich glaube, die ganze Welt wird allmählich verrückt. Daran war entweder der Krieg schuld, oder er war die Folge davon. Zuweilen habe ich Alpträume, wenn ich mir ausmale, wie es auf der Welt hergehen wird, wenn ganze Regierungen wahnsinnig werden. Was wird dann aus uns?«

Sie gingen gemeinsam zur Tür, die geschlossen war, Esther warnte: »Al, dein Pastor schwebt in Gefahr, und seine Kinder auch. MacDonald wird ihn nicht in Frieden lassen. Er sieht drein wie ein Wahnsinniger und gebärdet sich auch so, wenn nur der Name Fletcher fällt. MacDonald hat schon andere Leute ruiniert, wie du weißt. Wer wird deinen Pastor schützen?«

»Nun«, erwiderte der Arzt mit grimmigem Lachen, »Gott wird ihn schützen. So sagt wenigstens der Pastor. Hoffentlich hat er recht.«

21

Die Kinder lauschten wie gebannt Johnnys Geschichte vom Dankfest. Als er geendet hatte, saßen sie grübelnd und stumm da. Er hatte den Kindern ein dickes Buch darüber gekauft, voller bunter Bilder von Indianern und Pilgervätern, Schnee und Truthähnen, Wigwams und Blockhütten. Jean hielt es nun auf den Knien und zog nachdenklich an seiner blutlosen Lippe. Die anderen Kinder drängten sich um seinen Stuhl, reckten die Köpfe und betrachteten die Bilder. »Nun«, fragte Johnny, »war das nicht eine feine Geschichte?«

»Ich glaube, die Indianer waren dumm«, antwortete Jean endlich.

»Dumm?«

»Oder, Papa, vielleicht nicht dumm.« Jean sah mit seinem altklugen Lächeln zu ihm auf. »Vielleicht waren sie so wie du? Sie verziehen den Leuten, die ihnen weh taten, ja? Die weißen Männer kamen in dieses Land, das Land der Indianer, und fällten die Wälder, um ihre Häuser zu bauen, auf dem Grund und Boden der Indianer, und zwangen die Indianer, ihnen zu helfen, ob sie wollten oder nicht, und du hast das zwar nicht gesagt, aber ich glaube, sie hielten sich für besser als die Indianer. Ja? Ich habe Bücher gelesen, die mir Miß Coogan bringt, über die Kriege mit den Indianern, und ich habe darüber nachgedacht, und ich finde die Weißen waren da keine – keine Helden. Der Weiße war da sehr böse, war immer sehr böse, und am schlimmsten deshalb, weil er den Indianern das Land wegstahl. Und das genügte ihm noch nicht, dem weißen Mann, das ganze Land und die Berge und Seen, die Fische und das Wild. Er mußte auch die Indianer versklaven und töten.«

»Da hast du nicht unrecht«, erwiderte Johnny. Er dachte an Indien, China und alle die unterdrückten Länder im Osten, wo der weiße Mann seine Kolonien gegründet und die Eingeborenen wie Tiere behandelt hatte. Eben braute sich wieder etwas in Asien zusammen, etwas Explosives, Furchtbares und sehr Unheilvolles.

Jean seufzte. Er strich mit einem Finger sacht über das edle Bild eines Indianerhäuptlings, der eben einem sehr hochmütigen Pilgervater und dessen naserümpfendem Weib demütig einen Korb mit Früchten darbot. »Siehst du«, sagte Jean. »Der Häuptling schenkt die Früchte dieses Landes einem Mann, der sie auf den Knien entgegennehmen müßte, weil er ein Dieb ist; um Verzeihung müßte er bitten. Der Häuptling hat ihm erlaubt, das Land zu behalten, das er gestohlen oder blutig erobert hat, und hat ihm verziehen.«

»Er ist sehr schön«, sagte Kathy. »Er hat eine hübschere Haut als der Pilgervater. Er ist wie ein Vogel; der Pilgervater ist sehr häßlich.«

»Warum vertrieben die Indianer nicht einfach den Weißen, der ihnen ihr Land stahl?« fragte Pietro.

Johnny erwiderte düster. »Der Weiße hatte Gewehre. Die hat er immer. Und heute hat er die Atombombe. Das macht ihn noch überlegener.«

Max war sehr ernst. »Wer hat ihm gesagt, daß der Weiße besser ist?« fragte er mit seiner leisen, unsicheren Stimme.

»Er selber«, entgegnete Johnny. Er war beinahe überzeugt, daß seine Geschichte vom Dankfest ein Schlag ins Wasser gewesen war oder doch ein paar recht handgreifliche Löcher aufwies. »Man kann den Dingen nicht immer auf den Grund gehen«, setzte er nicht sehr überzeugend hinzu.

Pietro lächelte ihm mit blitzenden Zähnen zu. »Warum nicht?« fragte er. Ja, warum eigentlich nicht, fragte sich Johnny.

»Nun, immerhin müssen wir Gott wohl danken, daß Er uns erlaubt hat, hier in dem Land zu bleiben, das wir den Indianern gestohlen haben. Es ist ein schönes Land.«

Kathy sah überlegen drein. »Miß Coogan sagt, die Pilgerväter mochten Leute nicht leiden, die etwas anderes glaubten als sie. Sie vertrieben andere aus den Kolonien und auch von anderswo, wenn diese Männer Gott so verehren wollten wie Jean und Pietro. Hinaus in die Kälte und in die Wälder trieben die Pilgerväter diese Leute. Die Pilgerväter waren ganz böse Menschen, und ich liebe sie gar nicht, und ich mag auch von ihrem Dankfest nichts wissen.«

Pietro hatte von den Kindern in den Katechismusstunden allerhand amerikanischen Slang gelernt. »Ein übler Dreh«, sagte er nun.

»Nun, heute sehen wir die Geschichte hierzulande anders. Wir danken Gott, daß Er Barmherzigkeit an uns geübt hat und uns – na, sagen wir, geschützt hat – und daß wir Freunde und Familien haben, die uns lieben, und genug zu essen. Es ist ein allgemeines Fest des Dankes an Gott.«

»Bloß einmal im Jahr?« fragte Pietro mit geheucheltem Ernst. »Würde Ihm denn das genügen?«

»Nun hört mal, Kinder«, sagte Johnny mit einer gewissen Strenge. »Ihr wißt wohl, das meine ich nicht. Danken wir nicht Gott für jede Mahlzeit hier an diesem Tisch? Und so oft wie möglich in der Kirche, und vor dem Schlafengehen? Können wir nicht auch einen Tag zum besonderen Dankfest machen? Spricht irgendein Gesetz dagegen? Seht nur uns selber an. Da sitzen wir in einem warmen Eßzimmer nach einer guten Mahlzeit, und wir lieben einander, draußen in der Küche ist Mrs. Burnsdale, oben warten die Betten, überall ist es warm, und ihr habt anständige Sachen anzuziehen und vieles, vieles andere. Können wir da nicht ein besonderes Fest daraus machen, an einem bestimmten Tag Unserem Herrn zu danken, ohne erst lange darüber zu streiten? Ihr Kinder streitet über jeden Schmarren. Möchte wissen, wo ihr das herhabt.«

»Okay«, meinte Pietro begütigend, trat an Johnnys Stuhl und gab ihm einen herzhaften Kuß. »Wir machen ein besonderes Dankfest daraus. Wenn das Papa Freude macht.«

»Das hat damit gar nichts zu tun«, entgegnete Johnny hilflos. Er fuhr mit leisem Vorwurf fort: »Ich weiß nicht, ob es recht ist von Pater Johnny Kanty, Pietro, daß er dich zum Ministranten macht. Du hast nicht die richtige Einstellung dazu.«

Pietro, dramatisch wie immer, faltete die Hände, schlug die Augen zum Himmel auf und sagte demütig: »Okay, okay, ich habe die richtige Einstellung.«

Kathy rettete Johnny auf ihre eigene praktische Weise aus der Verlegenheit. »Pietro, du bist zum Geschirrwaschen dran; hinaus mit dir in die Küche. Max, du mußt die Kuchenteller wegschaffen und alles Silber. Vorwärts, ihr faulen Burschen.«

Max und Pietro gehorchten Kathy so brav, wie sie es nicht einmal Mrs. Burnsdale gegenüber taten. Sie rebellierten nun oft und forderten oder protestierten ungehemmt. Dafür war Johnny zutiefst dankbar. Es bereitete ihm besondere Freude, wenn Max sich beklagte, daß man ihm zu viele Hausarbeiten zugewiesen habe; manchmal warf Max sogar eine Tür zu und stapfte zornig davon. Tag für Tag wurden die Kinder normaler und kindlicher. Nur Jean, der älter und klüger war und dessen Gedächtnis weiter zurückreichte, blieb zu sehr in sich gekehrt und grübelte viel.

Nur Jean, Johnny und das schlafende Kind blieben im Eßzimmer zurück. Johnny sagte milde: »Jean, mein Sohn, zuweilen ist es besser, vor den jüngeren Kindern nicht gar zuviel zu fragen. Außerdem gibt es viele Fragen, die sich nicht beantworten lassen. Verstehst du?«

Jean faltete mit seiner eigentümlichen Ruhe die Hände und ließ sie auf dem Buche ruhen. Er betrachtete Johnny eine Weile forschend, wieder mit dem Gesicht eines Mannes, der zu viele Schmerzen und Ängste durchlitten hat. Und doch war es ein stilles Gesicht, ernst und gedankenvoll.

Johnny wartete. Jean sagte leise: »Ich träume oft von der Statue, die mir meine Mutter schickte. Ich träume oft von der Frau, deren Ebenbild sie ist. Ebenbild heißt das, nicht wahr? Siehst du, wie gut ich schon Englisch kann.« Er lächelte.

»Es ist wirklich erstaunlich. Ihr Kinder studiert aber auch immer.«

»Ich liebe die Frau über alles«, fuhr Jean fort. »Miß Coogan bringt mir Bücher über sie. Gott wußte, daß Er Gott war, aber Maria wußte, Er war ihr Kleines, ihr Kind, ihr Sohn. Vielleicht sah sie in Ihm mehr den Sohn als den Gott. Machen Mütter das so?«

»Ja«, antwortete Johnny. »Wohl alle Mütter.«

Jean wiederholte: »Ich liebe sie über alles. Ich denke an sie, wenn Dr. McManus an Sonntagen den Wagen schickt, mit dem Pietro und ich zur Messe fahren. Und drum denke ich auch während der Messe an die Frau.« Er hielt inne. »Ich möchte Priester werden. Ich habe schon mit Pater John Kanty gesprochen. Er glaubt, ich bin schon über zwölf, obwohl ich es ja nicht weiß; ich habe ja auch keinen Geburtstag, nur den, den du mir gabst, als ich vom Krankenhaus heimkam.«

Johnny hatte allen Kindern einen neuen Geburtstag zugewiesen, damit jedes seinen eigenen Tag haben sollte und sie so öfter feiern konnten. Nun sagte er: »Ich glaube, du bist nicht viel älter als zwölf, Jean. Aber du sagtest, du wolltest Priester werden. Was meint denn Pater John Kanty dazu?«

»Er glaubt, ich habe die Berufung dazu. Papa, glaubst du das auch?«

Johnny schwieg. Er sah in Jeans Augen, dann auf seine stillen Hände. Er erwiderte: »Ja, ich glaube es.«

»Und du bist nicht traurig darüber?«

»Nein«, sagte Johnny tief gerührt. »Ich bin sehr glücklich. Wenn du deiner Sache sicher bist, Jean.«

»Ja, das bin ich«, sagte der Junge. Und nun war er plötzlich wieder ein echter Junge, und ein schalkhaftes Lächeln stahl sich in sein hageres Gesicht. »Na, dann wollen wir morgen unser Dankfest feiern, und wir werden dich nicht mit allzuvielen Fragen quälen, Papa.«

Johnny trug Emilie nach oben, ins Bettchen. Ihm war, als hätte sie ein bißchen zugenommen..

Der Tag des Dankfestes stieg nach all dem Regen golden und strahlend herauf. Eine Art Freudengeläute erfüllte die Straßen, ein Gewirr von Kinderstimmen, Schritten, Hupen und Motorengesumm. Am frühen Morgen war Rauhreif gefallen und glitzerte nun golden an den Fensterrahmen, den grauen Ästen und Zweigen der Bäume, von allen Grashalmen, von den Wänden der Häuser. Es war wahrhaftig ein Tag, für den man danken mußte.

Johnny hatte nicht viele Gläubige zum Frühgottesdienst erwartet, mußten doch zu viele Truthähne gefüllt, Kuchen gebacken und Wohnungen auf Hochglanz gebracht werden. Zu seiner Freude fand er jedoch alle Stühle besetzt. Er schritt beschwingt zum Altar, im flackernden Schein und Glanz der Kerzen. Er lächelte seinen Leuten zu, und diese erwiderten seinen Gruß.

»Ein Mensch, der nur einmal im Jahr das Dankfest feiert oder nur mit den Lippen begeht, der dankt überhaupt nicht«, predigte Johnny. Es war kalt in der Kirche, aber die Leute lauschten mit ungeheuchelter Aufmerksamkeit Johnnys klangvoller Stimme. Dr. McManus saß da vor ihm zusammengekauert, in einem gewaltigen, dicken und unordentlichen braunen Mantel. Es war unmöglich, seinem unergründlich starren Blick standzuhalten, da er auf seinem gewohnten Platz im vordersten Stuhl saß. Dies Starren brachte Johnny an manchen Tagen aus dem Konzept; so auch heute. Er sah über Dr. McManus hinweg.

»Die Juden erklären bei ihrem Passahfest«, fuhr er fort, »daß es schon genug und schon ein hinreichender Grund zum Dank gewesen sei, wenn Gott sie nur aus Ägypten herausgeführt hätte. Alledem fügte Er aber unaufgefordert noch viel mehr hinzu, aus Seiner Hand, die nie leer ist von Liebe. Ich aber sage euch«, fuhr Johnny mit erhobener Stimme und jubelnd fort, »hätte Gott uns nur einen einzigen Tag leben lassen, damit wir erkennten, daß Er lebt, so wäre das genug gewesen. Hätte Er uns einen Tag leben und von Ihm wissen und außerdem einen einzigen Sonnenaufgang oder Sonnenuntergang sehen lassen, so wäre das mehr als genug gewesen. Wenn Er uns aber obendrein noch eine einzige Stunde geschenkt hat, da wir liebten und wiedergeliebt wurden, wie reich hat Er uns da gesegnet!«

Nach dem Gottesdienst wurden die Türen weit geöffnet, und vielen war es, als sähen sie heute zum erstenmal seit Jahren wieder die Sonne. Sie sahen zum Himmel auf und hoben ihre müden erdverhafteten Augen empor, ihre müden Herzen, ihren schwankenden Glauben, ihre enttäuschten Hoffnungen. Es ist genug, sagten sich viele von den ausgepumpten Leuten in mittleren Jahren, daß ich heute die Berge sehen kann, die Berge, die immer da waren, die ich aber lange nicht gesehen habe. Die Jüngeren strebten eilenden Schrittes nach Hause und wiederholten in ihren Herzen, es ist genug, daß ich ein warmes Heim habe, die Kinder warten daheim, und im Herd steht schon der Truthahn. Und sie alle sagten sich, es ist mehr als genug, zu wissen, daß Gott mich liebt und auf mich sieht.

»Nun«, fragte Johnny daheim, als er in die Küche trat, »wie war die Predigt?«

Mrs. Burnsdales Augen waren leicht gerötet. »Wunderbar«, antwortete sie. »Und so kurz.«

Johnny lachte auf. »Also danach beurteilen Sie eine Predigt?«

»Nun, Sie wissen selbst, daß das nicht wahr ist«, entgegnete sie entrüstet. »Wissen Sie, Mr. Fletcher, Sie sind zu gut für diese Stadt und diese Kirche. Sie müßten einen Dom haben, wie sie in New York stehen, am Riverside Drive, mit Glocken, die ganze Kirchenlieder spielen, über den Hudson hin.«

Johnny spähte nach dem Ofen hin. »Was macht der Truthahn?« Die Küche war erfüllt von Düften. Mrs. Burnsdale öffnete würdevoll und ruhig das Türchen und ließ Johnny einen entzückten Blick auf den Truthahn werfen, der da in einer feuchten Patina von goldbrauner Butter üppig brutzelte. »Ah«, meinte der junge Pastor, »wissen Sie, selbst das wäre schon genug.«

Er betrachtete vergnügt die Reihen kleiner Kürbis- und Fleischpasteten, die geschälten Kartoffeln, das Preiselbeerkompott. »Daß ich nun ein Dankfest im eigenen Heim feiern kann!« sagte er. »Und noch dazu mit meiner eigenen Familie! Da kann man wirklich nachdenklich werden.«

Er und die Kinder bekamen je ein kleines Sandwich und ein Glas Milch im Eßzimmer. Pietro hatte am Morgen zum erstenmal ministriert. Er steckte voll wichtiger Neuigkeiten und Erklärungen. Er redete wie ein Alter, und Johnny entgegnete: »Wenn man dich so hört, müßte man glauben, daß du selbst Pater John Kanty unterrichtet hast. Hast du ihm wirklich gesagt, was er sagen und wo er stehen soll?«

Pietro lachte. Kathy meinte: »Er erzählt immer so viele Geschichten.«

Max erzählte vom Dankgottesdienst in der Synagoge. »So viele Leute«, sagte er. »Der Rabbi war froh. Sie mußten eiserne Stühle hinten hinstellen, und oben war auch alles voll. Drum kriegen wir bald eine ganz große Synagoge. Der Rabbi sprach davon und sagte, dafür müßten wir danken. Dr. Klein läßt euch alle herzlich grüßen.«

»Niemand«, erklärte Kathy, »kann so sprechen wie Papa.« Sie strahlte ihn liebevoll an. »Die Leute wischten sich die Tränen aus den Augen.«

»Ich liebe Papa«, sagte Klein-Emilie und legte das Köpfchen an Johnnys Arm. Ihre großen, blauen Augen lachten ihn an, und im Herzen fühlte er den alten Schmerz sich regen. Aber sie sah doch wirklich viel besser aus. Ihre Backen hatten etwas Farbe bekommen.

Sie gingen alle hinaus, um ihre Bäume zu betrachten. Sie bewunderten auch die purpurnen Berge und den strahlenden Himmel. Johnny war erfüllt von tiefer, stiller Freude. Er konnte sich nicht erinnern, je so glücklich gewesen zu sein. Wenn nun noch Lorry in der Stadt wäre — ja, dann wäre seine Freude vollkommen gewesen. Plötzlich stand sie wieder zum Greifen deutlich vor seinem geistigen Auge. Er seufzte und bemühte sich, nicht an sie zu denken.

Um ein Viertel vor drei Uhr erschien Dr. McManus, wie immer mit finsterem Gesicht. Die Kinder umdrängten ihn, während er so tat, als wollte er sie verscheuchen. Er hatte ihnen eine große Schachtel voll Zuckerwerk in Gestalt von kleinen Kürbissen und Truthähnen mitgebracht. Sie waren begeistert. Er ging in die Küche hinaus und hielt die Schachtel über seinem Kopf, während die Kleinen danach langten. Er gab sie Mrs. Burnsdale, die sie oben auf ein Wandbrett stellte. »Erst nach dem Essen«, mahnte er. Auch er betrachtete voll Genugtuung den Truthahn und die Pastetchen. Die Kinder verließen enttäuscht die Küche. Der Doktor lehnte sich an den Kühlschrank und lächelte Mrs. Burnsdale wohlwollend zu.

»Finger weg von den Törtchen!« sagte sie.

Der Doktor kaute unbekümmert. »Hausgemacht«, sagte er. Er musterte unverfroren Mrs. Burnsdale, die ein sehr hübsches, schwarzes Kleid mit weißem Kragen und weißen Manschetten trug. Die bescheidene Anstecknadel mit dem Opal hatte ihr Johnny im Oktober zu ihrem Geburtstag geschenkt. Sie war aus Silber. Das Haar war frisch gewellt und schimmerte silbern, ihr Gesicht war gesund gerötet. »Wissen Sie, Mrs. Burnsdale, daß Sie sehr hübsch sind?« fragte der Doktor. »Wie alt sind Sie? Siebenundfünfzig? Ich würde sagen, Sie sind hier um fünf Jahre jünger geworden. Das Klima sagt Ihnen offenbar zu.« Er sah sehnsüchtig auf die Platte mit den Törtchen, vergrub aber dann die Hände in den Taschen. »Beste Köchin, die mir je begegnet ist. Sie möchten mich wohl nicht heiraten, wie?«

Mrs. Burnsdale lachte herzlich. »Nun, fragen Sie mich wieder, wenn Mr. Fletcher heiratet und die Kinder erwachsen sind!«

In Mrs. Burnsdales Augen tanzte der Schalk; jugendliche Röte bedeckte ihr feuchtes Gesicht. Sie sagte: »Da fällt mir ein, ich hab' wieder eine Liste.«

»Nein, heute nicht«, versetzte der Doktor und nahm Reißaus.

Das Essen wurde ein Riesenerfolg. Johnny sah sich um, sah die jungen Gesichter rings um sich, sah Mrs. Burnsdale und den Doktor und dachte voll ehrfürchtigem Staunen, daß Gott so außerordentlich gut zu ihm gewesen war, daß Er ihn in diese Stadt geführt hatte, die ihn brauchte und die er nun liebte, und in der seine Kinder, diese arg beschädigten Pflänzchen, nun allmählich Wurzel schlugen.

»Heute früh rief Dr. Stevens an«, sagte er, emsig mit einer Truthahnkeule beschäftigt. »Aus Florida. Er hat was gehabt, er nennt es einen Virus, und jetzt ist er dort unten zur Erholung. Er ist jetzt ein alter Mann, und wohl auch schon müde.«

»Wer würde das nicht auf dieser Welt?« fragte Dr. McManus, der sinnend die Kastanienfülle betrachtete. »Ja, bitte«, erwiderte er, als Mrs. Burnsdale ihm noch von der knusprigen, würzig duftenden Masse auf den Teller legte. »Was heißt übrigens ›alter Mann‹? Er ist nicht viel älter als ich, und ich fühle mich gar nicht alt.«

»Aber Sie waren nie Geistlicher«, entgegnete Johnny. Doktor McManus sah ihn plötzlich scharf an. Täuschte er sich, oder sah er wirklich tiefere Linien in Johnnys Gesicht gegraben, die ihn älter machten? Johnny fuhr fort: »Ich weiß es, es ist eine gewaltige Verantwortung, Arzt zu sein, die Patienten körperlich zu betreuen und zu überlegen, wie sie am Leben und gesund bleiben können. Aber Geistlicher sein, das bringt eine noch furchtbarere Verantwortung mit sich; denn hier geht es um die Betreuung der unsterblichen Seelen. Der Geistliche weiß, wie sehr und wie dauernd es verletzen kann, wenn er einen Fehler begeht, gleichgültig ist, Zweifel hegt oder sein Amt mechanisch ausübt. Pater John Kanty hat mir gesagt, diese mechanische Gleichgültigkeit ist die Grube, in die jeder Geistliche fallen kann, zu seinem eigenen Verderben und zum Schaden seiner Leute. Die Botschaft bleibt zwar ewig unverändert, ist aber doch immer neu und lebendig, wird jeden Augenblick neu geboren und darf nie durch Hast oder Gleichgültigkeit geschmälert werden.«

»Ihr Burschen erinnert mich an Sisyphus«, sagte der hartgesottene Doktor. »Jeden Tag wollt ihr den großen Stein eurer Botschaft den Berg hinaufwälzen und schwitzt und blutet dabei in eurem zarten Gewissen, und jeden Morgen liegt er wieder unten, und die Leute oben auf dem Berg gehen unbekümmert ihrer Wege. Wenn ich eine Gallenblase herausnehme, ist sie eben heraus; wenn ich ein Bein einrenke, ist es heil, und damit basta.« Wieder sah er sehnsüchtig auf die Schüssel, aber Mrs. Burnsdale schüttelte streng den Kopf. Er murrte.

»Einmal«, sagte Johnny, »kriegen wir den Stein hinauf. Eine Herde, ein Hirt. Pietro, weißt du, an den Fingern lutschen gehört sich nicht.«

»Nein?« fragte der kleine Schelm. »Ist aber ein Kompli- — Kompliment.«

»Kompliment«, wiederholte Johnny zerstreut. Er hielt inne und sah auf seinen Teller. »Ist Miß Summerfield zum Dankfest gekommen, Doktor?«

»Nein. Hab' in letzter Zeit nichts von ihr gehört«, log der Doktor frisch drauflos. »Woher das Interesse?«

Johnny errötete leicht. »Nun, schließlich kenne ich sie ja, sie war so gut — sie tat etwas so Schönes — die Kinder beteten sie an.«

»Ach«, sagte der Doktor und stahl rasch etwas Fülle auf seinen Teller, während Mrs. Burnsdale mit Pietro beschäftigt war. »Also nur die Kinder. Pietro hat übrigens recht. In Italien, wo die Leute Kultur haben, gilt es wirklich als Kompliment für die Köchin, sich einen Finger oder auch zwei diskret abzulecken. Aber das bedeutet natürlich nicht die ganze Hand«, setzte er, zu Pietro gewandt, hinzu.

»Was ist eigentlich Fußball?« fragte Max. Er war ein begeisterter Radiohörer geworden, seit der Doktor der Familie vor einigen Wochen einen schönen großen Apparat geschenkt hatte.

»Es ist ein Spiel«, erklärte Johnny begeistert. »Ich war Verteidiger.« Kathy schaute überlegen drein, aber die drei Jungen hörten mit blitzenden Augen gespannt zu.

Nur Max plagte ein Zweifel. »Aber die Leute, die zuschauen, und die Männer, die spielen — ist das nicht vergeudete Zeit?«

»Ganz und gar nicht«, erwiderte Johnny etwas heftiger als sonst. »Vergiß nicht, Max, im Leben ist nicht nur für Lernen und Beten, sondern auch für Freude und Lachen und Heiterkeit viel

Platz. Außerdem wünscht Gott, daß wir diese Welt froh genießen.« Er bereute seine Heftigkeit sogleich, denn schon sah Max wieder verwirrt und ein bißchen abwesend drein. »Genieße sie, mein Sohn«, setzte er milder hinzu. »Du lernst ja schon spielen, aber du mußt noch mehr lernen. Ich werde einen Fußball kaufen und euch dreien das Spiel beibringen. Übrigens, Kathy«, setzte er hinzu, als er des Mädchens überlegene Miene sah, »ich höre, du bist selber eine Stütze der Softballmannschaft von eurer Sonntagsschule? Und du hast auch, wie ich höre, ein paar ulkige neue Regeln erfunden, die nicht im Buche stehen; du bist ein kleiner Tyrann, Kathy.«

»Ich machte eben manches besser«, entgegnete Kathy hochmütig und langte nach einem neuen Törtchen.

»Nun, deine Figur machst du mit dem vielen Essen nicht besser«, mahnte Mrs. Burnsdale. »Außerdem sind Spielregeln dazu da, daß man sie einhält. Das merk dir, kleines Fräulein.«

Selbst Klein-Emilie aß brav. Wenn einer sie ansah, lächelte sie ihm aus ihren großen Blauaugen strahlend zu.

Mrs. Burnsdale stand auf. »Wenn hier einer oder eine glaubt, ich werde das ganze Geschirr allein abwaschen, irren sie sich gewaltig, das kann ich euch sagen. Ihr Kinder wollt nur immer plappern. Na, wird's bald?«

Kathy sprang auf und tat einen tiefen, satten Seufzer. Pietro und Max standen weniger dienstfertig auf. »Geschirrwaschen ist Weiberarbeit«, maulte Pietro.

»Wer hat dir denn das gesagt?« forschte Kathy. »Komische Ideen hast du. Du hast ja auch von den Tellern gegessen, nicht wahr?«

»Pflicht des Mannes ist das Gebet, Pflicht der Frau die Arbeit«, meinte Max etwas kleinlaut.

»Raus«, sagte Kathy nur. Und zu Jean: »Möchtest du wieder den Erwachsenen spielen? Du kannst draußen in der Küche auf einem Stuhl sitzen und auch putzen und abtrocknen.« Sie reichte Jean mit unnachsichtiger Miene seine beiden Stöcke und half ihm in die Küche hinaus.

Der Arzt bemerkte: »Der Mann, der dieses Mädel einmal heiratet, tut mir lied. Sie hat noch nie von der Gleichberechtigung gehört, aber sie erfindet sie schon selbst.«

Emilie wurde zum Nachmittagsschläfchen nach oben gebracht. Johnny stand an ihrem Bett. Sie hielt seine Hand fest umklammert und sah ihn mit beredten Blicken an, weil sie ihm nicht mit Worten ihre Liebe bezeugen konnte. Johnny beugte sich über sie und küßte sie sacht, und er betete, und wieder hatte er das geheimnisvoll beklemmende Gefühl, daß er nicht gehört werde. Er ging wieder in den Salon hinab, wo der Arzt wartete; Johnnys Gesicht wies tiefere Furchen auf.

»Nun lassen Sie mal Ihre Pfeife«, schlug Dr. McManus vor. »Versuchen Sie eine Zigarre. Stück für'n Dollar.« Er sah sich zufrieden um. »Nun schaut es ja schon ganz gemütlich aus hier. Ich hab' übrigens versucht, einen neuen Heizofen für Sie zu besorgen. Aber die Dinger sind noch immer nicht zu kriegen; alles noch knapp. Vielleicht hoffen gewisse Leute schon wieder auf den nächsten Krieg. Immerhin hat man mir für Februar einen neuen Heizofen zugesagt.«

Der Himmel hatte sich verfinstert, ein Wind hatte sich erhoben. Draußen war es kalt und aschgrau. Schneeflocken trieben am Fenster vorbei. Die beiden Männer rauchten stumm.

Der Arzt fühlte sich plötzlich gedrückt. Er sagte: »Das war das schönste Dankfest, das ich je erlebte. Danke schön, Johnny.«

Aber Johnny hörte nicht. Er sah hinaus auf die Flocken, die er stets geliebt hatte, und es war ihm, als sei die Welt für ihn ganz leer geworden und er vollkommen verlassen, so wie damals im Traum. Er suchte im Geist nach jenem strahlend blauen Fleck; aber der wollte sich nicht zeigen.

22

Im Dezember herrschten feiner Sprühregen und dichter Smog, der gefürchtete Nebelrauch. Die Besserung im Befinden Klein-Emilies hörte auf, und ein rapider Verfall setzte ein. »Die Kerle, die den Smog machen, denen ist das egal«, sagte Dr. McManus grimmig. »Die wohnen dort oben auf den Hügeln und in den Bergen und haben Luftfilteranlagen in ihren Büros; was macht's ihnen also aus? Ich hab' vor zwei Monaten mit dem Bürgermeister und anderen gesprochen, aber die gehören nicht zu meiner politischen Partei und gaben mir zu verstehen, ich sei ein Wichtigtuer. Nun, es wird bald eine starke entgegengesetzte Luftströmung einsetzen, und dann werden ein paar Dutzend Greise und Kinder und Krüppel sterben; dann wird etwas unternommen werden. Aber nicht früher. Genauso, wie man an einer Kreuzung erst dann Verkehrsampeln anbringt, wenn sie eine Reihe Opfer gefordert hat. Sie wollen erst Beweise. Nun, sie werden sie kriegen. Mittlerweilen wollen wir sehen, was wir für das Baby tun können.«

Die *Press* beklagte sich nicht, ebensowenig wie die Morgenzeitung, die auch der *Press* gehörte. Es erschienen allerdings ein paar in sanftem Ton gehaltene Beschwerden in der Spalte »Leserbriefe«. Aber keine Artikel des Herausgebers. Inzwischen husteten die Leute jämmerlich, auf den Straßen, in den Fabriken, Büros und Geschäften, und die Kinder erkrankten an Bronchitis und Asthma. In den nassen Straßen von Barryfield knirschte unter dem Tritt der Passanten der feine Ruß, der in den feuchten Wolken hängenblieb und nicht abziehen konnte. Die Berge verschwanden. Wenn die Sonne ab und zu erschien, war sie nur eine verschwommene safranfarbene Kugel, die die Wolken bei Sonnenuntergang mit einem kränklichen Gelb färbte.

Luftfilteranlagen waren immer noch schwer erhältlich. »Wann hört denn dieser verdammte Krieg überhaupt auf?« fluchte Doktor McManus. »Er ist doch schon seit einem Jahr vorbei. Aber irgendwie kriege ich eine Lüftungsanlage.«

Er schaffte es auch. Er brachte sie ins Pfarrhaus, wo sie im Schlafzimmer der Mädchen eingebaut wurde; Emilie lag, blau im Gesichtchen und nach Atem ringend, in ihrem Bettchen. »Es wird ihr ein wenig helfen«, erklärte der Doktor. »Aber wir werden die Filter regelmäßig wechseln. Durch den Smog verschmutzen sie leicht.« Er machte der Kleinen eine Adrenalin-Injektion. Sie hatte verzweifelt die Nadel angestarrt, bis der Doktor rauh, aber dennoch liebevoll gesagt hatte: »Na, nu komm schon. Du weißt, ein Nadelstich, das ist alles.« Er schnitt ihr eine drollige Grimasse und stieß, während sie lachte und hustete, geschickt die Nadel in das winzige, abgemagerte Ärmchen. Ehe sie dann noch schreien konnte, schob er ihr ein Stück Zuckerwerk in den Mund. »Lassen Sie sie im Bett. Das Adrenalin war nicht gerade gut für ihr Herz, aber einerseits ging's um die Lunge, andererseits ums Herz, was sollte ich da tun? Geben Sie ihr jetzt täglich fünf von Tims Pillen, statt wie bisher drei.« Er tätschelte die blasse, schmale Wange. »Braves Mädel«, sagte er rauh, während er sie höher auf ihr Kissen bettete. Er glättete mit zarter Hand die langen Locken und wischte ihr die Tränen von den Wangen. Sie begann, freier zu atmen und geräuschvoll zu saugen.

Weihnachten stand vor der Tür, und angesichts der Freude der Kinder auf ihr erstes Weihnachtsfest konnte man selbst den Smog vergessen. Emilie, der die Luftfilteranlage und die Behandlung von Dr. McManus und Dr. Kennedy Erleichterung verschafft hatten, nahm immer regeren Anteil. Johnny zettelte unter den Kindern eine Verschwörung an, die viel Gekicher und Freude hervorrief. Er wies sie an, Wunschlisten zu schreiben, und überlegte optimistisch, daß hundert Dollar wohl für Geschenke für alle reichen würden. An Samstagen zogen die vier älteren Kinder nun mit Mrs. Burnsdale auf geheimnisvolle Wege; sie hatten jetzt nämlich jedes selbst ein eigenes kleines Taschengeld. Sie kamen mit begeisterten Geschichten über die Geschäfte heim. Pietro ahmte täuschend ähnlich den Galopp des herrlichen Schaukelpferdes nach, das nur fünfzig Dollar kostete und das er sich als Hauptgeschenk ausersehen hatte.

»Fünfzig Dollar!« rief Johnny bestürzt.

»Was sind fünfzig Dollar?« fragte Pietro mit weitausholender Gebärde. Bloß mein Gehalt für eine ganze Woche, dachte Johnny.

»Eine Puppe wie ein Engel, fast so groß wie Emilie«, erzählte Kathy. »Nur fünfundzwanzig Dollar. Mir bricht das Herz, wenn ich sie nicht kriege.«

Max war hinsichtlich seines Hauptgeschenkes bescheidener. Er wünschte sich einen kompletten Modellierkasten; Preis zehn Dollar. Hm, fünfundachtzig Dollar wären schon dahin, dachte Johnny. Jean wollte ein Fahrrad haben, mit dem er schon im Frühjahr fahren wollte. Das billigste kostete dreißig Dollar. Emilie lauschte verzückt den anderen Kindern und wollte das alles auch haben, und Kathy schrieb eine Liste für sie.

»Weihnachten«, sagte Johnny, »ist das Geburtsfest Unseres Herrn. Die Geschenke sind nicht die Hauptsache.«

»Aber Er gab uns das allerbeste Geschenk – die Erlösung – nicht wahr?« fragte Pietro mit seinem verschmitzten Lächeln und entblößte die weißen Zähne. »Kann Papa nicht sein wie Unser Herr und schenken, was er kann?«

»Hm, ja; es dreht sich nur um das Geld«, deutete Johnny an.

»Pah«, entgegnete Pietro. »Was ist schon Geld?«

»Bloß eine Lebensfrage für die meisten Menschen«, erwiderte Johnny verstimmt.

Ärger verstimmt war er über Mrs. Burnsdale, die in aller Ruhe die Listen einsammelte und gegen Johnnys Einwände taub blieb. »Lassen Sie den Kindern doch ihren Spaß«, meinte sie gelassen.

»Und die Enttäuschung am Weihnachtsmorgen«, versetzte Johnny. Er war aufrichtig bekümmert. Daß er die Geschenke vom

Bankkonto der Kinder bezahlte, ließ sein Gewissen einfach nicht zu.

Pietro sagte eines Tages: »Schwester Maria Bernadine hat gesagt, wenn wir nur an die Geschenke und nicht an den Sinn von Weihnachten denken, tun wir unrecht. Sie vergißt aber«, meinte der Kleine mit seinem altklugen Lächeln, »daß die Drei Könige dem Christkind auch Geschenke brachten. Gold!« Er rollte die Augen und rieb sich mit sprechender Gebärde die Hände.

»Und Weihrauch und Myrrhe«, erinnerte Jean.

Mrs. Burnsdale überreichte die Listen Dr. McManus. Er kreischte empört auf, als er sie sah. »Nein! Ist ja lächerlich!«

»Sie haben nie Kinder gehabt!« gab sie ihm zu bedenken. »Stellen Sie sich vor, was es Ihnen für einen Spaß machen wird, das alles einzukaufen.«

»Ich ziehe mein Heiratsangebot endgültig zurück, meine Gnädigste. Sie gehen mir zu großzügig mit meinem Geld um.« Sie reichte ihm eine Schachtel Süßigkeiten, die sie eigens für ihn gemacht hatte. »Ich glaube«, meinte er, »der Pfarrer wird denken, das Zeug ist alles vom Himmel gefallen, so wie er das von seinen Mahlzeiten auch glaubt. Es wird Zeit, daß er einmal die nüchternen Tatsachen des Lebens kennenlernt.«

Der Doktor schrieb seinen Wochenbericht an Lorry Summerfield: »Ich glaube, ich werde dir nicht mehr schreiben. Du gehörst über Weihnachten hierher. Ohne Rücksicht auf Mac.«

Eines Abends meinte er zu Johnny: »Ich habe Ihr edles ›Projekt‹ – hol der Teufel das Wort! – ja noch nicht gesehen, aber ich möchte gern den Pfarrsaal zum erstenmal besichtigen und sehen, was Sie da geleistet haben.«

Er war sprachlos. Die Arbeit war überall vollendet, Tische und Stühle an ihrem Platz. Die mattgoldenen Regale steckten voll von Büchern. Er schrie: »Wo haben Sie denn das herrliche Mahagoni für die Regale hergekriegt? Muß ja ein Vermögen gekostet haben! Hab' nie ein besseres gesehen.«

»Mahagoni?« fragte Johnny. »Aber Mahagoni ist doch rot? Das hier ist eher blond.« Er konnte es nicht glauben.

»Blondes Mahagoni!« kreischte der Doktor und fuhr mit dem Arm darüber hin. »Gustons bestes Holz! Sagen Sie bloß nicht, er hat es gespendet! Aber wo haben Sie es nun wirklich her? Ist ja unbezahlbar.«

Johnny setzte sich plötzlich hin und erbleichte. »Hm, ja, drei

Arbeiter von Guston brachten es, mehrere Wochen hindurch, stückweise. Sie sagten mir, es koste praktisch nichts. Sei Abfallholz.«

Der Doktor grinste schadenfroh. »Da will ich doch verdammt sein. Wenn dies Holz fortgeworfen wurde, so war es vorher hübsch ordentlich aufgeschichtet, dort, wo's keiner sah! Mein Sohn, Sie sind ein regelrechter Hehler!« Er schlug sich kräftig auf den massigen Schenkel, der in einem ungebügelten Hosenbein steckte. Er kicherte in sich hinein. »Der Pfarrer ist ein Holzdieb!«

Johnny stand auf, bleich und entschlossen. »Ich werde an Mister Guston schreiben und ihm Bescheid sagen und ihn fragen, was das Holz wert ist; und dann werde ich irgendwie versuchen, es zu bezahlen.«

Der Doktor wurde plötzlich ganz nüchtern. »Nein, das werden Sie nicht«, versetzte er. »Erstens wartet Guston ohnehin nur auf eine Gelegenheit, Ihnen die Sache mit seiner Frau heimzuzahlen. Das erste wäre, daß er Mac Bescheid sagt, und die Zeitungen würden sich ein Fressen daraus machen. Mac hat da einen echten Komiker in der Redaktion. Der bringt einen Menschen noch am Sterbebett der eigenen Mutter zum Lachen. Und dann würde Guston Ihre Kumpane verhaften lassen.«

Johnny schüttelte den Kopf. »Ich muß Guston irgendwie bezahlen.«

»Und Ihre Freunde ins Gefängnis bringen? Das wäre ein feiner Lohn für ihre Arbeit, nicht wahr, und dafür, daß sie sich um Ihretwillen mit Sünde befleckt haben.«

Johnny schwieg. Dann fragte er zornig: »Was soll ich nun aber tun?«

»Natürlich nichts. Nur reinen Mund halten. Und sagen Sie auch den Männern nichts. Die dachten, Sie verdienten eben Mahagoni, und das ist ein Kompliment, das nicht einmal ich Ihnen machen würde. Enttäuschen Sie sie nicht.«

»Sie sind auf jeden Fall ein Verbrecher, Doktor.«

»Aber natürlich. Wer denn nicht, bei Gott? Und übrigens, hat nicht Gott selbst dem Schächer am Kreuz verziehen, als er bereute?«

»Ich glaube nicht, daß meine Freunde irgendwelche Reue empfinden.« Johnny mußte wider Willen lächeln. »Ich habe den Eindruck, sie kommen sich umheimlich schlau vor, daß sie das Holz herausschwindelten. Sie kamen in der Nacht damit angefahren. Mit einem Lastwagen.«

»Hören Sie«, sagte der Doktor. »Guston hat nicht viel übrig für seine Leute. Er preßt ihnen den letzten Schweißtropfen aus, und sie hassen ihn.«

»Das beruhigt mich ja etwas«, erwiderte Johnny, »aber darum gehört das Holz doch nicht mir.«

»Hm, ja, genau besehen gehört keinem Menschen was. Sagten Sie nicht einmal, daß uns alles nur geliehen ist? Okay. Das hier ist eben Ihnen geliehen. Und jetzt reden Sie nicht mehr so viel davon.«

»Mir gefallen die Regale eigentlich gar nicht – mehr.«

»Und ob sie Ihnen gefallen, Sie Heuchler. Die Männer haben wochenlang an diesen Teufelsbrettern gearbeitet, für Sie!«

»Ich weiß«, erwiderte Johnny, und er hatte eine plötzliche Eingebung. »Ich werde sie alle drei hierher zu mir einladen, auf ein Glas Bier, und dann werde ich ihnen in die Augen schauen und vorschlagen, sie sollen jeder regelmäßig ein Jahr lang einen halben Liter Blut fürs Rote Kreuz spenden.«

Und das tat er denn auch. Zuerst bewunderte er die Regale wortreich, ging im Pfarrsaal umher und streichelte das Holz. Er dankte den drei freudestrahlenden Männern. Dann pflanzte er sich vor ihnen auf, sah sie mit seinen dunkelblauen Augen durchdringend an und sagte langsam und nachdrücklich: »Jungen, das Rote Kreuz braucht Blut. Ihr seid alle drei stämmige Burschen. Glaubt ihr nicht auch, ihr solltet einen halben Liter spenden, sooft ihr könnt? Sagen wir, ein Jahr lang? Ja, ich glaube, ein Jahr genügt.«

Sie begriffen sogleich. Sie sahen ihn bewundernd an und vermieden es beflissen, die Regale anzuschauen. Später brachten sie ihm ihre Rotkreuzkarten, und es wurde kein Wort mehr darüber verloren.

»Shylock war ein Waisenknabe dagegen«, meinte der Doktor. Er bewunderte ihn noch mehr.

»War nicht so arg«, wehrte Johnny ab. »Außerdem beizen die Jungen das Mahagoni jetzt rot.«

»Sehr passend und sinnig«, billigte der Doktor. »Und ich hoffe Sie werden jedesmal Gewissensbisse oder sonstige Anwandlungen haben, wenn Sie die Regale ansehen.«

Lorry telegrafierte dem Doktor kurz: »Erwarte mich am Tag nach Weihnachten.«

Das Kinderfest, das zwei Tage vor Weihnachten im Pfarrsaal stattfand, war glänzend gelungen. Alle Kinder Johnnys waren dabei. Sie konnten den riesigen Baum, die herrlichen Dekorationen, die Lichter, und alles andere nicht genug bestaunen. Kathy stellte ohne Umschweife Jean, Pietro und Max ihren Freundinnen aus der Sonntagsschule vor, und Emilie, deren Zustand sich gebessert hatte, saß auf einem Stuhl und sah verzückt immer wieder den Stern auf der Spitze des Baumes an. Zuweilen rang sie in stummen Freudenausbrüchen die Händchen. Sie saß dort und lutschte an einer Pfefferminzstange.

Freudig erregte Kinderstimmen erfüllten den Pfarrsaal. Nun sangen sie Weihnachtslieder, von Mrs. McGee auf dem uralten Klavier begleitet. Die Erwachsenen bewunderten die Regale und die Bücher. Die schimmernden Tische waren heute gedeckt und trugen Punschbowlen und Teller mit Kuchen und Gläser mit Eis. Kathy jammerte mehrmals über Pietros ungezügelten Appetit und sagte ihm grimmige Magenschmerzen für morgen voraus.

Johnny ging unter den durcheinanderwimmelnden Kindern und Erwachsenen hin und her. Mrs. Burnsdale stimmte kräftig Weihnachtslieder an, und andere fielen gruppenweise und laut ein. Als Johnny nähertrat, murmelte sie ihm zu: »Ich weiß nicht recht, Mr. Fletcher, ob das mit Ihrem Mitternachtsgottesdienst gehen wird. Der Kirchenrat steht hinter Ihnen, aber manche andere haben gesagt, das machen nur die Katholischen, und sie machen ein saures Gesicht dazu. Ich sagte ihnen ja, daß auch manche Kirchen hier Mitternachtsgottesdienste halten, und etliche nickten auch mit dem Kopf dazu; aber andere schauen griesgrämig drein und reden von John Knox. Wer ist denn das?«

»Ein Mensch, der seine eigenen Ansichten hatte, ganz wie ich«, erklärte Johnny.

Er sah Max entzückt den Stern oben auf dem Christbaum betrachten. Der Junge wollte wissen, was er bedeute. »Er ist der Leitstern«, sagte Johnny. Es fiel ihm in diesen Tagen ein bißchen schwer, selbst diesen Leitstern immer vor sich zu sehen. Er fragte sich, ob die Pfarrkinder wohl wüßten, daß Geistliche auch ihre menschlichen Schwierigkeiten hätten.

Am Tag vor Weihnachten erhielt Johnny morgens einen Anruf von einer Frau aus seiner Pfarre; ihre Mutter liege im Sterben und verlange nach ihm. Der Name, Baxter, war ihm unbekannt.

Die Frau, deren Stimme dumpf und mürrisch klang, antwortete auf seine Frage: »Wir gehn manchmal zur Kirche, um Sie zu hören. Sie sind anders als viele andere Geistliche. Aber ich glaub' kein Wort von dem, was Sie sagen.«

»Nein?« fragte Johnny. Er stellte sie sich als kleine, kurze, untersetzte Frau in mittleren Jahren vor, mit groben Zügen, blassem Gesicht, unordentlichem hellem Haar, Doppelkinn und von schlampigem Äußeren. »Warum kommen Sie dann?«

Ihre Stimme wurde etwas lauter und rauher. »Weiß ich auch nicht. Mein Mann und ich glauben, es gehört sich so, ab und zu zur Kirche zu gehn, aber wir gingen ohnehin nicht, bis Sie kamen, und dann auch eine Weile nicht. Bis man in der Stadt überall von Ihnen hörte, und daß Leute gegen und andere auch für Sie sind, und da gingen wir, und mein Alter sagt: ›Mir gefällt er.‹ Manchmal sagt er was, da wird mir innerlich ganz komisch dabei.«

Johnny überlegte dies zweifelhafte Kompliment einen Augenblick. »Nun – fühlen Sie sich auch bei meinen Predigten – ahem – innerlich komisch?«

Schweigen am anderen Ende. Dann kam es widerstrebend: »Wie soll ich das wissen? Eine Weile ist mir hinterher leichter, so als wäre die Welt nicht der verdammte Sauhaufen, der sie in Wirklichkeit ist. Na, wie ist das nun: kommen Sie, oder kommen Sie nicht?«

Johnny stieg in seinen alten Wagen und fuhr in das fahle rauchige Licht des Dezembermorgens hinein. Die Straßen wimmelten von einkaufenden Frauen und ihren aufgeregten Kindern. Er sah die müden, verärgerten, hoffnungslosen, frohen oder kummervollen Gesichter und dachte bei sich, wie oft er auch seinen Mitmenschen ansah, er war immer wieder neu, immer wieder verdiente er Liebe und Sanftmut, immer wieder Mitleid.

Er bog in eine sehr schäbige Straße mit alten Häuserreihen, verschmutzten Fenstern, rissigen Türen und ausgetretenen Stufen ein. Er fand die gesuchte Nummer, und die Frau, die ihm öffnete, glich der, die er sich vorgestellt hatte, so aufs Haar, daß er einen Augenblick mit offenem Mund stehenblieb. Ihre unförmige Gestalt war in einen Umhang von unbestimmter Farbe gehüllt, hauptsächlich ein stumpfes Orange, zusammengehalten von einer riesigen Sicherheitsnadel; sie roch widerlich. »Der Pastor?« fragte sie finster, als wäre er ein Eindringling. »Na, schön. Herein.«

Er folgte ihr in eine winzige »gute Stube«, die finster und schmutzig war; überall lagen Zeitungen, standen Bierflaschen und Untertassen voller Zigarettenreste vom Vorabend umher. Johnny erzürnte der Anblick. Armut, ja, die achtete er. Aber Unreinlichkeit, das war etwas ganz anderes. Die Frau bemerkte die vorwurfsvollen Blicke, mit denen er sich umsah, und meinte trotzig: »Wir hatten gestern abend ein paar Freunde zu Besuch, und ich hatte noch nicht Zeit, aufzuräumen.«

Wieder folgte er Mrs. Baxter in ein schwarzes Loch; es war das

Vorzimmer, und hier öffnete sie eine Tür mit der Geste eines verächtlichen Gefängniswärters. Abermals war er erstaunt, denn dieses Zimmer glich der Zelle einer Nonne; es war erfüllt von Licht, das durch ein hohes, sauberes, kahles Fenster hereinfiel, welches auf einen schmutzigen Hof hinausging. Der Fußboden war weißgescheuert, kein Teppich lag darauf, und das alte Messingbett hatte eine geflickte weiße Decke und schneeweiße Kissen. Sonst stand in der kleinen, schmalen Zelle nur ein einziger Küchenstuhl und eine gelbe Fichtenholzkommode, auf der ein Kamm, eine Bürste, eine Bibel und ein Trinkglas säuberlich nebeneinander angeordnet waren. Das Zimmer machte einen beinahe asketischen Eindruck; nie hatte Johnny einen so würdigen Raum gesehen.

»Also, da ist der Pastor, Ma«, sagte Mrs Baxter. »Mr. Fletcher, das ist meine Mama, Mrs. Woodley.«

Eine alte Frau lag halb aufgerichtet in den sauberen Kissen; sie glich einer alten sterbenden Nonne. Das hagere Gesicht hatte etwas Beständiges und Hochmütiges an sich, die blaßblauen Augen über den breiten Backenknochen waren eingesunken, die Nase sprang vor wie ein feingeschnitztes Stück Holz, um die Lippen lag ein kühler, ferner Ausdruck. Das weiße, schüttere, aber sorgfältig gebürstete Haar trug sie straff zurückgekämmt und im Nacken zu einem Knoten gebunden.

Sie antwortete nicht auf Johnnys Gruß. Sie betrachtete ihn mit der fernen Gleichgültigkeit der Sterbenden, und doch spürte er, daß sie ihn ganz und deutlich sah. Er setzte sich neben sie. Mrs. Baxter schloß die Tür hinter sich und ließ ihn mit ihrer Mutter allein.

Es gab ja die üblichen Worte, die ein Pastor einer Sterbenden sagte, Trostworte, zuversichtliche, mutige, fromme Worte. Er und die alte Frau sahen einander lange schweigend an. Er hörte Mrs. Baxter vorne im Haus fluchen und murren, Flaschen klirrend aneinanderschlagen, Möbel geräuschvoll zurechtrücken, jemand anfahren, der an die Tür geklopft hatte, die Türe zuwerfen, daß die ganze winzige Wohnung zitterte, und dann wieder murren. Mrs. Woodley hörte anscheinend nichts von alledem; ihre wächsernen Hände, verarbeitet und mit knotigen Gelenken, lagen gefaltet auf der weißen Decke, die nicht weißer war als sie.

Dann sprach sie mit frostiger Stimme: »Ich sterbe. Vielleicht lebe ich morgen nicht mehr.«

Sie hatte mit einer fernen Gleichgültigkeit gesprochen. Nun

setzte sie hinzu: »Dauert allerhand lang, das Sterben – gleich von der Geburt an. Zu lang.«

»Für viele von uns, ja«, pflichtete Johnny bei.

Sie seufzte. »Sie haben unsere Stadt auf den Kopf gestellt, wie ich höre.« Nun lächelte sie, traurig, aber doch gleichgültig. »Ich dachte, Sie würden anders aussehen. Sie sehn aus wie ein Packer. Mein Mann war einer, auf den Docks.«

»Ich war auch einer«, sagte Johnny. »Während ich auf der Schule war.«

»Hab' immer gern einen Mann gesehen, der auch wie ein Mann aussah«, meinte Mrs. Woodley. »Sie könnten vom Fleck weg auf die Docks gehn, oder vielleicht auch als Bergmann.«

»Das war ich auch.«

Sie keuchte nicht, sprach auch mühelos. Nun nickte sie. »Hab' ich mir gedacht.« Das fahle Licht, das durch das blankgeputzte Fenster fiel, zeigte nur zu deutlich den grauen Schatten des Todes, der auf ihrem asketischen Gesicht lag.

»Ich hab' den Krebs«, sagte sie mit unbewegter Stimme.

Johnny fragte sich, ob sie Schmerzen hatte. Sein großes, starkes Gesicht spiegelte sein Mitleid wider. Sie sah es, winkte müde mit einer Hand ab. »Was macht das schon? Ich weiß, was Sie denken. Ob es weh tut. Lieber Herr, es tut höllisch weh, ist ärger als die Hölle.« Sie sagte das ganz sachlich, und er verstand es auch so. Er nickte.

»Und darum hab' ich Sie hergebeten«, erklärte sie. »Damit Sie mir den Grund sagen.«

Johnny stützte sich mit dem Ellenbogen auf die Kommode und legte das Kinn in die eine Hand.

»Wenn Sie so aussähen, wie ich fürchtete, daß Sie aussehn würden, würde ich Sie nicht fragen. Ich hätte nicht einmal mit Ihnen geredet. Aber Sie sind vom gleichen Schlag wie ich«, sagte Mistress Woodley. »Ich dachte mir das schon, nach dem, was mir Millie und Jack erzählten und was in den Zeitungen stand. Ein Mann wie mein Mann.«

Sie hielt inne, schloß kurz die Augen und rastete. Johnny saß schweigend daneben. Er sah einen Krampf wie Wellen über ihr ausgemergeltes Gesicht gleiten, sah das Zucken ihrer Lippen. Er konnte den Blick nicht von diesem edlen Dulden wenden.

Als sie die Augen wieder aufschlug, waren sie feucht von der Qual. »Geben sie Ihnen etwas dagegen?« fragte er leise.

Sie lächelte, ein trockenes, zerknittertes Lächeln. »Ja, der Doktor hat was dagelassen, Betäubungsmittel. Nichts für mich. Meine Mutter hat mich ohne das zur Welt gebracht, und so will ich auch ohne das wieder fortgehn. Der Schmerz, der macht mir nichts. Nach dem Leben, das ich gehabt hab', spür' ich das nicht. Drum müssen Sie mir sagen warum, damit ich Bescheid weiß.« Sie musterte ihn forschend. »Ich glaub' an keinen Gott. Das wollte ich Ihnen lieber gleich ehrlich sagen.«

Johnny erwiderte: »Anders als ehrlich könnten Sie gar nicht sein, Mrs. Woodley. Und ich will auch mit Ihnen ehrlich sein. Erzählen Sie.«

Sie seufzte, und es war, als sinke sie tiefer in die Kissen. Sie hob mühsam die Hände und betrachtete sie, als könnte sie dort ihre Geschichte lesen. »Ich bin nicht hier geboren. Bin aus einer kleinen Stadt im Staat New York. Draußen auf dem Land. Zehn Kinder waren wir. Seh' das Haus noch vor mir; vier Stuben. War eine Farm; wir alle arbeiteten dort, und ich dachte immer, die Arbeit ist zu viel, und Sally wird keine Farmersfrau. Sally, das bin ich. Ich war das mittlere Mädel, und auch so, was man hübsch nennt.« Sie sah ihn an. »Sie würden's nicht glauben. Ich bin zweiundsiebzig. Aber ich war's.« Sie lächelte nun nicht mehr düster, sondern auf einmal war sie schön wie ein altes verblichenes Bild.

»Schauspielerin wollt' ich werden. Ist lange her. Fällt mir aber jetzt alles wieder ein. Also packte ich eines schönen Tages den Koffer, es war so ein geflochtener Reisekorb – komisch, seh ihn förmlich vor mir, ganz gelb, und der Deckel gleich drauf befestigt, wie ein Marktkorb. War unser einziger. Mutters Reisekorb. Legte meine zwei besten Fähnchen hinein und schrieb einen Zettel, ich wollte Schauspielerin werden, so eine wie Lillian Russell, mit Champagner und Brillanten. Ich hatte gelbes Haar, und es war wirklich ein schöner Anblick, wenn ich es lang ausbürstete.«

Sie starrte gerade vor sich hin. »Hm, ja, Sie haben wohl die alte Geschichte schon öfter gehört. Ein Landmädel fährt in die Stadt. Mit dem Dampfwagen. Dauerte den ganzen Tag. Seh alles noch vor mir; Öllampen und Matten auf dem Boden. Das war für arme Leute. Ich hatte acht Dollar. Die hatt' ich lange gespart; ich hatte nämlich was vom Eiergeld auf der Farm. Sie hätten das New York von damals sehen müssen. Lieber Herr, es war wahrhaftig anders als heute, was ich so in den Illustrierten sehe. Stank nach Kohlengas und Dünger und war voll Karossen und Kutschen und Wagen.« Sie lächelte im Gedanken an das längstversunkene Bild. »Ich war zu Tode erschrocken über die vielen Leute. Fünfzehn war ich damals.«

»Ja.«

»Nun, ich wußte nicht, wohin ich sollte. Da fragte ich einen Schutzmann, und der nannte mir eine Pension und setzte mich auf die Pferdetram, und da saß ich und hielt meinen Koffer auf dem Schoß, und konnte einfach nicht glauben, daß es so viele Menschen gab auf der Welt! Du lieber Gott, was war ich für ein grünes Ding.«

Nun schmunzelte sie nicht mehr. Ihr eingefallenes Gesicht wurde streng und still. »Mein Vater, der las immer in der Bibel. Und ich saß da nun auf der Bank und betete. Gott würde für mich sorgen. Ganz gewiß.«

Johnny schwieg.

Mrs. Woodleys Stimme wurde leise. »Eine alte Geschichte. Der Polizist hatte mir eine Adresse gegeben. Es war ein Freudenhaus. Wissen Sie, was das ist, lieber Herr?«

»Ja«, antwortete Johnny.

Sie wandte den Kopf und sah ihn scharf an. »Es tut Ihnen nicht leid, das alles anhören zu müssen?«

»Nur um Sie«, entgegnete Johny.

Wieder nickte sie. »Nun, sie gaben mir dort nicht etwa was in den Tee oder sonst was, wie es immer heißt. Die Frau, Madame Le Fleur nannten sie sie, die war ganz freundlich, und vernünftig obendrein. Fragte mich, ob ich nicht wieder heimfahren möchte, und sie wollte mir das Geld dazu geben. Heimfahren konnt' ich aber nicht. Und eine andere Bleibe hatt' ich nicht. Wissen Sie, Mister, Madame Le Fleur war viel besser als so manche brave Frau, von der man so hört. Und ich dachte an die Farm, wo wir alle kaum was zu beißen hatten, und Vater und Mutter schufteten wie die Rösser, bloß noch ärger, und an die Kleinen. Vielleicht konnt' ich ihnen später Geld schicken. Oh, ich wußte wohl, es war nicht recht. Das will ich gar nicht leugnen. Aber wissen Sie auch, was Verzweiflung heißt, lieber Herr? Nun, sehen Sie, die hatt' ich damals.«

»Und Sie waren erst fünfzehn«, nickte Johnny.

»Das Haus war voller Mädel vom Land, die fortgelaufen waren wie ich und Schauspielerinnen werden wollten. Und da redeten wir oft davon, wie wir früher von Sonnenaufgang bis Sonnenuntergang gearbeitet hatten, und wie wir so gar nichts zu hoffen hatten. Und da blieb ich eben.«

Sie betrachtete wieder ihre Hände, als suche sie nach einer Antwort. »Es war kein feines Haus. Bloß Matrosen und Soldaten kamen zu uns, und Arbeiter und Packer und Bierkutscher, ab und zu auch wohl ein schwindsüchtiger Buchhalter. Sie wollten auch reden mit uns. Wußten nicht, wozu sie auf der Welt waren. Wir Mädel wußten's auch nicht. Einer von den Burschen, der redete die ganze Zeit davon, und in einer Nacht erschoß er sich, bei uns im Haus. Würden Sie gar nicht glauben, nicht wahr, daß unsereins auch nachdachte, wozu wir auf der Welt waren?«

»Sie hatten mehr Grund, danach zu fragen, als jeder andere«, versicherte Johnny.

Mrs. Woodley richtete sich in ihren Kissen auf und sah ihn so durchdringend an, daß er beinahe erschrak.

»Hm, ja«, bemerkte sie dann bedächtig, »Sie tun es wohl auch, und sind doch ein Pastor.«

Sie legte sich wieder in die Kissen zurück. »Zehn Jahre war ich dort. Ging kaum jemals außer Haus. Fürchtete die vielen Leute. Und war krank, richtig krank. Konnte lange Zeit gar nichts verdienen. Und als ich fünfundzwanzig war, da kriegte ich einen Schaden am Bein hier, von der Krankheit, und konnte nie mehr aufrecht gehn. Meinen Mann lernte ich im Haus kennen; war ein Packer, wie ich schon sagte. Er war ein guter Mensch, vierzig Jahre, und er nahm mich aus dem Haus. Damals war ich auch nicht mehr so hübsch.«

Sie rang mit rührender Geste die Hände. »Nun, Sir, ich glaubte immer noch an Gott, und ich hatte meinen Mann, und wir wurden vom Pastor getraut und zogen gleich in Larrys Kammer, unten bei den Docks. Ich hör' noch die Dampfboote pfeifen und seh' den Nebel hereinkommen und spür' den Geruch von Wasser und Fischen. Aber ich war so froh, daß ich bei Larry war. Wir wollten miteinander arbeiten und es zu was bringen, und ordentliche Leute sein. Mir tat's so leid, daß ich in dem Haus gewesen war, und ich bat Gott um Verzeihung.«

»Er hat Ihnen verziehen«, erwiderte Johnny.

Sie öffnete den Mund unter qualvollen leiblichen und seelischen Schmerzen; sie konnte eine Weile nicht sprechen. Dann schüttelte sie langsam den Kopf. »Nein, Sir. Das hat Er nicht. Aber das macht auch nichts, weil ich ja nicht mehr an Ihn glaube. Ich hörte auf, zu glauben, als Larry den Unfall hatte. Sie entluden ein Schiff, und da fiel eine große Kiste auf ihn. Danach konnt' er nicht mehr arbeiten; konnte die Füße nicht mehr gebrauchen. Er konnte nicht mehr gehen, und war doch ein großer, kräftiger Bursche wie Sie, und hatte auch Ihre Augen, und schöne gute Hände. Wir hatten bloß die eine Kammer, mit einem kleinen Herd zum Heizen und Kochen, und Larry lag auf dem Bett und weinte immer wegen seiner Beine und wegen mir.«

Sie rang abermals die Hände. »Ich war in anderen Umständen. Da ging ich wieder in das Haus zurück. Larry log ich vor, ich arbeitete in einem Nachtbetrieb. Das hatte ich auch wirklich zuvor versucht. Sie zahlten mir drei Dollar die Woche. Das reichte grade für den Zins; da blieb mir aber nichts für Essen und Medizin für Larry, wenn die Schmerzen zu arg wurden, oder für den Arzt. Also blieb mir nichts übrig als das Haus. Madame Le Fleur sah mich an; ich sagte Ihnen schon, sie war eine gute Haut, und sie meinte, meine frühere Arbeit könnte ich nicht mehr verrichten. Sie ließ mich scheuern und Betten machen und waschen, und zahlte mir zwölf Dollar die Woche. Davon konnten Larry und ich essen, und Madame gab mir auch ab und zu einen Korb mit Kuchen und Brot und ein wenig Fleisch, wenn was übriggeblieben war, und da war es noch einmal eine Zeitlang wirklich schön, wenn Larry nicht so arge Schmerzen hatte, und wir liebten einander.«

Das sterbende Gesicht war plötzlich von freudigen Erinnerungen wie verklärt. Johnny schwieg und wartete, bis die Freude wieder verschwand. Mrs. Woodley fuhr mit gleichgültiger Stimme fort: »Komisch, ich kann daran denken, wie es war, und es tut doch nicht mehr arg weh. Als wenn da drinnen in mir was gelähmt wäre. Ich kam eines Morgens heim – es war gerade am Tag vor Weihnachten, und ich hatte Larry ein Geschenk gekauft – und da war das Haus, wo wir wohnten, niedergebrannt. Ja, Sir, bis auf den Grund. Kein Mensch hatte an Larry gedacht, der da hilflos im Bett lag. Kein Knochen von ihm war übriggeblieben.«

Sie rollte schwach den Kopf in den Kissen hin und her. »Kein Knochen. Ich wurde auf dem Gehsteig ohnmächtig, und jemand verständigte die Rettung. Sie schafften mich ins Armenspital, und in der Nacht wurde Millie geboren. Ist lange her; ist lange her. Es war ein scheußliches Spital; die Betten dicht aneinander, und dreckig. Ach, Herr, war das dreckig dort. Und der Gestank! Man durfte auch um nichts bitten; kriegte höchstens einen Stoß und mußte kuschen. Ich stand nach drei Tagen wieder auf und ging fort, mit Millie. Es schneite damals; lang und dicht fiel der Schnee.«

»Und wohin gingen Sie?« fragte Johnny.

»Na, doch zurück zu Madame Le Fleur. Die Mädel waren ganz

vernarrt in Millie, obwohl sie ja keine Schönheit war. Ich kriegte dort ein Bett, und sie holten einen Arzt und bezahlten den auch. Die Mädel bezahlten immer alles. Waren keine billigen Schlampen, nein, die nicht. Sie kauften Millie auch Kleider. Ich hatte ja nichts für sie. Und als ich wieder konnte, da arbeitete ich wieder im Haus. Fünf Jahre waren wir noch dort, Millie und ich.«

»Und dann?« fragte Johnny, nachdem sie wieder ein Weilchen gerastet hatte.

»Ja, Sir, da dachten wir eben, die Mädel und ich, daß es für Millie ja nicht gut war, dort im Haus aufzuwachsen. Da steckte ich sie ins Waisenhaus und zahlte fünf Dollar wöchentlich für sie; ich arbeitete noch immer im Haus. Aber dann kamen schwere Zeiten, so um 1907 herum. Die Männer blieben aus, und die Polizisten wurden böse auf uns, weil nichts mehr für sie abfiel, und sie sperrten uns den Laden zu. Da kriegte ich Arbeit als Aufräumerin in einem großen Haus, und Millie wuchs auch heran, und als sie vierzehn war, verschaffte sie sich auch so eine Stelle wie meine. Ich sah sie so einmal im Monat. Sie erfuhr nie was von dem Haus.«

»Und?« fragte Johnny milde.

Sie sah ihn überrascht an. »Ja, mehr ist da nicht zu erzählen. Millie wurde bekannt mit dem Milchmann in dem Haus, wo sie arbeitete. Ein Kleinstadtjunge, von hier, von Barryfield. Jack. Millie hat mich nie richtig liebgehabt. Aber Jack, der wohl. Gleicht irgendwie Larry; lacht viel, und wir hatten oft unseren Spaß miteinander. Millie mochte keine Scherze; mag sie heute noch nicht. Ist sonst kein übler Mensch, Millie, bloß sie haßt alles um sie her, und das tat ich nie, und sie zankt mit Jack, weil er noch immer Milchmann ist. Er verdient auch ganz schön; Sie würden's nicht glauben. Trinkt gern Bier; und mit Millie zankt er nur, weil sie die Wohnung nicht sauber hält. Er ist da wie ich; hat's gerne sauber. Und Millie trinkt zuviel Bier. Das macht ihn böse.«

Mrs. Woodley sah ihn erwartungsvoll an: »Ja, nun sehen Sie, nicht wahr! Ich wollte sehn, ob Sie mir sagen könnten, wozu ich überhaupt auf die Welt gekommen bin, das war alles. Warum bin ich eigentlich geboren?«

Johnny antwortete begütigend und sinnend: »Diese Frage stellt sich jeder Mensch einmal in seinem Leben. Das habe ich mich auch oft gefragt. Und weil ich wußte, daß es eine Antwort darauf gibt, bin ich Pastor geworden.«

Er hielt inne. Die Greisin lauschte, und die Schatten huschten über ihr Gesicht hin. Er fuhr fort: »Sie sagten, Sie glaubten nicht an Gott. Nun halten sich aber Leute, die wirklich nicht an Ihn glauben, für bloße Zufallsgeschöpfe, und für die gibt es freilich keine Antwort, weil sie ja von vornherein keinen Grund annehmen. Aber als Sie mich nach einer Antwort fragten, da wußte ich gleich, daß Sie im Herzen ja doch an Gott glaubten, daß es für Sie eine Antwort gibt und daß Sie spürten, daß sie bei Gott liegt.

Lassen Sie mich Ihnen etwas sagen. Es gibt keinen Zufall, nicht hier auf Erden und nicht im Weltall. Wissenschaftler haben nachgewiesen, daß alles auf Ursache und Wirkung beruht. Ein Mensch wie Sie wurde nie zuvor geboren und wird nie mehr geboren werden. Niemand wird mehr genau dasselbe Leben wie Sie führen. Weil Sie also so – verschieden sind – von allen anderen, darum hatten Sie im Leben einen Platz auszufüllen, den eben niemand anderer ausfüllen konnte.«

Er sah Mrs. Woodley an. Sie lag so still da, wie verklärt. Ihre trüben Augen sahen starr geradeaus, und die Hände lagen ruhig auf der Brust.

»Als ich im Bergwerk arbeitete«, erzählte Johnny und rückte näher an die Sterbende heran, »gab es einmal eine Explosion. Ich kam gerade noch heraus; Bill, meinen besten Freund, mußten sie herausholen. Er hatte ein miserables Leben gehabt. Sein Vater war in der Grube durch schlagende Wetter umgekommen, und er hatte sich durchgehungert und im Freien geschlafen und Abfälle aus dem Mülleimer gegessen, bis er alt genug war, auch einzufahren. Seine Mutter war gestorben, als er noch ganz klein war; so hatte er nun niemanden, wo er hätte wohnen können; es kümmerte sich auch kein Mensch um ihn. Ich war erst siebzehn, als das Unglück geschah.«

»Bill war an die fünfzig. Er hatte in vorgerückten Jahren eine Kellnerin geheiratet, und sie hatten sich sehr lieb. Nun hatten sie schon einen Jungen in der Schule, der ungefähr so alt war wie ich. Sie hatten sich alles vom Munde abgespart, damit sie ihn auf das College schicken konnten. Ich erinnere mich noch dunkel an ihn.« Johnny lächelte ein wenig. »Ich war ein lebendiger quecksilbriger Junge; aber Joe nicht. Bill wollte ihn Ingenieur werden lassen; er war irgendwie auf die Idee gekommen, Ingenieur sei der schönste Beruf der Welt. Vielleicht wollte es Joe seinen Eltern nicht sagen, daß er gar nicht daran dachte, Ingenieur zu werden; er fürchtete wohl, sie zu enttäuschen.«

»Nun, als sie Bill geborgen hatten, lag er im Sterben. Er lag dort auf dem Boden und fing zu weinen an. Er wußte, ich wollte Pastor werden, und er bat mich, ihm zu sagen, wozu er auf die Welt gekommen sei. Er schimpfte und fluchte und weinte und sagte, alles, was seine Frau und er getan hätten, sei umsonst gewesen. Joe hatte nämlich zwei Tage vorher sein Elternhaus verlassen und gesagt, er wollte nicht mehr zurückkommen, und von der Schule wollte er nichts wissen. Drum fragte Bill jetzt, was sein ganzes Hungern eingebracht hätte, und er haßte Gott, wenn es einen gab, weil er ihm darauf die Antwort schuldig blieb. Selbst sein Junge war ausgerissen.«

Johnny streckte die Hand aus und nahm Mrs. Woodleys Hand in die seine. Sie war kalt und starr wie Wachs. Aber sie wandte den Kopf nach ihm, und sah ihn mit seltsam fragendem Blick an.

»Ich sagte Bill, daß Gott uns hierhergesandt hat, um Ihn kennenzulernen, Ihn zu lieben und Ihm auf Erden zu dienen, damit wir zu Ihm in den Himmel kommen. Das tröstete ihn, glaube ich. Mehr konnte ich nicht tun.«

Mrs. Woodley sprach wieder. »Ja, Sir, mehr konnten Sie nicht tun. Aber es war keine wirkliche Antwort. Warum wurde Ihr Freund Bill geboren? Der wirkliche Grund, nicht das, was Pastoren den Leuten so gewöhnlich sagen?«

Johnny lächelte. Er sah geradeaus, und ein Licht trat in seine blauen Augen. »Ja, wissen Sie, ich dachte auch viel nach und stellte mir Fragen, ehe Bill starb, und hätte mich beinahe entschlossen, kein Geistlicher zu werden. Dann tat ich es aber doch. Ich wußte, irgendwo gab es eine Antwort, und sie lag bei Gott; man mußte nur warten und würde sie eines Tages wissen.«

»Aber von Joe hat man nie mehr was gehört«, bemerkte Mrs. Woodley leise und bitter.

»O doch«, erwiderte Johnny. »Den kennt jetzt die ganze Welt. Er hat erst jüngst den Nobelpreis bekommen. Erst vor zwei Monaten. Für seine medizinischen Forschungen. Millionen Krebskranke können jetzt am Leben bleiben, durch Joe. Er wollte immer schon Arzt werden. Als er von daheim fortlief, studierte er Medizin, als Werkstudent. Er ist erst achtunddreißig. Er steht erst am Anfang. Wäre sein Vater Bill nicht gewesen, so gäbe es heute keinen Joe. Und noch etwas. Als er den Preis verliehen bekam, sagte er: ›Mein Vater hat mich stets gelehrt, das Größte, was der Mensch auf Erden tun könnte, sei es, seinem Bruder, seinem Mitmenschen, zu helfen.‹ Das ist wohl das schönste Grabdenkmal für Bill.«

Johnny hielt die alte Hand warm umschlungen. »Nun, Mrs.

Woodley, können Sie mir sagen, wozu Bill auf die Welt kam? Oder war das bloßer Zufall, und gibt es keine Antwort darauf?«

Sie sah ihn unheimlich durchdringend an und schwieg.

»Denken Sie nur an Larry, Ihren Mann. Ich nehme an, er hatte niemand, der ihn liebte, außer Sie. Stimmt das?«

Sie nickte stumm.

»Sie schenkten ihm Liebe. Sie denken vielleicht, das ist nicht wichtig; es ist aber das Wichtigste auf der Welt. Sagen Sie, liebten Sie einander schon ebenso innig wie später, als er seine Beine nicht mehr gebrauchen konnte?«

Mrs. Woodley sah ihn ruhig an. »Nein. Allerdings nicht. Nach dem Unfall, da waren wir sogar richtig glücklich, trotz allem. Ja, Sir, das hab' ich Ihnen nicht erzählt. Larry war ja immer ganz allein, während ich arbeitete. Ein Gelehrter war er ja freilich nicht, aber lesen konnte er. Ich kaufte ihm immer alte Bücher, und er erzählte mir dann Geschichten daraus, die ich nie gehört hatte. Und die Bibel, die hatte er am liebsten. Er war richtig zufrieden und glücklich dabei! Ich wusch oft oder nähte oder kochte, und er las mir aus der Bibel vor und aus den anderen Büchern, und ich war wie im siebenten Himmel!«

Sie sank in die Kissen zurück, und ihr leiser Atem ging rascher.

»Niemand hätte Larry helfen können, nur Sie. Sie haben das Verdienst.«

»Ich!« flüsterte sie. Sie schloß die Augen und schlief plötzlich ein.

Johnny verließ das Zimmer und suchte Mrs. Baxter. Sie hockte zusammengesunken in der immer noch unaufgeräumten »guten Stube«. Er setzte sich zu ihr und begann zu sprechen. Nach einer Weile brach sie in Tränen aus. Er nahm sie an der Hand und führte sie in das Schlafzimmer ihrer Mutter. Mrs. Woodley stöhnte leise. Sie schlug die trüben Augen auf und sah sie an.

Mrs. Baxter setzte sich, schmutzig und zerrauft wie sie war, auf den Bettrand und weinte. »Mama«, schluchzte sie, »ich konnte es dir nicht sagen, aber der Pastor sagt, ich muß.« Sie stockte, und die Tränen liefen ihr über das schmutzige, grobe Gesicht. »Du warst immer so sauber, Ma. Und so hübsch, und kein Mensch merkte was von deinem Bein. Und du hast mir immer eingeschärft, brav zu sein, und ich wußte, das war ich dir einfach schuldig.« Sie schluckte. »Ma, ich hab's dir nie erzählt, aber als ich achtzehn war und in einem Haus als Köchin arbeitete, da haßte ich auf einmal die Arbeit. Die Leute sagten mir, daß man auf andre Art billiger zu Geld kommen konnte. In einem Haus.« Sie stockte ängstlich und schreckte ein wenig zurück. »Ma, du weißt wohl nicht, was ein ›Haus‹ ist?«

Ein geisterhaftes Lächeln huschte um Mrs. Woodleys Mund. »Ich hab' davon gehört.«

Mrs. Baxter errötete. Sie ließ den struppigen Kopf hängen wie ein Kind. »Ja, Ma, ich überlegte mir's. Aber da warst du, so sauber, so gut und so unerschrocken. Weißt du, Ma, du hast ja nie gewußt, daß ich dich lieb hatte! Aber ich hatte dich so lieb! Und ich wußte, ich war dir das schuldig, und da blieb ich eben ein braves Mädel.«

Mrs. Woodley sah Johnny an, und ihr schmerzgezeichnetes Gesicht leuchtete vor Freude. Sie legte ihrer Tochter die Hand auf den Kopf und zog ihn an ihre Brust. »Du hattest mich lieb, Millie? Wirklich lieb?«

Mrs. Baxter schluchzte. »O Ma, du weißt nicht, wie lieb ich dich habe! Aber ich wußte nicht, daß du mich auch liebst. Du warst immer so sauber und hübsch und flink und packtest überall zu und sorgtest obendrein für mich.«

»Mein Kleines«, sagte Mrs. Woodley, und ihre Stimme zitterte vor Glück. »Ich hab' nur für dich gelebt, mein Kleines. Du warst ja alles, was ich hatte.«

Mrs. Baxter weinte. »Ich tauge einfach nichts. Lasse alles gehn, wie es will, und mache Jack das Leben sauer mit dem schmutzigen Haus. Ma, ich will mich bessern. Ich will die Frau sein, die Jack sich wünscht. Ich war garstig, weil ich immer glaubte, ich könnte ja doch nicht so sein wie du, so sauber, so fein.«

»Doch, das können Sie«, sagte Johnny, hob Mrs. Baxters Kopf und sah ihr lächelnd ins tränenüberströmte Gesicht.

Sie zog seine Hand an die Lippen und küßte sie. »Sie sind wunderbar, Mr. Fletcher. Sie wissen nicht, was Sie für Ma und mich getan haben. Wir werden jetzt immer in der Kirche sein, Mr. Fletcher. Ja, das werden wir. Jack und ich.«

Johnny sah Mrs. Woodley an. Sie lächelte voll der Weisheit des Alters.

23

Als Johnny wieder auf die Straße trat, sah er, daß das trübe Dezemberlicht sich plötzlich in einen dichten, gelblichen Nebel verwandelt hatte, der so abscheulich stank und sich auf die Atemwege legte, daß er heftig zu husten begann. Die Augen brannten ihm; es würgte ihn in der Kehle, und seine Lungen arbeiteten schwer.

Er mußte vorsichtig fahren. Nebelhafte, eilende Gestalten, formlos und nicht als Männer oder Frauen zu erkennen, tauchten vor ihm auf. Seine Angst um Emilie wuchs, und er versuchte sich mit dem Gedanken an die Luftfilteranlage zu trösten. Wagen brummten gespenstisch vorbei und hupten warnend und schrill. Kinder riefen mit hohlen Stimmen.

Er brauchte lange Zeit für die Heimfahrt. Er ließ den Wagen stehen und lief in das Haus. Dr. McManus war da, den schmierigen Hut im Nacken und den zu weiten Mantel um den massigen Leib, und half eben den freudig erregten Kindern, ihr kleines Bäumchen zu putzen. Die Kinder tanzten unter lauten Rufen um ihn herum und reichten ihm glitzernde goldene und silberne, blaue und rote Kugeln zu. Rauschgold und Lametta hingen in Streifen und Fäden über einem Stuhl. Emilie war nicht dabei; man hatte sie eilends auf ihr Zimmer in Sicherheit gebracht.

»Hello!« rief Johnny froh. Die Kinder waren so in ihr Glück versunken, daß sie seinen Gruß nur zerstreut beantworteten.

Dr. McManus sagte: »Ich komme eben vom Krankenhaus. Wissen Sie, was da los ist? Sie liefern ganze Wagenladungen kranke Kinder und Greise ein. Wir haben eine Invasion, wie sie im Buche steht. Wenn das ohne ein Massensterben abgeht, irre ich mich gewaltig!«

»Ich will sofort nach Weihnachten etwas dagegen unternehmen!«

»Das werden Sie hübsch bleiben lassen!« versetzte der Doktor. »Vergessen Sie nicht, was ich Ihnen schon einmal sagte: ›Gebt dem Kaiser, was des Kaisers ist.‹« Er starrte Johnny zornig an.

Der schwieg. Da wurde auch der Arzt milder. »Na, ist schon gut. Will Ihnen was sagen.« Er zog Johnny in eine Ecke und flüsterte: »Ich habe alle Sachen, die sich die Kinder gewünscht haben, unten im Pfarrsaal unter dem großen Baum. Und etliche Kleinigkeiten, die kommen unter diesen Baum. Sie können sie hinunterführen, wenn sie sich an den Sachen hier oben satt gesehen haben.« Dann sagte er wieder laut: »Beinahe hätte ich es vergessen. Ich hab' ja was für die Kinder hier.«

Die Kinder umringten ihn. Er suchte in seiner großen Manteltasche und holte einen winzigen Cockerspaniel heraus. Die Kinder waren sprachlos vor Entzücken. Pietro streckte die kleinen Hände aus und griff danach; er brachte kein Wort hervor; Jean rührte das winzige Köpfchen mit einem Finger; Max konnte nur stehen und ihn sehnsüchtig bewundern. Der Doktor reichte ihn Kathy, und die drückte ihn fest an sich.

»Ein Hund«, meinte Johnny. Es juckte ihn in allen Fingern, selbst danach zu greifen.

»Was dachten Sie denn? Ein Floh vielleicht? Er hat einen Stammbaum und einen dämlichen, langen Namen, aber ich nenne ihn Kaffee, wegen seiner Farbe.«

»Wenn Mrs. Burnsdale ihn sieht, geht sie uns auf und davon«, bemerkte Johnny.

»Kein Wort wird sie sagen. Nach den vielen Listen, die sie mir gegeben hat, soll sie lieber ganz ruhig sein«, erwiderte der Doktor, zufrieden mit dem Sturm der Begeisterung, den er entfacht hatte. »Kinder müssen Hunde haben. He, du da, Dickerchen«, ermahnte er seinen Liebling Kathy, »nun laß die anderen auch heran. Vorsicht, Pietro. Das ist kein ausgestopftes Tier, sondern ein Baby. Na komm, laß Jean ihn halten, und Max auch.«

Die Kinder folgten wie gebannt dem winzigen Hund, und der Doktor bedeutete Johnny: »Eine feine Überraschung habe ich für Sie, mein Sohn, am Weihnachtstag. Kann ich Ihnen noch nicht sagen. Was ist denn los?« setzte er hinzu, als er Johnny wieder ernst sah.

»Was ich Ihnen schon sagte. Ich muß etwas gegen diesen Smog unternehmen. Der bringt ja die Leute um.«

»So, müssen Sie?« entgegnete der Doktor. »Wenn Sie das nächste Mal in einem Schlamassel stecken, wird der Bürgermeiser persönlich Sie aus der Stadt geleiten. Verständigen Sie mich rechtzeitig, damit wir uns nach einem neuen Pastor umsehen können.«

Dr. McManus hatte seinen Chauffeur beauftragt, Pietro und Jean zur Mette zu fahren. Vorher aber las Johnny den Kindern ein altes Weihnachtsgedicht vor. Die Kinder saßen dicht um Emilies Bettchen und lauschten mit offenen Mündern und leuchtenden Augen. Es war ihr erstes Weihnachtsfest; sie konnten die Freude und das Staunen darüber nicht genug auskosten. Ihre Strümpfe hingen bereits am Kamin. Der Duft nach Pastetenteig und Fichtenholz war überall im Hause. Stechpalmenzweige zierten Fenster und Türen. Das Bäumchen hielt sich wacker, war mit Lichtern besteckt und mit schimmerndem Flitter behangen.

Johnny fühlte sich durch die Vorfreude und Freude der Kinder für alle die langen Jahre seiner eigenen freudlosen Kindheit entschädigt. Er trug zur Freude der Kinder seinen neuen schwarzen Staat, der ihm Würde, ja beinahe etwas Majestätisches verlieh. Sein weißer Kragen leuchtete auf dem schwarzen Tuch. Er war heute nicht nur Pflegevater, sondern auch ein Priester, und selbst Pietro, der von Tag zu Tag kecker und spitzbübischer wurde, sah ihn voll Ehrfurcht an.

Kaum hatte er das Gedicht zu Ende gelesen, wollten die Kinder es ein zweitesmal hören; ihr Betteln wurde unterbrochen von Mrs. Burnsdale, die Johnny einen eingeschriebenen Brief brachte.

Er öffnete den Umschlag. Ein grüner Schein fiel heraus. »Fünfhundert Dollar!« rief Johnny mit versagender Stimme. »Von Dr. Stevens!« Auf die Karte hatte Dr. Stevens nur geschrieben: »Gott segne Dich und die Kinder, lieber Johnny, und schütze Euch alle im Neuen Jahr und immerdar, und schenke Euch stets Mut und Frieden!«

Unversehens packte eine schlimme Ahnung Johnny mit aller Gewalt. Er las die Karte noch einmal für sich. Warum klangen diese schlichten Worte eines Geistlichen so zweideutig und unheilvoll? Mut und Frieden. Die hatte ein Mensch doch immer, wenn Gott mit ihm war. Die Ahnung wurde stärker, ein unerklärlicher Schmerz langte nach seinem Herzen. Er sah nach Emilie hin, die da zufrieden auf ihren Kissen döste, sicher vor dem tödlichen Nebel draußen, die großen, blauen Augen vor Schläfrigkeit halb geschlossen. Selbst Dr. Kennedy hatte zugegeben, daß ihr Zustand sich gebessert hatte, und sein Gesicht hatte Johnny neu hoffen lassen.

Er stand plötzlich auf. Sein dunkles Gesicht erbleichte. Mrs. Burnsdale erhob sich ebenfalls. »Was gibt es denn, Mr. Fletcher?« fragte sie ängstlich.

»Ich weiß es nicht«, gestand er langsam. »Mir ist nur etwas in den Sinn gekommen – ich fürchte, ich bin wohl ein bißchen überanstrengt.« Er sah auf die Karte in seiner Hand, und die Worte »Mut und Frieden« sprangen ihm förmlich entgegen, wie in Licht getaucht.

Er blinzelte und schaute noch einmal hin. Die Worte fielen auf die Karte zurück, das Licht war verschwunden.

Er war ein Mystiker, wie alle echten Priester; und abermals krampfte sich sein Herz vor düsterer Ahnung zusammen. Er konnte die harmlosen Worte nicht als eine Verheißung hinnehmen; sie dünkten ihn eine Warnung vor kommendem Unheil und eine Ermahnung, auf das Ende zu vertrauen.

»Pietro und Jean, ihr macht euch jetzt fertig; ihr müßt schon früher wegfahren, weil Pietro ja im Chor singt. Kathy und Max, ihr seid in einer halben Stunde im Bett. Seht ihr, es ist beinahe zehn Uhr.« Er hob Emilie auf den Arm, und sie nestelte sich an ihn, weich und zerbrechlich wie eine Puppe.

Er legte das Kind in sein Bettchen, und es schlief fast im selben Augenblick ein, ohne seine Hand loszulassen. Er stand über sie gebeugt und vergaß über seiner namenlosen Angst alles andere. Er betete stumm für die Kleine und vernahm zum erstenmal eine Antwort auf sein dringendes Flehen. Er spürte jene altvertraute Welle der Zärtlichkeit aus der fernsten Ferne auf sich zuströmen, zu süß fast und zu mächtig, als daß er sie ertragen konnte. Tränen traten ihm in die Augen. Alles würde noch gut werden, mit Emilie, mit ihnen allen.

Mrs. Burnsdale blieb noch, um Pietro und Jean zu helfen und Kathy und Max ins Bett zu stecken. Sie dachte nun oft, daß Max die meisten Fortschritte gemacht hatte. Sein zerzauster trockener Schopf war von ihr mit Öl und Bürsten gebändigt und geglättet worden. Das eckige Gesicht hatte gesunde Farbe, und wenn er lächelte, sah er aus wie jeder andere Junge. Er plauderte zutraulich mit ihr, als er den Schlafanzug anlegte. »Ich kriege auch Weihnachtsgeschenke«, meinte er froh.

»So?« fragte Mrs. Burnsdale mit geheuchelter Strenge. »Wer sagt denn das?«

Max lächelte sie zu ihrer heimlichen Freude schelmisch an.

»Nur gut, daß Katholiken und Protestanten das Fest am selben Tage feiern«, meinte Mrs. Burnsdale, »sonst gäbe es hier im Haus gleich dreimal Geschenke, statt zweimal. So, nun geh schön, und putz dir die Zähne. Die hinteren auch, hörst du!«

Johnny saß an seinem Schreibtisch und legte sich seine Predigt zurecht. Er sah auf die mittlere Schreibtischlade hin und saß ganz still. Endlich öffnete er sie und nahm die goldene Schatulle heraus. Sie lag in seiner offenen Hand, und es war ihm, als würde sie warm und schwer. Nach einer Weile wickelte er sie in Papier und schob sie ganz hinten in die Lade.

Draußen verdichtete sich der gelbe Nebel. Johnny trat ans Fenster und schaute hinaus. Er sah nichts als den Nebel, der gleich einer Gespensterschar im Lichterschein vor dem Fenster tanzte. Dr. McManus sagte, die Krankenhäuser füllten sich mit kleinen Kindern und Greisen. Johnnys Gesicht wurde hart, und der Unterkiefer trat hervor. Seine nächste Aufgabe würde der Smog sein. Das duldete keinen Aufschub mehr. Inversion – die warme Decke aus feuchter Luft, die da über der Stadt hing, so daß der Rauch der Schlote nicht abziehen konnte.

Er sah auf seine Uhr. Nun dachte er nur noch an seine Predigt und verscheuchte alle anderen Gedanken. Wenn nur eine Handvoll Leute kamen, war es schon genug. Nächstes Jahr würden mehr kommen.

Nun setzten die Kirchenglocken ein; gespenstisch klang ihr Schall über die Stadt hin. Sie vereinigten sich, wichen wieder zurück, wie die Wogen des Meeres, drangen vor, deutlicher und lauter und verklangen wieder. Johnny lauschte sogleich ängstlich auf den Laut der armseligen kleinen Glocken auf seinem eigenen Turm. Die sollten ja jetzt in den Freudenchor einfallen. Aber alles blieb stumm. Eben wollte er nachsehen, als er plötzlich laut, klar und majestätisch das herrlichste Glockenspiel vernahm, siegreich triumphierend.

Er stand mit offenem Mund und traute seinen Ohren nicht. Das Glockenspiel ließ das uralte Lied »Kommt, o ihr Gläubigen« in langer herrlicher Harmonie erklingen; es war so nahe, daß die Wände im Pfarrhaus bebten. Die Lampen zuckten im Rhythmus der Schallwellen. Selbst die Böden zitterten mit. »Kommet und seht ihn!« riefen die Glocken in gebieterischem Wohllaut. »Den König der Engel!«

»O Gott«, murmelte Johnny. »O Gott, o Vater!«

Er spürte, daß jemand neben ihm stand, und fuhr heftig herum. Es war Mrs. Burnsdale. Sie lächelte unter Tränen. »Oh, Mister Fletcher! Es war eine Überraschung für Sie! Der Doktor hat sie bestellt. Kommen aus Italien, sagt er.«

Er legte ihr den Arm um die Schultern; nun liefen auch ihm die Tränen über die Wangen. Sie lauschten, während die Glocken die ewige Botschaft von Freude und Hoffnung an dem fleischgewordenen Wort verkündeten. Die Klänge stiegen in den verpesteten Himmel, trotzig und siegessicher. Himmel und Erde riefen sie auf.

Johnny schritt auf den Altar zu. Der Schein der stattlichen Kerzen hoch über den Stühlen. Einen Augenblick traute Johnny seinen Augen nicht. Dann sah er, daß die Kirche übervoll war.

Nie hatte man so dichtgedrängt in den Stühlen gesessen. Viele fremde Gesichter sah er in den Reihen. Die Platzanweiser waren verzweifelt. Sie hatten alle erreichbaren Faltstühle erbettelt, aber das reichte nicht aus. Seit ein Viertel nach elf waren die Menschen herbeigeströmt. Nun standen sie auch an den Seitenwänden entlang, und eine dichte Schar hinten an der Wand. Und immer noch tauchten neue Köpfe und Gesichter in der offenen Tür auf, drängten herein, nützten jedes Fleckchen aus. Dahinter sah man Leute auf den Stufen stehen, die zur Tür führten.

Und über sie alle hin riefen die freudigen Stimmen der Glocken, so daß die Kirche erzitterte. »Kommet, ihr Gläubigen alle!« mahnten sie mit steigendem Jubel. Und die Gläubigen kamen und blickten zu Johnny auf und lächelten. Wie ein Meer lächelnder Gesichter sahen sie zu ihm auf. Der Klang der Glocken war das Brausen an den Gestaden der Ewigkeit. Die Kerzen flammten höher empor, als wollten sie einstimmen.

Der Chor fiel harmonisch ein, die Gemeinde in den Stühlen erhob sich ohne ein Zeichen, ohne ein Wort spontan und stimmte in den Gesang des Chors und der Glocken ein. Die Wände bebten und widerhallten. Begeisterung sprach aus allen Gesichtern.

Dann verstummten die Glocken allmählich; nun war nur mehr der Kerzenschein und die Blumen und die Menschen, und Johnny vor dem Altar, und ein tiefes Schweigen.

Er sprach: »So sehr hat Gott die Welt geliebt —«

Das uralte, zeitlose ewige Evangelium erklang und war, wie immer, eine neue Botschaft an den Menschen, strahlend wie die Sonne, voll Verheißung und Glorie, Vergebung und Liebe, nicht alt, nicht abgenützt, nicht vergreist, nicht entstellt von müden mechanischen Stimmen, die sinnlose verstaubte Formeln hersagten. Nein, es war der triumphierende Ruf der gegenwärtigen Stunde, neu geboren, neu verkündet, ausgestoßen wie ein flammender Trompetenstoß von einem Hügel, der da widerhallt in königlichen Palästen und auf den Marktplätzen und Bazaren, in den wimmelnden, schweißgetränkten Straßen der Menschen.

»Euch allen ist heute nacht ein König geboren. Ein König der Liebe und Gnade, der Erlösung und des Verstehens, ein König, der eure Wunden verbinden und eure blinden Augen berühren wird, der euren Haß und euren Kummer fortnehmen und euch trösten wird und dafür nur eins voll ewiger Liebe und voll Mitleid von euch erbittet: Folget Mir! Erschallt, ihr Glocken, in die Nacht hinaus. Ein König ist geboren, der da spricht: ›Ich bin bei euch alle Tage bis ans Ende der Welt. Folget Mir.‹«

25

Es kam selten vor, daß Johnny nach dem Nachtgebet nicht gleich ruhig einschlafen konnte. Aber heute, am Heiligen Abend, konnte er es nicht. Es bedrückte ihn eine tiefe Angst, die ihn in dem Augenblick wieder befallen hatte, als er das Pfarrhaus betrat. Er versuchte, ihr auf den Grund zu kommen. Er dachte an die freudige Erregung der Kinder, das Eintreffen von Dr. Stevens' Scheck, die Glocken, den unglaublich guten Kirchenbesuch, die frohen Stimmen. Heute war ihm nichts als Gutes zuteil geworden. Überall hatte man ihm Liebe entgegengebracht. Er hatte eine sterbende Frau getröstet und sie und ihre Tochter zusammengeführt. Er hatte Gott für alle diese Wunder gedankt die ihm da binnen wenigen Stunden widerfahren waren. Aber die Angst wollte nicht weichen.

Er warf sich auf dem Bett herum. Jean schlief auf dem Liegesofa neben ihm; er hörte seinen regelmäßigen Atem in der Dunkelheit. Johnny dachte, ein Pfeifchen könnte ihn beruhigen; er stand leise auf, warf seinen alten braunen Wollbademantel über und schlich auf Zehenspitzen aus dem Zimmer. Er tastete sich die Treppe hinab und schaltete vorsichtig das Licht in der guten Stube ein. Sogleich erstrahlte das Bäumchen in all seiner silbernen Pracht. Er lächelte. Die Strümpfe der Kinder waren zum Bersten gefüllt; viele kleinere Geschenke, so viele Platz gefunden hatten, lagen unter dem Baum. Die Kinder wußten, daß größere und noch erregendere Geschenke unten im Pfarrsaal unter dem großen Baum auf sie warteten, weil oben zu wenig Raum dafür war.

Er hörte ein leises Winseln und trat in die warme saubere Küche. Das Hündchen Kaffee lag da in einer Schachtel, die mit einer alten Decke ausgeschlagen war. Es hob das braune Köpfchen, als Johnny eintrat, und die Äuglein wurden hellwach. Es winselte abermals. Johnny drückte das Hündchen an die Wange, setzte es wieder hin, holte eine Kasserolle hervor und öffnete den Kühlschrank. Er nahm etwas Milch heraus, machte sie warm, gab Zucker zu und goß die Milch in eine Untertasse. »Da«, bedeutete er dem Hündchen und setzte ihm die Untertasse unter das schnuppernde Näschen. Der kleine Hund leckte die Milch im Nu auf, und Johnny stand dabei, rauchte und sah ihm zu.

Es zischte und gurgelte tröstlich in den alten Heizkörpern. Aber es war etwas zu warm im Haus. Johnny ging nach unten und überprüfte den Heizofen. Der brannte brav und stetig und der Rost glühte rot. Als er wieder hinaufstieg, blieb er plötzlich auf der Treppe stehen. Er hatte das Gefühl, als sei er nicht allein. Sein Herz pochte rascher. Er ging noch einmal zurück und untersuchte den Keller, ein langes Holzscheit in der Hand, das schwer war und ihm Mut machte. Aber im Keller war nichts Besonderes zu sehen. Na, dachte er, ich bin wahrhaftig ein Nevenbündel. Er schaute in das dunkle Eßzimmer, in die eiskalte Speisekammer, wo das Gemüse aufbewahrt wurde. In der Küche winselte ängstlich das Hündchen. Johnny ging hinein, um es zu beruhigen, und das unerklärliche Gefühl folgte ihm, wie ein Schatten. »Unsinn«, sagte Johnny laut.

Er schaltete alle Lampen aus, und eine leichte, sehr willkommene Schläfrigkeit befiel ihn. Als er abermals ins Bett stieg, begleitete ihn die Ahnung einer bevorstehenden Katastrophe wieder. Er versuchte ernsthaft, sie abzuschütteln. Endlich döste er vor Müdigkeit ein, jedoch nur ganz leicht, so daß ein Teil seines Geistes wach blieb. Einmal war ihm, als hörte er eine Tür leise schließen; da war wohl eins von den Kindern ins Badezimmer gegangen. Nun sprang ein Wind auf und heulte klagend gegen das Fenster. Jean schlief.

Johnny erwachte aus seinem Dahindämmern vom heftigen Pochen seines Herzens. Nun roch er auch den Rauch. Er setzte sich auf und schnupperte. Kein Zweifel: Rauch.

Er sprang aus dem Bett und lief zur Tür. Draußen im Vorzimmer war es heiß, und Rauchwolken krochen am Boden daher. Er fühlte sie mehr, als daß er sie sah. Er hustete heftig und schloß die Tür. Er lief zur Lampe, schaltete sie ein und keuchte. Jean richtete sich blinzelnd im Bett auf. »Hör zu, Jean«, sagte er und bemühte sich, ruhig zu sprechen, »ich will dir beim Ankleiden helfen. Das Haus brennt!«

Jean sagte nichts; er wurde nur weiß bis in die Lippen. Johnny zog ihn an den Bettrand. Da sah er, daß der Rauch unter dem Türspalt hereindrang. Es war zu spät zum Ankleiden. Er warf Jean seine eigene Decke hin. »Warte«, schrie er. Er hielt sich ein Kissen vor das Gesicht und stürzte, die Tür sogleich hinter sich schließend, ins Vorzimmer hinaus. Hier fühlte er schon die Bodenbretter heiß durch die dünne Sohlen seiner Pantoffeln. Er schrie: »Feuer, Feuer!« Er hämmerte an die Tür von Kathys und Mrs. Burnsdales Zimmer. Von drinnen drang verworrenes Gemurmel heraus, dann taumelte Mrs. Burnsdale, die plötzlich begriff, was sie da gehört hatte, aus dem Bett. »Lassen Sie die Tür noch zu. Nur Mäntel überwerfen, Sie und Kathy.« Verzweifelt dachte er an Max und Pietro; dann fiel ihm aber ein, daß sie diesmal im selben Zimmer wie Mrs. Burnsdale und Kathy auf einer Couch schliefen, weil Jean eine leichte Halsentzündung hatte. »Vorwärts, rasch«, flehte er. »Rasch, um Gottes willen.« Die Augen brannten ihm vor Hitze und Rauch. »Und nehmt Decken über den Kopf und haltet sie dicht vors Gesicht. Und Schuhe, Schuhe! O Gott im Himmel, Emilie!«

Die Kinder waren nun wach. Max hatte furchtbar zu schreien angefangen. Kathy beschwichtigte ihn mit strenger Stimme und mit Püffen. Pietro kreischte einmal auf; dann war er still.

Johnny rannte in Emilies Zimmer. Die Luftfilteranlage summte regelmäßig. Die Kleine schlief und erwachte auch nicht, als Johnny das Licht einschaltete. Selbst in diesem Augenblick hielt er eine Sekunde inne und betrachtete ihr Gesichtchen; es lächelte im Traum. Er nahm sie auf, wickelte sie in Decken und hatte ihr das Gesichtchen bereits sorgfältig verhüllt, ehe sie noch ganz wach war. »Keine Angst, Liebling«, sagte er. Sein Herz schlug so heftig, daß er kaum sprechen konnte. »Ich bin's nur, Papa.« Verzweifelt sah er nach dem Luftfilter. Er lief mit dem wimmernden Kind zur Tür und schrie: »Alles herhören! Runter und hinaus, so schnell ihr könnt! Bleibt auf keinen Fall stehen; rennt, was ihr könnt!«

Er hörte ein Knistern und Knacken. Die Mauern ächzten. Das Feuer hatte sie erreicht. Aber Johnny wartete, bis er Mrs. Burnsdale weinend, schluchzend und hustend mit den anderen Kindern laufen hörte. Dann stieß er die Tür auf und stürzte ins Vorzimmer, wo sich die grauen Rauchwolken allmählich rötlich säumten. Emilie sträubte sich auf seinen Armen und rang nach Atem. Er drückte ihr Gesicht an seine Brust, während er die Treppe hinablief. Mrs. Burnsdale hatte genug Besinnung aufgebracht, im Salon das Licht einzuschalten. Nun stand sie draußen auf der Treppe, und die vier anderen Kinder frostzitternd neben ihr. Er sah ihre Gesichter, wild und voll Entsetzen, die kleinen Leiber in Decken und Mäntel gehüllt, die Füße in irgendwelchen hastig ergatterten Schuhen. Hinter ihnen wallte gleich einem zweiten Feuer der Smog und vereinigte sich mit den Rauchschwaden. Nun knisterte und knackte es überall im Hause. Und Emilie wand sich in Krämpfen auf Johnnys Armen und hustete zum Erbarmen.

Mitten in diesem Alptraum, den Johnny noch immer nicht für wirklich hielt, lief er auf Mrs. Burnsdale zu und legte ihr Emilie in die Arme. Mrs. Burnsdale sah ihm ins Gesicht und sagte nur: »Oh, Mr. Fletcher! Mr. Fletcher!« Er wies sie an: »Weg von der Treppe. Ich bin in einer Minute wieder da.« Er schob sie vor sich her und schrie den Kindern zu: »Weg hier, hinab auf den Gehsteig, alle! Bringen Sie Emilie ins Haus nebenan; die machen schon auf. Nehmen Sie alle Kinder mit!«

Er lief zurück ins Haus und an seinen Schreibtisch. Das Bäumchen, das da in aller Unschuld prangte und schimmerte, erhöhte noch den gespenstischen Eindruck. Er drehte an der Scheibe und krächzte: »Feuer! Im Pfarrhaus neben der Kirche Zum Guten Hirten! Feuer! Rasch, rasch, um Gottes willen.«

Er legte ab und rief Dr. McManus an. Er hörte die Klingel am anderen Ende. Schon drangen die Rauchschwaden in den Salon herein. Die Ränder des neuen, grünen Teppichs krümmten sich, geschwärzt und von Funken übersät. Johnny hustete, rang nach Atem und betete. Dann hörte er die zornige Stimme des Doktors: »Ich stehe zu dieser Nachtzeit nicht auf, wenn einer Bauchweh hat! Wer zum Teufel spricht denn?«

»Doktor!« stöhnte Johnny. »Das Pfarrhaus brennt.« Er sah zur Decke auf, wo sich eben ein bösartiger roter Spalt öffnete. Dann erloschen die Lichter. Johnny warf den Hörer hin und stürzte zur Tür. Er hatte sie eben erreicht, als die Decke knirschend und prasselnd in lichterloh brennenden Trümmern einstürzte.

Es war fast drei Uhr früh, aber das Unglück hatte hastig angekleidete Menschen auf die Straßen getrieben. Johnny lief, obgleich ihm die Lungen zu bersten drohten, die Stufen vor dem Hause hinab. Nebenan brannte Licht, und er eilte darauf zu. In dem Smog nahm es sich unwirklich aus, schwankend und verschwommen. Die Beine waren ihm schwer wie Blei. Während er die Treppe zum Nachbarhaus hinaufeilte, öffnete jemand die Tür, und er stürzte ohne einen Blick auf ihn oder sie vorbei und hinein. Drinnen saß in einem sauberen, kleinen Salon unter einer grellen Lampe Mrs. Burnsdale mit Emilie auf dem Schoß, und die Kinder rings um sie her. Ihr liefen die hellen Tränen über die Wangen. Die Kinder aber saßen in furchtbarem Schweigen da und starrten leer vor sich hin.

»Emilie?« fragte Johnny aus heiserer Kehle. Er trat auf Mrs. Burnsdale zu und hob die Decke vom Gesicht des Kindes. Die Kleine sah ihn an; ihre Augen waren geweitet und blickten leer aus dem schmerzverzerrten Gesichtchen. Sie erkannte ihn nicht; sie bewegte unablässig keuchend die grauen Lippen. Und dann hustete sie, immer wieder, in sich verkrampft und zusammengekauert. »Na, Baby«, beschwor Johnny sie, und es klang wie ein Gebet, während sie mühsam um Atem rang; »Emilie, Liebes.«

Jemand faßte ihn am Arm, und er wandte sich matt um. Ein ältlicher Mann mit Glatze stand im Schlafanzug vor ihm und sah ihn teilnahmsvoll an. »Mr. Fletcher«, sagte er. »Es ist ja schrecklich. Meine Frau macht draußen in der Küche Kaffee.« Und besorgt setzte er hinzu: »Hoffentlich kommen die Spritzen bald. Wir stoßen hinten ganz dicht an Ihr Haus. Setzen Sie sich doch, bitte.«

»Die Kirche?« fragte Johnny. Er machte sich los und stürzte zur Tür. Eine neue verzehrende Angst hatte sich seiner bemächtigt. Ohne auf die Leute draußen, ohne auf sein lichterloh brennendes Haus zu achten, lief er den schlüpfrigen Gehsteig zur Kirche hin. Aber die war nicht gefährdet, obwohl aus dem Dach des Pfarrhauses Funken stoben und Flammen emporschlugen und die Wände sich schon bogen und krümmten.

Der Feuerschein fiel rot auf die dichtgedrängten Gesichter, in die schreckgeweiteten Augen. Der beizende Rauch verschlimmerte den Gestank, der von dem Smog herrührte. Die Leute redeten durcheinander und zeigten mit dem Finger. »Da ist der Pastor!« rief einer. »He, der Pastor ist da.«

Johnny sah sein Haus an. Da fiel ihm das Hündchen in der Küche ein. Unwillkürlich lief er auf das Pfarrhaus zu. Da stürzte plötzlich die eine Wand nach innen und tauchte die ganze Straße in einen purpurnen Feuerschein. Johnny schlug die Hände vor das Gesicht und erschauderte.

Nun tönten die Glocken und die dröhnenden Motoren der Feuerwehrwagen. Johnny stand vollkommen gefühllos dabei und sah die behelmten Männer von den Wagen springen und die Riesenschlangen von Schläuchen entrollen. Die Polizei war auch da, geschäftig und tatkräftig griff sie ein. Sie drängte die Schaulustigen zurück. Dann sahen sie Johnny im Bademantel teilnahmslos am Gehsteig stehen. Seine Pantoffel hatte er verloren. Er stand da mit nackten Füßen in dem körnigen Schlick.

Ein Polizist lief auf ihn zu und nahm ihn am Arm. »Sie stehn da im Wege, mein Lieber«, sagte er. Die ganze Straße war nun voll

Lärm und Geschrei. »Ach, Sie sind ja der Pastor, nicht wahr? Gehn Sie lieber irgendwo in ein Haus.«

Johnny sah ihn stumpf an. »Heut ist Weihnachten.« Er schluckte; es würgte ihn in der Kehle. »Heut ist Weihnachten«, sagte er noch einmal.

Johnny saß im Dämmerlicht bei Emilie. Sie lag in einem großen, warmen Bett in Dr. McManus bestem Schlafzimmer unter einem Sauerstoffzelt. Dicht an ihrem Köpfchen saß eine Pflegerin und beobachtete sie gespannt; sie nahm die Finger nicht vom Puls des Kindes. Dr. McManus stand im Schatten. Emilie lag im Sterben.

Der Schrecken, der Smog und die Aufregung, das alles war zuviel gewesen für ihr Herz. Dr. Kennedy saß im Erdgeschoß und trank Kaffee mit Mrs. Burnsdale. Er konnte nicht sprechen. Bitterkeit lag auf seinem Jungengesicht. Mrs. Burnsdale weinte stumm. Die Kinder lagen alle geborgen in den Betten, schliefen aber nicht. Sie weinten dem Hündchen nach, ihrem Baum und ihren Geschenken, ihrer eigenen Verwirrung und Angst, ihrem ersten, verlorenen Weihnachten. »Hört einmal«, hatte ihnen Dr. McManus gesagt, »das meiste von euren Sachen liegt ja im Pfarrsaal. Und wir werden eben hier an Ort und Stelle unser eigenes Weihnachtsfest feiern, verdammt noch mal. Hab ja das Haus voll Dienstboten. Hört jetzt auf zu jammern. Du, Pietro, wenn du nicht gleich zu winseln aufhörst wie eine getretene Ratte, kriegst du eins hinter die Ohren. Max, du sei auch still. Kathy, hilf ihnen ins Bett. Jean«, er sah den stummen Knaben mit dem unbewegten Gesicht und den Krücken neben sich an, »hilf Kathy, wenn du schon die Kleinen nicht zum Schweigen bringst.«

Mrs. Burnsdale hatte ihn unverwandt angesehen und gesagt: »Sie sind schuld. Es war der alte Heizofen, der fiel eben auseinander. Ich hatte ihn immer schon gefürchtet.« Er hatte ihr nicht geantwortet, sondern war nach oben gegangen.

Johnny saß unbeweglich wie eine Statue, vorgebeugt, und sah auf Emilies immer schmäler werdendes Gesichtchen hinab, ihre geschlossenen Augen, die kleine ringende Brust. Ihre Gesichtsfarbe war schon blaugrau, der Mund stand offen, und ihre Nasenlöcher bewegten sich mit dem keuchenden Atem ein und aus. Dr. Kennedy blickte flüchtig auf die Schwester, die besorgt den Kopf schüttelte. Sie stand auf und trat Dr. Kennedy ihren Platz ab. Der junge Arzt hatte sich hastig angezogen und nicht Zeit gefunden, den zerzausten Schopf zu kämmen. Er nahm Emilies winziges Handgelenk mit behutsamen Fingern und schloß sorgfältig die Falten des Sauerstoffzeltes rings um seine Hand. Dann legte er sein Stethoskop an, steckte den Kopf unter das Zelt und horchte Emilies Herz ab. Ganz langsam richtete er sich wieder auf. Er sah Johnny an, und sein eigenes Herz krampfte sich vor Mitleid zusammen. Dr. McManus tauchte aus den Schatten auf, selbst ein gewaltiger Schatten, und Dr. Kennedy zuckte in stummer Verzweiflung mit den Schultern.

Nun hörten sie das unerträgliche Röcheln des sterbenden Kindes. Der kleine Leib wurde starr und zitterte. Johnny beugte sich dichter über sie. Er sah, wie sich die Schatten des Todes über ihr zartes Körperchen senkten. Sein Gesicht blieb unbewegt. Emilie stöhnte; es war, als käme der Schmerzenslaut tief aus ihrem Inneren, nicht aus der Kehle. Sie schlug die Augen auf und sah Johnny ins Gesicht. Ihr Blick war verschleiert und trübe.

»Mein Liebling«, sagte Johnny. »Mein kleines Liebstes.«

Die blicklosen Augen starrten ihn stumm an. Die langen, wirren Locken lagen wie Seide auf den Kissen und ließen das Köpfchen, das sie umrahmten, noch stärker dem Tode geweiht erscheinen. Nun trat ein überaus erschöpfter, suchender Ausdruck auf das Gesicht des Kindes. Es stöhnte wieder.

»Ich bin's Liebling«, sagte Johnny. »Schau nur, ich bin hier, dein Papa.«

Das Kind röchelte und stöhnte. Da erstrahlte sein Gesicht plötzlich vor Freude über ein Wiedererkennen, und sie sprach laut und deutlich ein einziges Wort in die Stille des Zimmers: »Mama.«

Das Lächeln blieb auf ihrem Gesicht, obwohl das Kind in diesem Augenblick starb, und die Augen blickten unverwandt wie verklärt und entzückt der vertrauen Gestalt nach.

Johnny warf das Sauerstoffzelt fort. Er nahm das Körperchen auf die Arme. Er setzte sich damit hin und drückte es an die Brust. Er glättete das schöne, lange Haar. Er drückte ihr die blauen, getrübten Augen zu.

Er sah nicht, wie Pater John Kanty Krupszyk und Rabbi Chortow eintraten. Er hörte sie nicht, als sie ihn anredeten. Der Priester kniete nieder, bekreuzigte sich und betete; die hellen Tränen liefen ihm über das Gesicht.

Dr. McManus trat wortlos auf ihn zu und streckte die Hände aus. Johnny schüttelte den Kopf. Nach einer langen Weile nahm ihm endlich der Priester sachte das Kind ab, legte es auf das Bett und deckte das Gesichtchen zu.

Johnny stand auf. Er sah sie alle an, und plötzlich verzerrte sich sein Gesicht.

»Vater«, sagte er, »vergib ihnen nicht, denn sie wußten, was sie taten.«

»Johnny«, bat der Priester.

Dr. McManus stand da wie im Traum; sein Gesicht war so bleich wie das Emilies. Er schluchzte ein paarmal trocken auf. Der Rabbi saß auf einem Stuhl und murmelte die Gebete für die Toten.

Johnny wiederholte mit lauter Stimme: »Vater, vergib ihnen nicht!«

Er fühlte weder den Nadelstich an seinem Arm noch die Alkoholabreibung. Er spürte es nicht, als sie ihn aus dem Sterbezimmer in das gelbliche Morgenlicht eines anderen Schlafzimmers führten. Man schob ihn auf das Bett hin und steckte ihm die schlaff herabhängenden Arme in die Ärmel von Dr. McManus' Schlafanzug. Nun schwamm er in grauen und schwarzen Schatten dahin. Als man ihm die Beine auf das Bett hob und sein Kopf in die Kissen zurücksank, war er noch immer betäubt.

Die Schwester blieb bei ihm. Die Ärzte und die Geistlichen gingen nach unten. Die verstörten Dienstboten waren schon in der Küche. Mrs. Burnsdale war fort. Auf dem großen Herd dampfte der Kaffee und briet der Speck. Die Männer saßen in dem häßlichen, viktorianischen Salon und starrten zwischen den Knien zu Boden.

Eine Stunde später kamen zwei Männer von der Kriminalpolizei. Sie brachten eine kurze Mitteilung. Der alte Heizofen war nicht die Brandursache. Man hatte Beweise für Brandstiftung, ausreichende, klare Beweise. Nur Johnny und der Verbrecher hatten davon gewußt.

Es war der Weihnachtstag. In zehntausend Häusern in Barryfield sangen und lachten und spielten die Kinder, und in den Kirchen sangen die Chöre: »Freut euch und frohlocket!«

26

Lorry hielt vor Dr. McManus' häßlichem Haus, blieb im Wagen sitzen und schaute stumpf und gleichgültig auf die Haustür hin. Sie hatte seit zehn Minuten nichts mehr empfunden, seit ihr ein Tankwart an der Straße von Johnnys Tragödie erzählt hatte. Sie saß und starrte trockenen Auges und wie betäubt auf den Strauß weißer Lilien mit dem weißen Band, der da an der Tür hing, ein liebliches und zugleich trauriges Zeichen, daß in dem Hause ein totes Kind im Sarge lag.

Kinder spielten fröhlich auf der Straße mit ihren Weihnachtsgeschenken, noch voll Freude über den gestrigen Tag. Ihr Lachen und Schreien erfüllte die sonst stille Straße. Lorry beobachtete sie unwillkürlich, so gleichgültig, als schwebte sie noch immer wie gelähmt in einem bösen Traum. Endlich stieg sie aus dem Wagen und schritt den Kiesweg zum Haus hinauf, wobei sie einige Male an eisigen Stellen mit ihren hohen Absätzen ausglitt.

Es öffnete ihr nicht das Faktotum des Doktors, sondern Mrs. Burnsdale. Ihr Gesicht war bleich und verquollen, die Augen vom Weinen gerötet. »Miß Summerfield«, murmelte sie unsicher und überrascht. Der Doktor hatte vergessen, daß Lorry heute, Donnerstag, am Tag nach Weihnachten, ankommen sollte, und hatte niemand davon gesagt.

Lorry sagte leise: »Ich habe erst vor zehn Minuten davon gehört. Ich wußte gar nichts. Der Doktor erwartet mich. Ich – ob mir wohl jemand den Wagen einstellen und das Gepäck herausholen kann? Ich –« Sie verstummte und schloß eine Sekunde die Augen. Dann flüsterte sie hilflos: »O Gott!«

Mrs. Burnsdale nahm sie am Arm und zog sie sachte in das düstere Vorzimmer mit seinem glänzenden Boden und den orientalischen Teppichen. Ein Gemurmel von Stimmen, so leise wie das Rauschen von Bäumen, durchdrang das ganze Haus. Das Empfangszimmer zur Rechten Lorrys war voll von Männern und Frauen, die hier umhersaßen und standen, Johnnys Pfarrkindern. Sie sah ihre verschwommenen Schatten in der frühen Dämmerung, sah hier und da Mahagoni schimmern, gewahrte die bleichen Rechtecke der Fenster. Zu ihrer Linken sah sie die breiten Schiebetüren zu dem viktorianischen Salon; die waren geschlossen, zum Greifen deutlich und unmißverständlich gegen jeden Eindringling geschlossen.

Mrs. Burnsdale weinte wieder hilflos vor sich hin. »Die Geistlichen sind jetzt gerade drinnen. Er kommt nur ab und zu herein, und er läßt niemand ein, nur Pater Krupszyk und Rabbi Chortow. Aber er spricht nicht einmal mit ihnen. Er spricht zu niemand, nicht einmal zu den Kindern, und er läßt sie nicht in den Salon. Seit gestern abend hat er nichts gegessen, nun ist es jetzt schon nach fünf. Miß Summerfield, ich habe schon viel Trauer erlebt, aber das ist ärger als Trauer. Die einzigen Leute, mit denen er spricht, sind die

Herren von der Polizei. Alle halbe Stunden geht er zum Telefon und fragt, ob sie den Täter schon haben.«

Sie führte Lorry nach oben in ein kühles dunkles Schlafzimmer, das nach hinten heraus lag. »Es tut mir so schrecklich leid«, stammelte sie, »aber der Doktor sagte kein Wort, darum haben wir jetzt die Kinder in mehreren Zimmern, und ich bin hier, und hier schläft Mr. Fletcher, und das hier ist das einzige freie Schlafzimmer. Morgen stecke ich Kathy hier herein, und Sie können —«

»Nein, nein«, murmelte Lorry. Sie saß auf dem Rande des schmalen Bettes; ihre blaugrünen Augen blickten trüb und leer.

»Ich muß die Leute fortschicken, wenn ich ihn herunterkommen höre«, erklärte Mrs. Burnsdale. Sie drückte ein zerknittertes nasses Taschentuch an die Augen. »So will er es haben. Niemand soll ihn trösten. Er spricht nicht einmal von — dem armen Baby. Miß Summerfield, wenn Sie ganz still hineinschlüpften, vielleicht würde er's gar nicht merken. Ich glaube, der Priester ist jetzt bei ihm.«

Sie half Lorry aus ihrem schweren Nerzmantel; Lorry legte Hut und Handschuhe ab. Sie stellte sich mitten ins Zimmer und vergaß, wo sie war. Ihr dunkelblaues Wollkleid war ihr zu weit, weil sie abgenommen hatte. Ihr schönes Gesicht war hagerer geworden, kleine Vertiefungen zeigten sich unter den breiten Backenknochen, und ihre Lippen waren farblos. Armes Ding, dachte Mrs. Burnsdale, sie ist todmüde und abgehetzt.

Sie zog an der Klingel, die in die Küche führte. »Möchten Sie eine Tasse Tee?« fragte sie. »Sie sehen so müde aus, Miß Summerfield. Oder —« setzte sie verlegen hinzu, weil ihr die Gerüchte von Lorrys Trunksucht eingefallen waren, »möchten Sie vielleicht lieber ein wenig — etwas —«

»Whisky-Soda«, erwiderte Lorry zerstreut. Dann stutzte sie. »Nein, Tee, bitte. Irgendwas. Mir ist's egal.«

Sie ließ sich wieder auf den Rand des Bettes nieder und schlug die Hände vor das Gesicht. Hinter den Händen hervor sprach sie: »Ja, ich bin müde. Wissen Sie, mein Bruder, der Verleger, ist in Europa und kommt erst im März zurück, und ich muß für ihn drei Tage wöchentlich in New York einspringen, und die anderen vier Tage arbeite ich in — Philadelphia.« Ihre Stimme drang eintönig und gleichgültig hinter der schmalen, weißen Wand ihrer Hände hervor.

»Wollen Sie sich nicht hinlegen?« fragte Mrs. Burnsdale mitleidig.

»Nein. Bitte, nein«, erwiderte Lorry. »Es ist auch gleich. Es ist alles gleich.« Sie ließ die Hände sinken und starrte wieder vor sich hin. O Johnny, sprach sie bei sich.

Als sie das Teegeschirr klirren hörte, fuhr sie verstört auf. Angesichts des Getränks wurde ihr plötzlich übel. Sie stand auf. »Entschuldigen Sie. Aber ich – könnte ich jetzt hinuntergehn? Ich – will ihn sehen.«

Ihre brennenden Augen beschworen Mrs. Burnsdale, die sie wieder am Arm nahm und die Treppe hinabführte, als wäre Lorry blind. Sie hielten einen Augenblick auf der dunklen Treppe inne, bis eine Gruppe das Haus verließ und die Tür still hinter sich schloß. Dann schob Mrs. Burnsdale die Tür zum Salon ein Stück zurück, ließ Lorry ein und ging weg.

Man hatte die rosa Samtvorhänge vor die riesigen Fenster gezogen. Der Salon wurde nur durch die zwei großen Leuchter erhellt, die man aus der Kirche geholt hatte. Im Schein des einen Leuchters stand ein kleiner Sarg.

Lorry lehnte an der geschlossenen Tür, schwach und erschöpft. Das Ganze war ihr wie ein dunkler formloser Traum, den nur der schwankende Kerzenschein erhellte. Der kleine Leichnam war in das blaue Samtkleidchen mit dem Spitzenkragen gehüllt, das Mrs. Burnsdale ihr für Weihnachten gemacht hatte. Sie ist nicht tot, dachte Lorry. Es würgte sie in der Kehle. Sie dachte an die lachenden und spielenden Kinder draußen auf der Straße, und es wurde ihr schwarz vor den Augen. Emilies erstes Weihnachtsfest war ihr letztes gewesen. Sie würde nie mehr spielen . . .

Lorry gewahrte Pater Krupszyks hohe schwarze Gestalt vor sich. Der Priester war sehr blaß und hatte scharfe Linien um den Mund; nun aber zwang er sich zu einem mitleidigen Lächeln. Er sprach mit leiser Stimme, ohne aber zu flüstern: »Miß Summerfield, ich freue mich, daß Sie gekommen sind.«

»Ich wußte nichts«, antwortete sie mit blutleeren Lippen. »Ich erfuhr – erst vor einer halben Stunde. Ich wollte – Onkel Al besuchen.« Sie konnte nicht weitersprechen.

Sie schaute an dem Priester vorbei und erblickte nun erst Johnny. Er saß hinter dem Kopfende des Sarges im Schatten hinter dem Leuchter. Er starrte dumpf zu Boden; seine eine Hand ruhte unweit von Emilies Köpfchen und hielt den Samt der Bahre umklammert. Lorry hob die Hand an den Hals. »Nein, nein, nein«, sagte sie immer wieder.

Johnny hatte sie nicht eintreten sehen; er hörte sie auch nicht. Die Kerzenflammen flackerten wie unter einem Luftzug, und nun sah Lorry sein Gesicht, starr, leblos und doch düster, als sei er selber nach einem ununterbrochenen, langen Todeskampf gestorben. Sie sagte: »Er stirbt ja. Wo ist Onkel Al? Warum hat er ihn allein gelassen?«

»Leider brauchen Patienten Operationen, auch wenn der Tod im Hause ist«, erwiderte der Priester. »Es war außerdem ein dringender Notfall, und der Mann ist ein alter Freund von ihm und hätte sonst niemand gehabt.«

»Johnny nimmt das so schwer – und – ich meine – er ist doch Geistlicher.«

»Und da sollte er mit festem Glauben und friedlicher Zuversicht seinen Schmerz meistern?« Das Antlitz des Priesters verdüsterte sich. »Zu viele Leute glauben, daß die Geistlichen überhaupt keine Menschen von Fleisch und Blut sind und kein Herz haben, keine Sorgen, keinen eigenen Kummer. Sie vergessen, daß selbst die Heiligen leiden mußten, vielleicht mehr, als der Durchschnittsmensch sich überhaupt ausmalen kann.«

»Oh, es tut mir ja so leid«, flüsterte Lorry demütig und mitleidig. »Nur – er sieht aus, als wollte er einen hassen, wenn man ihn trösten möchte.«

»Sie dürfen die besonderen Umstände nicht vergessen. Dies ist kein gewöhnlicher Todesfall. Das trifft ins Mark; er denkt daran, was das Kind leiden mußte. Er kann sich nicht damit abfinden – noch nicht. Ich rede ihm zu, und er sieht mich nicht an und hört nicht auf mich. Wir müssen ihm Zeit lassen.«

»Aber – sein Gott«, stammelte Lorry und rang die Hände.

»Er hat alle Tore seines Geistes vor Gott verschlossen«, erwiderte der Priester. »Er hat die Fenster verriegelt. Jetzt hört er gar nichts, nur das, was er damals hörte, als er die Kinder bekam. Wäre dies Kind eines ruhigen Todes gestorben, wie wir es ja erwarteten, so wäre das nicht so furchtbar gewesen. Aber Sie wissen, wie und warum es sterben mußte, und darüber kommt er nicht hinweg. Er kann es weder Gott noch den Menschen verzeihen.« Der Priester seufzte. »Ich muß jetzt gehen. Sprechen Sie ihn nicht an; er wird nicht antworten.«

Sie hatten unweit von der Tür miteinander gesprochen, aber Johnny hatte sie nicht gehört. Der Priester trat auf ihn zu und legte ihm die Hand auf die Schulter. Er zuckte nicht mit der Wimper. Dann kniete Pater Krupszyk am Sarg und betete für die Seele des unschuldigen Kindes, das nun doch dem Bösen zum Opfer gefallen war.

Bald war Lorry allein mit Johnny und den Blumen und dem toten Kind. Sie trat unsicheren Schrittes auf den Sarg zu und schaute hinab, und nun erst quollen ihr die Tränen der Verzweiflung aus den Augen. Sie sank in die Knie, lehnte den Kopf an die Bahre und weinte lautlos. Die Tränen strömten ihr ungehindert über das Gesicht und fielen ihr auf die Hände. Es war, als kämen sie aus einem unergründlichen Brunnen in ihr, der noch nie erschlossen war.

Emilie lächelte im Schlaf, weit hinausgehoben über Kummer und Schmerz, unter den vielen weißen Rosen und Lilien. Nun war der Schatten des Todes von ihrem Gesicht gewichen; sanft lagen die langen Wimpern auf den Wangen. Sie hatte dem gramgebeugten Mann zu ihren Häupten und der weinenden Frau an ihrer Seite nichts mehr zu sagen. Sie war endgültig von allem Bösen erlöst, das Menschen ihr zufügen konnten.

Lorry, die stumm schluchzte, hörte ein Knarren neben sich und hob ihr von Tränen entstelltes Gesicht. Johnny stand dicht vor ihr, und sie begann zu zittern, denn seine Augen waren anders als die, die sie einst gesehen hatte, und sein Gesicht nicht mehr sein Gesicht. Er war nun ein Mann der Rache, ein Mann des Hasses, und das entging ihr nicht.

»Was tun Sie denn hier?« fragte er laut und brüsk.

Sie fürchtete erst, daß er sie nicht erkannt hätte, wußte aber doch gleich, daß er sie kannte. Sie versuchte, unter Tränen zu sprechen. »Johnny, Johnny. Ich habe eben erst davon gehört. Ich – wollte einen Besuch machen.« Sie hob die Hände mit bittender Gebärde zu ihm, so wie eine Frau gleich ihr vor zweitausend Jahren die Hände zu Gott erhoben hatte.

Aber Johnny wußte jetzt nichts von Gott und dachte nicht an Ihn, es sei denn voll eiskalten leidenschaftlichen Zornes. Er sah auf die Frau zu seinen Füßen hinab, trat zurück und kniff die blutleeren Lippen zusammen. »Ich kann nicht sprechen«, sagte er. »Bitte, gehen Sie fort.«

Sie richtete sich auf den Knien auf und ließ die Hände sinken; ihr Haar hing ihr wirr um das Gesicht. Sie sahen einander unverwandt an, Lorry traurig und stumm bittend, Johnny voll stummer Ablehnung aller, die ihn trösten und seinen Schmerz teilen wollten.

Dies war für Lorry das Schlimmste. Sie stand mühsam auf. Er trat wieder einen Schritt zurück und erbleichte noch mehr.

Als sie sich an der Tür noch einmal umsah, hatte er seine erschütternde Totenwache wieder aufgenommen und brütete vor sich hin.

Lorry ging nach oben in das riesige Schlafzimmer, wo, wie ihr Mrs. Burnsdale erzählt hatte, die Kinder sich meist aufhielten. Und dort fand sie sie auch; sie saßen beim Schein der wenigen Lampen in unkindlichem Schweigen beisammen. Das Haus war nun fast leer von Besuchern, und das unaufhörliche Gemurmel war verstummt.

Sie verschwanden beinahe neben den riesigen, alten Möbeln. Von Jeans und Pietros Händen baumelten Rosenkränze. Max saß dicht neben Kathy, und sie hielt seine Hand fest, wie eine Mutter, denn er hatte aufs neue jenen blinden, suchenden erschütterten Ausdruck im Gesicht. Oh, dachte Lorry, die armen Kinder! Sie sahen Lorry stumm an; ihr Schmerz war zu groß für Worte. Der eine, dem sie verschwenderisch allen Glauben, alle Hoffnung und Liebe geschenkt hatten, hatte sie im Stich gelassen, kannte sie nicht mehr; nun standen sie schutzlos und verlassen da.

Sie bemerkten mit ihren geröteten Augen, denen nichts entging, daß Lorry geweint hatte. Und während sie nun mitten unter ihnen stand und die Arme hängen ließ, schluchzte Kathy trocken auf und ließ den Kopf auf die Brust sinken. Max jammerte leise; Pietro schrie einmal auf. Jean blieb stumm und rührte sich nicht.

»Hello, meine Lieben!« Lorrys Stimme bebte vor Zärtlichkeit. Sie setzte sich inmitten der düsteren Möbel auf den Boden. Weiter drüben stand das riesige, weiße Bett mit seinen schwarzen Ebenholzpfosten. Sie hätte sich am liebsten dort längelang hingestreckt und sich ihrem Schmerz überlassen. Statt dessen glättete sie ihr Haar mit den Händen und hob mit einer tapferen Gebärde den Kopf. Ihr Blick wanderte langsam über die Gesichter der Kinder. Sie waren alle unnatürlich bleich und starr. Das waren keine verstörten Kinder, die Kummer hatten, sondern Seelen, die unvorstellbare Qual und Verzweiflung gekannt, dann halb vergessen und nun abermals kennengelernt hatten.

»Emilie«, sagte Lorry und bemühte sich, ihrer Stimme einen ruhigen, festen Klang zu verleihen, »Emilie schläft. Als ich noch ein Kind war, hörte ich, Gott hat gesagt, die Schutzengel der Kleinen, wie Emilie eins war, stehen vor Gottes Angesicht. Und nun hat Emilies Schutzengel sie in seinen Armen zu Gott getragen; dort ist sie geborgen und so glücklich, und sie denkt an euch und betet für euch und hofft, daß ihr an sie denkt und nicht gar zu traurig seid.«

Max' blicklose Augen wandten sich zu ihr und richteten sich allmählich bewußt auf sie. »Wir sind nicht um Emilie so traurig. Wir wußten ja, daß sie bald zu Gott gehen würde, und Papa wußte es auch. Wir trauern um Papa. Papa weiß – nichts mehr, nicht einmal das, was er uns selbst gelehrt hat. Er hat uns keine Lügen erzählt; aber er hat die Wahrheit vergessen.«

Pietro fragte mit hoher, zitternder Stimme, in der panischer Schrecken mitschwang: »Wenn Papa vergißt, dann ist es vielleicht gar nicht die Wahrheit? Ist alles eine Lüge?«

Jean mahnte streng: »Pietro, du redest wieder Unsinn daher. Papa sagt nichts Unwahres. Pater Krupszyk lügt nicht. Gott lügt nicht.«

Kathy hob die Hand und sah Pietro streng an: »Wenn du heute glaubst und morgen wieder nicht, dann glaubst du überhaupt nicht. Es muß immer alles schön sein für Pietro, sonst wird Pietro zornig, und dann ist alles schlecht.«

Pietro brach in Tränen aus. »Nein, das ist nicht wahr! Aber was sollen wir mit Papa tun? Warum will er uns nicht sehen, nicht anrühren, nicht beten? Warum schließt sich Papa im Zimmer ein und gibt uns keine Antwort und macht ein solches Gesicht? Wie ein Fremder ist er. Wie gern würden wir ihn umarmen und küssen, und wir versuchten es auch, aber er war gar nicht da, Miß –«

Lorry streckte den schlanken Arm aus und nahm Pietros feuchtes Händchen. Er weinte, sprang von seinem Stuhl auf, warf sich neben sie auf den Boden hin und barg das Gesicht an ihrer Brust. Sie drückte ihn an sich und sagte: »Für euch bin ich Lorry, meine Lieben, eure Tante Lorry, wenn ihr mich so nennen wollt.«

Kathy glitt neben Pietro hin, dann folgte Max und schließlich auch Jean ihrem Beispiel; er stand mühsam auf und ließ sich vor ihr hinsinken. Sie umschlangen sie und weinten bitterlich in all ihrem Elend und ihrer Sehnsucht. Sie legte die Arme um sie alle und küßte sie auf Lippen und Wangen.

»Wenn ihr gewöhnliche, amerikanische Kinder wäret, könnte ich euch gar nicht von eurem Vater erzählen«, sagte sie ruhig. »Aber das seid ihr ja nicht. Ihr alle habt Sorge und Verlassenheit, Angst und Zorn und Haß erlebt. Euch war das alles nichts Neues mehr, aber euer Vater hat sie jetzt an sich erfahren, vielleicht zum erstenmal in seinem Leben. Es hat ihn – niedergeworfen. Er hat auch Fragen gestellt, wie ihr, aber er will nicht auf die Antwort hören. Er hat euch Zeit gelassen und euch Liebe geschenkt, während ihr euch bemühtet, heimzufinden. Nun müßt ihr gut sein und ihm Zeit lassen, gleichfalls heimzufinden.«

»Aber Papa ist ein Mann, und er ist immer stark«, warf Kathy ängstlich ein. »Wenn Männer nicht auf Gott sehen und nicht mehr stark sind, wie können wir es dann?«

»Was Menschen stark und gläubig macht, ist die eigene Erfahrung«, erklärte Lorry. Ihr brannte das Herz vor Liebe und Mitleid. »Ihr habt eure Erfahrung hinter euch, er erlebt jetzt die seine. Ihr müßt zu ihm gut sein, wie er es zu euch war, und ihr müßt warten, bis er zu euch kommt, so wie er auf eure Liebe wartete.«

»Papa ist zornig, wirklich zornig«, sagte Pietro, dessen Ahnung ihn selten trog.

»Ja, so wie ihr zornig wart«, erwiderte Lorry. »Einmal wird er euch brauchen und euch rufen. Dessen könnt ihr sicher sein.«

Sie überdachten dies, und ihre alte, leidgeborene Voraussicht half ihnen dabei. Halberstickt und bebend riefen sie plötzlich wie aus einem Munde: »Papa, armer Papa. Wir warten auf Papa. Wir haben ihn lieb.«

Sie weinten wieder und drängten sich schutzsuchend an Lorry. Sie weinten nicht um sich selbst, sondern um Johnny, und das rührte Lorry so sehr, daß auch ihr die Augen voll Tränen standen.

»Wollen wir jetzt beten, nicht für Emilie, sondern für euren Vater?«

Sie knieten alle nieder, bis auf Max, der aufstand und um den Frieden für das tote Kind und für Johnny betete. Er sagte nachdenklich: »Aber Emilie hat ja den Frieden. Papa braucht ihn. Und für ihn kann ich ja nicht das Kaddisch für die Toten sprechen.«

Sie beendeten ihr kurzes rührendes Gebet. Pietro küßte Lorry mitten auf den Mund und sagte: »Tante Lorry wird unsere Mutter sein und wird uns nicht verlassen.«

Zwei Mädchen kamen mit dem warmen Essen für die Kinder und für Lorry. »Nun«, meinte die eine freundlich, »diesmal essen wir aber schön brav.«

»Natürlich«, entgegnete Lorry zuversichtlich. »Wir setzen uns alle um den großen Tisch. Und – ja, Kathy, du teilst die Suppe aus, nicht wahr? Bist ja die Mutti der Familie.«

»Nein«, widersprach Pietro und sah Lorry mit feuchten Augen an. »Tante Lorry ist unsere Mutter.«

Die Mädchen gingen in die Küche hinunter und erzählten erleichtert Mrs. Burnsdale, daß die Kinder nun endlich aßen, daß Pietro gelacht und die anderen froh dreingesehen hätten.

»Wir möchten Emilie oft sehen«, sagte Kathy. »Aber Papa läßt uns nicht. Als er erfuhr, daß wir sie gesehen hatten, ordnete er an, wir dürften nicht mehr hinein. Aber die Leute, die Emilie nie gesehen haben und nicht lieb hatten und sie gar nicht kannten, die kommen alle.«

»Seht ihr«, sagte Lorry triumphierend, »er liebt euch und denkt immer an euch, sonst wäre es ihm gleichgültig, wie oft ihr zu Emilie hineingeht. Er will euch den Kummer ersparen.«

»Aber wir kennen doch die Schmerzen und den Tod so gut«, erwiderte Jean. »Von uns könnte Papa noch lernen.«

Max setzte leise und mit schwankender Stimme hinzu: »Wir haben den Tod gesehen, vor langer Zeit schon, und wissen jetzt, er ist nichts.«

»Wir können Emilie nicht begleiten auf ihrem letzten Weg«, sagte Kathy, und ihre Trauer war der reife Schmerz der Erwachsenen. »Wir können ihr nicht Lebewohl sagen.«

»Und was liegt daran?« fragte Lorry. »Auch ich werde nicht mitgehen dürfen. Es wäre schlimm für ihn, wenn er jetzt in seinem Kummer und Haß und in seinem Gottvergessen das Grab sehen müßte.«

Jean entsann sich plötzlich. »Aber es ist mir furchtbar, daß das Bild, das mir meine Mutter sandte, im Feuer verbrannt ist.«

»Oh«, versetzte Lorry und nahm sich zugleich vor, es nicht zu vergessen, »deine Mutter wird dir ein anderes schicken. Du wirst schon sehen, warte nur.«

Sie brachte mit Mrs. Burnsdales Hilfe die Kinder zu Bett. Und neben jedem sprach Lorry Summerfield, die einst so kalt, hart und verbittert war, ein schlichtes Gebet. So getröstet schliefen die Kinder sogleich ein.

27

»Mein Mädel«, sagte Dr. McManus mit zitternder Stimme, während er Lorry umarmte und küßte, »du ahnst nicht, wie ich dich vermißt habe.« Lorry sah erschrocken, wie alt er geworden war. Selbst seine Stimme hatte die Kraft verloren. »Du hast wohl schon alles gehört?«

Sie saßen im alten Hinterzimmer zusammen, das früher einmal Frühstückszimmer und Wintergarten zugleich gewesen war. Alte Gestelle, Wandbretter und Blumentopfhalter zierten die Wände; aber es wuchs nichts mehr dort. Der Doktor, der nichts gegen Blumen hatte, »wenn sie an Ort und Stelle wachsen, draußen in dem verdammten Garten, wo sie hingehören und wo man ihnen nicht den Torso mit dem Messer abzuschneiden braucht«, mochte Blumen im Hause nicht leiden, vielleicht deshalb, dachte Lorry, weil er sie liebte und unbewußt der Meinung war, daß auch Blumen das Recht hätten, zu bleiben, wo sie lebten, und auch sie Schmerz empfinden könnten. Sie tranken Kaffee, obwohl es schon nach Mitternacht war.

»Ja, Onkel Al«, erwiderte Lorry nun und bemühte sich, ihn ihre Besorgnis um ihn nicht merken zu lassen. Sie wischte sich die feuchten Hände mit dem Taschentuch ab, und ihre neue Schlankheit ließ sie fast krank aussehen. »Ist — er — immer noch da drinnen bei Emilie?«

»Ja. Die Nacht ist die einzige Zeit, wo er sicher sein kann, daß niemand hineinkommt und ihn angafft. Die Leute sind neugierig, selbst die besten Menschen. Du würdest dich wundern, die verdammten Kerle abends nach der Arbeit in Gruppen hier vorbeistreichen zu sehen, bloß um Maulaffen feilzuhalten.« Der Doktor zerbiß in seinem Grimm eine neue Zigarette und warf sie fluchend fort. »Und weißt du warum? Ich sag dir's ja nur ungern — es ist wegen Mac. Der druckt immer neue kleine Anspielungen. Da in der Abendausgabe ist wieder eine.« Er entfaltete die Zeitung und zeigte sie Lorry, der das Blut aus den Lippen wich.

»Es sind immer noch eine Anzahl Fragen offen, die sich um den unglückseligen Tod von Emilie (Zuname unbekannt) ranken, dem früheren Mündel von Ehrwürden Mr. John Fletcher aus unserer Stadt. Warum war das Kind nicht längst ins Krankenhaus geschafft worden, wenn sein Zustand doch bekannt war? Der Trauergottesdienst für das Kind wird am Samstag von Ehrwürden Mister Gordon Hemsmith von der Barryfielder Gemeindekirche gehalten, da sich Mr. Fletcher gerüchtweise noch nicht von seinem Zusammenbruch erholt hat.«

Lorry legte die Zeitung stumm hin. Der Arzt fuhr fort: »Erst heute morgen stand eine andere Frage hier zu lesen, unter einer Aufnahme von der brennenden Ruine des Pfarrhauses.«

»Ein Geheimnis umgibt den Tod der angeblichen Waise Emilie, die bei diesem Brand umkam. Wer ist Emilie?«

»Ich habe die brutalen Gesichter gesehen, die hier vorüberkommen — es sind nicht unsere Pfarrkinder —, und ich sage dir, sie sehen aus wie Leute, die Lynchjustiz üben. Aber warum? Warum sollten die sich um die arme Kleine kümmern? Nun, Lorry, das will ich dir sagen; ich kenne die Menschen. Diese Leute sind eine große Minderheit in jedem Volk, und denen liegt gar nichts daran, wen sie töten oder warum, wenn sie nur töten können. Wenn ein Krieg ausbricht, sind sie die Heldenjungen, die Medaillen kriegen, ganze Reihen, weil sie mit Handgranaten auf den Feind losstürzen. Glaubst du, die meisten von ihnen denken wirklich daran, daß sie für ihr Land kämpfen? Keine Spur! Die meisten sind geborene Totschläger, und das ist ihre große Gelegenheit. Ich habe mich mit der Geschichte der Lynchjustiz beschäftigt. Und wenn die Polizei solche Kerle verhaftet, was glaubst du, was das für Leute sind? Eine Menge Kriegshelden sind darunter!«

Lorry, die voll Abscheu an das Geschreibsel ihres Vaters über Johnny dachte, der selbst beinahe zu Tode getroffen war, hörte dem alten Arzt kaum zu. »Ja«, sagte der eben, »wenn ich jetzt ein Quacksalber wäre, so ein Heerespsychologe, weißt du, was ich da täte? Ich würde die Psychopathen und die blutdürstigen Neurotiker nicht abweisen. Die würde ich als erste für tauglich erklären; ja, ich würde sogar nach solchen Ausschau halten. Die würden die besten Krieger abgeben, und obendrein mit tausend Freuden.«

Das Mädchen wußte, er versuchte, sie schonend von der düsteren Trauer abzulenken, die in dem Hause herrschte, und sie rang sich ein Lächeln ab. »Onkel Al, dich sollten sie zum Fünfsterngeneral machen«, meinte sie. Aber sie dachte voll Abscheu an ihren Vater, den sie doch liebte. Sie setzte hinzu: »Ich rief Mama heute abend an, die Arme. Sie kommt morgen her, mich zu besuchen, und sie hat mich gebeten – richtig gebettelt –, niemand was zu sagen, daß ich hier bin. Wegen – wegen ihm. Wie sie ihn lieben kann, verstehe ich nicht. Hab' ihr aber versprochen, mich nicht zu zeigen und auch nicht zum Begräbnis zu gehen, wo wahrscheinlich seine Fotoreporter hinkommen.«

»Darum wollen wir Johnny etwa zwei Stunden vorher eine Injektion machen, damit er auch nicht hingehen kann. Tja, die arme Esther.« Er tat einen tiefen Seufzer und streckte Lorry die Hand hin.

Sie hatte ihm von den Kindern erzählt, und er blinzelte abermals unter Tränen. »Arme Kinder! Sie wären jetzt das allerbeste für Johnny; vielleicht weiß er das auch und fürchtet womöglich, er würde zusammenbrechen, wenn er mit ihnen spricht, und seinen tödlichen Haß gegen den Brandstifter verlieren. Ja, man hat Beweise, daß der Brand gelegt wurde.«

»Ich weiß. Mrs. Burnsdale hat es mir erzählt.« Lorry hob mit einem Ruck den Kopf. »Diese Anspielungen in der Zeitung! Sind es nur Anspielungen – nein, o Gott, nein! Er – das konnte er doch nicht wollen! So schlecht kann er nicht sein!«

»Dein Papa würde alles wollen und alles tun, nur um Johnny loszuwerden, so oder so. Warte nur, Liebling, setz dich hin. Er wird es nicht wagen, eine richtige Verleumdung zu schreiben; das verbietet ihm das Gesetz. Er geht eben so weit, wie er kann. Wir sind auf der Wacht.«

Das eigentliche Begräbnis fand in aller Stille statt. Dafür hatte der Doktor gesorgt; es waren nur wenige Freunde zugegen. Johnny war beim Gottesdienst im Salon, der einem Museum glich, nicht anwesend; er war betäubt worden, nicht mit seinem Willen, sondern weil der Doktor ihm am Morgen mehrere Tabletten gegeben und laut gesagt hatte: »Johnny, wenn Sie es heute überstehen wollen, so nehmen Sie lieber die hier.« Johnny, der seit dem Weihnachtstag nichts gegessen hatte – nun war es schon Samstag –, nahm die Tabletten, nur um den Doktor loszuwerden, stieg schwerfällig in sein Zimmer hinauf und fiel, mit dem Gesicht voran, auf sein Bett. Er erwachte erst um zehn Uhr abends.

Die Kinder wurden zum Gottesdienst im Hause zugelassen; sie saßen dicht an Emilies Sarg und weinten nicht. Der Arzt fragte sich voll Mitleid, was sie wohl dächten. Sie waren tiefernst, sogar Pietro. Er und Jean hatten vor dem Gottesdienst am Sarg gekniet und den Rosenkranz gebetet. Der Geistliche war ein scheuer, junger Mann, dem das Ganze schmerzliche Verlegenheit bereitete. Er hatte selbst ein Kind in Emilies Alter, und sooft sein Blick flüchtig das Gesicht auf dem weißen Kissen streifte, mußte er an seine Toby denken.

Draußen auf dem Gehsteig sammelte sich ein Häuflein mürrischer Männer. Der Doktor fragte Pater Krupszyk und den Rabbi: »Was zum Teufel wollen die denn hier?«

Der Rabbi erwiderte traurig: »Ach, das sind alte Bekannte.«

Die Kinder durften nicht auf den Friedhof mitgehen. »Ich weiß, ich weiß«, erwiderte der Doktor gereizt auf ihre Bitten. »Aber hört einmal. Wir haben euch daheim zum Gottesdienst zugelassen, und euer Vater hätte auch das nicht geduldet. Drum seid jetzt schön zufrieden. So etwas nennt man Kompromiß.«

Als Sargträger fungierten Jungen von der Sonntagsschule, und unter ihnen ragte die hohe, schmächtige Gestalt von Lon Harding hervor, dessen Gesicht von Tränen entstellt war. »Das macht mir gar nichts, wenn ich um einen Kopf größer bin als die Kinder alle«, hatte er den Leichenbestattern störrisch erwidert. »Ich hab' die Kleine liebgehabt.«

Die Fotoreporter warteten bereits auf dem Friedhof, als der Leichenzug ankam, die weißausgeschlagene Bahre voran. Sie machten zahlreiche Aufnahmen. Unter dem Bild, das in die Zeitung kam, standen etwa drei Zeilen.

»Unter sehr geringer Beteiligung fand gestern das Leichenbegräbnis von Emilie (Zuname unbekannt) statt, die bei dem geheimnisvollen Brand am Weihnachtsabend ums Leben kam. Die Polizei fahndet immer noch nach angeblichen Brandstiftern; polizeibekannte Brandstifter wurden vorgeführt und einvernommen.«

Emilies Sarg wurde hinabgelassen. Nun, mein Liebling, dachte der Doktor, kann dir keiner mehr weh tun, nie mehr. Gott segne dich, mein Kind.

Sein Gesicht, die Gesichter der Geistlichen und der Ärzte Sol Klein und Tim Kennedy erschienen aus nächster Nähe auf dem Bild.

Lorry blieb in der Stadt. Sie blieb, wenn Besucher kamen, bei den Kindern. Außerhalb des Hauses wußte niemand von ihrer Anwesenheit. Ihrer Mutter sagte sie: »Ich muß hierbleiben. Ich muß warten, bis ich weiß, daß es ihm besser geht. Onkel Al sagt, wenn er nicht bis spätestens übermorgen ordentlich ißt, schafft er ihn ins Spital und läßt ihn mit Gewalt ernähren. Er ist es auch imstande«, setzte Lorry mit schwachem Lächeln hinzu. »Onkel Al sagt, es gibt nichts, was den Appetit so rasch und so gründlich anregt wie eine Röhre im Magen oder eine lange Nadel im Arm.«

»Ich weiß nicht, was ich ohne Sie mit den Kindern täte«, sagte Mrs. Burnsdale wohl dutzendmal am Tag. Sie selber hatte nun keine feste Beschäftigung, bis Lorry und der Doktor ihr vorschlugen, die gesamte Küche zu übernehmen. »Aber die andere Köchin, die ist vielleicht beleidigt«, wandte die Frau ein. Das wurde jedoch taktvoll arrangiert, und Mrs. Burnsdale sah sich so ausgiebig beschäftigt, daß ihr Schmerz um Emilie und ihr Kummer um Johnny beinahe erträglich wurden.

Der letzte Tag des alten Jahres brach an; der Himmel war wie gefegt. Tiefer Schnee lag im Tal und auf den Bergen. Der Neujahrstag war kein Fest; aber Mrs. Burnsdale hatte einen gewaltigen Braten zubereitet, und sie alle taten, als ließen sie ihn sich tüchtig schmecken, bis auf Johnny, der kaum sein Zimmer verließ und nichts essen wollte. Lorry unterhielt die Kinder, sang ihnen im hinteren Salon leise vor und erzählte ihnen Geschichten. Sie nötigte sie, an die frische Luft zu gehen und die neuen Schlitten und die anderen Sportgeräte auszuprobieren, die der Doktor und Freunde ihnen geschenkt hatten und die im Pfarrsaal sicher aufbewahrt gewesen waren. Lon Harding, der sich für die ganze Familie verantwortlich fühlte, nahm sie ab und zu in den Zoo oder ins Theater mit, ja sogar in seinen eigenen Turnsaal in der Schule, wo sie ihn beim Basketball und anderen Spielen bewundern konnten. Es war schon der fünfte Januar, und die Schule hatte wieder begonnen.

Johnny aß ein paar Bissen auf seinem Zimmer. Der Doktor hatte ihm klipp und klar erklärt: »Mann, ich lasse Sie für unzurechnungsfähig erklären, so wahr mir Gott helfe, wenn Sie nicht von sich aus mittun wollen. Ich verlange gar nicht von Ihnen, daß sie ausgehen oder was tun oder das normale Leben wieder aufnehmen sollen, weil ich weiß, was Sie durchmachen; aber wenn Sie nicht essen, schaffe ich Sie ins Spital, und dort werden Sie an anderes zu denken haben, das können Sie mir glauben.«

Johnny antwortete nicht; es dämmerte ihm aber, daß es dem Arzt mit dieser Drohung ernst war. Er wollte die Kinder nicht sehen, brachte es aber doch nicht über sich, das Haus zu verlassen, in dem sie nun wohnten. Er sah sie zuweilen flüchtig von fern; sie liefen ihm nicht zu, weil der Doktor es ihnen untersagt hatte. Aber er blieb nie stehen, sah sie nicht an, ging nie in den hinteren Salon, wo Miß Coogan ihren Unterricht mit ihnen wiederaufgenommen hatte. Seine Kirche hatte er seit dem Weihnachtsabend nicht mehr betreten. Zuweilen wanderte er bleich und stumm durch des Doktors Haus, als suchte er etwas und wußte nicht was. Fast stündlich aber raffte er sich dazu auf, die Polizei anzurufen, ob sie etwas Neues wußte. Der schreckliche, starre abwesende Blick wich nicht aus seinen Augen. Auch seine Pastorentracht trug er nicht; statt dessen hatte er einen seiner alten, lange vor dem Krieg gekauften Zivilanzüge angezogen, der ihm unordentlich um den hageren Körper hing.

Zuweilen schaute er sich blinzelnd um, als wüßte er nicht, wo er war. Sprach Mrs. Burnsdale ihn an, so hörte er sie anscheinend nicht. Oft konnte er nur durch Schlafmittel Ruhe finden. Wenn der Arzt in ihn drang, wiederholte er immer wieder: »Ich muß sie finden. Ich muß sie finden.« Und sein Gesicht nahm einen grauenvollen Ausdruck an. Nie sprach er von Emilie. Nie fragte er nach dem Begräbnis.

Seine Freunde, der Pastor und der Rabbi, kamen fast täglich. Auch andere Pastoren kamen, die er kaum kannte. Er hörte ihre Beileidsbezeigungen höflich an; sie aber konnten ihm vom Gesicht, das immer mehr einfiel, ablesen, daß er sie überhaupt nicht hörte. Mit den Pastoren schien er sich nun eher abzufinden als mit dem Priester und dem Rabbi, denn von diesen beiden wußte er, daß sie ihn liebten, und Liebe konnte er nun nicht mehr ausstehen. Davor hatte er Angst. Er wußte, wenn er ihr nachgab, würde er zerbrechen und vernichtet werden und die lange Straße wieder von ganz vorn gehen, noch einmal mit dem Haß und dem Kummer von vorn beginnen, und das wollte er nicht tun. Er wollte seine verzehrende Wut, seine Abkehr von Gott nicht gefährden.

Ein anderer Pastor nahm vorübergehend seine Stelle ein. Doktor McManus unternahm einen rührenden, aber erfolglosen Versuch, Johnny aufzurütteln. Er ließ die großen Leuchter aus der Kirche entfernen und absichtlich im Salon aufstellen, wo Johnny sie sehen mußte, wenn er eintrat.

Aber er sah die Leuchter gar nicht an. Seine Welt war nun immer gleich und eng wie das Grab; er kannte nur einen brennenden Wunsch.

Wenn er Lorry sah, so gab er es doch nicht zu erkennen. Sie trat ihm zuweilen absichtlich in den Weg, und er ging vorbei, ohne sie anzusehen. Sie redete ihn mit gebrochener Stimme an; er antwortete nicht. »Weiß er denn nicht, daß ich hier bin?« fragte sie Dr. McManus.

»Doch, Liebling«, versetzte der alte Arzt. »Aber er will dich nicht um sich haben, genausowenig wie John Kanty oder den Rabbi. Er weiß nämlich, daß du ihn liebst, und er will keine Liebe. Er will den Haß!«

Lorry antwortete unter Tränen: »Ja, ich kann's ihm nicht verdenken.«

Der Arzt war abgespannt von all dem Kummer und von den vielen Operationen der letzten Tage. Er fuhr sich müde durchs Haar, das er anscheinend nie kämmte: »Mit mir spricht er manchmal, so ein bißchen stumpf und mürrisch; vor mir hat er nämlich Angst, ich könnte ihm was tun; darum schrecke ich ihn immer mit dem Krankenhaus, und er fühlt, er muß mich irgendwie beschwichtigen. Ach, Lorry, ich bin mit meiner Weisheit am Ende!«

Sie wurde streng. »Onkel Al, er hatte soviel Glauben. Der Glaube gehörte zu ihm, war ein Stück von ihm wie seine Augen oder seine Hände. Warum wendet er sich jetzt nicht an Gott? Glaubt er denn nicht mehr?«

»Vielleicht, aber nur ganz wenig. Ich habe mit John Kanty darüber gesprochen. Er sagt, das kommt manchmal vor, besonders bei Menschen wie Johnny. Hätte ihn einer aus Haß oder Wahnsinn geblendet oder verstümmelt, dann würde Johnny ihn trösten, ihm verzeihen, ihn schützen und von Gott reden. Er hätte an seinem eigenen Kreuz gehangen und seinen Feind getröstet und die eigenen Schmerzen nicht beachtet. Aber wenn jemand oder etwas seinen Kindern was zuleide tut, da gerät er außer sich. Ich weiß noch, als Max damals den Stich in den Hals bekam; da war er eine Weile wie von Sinnen. Ich weiß nicht, was geschehen wäre, wenn Max gestorben wäre. Wahrscheinlich wäre es so ähnlich gewesen wie jetzt.«

»Auf irgendeine verkehrte Art schiebt er auch Gott die Schuld an Emilies Tod zu. Wäre Emilie einfach erloschen, friedlich, so wie wir es erwarteten, so hätte er binnen wenigen Tagen seinen Glauben wiedererlangt. Aber wie es wirklich geschah —« Der Arzt schüttelte den Kopf. »Selbst wenn sie bisher ein glückliches Leben gehabt hätten — die Kinder —, wäre es vielleicht nicht so schlimm gewesen. Wenn sie wirklich den Täter finden, heißt es scharf auf Johnny achten. Er wird ihn in Stücke reißen.« Er fügte hinzu: »Ich glaube, tief in seinem Herzen haßt er Gott jetzt.«

Aber Lorry war doch die erste, die von Johnny eine Antwort erhielt. Sie fand ihn in der Dämmerung im dunklen Salon sitzen, wo er an Emilies Sarg gesessen hatte. Er hatte den Kopf gesenkt; die Arme hingen ihm schlaff herab. Sie trat an ihn heran. »Johnny? Sprechen Sie doch zu mir, Johnny.« Und sie streckte ihm bittend die Arme entgegen.

Er hob langsam den Kopf und musterte sie verstört aus tiefliegenden Augen. Dann sagte er: »Lorry?« Seine Stimme klang ganz schwach. »Lassen Sie mich, Lorry. Bitte gehen Sie fort.« Sie trat zurück, und ein plötzlicher Schmerz zuckte über sein Gesicht. »Die Schatulle, die Sie mir geschenkt haben — die ist auch hin.«

Sie berichtete das Dr. McManus, der erregt aufhorchte. »Vielleicht kommt er allmählich zu sich!« Er rief Pater Krupszyk an und bat ihn, am Abend zu kommen. Er rief den alten Rabbi an; der war aber krank und durfte das Bett nicht verlassen.

»Wir springen ihn alle drei zugleich an«, schlug der Doktor am Abend dem Priester und Lorry vor. »Wir machen ihm die Hölle heiß; wir packen ihn in einem unbewachten Augenblick.«

Die Kinder lagen in ihren Betten, und Lorry war auf ihrem Zimmer und betete aus tiefstem Herzen. Dann ging sie nach unten. Johnny saß wie gewöhnlich an seinem alten Platz, stumm wie immer, und wie immer in seine Gedanken versponnen. Aber der Arzt hatte ihm ein anregendes Medikament gegeben, und das hatte ihn unbewußt unruhig gemacht. Er rang die Hände, schlang sie krampfhaft um die Knie, bewegte den Kopf, als litte er Schmerzen, und sah zuweilen flüchtig mit leerem Blick auf. Pater Krupszyk war schon da, der Arzt ebenso. Johnny hatte kein Wort mit ihnen gesprochen.

Als Lorry leise eintrat, hob Johnny den Kopf und sie wußte, er hatte sie deutlich gesehen, ehe er den Kopf wieder abwandte. Sie setzte sich neben den Arzt und wartete. Sie wußten nicht, was sie nun tun sollten. Sie müßten wohl auf irgendein Signal warten, entweder von Johnny oder irgendeiner geheimnisvollen Macht. Pater Krupszyk bewegte stumm die Lippen; er hielt ein kleines Gebetbuch in der Hand. Dr. McManus, der beinahe so unruhig war wie Johnny selbst, rückte unablässig auf seinem Stuhl hin und her.

Man hatte die Leuchter in den dunklen Salon gebracht; nun standen sie an den beiden Enden des großen Raumes und erfüllten ihn mit ihrem warmen, flackernden Schein. Zuweilen sah Johnny sie wie überrascht an, als fragte er sich, was das für Leuchter wären. Nun sah er auch manchmal die drei Menschen an und runzelte die Stirne wie einer, der das Gedächtnis verloren hat und sich zu erinnern versucht. Irgendwo tickte unbarmherzig eine Uhr, und der Winterwind rüttelte zornig an den Fenstern.

Da stand Pater Krupszyk auf und trat an Johnny heran. Er wartete, bis Johnny ihn ansah; dann versuchte er, dessen fiebrighellen Blick zu beruhigen. Er begann, ruhig und sicher zu sprechen:

»Johnny, ich glaube, Unser Herr hat uns heute abend zu Ihnen geschickt und Ihnen feierlich geboten, uns anzuhören. Wir sind nämlich nicht um Ihretwillen hier, sondern für die, die Sie lieben, und die haben Sie über Ihrem eigenen Schmerz ganz und gar im Stich gelassen. Männer, die berufen sind, Gott zu dienen, müssen Ihm aus ganzem Herzen und mit ganzer Seele dienen. Sie müssen alles verstehen. Sie müssen die Menschen kennen und ihnen dennoch verzeihen und sie lieben. Sie dürfen nicht an sich selbst, an ihren eigenen Haß oder ihre eigene – Rache denken.«

Johnnys Blick flackerte unstet; sein Gesicht aber blieb unbewegt.

Schon wollte er den Kopf sinken lassen, als er ihn wieder hob, wie von einer unsichtbaren Faust gepackt.

»Sie haben gesündigt, Johnny«, sagte der Priester streng. »Gesündigt an Gott und den Menschen. Wir brauchen keine Erklärungen oder Entschuldigungen. Wir wissen Bescheid, und wir leiden mit Ihnen. Aber Sie, ein Geistlicher, haben gesündigt. Haben Sie dafür Vergebung erfleht?« Er sah auf Johnnys abgetragenen Zivilanzug und zeigte darauf. »Sie haben die Tracht Ihres Glaubens abgelegt, aus Haß und Trotz und Wut. Sie haben Gott beleidigt, und das freut Sie. Den Glauben an Ihn können Sie nicht aufgeben, darum beleidigen sie Ihn. Sie haben Ihn von sich gestoßen. Johnny, Sie sind in der Hölle.«

Johnny verzog keine Miene, nur seine Blicke schossen rascher hierhin und dorthin; sie verrieten weder Scham noch Kummer noch Trauer, sondern unsäglichen Grimm. Einmal funkelten sie dem Priester entgegen, und es war, als wollte er reden.

Der Priester fuhr lauter und deutlicher fort: »Unser Herr wußte, was er auf dieser Welt zu erdulden haben würde. Sie, als Sein Diener, wissen nur zu gut, daß der Weg aller, die sich Seinem Dienst weihen, ein Kreuzweg ist. So bereitwillig, wie Er in diese Welt kam, so bereitwillig nahmen auch Sie die Pflichten Seines Dienstes auf sich – Menschen zu Gott zu führen.«

»Marter und Qual war die Gabe, die Gott opferte, denn Er liebte die Menschen und opferte Seine Schmerzen für sie auf. Er hing an Seinem Kreuze und blutete aus den Wunden Seines Fleisches und Seines Geistes.«

»Johnny, was haben Sie in Ihrer größten Not Gott geopfert? Ihren Kummer, Ihren Verlust, Ihre Qual – als ein Geschenk für das Heil der Seelen? Haben Sie Demut gezeigt und gesagt, wie Unser Herr gesagt hat: ›Dein Wille geschehe?‹ Und haben Sie Ihm dann Ihr Herz geöffnet und die Antwort erwartet, die für Sie bereit ist, die Sie aber nicht hören wollen?«

Johnnys Augen blitzten zornig; er öffnete den Mund. »Gott sei Dank«, sagte Dr. McManus.

»Nein, hören Sie mich an«, setzte der Priester noch strenger hinzu. »Vielleicht werden Sie mich nie mehr anhören. Vielleicht werde ich nie mehr in dieses Haus kommen, wenn Sie verwerfen, was ich jetzt sagen will.«

Er hielt inne, Johnny ballte die Hände zu Fäusten. Er konnte den Blick nicht von dem Priester wenden, den er nun beinahe ebenso glühend haßte wie Gott selbst.

»Was wissen Sie denn von Gott, Johnny? Sie sind ein guter Pastor und ein guter Mensch gewesen. Sie haben die Kranken und Sterbenden getröstet. Sie haben die Hilflosen gerettet. Sie haben gebetet und an Ihre Gebete geglaubt. Ist das alles, was Sie imstande sind? Ein Mensch mit seinen Grenzen? Ein Mensch, der sich nicht in den eigenen Schmerz schicken kann, der ihn nicht als höchste Gabe Gott opfern kann, sondern der meint, daß ausgerechnet er unter allen Dienern Gottes besonders gefeit sei gegen die Qualen, die uns alle früher oder später heimsuchen? Johnny, Sie sind voll Stolz und Hoffart. Sie haben den allbarmherzigen Gott beleidigt, mit Ihrem Stolz, Ihrem Mitleid mit sich selbst, Ihrer Weigerung, durch Gebet und Hoffnung den Grund für Ihren Schmerz zu erforschen. Johnny, ich verlasse Sie jetzt. Ich glaube nicht, daß ich je zurückkommen kann. Es schmerzt mich zu sehr, wenn ich einen Diener Gottes von Gott abfallen sehen muß.«

Lorry, die Johnny beobachtete, sah trotz der zornfunkelnden Augen, wie der größte Schmerz Johnnys Gesicht verzerrte. O bitte, sagte sie bei sich zu dem Priester, Sie tun ihm gar zu weh.

Johnnys Hände umkrampften die Stuhllehne. Sein Gesicht zuckte wie das eines Sterbenden. Lorry konnte es nicht länger ertragen. Sie stand auf, lief auf ihn zu und sank vor ihm in die Knie. Heiße Tränen quollen ihr aus den Augen, und sie legte ihren Kopf auf sein Knie.

Johnnys Hände lösten sich langsam von der Lehne. Er sah auf Lorry hinab; der gequälte Ausdruck verschwand aus seinen Zügen und wich einer erstaunten Miene, die wohl von Schmerz, aber auch von einer geheimnisvollen Offenbarung sprach. Der Priester trat zurück, und Dr. McManus beugte sich in seinem Stuhl vor; er zitterte, weil er überzeugt war, daß nun etwas Seltsames, Geheimnisvolles geschah. Er traute seinen Augen nicht, als er sah, wie Johnny langsam die Hand hob und sie auf Lorrys Kopf legte. Bei Johnnys Berührung und unter dem Druck seiner Hand löste sich ihr Haar, floß ihr über die Schultern und bedeckte ihr Nacken und Rücken; es leuchtete wie Feuer im Schein der Kerzen. Ihr Gesicht hatte sie auf Johnnys Knie gelegt; ihr Schluchzen erfüllte das Zimmer und widerhallte ihnen allen in den Ohren.

Der Priester trat in die Schatten zurück und schloß kurz die Augen. Sein Herz begann schneller zu schlagen.

Da nahm Johnny voll unendlicher Zärtlichkeit und voll Verständnis Lorrys Gesicht in beide Hände, hob ihren Kopf und schaute ihr in die Augen. Er lächelte sie an; es war ein zutiefst schmerzerfülltes Lächeln. Sie lehnte sich an ihn und weinte fassungslos.

»Johnny«, stammelte sie unter Tränen, »hören Sie mich an. Wissen Sie, was Sie für mich getan haben? Sie haben meine Seele gerettet. Wissen Sie, was ich für ein Mensch war, ehe ich Sie kannte? Ich haßte jedermann, haßte mich selbst, glaubte an nichts; ich wollte nur – Rache, für das, was mir jemand angetan hatte, wie ich glaubte. Er hatte es getan, ja, aber aus seiner eigenen Bosheit und Unwissenheit heraus. Sie bewirkten, daß ich ihm verzieh, Johnny, beinahe verzieh. Mit Ihrer Hilfe kann ich ihm ganz verzeihen. Seit ich hier fortging, habe ich vier Tage in der Woche bei den Quäkern gearbeitet, in der Betreuung heimatloser Kinder aus Europa; ganz so, wie Sie die Ihren betreut haben. Ich habe Geld gegeben; aber was mehr ist als alles Geld, ich habe meine Hände gegeben und den Glauben, den Sie mir gaben, und die Liebe und das Verständnis, die Sie mir schenkten.«

Johnny hielt ihr Gesicht fest zwischen beiden Händen. Er neigte sich über sie, als wollte er sie schützen und trösten. Seine Finger waren in ihrem Haar vergraben; er zog sie dichter an sich, und sein Gesicht war voll Licht und Liebe.

Lorry richtete sich ein wenig auf, und er schloß sie in die Arme.

»Deinetwegen, Johnny«, sagte sie schier unhörbar, »habe ich das getan. Wenn ich zu müde wurde, dachte ich an dich. Wenn ich die armen, verschreckten Kinder ansah, fielst du mir ein, und ich sagte zu ihnen, was du zu den deinen sagtest, und da waren sie getröstet und fürchteten sich nicht mehr. Deinetwegen, Johnny, deinetwegen.«

Dr. McManus kämpfte mit den Tränen. Er sah den Priester an. Aber der war noch im Gebet versunken.

Nun richtete sich Johnny im Stuhl auf, ohne Lorry aus den Armen zu lassen. Er drückte sie an sich und küßte sie sacht auf die Stirn. »Die Kinder«, sagte er nun. »Die armen Kinder. Gott segne dich, Lorry, meine liebe, liebe Lorry.«

Der Priester wandte sich unvermittelt um und verließ das Zimmer. Dr. McManus saß da und sah zu, wie Johnny Lorry tröstete. Er sagte sogar: »Es war unrecht von mir. Ich habe auch gesündigt, Lorry. Ich weiß nicht, wo ich all die Tage her war. Ob Gott mir wohl je vergeben wird? Ob er mich wieder aufnimmt? Ich weiß es nicht. Vielleicht wird er mich nie mehr hören.«

Nun übermannte ihn diese neue Sorge, und furchtbare Reue und Zerknirschung bemächtigten sich seiner. Nun erblickte er zum erstenmal Dr. McManus und lächelte ihm über Lorrys Kopf hinweg schwach zu.

Plötzlich trippelten draußen viele kleine Füße die Treppe herab. Der Priester trat wieder ein und brachte die Kinder; sie steckten in ihren Schlafanzügen und Nachthemdchen und weinten und streckten ihm die Ärmchen entgegen. »Papa, Papa!« riefen sie tränenüberströmt und liefen auf Johnny zu.

Er schob Lorry sanft beiseite. »Ich bin wieder heimgekommen«, sagte er. »Ich war eine Weile fort; aber nun bin ich wieder daheim.«

Nun war er endlich zum Leben erwacht; noch fraß ihm der Kummer am Herzen, doch nun nahm er ihn demütig hin. Er streckte dem Priester wortlos die Hand entgegen und Pater Krupszyk ergriff sie und drückte sie stumm.

Am nächsten Sonntag hielt Johnny seine erste Predigt seit dem Vorweihnachtstag. Er bedauerte nur, daß Lorry nach New York hatte zurückkehren müssen.

29

Pietro und Jean besuchten die Frühmesse, damit sie Johnny noch sehen konnten, ehe er in seine Kirche ging. Auch Max kam früher von der Sonntagsschule zurück. Die Kinder waren freudig erregt, wenn auch nicht so ausgelassen heiter wie sonst, da sie an Emilie dachten. Nun aber war ihr Vater wieder da und lächelte, wenn auch ungewöhnlich hager und blaß, und erwartete sie, hieß sie willkommen und fragte sie nach der Kirche und der Sonntagsschule.

Die Kinder erfuhren nun von der Liebe zwischen ihrem Vater und Lorry und von der kommenden Hochzeit. »Aber es wird nicht mehr zu lange dauern«, hatte Johnny rasch hinzugefügt, als die Kinder sich über die Wartezeit enttäuscht gezeigt hatten. »Seht ihr, Tante Lorry hat vor einigen Monaten Gott versprochen, mitzuhelfen bei der Betreuung der Waisenkinder aus Europa; es sind Kinder wie ihr. Und wer darf ein Gott gegebenes Versprechen brechen?« Er dachte an sein eigenes gebrochenes Versprechen, wußte aber, daß ihm verziehen war. Dennoch war trotz seines Lächelns ein Schatten auf sein Gesicht gefallen.

»Manchmal«, bemerkte Pietro nachdenklich, während er mit seinen stets rastlosen Händen eine Faser von Johnnys Schulter entfernte, »ist es nicht recht, Gott was zu versprechen, was man nicht halten kann. Oder was zu halten dumm wäre.«

»Dies ist aber nicht dumm«, entgegnete Johnny. »Tante Lorrys Versprechen endet erst im Spätsommer, und ihr müßt geduldig sein. Ja, Kathy, natürlich darfst du das Blumenmädchen sein. Und jetzt muß ich euch verlassen und in die Kirche gehen.« Sie küßten ihn und sahen ihm nach.

Der Gemeinde entging nicht, wie totenblaß und hager ihr Pastor geworden war. Die Kirche war gedrängt voll, um ihm ihren Trost und ihr Mitgefühl auszudrücken. Sie sahen die grauen Haare an seinen Schläfen und seufzten; doch stand er würdevoll vor ihnen, die Hände vor sich lose gefaltet. Etwas Abwesendes, Fernes, zugleich jedoch etwas unmittelbar Drohendes war an ihm. Als er nun das Wort ergriff, klang seine Stimme nicht schwach und leise, sondern markig und stark.

»Unser göttlicher Herr«, sagte er, »hat von der Strafe gesprochen, die denen zuteil wird, welche den Kleinen, die Ihn lieben, ein Ärgernis geben.«

»In meinem Hause lebte eine solche Kleine, beinahe noch im Säuglingsalter, die mir oft hingerissen lauschte, wenn ich ihr von Gottes Liebe zu ihr erzählte. Denn sehen Sie, sie hatte, ehe ich sie fand, nie erfahren, was Liebe bedeutet und wie froh und glücklich sie macht.«

Er hielt inne; es würgte ihn in der Kehle. Den Frauen wurden die Augen feucht; Männer senkten die Köpfe.

»Ich liebte sie, und ebenso liebten sie die anderen Kinder, die ich vom Tod errettet hatte. Sie konnte sich davon nicht mehr erholen. Als ich sie am Abend küßte und ins Bett steckte, wie Sie Ihre Kinder zu Bett bringen, da lächelte sie mich voll Staunen und Freude an. Ich lehrte sie, Gott zu lieben. Sie konnte am Abend den Morgen kaum erwarten, da sie Seinen Geburtstag feiern wollte. Aber – dazu kam es nicht. Sie hatte ihr letztes unschuldiges Kindergebet an Ihn gerichtet, voll Zuversicht, daß er sie erhört und gesegnet hatte. Und das hatte er gewiß getan.« Es zuckte voll Schmerz um seinen Mund; er mußte ein Weilchen innehalten.

»Soll dies Kind umsonst gestorben sein? Wie ich höre, starben sechsundneunzig alte Leute und Kinder wie meine Emilie während der letzten ›Inversion‹, wie die Fachleute sie so schön nennen. Sie wurden dadurch getötet. Ich sehe, daß mehrere Väter und Mütter heute hier in der Kirche fehlen. Sie betrauern daheim ihre Toten, die Kleinen, wie Emilie, die nichts Böses getan hatten, die ihre Eltern und Gott geliebt hatten, die, wie sie, Weihnachten kaum erwarten konnten.«

Er trat etliche Schritte auf seine Gemeinde zu, die ihm in tiefem Schweigen lauschte.

»Ich habe die Zeitungen gelesen, wie Sie auch. Die Ärzte erklären sehr vorsichtig, der Nebelrauch, der Smog, unter dem diese Stadt zu leiden hat, sei nur eine mittelbare Todesursache für diese sechs undneunzig Todesfälle gewesen. ›Nur‹, sagen sie. Diese schwachen und kranken Greise und Greisinnen und Kinder hätten ohnehin kaum noch gelebt. Sie wären sowieso gestorben, vielleicht einen Tag, zwei Wochen, zwei Monate oder auch ein Jahr später.«

Johnny hob leidenschaftlich die Stimme: »Und wer sind denn die, die jene sechsundneunzig Opfer dieser Tage, Wochen, Monate oder selbst Jahre beraubt haben? Wer will uns sagen, irgendeinem von uns, es mache nichts aus, daß wir ein wenig mehr Lächeln, Stimmen, Lachen und Liebe auf dieser Erde verloren haben? Wer will sich anmaßen, zu erklären, unser Verlust und der unserer Lieben sei nichts, weil sie ja doch zum Tod verurteilt gewesen wären? Wer hat ihnen das Recht gegeben, die freie Luft so zu vergiften, daß sie allein darüber zu Gericht sitzen können, wie lange unsere Kinder und unsere Eltern zu leben haben, und wie lange wir ihre geliebten Gesichter sehen, ihre Stimmen hören dürfen? Jene kostbaren Tage, Stunden, Wochen, Monate – sie gehörten uns, nicht jenen, die aus ihrer ungeheuren Habgier heraus Fäulnis und Tod über unsere Stadt gebreitet haben.«

Die Gemeinde saß aufrecht in ihren Stühlen, und viele Augenpaare funkelten empört im Kerzenschimmer.

»Wer hat diesen Männern Gewalt über Leben und Tod über uns gegeben? Wer hat gesagt, es sei ihr Recht, uns Leiden zuzufügen? Ich kenne sie. Sie kennen sie. Sie wohnen hoch oben in den Bergen, wo ihre eigenen Kinder nicht verröcheln, ihre alten Väter und Mütter nicht ersticken. Oft schon wurden sie auf diese Zustände aufmerksam gemacht; aber sie lächelten nur und unternahmen nichts dagegen. Einer, höre ich, hat sogar erklärt, das sei ein gutes Mittel, die Einwohnerzahl niedrig zu halten!«

Ein zorniges Gemurmel lief durch die Kirche. Johnny beugte sich vor, die Hände zu Fäusten geballt.

»Sie haben sich das Recht angemaßt, das nur Gott zukommt – das Recht über Leben und Tod. Sie haben den Kindern ein Ärgernis gegeben. Sie sagen, die Rauchbekämpfung koste zu viel Geld. Was für Geld? Das Geld, das ihnen diejenigen verdient haben, die ohnmächtig zusehen mußten, wie ihre Kinder und ihre Eltern hinstarben!«

»Ich habe hier die Zahlen, aus denen genau hervorgeht, wieviel es diese Männer kosten würde, die Stadt vom Rauch zu befreien, den Ruß und Schmutz von den Straßen zu entfernen, den stechenden Schmerz in unseren Lungen und den Gestank, den wir stets in der Nase haben, die Verunzierung unserer Häuser und den langsamen Tod unserer Gärten und Rasenflächen. Es sind keine niedrigen Ziffern. Aber sie sind auch nicht so hoch, daß nicht ein einziges Kind mehr wert wäre. Die Kosten würden die Männer, die unsere Stadt verpesten, nicht ihres Vermögens berauben. Und doch weigern sie sich, zu tun, was sie tun müssen, damit sie endlich aufhören, uns zu vergiften und umzubringen. Warum? Ist denn Geld so kostbar und so heilig, daß unser Leben dagegen nichts ist?«

Die Gemeinde wurde unruhig.

Johnny hob die Hände. »Wenn man Mörder auf frischer Tat ertappte, wie sie unsere Wasserleitung vergiften, da wäre die Justiz rasch und gründlich. Aber diese Männer, die unsere Luft zur Todesursache gemacht haben, die sind noch nicht bestraft worden. Sie erhalten nicht einmal einen Verweis. Und warum? Weil sie kraft ihrer Profite unsere Politiker in ihrer Gewalt haben, weil unsere Politiker ihre Geschöpfe sind und weil dank des Reichtums ihrer Herren auch diese ihre Geschöpfe dem gelben Tod entrinnen können, der durch unsere Straßen streicht.«

Johnny trat bis fast an den Rand der obersten Altarstufe vor. Sein Gesicht flammte. »Die Geduld des Volkes ist lange und groß. Aber nun ist die Zeit gekommen, da die Geduld keine Tugend mehr ist, sondern eine feige Sünde. Wenn ihr, das Volk, nichts gegen den Tod in unseren Straßen unternehmt, dann sündigt auch ihr durch euer Schweigen und eure Feigheit und seid so schuldig wie sie!«

Erschöpft ließ er die Stimme sinken. »Ich habe nie die Kanzel für den Ort gehalten, weltliche Angelegenheiten zu besprechen, sondern für einen Ort, wo Geistliche von Gott reden sollten. Nun aber bin ich gezwungen, euch zu beschwören – habt Mitleid mit den Kranken, den Sterbenden, den Kindern – von denen etliche vielleicht zu dieser Stunde in euren Häusern liegen. Draußen vor der Kirche werdet ihr Petitionen finden, die ich habe herstellen lassen. Nehmt sie, unterschreibt sie und schickt sie an den Bürgermeister dieser Stadt. Fordert Sofortmaßnahmen; dringt darauf. Ihr Männer, die ihr in den Gießereien, den großen und kleinen Fabriken arbeitet, erklärt durch eure Sprecher, daß ihr euren Öfen, Werkbänken und Maschinen fernbleiben wollt, wenn der Rauch nicht bekämpft wird. Dann wird der gelbe Tod mit der Wurzel ausgerottet werden.«

»Ihr könnt überzeugt sein«, setzte er hinzu, »daß diese Männer, die unsere Lieben getötet haben, dem Zorn der gesamten Stadt nicht widerstehen können. Pittsburgh und andere Städte haben die üblen Schwefeldämpfe beseitigt, die sie vergifteten. Sie taten es, weil die Einwohner es wie ein Mann mit lauter, sicherer und entschlossener Stimme forderten. Auch ihr könnt das tun.«

»Ihr könnt morgen beginnen. Vielleicht läßt die nächste Inversion ein oder zwei Jahre auf sich warten. Vielleicht aber kommt sie schon in einer Woche, vielleicht auch morgen. Wer von euch allen, die hier sitzen, kann sagen, daß sein Haus nicht im Handumdrehen zum Trauerhaus werden könnte?«

»Ist Emilie umsonst gestorben? Manche von den Frauen hier haben sie gesehen. Manche werden noch wissen, wie sie am Vorweihnachtstag in ihrem hübschen Kleidchen dasaß, in dem sie drei Tage darauf begraben wurde. Ihr werdet das Gesicht der Kleinen vor euch sehen, ihr Lächeln, ihr Entzücken und ihre Vorfreude, die nie erfüllt werden sollte. Ich bitte und beschwöre euch, laßt ihren Tod nicht umsonst gewesen sein.«

Er konnte nicht weitersprechen. Er sah sie flehend an, die Hände ausgestreckt. Und sie schauten voll grimmiger Entschlossenheit oder durch stumme Tränen zu ihm auf.

Als er sich draußen mit McManus traf, sah er zu seiner Genugtuung, daß die Petitionen samt und sonders an den Mann gekommen waren. Er lehnte sich im Wagen zurück und schloß die brennenden Augen. Der Doktor warf ihm einen flüchtigen Blick zu, beugte sich vor und zog die Augenbrauen schier bis auf die Lider herab. Sie näherten sich schon dem viktorianischen Landhaus, als der alte Arzt sagte: »Sie werden sie ausfüllen! In zwei Tagen werden sie sich auf dem Schreibtisch von dem verdammten Bürgermeister zu Bergen häufen! Sie werden sehen!«

»Das hoffe ich«, erwiderte Johnny. Das Herz pochte ihm schneller, und er rang nach Atem.

Der Doktor biß sich auf die Lippe. »Was du heute kannst besorgen . . .«, fuhr er fort. »Ich möchte Ihnen von ein paar Leuten erzählen, die ich kenne. Brave Leute. Der Vater war Angestellter in einem Herrenmodegeschäft hier. Starb vor zwei Monaten. Und vor einer Woche starb die Frau im Wochenbett, und das Kleine auch. Junge, nette, freundliche Leute. Ehrsam, unabhängig, patriotisch, tapfer und zuversichtlich. Sie sollen sehen, was davon übriggeblieben ist.«

»Nicht jetzt, um Gottes willen«, murmelte Johnny aus der Tiefe seines Kummers, seiner Erschöpfung, seiner Einsamkeit und Sehnsucht nach Lorry.

»Ja doch, jetzt. Morgen kann es schon zu spät sein. Jemand braucht Sie dringender als Sie sich selbst.«

Johnny dachte an Emilies Stuhl, der nun immer leerstehen sollte. Er hielt die Augen geschlossen und hörte Emilie ängstlich nach ihm rufen.

Er sah nicht, daß der Wagen hielt, bis der Doktor ihn grob anstieß. »Vorwärts. Sie liegen nicht im Sterben. Hören Sie auf, im eigenen Elend zu schmoren. Sie werden gebraucht. Wozu ist denn ein Pastor da?«

Sie standen vor einem kleinen grauen Haus; es war hübsch und sauber gehalten, hatte ein rotes Dach und ein verschneites Rasenstück davor. Johnny nahm alle Kraft zusammen, stieg aus dem Wagen und mit dem Arzt die Treppe hinauf. Er machte eine letzte, vergebliche Anstrengung. »Ich bin im Augenblick noch nicht in der Verfassung, jemand zu trösten«, bemerkte er. »Ich habe noch nicht viel Trost zu spenden.«

»Zuweilen findet man Trost an seltsamen Orten«, versetzte der Doktor und klingelte.

Eine winzige Greisin in grauem Kleid, mit einem Tuch um die Schultern, öffnete ihnen die Tür. Sie war offensichtlich gar nicht überrascht über den Besuch. Sie lächelte schwach. »Bitte kommen Sie herein«, sagte sie. Sie betrachtete Johnny erwartungsvoll, was er sich nicht erklären konnte. »Hoffentlich geht alles gut, Mister Fletcher. Ich hoffe wirklich, Debby wird Ihnen gefallen.«

»Debby?« fragte Johnny. »Ihre Tochter? Ihre Enkelin? Ist sie krank?«

»Sie fragen zu viel«, warf der Doktor ein.

Sie betraten einen sauberen Salon mit geflochtenen Teppichen und alten Möbeln. Irgendwo sang ein Kanari in seinem Käfig, und ein Kätzchen glitt von einem Stuhl. Der Doktor fing es mit kundigem Griff ein und hob es auf. »Habe Katzen schon immer gehaßt«, erklärte er, während er sich das Tierchen auf die Schulter setzte und zärtlich streichelte.

»Ja, das sehe ich.« Johnny mußte wider Willen lächeln.

»Es ist Debbys Kätzchen«, erklärte die Greisin, Mrs. Dietrich.

»Also holen Sie sie«, meinte der Arzt. »Auf uns wartet das Essen daheim.«

Mrs. Dietrich verließ den kleinen Salon, in dem es nach wohlriechenden Kräutern und Wachs duftete. Johnny sah sich interessiert um und erblickte ein Glasschränkchen mit Nippsachen in einer Ecke. »Ist Mrs. Dietrich eine Deutsche?« fragte er. »Sie spricht mit fremdem Akzent.«

»Ja«, erwiderte der Doktor. »Und die beiden jungen Leute, von denen ich Ihnen erzählte, waren auch Deutsche. Kamen vor acht Jahren hier herüber, 1939. Politisch Verfolgte. Noch halbe Kinder damals.«

Nun trat Mrs. Dietrich wieder ein und führte ein kleines, etwa fünfjähriges Mädchen an der Hand, das eine Stoffpuppe an die Brust drückte. Johnnys Herz krampfte sich schmerzlich zusammen. Das Mädel war etwas klein für sein Alter, hatte ein rundes rosiges Gesicht mit frohen Augen und einer Fülle rötlichbrauner Locken. Sie lächelte unsicher.

Der Doktor streckte die Arme aus, und da lief sie kreischend auf ihn zu, ohne ihre Puppe loszulassen. Er hob sie auf den Arm und sah Johnny an. »Das ist Deborah Woltz«, erklärte er. »Was halten Sie von diesem bezaubernden Fräulein, wie? Sie wickelt mich um den kleinen Finger. Na, nun hör schon auf, in meinen Taschen zu stöbern, du kleiner Goldgräber.«

»Wo ist meine Schokolade?« fragte das Kind vorwurfsvoll.

»Ach, die hab' ich heute vergessen«, antwortete der Doktor. Er stellte das Kind wieder auf den Boden und tätschelte ihm den Kopf. »Nun sei schön artig. Das hier ist Mr. Fletcher, ein Pastor.«

Das Kind musterte Johnny gespannt, aber scheu. »Mein neuer Papa?« fragte es.

»Tja, wie soll er denn das wissen?« versetzte der Doktor mürrisch. »Du hast ihm nicht einmal das Händchen gegeben. Nun geh schön hin und zeig deine guten Manieren.«

Das Mädel ging auf Johnny zu und machte, als es dicht vor ihm stand, einen Knicks. »Ja, in den alten Ländern erziehen sie die Kinder gut«, erklärte der Doktor stolz. »Sie ist hier in Barryfield geboren, aber ihre Eltern brachten ihr gutes Benehmen bei.«

Johnny beugte sich zu der Kleinen hinab und streckte ihr ernst die Hand hin. Sie sagte: »Ich bin im Kindergarten, und kann auch schon ein paar Worte lesen. Und das Alphabet kann ich auch«, setzte sie zuversichtlich hinzu.

»Das ist fein«, antwortete Johnny. »Ich habe fünf – ich meine, vier Kinder. Die möchten dich gern kennenlernen, Debby. So ein kluges Mädel!«

»So alt wie ich?« fragte Debby nun schon neugieriger.

Johnny schwieg. Er sah auf das Kind hinab, und die grauen Schatten in seinem abgehärmten Gesicht vertieften sich. Der Doktor erklärte: »Debby hat hierzulande keinen Menschen und in Deutschland auch niemand mehr. Alle sind tot. Als ihre Mutter starb, nahm Mrs. Dietrich sie zu sich, aber nun ist die Kinderbewahranstalt hinter ihr her.« Er warf Johnny einen vielsagenden Blick zu. »Sie kennen die Kinderbewahranstalt. Wie ein Gefängnis. Kein Geld. Und dann stecken sie sie in ein Heim oder zu Pflegeeltern, und vielleicht endet sie auch im Waisenhaus. Das kennen Sie ja, mein Sohn. Schöne Aussicht für ein kleines Mädel, nicht? Und ein Kind in diesem Alter will niemand so recht adoptieren.«

Er machte eine abwehrende Geste mit der Hand. »Manche Pflegeeltern sind ja gut, andere aber schlecht. Für ein so kleines Kind aber auf jeden Fall schlecht. Manche Leute nehmen die Kinder nur wegen des Pflegegeldes. Ich könnte Ihnen da von Kindern erzählen, die ich im Krankenhaus gesehen habe, wohin man sie von Pflegeheimen einlieferte. Aber auch im besten Fall ist es schlimm für ein Kind, das ein Heim braucht und wissen muß, wo es hingehört. Besonders ein Mädel. Mädel sind ja ganz verrückt nach einer Familie. Ich persönlich kann sie nicht ausstehen.«

Debby sah Johnny lebhaft an. »Ich kann schon allein baden«, erklärte sie. »Und meine Kleider aufhängen. Ich bin ein wirklich ordentliches Mädel.« Sie hob ihr Kleidchen und zeigte Johnny mit Stolz das gestärkte Unterröckchen und das weiße Höschen.

Der Doktor seufzte tief, ohne Johnny anzusehen. »Nun, ich hoffe, du wirst auch bei deinen neuen Pflegeeltern wirklich brav sein. Hoffentlich finde ich dich nicht nächstens im Krankenhaus, mit einem Loch im Kopf. Wäre schade um die schönen Locken.«

»Sehr feinfühlend sind Sie ja nicht«, meinte Johnny. Er setzte sich und streckte Debby die Arme entgegen, und sie sprang sogleich auf ihn zu und ihm auf den Schoß. Er schloß die Augen und umarmte sie, und es war ihm, als hielte er Emilie in den Armen. Er gab ihr einen Kuß, und sie umschlang ihn und drückte sich fest an ihn. »Du bist ein wirklich lieber Papa«, sagte sie.

»Das war natürlich alles längst abgekartet«, wandte sich Johnny an den Arzt.

»Nun ja«, versetzte der so obenhin, »nicht in allen Einzelheiten jedenfalls. Aber ich versprach allerdings Debby, ich würde ihr einen neuen Vater bringen. Wenn nicht Sie, dann einen anderen. Sie sollte wählen. Offenbar hat sie gewählt. Sie ist übrigens nicht arm. Ihr Vater hat ihr fünftausend Dollar Versicherung hinterlassen.« Er hob warnend den Finger. »Wenn Debby Sie nicht gemocht hätte, mein Sohn, so wäre da nichts zu machen gewesen. Sie hatte die Wahl.«

Debby pflanzte Johnny einen sehr feuchten, begeisterten Kuß auf die Wange. »Ich mag meinen neuen Papa«, verkündete sie gnädig. »Und mein Koffer ist auch schon gepackt.«

Johnny wurde unsicher. Zart streichelte er die hübschen, braunen Locken. »Ich – ich weiß nicht, was Mrs. Burnsdale sagen wird«, meinte er. »Ihr müssen wir doch wohl vorher Bescheid sagen.«

Das erheiterte den Doktor unbändig. »Haha, Mrs. Burnsdale war schon dreimal da! Sie und Debby vertragen sich prächtig! Sie meinte sogar, wenn Sie Debby nicht nehmen wollten, würde sie es tun, und wenn Sie ins neue Pfarrhaus zögen, würde sie bei mir bleiben und mich heiraten, und wir würden Debby selbst adoptieren.«

Johnny warf ihm einen vielsagenden Blick zu, worüber der Arzt und Mrs. Dietrich hell auflachten. »Man hat mich hineingelegt. Was bleibt mir anderes übrig, als mich zu fügen?« Er wand sich eine Locke des Kindes um den Finger, und sie ringelte sich von selber darum, wie einst Emilies Löckchen.

Der Doktor setzte mit kraftvoller Geste seinen Filzhut auf. »Nun, das wäre also abgemacht. Die Formalitäten beim Jugendgericht werde ich erledigen. Na, kleines Fräulein, zieh den Mantel an. Wir fahren heim.«

»Ja«, bekräftigte Johnny, und es wurde ihm ein wenig leichter ums Herz. »Wir fahren heim.«

Dr. McManus setzte eine Belohnung von zehntausend Dollar für die Ergreifung und Überführung des Brandstifters aus, der das Pfarrhaus angezündet hatte, und die ganze Stadt begann eifrig nach ihm zu fahnden.

30

Die Jungen waren begeistert von Debby, die sie erst eingehend betrachtete und offenbar zu dem Schluß kam, daß sie mit ihnen unschwer fertig werden würde. Mit Kathy freilich war das anders. Sie hatte sich von Debbys Reizen, ihrer Lebhaftigkeit und ihrem selbstsicheren Geplauder nicht einfangen lassen. Sie zog Debby aus dem wie gebannt lauschenden Kreis der Jungen, denen sie Geschichten vom Kindergarten erzählt hatte, die sehr spannend und ein bißchen zurechtgemacht klangen. Debby fiel sogleich in ehrerbietiges Schweigen und sah unterwürfig zu dem größeren Mädchen auf. Aber in ihren Augen tanzte der Schalk.

»Nach Papa und Mrs. Burnsdale habe ich hier zu bestimmen«, sagte Kathy streng. »Du wirst unsere Schwester sein, wenn du willst. Ich werde dir beibringen, wie man Geschirr abtrocknet und Staub wischt. Und Geschichten höre ich auch nicht gern, besonders, wenn sie nicht wahr sind. Hörst du?«

»Sie waren aber wahr«, wandte Debby ein und sah drein, als wollte sie gleich vor Verlegenheit losheulen.

»Wir haben schon genug Geschichtenerzähler hier«, meinte Kathy mit einem vernichtenden Blick auf Pietro. Sie musterte Debby forschend. »Aber ich glaube, du bist in Ordnung«, setzte sie hinzu. »Mußt nur ordentlich erzogen werden. Und wir können dir auch ein paar Bäume pflanzen – wenn du willst.« Dann wurde sie weich, beugte sich hinab und küßte die Jüngere. »Ich glaube, wir werden dich liebhaben.«

»Und ich«, erklärte Pietro großartig, »werde dich heiraten, Debby, wenn du alt genug bist.«

»Ich dachte, du wolltest Kathy heiraten«, erinnerte ihn Jean.

Pietro wies diesen ausgefallenen Gedanken mit einer sprechenden Gebärde von sich. »Gentlemen ziehen junge Mädchen vor. Kathy ist zu alt für mich.«

Mrs. Burnsdale und Johnny lauschten und unterhielten sich köstlich. »Das machen die Comics, die er immer liest«, erklärte sie. »Und die Filmzeitschriften.«

»Wenn du glaubst, ich wollte einen Jungen heiraten, der nicht immer die Wahrheit sagt und fortwährend dumme Gesichter schneidet, irrst du dich«, sagte Kathy geringschätzig.

Pietro betrachtete Debby kritisch. »Am besten gefällt mir ihr Haar«, meinte er.

Aber Debby hatte ihre eigenen Pläne. Sie schüttelte entschlossen die schimmernden Locken. »Ich will meinen neuen Papa heiraten«, verkündigte sie. Und warf einen schlauen Blick auf Kathy. »Meine Locken sind echt.« Kathy errötete. Sie benützte nämlich neuerdings nachts Mrs. Burnsdales Lockenwickler.

»Du meine Güte«, sagte Mrs. Burnsdale bewundernd. »Ein Baby, erst fünf Jahre, und kennt schon den Unterschied zwischen echten und falschen Locken.«

»Ich bin wirklich klug«, stellte Debby selbstgefällig fest.

»Na, dann zeig mir, wie klug du dich mit dem Wischtuch anstellst«, mahnte Kathy und drückte ihr eines in die rundliche Hand.

Johnny hatte befürchtet, Debby würde, wenn sie ihren Platz am Tisch einnahm, seine alten Wunden immer wieder aufreißen. Zu seiner Überraschung aber schmerzte es ihn gar nicht, als nun Debby in Emilies Stuhl saß. Es war, als säße Emilie dort, eine starke, versteckt kecke, ehrerbietige, interessierte gesunde Emilie, die stets zum Lachen aufgelegt war. Es war, als hätte Emilie ihm dieses vor Gesundheit strotzende Kind geschickt, das nach seiner Liebe trachtete, dieses elternlose Kind, das er gerettet hatte. Nun würden ihn in den Nächten nicht mehr Angst und Furcht quälen und Gebete, die nicht erhört wurden. Er hatte seine fünf Kinder wieder, und alle fünf steckten voll Leben und Kraft.

Die anderen Kinder hatten sie in ihre Gemeinschaft aufgenommen, und Debby hatte sich eingefügt. Sie steckte randvoll von Neugier, von Liebe, von Geschichten, die selbst Pietros Erzählungen übertrafen. Sie hatte angeblich eine gute Fee, die ihr täglich einen Gutenachtkuß gab und ihr Haar hübscher und ihre Augen heller machte. Johnny hielt Kathy zurück, als diese das schillernde Netz ihrer üppigen Einbildungskraft auf ihre nüchterne Art zerreißen wollte. »Natürlich hast du eine, Liebling«, sagte er. »Aber wir nennen diese ›Feen‹ Schutzengel.« Er kaufte ein Bild und hängte es über Debbys Bettchen auf; es zeigte einen Engel mit liebevollem Blick und ausgestreckten Händen. Das rührte Debby und besänftigte Kathy, die so störrisch an den Tatsachen hing.

Er meldete sie zur Adoption an. Er wußte nicht, daß Doktor McManus wieder unter großen Schwierigkeiten alles arrangiert hatte, denn der Kinderhilfsverein hatte sich von neuem einzumischen versucht. Diese Leute sind rachsüchtig und warten immer noch, dachte der Doktor.

Als Debby sah, wie die anderen Kinder daheim unterrichtet wurden, wollte sie lieber hier mitmachen, statt weiter den Kindergarten zu besuchen. Aber darin war Johnny unerbittlich. Er fuhr sie täglich hin. Kam sie dann heim, erzählte sie den Kindern, die sie schon ungeduldig erwarteten, die abenteuerlichsten Geschichten. Die Lehrerin hatte sie gestoßen; die Kinder wollten mit ihr raufen, aber sie hatte sie gleich getreten, ja; einem anderen Kind hatte sie Wasser hinter den Kragen geschüttet, wieder einem anderen ein Kleid zerrissen.

Die Lehrerin hatte geweint, und Debby hatte die Kreide mit dem Fuß zertreten. Debby war ein kleiner Teufel. Nur Kathy runzelte die Stirn, wenn sie erzählte. Einmal suchte Johnny selbst die junge Lehrerin auf, die ihm versicherte, Debby sei eine vorbildliche Schülerin, eine kleine Anführerin voll Leben und Tatkraft, und die anderen vergötterten sie. Aber Debbys Geschichten würzten ihnen die Mahlzeiten; darum schritt er noch nicht ein. Sie hatte eine prächtige Phantasie und glaubte selbst halb und halb an das, was sie erzählte; überdies sprach daraus keine Bosheit, sondern nur der Wunsch, die anderen zu unterhalten.

Die Wunde heilte rasch.

Auf dem Schreibtisch des Bürgermeisters häuften sich die Petitionen, sehr zu seinem Ärger. Er verwünschte Johnny, den Urheber. Seine Freunde machten ihm Vorwürfe; er zeigte ihnen die Petitionen und die darin enthaltenen unausgesprochenen Drohungen.

Mr. Summerfields Chefredakteur konnte die Petitionen nicht ignorieren. Er ließ seinen »Komiker« spöttische Artikelchen darüber verfassen. Plötzlich sank die Auflage der Zeitung rapid. Der »Komiker« wurde durch einen nüchternen Artikelschreiber ersetzt. Der führte die Methode des Für und Wider ein und lud die Leser ein, zu dem Problem in Zuschriften Stellung zu nehmen. Er veröffentlichte mehrere positive Zuschriften unter der Rubrik »Leserbriefe«. Die einzigen negativen stammten unglückseligerweise aus seiner eigenen Feder. Die Leser reagierten mit heftigen Angriffen und zornigen Entgegnungen auf die erfundenen Initialen und auf die Artikel.

»Ganz Barryfield ist für den Pastor«, berichtete Lon Harding zufrieden. »Bis auf die, deren alte Herren die Fabriken und die kleineren Werke besitzen. Aber die halten den Mund.«

Mittlerweile wimmelte es in Johnnys Pfarrsaal von Jungen und Mädchen, die darauf brannten, das zu lernen, was ihnen in der Schule vorenthalten wurde. Die alten Lehrerinnen, darunter Miß Coogan, waren vor Freude außer sich. Es war nun Ende Februar und ungewöhnlich warm, und wer an vier Abenden der Woche am Pfarrsaal vorüberkam, hörte dort die eifrigen Stimmen der jungen Leute, die da eine Welt der Dichtung, Vaterlandsliebe und Literatur entdeckten, die man ihnen »im Interesse der Gesellschaft und einer nüchternen Anpassung an das Leben« vorenthalten hatte.

Der Mörder der kleinen Emilie war noch nicht gefaßt worden. Johnny gab die Hoffnung nicht auf.

Eines Nachmittags rief der Polizeichef Dr. McManus an. »Ich

halte ja nicht viel davon, Al, aber ich wollte dir doch Bescheid sagen. Hier ist eine Frau Sheila Gandy aus Wilkes-Barre. Sie sagt, ihr Mann hat den Brand im Haus deines Pastors gelegt. Er liegt im Sterben, sagt sie. Und sie will die Belohnung; er will nämlich, daß sie sie einsteckt, damit sie was hat, wenn er tot ist. Bißchen dümmlich, die Frau, kommt mir vor. Wahrscheinlich wieder einmal blinder Alarm. Aber eins gab da zu denken. Er hat ihr angeblich erzählt, wie er die Heißluftröhren des Heizofens mit benzingetränkten Lappen verstopfte und Schnüre dranband und sie dann anzündete und verschwand. Er schlich durch den Keller ein und versteckte sich hinter dem Ofen, als der Pastor Nachschau hielt. Das würde stimmen. Und du weißt ja, wir haben wirklich solche Spuren gefunden. Kam das damals in die Zeitung?«

»Nein!« piepste der Doktor. »Was für ein trauriges Gedächtnis du hast! Kein Wort kam hinein, außer es hat einer von deinen Jungen geplaudert; möchte aber wissen, warum. Deine Dienststelle hat nichts verlauten lassen. Hat sie dir gestanden, welche Leute ihn angestiftet haben?«

Der Polizeichef schwieg ein Weilchen. »Nein. Warum kommst du nicht gleich und bringst den Pastor mit?«

Der Doktor war eben aus dem Operationssaal gekommen; er war müde. Doch wies er sofort eine Schwester an, Johnny anzurufen und ins Büro des Polizeichefs zu bestellen.

Johnny erschien, totenbleich, zitternd und sprachlos. »Machen Sie sich keine verfrühten Hoffnungen, mein Sohn«, warnte ihn Dr. McManus. »Der Chef meint, es ist bloß blinder Alarm. Er hat mir schon von vielen anderen berichtet, und wir kamen überein, Ihnen nichts zu sagen, weil alles Schwindel war. An der Sache hier ist vielleicht etwas, aber offenbar nicht viel. Beherrschen Sie sich.«

»Ich glaube, diesmal ist er's«, entgegnete Johnny mit erstickter Stimme.

»Nun, verlieren Sie mir nur nicht gleich wieder die Nerven.«

Sie betraten das staubige, rußige Büro des Polizeichefs, das mit Akten und uralten Möbeln vollgestopft war. Neben seinem Schreibtisch saß eine große, dicke Frau mit blassem Gesicht, schütterem schwarzem Haar und in einem abgetragenen Kleid. Die großen Hände steckten in schwarzen Baumwollhandschuhen; sie krampfte sie ineinander. Sie starrte Johnny und den Doktor nicht eben erbaut an. »Wozu den Pastor?« fragte sie mürrisch. »Sie sagten, bloß zwei Freunde, Chef.« Dann wurde sie plötzlich unruhig. »Ist das der Pastor, was?«

»Ja, Mrs. Gandy«, antwortete der Polizeichef. Er nickte dem jungen Polizisten am Ende des zerschrammten Schreibtisches zu; der Mann hielt Bleistift und Papier bereit. »Mr. Fletcher, das ist Sergeant Batson. Er hat mitgeschrieben. Lesen Sie bitte vor, Sergeant.«

Mrs. Gandy wandte sich mit stockender Stimme an Johnny: »Pastor, es tut mir aufrichtig leid um das kleine Mädel, aber mein Alter –«

Johnny sah sie stumm an, zuckte zusammen und wandte sich ab.

Dr. McManus setzte sich. »Also los, Sergeant«, sagte er.

Mrs. Gandy hörte zu, und nun trat in ihre runden schwarzen Augen ein trotziges Funkeln; sie legte anmaßend den Kopf schief und hörte so gespannt zu wie die anderen.

Merrill Gandy, ihr Gatte, war neununddreißig Jahre alt; sie war zweiundvierzig. Sie waren in der Stadt Wilkes-Barre wohnhaft. Ihr Mann war 1944 eingezogen worden. Sie hatten keine Kinder, und Merrill war Mechaniker gewesen. Sie hatten 1939 geheiratet und hatten, als der Mann eingezogen wurde, erst zweihundert Dollar erspart. »Kein Wunder, bei der Wirtschaftskrise!« hatte Mrs. Gandy erklärt. Sie wohnten in einer schäbigen Straße und hatten keine Freunde und Bekannten. Sie hatten nie Zeit gehabt, welche kennenzulernen. Mrs. Gandy arbeitete in einer Bäckerei, und während des Krieges in einem Rüstungsbetrieb. Bei Kriegsende hatten sie noch immer nicht viel Geld. »Wir kauften einen neuen Radioapparat, ein paar Möbel und einen gebrauchten Wagen, und gingen viel kegeln und lernten auch ein paar Leute kennen, und da war das Geld eben hin«, hatte Mrs. Gandy trotzig gesagt. »Bier und Kleider und das alles kosten eben viel.«

Merrill wurde im Frühjahr 1946 aus der Wehrmacht entlassen. Er arbeitete wieder in seiner Fabrik. Im August 1946, mehrere Monate später, klagte er über Rückenschmerzen. Er dachte zuerst, das »schwere Heben« sei schuld daran. Aber der Fabriksarzt sagte, es sei eine alte Verletzung, vier gebrochene Bandscheiben in der Wirbelsäule. Da erinnerte sich Merrill in seiner Enttäuschung darüber, daß er keine Arbeitsunfallrente erhielt, plötzlich daran, daß er die Verletzung ja im Wehrdienst erlitten hatte. Er war nie in Übersee gewesen. Er war in dem Lager geblieben, wo man ihn als tüchtigen Mechaniker schätzte – bei der Luftwaffe, »Da war ein ständiges Kommen und Gehn«, hatte Mrs. Gandy gesagt. Einmal stand er hinter einem offenen Motor, an dem er arbeitete, und irgend »so ein blöder Heini« hatte sich hineingesetzt und den Motor angelassen, und die beiden rechten Räder waren über Mr. Merrill hinweggegangen und hatten »ihm die Wirbelsäule verletzt«.

Der Polizeichef hatte gefragt, warum er das nicht gleich gemeldet hätte. Die Antwort war, das habe er getan und er sei auch im Krankenrevier behandelt worden. Aber Merrill wußte weder den Namen des Arztes noch der Sanitäter noch auch den »von dem blöden Heini« mehr. »War alles überfüllt, und ein ständiges Kommen und Gehen.« Merrill hatte sich scheinbar erholt und war im Lager geblieben.

»Das Leiden zeigte sich erst, als er in den Fabriken schwer heben mußte«, erklärte Mrs. Gandy. Da konnte er nicht mehr arbeiten. Er reichte beim Invalidenamt seine Invalidenrente ein; aber man fand keine Unterlagen und Befunde von ihm. Das Amt gab zu, daß dergleichen bei dem Durcheinander während der Kriegsjahre öfter vorgekommen war. Er kam in ein Invalidenlazarett zur Behandlung. Während das Amt weiter nach seiner Krankengeschichte forschte und Erkundigungen einzog, machte man Röntgenaufnahmen. Man sagte Merrill, eine Rente könnte er erst bekommen, wenn amtlich nachgewiesen sei, daß er sich die Verletzung im Wehrdienst zugezogen habe.

Merrill erklärte nach einigen Wochen seiner Frau, er wolle »nicht mehr in dem verdammten Spital bleiben«, und begab sich in häusliche Pflege. Zuweilen pflegte er aufzustehen, ging auch wohl aus und spielte mit den Freunden Karten oder trank ein Glas Bier; aber er konnte nicht arbeiten. Der Rücken schmerzte zu sehr. Darum ging er wieder zum Arzt und ließ Röntgenaufnahmen machen, und die lagen da auf dem Schreibtisch des Chefs, und der Befund des Arztes daneben.

Dr. McManus langte nach den Röntgenbildern und studierte sie aufmerksam. Er sah Mrs. Gandy an und murmelte: »Ja, es sind die Bandscheiben, aber das ist nicht so schlimm. Hab' schon schlimmere an Leuten gesehen, die täglich arbeiten. Das könnte ihm nicht so viel Schmerzen bereiten, höchstens ab und zu, und dann konnte er ja Aspirin nehmen und wieder aufstehen. Aber das ist nicht das Schlimmste. Sehen Sie sich die großen Schatten hier an.« Er reichte Johnny die Aufnahmen und flüsterte: »Krebs! Weit fortgeschritten. Der Mann ist im Sterben; und zwar nicht wegen der Wirbelsäule. Das hat damit gar nichts zu tun.«

Mrs. Gandy fragte barsch: »Was flüstern Sie denn da? Können Sie keine Röntgenaufnahmen lesen? Wollen wohl Merrill was einbrocken, was?«

Dr. McManus erwiderte ernst: »Gnädigste, ich pflichte Ihnen bei, daß Ihr Mann todkrank ist und nicht mehr lange zu leben hat.«

Sie erschrak und begann zu weinen. »Ich hab' nichts, hab' nur Merrill. Sie haben ihm das angetan, und nun wollen sie ihm keinen Cent Rente geben, und mir auch nicht, wenn Merrill tot ist.«

»Hustet Ihr Mann viel und klagt er über Brustschmerzen?« fragte der Doktor mit echter Besorgnis. Die Frau nickte so heftig, daß ihr billiger Samthut wackelte. »Und ob. Die ganze Zeit. Hustet auch manchmal Blut. Das machen die Bandscheiben.«

Der Arzt erwiderte: »Ich rate Ihnen, schicken Sie Ihren Mann sofort ins Lazarett zurück. Ich fürchte, er hat nicht mehr lange zu leben.«

Die traurige Geschichte ging weiter. Merrill fing an, das Invalidenamt zu hassen, »weil sie so gemein zu ihm waren, und gaben ihm keine Rente, wo er doch im Dienst verletzt worden war, und ich mußte die ganze Zeit in der Bäckerei schuften und kriegte bloß fünfundzwanzig Dollar dafür. Wenn Merrill bloß Pinke-Pinke gehabt hätte und Beziehungen, dann hätten sie ihm im Nu seine Rente gegeben! Da waren sogar Burschen, die hatten fette Posten und kriegten obendrein hohe Renten, direkt dort in Merrills Fabrik!« Johnny sah in das zitternde Gesicht, sah ihre Tränen und empfand Mitleid, das er aber sogleich wieder verscheuchte. »War alles die Gesellschaft, die war schuld«, sagte Mrs. Gandy. »Die Reichen mit ihren großen, blitzenden neuen Wagen – die gönnen dem kleinen Mann nichts. Nein, nichts.«

Und darum begann nun Merrill, der überhaupt nicht im Wehrdienst verletzt worden war und nun an Krebs im Sterben lag, ein gestaltloses, nichtexistierendes Etwas zu hassen, das er »die Gesellschaft« nannte. Er wollte nicht daheim im Bett bleiben, während seine Frau arbeitete, sondern ging aus, trank Bier und spielte Karten – und haßte. Die Kameraden unterhielten sich, und der Haß wuchs. Einer gab Merrill eine kommunistische Zeitung. Er verschlang sie und glaubte alles. Es war eine Verschwörung gegen ihn, von seiten der Gesellschaft, eine Verschwörung gegen alle armen Teufel auf der Welt, die nichts zu hoffen hatten, und besonders gegen ihn, Merrill.

»Er wurde so, daß er von nichts anderm mehr reden konnte«, erzählte Mrs. Gandy und wischte sich mit zitternder Hand die Augen. »Und wahr ist's. Und dann ging er zu Versammlungen und hörte Redner, und die sagten, daß die Reichen unsereinen nicht mal das Recht zum Leben gönnen, und daß es einmal anders wird, da kriegen die Reichen, was sie verdient haben, und dann haben wir auch was, und Merrill kann —«

Der Sergeant las weiter. Er las die schmutzige Geschichte vom unwissenden, gelenkten Haß. Merrill lernte »einen Mann« kennen. Seinen Namen erfuhr er nie. Traf ihn in einem Bierlokal. Aber es war ein guter Kerl. Er schenkte Merrill fünfundzwanzig Dollar, »bloß weil Merrill ein kleiner Mann ist, ein Opfer der Gesellschaft«, wie Mrs. Gandy erklärte. Merrill ging immer wieder ins Invalidenspital, um zu hören, ob sie was gefunden hätten, und die Ärzte wollten ihn zur Behandlung dort behalten. Aber er wollte nicht. Er hatte irgendwo einmal gelesen, daß sie manchmal arme Teufel wie ihn in den Spitälern als Versuchstiere für die Ärzte hielten. So wie Ratten, nicht wahr, oder Mäuse. Nein, dafür war Merrill nicht zu haben, er nicht.

Und dann erzählte eines Tages der gute Mann, dem Merrill so leid tat, von einem Pastor, der ein Werkzeug der Großkapitalisten war, ein Faschist, ein reicher Mann, in Barryfield.

Johnny, der betrübt zugehört hatte, richtete sich auf, seine blauen Augen schossen Blitze. Dr. McManus sagte: »Nur sachte; bleiben Sie nur schön sitzen und hören Sie zu.«

Also, der freundliche Mann erzählte Merrill von Johnny, dem »Faschisten«. Er hatte hier in der Stadt eine Gewerkschaft gesprengt; er war ein Arbeiterfeind; er hatte einen Streik gebrochen. Er war für »die Gesellschaft«. Für die Großkapitalisten, die Steinreichen. Er hatte sogar eine Predigt gehalten und den kleinen Mann verwünscht und alles mögliche Abscheuliche getan und die Arbeiter unterdrückt. Stand alles in den Barryfielder Zeitungen. Dem müßte man einen Denkzettel verpassen. Ein richtig gefährlicher Bursche, das.

Während diese Stelle vorgelesen wurde, richtete sich Mrs. Gandy auf ihrem Stuhl auf und warf Johnny einen Blick voll des reinsten Hasses zu. »Das Kind tut mir wahrhaftig leid, aber Sie, Sie hätten verbrennen sollen!« rief sie. »So war's jedenfalls gedacht.«

Sergeant Batson las ruhig weiter. Der freundliche Mann hatte Merrill fünfhundert Dollar »für die Arbeit« geboten, dem Pastor einen Denkzettel zu versetzen. Dem reichen Pastor, dem Werkzeug der Großkapitalisten. Zweihundertfünfzig Anzahlung, den Rest hinterher. Und dann wollte der gute Mann das Invalidenamt »zwingen«, Merrill eine Rente zu zahlen. Dazu gab es Mittel und Wege.

Nein. Den Namen des Mannes kriegte Merrill nie zu hören. Vielleicht fragte er auch nie danach. Merrill haßte die Großen jetzt wahrhaftig. Und Leute wie den Pastor, die ihnen helfen, reiche faschistische Pastoren, die schweres Geld dafür einstecken. Man sollte sie vertilgen. Nein, Mrs. Gandy hatte von dem Plan nichts gewußt. Merrill sagte ihr nur am Vorweihnachtstag, er müsse wegfahren, würde aber am Abend wieder zurück sein. Er hatte Autobuskarten gehabt. Vielleicht gibt's Arbeit für mich, hatte er gesagt und seine arme Lunge halb ausgehustet dabei. Also fuhr er weg.

Und zwei Tage später stand es alles in der Zeitung. Mrs. Gandy brachte diese Meldungen nicht mit ihrem Mann in Verbindung, der nun »sterbenskrank« war und nicht aufstehen konnte. Er hatte sich irgendwo erkältet. Nein, er wollte keinen Arzt. Von Ärzten wollte er nichts wissen; die hatten ohnehin nichts übrig für den kleinen Mann.

Und dann, gestern, hatte Merrill seiner Frau gesagt, daß er sterben werde. Er liebte sie. Er wollte nicht, daß sie weiter in der Bäckerei arbeitete. Er hatte kein Geld. Aber da stand doch die große Belohnung in der Zeitung. Er hatte ihr die ganze Geschichte erzählt. Sie sollte nach Barryfield fahren, zur Polizei, seine Geschichte dort erzählen und die Belohnung einstecken. Damit wäre sie »versorgt«. Um ihn brauchte sie sich nicht mehr zu sorgen. Er werde bald sterben. Ihm konnten sie nicht viel tun.

Die Geschichte neigte sich dem Ende zu. Die ganze Sache war, wie Merrill ihr erklärte, so gedacht, daß man den reichen, faschistischen Pastor aus der Stadt vertreiben wollte, indem man ihm das Dach über dem Kopf anzündete und ihm zeigte, daß der kleine Mann nicht mit sich spaßen ließ. Merrill war ein wenig überrascht, als er sah, wie klein und schäbig das Pfarrhaus war, aber »solche Leute« sind ja immer Geizkragen. Er stieg durch das Kellerfenster ein und wartete, bis die Familie schlafen gehen würde. Der Pastor kam in den Keller hinab und sah sich um. Aber hinter den Heizofen, in den Schatten, da guckte er nicht. Merrill hatte höllische Angst. Er hatte Kohle aufgelegt, um den Ofen tüchtig zu erhitzen, und als der Pastor dann wieder nach oben ging, verstopfte er die Heizröhren ganz dicht am Ofen mit den Wollappen, und die waren mit Benzin getränkt. Merrill hatte Angst, er könnte selber verbrennen. Dann dachte er aber doch, es würde noch eine Weile dauern, und er wollte selber nach oben gehen und sehen, wo der Pastor sein Geld versteckt hatte. Im Erdgeschoß fand er aber nichts, und in den Oberstock konnte er nicht gehen. Also verließ er das Haus und verschwand über mehrere Hinterhöfe.

Das war alles. Der freundliche Mann traf zwei Tage später mit ihm zusammen und gab ihm den Rest der Summe.

Der Polizeichef erklärte: »Ich habe Wilkes-Barre angerufen und man hat Gandy verhört, aber er ist jetzt nicht vernehmungsfähig. Sie schafften ihn ins Spital; er ist jetzt bewußtlos. Offen gesagt, ich glaube, er hat die ganze Geschichte aus der Zeitung. Vielleicht ist irgend etwas durchgesickert. Der arme Teufel hatte viel Zeit zum Nachdenken. Er hat das Ganze erfunden, weil er wußte, daß er im Sterben liegt und man ihm keinen Prozeß machen kann, und er wollte seiner Frau eine Stange Geld hinterlassen – eben die Belohnung.«

»Das ist eine Lüge!« schrie Mrs. Gandy. »Merrill lügt nicht!«

Der Doktor schüttelte den Kopf. »Es könnte natürlich auch wahr sein.«

Er sah Johnny an. Der Pastor meinte unsicher: »Ich glaube, es ist wahr.«

Der Chef seufzte. »Tut mir leid. Ich glaube nicht daran.«

»So, Sie glauben's nicht!« rief Mrs. Gandy. »Bitte sehr, hier haben Sie den Beweis!« Sie öffnete ihre Tasche aus unechtem Leder, nahm etwas heraus und knallte es triumphierend auf den Tisch.

Es war Lorrys goldene Schatulle; sie funkelte, und ein süßer Duft stieg daraus empor. Sie alle sahen in stummer Verzweiflung darauf hin. »Das ist alles, was er bei Ihnen fand, Pfarrer«, sagte Mrs. Gandy. »Kein Geld. Nur das in Ihrem Schreibtisch. Und das nahm er mit.«

Johnny langte nach der Schatulle und umschloß sie fest mit der Hand. Nun vergaß er einen Augenblick, was er eben gehört hatte. Er sah Lorrys Gesicht vor sich und lächelte innerlich vor Glück und Freude. Dann stellte er die Schachtel wieder hin und sah Mrs. Gandy an, die ihn haßerfüllt anstarrte. Er betrachtete sie eine kleine Weile forschend.

Endlich sagte er: »Ja, das ist meine Schatulle, und die Geschichte ist wahr. Aber Sie müssen eins wissen. Ihr Mann leidet nicht an einer Wehrdienstverletzung. Er stirbt an Krebs, und kein Mensch weiß, wie und woher der kommt.«

»Das glaube ich nicht«, entgegnete Mrs. Gandy schwach.

»Doch, es ist wahr«, entgegnete Johnny. »Und es ist auch nicht die Schuld der ›Gesellschaft‹. Kein Mensch hat Ihnen oder Ihrem Mann was zuleide getan. Im Invalidenspital wollten sie ihn behalten. Sie meinten es gut mit Ihnen und mit ihm; sie verschwiegen Ihnen den wahren Befund. Aber sie wollten Ihnen irgendwie helfen.«

Brennendes Mitleid mit dieser weinenden Frau erfüllte ihn. Er fuhr fort: »Ich bin arm. Mein Gehalt ist ganz niedrig. Ich bin kein ›Werkzeug der Kapitalisten‹. Ich bin keines Menschen Werkzeug. Ich will nur Gott dienen, so gut ich kann. Sehen Sie, ich versuche, meine Stadt von dem Haß zu befreien, die Menschen zusammenzuführen, so daß sie einander und Gott lieben. Dafür wollte man mich vernichten. Ihr Mann konnte nichts von mir wissen, nur was man ihm erzählte und was in der Zeitung stand, die sie ihm zu lesen gaben. Er glaubte es, weil er litt und nicht wußte, warum.«

Sie sah in die mitleidigen, blauen Augen, das schmerzdurchfurchte Gesicht, und blieb stumm.

»Ihr Mann wurde, wie viele andere seines Schlages, nur benützt, um uns alle zu versklaven oder zu töten – Sie, mich, den Doktor und den Polizeichef hier. Jeden, der ihrem verruchten Treiben im Wege steht. Denn wir, verstehen Sie, wir sind ›die Gesellschaft‹. Ja, Sie gehören auch zur Gesellschaft. Die Gesellschaft, das heißt eben das Volk, und das Volk sind wir.«

Sie sah ihn unverwandt an und blinzelte mit den tränenden Augen. Er sprach leise, eindringlich, glaubhaft und wahr, und sie glaubte ihm, wenngleich sie sich sträubte.

»Die Arbeiter, das sind wir alle, ob arm oder reich«, erklärte Johnny. »Jeder, der mit den Händen oder mit dem Hirn arbeitet, ist ein Arbeiter, ob er nun tausend oder hunderttausend Dollar im Jahr verdient. Die paar, die nicht arbeiten, zählen nicht. Es sind ganz wenige. Verstehen Sie?«

Sie nickte verstört.

»Sagen Sie mir«, bat Johnny, »hat Ihr Mann – das bereut, als er las, daß mein kleines Mädel an dem Brand gestorben ist?«

Sie schluckte und wischte sich die Augen. »Hm, ja, er war so furchtbar aufgeregt, und sagte, es war schrecklich, und sein Zustand wurde auch gleich darauf immer schlimmer. Er mußte immer von dem kleinen Mädel reden. Wir haben selber nie eins gehabt. Und er – ja, er sagte, ein Mann, der ein Kind umgebracht hat, der muß sterben. Es war, als hätt' er keine Ruhe mehr.« Sie weinte bitterlich. »Ich glaube, das ist es, was ihn jetzt umbringt.«

Johnny stand auf. Er legte ihr die Hand auf die Schulter und sagte leise: »Verzeihen Sie mir, daß ich ihn gehaßt habe. Er war unwissend und von bösen Menschen getäuscht worden. Fahren Sie gleich zu ihm. Und wenn er Sie hören kann, sagen Sie ihm, es ist alles gut, und ich habe ihm auch verziehen.«

Aber den Mann im Schatten fanden sie nicht. Der bewegte sich gleich seinen Brüdern in der Stille und im Dunkel, lag unaufhörlich auf der Lauer und schlief nicht.

31

Erst am ersten Februar erhielt Johnny einen besorgten Brief von Dr. Stevens. »Was in Barryfield los ist, dringt nicht bis hierher nach Kalifornien durch«, hieß es darin, »darum wußte ich nichts von Deinem großen Schmerz, lieber Johnny, bis unser beider Freund und Möchtegern-Mephisto, Dr. McManus, mir vor wenigen Tagen zu schreiben geruhte. Er erklärte mir, er wollte Dich erst ›wieder richtig in Ordnung‹ sehen, ehe er mich verständigte, womit er wohl meinte, daß ich sofort zu Dir gefahren wäre, um Dir zu helfen und Dich zu trösten, wenn ich früher Bescheid gewußt hätte. Das ist auch ganz richtig. Aber ich halte es doch für eine Eigenmächtigkeit von ihm, denn schließlich bist Du mir ja wie ein eigener Sohn. Und jetzt schreibe mir gleich und erzähle mir, bitte, alles.«

Johnny zeigte den Brief Dr. McManus, der ungerührt erklärte: »Ach Gott, es waren ohnehin schon zu viele Hitzköpfe da, die sich in alles einmischen wollten. Wozu noch einen weiteren verständigen? War ohnehin schon alles feucht im Haus von den Tränenfluten.«

Er brannte stets darauf, Lorrys Briefe zu lesen, die zweimal wöchentlich kamen, aber Johnny verschloß sie hartherzig vor ihm. »Zeigen Sie mir denn, was sie Ihnen schreibt?« fragte er. »Oder wollen Sie in Ihrem Alter noch Liebesbriefe lesen?«

Der März brachte milde, aber nicht schöne Tage, denn der Smog hing stets über der Stadt. Johnny führte die Kinder in den Pfarrgarten und zu den Bäumen. Da der Boden nicht allzu hart war, hatte Lon Harding zwei Kirschbäume für Debby pflanzen können. Debby war so entzückt davon, daß sie ihre Verlobung mit ihm ankündigte, wofür sie einen Rüffel von Kathy einstecken mußte. Hinter dem rußbedeckten Garten wuchs das neue Pfarrhaus empor; die Maurer und Zimmerleute arbeiteten rasch. Im Juni würde die Familie einziehen. Aber die Kinder waren nicht so sehr am Haus, sondern viel mehr an den Bäumen interessiert.

Sie sahen stumm auf Emilies Fliederbüsche. Hier waren die Knospen größer, die kleinen Zweige straff. Johnny streichelte die Büsche mit zarter Hand, und Pietro, der Überschwengliche, küßte sie. Aber keiner lachte ihn aus; die Geste war herzlich und angebracht.

Debbys Kätzchen war der Liebling der Familie geworden. Und nun kamen zwei weitere Tierchen hinzu: der Bruder von Kaffee, gleichfalls Kaffee geheißen, und ein Kanari in einem schönen Käfig; beides Geschenke vom Doktor. »Wie im Zoo hier«, brummte er, wenn er kam, und widmete sich voll Hingabe den Tieren.

Da er sein Leben lang nicht glücklich gewesen war, erkannte er nicht, daß er es jetzt war. Seinen dringenden Wunsch, nun täglich früh heimzukommen, schob er auf das herannahende Alter. »Mir scheint, die Arbeit macht mir nicht mehr so viel Spaß wie früher. Muß den Jungen immer mehr davon überlassen.« Dann pflegte er Johnny finster anzuschauen. »Wahrhaftig, ich wünschte, sie beeilten sich beim Neubau, damit Sie und die Kinder und das ganze Kroppzeug von Tieren endlich wieder draußen wären und man seine Ruhe hätte.« Johnny, der ihn durchschaute, klopfte ihm begütigend auf die Schulter.

Aber wenn der Doktor wirklich an diesen Auszug dachte, wurde er schwermütig, trübsinnig und einsam; er erkannte nicht, daß er den Tag fürchtete, da es in seinem Haus wieder still wäre. Er machte seinem Herzen gegenüber Mrs. Burnsdale Luft und knurrte, daß der Neubau so langsam vorwärtsgehe. Sie lächelte nur, hatte sorgsam acht auf seine Diätkost und kochte ihm ab und zu ein kleines Lieblingsgericht, für den Abend, vor dem Schlafengehen. »Kaum ein paar Kalorien, nicht der Rede wert«, meinte sie dann.

Eines Abends sagte Johnny ganz nebenbei zum Doktor: »Das hier ist ein großes Haus; Sie brauchen es nicht, außerdem ist es altmodisch, und Sie könnten es mit Gewinn losschlagen. Verkaufen Sie's doch und ziehn Sie zu uns!«

»Du lieber Gott!« schrie der Doktor, glaubwürdig entsetzt, wie er insgeheim hoffte, »mitsamt dem ganzen Tiergarten? Sie denken wohl, ich bin nicht ganz bei Trost!« Aber Johnny bemerkte später, wie er die Pläne studierte, und hörte auch ein andermal, wie er so ganz beiläufig dem Architekten etwas von »drei, vier schönen Zimmern« im dritten Stock sagte.

Aber über die Versammlung, die Johnny ins Rathaus einberufen hatte, war er ärgerlich: davon wollte er nichts wissen. »Gehen Sie nur hin und lassen Sie sich massakrieren von dem Haufen«, erklärte er. »Ich komme nicht. Kann kein Blut sehen.«

Er traf eine Viertelstunde nach Johnny dort ein. Zu seinem Staunen sah er, daß eine gewaltige Menschenmenge den Saal, die Seitengänge und jedes verfügbare Plätzchen füllte. Die Polizisten beobachteten gespannt. Aber die Menge war beinahe stumm. Auf dem Podium saßen der Bürgermeister, Johnny, Pater Krupszyk, Rabbi Chortow und »eine ausgewählte Bürgerabordnung«. Durch die hohen, altmodischen Fenster fiel ein kümmerliches, trübes Licht herein; draußen hatte ein leichter Sprühregen eingesetzt. Man hatte die Deckenbeleuchtung eingeschaltet, die das Ganze noch trübseliger erscheinen ließ. In den ersten Reihen saßen die einheimischen Fabrikanten mit ihren Anwälten und Ingenieuren, eine geschlossene Phalanx wachsamer, zum Widerstand entschlossener Männer; jeder hatte seine Aktentasche vor sich. Dem Bürgermeister war elend zumute. Sein eigener Bezirksparteiobmann hatte ihm erklärt, es sei um seine Laufbahn geschehen, wenn er den Forderungen des Volkes nicht nachkomme.

Seine Freunde hingegen hatten ihm versichert, er sei »erledigt«, wenn er den Forderungen des Volkes entspreche. Geld, so hatten sie zynisch erklärt, sei wichtiger als Stimmen, denn ohne Geld für den im nächsten Jahr fälligen Wahlkampf würde er seine Senatskandidatur verlieren. Sein Obmann mochte ihn unterstützen; sie würden mit ihrem Geld einen wirklichen »Kandidaten des Volkes« aufstellen, und der würde siegen. Wähler hätten ein kurzes Gedächtnis und seien leicht entflammt. Sie würden nächstes Jahr vergessen, daß er entscheidend zur Beseitigung der Rauchplage beigetragen hatte. Stimmen? Die kaufte man mit Geld, durch Propaganda.

Sie hatten jedoch eines übersehen: Der Bürgermeister war Katholik; und da oben, zu seiner Rechten, saß Pater Krupszyk und schaute unerbittlich drein. Der Bürgermeister war ein frommer Mann, und außerdem polnischer Abstammung. Seine reichen Hintermänner hatten ihm erklärt, sie würden das nun zum erstenmal gegen ihn ins Treffen führen.

Dr. McManus fand einen Stehplatz im Hintergrund des Saales und sah nach vorn auf das Podium. Johnny schien in Gedanken versunken; der Bürgermeister rieb sich unablässig die großen Arbeiterhände, der Priester war ruhig und gelassen; der Rabbi, der aus ganzem Herzen an die angeborene Güte der Menschen glaubte, womöglich noch ruhiger.

Eine Schulkapelle intonierte die Nationalhymne, und alles stand scharrend und polternd auf und sah nach der Fahne auf dem Podium. Nun fiel alles begeistert ein, der Bürgermeister nicht ausgenommen. Wie sagten die »Großen«? Die Vaterlandsliebe reichte nur so weit wie der Geldbeutel, und nicht weiter? Der Bürgermeister glaubte plötzlich nicht mehr daran. Er glaubte beinahe, trotz seiner politischen Erfahrung, an die Tugend des Volkes.

Alles setzte sich wieder; der Bürgermeister blieb stehen. Auf dem Tisch vor ihm lagen die Tausende von Petitionen aufgestapelt. Er legte die schwielige Hand darauf. Er hatte die Schwielen nie mehr loswerden können, selbst nicht nach so vielen Jahren; die gehörten jetzt zu seinem Fleisch. Und plötzlich war er stolz darauf, zum erstenmal.

»Meine lieben Freunde und Mitbürger«, sagte er mit seiner starken, nicht akzentfreien Stimme. »Ihr habt diese Versammlung heute gewünscht, und ich bin hier und stehe euch zu Diensten.« Er vermied es, den Blick über die beiden ersten Reihen streifen zu lassen, aus denen er ausgesprochene Feindseligkeit und kühle Verachtung spürte. »Ich bin selbst Arbeiter, obwohl ihr mich zu eurem Bürgermeister gemacht habt. Ich trage heute noch die Schwielen an den Händen«; und er hob sie auf und wies sie ihnen vor. Ein Herr in der ersten Reihe flüsterte seinem Anwalt etwas zu, und sie lächelten beide spöttisch.

»Ja, also«, sprach der Bürgermeister schlicht weiter, denn diesmal hatte ihm niemand eine wohlklingende Rede vorbereitet, und er war in Verlegenheit. »Hier seid ihr, und hier stehe ich, und wir sind einfach das Volk, und wir haben eine – eine Klage vorzubringen. Eine schwere, furchtbare Klage. Ich wohne nicht oben in den Bergen; ich wohne hier unten im Tal; meine Frau hat Asthma, und der Smog ist ja grade kein Heilmittel dafür. Und er hat viele arme Alte und Kinder umgebracht, und das nächstemal kostet er vielleicht noch mehr Leuten das Leben. Ein richtiger Massenmord. Aber darauf wollen wir nicht warten!«

Sie klatschten und brüllten wie besessen Beifall, ausgenommen die beiden ersten Reihen. Männer schrien heiser; Frauen kreischten. Der Bürgermeister lauschte, mit steigender Freude. Er wartete, bis der Beifall sich legte, und fuhr kurz und bündig fort: »Nun, meine Damen und Herren, man hat mir gesagt, wenn ich zu Ihnen halte und – Maßnahmen gegen den Rauch mit Gewalt durchsetze, so bin ich vollkommen erledigt. Dann heißt der Bürgermeister nicht mehr Walter Slavak. Und Walter Slavak wird auch nicht mehr für den Senat kandidieren können. Dann heißt's, zurück mit dem Walter in die Fabrik – wenn er Arbeit kriegt! Man sagt mir, ihr Wähler seid nicht sehr helle. Man sagt mir, sie wollen einen anderen Kandidaten aufstellen und mich verleumden, so daß ihr nicht für mich stimmen werdet. Schön und gut. Ich will's darauf ankommen lassen. Wenn ihr dann vergeßt, werde ich's vielleicht bitter bereuen, daß ich meine Zukunft hinwerfe, um uns allen zu helfen. Aber vielleicht werdet ihr auch nicht vergessen!«

Er hatte auf Beifall gehofft, aber dies donnernde Dröhnen, die Rufe, die gellenden Versprechungen, das Getrampel, nein, das hatte er nicht erwartet. Die Wände zitterten; es zitterten die Lampen. Die Männer in den ersten Reihen lauschten fassungslos. »Wir werden nicht vergessen!« schrie einer. Und dann setzte plötzlich ein Sprechchor ein: »Wir wollen Walter! Wir wollen Walter!« Die Demonstration dauerte länger als fünf Minuten. Die Geistlichen auf dem Podium tauschten Blicke und lächelten.

Der Bürgermeister hob errötend die Hand. »Schon recht, Leute, ich glaub's ja. Aber nun zur Tagesordnung. Ich hoffe«, meinte er, wobei er die beiden ersten Reihen freundlich lächelnd übersah, »es sind Leute hier, die euch gehört haben. Ich hoffe das zuversichtlich. Ich habe versucht, ein guter Bürgermeister zu sein. Es war nicht immer möglich. Ich überlasse es euch, den Grund zu erraten. Nun zur Tagesordnung.« Sein gutmütiges Gesicht wurde hart. »Es wird nicht lange dauern. Ich habe alle Petitionen hier durchgesehen. Viele von euch Männern erklären hier, sie wollen nicht in die Fabriken zurück, wenn der Rauch nicht beseitigt wird. Ich glaube, ihr meint es ernst. Ich bin überzeugt davon. Daher«, und hier blitzte es in seinen Augen auf, »liegt es an den Verantwortlichen, die heute nicht hier sind, wie ich sehe, sich darum zu kümmern, daß unsere Mütter und Väter und unsere Kleinen ungefährdet in der Stadt leben können. Das ist ihre Pflicht und Schuldigkeit. Vielleicht wird das viel Geld kosten, viel mehr als sechsundneunzig Begräbnisse und sechsundneunzig frische Gräber unten auf dem Friedhof. Ich habe mit Vertretern eurer Arbeitgeber gesprochen, ehe ich hierherkam. Sie sagen, es würde viel Geld kosten und mindestens sechs Monate dauern, den Smog zu beseitigen. Nun, ich war immer der Meinung, Leben und Glück der Menschen sind mehr wert als Geld.«

Abermals brach der Beifall im Saal gleich einem Vulkan aus; begeisterte Rufe, Schreie, Zustimmung. Der Bürgermeister lauschte; aber er lächelte nicht mehr. Er stützte sich mit den Armen auf den Tisch und ließ den Dingen ihren Lauf. Er wartete lange.

»Also gut, Leute«, sagte er endlich. »Nun geht nach Hause und denkt tüchtig nach.«

Nun fixierte er die Männer in den beiden ersten Reihen. »Das ist alles, was ich vorläufig zu sagen habe. Ich gebe den Besitzern der großen und kleinen Fabriken genau sechs Monate, um den Smog zu beseitigen. Ist er dann nicht weg, so werde ich die Schließung eines jeden Betriebes anordnen, der dann noch die Luft verpestet, und wenn sie meinetwegen bis zum Obersten Gerichtshof gehen! Der Smog muß weg – binnen sechs Monaten. Ich habe die Gesundheitsbehörden auf meiner Seite.«

Abermals tosender Beifall. Männer arbeiteten sich mit den Ellbogen zum Podium vor, streckten die Hände hinauf. Die Polizisten hielten sie zurück. Der Bürgermeister hob die Hand. Er sah Johnny an und winkte ihn zu sich, und Johnny trat neben ihn.

»Hier ist ein Pastor, der sein kleines Mädel verloren hat«, erklärte der Bürgermeister. »Und er ist der Mann, der die Aktion gegen den Smog eingeleitet hat. Ihm müßt ihr Beifall klatschen, nicht mir. Es ist Mr. Johnny Fletcher, Pfarrer an der Kirche Zum guten Hirten.«

Nun konnten die Polizisten die Menge nicht mehr zurückhalten. Sie strömte in kreisenden Wirbeln dem Podium zu. Hunderte Hände streckten sich Johnny entgegen, hunderte frohe Gesichter sahen ihn an. Er beugte sich hinab und schüttelte ihnen die Hände, so viele er konnte, und die Stimme versagte ihm vor Rührung.

Die *Press* erwähnte die Versammlung mit zwei Zeilen auf einer der hinteren Seiten, in der Nähe des Anzeigenteils. Aber die Samstagnummer brachte einen ausführlichen Artikel über Johnny.

»Vor wenigen Monaten wurde Mr. Fletcher vor dem Jugendgericht beschuldigt, die Kinder zu vernachlässigen. Das Einwanderungs- und Einbürgerungsamt der Vereinigten Staaten sowie der Kinderhilfsverein waren durch mehrere bei ihnen vorgebrachte Klagen aufmerksam geworden. Mr. Fletcher wurde vom Richter Foster Bridges ›reingewaschen‹.

Im vergangenen August kam Mr. Fletcher mit den Kindern hierher, um seinen Seelsorgedienst anzutreten. Beinahe vom ersten Tag an stand er im Mittelpunkt des Meinungsstreites und sonderbarer Ereignisse; einmal gab es einen Überfall eines ungenannten Jugendlichen auf eins der Kinder, dann einen Überfall auf ihn selbst durch einen anderen ungenannten Jugendlichen, und eine Belagerung seiner selbst und des Pfarrhauses durch eine empörte Ansammlung von Bürgern, die er durch eine Predigt verschuldet hatte, in der er die Rechte der Besitzenden verteidigte. Offenbar hält Mr. Fletcher den öffentlichen Wohnungsbau und die anderen Sozialleistungen sowie die Aktion zur Verteilung des Reichtums unseres Landes an alle

Bürger für Kommunismus, statt für eine fortschrittliche Demokratie.

Seine Pfarre, nimmt man an, steht in allen Streitigkeiten hinter ihm und wird angeblich von unbekannten Personen darin unterstützt. Angeblich hat er auch den Bürgermeister unserer Stadt, Mr. Walter Slavak, der auf der Liste der Fortschrittspartei gewählt worden war, dazu verleitet, unsere Institutionen anzugreifen und gewissen Gemeindemitgliedern, die viele Arbeiter beschäftigen und für ihre patriotischen Beiträge zu verschiedenen staatlichen und lokalen Organisationen bestens bekannt sind, unnötige Härten aufzuerlegen.«

Dr. McManus war außer sich vor Wut. Er sandte sogleich den Artikel ohne Kommentar an Lorry nach New York.

32

Es gibt nichts so Drückendes wie einen letzten Schneefall,' dachte Johnny eines Morgens, als er den grauen Märzschneesturm vor seinem Fenster sah. Man erwartete schon den Frühling, den gelben Aufbruch der Forsythien, das tiefe Rot des Holzapfelbaums, die roten und gelben Becher der Tulpen, die zarte Schönheit der Narzissen. Der unsichtbare Saft der Bäume floß nun bis in die letzte Spitze und in die letzte blasse Knospe, wie frisches Blut, und auch im Blute der Menschen regte sich die Vorfreude. Aber die Menschen sahen den Schnee, und ihre Hoffnungen wurden gedämpft.

Johnny hatte vor einigen Tagen die Kinder in den großen Park von Dr. McManus geführt, um ihnen die Krokusblumen und die grünen, kleinen Spitzen der Tulpen zu zeigen, wie sie durch die dunkle Erdrinde ans Licht drangen. »Bald wird Frühling sein«, hatte er gesagt, »die Sonne wird warm scheinen, und eines Morgens werdet ihr beim Erwachen alle diese Büsche in hellen Farben vor dem blauen Himmel sehen.« Er deutete auf ein paar waghalsige Rotkehlchen, die im Park nach Futter pickten. Es war, als hätten diese Kinder noch nie einen Frühling erlebt, so erregt fieberten sie ihm entgegen. Ja, sie hatten ja auch wirklich keinen Frühling erlebt. Sie warteten nun auf ihn wie die Menschen auf ein Wunder. Und dann kam plötzlich ein Schneesturm . . .

»Es wird nie Frühling«, erklärte Pietro, der ewige Zweifler. Er sprach ruhig und überzeugt, wie einer, der es wissen mußte.

Johnny war heute morgen in gereizter Stimmung. Er fürchtete eine Erkältung und verabscheute als vor Gesundheit strotzender Mensch jede Krankheit. Außerdem hatte er zuviel zu tun. Der Frühling brachte unweigerlich für die Alten Herzanfälle und Lungenentzündung mit sich, und er war mit Krankenbesuchen überlastet. Er sah in die verdrossenen Gesichter der Kinder und in Pietros heitere, klare Augen und sagte: »Das glaubst du ja selbst nicht, Pietro! Natürlich kommt der Frühling. Ach, du brauchst gar nicht auf den Schnee zu zeigen; ich seh' ihn auch. Was soll ich denn tun? Soll ich hinausgehen und Gott bitten, er soll den Schneesturm aufhören lassen?«

Pietro erwiderte, während ihm der Schelm aus den Augen leuchtete: »Da war aber einmal ein Heiliger, der betete zu Gott um Regen für die Felder – sie hatten keinen Weizen –, und Gott schickte den Regen.«

Johnny schrie beinahe: »Ich bin kein Heiliger, verdammt noch mal! Hab' nie behauptet, einer zu sein! Debby, nun hör auf, da mit dem Sirup herumzuklecksen; gieß ihn auf das Omelett, aber zeichne keine Muster damit. Nein, das ist gar nicht hübsch. Früher habe ich oft den Eltern die Leviten gelesen, weil sie keine Geduld mit ihren Kindern hatten. Jetzt seh ich erst, womit sie's zu tun hatten. Kathy, ich werde mich nicht entschuldigen für das Fluchen; ich hab' ja eigentlich gar nicht geflucht; drum schau nicht so kühl und überlegen drein. Nein, Jean, du kriegst nicht noch ein Ei; die da auf deinem Teller sind nicht zu weich! Max, du brauchst nicht die Haut vom heißen Kakao abzuschöpfen; das ist nur geronnener Rahm und ist gut für dich. Debby, du verschüttest deine Milch!«

Dr. McManus trat in Hut und Mantel in das düstere Eßzimmer. »Was soll denn der Lärm?« fragte er. »Hab' Sie draußen im Vorzimmer gehört.«

Johnny antwortete: »Ach, manchmal machen mich die Kinder nervös. Da sehn Sie nur Kathy an, wie sie sich würdevoll mit einem extragroßen Stoß Teller davonmacht! Sie will mir zeigen, daß sie beleidigt ist! So ein dünkelhaftes Ding! Nein, geh weg«, sagte er zu Debby, die ihm eben auf den Schoß kriechen wollte. »Ich fürchte, ich habe mich erkältet.« Er schob sie von sich, drehte sie um, hob die hellbraunen Locken auf und drückte ihr einen Kuß in den Nakken. Sie kicherte froh und lief Kathy nach.

»Die bringt frischen Wind hier herein«, meinte Dr. McManus. »Ein echter, zäher amerikanischer Balg, voll Frechheit und Übermut.«

Kathy kehrte zurück und musterte Dr. McManus kritisch. »Du gehst nicht ohne Gummischuhe aus, Onkel Al«, erklärte sie in entschiedenem Ton.

»Du bist ja nicht meine Mutter, Dickerchen«, rief er. »Und ich bin nicht —« Aber Kathy trat entschlossen an den Schrank im Vorzimmer, kam mit den Gummischuhen zurück und legte sie dem Doktor vor die Füße. Er zog sie knurrend an. »Hm, ja ich verstehe schon.« Er blinzelte Johnny zu. »Sie haben übrigens keine Erkältung. Es ist Allergie.«

»Alles ist Allergie«, versetzte Johnny. »Worauf wollt ihr Ärzte eigentlich hinaus? Die Bazillentheorie abschaffen?«

Miß Coogan kam, die Kinder gingen zu ihr in die Bibliothek, und Johnny schickte sich an, Debby in den Kindergarten zu bringen. Sie stand neben ihm, rosig und heiter, wie ein kleiner brauner Bär in ihrem Schneeanzug. Sie hatte beschlossen, sich heute morgen nicht gegen Schneeanzug und Gummischuhe zu wehren. Mit fraulichem Gespür erkannte sie, daß das gefährlich sein könnte. Doktor McManus kniff sie in die pralle, rosige Wange, und sie blitzte ihm schelmisch zu. »Ich glaube, Onkel Al wird mich zur Schule fahren«, erklärte sie, ließ Johnnys Hand los und kuschelte sich an den Arzt.

»Sie verstehen nichts von den Frauen«, sagte der Doktor. »Da bin ich hingegen Fachmann. Mich können sie nicht mit Schmeicheleien betören.« Er nahm Debbys behandschuhtes Pfötchen. »Na schön, ich fahre dich zur Schule. Und vergeßt nicht, daß ich euch alle heute nachmittag in den Zoo führe. Außer, es fällt jemand ein, daß er eine Operation braucht. Ein höllisches Leben hat so ein Arzt. Jede Stunde muß man sich stehlen.«

Er verschwand, vor sich hinbrummend, mit Debby. Johnny ging in sein großes Schlafzimmer hinauf, das ihm nun auch als Arbeitszimmer diente, stapfte ins Badezimmer nebenan und gurgelte grimmig und entschlossen. Dann setzte er sich an den Tisch, um seine Sonntagspredigt vorzubereiten. Der Schnee fiel weiter, und nun kam noch ein Sturm hinzu und heulte vor den Fenstern. Johnny legte die Feder hin und nahm die große Fotografie im silbernen Rahmen auf, die Lorry ihm geschenkt hatte. Er lächelte das schlanke Gesicht an, die sanften, ein wenig spöttischen Augen, und Sehnsucht erfüllte ihn. Wenn er nur ein paar Tage erübrigen und sie in Philadelphia besuchen könnte; wenn er nur sozusagen eine Atempause lang vergessen könnte, daß er Geistlicher war! Er dachte an Pietro, der ihn mit dem Heiligen geneckt hatte, und schmunzelte. Heute war angeblich ein Fest eines bestimmten Heiligen — was Johnny stark bezweifelte — und Pietro und Jean waren heute früh nicht zur Katechismusstunde gegangen. Es sei ein Feiertag, hatte Pietro Johnny von oben herab erklärt. Johnny argwöhnte, daß der versprochene Besuch im Zoo dahintersteckte.

Um elf kam ein Dienstmädchen. Eine weinende Frau sei am Telefon und wollte den Pastor sprechen. Johnny nahm seufzend den Hörer ab. »Mr. Fletcher!« rief eine junge Frauenstimme hysterisch, »wir gehören zu Ihrer Pfarre, gehen freilich nicht oft zur Kirche — Mr. Fletcher! Mein Mann will sich umbringen! Er hat sich in seinem Zimmer eingesperrt. Bitte, Mr. Fletcher, kommen Sie auf der Stelle!«

Johnny kannte die Menschen so gut, daß er sie nicht erst mit falschen Vorspiegelungen zu trösten versuchte. »Ich bin gleich da«, versetzte er rasch. »Aber sagen Sie ihm nicht, daß ich komme; sprechen Sie nur mit ihm durch die Tür, so ruhig Sie können. Macht nichts, wenn Sie die Kinder erschrecken; Kinder erschrecken nicht so leicht. Und das Leben können Sie ihnen doch nicht ersparen, nicht wahr, Mrs. Thorne. Sie sollen auch mit ihrem Vater reden, durch die Tür. Was sie wollen.«

Er stürzte in den Schneesturm hinaus, in die Garage, und startete seinen alten Wagen. Die abgewetzten Reifen drehten sich und rutschten im Schnee; endlich hatte er den Wagen, der laut brummte und spuckte, auf der Straße und war unterwegs zu einem jener Notfälle, die Ärzte und Priester so gut kennen.

Er konnte sich nicht an die Thornes erinnern. Es waren wahrscheinlich junge »Zaungäste«, die gelegentlich eine Kirche in ihrer unmittelbaren Nachbarschaft besuchen, noch seltener ein paar Silbermünzen auf den Sammelteller werfen und ihre Kinder ab und zu zur Sonntagsschule schicken. Das berechtigte sie in ihren Augen zur Feststellung: »Wir gehören zu Ihrer Pfarre«. Dann aber schämte sich Johnny; das machen alles bloß meine Halsschmerzen, dachte er entschuldigend.

Der Schnee klebte an der Windschutzscheibe, und die Scheibenwischer ächzten entrüstet. Zum Glück war die Boone Street nicht weit. Es war eine kleine stille Straße, voll von stillen kleinen Häusern, meist schindelgedeckte Einfamilienhäuschen, mit kleinen Rasenflächen davor und großen Höfen dahinter. Eine anständige, kleinbürgerliche Straße, mit weißen Vorhängen an den Fenstern und winzigen Veranden. Er fand die Nummer achtundneunzig, hielt unvermittelt an und lief die schneebedeckten Stufen, die zu dem Haus führten, hinauf. Er schüttelte den Schnee von Hut und Rock, während er die altmodische Klingel zog und wartete. Die Tür ging auf, warme Luft und ein Duft von Sauberkeit drang heraus, und auf der Schwelle stand eine weinende, nett angezogene junge Frau mit glattem, schwarzem Haar in einem buntgedruckten Kleid mit sauberer Faltenschürze davor. Sie hatte ein hübsches Durchschnittsgesicht, das nun von Tränen entstellt war. Stumm trat sie zur Seite und ließ Johnny in einen winzig kleinen und überfüllten, jedoch überaus behaglichen Salon eintreten. Nette Leute, dachte er unwillkürlich; nette junge Menschen mit Selbstachtung. Fleißige Arbeiter. Nun, warum sollte sich ein junger Mann von diesem Schlag umbringen wollen?

Er warf Mantel und Hut auf einen Stuhl, aber Mrs. Thorne hob sie trotz ihrer Tränen und ihres unzusammenhängenden Gemurmels auf, strich den Mantel glatt und hängte die Sachen in einen winzigen Schrank. Johnnys Achtung vor ihr wuchs. »Nun sagen Sie mir schnell Bescheid, Mrs. Thorne«, bat er und rieb sich die kalten Hände.

Sie deutete niedergeschlagen auf die Decke. »Howard ist da oben, in unserem Schlafzimmer. Mit der Luger, die er vom Krieg heimgebracht hat. Er hat die Tür versperrt, als ich aufgestanden war, und als ich ihn zum Frühstück rief, weil er nicht herabkam, da sagte er ganz friedlich durch die Tür: ›Trudie, hab' keine Angst. Aber ich muß sterben, und du kriegst die Versicherung für dich und die Kinder.‹«

Sie bedeckte das Gesicht mit den jungen, abgearbeiteten Händen. Es war totenstill im Hause. »Wir haben zwei Kinder, Joe und Elsie«, stammelte sie. »Joe ist sieben, Elsie fünf. Die sitzen oben vor der Zimmertür auf dem Boden, aber Howard will nicht auf sie hören. Er will sich aber auch nicht erschießen, so lange sie da sind.« Sie wischte sich das Gesicht, schlicht wie ein Kind, mit der offenen Hand ab und sah Johnny mit feuchten Augen an. »Wollten Sie darum, daß sie mit ihm reden sollten?«

»Ja, natürlich«, erwiderte Johnny gütig. »Er ist ein guter Vater und will sie nicht erschrecken. Erzählen Sie mir von ihm. Wie alt ist er? Was tut er? Warum will er Selbstmord begehen?«

Howard Thorne war vierunddreißig. Er und seine Frau waren in einer ganz kleinen Landstadt in West-Virginia geboren; sie waren von Kind auf »miteinander gegangen« und hatten geheiratet, als Howard dreiundzwanzig und Trudie zwanzig war. Bald darauf waren sie nach Barryfield gezogen.

Mrs. Thorne hielt voll Angst den Kopf nach oben gewandt, während sie sprach, auf dem Rande des Stuhls saß und unablässig die

Hände rang. Sie waren Methodisten, erklärte sie, aber sie nahmen es damit nicht so genau und besuchten Mr. Fletchers Kirche. Sie appellierte an Johnny mit einem bittenden Blick der wirklich hübschen schwarzen Augen, ihre großzügige Haltung in der Kirchenfrage zu verstehen; Johnny nickte nur stumm. »Ja«, fuhr Mrs. Thorne mit zitternder Stimme fort, »Howard arbeitete immer schwer in der großen Reparaturwerkstätte draußen an der Union Road, und wir sparten das Geld, denn Howard wollte eine eigene Reparaturwerkstätte haben. Er ist sehr tüchtig als Mechaniker; kann einen Wagen im Nu auseinandernehmen und zusammensetzen. Dann wurde Howard eingezogen, und er schickte mir Geld, und der Staat auch, aber ich mußte eine Halbtagsbeschäftigung in einem Laden annehmen. Eigentlich hätte ich ja nicht arbeiten müssen, aber ich wollte Howards Geld für die Reparaturwerkstätte sparen, wenn er entlassen würde.«

Eine Kinderstimme war über die Treppe herab zu hören: »Daddy, Daddy, wir wollen hineinkommen und mit dir reden. Daddy, ich bin's, Joe. Bitte, Daddy.« Ein kleines Mädchen schrie jämmerlich, und Mrs. Thorne sprang auf.

»Lassen Sie die Kinder nur mit dem Vater allein«, riet Johnny. Er saß auf der Armlehne eines alten, aber blankgeputzten Schaukelstuhls. »Erzählen Sie weiter, Mrs. Thorne.«

Howard Thorne war aus dem Krieg zurückgekommen – diese immerwährenden, verfluchten Kriege, dachte Johnny bitter –, lebenslustig, glücklich, ehrgeizig und unversehrt. Er und seine junge Frau hatten sich ausgerechnet, daß sie binnen vier, vielleicht auch drei Jahren so viel erspart haben würden, um die begehrte Reparaturwerkstätte zu kaufen. »Wir wollten nicht den letzten Cent dafür hingeben«, erklärte Trudie Thorne, »wollten noch die Anzahlung für ein Haus übrig haben, denn Howard hält nichts von Staatsanleihen. Er sagte immer, ein Mann soll auf eigenen Füßen stehn, was soll sonst aus dem Land werden? Also, Howard erhielt seinen alten Posten in der großen Reparaturwerkstätte wieder, und eine stattliche Lohnerhöhung dazu, und Mr. Judd war so froh, ihn wieder zu haben. Und da wurden plötzlich Howards Beine schwach. Er beachtete es anfangs nicht. Das war vor fast zwei Jahren. Aber die Sache wurde schlimmer, er kam nun oft heim und mußte sich gleich hinsetzen, konnte nicht mehr mit den Kindern spielen wie sonst, war oft todmüde und ging gleich schlafen; wartete nicht einmal mehr das Radio ab, nicht mal seine Lieblingsgeschichten.«

Und dann vor vier Monaten, wurde es ganz schlimm mit Howards

Beinen, und er suchte einen Arzt auf. Es war multiple Sklerose, eine besonders rapide und bösartige Form. In den letzten paar Monaten hatte er nur jeweils wenige Schritte gehen können, und auch das nur etliche Male am Tage. Er hatte seine Stelle aufgeben müssen und seinen Lieblingsplan, die eigene Reparaturwerkstätte zu haben. Die Ärzte hatten erklärt, die Krankheit sei vorläufig zum Stillstand gekommen, die Arme seien noch nicht davon befallen und würden es vielleicht noch jahrelang nicht werden. Aber was kann ein Mann schon ohne die Beine anfangen, fragte Mrs. Thorne, und ein neuerlicher Tränenstrom brach aus ihr hervor. »Besonders ein großer, stattlicher Mann wie Howard; er war Sportler und konnte kaum eine Minute stillsitzen, auch wenn er den ganzen Tag schwer gearbeitet hatte.«

Also hatte Howard zwei Monate lang in dem behaglichen Häuschen gesessen und verzweifelt vor sich hin gebrütet; saß stundenlang allein und redete kein Wort mit Frau und Kindern, und lachte nie. »Und er hatte eine so starke, schöne Stimme«, sagte seine Frau unter Tränen. »Die schönste Stimme von der Welt. Es ist, als wenn er damals vor zwei Monaten gestorben wäre. Als hätt' ich einen Fremden im Haus. Und ich bemühe mich wirklich! Ich dachte an meine alte Stelle, sie hätten mich auch wieder genommen, ganztägig, und ich sagte zu Howard, ich wollte wieder dort arbeiten, und er könnte auf die Kinder achten, von einem Stuhl aus, einem Rollstuhl. Das tat aber Howard sehr weh, als ich das sagte, und dabei wollte ich ihn doch nur aufheitern und zeigen, daß wir noch lange nicht am Ende waren. Aber als ich das gesagt hatte, da wollte er nicht einmal mehr die Medizin nehmen und sich auch nicht mehr vom Arzt untersuchen und behandeln lassen. Es war, als wollte er sterben.«

Johnny nickte mitleidig. Ja, Howard Thorne hatte sterben wollen. Er empfand sich als eine Last, und der Gedanke war einem solchen Manne unerträglich.

»Er sitzt nun da und hat das Sparbuch vor sich«, fuhr Mistress Thorne fort und schluckte. »Und ich gehe jede Woche hin und hebe etwas ab, und er schaut wieder, wie viel noch übrig ist. Natürlich wird's immer weniger, und das schmerzt ihn furchtbar. Ab und zu sagt er dann: ›Na, Trudie, wieder ein Stück von der Reparaturwerkstätte hin. Und einmal, vielleicht schon in zwei Jahren ist alles futsch. Und was dann? Unterstützung; unsereiner verlangt das nicht; da sterben wir lieber!‹« Mrs. Thorne hob stolz den Kopf. »Ja, das würden wir auch, und drum verstehe ich auch, wie Howard zumute ist!«

Es waren fünftausend Dollar an GI-Versicherung vorhanden, erklärte sie weiter, und Howard hatte außerdem bei anderen Versicherungen insgesamt fünfzehntausend Dollar. Heute hatte er seiner Frau gesagt, das würde ihr samt den ersparten fünftausend über eine Reihe von Jahren hinweghelfen, »bis die Kinder für sich selber sorgen können«. Und das Schlimmste war, berichtete Mrs. Thorne schluchzend, er hatte seiner Frau gesagt, sie sei noch jung und hübsch und könne wieder heiraten, und zwar einen wirklichen Mann. Ja, Mr. Fletcher, das hat er gesagt. Einen wirklichen Mann! Als ob mein Howard keiner wäre! Mein Leben lang hab' ich keinen anderen Mann angesehn, und würde es auch nicht tun, wahrhaftig nicht!«

Johnny stand auf und sagte leise und eindringlich: »Howards Lage ist nicht so verzweifelt, wie er glaubt, Mrs. Thorne. Es ist überhaupt nie etwas so schrecklich, wie wir alle meinen. Ich weiß, es hat ihn schwer getroffen. Ich gehe jetzt hinauf und rede mit ihm, und Sie kommen mit.«

Auf dem Boden saßen, ein kleines Häuflein Elend, zwei goldblonde Kinder mit tränenüberströmten Gesichtern. Sie hatten die Köpfchen an die eine Tür gedrückt und wimmerten leise vor sich hin; zum erstenmal standen sie einem unerbittlichen Schicksal gegenüber. Sie sahen nicht einmal zu ihrer Mutter und Johnny auf. Während Johnny vor ihnen stand und ihm das Mitleid ins Herz schnitt, hob der Junge die Faust, klopfte an die Tür und jammerte: »Daddy, Daddy, komm heraus!« Das Mädchen weinte und rieb sich unaufhörlich die Augen.

Ein Mann antwortete mit gedämpfter Stimme: »Geh fort, Joey, mein Junge. Geh weg, Elsie, mein Liebling. Geht schön zur Mutti. Weint nicht, weint nicht. Daddy kann es nicht hören. Er muß etwas für euch tun, und ihr haltet ihn auf.«

»Howard, Howard, Liebster!« schluchzte Mrs. Thorne, beugte sich über die Kinder hinweg und legte die Lippen an die Tür. »Tu uns das nicht an, mein Liebster. Tu's nicht.«

Wieder Howards Stimme, gedämpft und traurig: »Trudie, ich muß doch. Du kriegst das Geld. Wenn ich's nicht tue, wovon sollt ihr, du und die Kinder, leben? Ich bin zu nichts mehr nütze, verdammt noch mal; ich werde nie mehr zu was taugen, weißt du das denn nicht? Nimm die Kinder fort. Ich muß vorher ein wenig beten.«

Johnny fiel mit fester Stimme ein: »Beten Sie nicht, Howard. Es wird Ihnen nichts nützen. Gott wird Ihnen nicht verzeihen.«

»Es ist der Pastor, Mr. Fletcher«, erklärte Mrs. Thorne hastig. »Der Pastor, der in der Zeitung steht, Howard, du weißt doch, den du gern magst. Ich hab' ihn hergerufen, Liebling.«

Hinter der Tür war es einen Augenblick still, dann begann Howard herzzerreißend zu schluchzen, das erschütternde trockene Schluchzen eines Mannes in äußerster Verzweiflung. »Du hättest ihn nicht rufen sollen, Trudie. Was kann er für uns tun? Der Mensch muß Gott ganz allein gegenübertreten.«

»Ganz recht, Howard«, sagte Johnny. »Ganz allein, Aber Sie treten Gott nicht gegenüber. Sie erzählen Ihm nicht Ihre Sorgen und bitten nicht um Seine Hilfe. Sie hassen Gott, Howard. Sie wollen sich an Ihm für Ihre Krankheit rächen. Sie wollen es Gott zeigen, nicht wahr, daß Er das mit Ihnen nicht machen kann?«

»Das ist eine gottverdammte Lüge!« schrie Howard, und ein Räderknarren verriet Johnny, daß der arme junge Mann sich dichter an die Tür herangerollt hatte. »Ich will bloß was für Trudie und die Kinder tun! Ich kann ja sonst nichts mehr für sie tun! Ihr Pfarrer, ach, ihr –«

Johnny wartete, bis das röchelnde Keuchen dicht hinter der Tür verstummte. »Also schön, Howard. Sie wollen, daß Ihre Familie Ihretwegen ihr Leben lang keine gute Stunde mehr hat. Sie sind kein tapferer Mann; Sie sind ein Feigling. Sie haben keine Selbstachtung, weil Sie glauben, ein paar tausend Dollar seien Ihrer Familie mehr wert als Sie! In alten Zeiten, wo man noch Sklaven handelte, kriegte man für dieses Geld zwei Sklaven! Ist das Ihr ganzer Stolz? Howard Thorne, verkauft um fünfundzwanzigtausend Dollar!«

»Pfarrer hin, Pfarrer her, das sollen Sie mir büßen, mein Lieber!« Howard brüllte jetzt förmlich. »Wenn ich meine Beine gebrauchen könnte, das müßten Sie zurücknehmen, so wahr mir Gott helfe!« Er hämmerte mit beiden Fäusten wie verrückt an die Tür; es klang wie ein Trommelwirbel. Die Kinder jammerten laut und ängstlich.

Johnny schmunzelte über den Grimm, der aus dieser Stimme mit dem unverkennbaren Akzent der Südstaaten klang. »Also schön, lassen Sie mich hinein und zwingen Sie mich, meine Worte zurücknehmen. Sie überzeugen mich nicht, daß Sie nur die fünfundzwanzigtausend wert sind. Wenn Sie mich überzeugen, will ich doch gleich –« er unterbrach sich, weil er drauf und dran war, in den derben Ton der Armee zu verfallen.

Howard lauschte, dann brummte er: »Das ist ein Trick, ein erbärmlicher Trick. Sie haben wahrscheinlich die Polente dabei.«

»Kein Mensch ist bei mir«, versetzte Johnny. »Aber ich warne Sie, ich bin ein starker Mann und nehme es mit zehn solchen auf, wie Sie einer sind, Howard. Zehn solche, und zwar mit gesunden Beinen.«

Er schmunzelte abermals über das zornige, verächtliche Grunzen hinter der Tür. Gelang es, einen angehenden Selbstmörder in Wut zu versetzen, so war das Spiel halb gewonnen. Howard erklärte eben: »Sie mache ich immer noch fertig, trotz meiner Beine. Das kann ich Ihnen beweisen!«

»Was hocken Sie dann im Rollstuhl?« fragte Johnny.

Mrs. Thorne erklärte eifrig: »Den hat er sich selbst gemacht, Mr. Fletcher! Ja, wirklich! Als seine Beine ganz schlecht wurden. Treppab kann er gehen, aber dann fährt er im Rollstuhl herum. Er hat Gummiräder!«

»Die passen zu dem Gummikopf!« versetzte Johnny. Die Kinder starrten zu ihm auf, und die Tränen trockneten auf ihren Bäckchen. Dieser Ton belebte sie, das war ein alltäglicher froher Ton und bannte den unbegreiflichen Schrecken, der sie heute morgen befallen hatte. Joe kicherte sogar leise, und sein Schwesterchen, das nicht verstand, was geredet worden war, kicherte mit.

»Hübsche Kinder«, sagte Johnny. »Und kluge Kinder. Möchte wissen, wo sie das herhaben. Wahrscheinlich von der Mutter. Von sonst niemand.«

»Lassen Sie meine Kinder in Frieden!« brüllte der junge Mann hinter der Tür.

»Ich sehe sie mir nur an«, erklärte Johnny begütigend und blinzelte Mrs. Thorne zu. »Ihre Mutter wird nicht für sie sorgen können, wenn Sie sich erst eine Kugel in den dummen Kopf gejagt haben. Sie wird das Geld für ihre Schulbildung sparen müssen; ich werde dafür sorgen, daß sie ins Waisenhaus kommen. Wir haben eins hier; das ist gar nicht so übel.«

»Daddy hat keinen Gummikopf«, sagte der kleine Joe und lachte froh. »Er hat rotes Haar.«

Mrs. Thorne blinzelte immer wieder und bemühte sich, zu verstehen, was vorging. Der Pastor sollte doch von Gott und von Sünden reden und mit dem armen Howard fühlen, statt ihn so zu quälen. Aber da stand Ehrwürden und schmunzelte den Kindern zu, während Howard hinter der Tür brüllte und fluchte. Es war nicht gut, wenn die Kinder solche Worte hörten. »Howard«, flehte sie, als ihr Mann eine Atempause machte – und eine Wirkungspause, denn er hatte eben ein paar besonders kräftige Ausdrücke gebraucht

—, »die Kinder haben dich noch nie so reden hören. Joe hört zu und zerspringt bald vor Lachen. Laß den Pastor hinein, damit er mit dir reden kann, bitte, Howard.«

»Machen sich über mich lustig, die eigenen Kinder«, stöhnte der Mann.

»Na ja, Sie sind aber auch ein komischer Kauz«, rief Johnny. »Sie haben mir übrigens Heimweh nach dem Heer eingeflößt. Wo haben Sie denn die Luger gestohlen?«

»Zehn Dollar hab' ich dafür gezahlt«, schrie Howard. »Nun hört euch doch den Bastard an!«

»Stimmt nicht«, versetzte Johnny. »Ich bin ein eheliches Kind. Sie auch? Anständige Leute erschrecken ihre Frauen nicht zu Tode, indem sie mit aller Gewalt Mitleid wachtrommeln wollen. Na? Lassen Sie mich 'rein, und ich will an Ihrer Schulter weinen.«

»Ich werde Sie auch 'reinlassen«, knirschte Howard zwischen den Zähnen. »Und den Schädel schlag ich Ihnen ein! Trudie, schaff die Kinder fort von der Tür; bring sie in ihr Schlafzimmer. Hab' was zu reden mit dem Kerl da draußen!«

Trudie zog die gespannt lauschenden Kinder hoch und machte sich eilends mit ihnen fort; über die Schulter sah sie mit schreckgeweiteten Augen auf Johnny. Es war düster im Vorzimmer. Er nickte ihr beruhigend zu. »Also los, Howard. Sie sind fort. Wollen Sie mich übrigens erschießen, wenn Sie jetzt die Tür aufmachen?«

Ein Schlüssel drehte sich im Schloß, die Tür flog auf, und da saß Howard in seinem Rollstuhl, keuchend und zähneknirschend, die großen Hände auf den Knien. Die eine Hand umkrampfte die verhängnisvolle Pistole. Johnny sah sein wirres rötliches Haar, das bleiche Gesicht, die zornsprühenden haselnußbraunen Augen, die ausgeprägte Nase, den großen knurrenden Mund. Howard Thorne war ein herkulisch gebauter junger Mann, und die Beine, die vom Stuhl hingen, sahen recht tüchtig aus, was sie, wie Johnny vermutete, wohl auch waren.

»Na los!« schrie Howard und rollte seinen Stuhl von der Tür fort, »herein, herein, verdammt noch mal, Pfarrer!« Er rollte den Wagen blitzschnell in die Mitte des Zimmers, atmete schwer und funkelte Johnny haßerfüllt an.

Johnny stand da und hielt die Hände in den Taschen. Er sah sich erfreut in dem blitzblanken kleinen Schlafzimmer um. Ein Etwas in einer Wandnische fesselte seinen Blick; er war erstaunt. Ohne die Augen davon zu wenden, sagte er: »Ich muß Ihnen und Trudie gratulieren. Feine aufrechte Leute. Wir brauchen ein paar Millionen mehr von Ihrem Schlag. Prachtvolle Kinder. Zu schade, daß wir ihnen so weh tun mußten. Ihr ganzes Leben werden sie das nicht vergessen. Vielleicht wird Elsie später einmal unglücklich sein, ab und zu, wenn sie älter ist, und dann möchte sie damit zu Ihnen kommen; dann wird ihr aber einfallen, was heute morgen war, und sie wird wissen, daß Sie ihr nicht helfen können. Und Joe. Großer hübscher Junge. Er wird nicht stolz sein können auf seinen Vater. Vielleicht hätten Sie sich doch lieber eine Kugel in den Kopf jagen sollen. Die Kinder würden davon natürlich einen Nervenschock erleiden, den sie im Leben nicht mehr loswürden. Und sie würden ihrer Mutter die Schuld daran geben, obwohl die natürlich unschuldig ist. Aber die Menschen sind schon so.«

Howard antwortete nicht, obwohl sein keuchendes Atmen das Zimmer erfüllte. Johnny setzte sich auf den Rand des sauberen Ehebettes mit der selbstgemachten Decke. Er strich sie bewundernd glatt. »Meine Mutter hat mir genau die gleiche gemacht«, erklärte er. »Hatte sie jahrelang. Dann stahl sie mir einer. Hab' sie aber nie vergessen. Sternmuster, wie die hier. Es hieß, glaube ich, Stern von Bethlehem.«

Er sah Howard gelassen an. »Wenn Sie sich erschießen, werden Ihre Kinder immer an diese Decke denken müssen. So ist das beim Menschen schon einmal eingerichtet. Sie werden an dieses Muster denken, an den Stern von Bethlehem, ihr Leben lang. Sie werden nicht nur Selbstmord begehen. Sie werden ihnen alle Weihnachten ihres ganzen Lebens mit Blut besudeln. Und Sie haben den Glauben in ihren Seelen getötet.«

Howard war ruhig und sehr still geworden. Er sah auf die Luger in seiner Hand hinab, und sein gewaltiger Brustkasten hob sich in einem lautlosen Schluchzen unter dem sauberen, weißen Hemd. Dann warf er die Luger fort; sie fiel auf den Flickenteppich am Boden. Beide Männer sahen schweigsam auf die Waffe. Nach einer langen Weile hob Howard den Kopf und meinte wütend: »Aber Sie kann ich noch immer verdreschen, wenn Sie auch groß sind. Ich bin größer!«

Das trübe Licht, das durch das kleine, verhängte Fenster drang, fiel auf sein rötliches Haar und verklärte es wie einen Heiligenschein. Johnny schüttelte den Kopf und lächelte, um das Mitleid, das ihn bewegte, zu verbergen. »Vielleicht. Aber ich wette, im Hufeisenwerfen schlage ich Sie. Da war ich daheim immer Meister.«

Er musterte Howard ernst. »Wozu der Rollstuhl? Ich verstehe was von multipler Sklerose. Dadurch wird man nicht plötzlich zum

Krüppel, trotz der zweijährigen Muskelschwäche. Ich kenne ein halbes Dutzend Leute, die haben sie seit Jahren und sind in Behandlung; und sie läßt sich lokalisieren, manchmal auf Lebenszeit. Aber Sie haben sich gleich einen Rollstuhl gebaut! Wollten wohl Trudie damit quälen, was?«

»Halten Sie den Mund! Das ist gelogen! Ich wollte nur, daß sie sieht, wie es mit mir werden wird, damit sie nicht lang um mich weint. Der Doktor sagte mir, ich würde ihn vielleicht in acht bis zwölf Jahren brauchen! Das ist alles.«

Er richtete sich schwankend auf. Er tat einige langsame Schritte, und Johnny beobachtete ihn scharf. Ja, die Beine waren entschieden schwach, aber das Nichtstun schwächte sie vor der Zeit. »Sehn Sie sie an!« sagte Howard verdrossen. »Ich kann nicht stundenlang auf eigenen Beinen stehen, wie ich ja müßte! Wie kann ich da meine eigene Werkstätte leiten, oder eine andere? Der Arzt sagte, das ginge nicht.«

Er sah den Rollstuhl an und fröstelte, tat einen Schritt darauf zu, warf einen flüchtigen Blick auf Johnny, zögerte und blieb dann reglos stehen, die Hände trotzig zu Fäusten geballt. Falten um Mund und Augen verrieten, daß er Schmerzen hatte. Johnny nickte.

»Ich glaube, Sie haben recht, Sie können wirklich nicht mehr den ganzen Tag lang stehen. Aber ich habe einen Freund, den berühmten Doktor McManus. Der soll Sie untersuchen; aber ich warne Sie, er verlangt ein hohes Honorar.«

»Zum Teufel«, meinte Howard verächtlich. »Ich kann zahlen. Hab' ein bißchen Geld. Doc McManus, so? Na ja, soll er kommen.«

»Ich werde ihn nachher anrufen. Aber reden wir erst noch von Ihnen. Wollen Sie sich setzen?«

»Nein!« schrie Howard und begann im Zimmer auf und ab zu gehen; zunächst unter sichtlichen Schwierigkeiten und Schmerzen; dann etwas kräftiger.

Johnny schlug die langen Beine übereinander und sagte nachdenklich: »Wenn ein Mann Selbstmord begehen will, dann nicht wegen der unmittelbaren Ursache, wie er glaubt. Millionen Menschen machen das täglich durch und jagen sich auch nicht gleich eine Kugel in den Schädel. Sie bahnen sich eben mit Gewalt einen Ausweg. Der Selbstmörder aber wehrt sich gar nicht; er kann den Dingen nicht ins Auge sehen. Das geht ihm sein ganzes Leben so; überall sieht er sich in einer Sackgasse. Howard, wann ist es Ihnen zum erstenmal so ergangen? Damals als Kind von achtzehn Jahren im Heer?«

Howard war stehengeblieben und hielt den Kopf gesenkt. Dann machte er blitzschnell kehrt und sah Johnny an; Bitterkeit lag auf dem erregten Gesicht. »Als ich vierzehn war! Schauen Sie sich das Ding da drüben an! Das hab' ich geschnitzt, als ich ein Kind war. Hatte mein Leben lang geschnitzt. Aber mein Pa, der meinte, ich sollte aufhören damit und lieber arbeiten, und das tat ich denn auch, und kein Mensch kann mir sagen, daß ich Frau und Kinder nicht ordentlich ernähren konnte. Aber meinem Pa hab' ich's nie verzeihen können, obwohl er ja vielleicht gesunden Verstand hatte und im Recht war. Aber vielleicht verstand er's auch nicht besser.«

Johnny stand auf und trat an den kleinen, hölzernen Sockel, der in der Ecke hing. Er nahm die prachtvolle Statue aus dunklem Holz herab und hielt sie ehrfürchtig in den Händen. Howard beobachtete ihn. Er lachte kurz auf. »Trudie gefiel sie. Sie kriegte sie von mir zum Geburtstag, als wir noch beide Kinder waren. Ich möchte sie ja schon lange fortwerfen, aber Trudie hat sie gern, und die Kinder auch. Ist ja nichts wert, das Zeug.«

Die vierzehn Zoll hohe Statue war unglaublich schön und ehrfurchtgebietend. Es war Christus als junger, kräftiger Mann in einem schlichten langen Kleid, das so sorgfältig geschnitzt war, als spielte ein unsichtbarer Wind darinnen und wehte es zurück. Kraft, Macht und Triumph sprachen daraus. Das hier war kein demütiger Christus, sondern ein Mann der Gewalt, dessen Hände Sonnen und Welten, hell lodernde Milchstraßen und Schöpfungen in einen schwarzen stummen Abgrund geschleudert hatte, wo sie ewig brennen würden.

Das Gesicht war lebendig und stark, ruhig und strahlend von einer Jugend, die den Tod nicht kannte, erhoben, um der Musik zu lauschen, die er überall geschaffen hatte. Die kleinen, kräftig geschnitzten Hände waren in einer unmittelbaren Schöpfungsgeste halb erhoben. Er war der schlichte Galiläer, doch auch der triumphierende, mächtige Gott.

»Das haben Sie gemacht?« fragte Johnny halblaut und voll Staunen. »Als Kind?«

Howard schwankte ein wenig. Er trat dicht an Johnny heran und betrachtete über seine Schulter hinweg die Statuette. »Wertloses Zeug«, meinte er stolz. »Ich war ganz religiös damals. Ein Mann daheim bot mir zehn Dollar dafür, damals, aber ich schenkte sie Trudie.«

»Sie haben das gemacht?« wiederholte Johnny. Er mußte sich setzen. Er hielt die Statuette in der Hand und schüttelte ungläubig den Kopf. Dann sah er zum erstenmal Howards Hände an, sah, wie schlank und braun sie waren, wie feinfühlend, die langen, schwieligen Finger, wie nervös gespannt. Er seufzte und schloß die Augen.

Er hielt sie immer noch geschlossen, wie zum Schutz gegen unerträglich grelles Licht, als er nun zu sprechen begann.

»Ich bin ein Pastor; aber doch ist jede Stunde des Lebens für mich eine neue Offenbarung. Gott verlieh Ihnen Genie und die Gabe, wundervolle Kunstwerke zu schaffen. Dann wurde Ihnen Einhalt geboten, teils durch Ihren Vater, teils durch Sie selbst, denn Sie haben den Geist eines Künstlers, und der ist der Welt des nüchternen Alltags nicht immer gewachsen. Für jeden Künstler, der am Leben bleibt und schafft, sind zehntausend andere in den Staub der Vergessenheit gesunken und sind wie halbe Menschen gestorben, weil sie nie ganz gelebt haben. Warum? Weil ihnen der Glaube an sich selber und an Gott mangelte? Weil sie körperlich schwach waren, oder zu feinfühlig? Ich weiß es nicht.«

Nun schlug er die Augen auf und sah unvermittelt Howard an, der mit schmerzlicher Miene vor ihm stand und lauschte.

»Ich kenne einen Schriftsteller, der heute berühmt ist«, fuhr Johnny fort. »Aber er brachte nie ein Buch heraus, bis er vierzig war. Er war immer schon Schriftsteller; aber das Leben und Dutzende von Kleinigkeiten gerieten ihm immer wieder in den Weg, und er brauchte lange Zeit, über sie hinweg in die Freiheit zu klettern. So ist es auch Ihnen ergangen. Aber Gott wollte nicht warten, bis Sie älter würden und ganz vergessen hätten. Er wollte, Sie sollten sich nicht mehr mit Kleinigkeiten verzetteln. Darum nahm Er Ihnen die Kraft aus den Beinen und gebot Ihnen, wieder die Hände zu regen, um das zu schaffen, wozu Er Sie bestimmt hatte.«

»Aber hören Sie mal«, sagte Howard schüchtern, »Sie meinen, das Ding da ist was wert? Teufel auch, ich zeigte es doch zwei Geistlichen, hier in der Stadt, und die nannten es, wie denn gleich ja, eine — eine Blasphemie. Der eine sagte, es ist gar nichts wert, und der andere meinte, ich sollte eine andere machen, einen knienden, betenden Christus. Ich hatte Trudie ja gesagt, daß es nichts wert war; aber sie stiftete mich an, daß ich es den zwei Pastoren zeigte; da hab' ich sie aber schön ausgelacht hinterher!«

Er streckte die Hand aus, nahm Johnny die Statuette ab und hielt sie in seinen Händen; und plötzlich verwandelte sich das breite, blasse Gesicht, und ein zärtlicher, grübelnder, bekümmerter Ausdruck erschien darauf. »Aber mir gefällt Er wahrhaftig«, flüsterte er. »Und ich sehe Ihn immer noch so.«

»Auch ich«, sagte Johnny.

Howard wandte sich unvermittelt zu ihm um; nun war er kein Arbeiter mehr, sondern die verkörperte Hoffnung. »Sie meinen, ich könnte mit solchen Schnitzereien meine Familie erhalten?« fragte er mit bebender Stimme.

»Sie könnten nicht nur ein Vermögen verdienen, sondern auch weltberühmt werden«, erwiderte Johnny. »Ich lüge Sie nicht an. Ich weiß, was ich sage. Ich habe nie solche Arbeiten gesehen, nicht einmal in den Museen in Europa. Wenn ich nicht wüßte, welche Wunder Gott unaufhörlich wirkt, könnte ich nicht glauben, daß Sie es gemacht haben.« Er lachte mit zitternder Stimme. »Sie mit Ihrer Werkstätte! Sie und eine Tankstelle! Um Gottes willen!«

Howard sah ihn stumm an; unbändige Erregung blitzte aus seinen braunen Augen. Endlich stammelte er: »Sie – Sie halten mich nicht zum besten – nicht wahr?«

Johnny legte ihm die Hand auf die Schulter. Aber er konnte nur voll Staunen und Freude den Kopf schütteln. Schließlich sagte er: »Ich möchte niederknien und beten. Howard, wenn Dr. McManus kommt, müssen Sie ihm das zeigen. Wieviel Bargeld haben Sie? Fünftausend Dollar, nicht? Das reicht für den Anfang. Sie müssen mehr Statuetten schnitzen, was Sie wollen, Religiöses, oder auch Ihre Kinder, Ihre Frau – was Sie wollen. Etwa ein halbes Dutzend. Dann nehmen Sie sie nach New York mit. Dr. McManus wird Sie an die richtigen Leute weisen; er kennt alle Welt. Sie brauchen vielleicht ein paar Unterrichtsstunden, ganz wenige, weil Sie wahrscheinlich manches vergessen haben. Aber nicht zu viele Stunden bei Leuten, die weniger Genie haben als Sie selber!«

Howard schritt, nein, er lief regelrecht auf die Kommode zu und zog die oberste Lade auf. Er holte eine lange Schachtel heraus und schüttete ihren Inhalt auf das Bett. Es waren ein halbes Dutzend winzige Statuetten, Kinder, Vögel, Tiere und Engel, jede einzelne wunderbar vollkommen und von einer zarten Strenge. Johnny betrachtete sie sprachlos.

»Ich hab' ja das Schnitzen nie aufgegeben«, erklärte Howard. »Muß immer was mit den Händen tun. Wie einer, der hungrig ist und immer essen muß. Trudie wollte sie aufstellen, aber ich hör' immer meinen Pa sagen: ›Hör auf mit dem verdammten Unsinn und tu endlich richtige Männerarbeit!‹ Und da schämte ich mich eben!«

Johnny musterte eben eine fünf Zoll hohe Statuette; es war ein trauriges, zerlumptes, verzweifeltes Kind. Verlassenheit und Elend lag zum Greifen deutlich über der Gestalt. Und doch sprach aus dem halb emporgewandten Gesicht ein Lauschen, eine vage Hoffnung. »Gefällt es Ihnen?« fragte Howard. »Hab' ein solches Kind einmal in Europa gesehen. Flüchtlingskind. Hören Sie, wollen Sie's haben? Wenn ja, können Sie's behalten.« Seine Stimme klang nun zuversichtlich, bescheiden stolz, die Stimme eines Schöpfers.

»Danke«, sagte Johnny. Er berührte das winzige Gesicht und dachte an Emilie.

Howard nahm ihm mit behutsamen Fingern die Statuette aus der Hand, als lebte sie, wickelte sie liebevoll in Seidenpapier und drückte sie Johnny in die Hand. Er schaute dem Pastor voll in die Augen: »Sie haben mir das Leben von neuem geschenkt! Ich spür's wahrhaftig in allen Poren! Trudie! Joey! Elsie! Kommt herein und hört, was Ehrwürden sagt! Na, vorwärts, herein! Und Trudie, steck lieber gleich das Huhn in die Bratpfanne. Er bleibt zum Essen!«

33

Um zwei Uhr rief Johnny aus diesem Hause der Freude und des Lachens, der jungen Gesichter und der Dankbarkeit daheim an. Ja, antwortete Mrs. Burnsdale, drei Krankenhausbesuche waren angemeldet, einer im Spital.

Der Doktor hatte gerade die vier anderen Kinder in den Zoo geführt; aber Debby war vom Kindergarten heimgeschickt worden. Sie hätte leichtes Fieber, hatte die Schwester in der Schule gesagt. »Vielleicht kriegt sie Masern«, rief Johnny bestürzt. »Eine schöne Bescherung! Bei den vielen Kindern hier!«

Er setzte trübsinnig hinzu: »Ich kriege sie wahrscheinlich auch. Hab sie nie gehabt.«

Eine halbe Stunde später kam ein Mädchen in die Küche, wo Mrs. Burnsdale nichtsahnend dem Doktor sein Lieblingsgericht zubereitete. »Miß Summerfield ist da«, verkündete das Mädchen.

Mrs. Burnsdale stürzte aus der Küche, gefolgt von Debby, die sich entschieden weigerte, zu Bett zu gehen, und die Aufregung vorzog, in der heißen Küche beim Kochen zuzusehen. Lorry legte schon Handschuhe, Hut und Mantel ab, als Mrs. Burnsdale auf sie zulief, ihre kalten Hände nahm und sie freudig anstrahlte.

»Ich habe mich entschlossen, über das Wochenende heimzufahren, statt nach New York«, sagte sie und küßte Mrs. Burnsdale auf die Wange. »Na, wen haben wir denn hier«, setzte sie hinzu, stützte die Hände auf die Knie und beugte sich hinab. »Du bist also Debby. Was für ein hübsches –«

»Du bist Tante Lorry«, sagte Debby. Sie hüpfte froh und schlang Lorry die Ärmchen um den Hals. »Ich hab' dein Bild gesehen«, plapperte das Kind nach einem herzhaften Kuß und schmiegte sich dicht an das Mädchen. »Papa hat es. Ich darf Blumenmädchen sein, hat Papa gesagt.«

Lorry hob das Kind auf und drückte es an sich. Mrs. Burnsdales Willkommenslächeln wurde ein wenig starr. Sie sah, daß Lorry allzu abgearbeitet und abgemagert war; ihre Lippen waren fast weiß. »Debby ist zu schwer für Sie!« sagte sie. »So ein großes Mädel, und tut noch wie ein Baby!«

Aber Lorry hielt die Kleine eng umschlungen. Debby lehnte sich auf ihrem Arm zurück und erklärte mit wichtiger Miene: »Ich krieg' die Masern!«

»Ach du lieber Himmel!« Lorry stellte das Kind hastig auf den Boden. »Und ich bin drei Tage wöchentlich unter Kindern, oder auch öfter.« Sie strich der Kleinen die schimmernden braunen Lokken, seufzte und lächelte. Es quälte sie etwas, dachte Mrs. Burnsdale und bot ihr heißen Tee und Sandwiches an, die Lorry dankbar annahm und vor dem großen Kamin im Wohnzimmer verzehrte. Debby saß neben ihr und wußte sich vor Freude kaum zu helfen. »Wir kriegen ein neues Heim«, erzählte sie Lorry. »Mit einem großen Zimmer für Kathy und mich.« Wieder hüpfte sie, und die Vorfreude leuchtete aus ihren strahlenden Augen.

Lorry sah sich in dem alten häßlichen Zimmer um, starrte in das Feuer und seufzte. Sie war mit Debby allein. Sie lauschte dem Geplauder des Kindes eigentümlich zufrieden. Es war herrlich, mit einem kleinen Mädchen hier zu sitzen, das weder seelische noch körperliche Wunden trug. Einem amerikanischen Kind, das nur Liebe erfahren hatte. Wie wunderbar, wie erfreulich, wie verheißungsvoll. »Was kümmern uns die Masern, auch wenn du sie wirklich kriegen solltest«, sagte Lorry und streckte die Arme aus. »Komm, setz dich auf meinen Schoß und erzähle mir alles von dir.« Ein Segen, daß die anderen dies lebensprühende, gesunde frische Schwesterchen bekommen hatten!

Debby war glücklich und ließ sich nicht zweimal bitten. Sie plapperte unaufhörlich weiter, und Lorry nickte ab und zu ernsthaft; sie hörte nur die Stimme und schöpfte wieder Mut daraus. Sie dachte an die anderen Kinder in diesem Hause, und ihr Mut wuchs. Wenn diese gerettet werden konnten nur durch Liebe, so konnten es auch die anderen, die ihren.

Da bemerkte sie, daß Debby verstummt war. Das kleine Gesicht sah still und nachdenklich ins Feuer. »Was hast du denn, Liebes?« fragte Lorry.

Debby schmiegte sich an sie. »Papa sagt, mein eigener Daddy und meine Mama sind bei den Engeln«, antwortete sie mit leiser unsicherer Stimme. »Sie sollten auch bei uns im neuen Haus wohnen.«

Lorry streichelte ihr zärtlich die Locken. »Du siehst sie nicht, Liebling, aber sie sehen dich und haben dich lieb. Immer. Und was täte wohl Papa jetzt ohne dich? Gott hat dich ihm geschickt. Hast du das nicht gewußt?«

Debbys rosiges Gesichtchen strahlte wieder; sie sah Lorry an. »So? Weil er Emilie zu sich genommen hat? Kathy hat mir von Emilie erzählt. War sie hübscher als ich?«

Lorry legte die Wange an das warme, runde Köpfchen. »Jedes Kind ist hübsch.« Und sie starrte mit müden Augen ins Feuer; sie sah die verstörten, einsamen, wunden und kranken Kinder, die sie in diesen bitteren Tagen betreute und tröstete. Wie, wenn es je nochmals Krieg gäbe, neue zerstörte Städte, neue Schrecken, neuen Tod, wieder kranke und wunde Kinder und leere Wohnungen? Nie, nie mehr darf das geschehen, o Gott, betete sie, und Angst schnürte ihr das Herz zusammen. Es gab heutzutage zu viele Männer vom Schlage ihres Vaters auf der Welt, haßerfüllte Männer, die nach Rache dürsteten — nach Rache für nichts. Oder, was noch schlimmer war, Männer, die nur nach Profit jagten. Sie schloß die Augen und dachte an ihren Vater; nun verabscheute sie ihn nicht mehr, wie einst; nun fürchtete sie ihn.

Lorry lehnte den Kopf in den tiefen Armstuhl zurück. Unversehens war sie eingeschlafen, in völliger Erschöpfung hingestreckt. Als sie erwachte, war es dunkel; Debby war fort, und Johnny stand neben ihr, die Hand an ihrer Wange. Wortlos beugte er sich über sie und küßte sie; dann setzte er sich auf die Armlehne und drückte ihren Kopf an seine Brust. Ruhe und Glück durchströmten sie, und sie hätte weinen mögen, nicht vor Schmerz, sondern in seligem Frieden.

Das Feuer im Kamin prasselte leise, und an den düsteren Wänden tanzten rosige Schatten. Da begann Lorry zu sprechen:

»Johnny, ich bin hergekommen, weil ich so müde bin und dich brauche. Und um dir die Dinge im richtigen Licht zu zeigen. Johnny, ich fürchte, ich bin nicht gut für dich. Ich werde sogar sehr schlimm für dich sein. Ich habe jetzt viel nachgedacht.«

»Und lauter Unsinn«, bemerkte er gütig. »Wie meinst du das, schlimm?«

»Kannst du dir mich als Pastorsfrau vorstellen? Es – es paßt einfach nicht. Für dich. Diese Stadt, und alles. Ich bin einfach nicht der Typ, Johnny, und du weißt das auch.«

Er trat dicht vor sie, hockte sich nieder und hielt ihre Hände fest.

»Willst du mich nicht heiraten, Lorry?« fragte er.

Sie sah hinab, schaute in das tiefe strahlende Blau seiner Augen und brach in Tränen aus. »Oh, Johnny«, murmelte sie und lehnte den Kopf an seinen. »Aber mein Vater, Johnny. Der läßt dich nie in Ruhe. Nie. Onkel Al schickt mir alle seine Anpöbelungen und Nadelstiche gegen dich, bis ich heimfahren und ihn umbringen möchte.« Sie bemühte sich zu lachen; es wurde jedoch nur ein Schluchzen daraus.

»Mich kümmert's nicht, was dein Vater über mich schreibt, Liebling«, erwiderte Johnny. »Was macht das schon aus? Soll er doch andeuten, was er will, und sooft er will. Es glaubt ihm's ja doch keiner. Dafür läßt er jetzt Pater John Kanty in Frieden, seit er mich hat. Manche Menschen brauchen offenbar jemand, den sie hassen können, und derzeit bin eben ich der Prügelknabe. Morgen ist es wahrscheinlich wieder ein anderer.«

»Das fürchte ich eben«, entgegnete Lorry. Johnny lächelte überrascht zu ihr auf. »Aber laß gut sein«, fuhr sie fort. »Um wieder von uns zu reden. Johnny, brauchst du mich, einfach wie ich bin, ungeeignet für dich, wie ich bin? Ich werde nie eine freundlich lächelnde Pfarrersfrau abgeben, die stets taktvoll ist, wenn Dummköpfe den Mund aufreißen, die im Pfarrsaal alles regelt und Kinderfeste und Essen für Missionäre veranstaltet. Ganz ehrlich gesagt, kannst du dir mich in dieser Rolle vorstellen?«

»Nein«, antwortete Johnny. Er stand auf; die Hände auf dem Rücken verschränkt. »Du hast besondere Talente. Die kannst du nicht auf einen kleinen Aufgabenkreis beschränken. Darum wirst du auch nach unserer Hochzeit die Arbeit bei den Quäkern fortsetzen. Dort hast du die vielen Kinder zu betreuen, und bald wird es, fürchte ich, wieder viele andere geben, die jetzt noch friedlich im trauten Heim spielen, irgendwo auf der Welt – aber schon morgen verlassen und verwaist sein können. Ich fühle das ganz deutlich. Auch ich habe nämlich viel nachgedacht.«

Sie erhob sich und schob ihren Arm unter den seinen. »Johnny, ich wußte ja, daß du mich verstehen würdest. Ich hätte es wissen müssen«, setzte sie reumütig hinzu. »Ich hätte wissen müssen, wer du bist.« Sie neigte den Kopf auf seine Schulter, und sie hielten einander im warmen Dunkel des Zimmers umschlungen. Nun war voller Friede in ihrem Herzen, wenngleich sie wußte, die kommenden Jahre würden Schweres und manche Trennung bringen. Es gab so viel zu tun. Aber Johnny und sie würden es gemeinsam schaffen.

Sie hörten die Kinder in den oberen Zimmern des Hauses lachen, zanken und einander necken. Dazwischen das Knurren von Doktor McManus. Lorry lächelte. »Jetzt bin ich wirklich zu Hause.«

Mrs. Burnsdale hatte Debby ungeachtet ihrer Proteste und Tränen ins Bett gesteckt. Als aber Debby die ehrfürchtige Neugier der anderen Kinder bemerkte, tröstete sie sich mit der Wichtigkeit ihres Falles. Sie wies schon einen unverkennbaren Ausschlag auf. Kathy, Jean, Max und Pietro wurden an die Schwelle des Krankenzimmers verbannt, spähten einer über des anderen Schulter und betrachteten lange und forschend dies ungewöhnliche Kind. Dr. McManus saß auf dem Rande von Debbys Bett und hielt sie bei der Hand. »Ja«, meinte er verdrießlich, »du kannst zu jeder verdammten Mahlzeit Erdbeereis haben und zwischen den Mahlzeiten auch; aber wenn du nur ein einziges Mal aus dem Bett springst, gibt es nur mehr Toast und Milch. Hörst du?«

Debby nickte so heftig, daß die Locken flogen. Die anderen betrachteten sie neidisch, und Debby sah es. »Nicht jeder kann die Masern haben«, erklärte der Doktor mürrisch. »Hoffe ich.« Er sah die anderen Kinder finster an: »Raus mit euch allen! Und kommt mir Debby nicht zu nah. Sie ist im Augenblick mein Lieblingskind, versteht ihr?«

Er stapelte Debbys Spielsachen auf der Bettdecke auf, tätschelte ihr die heiße Wange und ging nach unten. Im Wohnzimmer warf das Kaminfeuer noch immer seinen rötlichen Schein. Er sah Johnny und Lorry stumm beisammenstehen. Das gefiel ihm. Er fand Mrs. Burnsdale in der Küche und winkte ihr. Sie folgte ihm ins Eßzimmer, wo bereits, dem Gast zu Ehren, heller Kerzenschein auf das beste Silber und das schönste Porzellan fiel. »Ja?« fragte sie. »Wenn Sie einen anständigen Eiweißauflauf wollen, sagen Sie's gleich, denn das ist heikle Arbeit.«

Er betrachtete sie schweigend. Ihre rundliche Gestalt war in schwarze Seide gehüllt, und ein Spitzenkragen umrahmte den leicht geröteten Hals. Endlich sagte er: »Wissen Sie, Gnädigste, Sie werden immer hübscher; verdammt will ich sein, wenn's nicht wahr ist. Das macht das Klima. Oder bin etwa gar ich dran schuld?«

Sie lachte und errötete. »Aber, Doktor!«

Er wies mit dem Daumen über die Schulter nach dem Wohnzimmer hin. »Diese höllische Liebe«, knurrte er. »Macht mich wieder zum Kind. Senil werd ich, das ist es, ja. Wann heiraten wir nun eigentlich?«

Nun lachte sie nicht mehr, und ihre grauen Augen wurden feucht. »Wann – du willst, Al«, murmelte sie. »Nach dem Pastor und Miß Lorry. Dachtest du, ich würde ihn allein lassen?«

Er reichte ihr die Chirurgenhand; sie ergriff sie. Er zögerte, zog Mrs. Burnsdale dann kräftig an sich und küßte sie einmal und noch einmal herzhaft.

»Ich habe unter vielen anderen Plänen auch den, daß ich dich heiraten will«, erklärte er, während er sie fortschob. »Wir werden alle miteinander im Pfarrhaus wohnen und werden Johnny viel trösten müssen. Lorry will nämlich ihre Arbeit nicht aufgeben; sie hat mir geschrieben, ich sollte Johnny auf ihren sogenannten ›Entschluß‹ vorbereiten. Das hab' ich nicht getan. Geht ja schließlich nur sie und ihn an. Und sie haben's ja wohl jetzt bereinigt. Wofür hielt sie denn Johnny überhaupt? Außerdem wirst du Vorsitzende des Damenkomitees; ich habe so was gehört. Was bliebe da Lorry zu tun übrig?«

»Und noch eins«, fuhr er grimmig fort. »Ich hab' diese Listen satt. Betrachte dich als meine Braut, Verehrteste, und hör auf, Listen zu schreiben; kauf für das verdammte Pfarrhaus, was du brauchst. Gib mir einfach die Rechnung. Ich hab' es satt, daß du sie mir immer abends unter die Schlafzimmertür schiebst, wie Liebesbriefchen. Ist ja unmoralisch. In meinem Alter!«

Es wurde im Frühstückszimmer zu Abend gegessen. Lorry saß am oberen Ende des dunkelpolierten Eßtisches im Stuhl des alten Doktors. Ihr schimmerndes Haar, die sprühenden grünblauen Augen, ihr weißer Hals und die weißen Hände, das alles war der lieblichste Anblick von der Welt für Dr. McManus, Johnny und Mrs. Burnsdale. Ihre Stimme hatte die frühere Rauheit verloren; wenn sie nun lachte, so war es ein Mädchenlachen.

Johnny holte die Statuette herbei, die er heute bekommen hatte. »Ein Freund von mir schnitzt diese Sachen«, sagte er mit gespielter Gleichgültigkeit. »Was hältst du davon, Lorry? Bloß ein Kind, aus einem Stück Mahagoni geschnitzt, denke ich.«

Lorry nahm es und betrachtete es prüfend. »Aber das ist ja wunderbar«, erklärte sie. Die Augen wurden ihr feucht. »Ich sehe sie jeden Tag, diese Kinder«, murmelte sie. »Jeden Tag. Wie heißt der Mann? Er muß ein Genie sein, daß er den Ausdruck eines heimatlosen Kindes, sein ganzes Elend, den ganzen Schmerz so vortrefflich wiedergeben konnte!«

Der Doktor beäugte sie aufmerksam. »Hm«, sagte er. »Verdammt will ich sein. Ich weiß Bescheid mit solchen Sachen. Das haben Sie wohl in der Wohnung eines reichen Mannes gestohlen, was, Pfarrer, als er grade nicht hinsah?«

Da erzählte ihnen Johnny von Howard Thorne, und sie hörten ihm staunend und ungläubig zu. »Das kann ich nicht glauben!« rief Lorry, während sie die Statuette bewunderte. Sie stellte das kleine Kunstwerk auf den Tisch in den Kerzenschimmer, der es zu beleben und mit neuem Ausdruck zu erfüllen schien. »Ein so einfacher Mensch!«

»Ja«, versetzte Johnny, »ein so einfacher Mensch. Aber wer weiß denn schon, wer sein Nächster eigentlich ist? Ein Heiliger, ein Engel, ohne es zu wissen, ein Genie, ein Künstler, ein Teufel, ein Träumer großer Träume oder aber ein Geschwür in Menschengestalt? Wer weiß es? Wir sehen ja einander nie richtig; und das ist das Geheimnis des Lebens und zugleich sein Schrecken.«

Lorry hörte ihm zu und betrachtete dann wieder die Statue. Dann fragte sie: »Darf ich sie nach New York mitnehmen? Ich kenne grade die richtigen Leute, die daran mehr als interessiert wären. Wieviele hat er jetzt fertig?«

»Ein paar. Doch den Christus will er nicht hergeben. Du mußt mitkommen und ihn ansehen.«

»Ein solcher Mann«, erklärte der Doktor, »verdient alle nur mögliche Förderung für den Anfang. Und ich bin gerade der richtige sentimentale, dumme, verschwenderische alte Bas –, ich meine, alte Narr dazu!« Er berührte die Statuette ganz sacht. Er dachte an Jean, an alle die anderen Kinder. Hier war ihr ganzes Wesen eingefangen. Er setzte hinzu: »Und er soll in meine Klinik kommen, zu einer gründlichen Untersuchung. Es gibt Verschiedenes, was man dagegen tun kann. Vielleicht gelingt es uns, die Bürgerschaft ein bißchen aufzurütteln und genug Geld aufzutreiben, um der Sache beizukommen. Vielleicht. Ich habe selbst einiges darüber gearbeitet.«

Lorry stand auf, trat auf ihn zu und küßte ihn; er blinzelte und legte ihr den Arm um die Hüfte. »Wie ihr mich alle um den Finger wickelt«, sagte er ärgerlich. »Bald werd ich bankrott sein.«

»Zu schade!« bemerkte Mrs. Burnsdale mit zärtlichem Lächeln. Er fuhr grimmig herum und fuchtelte ihr mit drohendem Finger vor der Nase auf und ab. »So darf meine Braut nicht reden!« mahnte er.

»Was?« rief Lorry und wandte sich fragend an Johnny. Der aber lehnte sich mit geheuchelter Langeweile im Stuhl zurück.

»Ist ja kein Geheimnis«, erklärte er. »Ich hab's schon vor Monaten erraten. Der Doktor und Mrs. Burnsdale küssen sich schon wochenlang hinter den Türen.«

»Eine verdammte Lüge!« schrie der Doktor. »Das weise ich schärfstens zurück! Schaut nur an, wie die Arme errötet! Da sehen Sie selbst, wie Sie flunkern! Ich habe sie erst heute abend damit überrascht.«

Mrs. Burnsdale prüfte kritisch den Nachtisch und bemerkte dabei: »Das ist ja nun auch wieder Schwindel. Er ist mir nachgelaufen, seit ich herkam. Und da mußte ich mich endlich dreinfinden.«

Es war Lorry, als sei dies die glücklichste Zeit ihres Lebens, dieses Wochenende. Nichts konnte diese Freude trüben, es gab keine Sorgen, keine Ängste, trotz Debbys Masern, und obwohl auch die anderen Kinder mit wichtiger Miene Anzeichen derselben Krankheit vorwiesen. Mochte draußen der Schneesturm immer wieder aufleben und sich mit dem schon verminderten Rauch vermengen, mochte der letzte wütende Wintersturm das alte Haus bis auf die Grundfesten erschüttern – drinnen herrschten nur Glück und Zufriedenheit, Wärme, Lachen und Liebe.

Am Sonntag schlüpfte sie unauffällig in einen Seitenstuhl in der Kirche, um Johnnys Predigt zu hören. Heute wollte sie ihm von Barry erzählen. Und dann wollte sie Barry anrufen und herbitten. Sie lächelte Johnny zu und lauschte seiner aufrichtigen klangvollen Stimme.

Vielleicht hatte ihn die Statue des Kindes zu tief aufgewühlt. Vielleicht bedrängte ihn eine schlimme Vorahnung. Er sprach von den Kriegern des Herrn, »die beständig gegen das Böse streiten müssen, die zu dieser Stunde sich verschwören, all unsere Hoffnungen zu begraben, unsere Städte zu zerstören, unsere Kinder zu töten, unsere Hauptstädte in Schutt und Asche zu legen, unsere Jugend zu morden. Sie wollen unsere Erde zur öden Wüste machen, zur stillen, toten, von toten und verlassenen Meeren umflossenen Wüste. Wir dürfen nicht zu sicher sein. Die Menschen, die guten Willens sind, sind oft pflichtvergessen. Die Bösen aber sind erfüllt von Leidenschaft. Die Luft widerhallt förmlich vom Zwiegespräch dieser Teufel.«

Die *Press* brachte den Bericht über seine Predigt am Montag.

Lorry hatte alle Hände voll mit den Kindern zu tun, deren Masern nun in vollster Blüte standen, und las daher die Zeitung erst am Nachmittag. Da stand der Artikel ihres Vaters, so boshaft und verzerrt, so voll Haß und Verachtung wie noch nie.

»An einem Mann, der so beständig vom Frieden spricht«, hatte Mr. Summerfield geschrieben, *»scheint es seltsam, daß er nun zum Kriegshetzer geworden ist, der die Leidenschaften Unwissender und Irregeleiteter aufpeitscht. Was verlangt er von uns? Sollen wir die Atombombe ohne Unterschied auf jedes Land werfen, das wir ohne bestimmte Gründe irgendwelcher ›Verschwörung‹ gegen unser Land verdächtigen? Heutzutage sind Vernunft und Ruhe, Einsicht und Duldsamkeit geboten. Aber dieser Pastor möchte gegen jedermann und überallhin verhetzte Massen führen. Unser Blatt hat seine wahren Beweggründe schon lange geahnt. Es ist an der Zeit, daß er geht.«*

34

»Nein, Mr. Fletcher, ich habe Miß Lorry nicht fortgehen sehen«, antwortete Mrs. Burnsdale ängstlich. »Ist ihr Wagen weg? Mir war, als hörte ich einen Wagen wegfahren, so vor einer Dreiviertelstunde. Vielleicht besucht sie Freunde.«

»Sie hat keine Freunde in Barryfield«, erwiderte Johnny enttäuscht. Er war eben von einigen Krankenbesuchen heimgekommen. Er war auch etwas verstimmt; morgen sollte Lorry ja schon wieder abreisen. Er sah flüchtig zu den Kindern hinein.

Dann beschloß er, an der Predigt für die nächste Woche und an der Osterpredigt zu arbeiten. Diese machte ihm Kopfzerbrechen. Über die Auferstehung, dachte er, war ja wohl alles gesagt worden. Und außerdem sagte es die Bibel viel schöner. Wie sollte man mit dieser großartigen Kraft und Klarheit wetteifern!

Er ging in sein großes Schlafzimmer hinauf und sah angewidert auf seinen Schreibtisch. Er warf einen verstohlenen Blick auf das Bett hin, gab sich jedoch einen Ruck und setzte sich an den Tisch. Glück, dachte er, war beinahe ebenso anstrengend wie Unglück; der Mensch bedurfte der Einsamkeit, um seine Freude zu verdauen, genauso, wie er sich vom Kummer in der Einsamkeit erholen mußte.

Er las das Leitwort seiner Predigt: »Sei still und wisse, daß ich Gott bin.« Er sann darüber nach, wobei er abwesenden Blickes durch eines der großen Fenster hinaussah. »Sei still.« Aber heutzutage war anscheinend niemand mehr still. »Sei still« erinnerte ihn an die weite, volle Bewegung der See am Abend, die ohne Hast dahinflutete, ungestört ihren uralten Weg nahm, unverändert selbst im Sturm, unverändert unter den Sternen, unverändert unter dem Mond. Sie sprach von ewigen Wahrheiten, von ewiger Bewegung und zugleich ewiger Ruhe. »Sei still.« Wo war heutzutage die Stille zu finden, wo alles in Stücke brach, in winzige, kleine wahnsinnige Stücke, die sich anscheinend nie zu einem sinnvollen Ganzen fügen konnten? Je mehr Tätigkeit, dachte er, um so weniger Leistung, Heiterkeit, Sinn.

Hektische Bewegung, lauteres schnelleres Sprechen, mehr Hackenzusammenschlagen, eilende Schritte ohne Sinn und Ziel, mehr Lärm und Getöse, mehr, mehr, mehr, immer mehr, immer »Neues« — das war die frenetische Kakophonie des fieberhaften Alltags der modernen Menschheit geworden. Wo konnte der Mensch inmitten dieses mechanischen Wirrwarrs still sein?

Selbst wenn die Menschen abends mit sich selbst allein und dem endlosen Drängen entronnen waren, »etwas zu tun«, fanden sie keine Ruhe. Namenlose Angst erfüllte sie; sie fragten sich, ein Buch achtlos auf den Knien, oder im Bett liegend, ob sie tagsüber etwas Wichtiges unterlassen hätten.

Ja, sie hatten wahrhaftig etwas unterlassen: Das Beten, das Reden mit Gott. Sein heller Schatten huschte an ihrem gequälten geistigen Horizont dahin, aber sie sahen ihn nicht.

Allein vielleicht sahen sie ihn auch und fürchteten ihn? Gott zu betrachten hieße ja, das unablässige Geheul der Presse und der Prediger, der Bücher und der Zeitschriften und des Rundfunks zu ignorieren, die schrille Mahnung, hinzugehen und was zu tun, gleichgültig, wie unnütz es sein mochte. Nur etwas zu tun um des Tuns willen. »Beschäftigen Sie sich«, riefen die Psychiater und sahen mißbilligend und argwöhnisch den beschaulichen Menschen an, der in seligem Schweigen allein saß und sann. Mehr, mehr, mehr! Das Gewissen des Menschen regte sich nicht mehr, wenn er sündigte oder Gott vernachlässigte. Auch das Gewissen war verkehrt und entstellt worden. Nun fragte es, wieviele »Begegnungen« man heute gehabt hatte, wieviel Geld man gemacht, wie man sich »angepaßt« hatte, wie »sozial« und »warm in den menschlichen Beziehungen«

man gewesen war. Ganz bewußt müßig und allein zu sein und beschaulich seinen Gedanken nachzuhängen, galt heute für asozial, für ein Zeichen von Gemütsstörung.

Johnny sagte laut vor sich hin: »Ja, die Welt wird wahrhaftig bald verrückt. Die ›neuen Werte‹ sind die neue Geisteskrankheit.« Hatte auch hier der Böse seine Hand im Spiel, wenn ein Mensch sein Leben so mit ungeheuerlichen Banalitäten und Dummheiten vollpfropfte, daß im Hause seiner Seele kein Raum mehr für Gott war?

Er schrieb nun eilends drauflos. Es dunkelte. Er hörte die Kinder nicht, die ihre Lernzeit hinter sich hatten und im Wohnzimmer plauderten. Er überhörte auch das Klingeln. Ein Mädchen klopfte leise an die Tür, öffnete sie und meldete, Mr. Barry Lowell, Miß Summerfields Bruder, sei unerwartet auf einige Tage gekommen. Dr. McManus und Miß Summerfield seien nicht zu Hause. Ob Mr. Fletcher ihn empfangen wolle?

»Aber natürlich«, antwortete Johnny freudig erregt. Also Barry war hier und wollte seine Schwester überraschen! Er zog seinen Rock an, fuhr sich mit der Hand durchs Haar und lief rasch die Treppe hinab. Barry war in der Bibliothek; er stand neben seinem Koffer, rauchte in hastigen Zügen und musterte die Bücherregale. Als Johnny eintrat, wandte er sich um.

Johnny lächelte und streckte ihm die Hände entgegen. Er begann: »Ich bin John Fletcher.« Dann hielt er inne, verblüfft über Barrys Ähnlichkeit mit seiner Halbschwester. Dieselbe eigenartige Farbe der Augen, dieselbe Gesichtsform, dasselbe blaßgoldene Haar, dieselbe Nase! Es war erstaunlich. Und dann fiel Johnny etwas anderes ein, und er wurde unsicher. Irgendwo hatte er diesen Mann schon gesehen. Etwas regte sich in seinem Gedächtnis, ohne Namen, ohne Anhaltspunkt, etwas, was ihn oft überkam, wenn er Lorry bei einer bestimmten Beleuchtung sah. Er fragte verdutzt: »Kenne ich Sie nicht von irgendwoher, Mr. Lowell?« Er trat näher auf ihn zu.

Barry stand still wie ein Baum und sah Johnny an. Die Zigarette qualmte unbeachtet in seinem Mundwinkel. Das fahle Winterlicht draußen ließ ihn totenbleich erscheinen. Seine Augen richteten sich seltsam eindringlich auf Johnny. Er hob die Hand, nahm die Zigarette aus dem Mund, trat einen Schritt auf Johnny zu, und Johnny spürte förmlich den forschenden Blick sich an ihm festsaugen. »Johnny, Johnny Fletcher?« fragte Barry mit heiserer Stimme.

»Ja, allerdings. Hat Ihnen Lorry nicht von mir erzählt?« fragte Johnny verwundert.

»Sorry!« erwiderte Barry. »Sie wußte es die ganze Zeit! Wie sagten Sie? Ja, sie erzählte mir, sie wolle einen Pastor heiraten, aber Ihren Namen hat sie mir nicht genannt. Warum?« Die Stimme versagte ihm. »Warum hat mir's niemand gesagt, der alte Al, oder Lorry –?«

»Das weiß ich nicht«, versetzte Johnny. Diese Begegnung wurde ihm immer rätselhafter. »Nun, es tut ja nichts zur Sache. Lorry hat mir von Ihnen erzählt, auch von Ihrer Namensänderung. Aber ich weiß doch, daß wir uns schon irgendwo begegnet sind. Nicht wahr?«

Barry drückte ganz langsam und sorgfältig die brennende Zigarette in einem Aschenbecher aus. Dann blieb er stumm stehen und sah darauf hinab. Johnny betrachtete ihn forschend. Er fragte sich dasselbe wie vorhin Barry. Warum hatte Lorry ihrem Bruder seinen Namen verschwiegen? Sie hatte ihn in dem Glauben gelassen, daß Barry wußte, wie er heiße. Johnny errötete vor Verlegenheit. Er sagte: »Lorry hatte vielleicht ihre Gründe. Aber Namen sagen nicht viel, nicht wahr? Ich erinnere mich allerdings, daß sie mich einmal fragte, ob Ihr Name mir ein Begriff sei, und ich antwortete ihr, ich könnte mich nicht erinnern.«

Barry starrte immer noch den Aschenbecher vor sich an. Er erwiderte leise: »Nein, warum auch? Für sie war ich vermutlich nur einer unter Dutzenden. Eine ganz alltägliche Geschichte für Sie – damals. Aber nicht für mich!« Er hob mit einem Ruck den Kopf und wandte sich Johnny zu. »Aber ich habe Sie jahrelang gesucht; für mich bedeutete es alles! Man sagte mir, Sie seien gefallen.«

Johnny war verlegener als je. Das bilde ich mir wohl nur ein, dachte er. Hat er wirklich Tränen in den Augen?

»Ich, gefallen?« fragte er. Er lachte ein wenig gezwungen. »Nein; ich wurde in der Normandie schwer verwundet; aber ich bin nicht so leicht totzukriegen und habe mich wieder erholt. Ich lag eine Weile in einem Behelfslazarett. Haben wir uns dort vielleicht gesehen?«

»Nein«, erwiderte Barry. Er stand da und sah Johnny starr vor Staunen wie ein Wunder an.

Johnny wurde es unter dem durchdringenden Blick, vor diesem blassen Gesicht voll unerklärlicher, eindringlicher stummer Erinnerung zunehmend unbehaglicher. »Ich fürchte, mein Gedächtnis ist nicht mehr so gut wie früher«, meinte er entschuldigend. »Aber irgendwie kommen Sie mir bekannt vor. Vielleicht wegen Ihrer Ähnlichkeit mit Lorry.« Er spürte irgendwie, daß Barry seiner Schwester einen unverzeihlichen Verstoß vorwarf, ja sie aus einem unerklärlichen Grunde förmlich haßte.

Da aber trat Barry auf ihn zu, legte ihm die Hände schwer auf die Schultern, schaute ihm in die Augen und schmunzelte. »Johnny, Johnny Fletcher«, sagte er mit unsicherer Stimme. »Der alte Pfarrer Johnny! Old Holy Joe! Warum solltest du dich auch an mich erinnern? Du hast mir ja bloß das Leben gerettet, hast mich ja bloß aus einem Loch geholt am Normandiebrückenkopf; hast mich unter Beschuß auf dem Rücken davongetragen! Bist ja bloß an meinem Bett geblieben, als ich im Sterben lag, und hast mich ja nur gesundgebetet! Das ist alles, Johnny Fletcher!«

»Nein!« rief Johnny ungläubig. Er packte Barry an den Armen. »Nein«, wiederholte er, außer sich vor Freude. »Aber natürlich erinnere ich mich jetzt! Ich hätte dich gleich erkannt, wenn du Uniform getragen hättest, Barry! Ich kann's nicht glauben. Ist ja nicht möglich!«

»Du lebst!« schrie Barry jetzt. »Verdammt nochmal, du lebst! Nach so vielen Jahren lebst du! Laß dich ansehn! Derselbe alte Johnny. Ich ermorde Lorry, ich bring' den alten Al um, weil sie mir nichts gesagt haben! In ganz Europa hab' ich dich gesucht! Es hieß, du wärst tot.« Wieder versagte ihm die Stimme, und diesmal war kein Zweifel möglich; er hatte die Augen voll Tränen.

Johnny war verlegen und bewegt zugleich über die Rührung des jungen Mannes, die Barry, wie er fürchtete, zu übermannen drohte. »Und ob ich lebe«, sagte er. »Also du bist Lorrys Bruder! Sie wird bald zurück sein; dann kann sie uns sagen, warum sie dir meinen Namen verschwiegen hat.«

»Kann sie nicht; ist alles dummes Zeug. Wie konnte mir Lorry das nur antun? Sie wußte doch, daß ich dich suchte; wußte doch, wie leid es mir tat, daß ich dich nicht fand. Wußte, wie mir zumute war, als ich hörte, du wärest tot. Und doch konnte sie mir das antun.« Wieder errötete Johnny vor Verlegenheit, und der feinfühlige Barry begriff. Er rüttelte Johnny an den Schultern. »Du kannst nichts dafür, Johnny. Sie hat mir vielleicht aus Verlegenheit diesen Streich gespielt, obwohl sie sonst ja nicht verlegen ist. Vielleicht hat sie wirklich guten Grund gehabt; das werde ich ja hören.«

»Setzen wir uns doch«, schlug Johnny vor. »Du hinkst noch ein bißchen, wie ich sehe. Ja, ich weiß noch. Sie wollten das Bein abnehmen, und du schriest im Fieber immer, sie sollten dir lieber gleich den Kopf abschneiden.« Er versuchte zu lächeln, obwohl er vor Verlegenheit tief errötet war. »Ich weiß noch, ich blieb bei dir, und sie konnten das Bein retten. Hast du starke Schmerzen – Barry?«

»Ach, zum Teufel mit dem Bein«, versetzte Barry ungeduldig. Er setzte sich zu Johnny. Dann holte er seine Brieftasche hervor und entnahm einem Plastikfutteral sorgfältig eine alte Aufnahme. »Sieh her«, sagte er. »Erinnerst du dich an den alten Nichols und seine kleine Kamera? Hier hat er uns aufgenommen, in Exeter, vor der Landung in der Normandie. Da bist du«, lächelte Barry trotz aller Rührung, »schaust wie ein alter Landser aus, echter als wir andern alle!«

Johnny sah flüchtig hin, lächelte und wurde wieder ernst. Da standen acht junge amerikanische Soldaten mit ihrem Feldkaplan. Nur er und Barry hatten die Landung in der Normandie überlebt. Nic Nichols, aus Tennessee, mit seinen vier kleinen Kindern. Und dem Wäschesack voll Fotos, die er von ihnen gemacht hatte – halbe Kinder mit Wuschelköpfen und einem breiten Grinsen auf den schmächtigen Gesichtern. Da war auch der junge Neger mit dem majestätischen, bronzefarbenen Gesicht, der Johnny bei den Gottesdiensten assistiert hatte. Er war Medizinstudent im zweiten Jahr gewesen, und ein Dichter obendrein. »Ich hätte nicht einzurücken brauchen«, hatte er Johnny erklärt, »aber ich habe selbst genug studiert und weiß, daß wir wieder ein Zeitalter der Tyrannen haben. Hitler ist vielleicht der erste, aber gewiß nicht der letzte.«

»Doch«, hatte Johnny eingewandt, denn Charles Hartwick war gar zu ernst gewesen. »Natürlich wird das der letzte Krieg sein, der Krieg für die Freiheit!« Der junge Neger hatte bitter gelacht. »Aber alle Kriege, die die Menschen je geführt haben, gingen doch immer um ›die Freiheit‹«, hatte er erwidert. »Dabei ging es in Wirklichkeit nur um einen Wechsel der Tyrannen. Ich hasse den Krieg; ich hasse die Leute, die Kriege führen; ich hasse auch diesen Krieg. Wissen Sie, warum ich eingerückt bin? Um mitzuhelfen, diesen Tyrannen loszuwerden. Aber morgen werden wir kämpfen, um einen anderen loszuwerden, und immer wieder einen anderen. O ja, Pastor, ich habe anfangs auch geglaubt, Hitler würde der letzte Tyrann sein; aber heute weiß ich's besser. Die Zeit der reaktionären Tyrannen hat eben erst angefangen. Haben Sie sich in letzter Zeit einmal Stalin, den größten Despoten von allen, angesehen? Sehen Sie ihn gut an, Sir, sehen Sie ihn gut an.«

Ja, Johnny hatte ihn daraufhin wirklich »gut angesehen«. Und hatte allmählich angefangen, auch viele andere Dinge zu sehen, die er früher nie geahnt hatte.

Nun sagte er: »Als Charlie Hartwick starb, verloren wir einen Kämpfer für die Freiheit. Wir anderen waren bloße Patrioten, und das genügt nicht. Jetzt nicht mehr. Es genügt nicht, bei den Aufmärschen der Veteranen mitzumachen, die Fahne zu hissen, den alten Eid zu wiederholen. Das ist zuwenig. Der Kampf geht heute mitten unter uns weiter, in unseren Schulen, unseren Kirchen, unseren Familien, in unseren Auseinandersetzungen mit anderen. Nun kämpfen die Geister, nicht mehr nur die Leiber und die materiellen Waffen.« Er betrachtete noch einmal mit wehmütigem Lächeln das Bild und reichte es seufzend Barry.

»Lorry hat mir mehrere von den Büchern geschenkt, die du verlegt hast. Tapfere Leute, die Verfasser. Mutige Leute. Ist es nicht ein erschütterndes Zeichen unserer Zeit, daß Leute, die die Wahrheit schreiben und sagen, in der Presse und von den Politikern angegriffen werden? Früher hielt man die Pressefreiheit für selbstverständlich und sah keinen besonderen Mut darin, wenn einer einen Lügner zur Rechenschaft zog. Das galt nur für ihre Pflicht als Amerikaner.«

Zerstreut nahm er eine Zigarette von Barry an. Er dachte an seine jungen Freunde, die gefallen waren, und schüttelte bekümmert den Kopf.

»Du tust ja, was du kannst«, entgegnete Barry. »Lorry hat mir mehrere Predigten von dir zitiert, und« — er zögerte einen Augenblick —, »die Antworten meines Vaters darauf. Aber sie sagte mir nie deinen Namen. Ich fragte mehrmals danach, aber sie wechselte immer das Thema. Das verzeihe ich ihr nicht.«

»Hat sie dir von meinen Kindern erzählt?« fragte Johnny schnell, weil ihm die finstere Miene des jungen Mannes nicht gefiel.

»Ja, alles«, entgegnete Barry kurz. Er sah den Pastor scharf an. »Das war eine verdammt feine Sache von dir. Du hast Lorry stärker beeinflußt, als du denkst. Was für ein — ja, was für ein unglückliches Mädel sie früher war, und nun hilft sie den verlassenen Kindern wie du! Irgendwie hast du auch ihr das Leben gerettet, und darum bin ich hergefahren, um selbst zu sehen, was für ein Mann meine Schwester so verwandeln konnte. Und da finde ich dich, Johnny Fletcher!« Er lächelte Johnny zu, und es zuckte ihm um die Mundwinkel. »Weißt du, vielleicht tue ich da Lorry auch unrecht. Vielleicht wollte sie dich als Riesenüberraschung aufsparen.«

Von der Tür her quäkte eine Stimme: »Was soll denn das?« Dr. McManus stand da in seinem armseligen braunen Mantel und zerknüllten Hut. Er versuchte, hinter Johnny vorbei den anderen Mann zu erspähen. Barry stand auf und trat vor den Doktor.

»Du alter, verlogener heimtückischer B–«, sagte er leise. »Du alter Betrüger!«

»Barry!« schrie der Doktor. Blitzschnell kam er ins Zimmer gewatschelt, umarmte den jungen Mann mit seinen starken Armen und drückte ihn an sich. »Das ist ja Barry! Herrgott, Junge, bin ich aber froh, daß du da bist. Wann bist du denn gekommen? Laß dich ansehn.«

Er schob Barry von sich und blinzelte mit feuchten Augen. Da gewahrte er Barrys Miene und ließ die Arme sinken. Er kratzte sich die Wange und lief purpurrot an. »Hm, ja«, murmelte er. Dann schrie er zornig und sichtlich verlegen: »Wo sind denn alle? Wo ist Lorry? Hör mal, Barry, nun starr mich nicht so finster an. Kennst du mich noch? Ich hab' deiner Mutter bei deiner Geburt beigestanden, und du warst ein übler Fratz. Ach so, du meinst, warum wir dir nicht Bescheid gesagt haben. Das ist eine lange Geschichte.« Er sah flüchtig auf Johnny, der ihn auch nicht eben freundlich musterte. »Und Sie brauchen auch nicht so mürrisch dreinzusehen, Pfarrer! Setzt euch, setzt euch. Ihr seht beide aus, als wolltet ihr mir gleich eine runterhauen, und ich bin doch ein alter Mann. Wie gesagt, es ist eine lange Geschichte.«

»Hoffentlich eine gute«, versetzte Barry. Der Doktor duckte sich auf seinem Stuhl, während die beiden jungen Männer drohend vor ihm standen. »Wollt ihr nicht Platz nehmen?« fragte er bissig. »Und ich muß was trinken. Johnny, ziehen Sie mal dort die Klingel. Das muß gefeiert werden. Und zwar nicht mit eurem Wein oder Sherry oder Brandy. Nein, mit Whisky und Soda. Sie auch, mein Hübscher«, versetzte er, zu Johnny gewandt.

»Sie verstecken ja Ihren Whisky«, versetzte Johnny und schmunzelte leicht.

Dr. McManus warf seinen alten Hut auf den Boden hin, zog seinen Mantel aus und setzte sich drauf. »Ich bin nicht mehr der Alte«, murmelte er. »Diesen letzten Krebsfall hätte ich beinahe verloren. Werde wohl bald in Pension gehen, werde zu alt, nervös und abgekämpft.«

»Zu schade«, sagte Barry. »Wenn du Mitleid von uns möchtest, hoffst du umsonst. Wie wär's, wenn du mit mir ein bißchen Mitleid gehabt hättest?«

»Ich hab' dir doch schon gesagt, das ist eine lange Geschichte«, erwiderte der Doktor gereizt; nun aber ging er zum Angriff über.

»Du bist ja zu dumm, um Geduld mit anderen Leuten zu haben; sonst müßtest du dir sagen, daß Lorry und ich schon einen Grund hatten. Ach, da bist du ja, May. Bring eine Flasche von meinem Scotch – da ist der Schlüssel, und bring ihn mir wieder – und drei Gläser, Eis und Soda.«

Sie warteten. Der Doktor blinzelte Barry mürrisch an. »Gott hat dir keine Knie gemacht, wie, so daß du sie beugen und dich hinsetzen könntest? Hör mal, ich rede kein Sterbenswort, ehe ich getrunken habe. Ich fürchte, ich kriege einen Herzanfall.«

»Fein«, versetzte Barry, aber seine tiefe Zuneigung zu Doktor McManus verdrängte allmählich seine Erbitterung. Er setzte sich. Johnny sah vom einen zum anderen und bemerkte, daß der Arzt ihn schüchtern musterte. Hier war etwas, was er nicht verstand, und es war ihm, als könnte es nichts Erfreuliches sein. »Vielleicht lasse ich die beiden alten Freunde jetzt lieber allein«, bemerkte er förmlich.

Der Doktor kicherte Barry zu. »Der Pfarrer ist immer gleich beleidigt. Zart wie eine Mimose. Ein ganz nüchterner simpler Patron; keine Phantasie. Vielleicht verhinderst du die Hochzeit lieber, Barry, sonst schnüffelt er dir in allen Büchern herum, die du verlegst, und schreit Zeter und Mordio über verschiedenes.«

»Da müßte er sich aber gewaltig geändert haben«, meinte Barry, der Johnnys Unbehagen gewahrte. »Setz dich, Johnny. Ich glaube, Old Als Geschichte wird auch für dich eine Offenbarung sein. Dann können wir alle miteinander herzlich drüber lachen.«

Das Mädchen kam mit einem Silberteller, Flaschen und Gläsern. Sie schenkte sparsam ein. »Ich bin noch nicht pleite, May«, bemerkte der Doktor sarkastisch, »du kannst ruhig vollschenken; so, noch ein bißchen–noch–noch. Fort ist fort, hin ist hin. In diesem Haus ist alles möglich. Ich bin ja beinah bankrott, aber doch noch nicht ganz.«

Er reichte die Gläser herum; Johnny zögerte, ärgerte sich dann über seine Verstimmung und nahm das Glas entgegen. Er widmete seine ganze Aufmerksamkeit dem Getränk, das er mit Soda versetzte. Er hörte das frohe, ungezwungene Geplauder der Kinder vom anderen Flügel des großen Hauses. Barry hörte es auch und lächelte. Johnnys Miene war stolz und reserviert, und Barry tat nun sein taktloser Ärger leid, durch den er dieses Mißverständnis herbeigeführt hatte. »Also, Onkel Al«, bat er, »kommen wir zur Sache.«

»Verdammt guter Scotch«, erklärte der Doktor und leckte sich die Lippen. »Muß eine Offenbarung sein für den biertrinkenden

Pfarrer hier und für dich, Barry, mit deinen New Yorker Martinis. Ich konnte ja die Mischgetränke nie ausstehen. Schlecht für die Nieren.«

»Nun laß schon die Nieren aus dem Spiel«, versetzte Barry. Er blinzelte dem Doktor zu, der nach einem flüchtigen Blick auf Johnny leicht nickte.

»Wo ist denn Lorry?« fragte er.

»Vor einiger Zeit ausgegangen«, erwiderte Johnny mit zerstreuter Stimme.

»Ich breche ihr den Hals«, erklärte Barry gemütlich, »wenn eure Geschichte nicht gut ist.«

»Davon weiß ich überhaupt nichts«, sagte Johnny erbittert.

»Nun, die Sache ist die«, erklärte der Arzt, während er mit den Eiswürfeln in seinem Glase klingelte. »Da kommt also der Pfarrer im August Hals über Kopf hier hereingeschneit. Unschuldig und voll Schwung, wie ein verdammter Adam, frisch aus dem Paradies. Alles, was die Leute brauchen, denkt er, ist, daß man ihnen die Wahrheit sagt. Also führt er dies gefährliche Sprengmittel immer mit sich. Wer hat ihm das gesagt, verdammt nochmal, daß die Leute überhaupt die Wahrheit hören wollen? Also kriegen es zunächst die Kinder zu spüren; junge Banditen überfallen sie. Lange Geschichte; hat dir Lorry erzählt? Schön. Dann greift dein Dad ein; der Pfarrer ist eine Gefahr, der Pfarrer ist ein Faschist, ein Gewerkschaftsfeind. So, das hat dir Lorry auch erzählt? Unterbrich mich nicht! Der Pfarrer muß also weg. Wo ist denn die heutige Morgenzeitung? Lag doch da auf dem Tisch; nichts kann man in dieser höllischen Bude herumliegen lassen. Der heutige Leitartikel deines Vaters schimpft den Pfarrer einen Kriegshetzer. Komisch; dein Vater war Feuer und Flamme für den Kriegseintritt gegen Hitler; aber jetzt ist jeder, der gegen den Kommunismus kämpft, ein Kriegshetzer.«

Zu Johnny meinte er bitter: »Na, schenken Sie mir gefälligst ein. Wenn ich abkratze, wo bleibt ihr da, Sie und die Kinder? Im Armenhaus, jawohl!«

Johnny schenkte, nun schon etwas besänftigt, dem Doktor abermals ein. Dr. McManus sah zu ihm auf, und Johnny mußte wider Willen über den bitterbösen und doch so liebevollen Blick lächeln.

»Eins kann man auf dieser Welt nicht sein, Jungens, nämlich konsequent. Man muß sich immer wieder nach dem Geheul der Verrückten richten. Ein Krieg ist gut, der andere schlecht; hängt ganz davon ab, wer von den Machthabern ihn will, oder wer davon profitiert, oder welche Minderheit danach schreit. Wißt ihr, was ich tun würde? Ich würde jeden Bastard hierzulande ausbürgern, der da herumschreit, daß er zu einer Minderheit gehört. Ich würde ihn dahin schicken, wo seinesgleichen in der Mehrheit sind; wem könnte er dann die Ohren vollheulen? Entweder es ist ein Amerikaner oder nicht. Ganz einfach ...«

»Aber warum hocken wir hier im Dunklen herum? Schaltet einer das Licht ein. Ja, also der Pfarrer hält zunächst einmal eine zündende Predigt, und Lorry kommt angerauscht, ganz Puder und Lippenstift und Zynismus und Hochmut, und will ihn interviewen, und er macht nicht mit, weil Gott ihm ja wirklich ein bißchen Verstand geschenkt hat – aber nicht viel, wohlgemerkt. Und da überkommt es Lorry plötzlich, und mich auch, dort im Pfarrhaus, daß der Pfarrer dein Johnny Fletcher ist, und Lorry wird hysterisch. Ja, hysterisch, Barry, und unterbrich mich nicht immer, verdammt nochmal. Sie will dem Pfarrer alles erzählen. Aber ich hab' eine Idee! Wir wollen dich aufsparen, um damit deinen Vater niederzuschmettern, wenn's an der Zeit ist!«

»Was!« schrie Johnny wütend.

»Also«, sagte Barry, »soll ich der Knüppel sein, mit dem ihr meinem Vater die Zähne einschlagen wollt? Was für ein kitschiges Rührstück! Viel vernünftiger wäre es gewesen, wenn du oder Lorry ihm Bescheid gesagt hättet; dann wäre manches nicht geschehen. Aber daran habt ihr wohl nie gedacht.«

Er sah zu Johnny auf, der die Fäuste geballt hatte.

Barry setzte hinzu: »Schau, Johnny, es liegt ja auf der Hand, der Doktor hier und Lorry, die sind ja beide nicht bei Trost. Der Doc ist senil, und Lorry hat auf ihn gehört und war außerdem immer schon romantisch veranlagt. Kannst du ihnen verzeihen? Ich hab's schon getan. Zurückgebliebenen Kindern kann man ja nicht böse sein, nicht wahr?«

»Wegen der Angriffe deines Vaters auf mich wurde mein Pfarrhaus angezündet und mein Kind umgebracht«, erwiderte Johnny mit schwacher Stimme. Barry schwieg.

Der Doktor langte hastig nach der Whiskyflasche. Er sagte: »Sie waren ja immer ein Dummkopf. Sie haben das Ganze ins Rollen gebracht, mit Ihrer höllischen Wahrheit. Wäre es nicht Mac gewesen, dann hätte die Mundpropaganda das Geschäft besorgt, und das arme Baby hatte ohnehin nicht mehr lange zu leben. Und haben Sie jetzt nicht Debby, die Sie braucht? Zwei, drei Monate oder ein Jahr später wäre es für Debby zu spät gewesen. Und Sie kriegen eine hochherrschaftliche Villa als Pfarrhaus, und Sie haben Lorry. Aber Sie gehören zu den Leuten, die nie zufrieden sind.«

Johnny senkte den Kopf und sah auf seine Schuhe hinab. Nach kurzem Nachdenken sagte er: »Meine Worte klingen undankbar. Vielleicht bin ich es auch wirklich. Aber von allem anderen abgesehen, behagt mir der Gedanke nicht, als Waffe gegen irgend jemand verwendet zu werden; auch nicht gegen Mr. Summerfield.« Allein er beruhigte sich, und die schmerzliche Spannung in ihm ließ nach. Lorry hatte sich also doch nicht seiner geschämt, wie er insgeheim gefürchtet hatte. Sie hatte ihrem Bruder auf den dringenden Rat des Arztes und aus guten Gründen seinen Namen verschwiegen. Er mußte wider Willen lächeln. Der Doktor kicherte und zeigte mit dem Finger auf ihn.

»Er dachte in seiner Dummheit, Lorry hätte dir nichts gesagt, weil sie fürchtete, du könntest glauben, ein Pfarrer sei nicht gut genug für sie. Wie kann ein erwachsener Mann bloß so dämlich sein?«

Mrs. Burnsdale trat zögernd näher. »Miß Lorry ist noch nicht zurück, und es wird schon dunkel. Ich bin ein wenig besorgt.«

Der Doktor erhob sich mit Mühe aus dem Stuhl, ging auf Mrs. Burnsdale zu und nahm ihre Hand. »Barry«, verkündete er großartig, »ich möchte dich meiner Braut vorstellen. Verdammt feine Frau. Ohne sie wären wir alle verhungert, der Pfarrer ausgenommen.«

Mrs. Burnsdale errötete, als Barry ihr die Hand schüttelte. »Sie wissen ja, wie der Doktor übertreibt.« Sie musterte Barry voll Interesse. »Sind Sie nicht Miß Lorrys Bruder? Das eine Mädchen hat es gesagt. Ich bin Mrs. Burnsdale.«

»Lorry hat mir von Ihnen erzählt«, erwiderte er freundlich.

Der Doktor legte ihr stolz den Arm um die Schulter. »Sie wird mich heiraten. Aus purer Notwehr mußte ich sie um ihre Hand bitten, sonst hätte sie mich für den Pfarrer zum Bettler gemacht. So bleibt alles schön in der Familie. Teufel auch, was der Mensch nicht alles aus Notwehr tut, nicht wahr?«

Mrs. Burnsdale berührte ihn scheu an der Wange. »Ich hab' nie gewußt, daß es solche Prachtmenschen gibt auf der Welt. Hab' früher nie welche kennengelernt.«

Johnny schien unruhig und ängstlich. Da klingelte das Telefon; der Arzt hob den Hörer mit einer Verwünschung auf und piepste hinein: »Nehmen Sie zwei Aspirin!« Dann schwieg er aber und lauschte, und sein graues Gesicht erbleichte bis in die Lippen. Er sah immer wieder auf Barry hin, dann auf Johnny, und war sprachlos.

Nach einer Weile sagte er begütigend: »Schön, Lorry. Bleib ruhig. Ich komme gleich. Lorry? Dein Bruder ist hier. Ja, ich meine Barry, wen sonst? Ja. Also hör mal, Liebling, beruhige dich, ja? Ich bin schon unterwegs.«

Er legte den Hörer hin und raffte Hut und Mantel auf. Barry war neben ihn getreten. Der Doktor schüttelte den Kopf. »Los, Jungens, es gibt Arbeit. Für uns alle drei. Und wir haben keine Minute zu verlieren.«

»Lorry!« rief Johnny tödlich erschrocken.

»Lorry fehlt nichts«, entgegnete der Doktor grimmig. »Um sie brauchen Sie sich nicht zu sorgen. Sie hat nur was angerichtet, die dumme Gans.«

35

Esther Summerfield schlenderte wiegenden Ganges in das Arbeitszimmer ihres Mannes; ihr Sari umwallte sie. Er war dunkelblau und hatte silberne Ornamente. Ihr dunkles Gesicht und die schrägen Augen hatten einen nachdenklichen abwesenden Ausdruck. Sie trug ein Tablett mit einem Cocktailshaker und zwei Gläsern. »Unsere Martinis, MacDonald«, sagte sie und ließ sich auf einen Sessel nieder. Sie schaute sich in dem mit erlesenem Geschmack eingerichteten Arbeitszimmer um und rümpfte ihre lange Nase. Sie sah durch ein Fenster, vor dem ein rosa Samtvorhang hing, den weißen Rükken eines Berges, und dachte bei sich, ich bilde mir wohl nur ein, daß er nicht gesund ist, obwohl er jetzt so wenig ausgeht.

Der frühe Abendhimmel zeigte nun nach dem Schneefall das Blau mittelalterlicher Gemälde. Mr. Summerfield ließ sich beim Schreiben nicht stören. Seine Frau fragte: »Der Artikel für den New Yorker *Gazette-Express?* Ist der so wichtig? Du schreibst ja geradezu wütend, Lieber.«

»Er ist sehr wichtig«, erwiderte er ungeduldig. »Er muß an führender Stelle in die Sonntagsnummer. Bitte, störe mich nicht, Esther.«

Sie stand mit trägen Bewegungen auf und schenkte ihm einen Cocktail ein. »Du siehst so zufrieden aus, Lieber, daß ich dich noch zufriedener sehen möchte. Ich habe die Cocktails selbst gemixt. Sehr trocken.« Sie sah auf den Tisch nieder, und das Lächeln um ihren Mund erstarb. Sie erkannte die Handschrift auf dem Stoß beschriebener Blätter; es war Dr. Somer Grangers gerundete, beinahe unförmige Schrift, die Hand eines extrovertierten bösartigen Kindes, dachte Esther, die seit kurzem Graphologie trieb. Sie sah, daß ihr Mann Notizen wie gewöhnlich als Grundlage seines Artikels verwendete. Sie überflog mit raschem Blick ein paar Zeilen: »Der Reaktionär glaubt, nach ›amerikanischen Grundsätzen‹ zu handeln, wenn er einen fortschrittlichen Mann wegen seiner demokratischen Gesinnung schmäht. Aber sein ›Patriotismus‹, wie der Reaktionär diese Verirrung nennt, ist nichts als die krankhafte Angst vor allem, was seine Sicherheit, den Status quo, bedroht. In vielen Fällen beruht die heftige Ablehnung fortschrittlicher Gedanken durch den Reaktionär auf einer unterbewußten Feindseligkeit gegenüber einem Elternteil im Kindesalter. Der Reaktionär ist demnach eigentlich ein emotional und geistig gestörter Mensch und bedarf der Behandlung durch den Psychiater, um seine Spannungen und feindseligen Einstellungen zu lösen und sich seiner Umwelt glücklich einzufügen.«

Esther stand hinter dem Ellbogen ihres Gatten und überlas diesen Abschnitt laut und nachdenklich, sehr zu seinem Ärger. Sie lachte verächtlich. »Damit meint Granger ruhiges Hinnehmen des Kommunismus. Mich hat er nie täuschen können. Aber nun fange ich an, ihn zu fürchten. Er gehört zu jenen Psychiatern, die sich für fortschrittlich halten. Er ist es aber in Wirklichkeit nicht. Er ist einer von den wahren Reaktionären. Er will Macht, die Macht, einen hirnlosen Helotenstaat zu schaffen, dessen herrschender Elite er angehören will. Ich habe ihm das schon einmal gesagt. Darum haßt er mich und möchte unseren Freunden und Bekannten und auch dir einreden, daß ich ein närrisches Weibsstück bin, launisch und oberflächlich. Das gelingt ihm auch allmählich. Er weiß, daß ich ihn genau kenne.«

Esther setzte sich, und ihr dunkles Gesicht verriet Ärger und Angst. Ihr Mann betrachtete sie mit plötzlichem Interesse, als sähe er sie nach langer Abwesenheit wieder. »Ich schaue ihm auf den Grund seiner Seele und sehe die ganze Hölle darin«, fuhr sie fort. »Kein Wunder, daß die Russen die ganze Zeit Psychiater vom Schlage Grangers verwenden. Was jetzt in der Welt vorgeht, ist das ärgste Sakrileg, der Angriff auf die Seele des Menschen durch Menschen, die Gott spielen wollen. Das war in der Weltgeschichte noch nie da. Das ist der Antichrist.«

Mr. Summerfield lächelte nachsichtig. Doch er antwortete nicht.

Esther hob eine wallende Falte des Sari auf und sah darauf nieder. »Ich liebe dich, MacDonald, und darum bleibe ich bei dir und spiele die Dumme. Ich langweile mich zu Tode, ich habe alles mehr als satt. Drum stürze ich mich in diese Schrullen, bloß um meiner Langeweile abzuhelfen. Und, was das Schlimmste ist, nun fängst auch du an, mich zu langweilen.« Sie hob die Augen zu ihm auf; ein düsteres Feuer loderte darin. »Ja, lach nur, MacDonald, es ist aber wahr. Und ich weiß noch etwas: Du bist kein Somer Granger. Du glaubst kein Wort von dem, was er dir zu schreiben eingibt. Du bist kein Kommunist; bist nicht einmal ein Linker. Was hat Granger mit dir zu schaffen, MacDonald? Welcher Erpressung bedient er sich, dich zu zwingen, so zu handeln und zu schreiben?«

Sein Gesichtsausdruck wurde hart, und plötzlich sah sie die helle Angst über seine Züge huschen. Er sagte mit lauter, kühler Stimme voll unterdrückter Wut: »Granger hat recht. Du bist eine Närrin, Esther. Nur einen einzigen vernünftigen Satz hast du gesagt, nämlich, daß ich kein Kommunist bin. Das war ich nie. Ich bin nur ein demokratischer, fortschrittlich gesinnter Mensch, der versucht, gutzumachen –«

»Was gutzumachen?« fragte Esther ruhig. »Die Beleidigungen, die dein Vater erdulden mußte, als er arm und unbekannt war? So möchtest du vernünftig handeln? MacDonald, ja, du brauchst Hilfe, aber Dr. Granger ist nicht der Mann, dir zu helfen.«

Abermals huschte ihm die fahle Angst über das Gesicht. Esther schüttelte den Kopf. »Ich glaube gar nicht, daß alles nur mit deinem Vater zusammenhängt. Es ist etwas anderes, Schlimmeres. Ich glaube nicht, daß du einen Schuldkomplex hast, wie Granger das nennt, weil du Reichtum ererbt hast. Was ist denn schließlich Unrechtes am ererbten Reichtum, solang der Mensch sich damit nicht erniedrigt und Dummheiten macht? Das tun sehr wenige Söhne reicher Leute. Die setzen gewöhnlich das Werk der Väter fort und schaffen immer neue Möglichkeiten für jedermann. MacDonald, Dr. Granger hat dich gemütskrank gemacht, obwohl er das ›Ausrichtung‹ nennt. Er hat dich irgendwie eingeschüchtert und dir seine Lügen aufgenötigt und sie zu den deinen gemacht, so daß du nun selbst daran glaubst. Das ertrage ich nicht! Ich kann nicht danebenstehen und zusehen, wie du allmählich zugrunde gehst!«

Sie schritt auf und ab; alle ihre sonstige Fassung war dahin, und sie rang verzweifelt die Hände. »Was hat er dir angetan? Welche Lügen über dich hat er dir erzählt? MacDonald, antworte mir! Tag für Tag siehst du kränker aus und geistesabwesender! Laß mich dir helfen!«

Er setzte sein Glas mit einem Ruck hin; aber sie sah, daß er bis in die Lippen erbleicht war. »Esther, hör' auf zu phantasieren.«

Sie beugte sich voll unverhüllter Angst zu ihm. »Liebling, hör' mich an. Ich habe Bücher über die Leute vom Schlage Grangers gelesen. Sie üben eine Art geistige Erpressung aus. Weißt du nicht mehr, wie er uns von einigen Collegestudenten erzählte, die ihn aufgesucht und ihm gestanden hatten, sie seien Kommunisten gewesen und schämten sich nun und hätten das Ganze satt und seien schuldbewußt? Weißt du noch, wie er darüber lachte und uns erzählte, wie er die armen Kinder tröstete und ihnen versicherte, sie hätten keinerlei Grund, sich schuldig zu fühlen, und seien in Wirklichkeit ›Menschenfreunde‹. Er unterhielt sich so köstlich dabei, als er es uns erzählte. Er schickte die Jungen fort, fürs Leben geistig krank und verdorben, damit sie nun andere anstecken. Ganz so, wie er dich ansteckt.«

Summerfield stand auf. »Esther, nun ist's genug. Du bist nicht bei Sinnen.« Er hielt inne. Zum erstenmal seit vielen Jahren sah er Tränen in den Augen seiner Frau, und ein unerklärlicher Schmerz bemächtigte sich seiner; sein Herz klopfte schneller. Er senkte die Stimme. »Du mißt Granger zuviel Bedeutung bei. Er ist mein Werkzeug, nicht ich das seine, glaub mir.«

Sie schüttelte den Kopf. »Das kann ich nicht, ich kann dir nicht glauben. Ich glaube, es ist mit dir schon so weit gekommen, daß du die Wahrheit nicht mehr erkennen kannst.« Sie langte flink auf den Schreibtisch, erhaschte Dr. Grangers Notizen und zerriß sie kreuz und quer in kleine Schnitzel.

Er rang nach Atem, erhaschte ihre emsigen Hände und hielt sie fest. Sie öffnete sie und ließ die Fetzen zu Boden fallen. Sie weinte nun unverhüllt, und Summerfield stieß sie von sich, nicht so sehr ergrimmt als vielmehr verzweifelt. »Hör' auf, zu lügen, Liebling!« flehte sie. »Hör' sofort auf, und du wirst vielleicht wieder gesund. Du bist kein schlechter Mensch, wie dein Sohn und deine Tochter glauben. Wie können sie so blind sein? Du bist in Wirklichkeit der, als den sie dich noch vor Jahren kannten, ein aufrechter ehrbarer Mensch. Sie lieben dich, MacDonald, aber sie werden nie zurückkommen, nie mehr mit dir sprechen, weil du sie nicht zurückkommen läßt. Vielleicht weil du sie nicht lassen kannst.«

Nun schrie er auf, wie sie ihn noch nie hatte schreien hören: »Was läßt du mich nicht in Ruhe! Geh fort, um Gottes willen!«

Da verstummte sie und sah ihn schweigend an. Er setzte sich wieder an den Tisch und starrte wortlos vor sich hin; es zuckte um seinen Mund.

»Gut, MacDonald«, entgegnete sie ganz leise. »Ich freue mich, daß du das wünschst. Ich werde fortgehen. Noch heute abend. Und ich komme nie mehr zurück, nie mehr; außer du streichst diesen üblen Menschen aus deinem Leben und hörst auf, sein Gift in deinen Zeitungen zu verspritzen.«

Er warf mit einem Ruck den Kopf zurück. »Esther, sei doch nicht so dumm.« Er sagte es mit schwacher, unsicherer Stimme. »Du weißt, ich kann und will dich nicht von mir gehen lassen. Du – du hast mich nur augenblicklich gereizt. Du hast dich in eine Hysterie hineingeredet.«

»Ach, Liebling«, erwiderte sie traurig, »du kannst nicht einmal mehr ein einziges eigenes Wort sagen. ›Hysterie, hysterisch.‹ Zwei Lieblingsworte Grangers, mit denen er alles aus der Welt schaffen will, was ihm und seinen Zielen gefährlich werden könnte. Dabei ist grade er einer von den wirklichen Hysterikern, den wirklich Unkontrollierbaren.« Sie legte ihm die bebende Hand auf die Schulter. »MacDonald, du kennst mich nun lange. Versuch einmal, mir ehrlich zu antworten. Hast du mich je wirklich hysterisch gesehen?«

Wieder starrte er vor sich hin auf den Tisch. Er setzte zum Sprechen an, schwieg aber. Immer noch weinend, beugte sie sich zu ihm und küßte ihn auf die kalte Wange. »Liebling, ich bin ja so froh. Du hast noch nicht ganz die Fähigkeit verloren, die Wahrheit zu erkennen.«

Sie hob seine schlaffe Hand auf und drückte sie an die Lippen. Er sah sie nicht an. Sie dachte erschrocken: Er ist krank, er ist schwer krank! Barry! Lorry! Kommt heim und helft mir! Wie könnt ihr zu eurem Vater so grausam sein? Kommt heim!

Sie gewahrte plötzlich mit ungläubigem Staunen, wie seine Rechte, gleichsam automatisch und unter Zwang, das Geschriebene nahm und zerknüllte. Er starrte leeren Blickes auf den Papierknäuel nieder. Sie sank neben ihm in einen Stuhl; ihr Herz klopfte so heftig, daß sie seinen Schlag vernahm. Ihre Lippen bewegten sich in einem stummen Dankgebet, und sie schloß die Augen.

Sie hörte wie von fern die Tür aufgehen und ins Schloß fallen. Sie wandte sich nach dem unangemeldeten Ankömmling um und rief plötzlich freudig: »Lorry! Lorry! Ich wußte ja, daß du kommen würdest!« Sie erhob sich, und ihr Mann trat neben sie und sah Lorry ungläubig an.

Lorry blieb in einigem Abstand steif und bleich stehen und sah ihren Vater voll eisiger Verachtung an.

»Lorry!« rief er; er war wieder jung, und Farbe trat in seine Wangen. Er ging mit ausgestreckten Armen auf sie zu.

»Rühr mich nicht an«, sagte sie. »Rühr mich nie wieder an.«

Sie standen und sahen Lorry sprachlos an. Diese fühlte auf einmal, daß sich etwas geändert, verschoben hatte. Sie war krank vor Wut und Haß, spürte aber dennoch die Veränderung. Ihre Eltern schienen auf geheimnisvolle Weise gewandelt, stark und tief gerührt zu sein. Aber das bildete sie sich wohl nur ein, sagte sie sich beinahe erschrocken und arg verstört. Dort stand doch ihr Vater, Johnnys Feind, ihr Feind, der Feind aller Menschen, die guten Willens waren und Ehre im Leibe hatten. Sie mußte ihn hassen; ja, sie haßte ihn auch. Es zuckte um ihren Mund; sie fühlte sich plötzlich schwindlig und krank.

Sie krampfte die behandschuhten Hände ineinander und sagte sich immer wieder im stillen vor: ›Hasse ihn. Hasse ihn.‹

»Lorry, wann bist du heimgekommen? Lorry, was hast du denn?« fragte ihr Vater mit schwacher Stimme. »Was ist denn los? Sprich doch, Lorry. Was habe ich getan?« Er wandte sich an Esther, die den Auftritt mit großen Augen stumm verfolgte. »Sprich du mit ihr, Esther.«

»Was soll ich sagen?« fragte Esther. »Unsere Tochter kommt in unser Heim, in ihr Heim, und sie ist unsere Feindin. Nicht wahr, Lorry? Das hab' ich früher nie gesehen; wußte es nie so ganz sicher wie heute. Sie ist unsere Feindin, MacDonald, weil sie nicht begreift und sich nie bemüht hat, zu begreifen. Sie ist ein recht dummes Mädchen.«

Lorry wandte den starren Blick von ihrem Vater und sah erschrocken ihre Mutter an. »Wie kannst du das sagen? Du weißt doch Bescheid über ihn.«

Esther antwortete nicht gleich. Sie erkannte plötzlich, wie verwundbar ihre Tochter war, wie jung, wie bitter gekränkt und leidend, wie rücksichtslos, wie blind und leidenschaftlich. Mitleid regte sich in Esther. Sie legte ihrem Mann die Hand auf den Arm und antwortete milde: »Ja, Liebling, ich weiß viel über deinen Vater – jetzt. Viel mehr als je zuvor. Und du – du weißt nichts.«

Lorry war es, als wankte der teppichbelegte Boden unter ihren Füßen; sie war außer sich vor Staunen. Dann aber übermannte sie der Zorn. »Also hat er dich jetzt auch verdorben, Mutter, wie? Er hat dich überzeugt. Ausgerechnet dich!«

»Was meint denn das Mädel?« rief Mr. Summerfield. »Lorry! Ich bin dein Vater!«

»Nein!« Lorry kreischte beinahe. »Nicht mehr! Nie mehr, solang du lebst, und solang ich lebe!« Wieder stieg die namenlose Angst in ihr auf, die Verwirrung, der alte brennende Schmerz. Einen Augenblick war sie wieder ein kleines Mädchen, wollte laut aufweinen vor Schreck und Einsamkeit, wollte in die Arme des Vaters flüchten, der sie trösten sollte. Das Gefühl eines schrecklichen Verlustes würgte sie, ein unsäglicher Kummer, abgrundtiefe Traurigkeit. Aber er hatte sie betrogen; er hatte sie und Barry fortgetrieben. Er haßt uns, darum hassen wir ihn; ihre finsteren Gedanken stürzten wieder auf sie ein. O Gott, gib mir die Kraft, zu sagen, was ich will, und dann hilf mir für immer aus diesem Hause.

Sie sah von ihrem Vater auf die Mutter; ein stummer Schmerz sprach aus ihren grünblauen Augen, hilflose Wut aus ihrer Miene. Esther war nicht gekommen, wie sie erwartet hatte; Esther stand neben ihrem Mann, mit seltsam traurigem, abwartendem, gütigem Gesicht. Ich bilde mir wohl alles ein, sagte sich Lorry abermals. Ich begreife nicht – was stimmt denn hier nicht? Was hat sich geändert? Mutter, Mutter. Kennst du mich denn nicht mehr? Warum stehst du da an seiner Seite, so dicht neben ihm? Wieder traten Lorry die Tränen in die Augen, und sie dachte unwillkürlich – so wie ich neben ihm stehen möchte, wie ich neben ihm stand, vor so langer Zeit.

Dann konnte sie den Blick nicht von ihrem Vater wenden. Er ist alt, dachte sie vage. Er ist plötzlich ein alter Mann. Ich habe ihn alt gemacht, jetzt, in dieser Minute. Er ist nicht schrecklich; das glaubte ich nur. Sie schluckte hinunter, was ihr mit aller Gewalt aufzusteigen drohte, und zwang sich, an Johnny zu denken. Da packte sie neuerlich die Wut, aufgestachelt durch ihren Kummer und ihre Bestürzung.

»Ich bin gekommen, um dir etwas zu sagen. Es wird nicht lange dauern. Barry wird es bald wissen; er kann jetzt jeden Tag kommen.« Sie richtete nun ihre ganze Aufmerksamkeit auf ihren Vater. Sie begriff das Schweigen ihrer Mutter nicht, ihre Stille, ihre geheimnisvoll abwartende Haltung. Lorry fühlte sich kalt und steif; sie konnte das ständige Zittern nicht bannen, das sie überlief, und das Gefühl der Verlassenheit, der unerträglichen Einsamkeit.

»Ja?« fragte ihr Vater. »Barry? Ja, Liebling. Was ist mit Barry?«

Natürlich war das Ganze nur ein böser Traum. Ihr Vater sprach zu ihr wie einst, als sie noch ganz klein gewesen war, und sie war eben erst aus einem bösen Traum erwacht. Aber er war alt, dachte

Lorry und schloß die Augen unter einem plötzlichen Schwindelgefühl. Ich freue mich, daß er alt ist; ich hasse ihn.

Sie sagte leise: »Ich habe deinen letzten Artikel über Johnny Fletcher gelesen.« Nun blitzten ihre Augen beim Klang des geliebten Namens. »Deine Lügen über ihn. Immer deine Lügen, von allem Anfang an. Und nun willst du ihn ganz vernichten, nicht wahr, weil er dieser Stadt etwas Gutes getan hat?«

Johnny Fletcher? Mr. Summerfield überlegte unsicher. Ein Name aus weiter Ferne, irgendwo im Schatten. Er lehnte sich an den Schreibtisch und versuchte, sich zu konzentrieren. Wenn ihn nur der Kopf nicht so schmerzte; er hatte jetzt immer so heftige Kopfschmerzen. Das stumpfte die Gedanken ab und schwächte ihn am ganzen Körper.

»Was hat der Mann mit uns zu tun?« fragte er dumpf. Esther wandte sich erschrocken ihm zu und packte ihn am Ellbogen. Er fühlte die Berührung nicht. »Du bist monatelang nicht hiergewesen, Lorry. Er hat viel böses Blut gemacht. Ich weiß im Augenblick nicht, was es war, aber er hat die ganze Stadt auf den Kopf gestellt. Und noch etwas, wenn ich nicht irre. Er hat dich gegen mich aufgehetzt. Du hast dein Heim und deine Eltern seinetwegen verlassen.« Er rieb sich die Stirn mit den Knöcheln der rechten Hand. »Was hat der Mann mit uns zu tun?« wiederholte er.

Die Worte klangen in Lorrys Ohren gleichgültig und verächtlich und fachten ihre Wut aufs neue an. »Aber es gibt etwas, was du nicht weißt! Auch Barry weiß es noch nicht. Willst du's hören?«

»Was hat der Mann überhaupt mit meinem Sohn und meiner Tochter zu tun?« Mr. Summerfields Stimme versagte. »Ich weiß nur, daß er ein Wichtigtuer und Unruhestifter ist.« Er sah Lorry verzweifelt an; nun konnte er die immer rascheren, lauteren Schläge des eigenen Herzens hören. Er war nun beinahe überzeugt, daß er dies träumte; und was noch schlimmer war, sagte er sich, es war ihm gleichgültig, ob es Traum war oder Wirklichkeit. Lorry verschwamm vor seinen Augen in ihrem grünblauen Kleid und dem Pelz zu einem flachen Etwas aus Pappe, einem Plakat. Er war todmüde; er kannte diese Anzeichen seiner Müdigkeit gar wohl; sie hatten sich vor einigen Monaten zum erstenmal eingestellt. Wie nannte Granger sie? »Flucht aus der Wirklichkeit.«

»Aber ich will gar nicht aus der Wirklichkeit fliehen«, murmelte Mr. Summerfield. »Ich bin nur todmüde, glaube ich.«

»MacDonald!« rief Esther. Sie hielt ihn mit Mühe aufrecht, weil er sich immer schwerer auf ihren stützenden Arm lehnte. Sie sah die Tochter beinahe haßerfüllt an. »Was willst du denn deinem Vater antun?«

Lorry war in ihrer Verzweiflung nun überzeugt, daß ihre Mutter sie vollkommen im Stich gelassen hatte, und verlor ihre Beherrschung. »Was ich ihm antun will? Wie kannst du –? Was hat er denn uns allen angetan? Müde? Er sagt, er ist müde! Wie müde wir seiner sind!«

Der Schrecken von vorhin packte sie mit neuer, verzweifelter Gewalt. Etwas stimmte nicht! Sie hatte sich alles anders vorgestellt. Sie wußte nicht, an wen sie sich wenden sollte, sie suchte nach Worten. Sie spürte förmlich Unheil im Zimmer lauern. »Hört mich an. Ich will euch dann beiden nicht mehr lästig fallen, wenn ihr mich nur jetzt anhört. Ich gehe fort, und ihr werdet mich nie mehr sehen.« Die Stimme versagte ihr. »Was Johnny Fletcher mit uns zu tun hat? Wißt ihr nicht mehr, was Barry uns von dem Kaplan erzählt hat, der ihn am Normandiebrückenkopf gerettet hat? Barry war verwundet, fast tödlich – ihr wißt ja – und lag in einem Felsenloch, und keiner durfte ihn holen, weil der Beschuß zu stark war. Aber einer tat es doch, obwohl sie ihn zurückhalten wollten. Er kroch zu Barry in die Höhle und legte ihm einen Notverband an und sprach ihm Trost zu. Wißt ihr es noch? Und brachte Barry auf seinem Rücken in Sicherheit. Wißt ihr es noch?«

»Nein«, fiel Esther ein. »Nein, es war nicht Mr. Fletcher! O Lorry!«

Aber Lorry lächelte grimmig unter Tränen und nickte. »Ja! Das war Johnny Fletcher.«

»Es ist nicht möglich!« schrie Esther. »Das – das Schicksal kann nicht so grausam sein! Barry erzählte uns, der Kaplan fiel später in der Normandie.«

Mr. Summerfield entfernte sich stolpernden Schrittes vom Schreibtisch und von seiner Frau, obwohl sie die Arme ausstreckte, ihn zu halten. Er schleppte sich zu einem Stuhl, sank hinein und ließ die Hände schlaff zwischen den Knien hängen. »Es ist ein Traum«, sagte er mit eigentümlich leiser Stimme. »Nur ein böser Traum.« Er versuchte, seine trockenen Lippen zu befeuchten, die nach Metall schmeckten, und plötzlich klappte ihm der Unterkiefer ohne einen Laut herab, und der Mund blieb ihm offen stehen.

»Wißt ihr noch?« Lorrys unerbittliche Anklage ging weiter. »Der Kaplan begleitete Barry überallhin. Er wußte, Barry würde kaum mit dem Leben davonkommen. Ihr habt ja Barrys Narben gesehen; manchmal muß er noch immer hinken. Eines Nachts, erzählte Barry, da fühlte er selbst, jetzt müsse er sterben, und die Ärzte und Pfleger im Feldlazarett hatten ihn auch aufgegeben. Aber der Kaplan betete die ganze Nacht auf den Knien neben Barrys Pritsche, weil er wußte, daß Barry nicht sterben wollte. Barry hatte noch nie zuvor einen Menschen beten hören; ihr habt es uns beiden nicht beigebracht –«

»Lorry!« fiel Esther ein. »Lorry, sieh deinen Vater an.«

»Ich sehe ihn ja«, versetzte Lorry mit einem bitteren Blick auf ihre Mutter. Aber sie schreckte doch etwas zurück, als sie sich nun wieder ihrem Vater zuwandte. Sie fuhr fort: »Dieser Kaplan, der Lebensretter deines Sohnes, ist der Mann, den du gehetzt und verleumdet hast, gegen den du die Leute aufgebracht hast, dem du selbst das Leben und die armen Kinder nehmen wolltest, die er gerettet hat. Das war die Vergeltung. Damit hast du ihm bis auf den letzten Pfennig heimgezahlt, was er an Barry getan hat!«

Esther trat vor Lorry hin. »Du wußtest das die ganze Zeit, Lorry, nicht wahr? Du hättest dem ein Ende machen können. Du hättest deinem Vater gleich zu Anfang Bescheid sagen können. Du hast es nicht erst jetzt erfahren, nicht wahr?«

Lorry versuchte, den Blicken ihrer Mutter standzuhalten; aber wieder befiel sie das Zittern und die Übelkeit, packte sie die Angst vor dem Unbekannten in diesem Zimmer. »Ja«, erwiderte sie. »Ich wußte es. Aber ich wollte sehen, wie weit er gehen würde.«

Esther wies auf ihren Mann, der in seinem Stuhl zusammengesunken war. »Sehr schön, Lorry. Nun siehst du, wie weit er gegangen ist. Sieh ihn an. Hast du je versucht, ihm zu helfen, ihn zu verstehen? Nie, nicht ein einziges Mal. Weder du noch Barry. Hast du auch nur ein einziges Mal gedacht, daß es in seinem Leben etwas geben könnte, was ihn quälte, was ein übler Mensch für seine eigenen Zwecke gegen ihn verwendete?«

»Ich weiß nicht, was du meinst«, stammelte Lorry. Sie trat an den Schreibtisch ihres Vaters und lehnte sich daran, wie er vorhin. Eisiger Schrecken hatte sie plötzlich befallen. Sie sah nach dem Vater hin, fröstelte, brach in Tränen aus und bedeckte das Gesicht mit den Händen.

»Du hättest deinem Vater gleich zu Anfang Bescheid sagen sollen. Dann hättest du ihn retten können. Wie mußt du ihn gehaßt haben, Lorry.« Esther ließ ihre Tochter stehen und lief zu ihrem Mann hin, dessen Gesicht plötzlich dem einer Mumie glich; wie ein Sterbender kauerte er im Stuhl. Sie kniete sich neben ihn; er hatte angefangen, wirr mit dem Kopf zu nicken. Esther legte die Arme um ihn und bettete seinen Kopf an ihre Brust. Sie rief ihrer Tochter zu: »Das verzeihe ich dir nie, Lorry, nie!«

Lorry tat ein paar Schritte auf ihre Eltern zu; aber die kniende Esther wies sie mit leidenschaftlicher Geste zurück. »Geh fort«, rief sie. »Geh fort und komm nie wieder, Lorry. Ich kann dir nicht verzeihen; ich will dich nie mehr sehen.«

Mr. Summerfield hob den vom Schlag gerührten Kopf und richtete die ängstlichen Augen auf seine Tochter. Er redete mit mühsamer Stimme, die klang, als käme sie von weit her. »So – viel – Reden – vom Verzeihen. Lauter Lügen. Waren immer nichts als Lügen. Läßt sich sehr schwer erklären – wenn man jemand umgebracht hat – ich glaub ja nicht mehr, daß ich's getan habe. Damals fing es an, als ich belogen wurde.« Er verstummte plötzlich und sackte in den Armen seiner Frau zusammen. Sie konnte ihn nicht mehr halten und schrie auf, während er zu Boden fiel und stumm auf dem Gesicht liegenblieb.

»Du hast ihn getötet, Lorry! Du hast deinen Vater umgebracht! Nein, rühr ihn nicht an! Wage es nicht, ihn anzurühren!« Und Esther hieb in ihrer Verzweiflung und ihrem Schmerz ihre Tochter mit der Faust auf die Schulter, während Lorry sich über den Vater beugte.

»Ich hole Hilfe«, rief Lorry heftig erregt und richtete sich auf. »Es muß jemand helfen.«

36

Dr. McManus stieg müde die gewundene Marmortreppe hinab und ging in das Hindustani-Zimmer, wo Lorry, Barry und Esther ihn erwarteten. Er sah sie alle unter seinen buschigen Brauen hervor an und erklärte: »So, vorläufig ist er gut aufgehoben. Die Schwester weiß Bescheid, und der Pfarrer ist bei ihm. Lorry, Lorry«, setzte er traurig hinzu, »es wäre ja auch schonender gegangen. Warum hast du mich nicht mitgenommen?«

Lorry antwortete mit belegter Stimme: »Ich wollte ihm ja gleich anfangs Bescheid sagen, aber du hast mir das Versprechen abgenommen, es nicht zu tun.«

»Jaja, ich weiß«, erwiderte der Arzt und wich Barrys anklagendem Blick beflissen aus. Er wandte sich voll Mitleid an Esther, die blaß und regungslos, mit ungeordnetem Haar und schlaff herabhängenden Händen in ihrem Stuhl saß. »Wie du es über dich bringen sollst, weiß ich ja nicht, aber du wirst uns wohl verzeihen müssen, Esther. Besonders mir. Lorry wollte Mac gleich anfangs alles sagen.«

»Ich weiß«, erwiderte Esther. »Du bist nicht sehr klug, Al, in gewissen Dingen. MacDonald ist schon lange krank. Ich habe es gesehen. Man muß einen Menschen lieben, um die Veränderungen zu bemerken. Ich wollte ihn immer zum Arzt schicken; aber er lachte mich bloß aus, und dabei wurde es von Tag zu Tag schlimmer. Ich wußte, daß ihn etwas drückte, was ihm allmählich so schwer wurde, daß er es nicht mehr ertragen konnte; aber er wollte es nicht zugeben und sich nicht helfen lassen. Al, wärest du auch nur eine Spur intelligent gewesen, so hättest du erkennen müssen, daß etwas mit MacDonald nicht stimmte, alle die Jahre her, und du hättest versucht, ihm zu helfen.«

»Hab' ja nie behauptet, daß ich intelligent bin«, verteidigte sich der Doktor. »Und ich werd' täglich dümmer.«

Esther zwang sich, zu lächeln. Sie hielt Lorrys Hand und drückte die kalten Finger des Mädchens aufmunternd. Aber Barry erklärte:

»Ich wollte, es gäbe ein Gesetz gegen die Dummheit, nach dem ich gegen dich und Lorry vorgehen könnte. Schaut nur, was Johnny und meinem Vater geschehen ist, nur wegen euch beiden. Das kann ich nicht verwinden.«

»Und ich will auch gar nicht mit dir streiten, weil du ja recht hast«, antwortete der Doktor. »Aber du solltest den Pfarrer mit Mac sehen! Übrigens, der Pfarrer spricht auch nicht mit mir. Ich geh' lieber heim. Was bin ich eigentlich, ein Verbrecher?«

»Jawohl«, sagte Barry. Der junge Mann zündete eine Zigarette nach der anderen an und wanderte ruhelos in dem Zimmer mit seinen Messinglampen auf und ab.

Esther musterte ihn mit mütterlich besorgten Blicken. »Barry, nimm's nicht so schwer. Ich bin schon froh, daß es keine Herzattacke und kein Schlaganfall ist. Schau, Lieber, ich liebe deinen Vater. Ich bin so froh, daß es nur ein Nervenzusammenbruch ist.«

Hm, dachte Dr. McManus. Es wäre besser, wenn er beide Beine gebrochen hätte! Nervenzusammenbruch! Sie glauben, das ist eine Kleinigkeit. Er hustete. »Der Pfarrer und ich ließen Mac erzählen, ehe ich ihm die Injektion gab. Die Haare könnten einem zu Berge stehen. Verdammt noch mal«, sagte der Doktor schlicht. »Es gibt Teufel auf der Welt, wahrhaftige Teufel. Hab' ja früher nie daran geglaubt; jetzt aber wohl. Barry, ich muß euch davon erzählen, drum setz dich jetzt hin, du machst mich nervös. Halt den Mund

und hör zu. Lorry, wenn du nicht gleich zu weinen aufhörst, mußt du dein Leben lang Brillen tragen. Dein Gesicht sieht aus wie ein Talgkloß. Hier, nimm mein Taschentuch. Ach du lieber Gott, diese Frauen! Und dabei will ich selber eine heiraten! Ins Narrenhaus müßten sie mich sperren für die bloße Absicht! Na ja, sie ist immerhin eine gute Köchin, also wird's wohl nicht so schlimm werden. Barry, während du da herumwanderst, könntest du uns eigentlich ein paar Drinks besorgen. Wir haben sie alle nötig. Und zwar keine Martinis!«

»Reines Zyankali für dich«, erwiderte Barry, klingelte aber doch dem Mädchen.

»Al, du sagtest vorhin etwas von der Rolle, die Dr. Granger bei MacDonalds Krankheit gespielt hat«, sagte Esther, und ihre Augen sprühten eisige Verachtung und Zorn. »Ich wußte ja die ganze Zeit davon, erfuhr aber nie, was für einen Einfluß der Kerl auf meinen Mann hatte.«

»Ja, das will ich eben erzählen«, sagte der Arzt. Er wartete, bis das Mädchen Drinks serviert hatte.

»Als ich Mac untersuchte, dachte ich zunächst, es sei das Herz; es klopfte wie rasend, der Blutdruck sank, und er hatte Atembeschwerden und Schmerzen. Sah aus wie Angina pectoris; wird gewöhnlich durch seelische Belastung herbeigeführt. Nun, er begann, mit dem Pfarrer und mir zu reden; aber auch nach der Injektion wollte er erst sprechen, als Barry auf meine Bitte hinausgegangen war. Schämte sich vielleicht dessen, was er zu erzählen hatte; vielleicht dachte er auch, Barry könnte Granger Gewalt antun und dadurch in Schwierigkeiten geraten. Ich versicherte Mac«, setzte der Doktor mit einem strengen Blick auf Barry hinzu, »daß sein Sohn dazu viel zu vernünftig ist. Hoffe ich.« Barry erwiderte nichts, sondern starrte nur düster in sein Glas.

»Ja«, fuhr Dr. McManus fort, »ich würde mich nicht wundern, wenn es eine ganz alltägliche Geschichte wäre, besonders für Männer wie Granger, die neben ihrem Beruf noch andere Eisen im Feuer haben. Wir wollen übrigens Mac eine Weile in ein Sanatorium stecken, fort von seiner rührseligen Familie, wo er Ruhe und Frieden hat; sie haben zwar auch psychologische Quacksalber dort, aber sie lassen doch die Finger von der Seele eines Menschen und verdrehen sie nicht. John Kanty hat mir das Sanatorium verraten; es ist eine geistliche Anstalt, und sie heilen dort den Geist eines Menschen auf die rechte Art, nämlich mit geistlichen Mitteln.«

»Granger hat ein Sprechzimmer hier in Barryfield, obwohl er seine eigentliche Praxis in Philadelphia ausübt. Er kommt nur einmal wöchentlich hierher, um einheimische Patienten zu behandeln. Sein wichtigster Patient war Mac. Mac, der Reiche, von dem Spenden zu erwarten waren, Mac, der Zeitungen besaß und für andere Zeitungen schrieb. Wißt ihr«, fuhr der Arzt fort, »euer Dad war ein Opfer Grangers, und wenn das Gesetz in Mordsachen nicht gar so heikel wäre, würde ich den Kerl mit dem Schießeisen jagen.«

»Du meinst«, rief Lorry schrill und voll Angst, »daß unser Vater von Somer Granger erpreßt wurde?«

»Nun hör mal, Liebling«, sagte der Arzt mitleidig, »das ist nichts Ungewöhnliches. Reg dich nur nicht so auf. Ja, so war es. Man muß aber in solchen Notfällen ruhig bleiben, und Macs Fall ist ein ganz arger Notfall. Und nun sei still und laß mich erzählen.«

»Ihr wißt, wie Mac reich geworden ist; er hat das ganze Geld von seinem Vater, dem Schullehrer, geerbt; der hatte es durch einen Ölfund gemacht, als Mac noch ein Kind war. Also zogen sie nach Philadelphia und bauten sich dort ihre große Villa. Mac liebte seinen Vater, und seine Mutter schätzte in seinen Augen den kostbaren Eheherrn nicht genug. Mac war auch eifersüchtig und wollte seines Vaters gnädige Liebesbeweise ganz allein für sich haben. Darum war seine Mutter Evelyn dem kleinen Mac im Wege.«

»Man richtete eben das neue Haus her, und Evelyn stand auf dem obersten Treppenabsatz und wischte den Staub von dem neuen Lüster. Mac war damals ungefähr vierzehn. Die arme Evelyn verlor das Gleichgewicht, stürzte drei Stockwerke tief ab und war tot.«

»Ich weiß«, warf Esther ein. »Er redet oft im Schlaf davon, der Arme.«

»Ja; aber was jetzt kommt, weißt du nicht. Mac war zu Hause. Sein neues Zimmer lag gleich am obersten Treppenabsatz. Er war ein verträumter, närrischer kleiner Junge; steckte voll Einbildungen und Größenwahn und hatte alle anderen unangenehmen Eigenschaften eines Egoisten. Wie sein Sohn«, setzte der Doktor mit finsterem Blick auf Barry hinzu. »Natürlich bist du ein Egoist, mein Sohn. Wärst du keiner gewesen, so hättest du über deinen Dad nachgedacht und dir den Kopf zerbrochen, was ihn zu dem gemacht hatte, was er war, und ihm vielleicht geholfen. Schweig still. Und trink nicht die ganze Whiskyflasche leer; denk an deine Nieren. Und schau mich nicht so zornig an; ich hab' deinen Dad ja nicht gemacht.«

»Mac hätte zu dieser Stunde nicht im neuen Haus sein dürfen. Er hatte die Schule geschwänzt, damit er sich wieder hineinstehlen und an der Herrlichkeit freuen konnte. Er war ja bis dahin arm gewesen. Er kam also aus seinem Zimmer, wußte nicht, daß jemand da war, weil er vor seiner Mutter und der Dienerschaft hingekommen war, und trat vor sein Zimmer hinaus, wo seine Mutter sich eben über das Geländer beugte, um den neuen Lüster abzustauben.«

Esther erklärte mit eindringlich ruhiger Stimme: »MacDonald stieß seine Mutter nicht über das Geländer in den Tod. Obwohl er in seinen bösen Träumen oft davon phantasierte.«

»Lorry, wenn du jetzt nicht aufhörst, herumzuspringen und die Hände zu ringen und zu jammern, werd' ich dir das Fell gerben«, drohte der Doktor. »Und hör' endlich mit dem Herumstapfen auf, Barry. Ein wahres Irrenhaus hier.«

»Na, kann ich nun fertig erzählen, oder soll ich heimgehen? Also schön, dann seid still. Nun kommt die ernste Sache. Mac hatte sich oft gewünscht, seine Mutter sollte sterben und ihn mit seinem Vater allein lassen. Das kommt nicht selten vor. Viele Sprößlinge denken das vom einen oder anderen Elternteil. Liegt in der Natur, wenn's auch verkehrt ist. Ein Hirngespinst. Aber Mac hatte eine reiche Phantasie. Er träumte davon und malte sich aus, wie schön das sein würde, wenn seine Mutter nicht mehr da wäre. Er und sein Vater würden reisen und fischen und spazierengehen, rudern und segeln und ein Herz und eine Seele sein. Mac war ein einsames und unleidliches Kind. Ich erinnere mich noch gut.«

»Ja, da kam er nun auf Zehenspitzen aus seinem Zimmer, der kleine Schleicher, und sah gerade, wie seine Mutter sich zu weit über das Geländer lehnte. Sie war ein kleines, aber rundliches und schweres Ding, und begann zu schwanken und zu zappeln. Macs erster Impuls war, trotz seiner Eifersucht, hinzulaufen und sie zu packen. Aber er konnte es nicht; er erstarrte an Ort und Stelle. Leute von Macs Schlag verfallen leicht in panischen Schrecken. Die Zauberdoktoren würden jetzt sagen, er wollte seine Mutter nicht retten. Unsinn. Mir fuhr da einmal nachts ein Kerl direkt entgegen, auf der falschen Straßenseite; war Platz genug, auf der richtigen Seite auszuweichen; aber er erstarrte einfach vor Schreck. Hatte mich nie im Leben gesehen, wollte mich natürlich nicht umbringen; erschrak ganz einfach heillos. War einfach ein Hysteriker. Zum Glück war neben der Straße Platz, und dahin wich ich denn auch aus. Erschrak einfach in allen Gliedern, der verdammte Idiot. Sie nahmen ihm den Führerschein weg und retteten dadurch wahrscheinlich einem Dutzend Menschen das Leben; aber er haßt mich heute noch.«

»Ja«, meinte der Arzt, wischte sich die schweißnasse Stirn und besann sich, wo er stehengeblieben war. »So erging es auch Mac. Er wollte seine Mutter retten und konnte sich nicht von der Stelle rühren. Sie stürzte über das Geländer, und er erholte sich gerade noch soweit, daß er mit einem Sprung in sein Zimmer verschwand, ehe sie unten aufschlug.«

»Oh, mein Gott«, murmelte Esther und weinte nun zum erstenmal. »Der arme MacDonald. Das arme Kind.«

Der Arzt nickte grimmig. »Ich wiederhole noch einmal, du bist ein vernünftiges Frauenzimmer, Esther. Mac stahl sich aus dem Haus, zitternd wie Espenlaub, und lief ins Hotel zurück, wo sie bis dahin gewohnt hatten. Sein Vater hatte schon von dem Unglück erfahren. Mac sah seinen Vater weinen und wußte plötzlich ohne jede Phantasie und sonnenklar, daß er seine Mutter hatte retten wollen. So einfach war das. Darum beruhigte er sich nun, konnte seinen Vater ganz normal trösten und um seine Mutter trauern. So einfach war das alles. Bis er vor etlichen Jahren Granger in die Hände fiel.«

»Wann kommt Granger das nächste Mal nach Barryfield?« fragte Barry so nebenbei.

»Hör' mal, Barry, mach keinen Unsinn«, warnte der Doktor erschrocken. »Granger überlaß nur mir; den erledige ich durch die Ärztekammer. Keine Wildwestromantik, hörst du!«

»Nun, Mac war innerlich vollkommen ausgeglichen, bis er Granger kennenlernte. Er sieht jetzt ein, daß die Begegnung kein Zufall, sondern abgekartetes Spiel war. Granger machte sich eine unkomplizierte Geschichte zurecht für Mac, der immer ein leicht schwankender und zu Zweifeln neigender, wenn auch anmaßender Mensch war; von dem Schlag, der sich selber nicht traut, aber willkommene Beute ist für Lügner und Scharlatane, die Pläne haben, wie Granger – dem es Macs Geld und seine Zeitungen angetan hatten. Er mußte Mac irgendwie in die Hand bekommen; und da Mac gerade damals außergewöhnlich unsicher war, ›behandelte‹ ihn Granger. Während der Behandlung kommt die Geschichte von Evelyns Tod ans Licht; Mac erzählt sie nur, weil sein Vater den Tod seiner Frau nie überwunden und sie nur um wenige Jahre überlebt hatte. Und damals begann Grangers Schreckensherrschaft und die seelische Erpressung.«

»Irgendwie gelang es Granger, Mac zu überzeugen, daß er damals nicht vor Schreck erstarrt war, als seine Mutter über das Geländer zu stürzen im Begriff war, sondern blind und instinktiv auf sie zugelaufen war und sie hinabgestoßen hatte! Daran hatte er sich nicht mehr erinnert, erklärte ihm Granger, aber unter der Natriumpentatholbehandlung hätte er alles gestanden! So schwebte Mac nun, nach Granger, in einem ›Konflikt‹, weil sein Unterbewußtsein sich das alles vergegenwärtigte, sein Bewußtsein aber die Erinnerung unterdrückte und ihn belog, damit er mit sich selber leben konnte. Da hatte Mac nun einen funkelnagelneuen, ausgewachsenen Schuldkomplex; und damals erkrankte er ernstlich. Wie konnte er den unfreiwilligen Mord an seiner Mutter gutmachen? Natürlich dadurch, daß er die ›Unterdrückten, die Rechtlosen‹ im Klassenkampf unterstützte, erklärte ihm Granger. Dazu kam der alte Haß gegen die, die seinen Vater geschnitten hatten, als er noch arm war, und der Umstand, daß sein ganzes Geld Mac nicht die Stellung verschaffen konnte, die ihm in seinen Augen zukam. Er hatte immer schon die ›Aristokratie‹ gehaßt und beneidet, die ihr Geld geerbt hatten und nie arm gewesen waren.«

»Ich bringe Granger um«, erklärte Barry.

»Das wirst du nicht, drum rede nicht solchen Unsinn. Ich hab' dir schon gesagt, Granger nehme ich auf mich. Wir haben vernünftige Leute in der Ärztekammer sitzen. Auf diese Art kriegte also Granger Mac in die Hand. Johnny kannte er nicht; aber Leute wie Johnny sind eine Gefahr für die Grangers. Sie müssen ausgerottet werden. Daher die von Granger inspirierten Leitartikel gegen Johnny.«

»Aber Johnny ist doch bloß Geistlicher, ein unbekannter, kleiner Geistlicher in einer unbekannten Kleinstadt«, warf Lorry erschrokken ein.

Der Arzt stand auf. »Macs Zusammenbruch unter Grangers Behandlung wäre demnächst auf jeden Fall eingetreten, denn es ging Mac wider die Natur, ein Mörder zu sein. Ich habe ihn die ganze Zeit beobachtet. Darum quäl' dich nicht allzusehr wegen deiner Schuld, liebe Lorry. Du hast nur etwas beschleunigt, was in allernächster Zukunft sowieso eingetreten wäre. Er wird sich erholen. Er sieht jetzt alles ein. Der Pfarrer ist übrigens schon eine Ewigkeit da oben. Will doch mal nach den beiden sehn.«

In Mr. Summerfields großem, in französischem Provinzialstil eingerichteten Schlafzimmer waren die Lampen abgeschirmt. Der Kranke lag unbeweglich in den Kissen und atmete hörbar und unregelmäßig; sein bläuliches Gesicht hob sich kaum von der Farbe der Kissen ab. Die Augen waren geschlossen und eingefallen. Sein blasses schönes Haar, das Lorrys Haar so ähnlich war, schimmerte in dem gedämpften Lampenschein, und auf seinen Zügen lag ein ferner, verschlossener strenger Ausdruck, den auch seine Kinder unter gewissen Umständen zeigten. Johnny saß am Fußende des Bettes und betrachtete seinen alten Feind; er konnte keinen Groll, nur Mitleid empfinden. Der Mann war Barrys und Lorrys Vater; er würde der Großvater seiner, Johnnys Kinder sein. Er litt und hatte gelitten unter dem Fluch seines eigenen unbeständigen und phantasiereichen Wesens, seiner heimlichen Sorgen und Verwirrungen, ein Mann, der außerstande war, Liebe einfach und schlicht hinzunehmen und zu schenken. Für ihn mußte alles kompliziert und qualvoll sein, mußte seine »Verstandesgründe« und Erklärungen haben. Aber Gott hatte ihn eben so geschaffen. Hätte er je den Glauben gehabt, so hätte er sich mit sich selber ausgesöhnt, und alles Widerstrebende an ihm – die versteckte Heftigkeit, die Einsamkeit, die gleichzeitige Sehnsucht nach Liebe und deren unterbewußte Ablehnung – hätte sich vereinigt und zu reifer Gelassenheit und Selbstsicherheit geadelt. Gott, dachte Johnny, bringt Ordnung in das Chaos, Licht in die Finsternis; Er weist dem Verirrten den Weg. Aber wenn die Menschen Ihn nicht als Kompaß annehmen, bleiben sie ewige Wanderer.

Die Pflegerin saß in einer Ecke und las, achtete aber zwischendurch auf jede Bewegung und jeden Seufzer des Patienten. Sie hatte ein dunkles, heiteres Gesicht und sah immer wieder zu Johnny hin, als erwartete sie ein Zeichen von ihm. Sie gehörte zu Johnnys Pfarrkindern und sagte sich, wenn überhaupt jemand Mr. Summerfield helfen konnte, so war Mr. Fletcher der Mann dazu. Hatte er nicht auch ihr geholfen, als sie ihren Beruf aufgeben wollte, aus Verzweiflung über die undankbaren Patienten, die schwere Arbeit, die nicht anerkannt wurde, und die armselige Vergütung? »Wir können nicht alle viel Geld machen«, hatte er sie freundlich ermahnt. »Wenn Sie das gewollt hätten, wären Sie nie Krankenpflegerin geworden. Sie wußten doch, was das bedeutete. Sie haben es nur vergessen. Ich wußte auch, daß ich nie ein Modepfarrer werden würde, und daß ich nie auch nur annähernd reich sein würde, und bin doch Geistlicher geworden. Hab' mich freilich auch sehr oft gefragt, warum?« Da hatte sie erkannt, daß sie und er beinahe derselben Sache dienten, und war mit neuem Eifer und Mut wieder an die Arbeit gegangen.

Schläft er? fragte sich Johnny, während er den Kranken beobachtete. Er glaubte es nicht. Mr. Summerfield grübelte hinter diesen nervös zuckenden, vertrockneten Lidern. Möchte er, daß ich ihn allein lasse? dachte Johnny. Er weiß, daß ich hier bin.

Mr. Summerfield schlug die Augen auf; und aus Johnnys Herzen schwand auch die letzte Spur von Kälte, die sich dort noch versteckt haben mochte; denn es waren Lorrys Augen, aufmerksam und hellwach. »Sind Sie noch da, Mr. Fletcher?« fragte der ältere Mann mit schwacher Stimme. »Warum?«

Johnny lächelte. »Oh, ich dachte, Sie und ich hätten einiges über Lorry zu sprechen«, erwiderte er. »Wenn Ihre Injektion Sie nicht zu müde macht.«

Mr. Summerfield lächelte schwach. »Ich nehme seit Jahren Mohnpräparate. Old Al wußte das nicht; drum hat mich seine feine Injektion nur etwas schläfrig gemacht.« Er hielt inne. »Ich bin froh, daß sie geblieben sind. Sie müssen einen Instinkt für solche Anlässe haben.«

»Hab' ich auch. Den hat wohl jeder Priester. Der Doktor meinte, ich sollte gehen und Sie ausruhen lassen, aber ich wußte, Sie wollten ein wenig mit mir plaudern. Darum blieb ich hier. Und schließlich heirate ich ja Lorry.«

»Und es würde Ihnen beiden nichts ausmachen, wenn ich dagegen wäre?«

»Nein«, erwiderte Johnny offen. »Aber es würde mich freuen, wenn es Ihnen recht wäre.«

Mr. Summerfield sah flüchtig nach der Pflegerin hin, und Johnny sagte sogleich: »Nancy, würden Sie uns bitte zehn Minuten allein lassen?« Das Mädchen erhob sich sofort, trat an ihren Patienten heran, lächelte ihm zu und fühlte seinen Puls.

»Nun, er ist ja wieder ganz regelmäßig«, erklärte sie. »Ich werde den Doktor um ein stärkeres Schlafmittel bitten müssen; das hier wirkt offenbar nicht recht. Zehn Minuten.« Sie ging hinaus, und die beiden Männer waren allein.

Mr. Summerfield sah Johnny ein Weilchen an. »Ich habe nie an übernatürliche Vorkommnisse geglaubt«, sagte er endlich mit kräftigerer Stimme. »Alles Unerklärliche, was geschieht, ist reiner Zufall oder läßt sich bei genauer Untersuchung mit Vernunftgründen erklären. Können Sie mir also erklären, wieso unter tausend Geistlichen ausgerechnet Sie – der Kaplan, der meinem Sohn das Leben gerettet, mir die Tochter erhalten und endlich mich selbst vor dem Wahnsinn bewahrt hat – hierher nach Barryfield kam?«

»Nichts leichter als das«, erwiderte Johnny. »Ich sollte eine Nobelpfarre in New York bekommen, mit einem fünfmal so hohen

Gehalt wie hier. Aber die Pfarrgemeinde wollte mich nicht haben. Gewöhnlich gibt es für Pastoren mindestens ein halbes Dutzend andere freie Stellen, aber Dr. Stevens fand zu seiner Überraschung nur diese eine, Barryfield. Eine Woche später war schon wieder eine Reihe anderer frei, schrieb er mir. Aber da wollte ich schon in Barryfield bleiben, weil ich an meine Sendung hier glaubte. Natürlich alles Zufall.«

Mr. Summerfield wandte den Blick ab. »Nein, kein Zufall. Das glaube ich nicht.« Er betrachtete Johnny forschend. »Das glaube ich nicht. Und dieser Glaube ist eben unvernünftig. Und doch: wären Sie nicht gekommen, so wäre ich wahrscheinlich jetzt tot; Lorry wäre noch immer voll Haß und Verzweiflung, mein eigener Sohn würde mich noch immer verachten, und meine Frau hätte mich unzweifelhaft schon verlassen. Außerdem würden die Menschen hier immer noch am Smog sterben, Sie hätten das kleine Mädel, Debby, nicht retten können, und Old Al wäre noch immer der boshafte alte Poltergreis, der er war. Eine Kette von Ereignissen – mit einem bestimmten Sinn dahinter. Und das ist lächerlich. Nicht wahr?«

»Nein«, entgegnete Johnny.

Mr. Summerfield rückte unruhig in den Kissen hin und her, und Johnny stand sogleich auf und half ihm mit geschickten, sachten Griffen.

»Ich habe Sie nie wirklich gehaßt. Sie haben mich noch nie gesehen; aber ich Sie oft, auf der Straße, in Ihrem Wagen, oder auf Ihren Gängen. Ich schickte einen Reporter zu fast allen Ihren Predigten, und ich habe sie alle gelesen. Ich wollte Sie kennenlernen. Es war wie ein Zwang. Ich glaubte, Sie zu hassen, und meinte, wenn Sie auf meine Einladung hierherkämen, würde ich Sie vernichten. Aber ich wünschte mir, daß Sie kämen.«

»Ich bin ja nun gekommen«, antwortete Johnny. »Ich wollte schon selber kommen, öfter schon, aber – Gott verzeih' mir – dann tat ich's doch wieder nicht. Sie waren nicht der einzige, der eine Art Zwang empfand.«

»Sie ließen mir keine Ruhe, vom Tag Ihrer ersten Predigt an«, erklärte Mr. Summerfield. »Ich begriff es nicht. Mein Leben lang war jeder starke Impuls, den ich fühlte, von einer noch stärkeren Gegenreaktion begleitet. Immer negativ. Abstoßend, zurückweisend. Meine erste Frau hielt es geraume Zeit aus; dann verließ sie mich. Esther heiratete ich kurz nach der Scheidung. Ich liebte sie und liebe sie noch; aber ich konnte es ihr nie sagen. Ich wollte es, von ganzem

Herzen wollte ich es, und gerade dann verspottete ich sie und stieß sie zurück. So war es immer, solange ich denken kann.«

»Sie hatten immer schreckliche Angst«, erwiderte Johnny. »Nicht nur Sie, wir alle. Wir werden schon so geboren, fürchten uns vor allem und jedem. Nur Gott kann uns von der Furcht befreien. Durch die Liebe. Als Junge fand ich einmal ein kleines Rotkehlchen, das aus dem Nest gefallen und von seiner Mutter verlassen worden war. Ich nahm es auf und machte ihm einen hölzernen Käfig. Ich fütterte es und plauderte mit ihm, und sang ihm sogar vor.« Johnny lächelte in der Erinnerung. »Aber es hatte Angst, auch noch nach zwei Monaten, als es schon in der Küche herumfliegen konnte. Es kannte den Namen, den ich ihm gegeben hatte, aber es wollte nicht zu mir kommen und mir aus der Hand fressen. Kam ich ihm nahe, so schreckte es zurück und versteckte sich in seinem Käfig. Und da fiel mir auf, daß wir es mit Gott ganz ebenso machen. Gott streckt die Hand aus, und wir laufen eilends weg und kreischen blindlings vor Angst, selbst während wir die Nahrung, das Dach über dem Kopf und die Liebe hinnehmen, lauter Geschenke Gottes. Ich fragte mich, ob wir auch so dumm wären wie der kleine Vogel, und kam zu dem Schluß, daß wir noch dümmer sind, denn wir sind ja mit Vernunft ausgestattet. Damals erkannte ich, daß ich Geistlicher werden mußte.«

»Und was wurde aus dem Rotkehlchen?« fragte Mr. Summerfield. Seine Augen blickten nun teilnahmsvoll und klar.

»Oh, ich saß einmal beim Frühstück, da hörte ich den Vogel umherfliegen; plötzlich saß er mir auf der Schulter und rieb das kleine Köpfchen an meiner Wange. Er hatte keine Angst mehr.«

Mr. Summerfield schwieg. Er lag da und sah Johnny an, der in Gedanken an sein Rotkehlchen vor sich hinlächelte. Mr. Summerfield sagte endlich: »Für Barry kann ich Ihnen nicht danken. Jeder Dank wäre eine Beleidigung.«

Aber Johnny schloß, als hätte er ihn nicht gehört: »Das Rotkehlchen wußte endlich, daß es nie Grund zur Angst gehabt hatte. Das lag nur an seinem eigenen Mißtrauen und Unwissen.«

Dr. McManus trat ein, gefolgt von Esther, der Pflegerin, Barry und Lorry. »Aha«, sagte der Doktor. »Also Mohnpräparate hast du genommen, Mac? Warst ja schon ein ganz verzweifelter Bursche, was? Aber jetzt wollen wir dich einmal auf zwölf Stunden wirklich einschläfern.« Und mit einem finsteren Blick auf Johnny: »Und diesen geschwätzigen Pfarrer, der dich hier stört, den werfen wir hinaus. Verstehe gar nicht, warum ich ihn überhaupt hiergelassen habe.«

Der Alte fühlte geschickt nach Mr. Summerfields Puls und nickte zufrieden.

»Der Pfarrer ist ein einfältiger Bursche; du würdest dich wundern, was er alles zu erzählen weiß. Hauptsächlich Märchen; ich glaube nie ein Wort davon.«

Mr. Summerfield sah seine Tochter und seinen Sohn an, und sie traten zu ihm. Barry nahm die Hand seines Vaters, und Lorry kniete neben dem Bett nieder und legte ihre feuchte Wange stumm an die seine. Esther stand am Fußende des Bettes, und in ihren Augen schimmerten die Tränen.

Mr. Summerfield lächelte Johnny zu. »Zur Hochzeit bin ich wieder gesund.« Er lachte leise. »Lorry eine Pfarrersfrau! Das wird ein Spaß, das muß ich sehen!«

Dann reichte er Johnny die Hand; die Geste war eine Bitte um Vergebung und um Frieden.

37

Der April brach herein wie das Licht auf den Flügeln einer Taube; es war fast schon Ostern. Die Fliederbüsche standen in voller Blüte im Pfarrhausgarten, und Johnny und die Kinder besuchten sie oft. Die kleinen Obstbäumchen hatten ihre Blütenblätter wie duftige Schneeflocken abgeworfen, und das Gras grünte zusehends. Lon Harding und seine Freunde hatten mehrere Stellen für Blumenbeete umgestochen und sich von den Kindern beim Pflanzen immergrüner Büsche helfen lassen. Pater Krupszyk brachte Wurzelstöcke von Schwertlilien.

Lorry teilte ihre Zeit zwischen Philadelphia und Barryfield. »Es ist zu anstrengend für dich, Liebe«, sagte Johnny dann besorgt. Aber sie erblühte nun zusehends und war erfüllt von tiefer Zufriedenheit. In Barryfield blieb sie stets bei ihrer einsamen Mutter und las ihr die Briefe ihres Vaters vor. Sie waren kurz, aber voll Liebe und Güte und einer unbestimmten Trauer. Es waren die Briefe eines Menschen, der sterbenskrank gewesen war und erst langsam ins Leben zurückkehrte. Er fragte jedesmal nach Johnny.

Ein andermal schrieb er: »Barry hat mich gestern besucht. Er ist wieder mein Sohn.«

Sooft Lorry mit ihrem Bruder nach Barryfield kam, fühlte Johnny, daß sein Leben nun vollkommen war und alle die Jahre, die vor ihm lagen, ein einziges großes Glück sein würden. Seine Kinder blühten und gediehen. Jean war vollkommen hergestellt und wollte demnächst der Basketballmannschaft beitreten. Pietros Stimme gewann an Glanz. Max verrichtete geheimnisvolle Gelegenheitsarbeiten für Rabbi Chortow, dem er gleichsam die Kinder ersetzte, die der Rabbi nie gehabt hatte. Kathy rang mit Mrs. Burnsdale um die Oberherrschaft über die Kinder, zum Gaudium von Johnny und Doktor McManus, obwohl Kathy das gar nicht zum Lachen fand. »Schließlich«, bemerkte sie kühl, »habe ich die Kinder schon betreut, als wir Mrs. Burnsdale noch gar nicht kannten. Ich stehe ihnen näher.«

Debby mit ihren hellbraunen Locken und den schelmischen Augen war Kathys besondere Sorge; die Jungen vergötterten sie nämlich. Sie durfte sogar über Mrs. Burnsdale spotten. Aber da erstand dieser in Kathy ein Bundesgenosse. »Dieses Kind«, erklärte Kathy dann streng, »braucht eine harte Hand. Aber wer soll ihr die hier zeigen?« Kathy war überzeugt, daß es im Haushalt recht lax zuging. Sie hielt sich dafür an den kleinen Mädchen in der Sonntagsschule schadlos, die sie achteten und fürchteten.

Pietro hatte Lorry zu überreden versucht, Johnny noch vor September zu heiraten. »Wozu warten, wo Liebe ist?« pflegte er sie schlau zu fragen.

Sie sah ihn dann vorwurfsvoll an und entgegnete mit leichtem Lächeln: »Aber die Pflicht geht doch vor, nicht?« Davon war Pietro nicht ganz überzeugt. Die Pflicht schien ihm grau in grau, besonders wenn sie mit Festlichkeiten zusammenstieß.

»Herrlich, dieser Friede«, bemerkte Dr. McManus oft. Und dann, mit einem drohenden Blick auf Johnny: »Solange Sie ihn nicht stören!«

Barry hatte Johnny versprochen, er würde über Ostern in Barryfield sein. Die Freundschaft zwischen den beiden jungen Männern war so echt und tief, daß sie selbst Dr. McManus rührte. »Ich muß immer wieder daran denken«, sagte der Doktor, »wie er in die Stadt kam. Ihr zwei seid einander um den Hals gefallen wie zwei Narren. Geheult habt ihr.«

Barry bestand darauf, daß er das Pfarrhaus einrichten wollte, das im Juni beziehbar sein sollte. Johnny hatte wegen der Kosten dagegen protestiert; aber sein Freund hatte erwidert: »Du kennst die Geschäfte auf der Madison Avenue nicht. Die sind voll von Schätzen. Und Lorry ist schließlich meine Schwester, nicht?«

»Herrlich, dieser Friede«, sagte der Doktor. Es war auch sehr friedlich bis zum Gründonnerstag, an dem Barry ankam und ins Haus seiner Stiefmutter fuhr. Er mochte Esther gut leiden und empfand Mitleid mit der Einsamkeit, die sie so beherzt trug.

Barry Summerfield kam am Spätnachmittag des Gründonnerstags mit seiner Schwester Lorry. »In gewisser Hinsicht«, sagte Esther und küßte die beiden, »wird das eins der schönsten Ostern meines Lebens sein.« Sie hatte die herrlichen Osterfeste ihrer Jugend vergessen, ehe sie MacDonald geheiratet hatte, aber Lorry hatte sie davon erzählen hören, und sie bereute nun vieles.

»Euer Vater meinte immer, es sei unter meiner Würde, zu kochen«, sagte Esther. »Aber ich will das Ostermahl selbst kochen! Wir hatten zwar immer viel Geld, aber Mutter meinte stets, ein Mädel, das nicht selbst kochen und schneidern kann, ist ein unnützes Frauenzimmer!«

Sie sah noch immer exotisch aus, obgleich sie nun unauffällige Alltagskleider trug und das Haus in einem annehmbaren Stil umzugestalten beabsichtigte. Ihre Tochter und ihr Stiefsohn betrachteten sie liebevoll, während sie beim Essen klug und charmant plauderte. Niemand sah nach Mr. Summerfields Stuhl hin, aber sie alle dachten an ihn. Einmal würde er wieder hier sitzen, gesund und frisch, seelisch geheilt und innerlich ruhig, und sie alle wußten, er hätte nun tot sein können, wenn Johnny Fletcher nicht gewesen wäre — sie hatten nämlich in seinem Schreibtisch Aufzeichnungen gefunden, die auf Selbstmordabsichten deuteten. Johnny hinterläßt seine Spur überall, dachte Lorry voll Liebe, ob er es weiß oder nicht.

Durch die offenen Fenster grüßten die grünen und zartblauen Berge und flutete der Duft von Bergsträuchern und Bäumen herein. Über dem Rücken des nächsten Hügels flimmerte die Mondsichel wie silbernes Feuer. Esther gähnte plötzlich und entschuldigte sich lachend. »Ich arbeite jetzt im Garten«, erklärte sie. »Das wollte euer Vater nie zulassen. Ich stehe um sechs Uhr auf, da ist es am schönsten, klar und kühl, und die Erde ist frisch. Drum werdet ihr mich entschuldigen müssen.« Sie lächelte ihnen froh zu.

Um halb zehn Uhr zog sie sich zurück. Lorry und Barry saßen allein im Hindustani-Wohnzimmer und taten so, als ob die garstigen Möbel gar nicht da wären. »Die neuen Redakteure, die ich eingestellt habe, sind sehr tüchtig«, sagte Lorry zu ihrem Bruder. »Die Barryfielder haben wieder Achtung vor unseren Zeitungen. Und die Auflage ist sprunghaft um ein Drittel gestiegen! Stell' dir vor!«

Sie sah ihren Bruder zärtlich an. Er glich ihrem Vater in dessen frühen Dreißigern. »Deine Artikel, die du für unsere Blätter schreibst, wenn du die Zeit dafür erübrigen kannst, sind sehr taktvoll.« Sie seufzte leicht. »Ja, ich weiß, wir können nicht plötzlich alles ins Gegenteil verkehren; es muß schrittweise gehen. Aber das tust du ja, und darum steigt auch die Auflage. Natürlich wissen alle von Dads Krankheit, und es gibt zynische Bemerkungen über unsere neue Linie. Und – Dads letzte Auslassungen über Johnny haben ihm viel geschadet. Na, wenigstens erwähnen wir ihn in den Zeitungen nicht mehr, bis auf gelegentliche Zitate aus seinen Predigten. Die paar gemeinen Briefe, die noch über ihn einlaufen, veröffentlichen wir nicht.« Sie verschwieg, daß diese Briefe zuweilen sinnlose und heftige Drohungen enthielten und den wahnsinnigen Haß bezeugten, den ein beträchtlicher Teil der Einwohnerschaft dank der früheren boshaften Angriffe ihres Vaters immer noch gegen Johnny hegte. Viele Menschen, dachte sie bekümmert, müssen einfach jemand hassen, damit ihr Leben für sie überhaupt Sinn gewinnt. Und sie haßten unweigerlich die falschen Einrichtungen und die falschen Leute, in unglaublicher Verkehrtheit. Vielleicht wußten sie das auch zutiefst selbst und griffen aus purer Bosheit an.

Barry pflichtete ihr bei: »Johnny hat mir erzählt, daß eine Reihe seiner Pfarrkinder die Kirche verlassen hat, seid Dads letzte kleine Bosheit erschien. Er hat versucht, mit ihnen zu reden, aber es nützt nichts. Wir werden wohl so weitermachen müssen und schön zahm und taktvoll bleiben.« Als er die bedrückte Miene der Schwester gewahrte, erzählte er ihr von einem neuen Autor, den er in England »eingefangen« hatte. »Ich hab' ihn überzeugt, daß er bei uns besser wegkommt als bei seinem früheren Verleger.« Er lachte. »Von höheren Tantiemen war zwar nicht die Rede; aber darüber herrschte stillschweigendes Einverständnis. Wir sprachen nur von der weiteren Verbreitung seiner Werke, wodurch wir seine Botschaft einem größeren Publikum zugänglich machen können. Von so banalen Dingen wie Geld natürlich kein Wort. Wir Amerikaner nehmen uns da kein Blatt vor den Mund; aber Europäer, und besonders Künstler, sind da leicht beleidigt. Unsere Tantiemenlisten, die studieren sie allerdings mit dem Mikroskop!«

Lorry lachte. Da hörten sie das unheilvollste Geräusch, das eine Bergbaustadt kennt. Sirenen heulten plötzlich in kurzen, entsetzten Abständen auf und schrien um Hilfe. Lorry und Barry hatten diesen Ruf in ihrem Leben erst ein-, zweimal vernommen und sahen einander bestürzt an. Die mechanischen Hilferufe waren trotz der Ferne deutlich vernehmbar, selbst hier am Berghang. »Eine Explosion!«

rief Lorry. »Sie müssen Nachtschicht machen! Die Signale bedeuten allgemeine Notrufe. Wie viele Männer wohl —«

»Ich fahre ein«, erklärte Barry entschlossen und stand auf. »Ich weiß nicht, wie ich helfen kann, aber ich bin im Herzen Reporter und kann darüber berichten. Hör, wie die Sirenen heulen! Da muß die Hölle los sein. Die armen Teufel! Manche Stollen hätten schon längst geschlossen oder abgestützt werden müssen. Warte nicht auf mich, Lorry; geh schlafen.«

Johnny arbeitete wenige Minuten vor der Grubenexplosion an seiner Osterpredigt, mit der er nicht zufrieden war. Alles, was er schrieb, dünkte ihn unzulänglich und banal. Er hielt inne und klopfte sich mit der Feder an die Zähne. Der Gott der zahllosen Sonnensysteme, Milchstraßen und Welten hatte herniedergeschaut auf ein winziges Staubkörnchen, das da im zeitlosen Gefolge blendender Sonnen und von Millionen kreisender Welten mitzitterte, schneller, als es je träumen konnte; und Er war darauf herabgestiegen mit Seinen strahlenden Füßen, und war darauf in Menschengestalt gestorben. Warum? Oh, die Bibel erklärte es, aber für Johnny blieb das Geheimnis doch unergründet. Und dann, nach Seinem Tod, war Er von den Toten auferstanden, um den kleinen Kriechtieren, die da Menschen hießen, das Leben zu bringen — warum? »Kein Sperling fällt —«, aber wir sind nicht so unschuldig, nicht so harmlos, ja nicht einmal so schön wie Sperlinge, dachte Johnny. Und weniger nützlich. Und Mörder sind wir obendrein. Unsere Stirnen tragen das Kainszeichen.

Es war totenstill in dem großen, alten Haus. Der alte Arzt war müde gewesen und zu Bett gegangen. Die Kinder schliefen hoffentlich. Böden und Wände knarrten leise in der warmen angenehmen Nachtluft. Plötzlich erbebten sie.

Wieder die Gruben, dachte Johnny voll Unbehagen. Er stand auf, ging ziellos umher, trat an ein Fenster und schaute hinaus. Er erwartete nicht, draußen etwas Besonderes zu sehen. Er wollte nur den stillen Schein der Straßenlaterne betrachten und sich sammeln. Kein Mensch war zu sehen; ab und zu rollte ein Automobil vorbei. Plötzlich fuhr er zusammen. Unvermittelt heulten die Sirenen auf, schrien laut und verzweifelt um Hilfe.

Er kannte diese Signale. Er erzitterte unter der Angst, die nur der Bergmann kennt. Es war ihm, als rieche er förmlich das Gas, den beißenden Geruch nach Kohle, die zu brennen beginnt, als hörte er das heftige Pochen erschrockener Herzen tief unter Tag. Er kannte das alles gar wohl; er hatte es selbst erlebt. Nun war er nicht mehr Priester; nur noch Bergmann. Die Frauen, die Kinder. Das Hämmern der bebenden Füße, die zu den Zechen rannten, die Schreckensschreie, die Schreie um Barmherzigkeit zu Gott. Und die Rettungswagen, die Lampen, die Retter ... Er lief schon auf die Tür zu, als Dr. McManus die Treppe hinunterpolterte, während er sich hastig ankleidete.

Dr. McManus sah Johnny und blieb stehen, wobei er einen letzten Knopf schloß. »Was – hören Sie, man läßt Sie ja doch nicht an den Schacht heran. Nur Ärzte. Hören Sie die verdammten Sirenen! Ich kenne die Signale; es scheint schlimm zu sein. Es laufen Drahtzäune rund um die Schächte, um Wichtigtuer und Frauen und Kinder fernzuhalten; und die Tore werden versperrt, sonst stände alles den Rettern nur im Wege. Sie brauchen heute nacht jeden Arzt, den sie haben können. Sie würden uns nur hindern, Sie sind ein –«

»Sie vergessen«, sagte Johnny bleich und verstört, »daß ich auch ein Kumpel war. Ich habe Erfahrung im Retten; bin selbst einmal gerettet worden. Sie wissen nicht, wie es da unten ist; ich wohl, ich habe den Stoß gespürt; und es war noch nicht der letzte. In solchen Lagen heißt es rasch zupacken.«

Er schloß die Haustür auf. »Sie gehen mir nicht in die Zeche!« schrie der Doktor entsetzt. »Sie warten draußen vor dem Tor, bei den anderen Pfarrern; das ist Ihr Geschäft; nicht in die Löcher einzufahren. Ich werde nicht zulassen –«

Aber Johnny war schon draußen und lief in die Garage. Der Arzt folgte ihm, so schnell er konnte. »O der Narr, der Narr! Keinen Augenblick denkt er nach. Ein Bergmann, sagt er! Der fährt mir noch ein – er denkt ja nicht. Ich muß ihn zurückhalten.« Er schrie Johnny zu: »Nicht Ihren alten Klapperkasten – meinen Wagen, da ist eine Sirene dran, damit kommen wir leichter durch. Schauen Sie, wie die Narren alle mit ihren Kisten losbrausen, bloß um der Rettung und der Feuerwehr und den Ärzten den Weg zu verstellen. Los, hinein, hinein! Und die Sirene angeschaltet, und den zweiten Scheinwerfer. Sie gehen mir keinen Schritt zu nahe an die Zeche heran, verdammt noch mal, hören Sie! Vorsicht! Achtung auf meine Tasche; Sie steigen ja mit Ihren großen Latschen darauf herum. Das war haarscharf, die Kurve – ja, geradeaus. Und hier hinein – und links um die Ecke – Sie kommen mir nicht an die Zeche heran!«

Die gellenden Hilfeschreie der Sirenen zerrissen die Nachtluft. In den Häusern wurde es licht; auf Treppen und Stufen vor den Häusern standen die Leute; alles ahnte eine Katastrophe. Stimmen riefen durcheinander; Wagen wendeten und bogen in die Straßen ein. Frauen kreischten, Kinder schrien hell auf. »Schneller, schneller«, mahnte der Arzt, »aber fahren Sie uns nicht in den Himmel. Schalten Sie die Sirene lauter! Vorsicht! Der Idiot wäre uns beinahe in den Wagen gerannt. Mein Gott! Sie bleiben draußen vor dem Tor —«

Aber Johnny bewegte in stummem Gebet um Hilfe die Lippen.

»Vater, ich kenne das alles«, betete er, »den Rauch, das Dröhnen in der Erde, die bebenden Wände, den Gasgestank, die Angst, den panischen Schrecken. Aber ich weiß auch noch etwas anderes. Ich war noch ein Junge, aber ich blieb stehen und betete, während die Männer im Finsteren umherliefen und schrien, und mir fiel ein, was man uns beigebracht hatte; nieder auf alle viere und das Gesicht bedecken — ich brauchte Deine Hilfe dazu, mich an diese einfachen Vorschriften zu erinnern. Und Du gabst mir die Kraft, den Männern zuzurufen, sie sollten mir folgen, und Du ließest sie auf mich hören, und sie folgten mir, auf allen vieren, jeder die eine Hand auf dem Rücken des Vordermanns. Wir schafften es, Vater, mit Deiner Hilfe, und verloren nur einen Mann, der blind und taub war vor Angst und nicht auf uns hörte. Vater, die Männer unten in der Grube — beruhige und tröste sie, schicke ihnen Hilfe. Rette ihre Seelen; tröste ihre Familien.« Johnny holte tief Atem; und während der Wagen durch die überfüllten Straßen brauste und die Sirene ihr Geheul in das tiefere und lautere der großen Sirenen mengte, betete er das Gebet für die Toten.

»Jetzt da hinunter«, piepste der Doktor. »Achtung, die Rettungswagen dort! Zum Teufel, warum halten die Polizisten die Leute nicht zurück! Gott verdamm' die Gaffer! So ist's recht, Jack!« schrie er einem Schutzmann zu, der eben einen schaulustigen Haufen mit dem Gummiknüppel zurücktrieb. »Schlag ihnen die Schädel ein!«

Nun war der Gestank von der ersten Explosion bereits deutlich zu riechen. »Links herum, Mann!« schrie Dr. McManus, »dort, hinter den Drahtzaun. Wir müssen hier halten. Was brüllen denn die Weiber und Kinder die ganze Zeit?«

»Ihre Männer und Väter sind da unten«, versetzte Johnny finster. Er parkte den Wagen hinter vielen anderen, stieß die Tür auf und rannte auf den Drahtzaun und das versperrte und bewachte Tor zu. Das war die Hölle selbst, dachte er. Scheinwerfer warfen ihr gleißendes Licht in den Schacht. Aus dem Schacht stiegen Rauchwolken empor; aber Johnny, der heftig schnupperte, konnte kein Gas mehr riechen. Also war noch Zeit, die Männer herauszuholen — wenn ihnen das Glück günstig war. Rund um ihn brandete das verworrene Geschrei menschlicher Stimmen, das Schluchzen betender und weinender Frauen, das Geheul der Sirenen, heiser bellende Männerstimmen, Glockengebimmel, die drohenden Rufe der Polizisten, und ein eigentümliches Zischen. Rettungsautos hielten unweit vom Tor; nur Spitalpersonen durften in die Nähe des Schachtes. Im Licht der Scheinwerfer konnte man dichtgedrängt die Gesichter von Männern und Frauen sehen, die durch den Drahtzaun spähten, die Tränen, die offenen Münder, die verschmutzten, tränennassen Gesichter von Kindern. »Da kommt der Förderkorb wieder«, schrie einer. »Schaut, sie haben wieder zwei!«

Johnny bahnte sich einen Weg an den Zaun. Der Förderkorb war aus dem Schacht emporgestiegen, und die Rettungsmannschaften, die Masken trugen, schleppten zwei ohnmächtige Kumpel heraus. Junge Ärzte und ältere, darunter Dr. McManus, beugten sich über die Männer. Schon standen die weißen Tragbahren bereit, wurden die Männer darauf gelegt, zu den von Polizei bewachten Rettungsautos getragen, die mit aufheulenden Motoren in die Dunkelheit verschwanden und nach dem Krankenhaus rasten. Johnny schaute sich verzweifelt um, er suchte ein einziges gefaßtes Gesicht. Männer, Frauen und Kinder umdrängten ihn; er wurde gegen den Zaun gedrückt, so daß er sich kaum regen konnte. Er sah die funkelnden Augen, hörte die offenen Münder Gebete und Schreie ausstoßen. Er rief: »Das hat doch keinen Zweck! Das Geschrei macht doch alles nur schlimmer! Zurück hier, laßt mich hier 'raus!«

Aber er mußte sich den Weg aus dieser hysterischen Menschenmasse mit Gewalt bahnen. Er fand einen kleinen freien Platz, den die Neugierigen im Kreise umstanden. In diesem kleinen Kreise sah er Pater Krupszyk neben einer Bahre knien und wußte, daß diesem armen Kumpel nicht mehr zu helfen war.

Das breite Gesicht des Priesters war schweißüberströmt; die Augen standen ihm voll Tränen. Aber seine Stimme klang ganz still; den Kopf neigte er über das blutige, beinahe unkenntliche Gesicht des Kumpels. Und aus diesem entstellten, blut- und rußverschmierten Mund kam ein Flüstern. Johnny trat auf seinen Freund zu, legte ihm die Hand auf die Schulter und beugte sich zu ihm; der Priester aber wandte das Ohr des Beichtvaters nicht vom Munde des Sterbenden.

Eine Frau schluchzte still vor sich hin; sie hatte sich neben ihrem sterbenden Mann hingekniet, und neben ihr knieten zwei kleine Kinder. Johnny hörte das undeutliche Geflüster und gewahrte nun auch, daß das zerrissene Gewand des Bergmanns eine einzige Masse roter Lumpen war.

»Es ist mir wahrhaft leid, daß ich Dich beleidigt habe«, flüsterte der Mann, indem er um seiner Seele willen um ein paar Augenblicke Leben rang. »Du bist so gut – sei Du mir gnädig – ich habe gesündigt wider den Himmel und vor Dir – bin nicht wert, Dein Kind zu heißen – sei mir gnädig, Herr, sei mir gnädig – leid –«

Die zerquetschte Brust hob sich, der Priester schlug das Kreuzzeichen, der Kopf des Mannes fiel zur Seite, und die toten Augen starrten blicklos auf die Frau und die Kinder. Der Priester bekreuzigte sich, und die Familie des toten Kumpels stimmte die wortlose Totenklage an. Die Frau legte den Kopf an die Schulter ihres Mannes, und der Priester wandte sich tröstend zu ihr. Johnny trat weinend zurück. Ein Akt der Reue. Der Kumpel hatte gebeichtet, hatte bereut, war nicht allein, nicht ohne Trost, nicht ohne eine stützende Hand in das Dunkel eingegangen. Wohl war der Mensch in seinen letzten Augenblicken allein mit Gott, aber es war doch schön, daß er von einer liebenden Hand vor Sein Antlitz geführt werden konnte, die Worte echter Reue auf den Lippen.

Er fühlte, wie ihn jemand berührte; es war Pater Krupszyk. Johnny stammelte unzusammenhängend, mit belegter Stimme: »Ich bin Bergmann; ich muß hinab. Ich weiß unten Bescheid; hier oben kann ich nichts nützen, es ist ja sehr schön, wenn einer in der letzten Minute bereuen kann, aber ich muß hinab!«

Der Priester legte ihm die Hand schwer auf die Schulter. Johnny wandte sich verzweifelt ab. Nun sah er durch den Zaun Mr. Dowdys geisterbleiches Gesicht; er rief ihn an, und Mr. Dowdy trat an den Zaun.

»Wie viele?« fragte Johnny.

Mr. Dowdy wischte sich das rußige Gesicht, und Johnny fiel ein, daß der Mann ja selber dem Tode nahe war. Der andere sagte schlicht: »Es waren sechzig unten. Vorläufig war erst eine Explosion. Aber es kommen noch mehr. Sie haben alle geborgen, bis auf zwölf. Da geht der Förderkorb wieder hinab, Mr. Fletcher. Es gibt bald wieder eine Explosion; man spürt sie unter den Füßen.«

Johnny spürte sie kommen; er klammerte sich an das Tor. Der Förderkorb kam wieder herauf. Einer rief: »Vier!« Frauen kreischten vor Freude; beinahe gab der Zaun dem Druck nach. Die Rettungsmannschaften in ihren grotesken Masken zogen eben die Männer aus dem Korb; ein Rettungsauto brauste an, die Ärzte untersuchten die Männer rasch, dann kamen die Tragbahren, die fahrbaren Betten, ein neues Auto.

»Es sind bisher nur zwei gestorben, Mr. Fletcher«, sagte eine scheue Stimme neben Johnny; er wandte sich um und erblickte das alte Gesicht eines ihm flüchtig bekannten Pastors. »Furchtbar, nicht wahr; aber sie haben fast alle gerettet, und da geht der Korb wieder hinab; vielleicht kriegen sie die übrigen noch.«

»Ich bin Bergmann«, sagte Johnny dumpf. »Sie wissen nicht Bescheid. Ich bin Bergmann. Ich muß mit ihnen einfahren!«

Der Geistliche starrte ihn an, hustete, trat einen Schritt zurück. Johnny gewahrte, wie Pater Krupszyk ihn sonderbar ansah und ganz eigentümlich lächelte. Johnny packte den Pfosten des verschlossenen Tores und rüttelte wild daran.

Dr. Dowdy kam auf ihn zu. »Wir kriegen sie heraus, Mr. Fletcher«, sagte er unsicher und sah in Johnnys verstörtes Gesicht.

»Sie verstehen das nicht!« sagte Johnny. »Es sind noch acht da unten! Ich bin Bergmann! Macht das Tor auf!« bat er. »Ich kann helfen. Jeden Augenblick kann die zweite Explosion kommen, und dann ist keine Zeit mehr –«

»Jaja«, erwiderte Mr. Dowdy mit schwacher Stimme. »Ich verstehe. Sehen Sie, Mr. Fletcher, da kommt der Förderkorb. Sehen Sie! Fünf Mann haben sie! Nun sind nur mehr drei übrig, nur drei –« Er ließ Johnny stehen und trat zum Förderkorb hin, wo sich die Ärzte drängten. Er sprach mit den maskierten Rettungsmännern. Plötzlich breitete er verzweifelt die Hände aus.

»Was ist denn los?« rief Johnny. »Was ist denn?« Die Rettungsleute sahen nur Mr. Dowdy an und schüttelten den Kopf. Dowdy wischte sich das Gesicht mit einem schmutzigen Taschentuch ab, dann wandte er sich um und stolperte gebeugt auf Johnny zu. »Mr. Fletcher«, sagte er dumpf, »es sind drei unten, nur noch drei. Weit hinten. Wir können die Männer nicht noch einmal einfahren lassen; eine zweite Explosion kann jede Sekunde losbrechen – wenn sie einfahren, begehen sie glatten Selbstmord.«

Wenn er die Worte laut hinausgebrüllt hätte, so hätten die Frauen der drei Kumpel sie nicht deutlicher verstehen können. Sie jammerten laut und entsetzt auf. Sie trommelten mit den Fäusten an den Zaun. Sie schrien noch lauter und übertönten die Sirenen, als sie die Rettungsmannschaft die Masken abnehmen sahen.

Johnny wandte heftig erregt den Blick von den Frauen und Kindern und blickte die Masse an, die da an den Zaun brandete, starrte in die unerträgliche Helle der Scheinwerfer, sah die funkelnden Rettungsautos, die Polizisten, die Schachtöffnung hinter dem Zaun. Die Rettungsmannschaft wurde nun selbst von den Ärzten betreut; die Männer waren zu Tode erschöpft.

Dowdy stolperte wie ein Blinder umher, kopfschüttelnd und händeringend, eine verlorene, vergessene Seele. Das Tor wurde sekundenlang geöffnet, junge Ärzte stürzten hinein und hoben die letzten fünf Geretteten auf, die man auf den Boden gelegt hatte. Ihre Bahren schimmerten wie weiße Flecken im Scheinwerferlicht. Sie arbeiteten so schnell, daß sie die besinnungslosen Kumpel fast auf die Bahren warfen, weil verlautbart worden war, alles müsse die Mündung des Schachtes verlassen. Johnny knirschte mit den Zähnen und rüttelte in ohnmächtiger Wut an dem starken Zaun. Jemand nahm seinen Arm und redete besorgt auf ihn ein, und er fuhr wütend zu dem Sprecher herum.

»John Kanty, ich kann diese Leute retten!« rief er. »Ich bin Bergmann. Warum will mir keiner glauben? Jahrelang hab' ich unter Tag gearbeitet, jeden Sommer – drei ganze Jahre – so wahr mir Gott helfe! John Kanty, helfen Sie mir!«

Eben wurde eine Bahre herausgetragen. Johnny schüttelte die Hand des Priesters ab, der ihn zurückhalten wollte, packte Schultern und Arme, stieß sie beiseite und bahnte sich einen Weg zum Tor. Ehe ihn jemand aufhalten konnte, war er innerhalb des abgesperrten Raumes und drängte sich an den Ärzten vorbei, die eilends herausstrebten. In dem Gedränge war ihm plötzlich, als stellte sich alles zwischen ihn und den Schacht. Jemand packte ihn an seinem schwarzen Rock, und Dr. McManus' entgeistertes Gesicht tauchte vor ihm auf, im Augenblick zur riesigen Fratze verzerrt, wie es Johnny dünkte. »Wo wollen Sie hin, verdammt noch mal?« zischte der Doktor und haschte abermals nach Johnny. »Wohl verrückt geworden? Es wird gleich explodieren –«

Johnny schob ihn beiseite. Er sprang auf den Schacht und den wartenden Förderkorb zu. Die Rauchwolken qualmten nun dicht und schwarz empor. Einer von der Rettungsmannschaft stand da, nach Atem ringend, Maske und Taschenlampe in der Hand. »Gib her!« Johnny packte die Maske. Er wußte aber nicht, wie sie aufzusetzen war, sie entglitt ihm und fiel zu Boden. Er entriß dem verdutzten Kumpel die Lampe und sprang in den Förderkorb.

»Nun, Herrgott«, betete er laut, »zeig mir, wie man den bedient. Es ist schon Jahre her.«

Ein Schrei stieg aus der Masse auf, gefolgt von dumpfem Schweigen, als nun alle Scheinwerfer sich auf Johnny im Förderkorb richteten. Verzweifelt riß er an den Stricken. Der Korb schwankte und begann langsam zu sinken. Dann hörte er inmitten des drückenden Schweigens eine Stimme rufen: »Johnny! Johnny! Komm zurück! Komm zurück!« Und andere Stimmen folgten wie ein Echo: »Es ist der Pastor! Der Pastor! Mr. Fletcher!«

Er war schon bis an den Hals unter der Erde, wandte aber nun den Kopf und sah voll in Barry Lowells Gesicht, der sich an den Zaun drückte. Und da stand auch der Priester mit gefalteten Händen und Dr. McManus. Johnny winkte ihnen zu. »Ich komme wieder!« rief er triumphierend. »Wartet nur!«

Die Stricke glitten durch Johnnys Hände und verbrannten sie, weil sie ihn so rasch durch den schwarzen Schacht hinabgleiten ließen, daß er nicht bremsen konnte. Die Förderkörbe, die er gekannt hatte, waren nicht so groß gewesen; der Boden schwankte hin und her, stieß an die Schachtwände, und Johnny wurde von einer Seite auf die andere geworfen. Er sah nach oben; die Mündung des Schachtes war ein Rechteck von grellem Licht, das ihm folgte. Er sah mehrere Köpfe auftauchen, wie Puppenköpfe. Die Lampe, die er in die Tasche gesteckt hatte, entfiel ihm; er beugte sich hinab und erwischte sie noch rechtzeitig. Der aufsteigende Rauch drohte ihn zu ersticken. Er besann sich, ließ die Stricke einen Augenblick los, riß sich den Rock vom Leibe, wickelte ihn um den Kopf und kauerte auf dem Boden des Korbes nieder. Plötzlich traf der Korb auf den Grund des Schachtes, schwankte, richtete sich wieder gerade und warf dabei Johnny mit dem Kopf an die Wand, daß ihm die Ohren summten.

Schwindlig kroch er aus dem Förderkorb. »Nun laß mir einfallen, was ich tun muß, Vater«, murmelte er in seinen Rock hinein. »Laß mich an nichts anderes denken, nur daß ich ein Bergmann bin.«

Er hatte nur einen Sehschlitz für die Augen freigelassen; aber sie schmerzten ihn bald unerträglich, und er mußte immer wieder lange und krampfhaft husten. Dann tastete er instinktiv mit den Füßen nach dem schmalen Geleise und fand es auch; es brannte durch die Schuhsohlen durch. Jemand hatte einen Scheinwerfer senkrecht durch den Schacht herab gerichtet; der blendete ihn nun. Er packte die Lampe, vergewisserte sich mit den Füßen, daß er dem Geleise folgte, und lief in die Grube, einen Steilhang hinab.

Schwarzglänzende, schimmernde Kohlenwände umgaben ihn. Der Schein seiner Lampe huschte über die Kristalle hin, und sie leuchteten düster auf. Johnny, der Bergmann, entsann sich nun. Er bewegte sich immer rascher; immer tiefer ging es hinab. In Abständen machte er den Mund frei und rief laut. Nur das Echo antwortete ihm. Er stolperte, fiel zur Seite, fand wieder zum Geleise zurück. Die Hitze wurde unerträglich, und der Gestank von der ersten Explosion schmerzte ihn in den Lungen. Er ging gebückt, arbeitete sich hastig, fast schon auf den Fersen hockend, vorwärts und atmete möglichst wenig. Das hatte er gelernt. Dann kroch er auf den Knien weiter, und die Steine und Kohlenbrocken rissen ihm die Hose von den Knien und schnitten ihm ins Fleisch.

Er fühlte die Erde unter sich erbeben, immer deutlicher. Bald würde die zweite Explosion erfolgen. Bald würde die ganze Zeche einstürzen. Wie eine helle Flamme leuchtete das Gebet vor seinem inneren Auge. Er würde diese Männer retten; er würde nicht sterben. Gott würde ihn schützen. Er hörte rings um sich Kohle fallen; einmal traf ihn ein großer Block an der Schulter. Irgendwo in diesem verpesteten, schwarzen Loch rangen drei Männer mit dem Tode. Sich selber zählte er nicht mit.

Zwei Kumpel waren sich offenbar nach dem Abzug der letzten Rettungsmannschaft ihrer verzweifelten Lage bewußt geworden und hatten sich bis zum Geleise geschleppt. Johnny stieß ganz unversehens auf sie. Er schrie vor Freude laut auf. Ihre schwarzen Hände packten ihn; die geschwärzten Gesichter plapperten unzusammenhängend auf ihn ein. Er sprach mit gedämpfter Stimme hinter seinem Rock hervor, den er um den Kopf gewickelt hatte: »Zieht euch die Röcke über die Gesichter! Zieht den Kopf ein! Kriecht nach dem Geleise zurück, bleibt dicht beisammen, faßt euch an den Händen; laßt nicht los. Vorwärts, vorwärts!«

Sie waren gelähmt vor Entsetzen und konnten sich nicht rühren. Er hieb den einen mit der Lampe auf die Schulter. »Los, los, vorwärts!« schrie er. »Da, kehrt! Geradeaus! Bleibt auf dem Geleise! Und haltet den Atem an, so gut ihr könnt!« Er schob und stieß sie vor sich her.

Der eine jammerte: »Wir kommen um!«

»Nein«, versetzte Johnny wütend, »wenn ihr klaren Kopf bewahrt, dann nicht! Rührt euch, los! So, so ist's recht, immer vorwärts, dem Geleise nach. Da kommt ihr zum Schacht. Ich muß den anderen holen.«

Wie unförmige, hustende schwarzverhüllte Tiere standen sie im Schein seiner Lampe vor ihm. Willig und noch kaum bei vollem Bewußtsein gehorchten sie ihm. Sie begannen, zwischen den Geleisen dahinzukriechen; der zweite hielt sich am Rock des Vordermanns fest. Johnny leuchtete ihnen mit seiner Lampe, so lange er es wagte. Dann rief er ihnen aufmunternd nach: »Nur geradeaus weiter; da kommt ihr zum Korb; sie ziehen euch hoch. Jetzt hole ich den letzten Mann.«

Nun grollte es in der ganzen Grube dumpf von dem Beben in der Erde. Johnny richtete sich auf; die eigenen blutenden Wunden fühlte er nicht. Nun war keine Zeit mehr zum Kriechen; er duckte sich tiefer und lief weiter in die Grube hinein. Der Rauch wurde immer dichter, das dumpfe Grollen unheilverkündend; die Geleise schwankten unter Johnnys taumelnden Füßen. Er richtete den scharfen Strahl seiner Lampe in jeden rauchenden Spalt; ein Stempel barst, und Johnny sprang instinktiv zur Seite, als der schwere Balken herabstürzte und ihn um Haaresbreite verfehlte. Der Boden war voll von Rissen und Spalten; einmal verknackste er sich den Knöchel, so daß er laut aufschrie. Nun gewahrte er auch schon den üblen Brand- und Gasgeruch.

»Lieber Vater«, betete er hinter seinem Rock, »laß mich ihn finden. Führe mich zu ihm. Oben warten Frau und Kinder auf ihn.«

Ein plötzlich wieder vertrautes Geräusch warnte ihn rechtzeitig, ehe ein großes Stück sich löste und ein gewaltiger Haufen Kohle auf die Geleise stürzte. Er sah die Kohle beim Schein seiner Lampe schwelen und rauchen. Dann richtete er sich auf, hielt den Atem an, sprang leichtfüßig auf das Geröll und auf die andere Seite. Er wand sich den Rock dichter um den Kopf.

Rauchende, prasselnde Stille. Er rief immer wieder. Seine Lampe leuchtete anscheinend nicht mehr so stark, und nun begann er auch die Schmerzen in der Lunge, das wahnsinnige Pochen des Herzens, die Erschöpfung in den Muskeln, den Krampf in den blutenden Beinen zu spüren. »Bitte«, betete er, »laß mich ihn finden.« Eine entsetzliche Übelkeit stieg in ihm hoch; der Lichtkegel seiner Lampe tanzte ihm wie verrückt vor den Augen. Er war in Schweiß gebadet.

Er lehnte sich an die Grubenwand, um auszuruhen. Der Gang wurde zusehends enger. Da stutzte er. War das der Widerhall seiner eigenen Stimme gewesen oder war es ein Stöhnen, weit weg oder ganz nahe? Er schrie abermals laut, und das Stöhnen antwortete. Nun gewahrte er in der schwarzen Farbe ein winziges Lichtpünktchen, das Licht einer Grubenblende, auf der abfallenden Sohle der Grube. Zum Gehen, zum Kriechen war keine Zeit mehr. Er lief. Die Wände erzitterten; er hörte es nicht. Das Lichtpünktchen kam näher, und endlich gewahrte er auf dem Boden einen halb besinnungslosen Mann, der unter einem riesigen, dampfenden Balken eingezwängt lag und sich vergeblich zu befreien suchte.

Zwei weiße Augäpfel starrten im schmalen Lichtkegel seiner Lampe zu Johnny empor, und zwei schwarze Lippen verzerrten sich in dem geschwärzten Gesicht zur Grimasse.

»Halt fest«, sagte Johnny und legte seine Lampe vorsichtig hin. Hitzewellen versengten ihm Gesicht und Hände und brannten ihm in der Lunge. Er beugte die starken Beine, wie er es gelernt hatte, erfaßte den Balken in der Mitte, langsam, mit festem Griff seiner Arbeitshände, und begann ihn zu heben. Der Balken regte sich, aber nicht viel. Der Kumpel war ohnmächtig geworden und lag ausgestreckt am Boden, unwissend und unbekümmert um das, was um ihn vorging.

»Nun, lieber Gott«, betete Johnny, »gib mir nur die Kraft, die ich brauche.«

Ein tiefes, bebendes Grollen antwortete ihm, wie die Stimme eines erwachenden, erzürnten Riesen. Er hörte es und wußte, daß er und der Mann vor ihm binnen wenigen Minuten wahrscheinlich eingeschlossen, begraben, endgültig verloren sein würden. »Gott!« schrie er verzweifelt. »Gott!« Er dachte an seine Kinder, sah ihre Gesichter vor sich, hörte ihre Stimmen. Er verscheuchte dieses Bild, schluchzte trocken auf, verdoppelte seine Kräfte. Er hörte sein Rückgrat und die Beine knacken, fühlte die Muskeln nachgeben, ließ aber den Balken nicht los.

Nun hörte er es in der Ferne leise rieseln. Steine, dachte er, während er mit dem Balken rang. Das gibt einen regelrechten Einsturz. Der Balken hob sich unter seinen Händen; plötzlich wurde das eine Bein des Verunglückten frei. Johnny stieß es beiseite, taumelte dem Balken nach und machte auch das andere Bein des Mannes frei. Aber er hatte das Gleichgewicht verloren und torkelte dem stürzenden Balken nach. Und plötzlich hörte er ein Krachen, fühlte sich von einem Schmerz wie von einem roten Blitz durchzuckt und spürte einen dumpfen Schlag, als der Balken auf ihn fiel und ihn unter sich begrub.

Er lag still und wie betäubt. Der eine Knöchel war getroffen. Nun war er hoffnungslos gefangen. Er hatte den Kumpel befreit; ihm selbst aber war nicht mehr zu helfen. Er versuchte, sich aufzusetzen; aber es wurde ihm vom Schmerz im Knöchel übel; er erbrach sich plötzlich und sog in tiefen Zügen die qualmende Luft ein, die ihm die Lungen versengte. »Hilfe!« rief er verzweifelt.

Das ferne Rieseln kam näher und wurde lauter, und plötzlich erblickte Johnny verschwommen in der Ferne den Lichtkegel einer Taschenlampe. »Hilfe!« flüsterte er. Und hörte einen Schrei und traute seinen Ohren nicht: »Johnny! Johnny!«

Er nahm die letzte Kraft zusammen und schrie: »Hier! Hier! Beeilt euch, um Gottes willen!«

Der Lichtkegel hüpfte auf und nieder und schwankte hin und her in der Hand eines noch unsichtbaren Retters. Die Schritte wurden lauter und widerhallten in der langen Grube. Johnny rief abermals: »Hierher, gradeaus, hierher!« Nun erkannte er die Umrisse einer hochgewachsenen Gestalt hinter der Lampe; sie trug eine Maske. Er schloß die Augen; ein neuer Anfall von Schmerzen schwächte ihn.

Jemand stemmte sich gegen den Balken, der ihn eingeklemmt hatte; plötzlich hob er sich und fiel unter laut rollendem Echo hin. Der Kumpel war erwacht; stöhnend setzte er sich auf. Eine Stimme brüllte ihn an. »Hilf mir, wenn du dich rühren kannst!«

»Mein Bein ist gebrochen«, jammerte der Mann.

»Na schön«, sagte die Stimme von weither, »dann kriech oder mach, was du willst, aber beweg dich fort von hier, verdammt noch mal, beweg dich!«

Johnny erkannte voll ungläubigen Staunens die Stimme. »Barry, Barry!« flüsterte er dem Maskierten zu.

»Vorwärts, Johnny, richte dich an mir auf; so ist's recht, halt nur fest. Stütz dich auf meinen Arm; halt dich an meiner Schulter fest. Ja, nur vorwärts«, sagte er zu dem Kumpel, der sich mit bemerkenswerter Schnelle auf dem Boden dahinbewegte. »Johnny, halte meine Lampe; wenn du das Bein gebrauchen kannst, tu's; aber gib nur acht, daß du nicht hinfällst.«

»Barry«, sagte Johnny, während sie am Boden der Grube dahinkrochen. Er wollte weinen; er vergaß seine Schmerzen und seine Todesangst über diesem Wunder. Er drückte sich den Rock dichter vors Gesicht.

»Laß nur, spar deine Kräfte. Verdammte Luft, wird jede Sekunde schlechter. Dein Freund ist schon weit vorne; schon gut, Johnny, nur weiter.«

Nun hörten sie einen Donnerschlag hinter sich, als die Grube hinter ihnen einstürzte. Das Dröhnen kam näher, und Staubwolken und dichterer, beißender Rauch folgten. Der Schmerz in Johnnys Knöchel verwandelte sich in eine Art Betäubung, die ihn schwindeln machte; aber er konnte nun etwas besser auftreten. Schritt für Schritt krochen die beiden Männer das Geleise entlang.

Schon gewahrten sie in der Ferne ein grelles Licht und bei seinem Schein die Gestalt des Kumpels, der auf allen vieren wie ein Bär dahinkroch. »Beinbruch, hat sich was!« knurrte Barry. Seine alten Wunden schmerzten unerträglich; zuweilen mußte er Johnny an die Wand lehnen und vollkommen erschöpft einen Augenblick halten. Der rollende Donner hinter ihnen kam immer näher, wie ein gewaltiger Stier, der die Hörner senkt, ein Minotaurus, der sie zerstampfen wollte.

»Wir schaffen es«, sagte Barry durch die Maske. »Schau, da ist der Förderkorb, er kriecht schon hinein. Der wär imstande, das Signal zum Aufziehen zu geben!«

»Das tut er nicht«, erwiderte Johnny. »Nein, das tut er nicht. Er wartet auf uns.«

In seinen Ohren dröhnte es nun wie lauter Gesang; er hatte das Gefühl, ins Bodenlose zu gleiten. Barrys Stimme, die ihn rief, kam aus meilenweiter Ferne. Dann fühlte er, wie er über einen Körper weggezogen wurde, der sich unter ihm krümmte, und wie er fortgetragen wurde. Nun sah und hörte er nichts mehr. Er spürte nur einen argen, ziehenden Schmerz in den Armen, als hätte man die um einen Hals gelegt. Er dachte flüchtig, so trug ich Barry auch einmal – irgendwo – weiß nicht mehr, wo –

Er spürte, daß sie emporstiegen. Schreie, Rufe, blendende Lichtfluten drangen auf ihn ein; unter ihm knarrte und schwankte etwas. Er konnte wieder sehen und hören. Ringsum gewahrte er die Schachtwände; von oben herab strömte es wie greller Sonnenschein. Er lag auf dem Boden des Förderkorbes; der Kumpel kauerte neben ihm, und über ihnen beiden stand Barry, ein breites Schmunzeln im geschwärzten Gesicht; die Maske hatte er fortgeworfen. »Na, Johnny«, sagte er. »Schätze, nun sind wir quitt.«

Der Förderkorb langte oben an, eifrige Hände ergriffen die drei Männer und hoben sie heraus. Die Umstehenden brachen in donnernde Hochrufe aus. Eine Sekunde später stürzte die Grube ein, die Erde erbebte und spie Rauch und Feuer in dichten Schwaden durch den leeren Schacht empor.

Am Ostermorgen stand Johnny, gestützt auf seine Krücken, vor dem Altar.

Seit dem ersten Ostermorgen hatte es keinen solchen gegeben, dachte Johnny voll Freude, Dankbarkeit und Ehrfurcht. Der Altar war von oben bis unten in Blumen gehüllt. Der sanfte flackernde Kerzenschimmer der mächtigen Leuchter war nie so traulich gewesen. Der schönste und erhebenste Anblick aber waren für Johnny die vielen, vielen Gesichter, die voll Liebe und gespanntester Aufmerksamkeit zu ihm aufsahen. Die Türen standen offen, um die frische Frühlingsluft einzulassen, und auf den Stufen drängten sich die Zuhörer. An ihnen vorbei strömte das Sonnenlicht und wehte ein würziger Wind herein.

Er sprach, und seine kräftige, klangvolle Stimme drang in unverminderter Stärke an das Ohr auch der fernsten Zuhörer: »Herrlich, einzig herrlich der Tag, da Christus in Gottes Kraft von den Toten erstand und das Herz der furchtsamen, ungläubigen Jünger erschütterte als der Lebendiggewordene!«

»Es gibt aber keinen Tag und keine Stunde, da der Stein vor dem Heiligen Grab nicht aufs neue von unsichtbaren Händen weggewälzt wird, da der Auferstandene nicht gleich der Sonne die Seele erschüttert, die Augen mit seinem Glorienschein blendet und zur frohen Zeugenschaft von dem Gekreuzigten und Auferweckten aussendet.«

»Jedes erstorbene Herz, jedes verirrte Herz, jedes vergeßliche, haßerfüllte und ungläubige Herz ist ein Grab, in dem Gott liegt und der Auferstehung harrt. Und einmal – zu einer einsamen Mitternachtsstunde, in einer verzweifelten Morgendämmerung oder vielleicht auch mitten im Großstadtgetümmel, an den leeren Stätten der Sorge und des Kummers, der Bitterkeit und Verlassenheit, oder auch mitten im Klirren der Gefängnisketten oder im winzigen Kabinett in einer Zinskaserne – da erschrickt das erstorbene Herz plötzlich über das furchtbare Schweigen Gottes, entsinnt sich dessen, daß es ihn vergessen hat, und ruft zerknirscht aus: ›Vater, vergib mir, denn ich habe gesündigt!‹«

»In dieser Stunde regt sich Gott auf dem steinernen Lager, das der Mensch in seinem verkümmerten, erstorbenen Herzen ihm bereitet hat, der Grabstein wird weggewälzt, und Gott tritt hervor in Seinem ganzen Glorienschein, tritt hin vor das geblendete, freudig erschrockene Herz — das ist die immer neue Begegnung mit dem Auferstandenen.«

»Wie Gott Weihnachten zu uns in Menschengestalt gekommen ist, so erfahren wir Ihn zu Ostern als den, der sich opferte und für uns zu neuem Leben wieder auferwacht ist. Sein Name sei gelobt! Gelobt sei Sein allerbarmherzigster Name, auf ewig und immerdar!«

Johnny schaute auf die vordersten Stühle hinab, während die Klänge der neuen Orgel, die Dr. McManus in Johnnys Namen für die Kirche gestiftet hatte, an die Wände des Kirchleins brandeten und sich zur schmalen Holzdecke emporschwangen. Da saß der alte Doktor und schaute Johnny voll der überquellenden, reichen tiefen Liebe an, die ein Mann einem Sohne schenkt, der ihm in vorgerückten Jahren beschert wurde, als er eben alle Hoffnung aufgeben wollte. Da saß Lorry, in Johnnys Augen einem Engel gleich, in ihrem weißen Wollkleid und weißen Hut; die zärtlichen Augen leuchteten voll reiner freudiger Liebe. Und dort drüben saß sein alter Freund, Dr. Francis Stevens; er strahlte vor Stolz und schämte sich nicht der Tränen, die ihm über die runden Bäckchen kullerten. Und dort saß auch Barry, dem er das Leben gerettet und der es ihm gerettet hatte, tief gerührt und aufmerksam, und neben ihm seine Stiefmutter, Mrs. Summerfield, und daneben Mrs. Burnsdale.

Wie reich Gott mich gesegnet hat, und ohne mein Verdienst, dachte Johnny. Er lächelte den McGees zu, allen seinen Freunden, der Menge der Gläubigen, und er hob die Hände. In dieser Kirche war es sonst üblich, daß die Gemeinde den Segen stehend empfing; nun aber sanken alle in die Knie und beugten spontan das Haupt, um seinen Segen zu empfangen.

Die Glocken riefen es mit triumphierenden, ehernen Zungen in den hellen Morgen:

»Er ist auferstanden! Der Herr, unser Gott, ist auferstanden!«

39

Johnny konnte nun schon behutsam am Stock gehen; sein Knöchelbruch war geheilt. Es war Juni, und das Pfarrhaus war fertiggestellt. Die Familie war erst vor wenigen Tagen eingezogen, denn Zimmerleute und Maurer, Installateure, Maler und Anstreicher hatten einander an Arbeitseifer überboten, um das Heim dieses so beliebten Mannes zu vollenden, damit er so bald wie möglich einziehen könnte.

Sie hatten sich nicht an die vorgeschriebenen Arbeitsstunden gehalten; sie hatten freudig und im Schweiß ihres Angesichtes von Sonnenaufgang bis in die sinkende Dämmerung gearbeitet. Ja, ihre Gewerkschaftsvertreter waren, wie die Aufseher, die einst mit der Peitsche in der Hand die Sklaven beim Bau der Pyramiden überwacht hatten, stets zur Stelle und trieben sie an, was freilich nicht nötig war. Und nun war das Haus fertig, hatte schöne, neue Möbel, funkelndes Porzellan, spiegelblanke Böden, schöne Vorhänge, dicke Teppiche. Die Gewerkschaften hatten den importierten Türklopfer aus Messing gestiftet, der einst das Tor eines englischen Landsitzes geziert hatte, und die Flachglasfenster. Die Bergarbeitergewerkschaft hatte den hölzernen Lattenzaun durch einen kunstvollen, schwarzen Metallgitterzaun ersetzt.

»Drinnen ist es ein richtiger Herrensitz«, pflegte Johnny zu sagen. Von der Straße aus war es ein gefälliges Haus mit gelblichen Ziegelwänden, drei Stockwerke hoch, mit großen Fenstern. »Ich weiß nicht, warum die Leute alles das für mich tun. Jedermann hat meinen Garten bestellt, jedermann mein Pfarrhaus gebaut, jedermann die Zimmer eingerichtet, jedermann mir alles geschenkt, und ich weiß nicht, warum. Ich bin noch nicht einmal ein Jahr hier und habe viel Unruhe gestiftet und ab und zu durch meinen blinden Eifer Schaden angerichtet, obwohl ich wirklich von Barryfield viel gelernt habe. Eigentlich verdanke ich Barryfield mein ganzes Leben.«

Als Lorry Dr. McManus vorgeschlagen hatte, die Kirche neu aufzubauen, damit sie besser zum neuen Pfarrhaus passe, da hatte Johnny eingewandt: »Nein. Es war die Kirche seines Vaters, und weil es seines Vaters Kirche war, ist sie für mich schön und gut und recht. Und sie gehört ja auch mir. Obwohl«, hatte er schmunzelnd zum Doktor gewandt hinzugesetzt, »ein neuer Teppich nicht schaden könnte.«

»Diese Pfarrer«, meinte der Doktor. »Die Kerle sind unersättlich. Tim Kennedy und seine Freunde haben John Kanty eine komplette Innenausstattung für seine Kirche gestiftet – alles, importierte Statuen, Spitzen und Leinen aus Irland, neue Glocken, neuen Altar – alles. Sie lassen die Kirche außen reinigen und geschnitzte Tore einsetzen. Und was sagt er dazu? Der Bürgermeister hat ihm einen Buick geschenkt, und da sagt er doch: ›Ja, aber ein Priester mit einer so schönen Kirche und einem solchen Wagen dürfte den Wagen eigentlich nicht selbst steuern. Das schickt sich nicht.‹ Er möchte einen Chauffeur, sagte er, und zwar im Ernst!«

»Wetten, daß er einen bekommt?« fragte Johnny.

»Und dieser alte Rabbi«, fuhr der Doktor grimmig fort. »Sol Klein und seine pikfeinen Freundchen spenden ihrem Rabbi große, silberne, vergoldete Becher für das Passahfest, und er freut sich darüber. Aber nur fünf Minuten. Und dann erklärte er doch, sein Vater, der auch Rabbi gewesen war, der hatte einen pelzgefütterten Mantel aus feinem, schwarzem Tuch gehabt, und zu Sol sagt er, er ist jetzt ein alter Mann und spürt den Winter schon arg in den Gliedern, und er wäre wirklich dankbar, wenn er einen pelzgefütterten Mantel aus schwarzem Tuch haben könnte, wie sein Vater, damit er im Winter nicht frieren muß!«

»Ich weiß«, entgegnete Johnny. »Er ist jetzt in New York mit Sol, der ihn ausstattet. Nerz, anders tut er's nicht.«

»An alledem bist du schuld«, sagte der Doktor mürrisch. »Du hast deinen Freunden Flöhe ins Ohr gesetzt.«

»Der Arbeiter ist seines Lohnes wert«, erwiderte Johnny feierlich und blinzelte Lorry zu.

»Du kostest zu viel. Ich nehme an, ihr Burschen habt auch eine Gewerkschaft«, versetzte der Doktor finster. »Barryfield hält jetzt zum erstenmal in seiner Geschichte die Geistlichkeit für heilig und unersetzlich. Wer bist du eigentlich, Johnny? Ihr gewählter Vertrauensmann?«

Wieder war es Sonntag, ein Junisonntag, und Johnny ging langsam mit Lorry in seinem Garten umher und besah froh die Herrlichkeit ringsum. Er war überzeugt, daß nie Rosen so schön geblüht hatten wie die seinen, in duftenden gelben, weißen, hell- und dunkelroten Büscheln. Die Vögel, die zu ihren Häupten hinschwebten, warfen flüchtige Schatten auf das dichte Gras. Und die Sonne, deren Glanz nun unverhüllt erstrahlen konnte, tauchte die Stadt im Tal in eine Flut von Licht. Die Berge waren klar zu sehen, ihre grünen, malvenfarbigen und zartblauen Rücken hoben sich vom blaßblauen, fast weißlichen Himmel ab. Zwischen den Blüten des Gartens oblagen die Bienen ihrem uralten Geschäft der Befruchtung, dienten dem Leben. Lorry und Johnny blieben vor den Bäumen der Kinder stehen, und Johnny streichelte Emilies grüne Fliederbüsche behutsam. »Ich kann nie mehr fort von hier«, sagte Johnny. »Hier ist die Heimat meiner Kinder; das sind die Bäume meiner Kinder, und Barryfield ist ihr Leben.«

Er sah Lorry an, und ein zärtlicher Ausdruck trat in seine dunkelblauen Augen. »Liebe Lorry.« Sie schaute ihn mit leuchtenden Augen an, und es war ihm, als sähe er ihr in das Herz, das nun geläutert war von allem Häßlichen, von Furcht, Einsamkeit und Angst. »Ich glaube, Lorry, ich habe dich immer schon geliebt, vom ersten Augenblick an, als ich dich sah. Nur deine Schatulle hat den Brand unversehrt überstanden. Wenn ich abergläubisch wäre, würde ich es für ein Zeichen nehmen.«

Sie legte ihre Hand auf die seine. »War es das nicht?«

Johnny neigte sich zu ihr und küßte sie auf den Mund, und sie hielten einander voll Freude und Genugtuung inmitten der Farbenpracht des Gartens umschlungen. Dann schritten sie weiter; Johnny hatte den Arm um die schlanke Taille des Mädchens gelegt. »Wie herrlich, Frieden zu haben«, murmelte Lorry.

Er zog sie dichter an sich. Er sah zum Himmel auf, und plötzlich überlief ihn ein unerklärliches Frösteln. »Friede«, sagte er. Friede, betete er. Gott, ich bitte Dich, gib, daß wir einander unsere Herzen auftun, überall in der Welt, schenk uns Verstehen, gib den Unterdrückten und Versklavten die Freiheit wieder, den Unzähligen, die da leiden, und befreie die, welche Dich nicht kennen, von der Finsternis und laß sie zu Dir zurückfinden. Laß keinen Menschen die Hand wider seinen Bruder erheben, laß nicht zu, daß der rote Feueratem der Geschütze das geduldige Land verheert und der Tod als unheilvoller Rauchpilz erneut am Himmel steht.

Wofür sonst lebt der Mensch? fragte sich Johnny. Er lebt nur, um Gott zu erkennen und Ihm auf dieser Welt zu dienen und sich nach dem Tode ewig Seiner zu erfreuen. Der Mensch muß für Gott leben, oder aber an Herz und Seele ersterben, denn es gibt nichts außer Gott.

Die Kinder kamen eben durch die Hintertür in den Garten gestürmt; die jungen Gesichter leuchteten vor Freude. Debby tanzte hinterdrein, während die anderen auf Johnny und Lorry zustürzten. Pietro konnte wieder einmal seinen Überschwang nicht bezähmen. »Ahaa!« schrie er und breitete die Arme weit. »Hört nur! Man ist verliiiebt!«

»Allerdings«, meinte Johnny.

»Nein, nicht verliebt«, verbesserte Kathy, der kleine Pedant. »Es ist echte Liebe!«

»Und Hochzeit!« sagte Jean.

»Sie werden Hochzeit halten«, setzte Max feierlich hinzu.

»Ich will Blumenmädchen sein!« rief Debby schrill und zupfte gebieterisch an Johnnys Ärmel.

»Ja; aber Kathy auch; ich hab's versprochen«, antwortete Lorry. »Und außerdem ist die Hochzeit erst im September.« Sie streichelte Kathy das goldblonde Haar.

»Nein, nein, ihr versteht mich nicht!« schrie Pietro erregt. »Du wirst sie trauen, Papa, aber nicht im September. Bald schon! Zu schade, daß sie alt sind!« endete er mit gespielter Besorgnis.

Dann hüpfte er auf und nieder wie ein Ball; er platzte schier vor Ungeduld. »Den Doktor und Mrs. Burnsdale! Wen sonst? Wir haben sie sich im großen Zimmer küssen sehen, und sie haben es uns gesagt, und Onkel Al bleibt jetzt ganz bei uns!«

Debby und Kathy glichen mit ihren freudegeröteten Gesichtern in ihren weißen Kleidchen mit den blauen Bändern nun wahrhaftig Blumen, dachte Johnny, und die Jungen, ernsthafte junge Männer, sahen ihn erwartungsvoll an.

»Die Familie«, meinte Johnny lächelnd zu Lorry. Die Kinder schauten mit scheuer Freude zu, als Lorry nun den schönen Kopf wandte und Johnny auf den Mund küßte.

Pietro sagte mit einem dramatisch tiefen Seufzer der Genugtuung: »Es ist unsere Familie.«

Die Kinder stürzten davon, eine bunte, lebensprühende Schar. Da lief Jean nun, Jean, der Priester werden würde, und Pietro, der große Sänger, und Max, der Bildhauer; Debby, die geliebte Frau, und Kathy, die Mutter vieler Kinder. Johnny sah sie alle plötzlich klar in ihrem zukünftigen Leben vor sich. Er hielt Lorrys Hand fest umschlungen. Vielleicht würden sich auch andere Kinder einstellen und das Haus füllen, ehe diese es verließen, eins nach dem anderen, um die Wege zu gehen, die Gott ihnen vorgezeichnet hatte.

»Sie haben mir alles gebracht, was ich habe, und alles, was ich haben will«, sagte Johnny. Lorry lehnte sich an ihn. Er strich ihr über die Wange und fügte hinzu: »Mein Becher ist übervoll.«